二見文庫

過ちの夜の果てに

シャノン・マッケナ／松井里弥＝訳

Extreme Danger

by

Shannon McKenna

過ちの夜の果てに

登 場 人 物 紹 介

ベッカ・キャトレル	イベントプランナー
ニック・ワード	元FBI捜査官
キャリー・キャトレル	ベッカの妹
ジョシュ・キャトレル	ベッカの弟
マーラ・マトロック	ベッカの上司
デイビー・マクラウド	マクラウド家の長男
マーゴット	デイビーの妻
コナー・マクラウド	マクラウド家の次男　ニックの元同僚
エリン	コナーの妻
ショーン・マクラウド	マクラウド家の三男
リヴ	ショーンの婚約者
アレックス・アーロ	デイビーの友人　元レーンジャー
タマラ	謎の女
ルドミラ	デートクラブの経営者
ヴァディム・ゾグロ	東欧マフィア
パベル・チェルシェンコ	ゾグロの腹心の部下
ユーリ	ゾグロの手下
マリーナ	ゾグロの手下
スヴェティ	ゾグロにさらわれた少女
リチャード・マシス	外科医
ダイアナ・エヴァンズ	麻酔医

1

ちょっとした婚約の祝いだとEメールには書いてあった。未来の花嫁の家族がエンディコットフォールズ郊外に所有している別邸に、身内とごく親しい者だけを招く、と。

ふん、ものは言いようだ。四十五人か五十人ほどがテラスに集まっていた。音楽がスピーカーからガンガンに鳴り響き、パーティはしだいに盛りあがりを増していく。いかにも、これこそ婚約パーティ。その雰囲気は間違いようがなかった。

ニックはこういう催しが大嫌いだ。どうにも落ち着かない気持ちにさせられる。たとえどんなに幸せなふたりを祝うものでも。そのふたりの頭の上で、目に見えない小鳥ちゃんがくるくると円を描いているようなときでも。いや、そういう場合はとくにだ。ニックは薔薇《ばら》の蔓棚《つるだな》のうしろに隠れたまま、そう胸につぶやいた。高く飛べば、そのぶんだけ落下の衝撃は大きい。今夜のショーン・マクラウドはかなり高く舞いあがっている。

ショーンとそのフィアンセのリヴが、輝かんばかりの顔で笑みとキスを交わし、互いにごちそうを食べさせ合い、シャンパンを飲んでいる姿を見ると、ニックの胃は鮫《さめ》の映画を観たときと同じように、ぎゅっと引き絞られた。小さな子どもたちが楽しそうに波と戯《たわむ》れているところに、デーデン……デーデン……。なぜああいう映画を好んで観る人間がいるのか理解できない。ニック自身は、なんとしてでもその手の緊張感を避けるたちだ。そういう思いはもう一生ぶん味わってきた。

歯ぎしりをして、タマラの姿を捜した。それが、不愉快なパーティに参加した唯一の理由だ。こうして留《とど》まっている理由でもある。ヴァディム・ゾグロの情報を聞きだすチャンスがもう一度ほしい。タマラに睾丸《こうがん》を切り取られ、ネックレスの材料にされる前に。前回、情報を迫ったときはまさにそう脅された。

わが身の哀れな行く末に顔を曇らせて、ニックはデイビー・マクラウドをながめた。新郎の兄のひとりであるデイビーは、出産間近の妻をダンスに誘いだそうと必死に口説いていた。どうやら願いは叶いそうにないが、舌を絡めた情熱的なキスでなだめられたようだ。

どいつもこいつも見せつけてくれる。

パーティには、胸もとの広く開いた服を着て、秋波を送ってくる若い女も大勢いた。ニックが会場内をうろついていたときには、さり気なくその軌道とかち合うように近づいてくる女も数人いたが、相手をするのはごめんだ。

人生がクソにまみれる前、暁《あかつき》の輝きを放っていたころなら、そうした出会いを楽しんだだろう。女の機嫌を取るのはうまいものだった。少なくともいったん落とすまでは。女をベッドに誘いこむ手管や、そこで満足させられるという自信はあった。だが、女たちは、ベッドの外で得られるものが多くはないことを早々に思い知らされる。そして、そのあとしばらくは疲れる時間が続く。

今夜、そういうことにかまける気力はない。

そっと戸口に向かい、通ろうとしたとき、そのわきをすり抜けようとした小さな女の子たちが体にぶつかって、ニックは物思いから覚めた。女の子たちはキャッキャと笑いながら飛びのいた。かわいい子どもたちだ。セルゲイの小さなスヴェティと同じ年ごろ。もしスヴェティがまだ生きているなら。

一日ごとにその可能性は低くなっていく。

「おい。少しは嬉しそうな顔をしろよ。楽しんでもばちは当たらないぞ」

ニックは耳慣れた声を聞いて、身をこわばらせた。ウィスキーをひと口飲んでから振り返り、コナー・マクラウドに向き合った。コナーは新郎のもうひとりの兄で、ニックとはFBIの特別機関〈ケイブ〉での元同僚という間柄だ。今夜のコナーはそれなりにこざっぱりとしていた。パーティに合わせてひげを剃《そ》り、髪を切るようにうるさく言われたのだろう。しかし、どういうわけかいつものようにラフな印象をかもしだしている。そして、とても疲れて見えた。

疲労の原因は、コナーの胸もとで抱っこ紐《ひも》に巻かれて眠っていた。生後四カ月のケヴィン・マクラウド。幅広の抱っこ紐は、星、月、テディベアの柄で、仕立てのよい黒っぽいスーツにはまるで似合わない。

ニックは小さな赤ら顔の生き物を見て、眉をひそめた。「ガキがジャケットに戻してるぞ」嫌悪感もあらわに指摘した。

コナーは赤ん坊を見おろして、目つきを和らげた。「そうだな」誇らしげに言う。「まるで間欠泉だよ。しかも両はじから噴きだす」

ニックは笑みを浮かべようとしたが、うまくいかなかった。ごまかすためにグラスを口もとに運び、ひと口すすった。

「おせっかいだろうが、そいつを飲んでもおまえの気分は弾まないようだ。ペースを落としたほうがいいんじゃないか」コナーが言った。

食ってかかりたくはなかったが、我慢できなかった。「コナー、おまえや兄弟たちが夫婦愛に恵まれるのも、子どもの誕生を喜ぶのも、すばらしいことだ。めでたいと思う。だが、それでおまえに説教する権利が生まれるわけじゃない。だから、黙ってろ」

コナーの緑色の目に、捜査官時代を思わせる表情が現われた。「おまえの心は蝕《むしば》まれている」静かな声には心配そうな調子がにじんでいる。「ボリースピリで起こった例のことに。あれ以来、おまえはすっかり凝り固まっている。おまけにゾグロに取り憑《つ》かれて――」

「取り憑かれているのはおまえじゃない。関係ないだろ。ほっとけよ」ニックは目をそらし、しかめっ面を暗い庭に向けた。

コナーがいま何を考えているのかはよくわかった。ニックも同じことを考えているからだ。それが、かつての親友で、以前は命を賭《か》けて自分を信用してくれた男を避けている理由でもある。

ニックの過去最大の汚点。そのどでかい判断ミスによって、コナーとエリンはあの異常者、カート・ノヴァクに殺されかけた。そのことで自分を呪う一方、セルゲイのことも頭から離れなかった。首もとから脚の付け根まで切り裂かれ、まだ意識を保ちながらも、とどめを刺してほしいと慈悲を乞《こ》うたセルゲイ。そして、スヴェティのことも。スヴェティはセルゲイの十二歳の娘で、半年前に誘拐された。行方も生死もわかっていない。

ゾグロを裏切ったセルゲイに対する罰だったのは確かだろう。胸の悪くなるような拷問も、ぞっとするような殺しも、やつらにとってはお遊びにすぎない。

夜、どうにか眠れたとき、ニックはスヴェティに襲いかかった運命を悪夢に見た。何カ月もスヴェティに関する噂《うわさ》を追い、手がかりを捜してきたが、有力な情報は得られない。

コナーはけっして恨みを根に持つ男ではないが、そのおかげで今夜のニックはことさらみじめな気分になった。許されるよりも憎まれるほうがましだ。許しには大きな責任がともなうもので、それがいまは重かった。

コナーの息子が目を覚まし、泣きはじめた。男たちふたりは困惑顔で幼子を見つめた。コナーは手を変え品を変え、赤ん坊をあやそうとしたが、泣き声はますます大きく甲高くなって、ニックの耳に突き刺さってきた。

「エリンを捜したほうがよさそうだ。腹が減っているらしい」泣き声でよく聞き取れなかったが、どうやらコナーがそう言ったようなので、ニックはほっとした。

ニックは肩の力を抜いて、コナーがつやめくブルネットの髪の女性のほうへ歩いていくのを見送った。女性は百万ワットの笑みを見せて、のたうつ生き物を抱きあげた。コナーの妻、エリン・マクラウドはグラマーで肉感的だ。マクラウド家の男たちの選んだ女性は人目を引きやすい。三人とも。

肩を強くつつかれ、ニックはすぐさま警戒態勢に入って銃を取ろうとしたものの、今夜は持ってきていなかった。

タマラだった。マクラウド兄弟の友人だが、法を法とも思わない謎の女。いつもと変わらず美しい。いまは黒い髪をねじってアップでまとめ、黄金の瞳に冷ややかな笑みを浮かべている。完璧なスタイルの体は、肌に張りつくような丈の短いドレスに収まっている。布地は金色のシルクで、高い襟はチャイナ服をイメージしたものだ。

「なんだいまのは？ ヒールで肩を蹴りつけたのか？」ニックは苦々しい口調で言った。

タマラはゴールドに塗った長い爪をひらひらさせた。「不機嫌な顔はやめなさいよ、ニコライ」

「その名で呼ぶな」ニックは声を荒らげた。本名で呼ばれると、父を思いだす。アントン・ワービツキーの記憶は、腐った気分を作りだすための最高のレシピだ。ニックはあのサディストのクソ野郎から距離を置くために苗字《みょうじ》を変えた。まるで役にはたたなかったが。

ふたりは口をつぐんだ。メロウな古いブルースがスピーカーから大音量で響くなか、ひと組のカップルが流れるように踊りながら近づいてきたからだ。鼻の大きな男はマクラウド兄弟とつるんでいるコンピューターの専門家、マイルズだ。コナーのセクシーな義理の妹、シンディの腰をしっかりと抱き、その体を振って、床すれすれにさげた。シンディが小さく笑うと、マイルズは抱きあげて体を起こさせ、チュッとキスをした。そして、ぴったり抱き合い、ゆらゆらと遠ざかっていった。

もううんざりだ。あのふたりの結婚式には招かれないだろうから、それがせめてもの救いだが。間近に迫ったショーンの結婚式に出席するというだけでも気が重い。

「若い恋人たち」タマラの声は金属音のようによく響く。「かわいらしいと思わない？」

「もって半年だな」ニックは陰気な声で予言した。

「不正解。あの子たちは少し前に半年の壁を乗り越えたわ。付き合ってもう八カ月目よ」

ニックは首を振った。「時間の問題だ」

「いやね」タマラはつぶやいた。「せっかくのパーティに。あなたの友人が大勢いる。笑って、ニコライ。ほほ笑んで。わたしでさえ、わたしなりに笑っているんだから。作り笑いでけっこう。なんなら薬の力を借りなさい。いまのあなたは、宇宙という大きな布に開いた煙草《たばこ》の焦げ跡よ」

「帰るとするか」

「帰らないほうがいい」タマラは小声で言った。「わたしがあなたの機嫌を直してあげられるかもしれない」

全身の筋肉がしんと静まった。「どうやって？」

タマラの微笑が無表情の仮面の下に消える。「若くして死にたいのかしら、ニコライ？それとも、老人ホームで長生きしたい？」

ニックの心の風景のなかでは、興奮が冷たい突風のように吹き荒れていた。希望と戦慄《せんりつ》で、うなじの毛は逆立ち、腕には鳥肌がたっている。「何をつかんだ？」

タマラはじっとニックを見つめた。「地獄行きの特急チケット」鼓動ひとつぶんの間《ま》があく。「期待をこめた目をしないで。罪悪感を覚えるわ」脇の庭のほうにあごをしゃくる。装飾ランプに明かりが灯《とも》っておらず、そのあたりは闇《やみ》に包まれていた。「あちらで話しましょう」

白い砂利の小道で、ふたりの足がザクザクと音を鳴らした。タマラはひと気のないあずま屋にニックをいざなった。ニックはタマラのほうから口を切るのを待った。がっついたところを見せたら、猫に弄《もてあそ》ばれる鼠《ねずみ》のような目にあうだろう。

しかし、痺《しび》れを切らしたのはニックのほうだった。「何をつかんだ?」我慢の限界を迎えて、険しい口調でもう一度尋ねた。

「たいしたことは何も」タマラは言った。「噂、デマ、耳打ち。可能性。パベル・チェルシエンコを知っている?」

ニックは口もとをこわばらせた。ああ、知っているとも。セルゲイの拷問と殺害を監督したのは、ほぼ確実にパベルだ。

「おとり捜査官だったころ、キエフで数回会ったことがある」ニックは答えた。「兵器の仲買人。ゾグロの腹心のひとり。最低の悪党。あの野郎がどうした?」

「わたしの知り合いが、あるクラブの経営者で、パベルがアメリカにいるときには、おしゃぶり上手の女を隔週で派遣している」タマラが言った。「経営者の女性には貸しがあるの。大きな貸しが」

「どんな?」訊かずにいられなかった。

タマラの笑みは悠然としていた。「命。その他もろもろ。最近パベルに派遣された女の話によると、手下のなかでも重宝していた男が自殺したと言って慌てていたそうよ。酔うと口が軽くなるタイプ。ともかく、何か大きなことが控えているようね。信用できて、英語がペラペラで、屋敷の管理と警備に強い人間を探している」

ニックの頭のなかを思考が飛び交った。「大きなこと？　屋敷の管理？　誰のために？」

「わたしにわかるわけがないでしょう？　ニコライ、それを突き止めるのがあなたの仕事。だから、もしも進んで殺されることに興味があるなら、わたしとしても靴のなかの小石がようやく取れてすっきりするでしょうし、あなたを推薦するようルドミラに頼んであげてもいいわよ」

「おれを？」ニックは眉をひそめた。「どうやって……」

「正確には、あなたの分身、アルカジー・ソロコフを」タマラは言った。

「なぜアルカジーのことを知っている？」ニックはかっとなって問いただした。おとり捜査時に使っていた武器の闇商人としての人格は、表沙汰《おもてざた》になるはずのない秘密だ。

タマラは顔をしかめた。「それで？　アルカジーの電話番号をルドミラに教えていいの？」

「当たり前だ」ニックはめまいを覚えた。「タマラ、なぜロシアのマフィアに性的サービスを施すクラブなんかにツテがあるんだ？」

「あなたには関係のないこと。調子に乗らないで。あなたがこのパーティ会場から出たら、わたしはすぐに身を隠すべきでしょうね。わたしも自殺行為に巻きこまれてしまったのだから。うんざりだわ」

「あんたはもう身を隠しているじゃないか」ニックは言った。

「危機意識の程度の問題よ」タマラは不満たらしく言い返した。「これからしばらくは一カ所に落ち着けない。快適な家や工房や仕事から離れなければならない。人目を引かないために、あえて不器量に見せかけることすらしなければいけないかも」タマラは身震いしてみせた。「肝に銘じることね、ニコライ。ルドミラはわたしのために便宜を図ってくれる。あなたのせいで彼女が傷つくことになったら、その喉を切り裂いてやるわ」

「わかった」ニックは言った。「ただ、おれが知りたいのは――」

「ほかに話せることは何もない」タマラはぴしりと言った。「話は終わり。ただし、アルカジーとしてゾグロに近づくには覚悟が必要よ。ゾグロに何を命じられようと、忠実に従わなければ、あなたは死ぬ。従えば、地獄に落ちる。わたしがルドミラに番号を教える前に、よく考えて」

「考えてる。考えた」ニックはひるまずに言った。「覚悟はある。恩に着るよ、タマラ。何かおれにできることがあれば――」

「まだわからないの？　わたしは恩を売ったわけではない。あなたの寿命を五十年縮めただけ」タマラはニックが持っているグラスにちらりと目をやった。「もちろん、寿命がどれだけあるかはお酒の量によるけど」

ニックは肩をすくめた。「かもな。なんにせよ、あと五十年生きろと言われても、どうしていいのかわからないよ」

タマラは長々とため息をつき、ほっそりとした手を自分の腹に当てた。タマラの目とニックの目は同じ風景を映す鏡のようだ。

冷たい風が吹きすさぶ荒野。闇にうごめく秘密。茨《いばら》の道。

「あなたにできることがあるかですって？」タマラの声は低かった。「世界のためにできることがあるわ。ゾグロを殺しなさい。こそこそと偵察するのではなく、司法の手にゆだねるのでもなく。ゾグロの頭に鉛弾《なまりだま》をぶちこんで」

ニックはスヴェティのことを考えた。「タマラ、おれは――」

「できるなら、ゾグロを殺すことね。できないのなら、哀れな運命が待ち受けている」

タマラはきびすを返し、闇のなかに消えた。

ウクライナ、ナドヴィルナ。

ヴァディム・ゾグロはクリスタルのグラスから高級なブランデーをすすり、雪を頂くカルパティア山脈をながめた。「輸送の第一便の手配は滞《とどこお》りないな？　パベル」

「はい」パベルは抑揚のない声で言った。「すべて手配ずみです」

ゾグロはパベルに向き直った。「今度は当てになる部下を揃《そろ》えてあるんだろうな？　半年前のような不始末はもうごめんだぞ」

パベルはワイシャツの襟もとに手を伸ばし、ぐっと引いて、大きく突きでた喉仏を上下に揺らした。

これが答えだ。またもや。ゾグロは目を閉じた。「今度は何があったんだ、パベル？」猫《ねこ》撫《な》で声で尋ねた。

「たいしたことではありません」パベルは勢いこんで言った。「ピュージェット湾に割り当てていた男をひとり、あー、交代することになっただけです」

「死んだのか？」ゾグロは眉をひそめた。「なぜ？」

「自殺です」言いにくそうな口ぶりで、かすれた声を絞りだすように答える。「首を吊りました。ピョートル・チェルシェンコです」

「おまえの甥《おい》じゃあるまいな？　おまえの頼みで、高い金を出して移住許可を取ってやったやつか？　なるほど。また無駄な投資をしたというわけか」ゾグロは言った。「残念だ、パベル。それで、代わりの者は？」

パベルの青白い顔のひたいに汗が光っている。「アルカジー・ソロコフという男です。出身はドネツク。例の島で警備を任せています」

「そのソロコフという男は信用できるのか？　間違いなく？」

パベルは目をそらした。「以前にも使ったことがある男です。四年前、エイビアと組んで、リベリアに向けた擲弾発射器《てきだんはっしゃき》やロケット弾の仲買をしていました。そこそこ有能な男のようです。英語は完璧で――」

「そこそこ有能」ゾグロは皮肉たっぷりに繰り返した。「この計画には数百万ドルを投じている。それにそこそこ有能な男を使うとは」

「急いで代役を見つけたものですから。しかし、信用できるのは確実かと――」

「確実なことなど何もない。おまえが大馬鹿《おおばか》で、計画を危険にさらすはめになったということ以外は。まあいい。予定どおりに進める。もうさがれ」

しかし、パベルは立ち去らず、大きすぎる足をもじもじさせた。

「なんだ？」ゾグロは声を荒らげた。「用はすんだぞ、パベル」

「その――わたしの息子たちは？」パベルは口ごもった。「サーシャとミーシャを返してもらえる約束でした。もしわたしが――」

「去年の仕事での失敗を取り戻せたら、という約束だった。だが、取り戻せていないぞ、パベル。また手抜かりがあった」

「お願いです。息子たちはまだ二歳と十歳で——」

「わしも鬼ではない。ひとりなら返してやってもいい。もうひとりは第一便の荷に乗せる。おまえの失敗の代価だ」

パベルの顔が土気色に変わった。「ひとり？　しかし——マリアは——」時計の針の音が大きく響く。「どちらを？」パベルは軋《きし》んだ声で尋ねた。

ゾグロは肩をすくめた。「どちらでもかまわない。二歳だろうと十一歳だろうと、活《い》きのいい臓器の需要は変わらない」薄ら笑いを浮かべた。「ひと晩ゆっくり考えていいぞ、パベル。奥さんと相談するんだな。明日の朝、どちらにするのか聞く」

パベルは目を見開き、彫像のように立ちつくしていた。ゾグロはベルトにつけたボタンを押して、巨漢の用心棒をふたり呼んだ。そのふたりがパベルを部屋から追いだした。

2

素っ裸で泳ぐ。スカイダイビングをする。ヨットでクルージングに乗りだす。サハラ砂漠の星の下でキャンプをする。リュックひとつでヨーロッパをめぐる。かわいいタトゥを入れる。ワイルドな男とゆきずりの情事にふける。女が結婚相手を見つけて身を固める前にやってみたいことのリストは、尽きることがない。ベッカ・キャトレルがいままでやってみようとも思わなかったことのリストだ。

そう、それは自分でも認めている。これまではそういうことをする時間はおろか、勇気もなかった。

ベッカは木の遊歩道から突きでた板に親指をぶつけた。痛みが神経を通って脳に到達するのを待ち構えた。アルコール漬けの体は血のめぐりが悪いようで、ずいぶんと時間がかかったが、ようやく衝撃が脳に伝わると……うう、これは痛い。

赤ワインの瓶を唇につけ、またひと口飲んだ。瓶が軽く感じられる。そして、自分の頭も。どうでもいい。とにかく気分をほぐしたい。必要とあらば、むりやりにでも。真面目《まじめ》で、聞き分けのいい、しっかり者のいい子ちゃんという生来の役どころにはもううんざり。リストのとおりに、馬鹿げたことをひとつ残らずこなすつもりだ。

そう、楽しんでやるんだから。見てらっしゃい。

しかし、世のなかから切り離されているようなこのフレークス島では、はめをはずすにしても、選択肢は限られていた。ひとりで酔っ払って、どこかの大金持ちの敷地に無断で入りこみ、素っ裸で泳ぐこと——思いつきでできるのはそれくらいだ。いかにもカイアがやりそうなことでもある。カイアならさらに踏みこんで、大金持ちのプールのなかで誰かとセックスにふけり、アクロバティックな体位を六つ試すくらいのことはやってのけるだろう。とはいえ、四月なかばのフレークス島はほとんど無人だ。ベッカには、水中でのセックスに付き合ってもらえる相手がいなかった。

哀れな女。でも、それは目新しいことじゃないでしょう？

カイア。あの女のことを考えると、体中の筋肉が引きつるようだ。ベッカは身震いした。タオル地のバスローブの下は裸だ。足もとは木の遊歩道にぺたぺたと響くビーチサンダルだけ。マーラの休暇用の服のなかからジーンズとセーターを借りてくればよかった。夜の森を裸で歩くのは落ち着かない。ベッカみたいな都会育ちの人間には静かすぎる。枕《まくら》の下に頭を入れたときのような息苦しい静寂だ。

ベッカはこの島で過ごすための服を一着も持ってこなかった。家に帰って荷造りする時間もなかったからだ。〈カーディナル・クリーク・カントリークラブ〉の前で待ち構える大衆紙の記者たちをかわすのが精一杯。従業員口からこっそりと逃げるしかなかった。上司のマーラがそこからまっすぐフェリーの船着場まで送ってくれた。じゃあね、ベッカ。ゆっくりしていらっしゃい。進んで熊《くま》に食べられることはないんだから。

ありがとう、マーラ。ベッカは心のなかでマーラの思いやりに再び感謝した。船着場で粋《いき》な双胴船に乗せてもらって、島に渡るときのベッカは、きっと滑稽《こっけい》だっただろう。格子柄のかっちりとしたスーツ姿で波を切っていたのだから、とんだ船乗りだ。ベッカはまたひと口ワインを飲んだ。

そのうえ、真っ赤に泣きはらした目、真っ白な顔、真っ青な唇が揃っていた。まるで映画の『コープス・ブライド』だ。ただし、死体だろうとそうじゃなかろうと、ベッカは花嫁になれなかった。

そうした考えを頭から払って、ぐっとワインをあおった。マーラは、恋人のジェロームの別荘に自分の普段着を置いてあるから、それを着ていいと言ってくれた。服のサイズはベッカとほとんど同じだ。厳密には、マーラのほうが細い。それなら、マーラのジーンズがちょうどよくなるまで断食すればいい。ワイン・ダイエットだ。ぐらりと体が揺れて、ベッカはよろめき、木の幹にしがみついた。最高。

フレークス島の外周をめぐる遊歩道に分かれ道が現われた。ベッカはふらつきながら立ち止まった。そうか。これが大金持ちのプールにつながる道だ。もう一本は大金持ちの船着場に向かっているはず。

ベッカは思いきって左の分かれ道に入った。木々の枝葉は厚く茂り、丸天井のトンネルを歩いているかのようだ。蝙蝠《こうもり》や蛾《が》が飛びまわり、ひらひらと舞い、あるいは矢のように突っこんでくる。懐中電灯の光は心もとなく感じられた。

そう、心もとない気分。救いようのない弱虫だ。

二百メートルほど先に、大きなガラス張りの建物がそびえていた。広々としたウッドデッキに囲まれたプールが見える。

そっと階段をのぼって、ドアに懐中電灯を向けた。マーラはこう言っていた。泳いでらっしゃいよ。鍵《かぎ》を預かっているから。家主は人のいいコンピューターオタクで、ソフトウェアの開発者。あなたがプールを借りても彼は気にしないわ。プールは一年じゅう温水に保たれている。わたしは十一月に泳いだわよ。あなたはあれだけの目にあったのだから、ばちは当たらないと思う。

ベッカは静かに鍵を差し入れ、ドアを開けた。塩素の匂《にお》いがかすかに漂ってくる。暗闇のなかを手探りして、最初にさわったスイッチをつけ、無言で息を呑《の》んだ。

すごい。卵形のプールの底に丸い明かりが灯って、光と影が宝石のような模様を織りなし、モザイク柄のタイルの床を飾っている。建物の壁は床から天井までがアールデコのガラス細工だ。

ベッカはうっとりとして、なかに入った。ワインの瓶を置き、プールの水を手ですくった。とろけるように温かい。このプールで泳ぐのは、完璧にカットされたサファイアのなかでたゆたうようなものだろう。魔法みたい。

ハリウッド女優を気取ってバスローブを脱ぎ、足もとに落とした。眼鏡をはずし、髪をほどいて、肩から背中に流した。おもむろに伸びをして期待感を味わってから、プールに飛びこんだ。

ああ。肌が水にふれる刺激が気持ちいい。ベッカは横泳ぎでゆっくりと奥に進んだ。水が体にまとい、小さくしぶきをあげ、渦を巻く。

きらびやかなプールを独り占め。至福のときだ。マスコミのハゲタカに数日間追いまわされたあとには、こういう癒《いや》しがうってつけだろう。今日、極度に緊張して職場の支配人と話をしたあと――とくに「騒ぎが収まるまで休みを取れ」と言われたあとでは。

言外に「首だ」と告げられたのではないだろうか。

不安だった。ベッカはこの仕事が好きだ。愛しているとまではいかないものの、かなり気に入っているし、もっと大事なのは、仕事を失ったら困るということだ。妹も弟もまだ学生で、ベッカの援助を必要としている。それに、ベッカは〈カーディナル・クリーク・カントリークラブ〉史上最高のイベントプランナーだ。コーディネイト・マニア。いつでも忙しいベッカ。膨大な数にのぼる些事《さじ》をすっきりとひとつにまとめあげたときには、心が震えるほど深い満足感を覚える。おかしいかもしれないが、そうなるのだから仕方がない。

しかし、クラブのお偉方は悪い評判がたつことを恐れている。醜聞の責任がベッカにあろうとなかろうと、結果は同じだ。履歴書を書きはじめたほうがいいかもしれない。また職探しだ。

でも、ベッカみたいなみじめな笑われ者を誰が雇う？

ひとまずこうして身を隠していれば、元婚約者、ジャスティンの男友だちとクラブで会うことも、にやにや笑いを向けられることもない。気取り屋で、鼻持ちならない下種野郎《げす》ども。

プールは美しく、魔法のようにきれいだけれども、ベッカの魂までは慰められなかった。飢えた犬が骨を追うように、雑念がまとわりついてくる。そもそも、わたしの何が悪かったというの？　どこで道を誤ったの？　自分では善人のつもりだ。頭を使い、心を配り、現実を見て、懸命に働き、自分を犠牲にしてきた。絶世の美女とは言わないが、そこそこの容姿だと思う。家族にも、仕事にも、できる限り尽くしてきた。婚約者にも。それがこんな目にあうなんて。努力は惜しまなかったのに。いつでも、何に対しても。

しかし、そういった資質は男をそそらない。男が求めるのはまったく異なった特質だ。男はカイアみたいな女をほしがる。薄汚いやつらめ。

もっと冷静になって、あんなに派手な婚約発表なんてしなければよかった。でも、あのときは夢見心地だった。世間に吹聴《ふいちょう》して初めて、現実のことだと実感できた。なんといっても、ジャスティンは結婚相手として申し分なかった。ほがらかで、ハンサム。お金持ちで、良家の出身。野心も大きかった。将来有望な検察官で、いずれは政界に進出しようと意気込んでいた。ベッカはジャスティンから政治家の妻として理想的だと言われたことがある。あのときは褒め言葉だと受け取った。胸を高鳴らせて、未来の自分を思い描いたものだ。選挙運動中、ハンサムな夫によりそう献身的な〝政治家の妻〟の姿を。ふん。無邪気なものだった。

老朽化した建物にあるアパートメントから引っ越すつもりで準備を進めていた。本物の家を買うつもりだった。将来は子どもがほしいから、芝生付きの家を。それから、チャイルドシートを乗せる余裕のあるミニバンも。ベビーカーやベビーベッド、自転車、スケートボード、キックボードが収まる広い物置も。休暇で家族が使うキャンプ道具も。イケアとコストコで一日かけてショッピングするつもりだった。

そんな空想にふけっていたのが恥ずかしい。ベッカは、ふたりの独身最後のパーティを開いた晩に起こったことを考えた。あの晩のベッカは、カーマストーラというアダルトグッズ会社製のバスソルトや、ふたりの名がそれぞれに入ったお揃いのバスタオルをプレゼントにもらって、くすくすと笑いながら包みを開けていた。未来の家のキッチンカウンターには大理石がいいか、タイルがいいかなどということを馬鹿みたいにしゃべっていた。そのあいだ、ジャスティンは大学時代のガールフレンド、カイアを車で家に送っていった。

それがただのドライブではすまなくなった。背が高くて、こんがりと日に焼け、サンダルウッドの香りがするカイア。黒人を真似《まね》てコーンロウに編みあげた髪。肩には太陽を模したタトゥ。ヒッピー風のアクセサリー。鼻とおへそのピアス。

交通量の多い道を運転中のジャスティンに、喜んでフェラチオをした女。しかも、ベッカの車のなかで。ところが、ジャスティンの運転技術は、カイアのフェラチオのテクニックに及ばなかった。ベッカの車はショッピング客で賑《にぎ》わう繁華街の電柱に突っこんだ。死亡者が出なかったのは奇跡的な幸運だった。下手をすれば大勢を巻きこんでいた。

カイアはいま首と頭に固定具をつけている。ジャスティンも同じだ。あのろくでなしの性器に丸い歯型が残ったことは当然の報いだ。同情の余地はまったくない。

ジャスティンは意識を取り戻すとすぐに、昔のよしみで別れを惜しんだだけだと言い訳した。〝本番〟ではなく、ただのオーラルセックスだったことを喜ぶべきだとすらほのめかした。婚約者を思いやって快楽を犠牲にしてくれたとは、なんて気高い男だろう。歯止めをかけたことに感謝して、この件を乗り越えるのが筋だとも言われた。

とんでもない。

ベッカは思っていることをぶちまけた。すると、ジャスティンも怒りだし、聞くに堪《た》えない暴言を吐いた。あの言葉を聞けば、どんな女でも霧のたちこめる島にひとりで逃げだし、何が起こったのか知っている人たちから身を隠したいと思うようになる。つまり、世界中の人たちから。

ベッカはプールのはしで止まり、水のなかからプールサイドにもたれて、重ねた腕に熱い顔を押しつけた。涙があふれ、こぼれる。こうしてどれだけ泣いたことか。涙でこのプールをいっぱいにできそうなくらいだ。

スキャンダルを防ぐすべはなかった。ジャスティンの家族は世に名が知られていて、事件の顚末《てんまつ》はあっという間にインターネットで広まった。ベッカが試しに自分の名前を検索にかけたところ、何千という結果があがってきた。それから、ベッカのコメントを取ろうとする記者が群がりはじめた。まるでハイエナだ。手のひらを返したような扱いだった。左の薬指に指輪をはめたお姫さまから、まぬけなピエロへ。主役ですらない。ただの脇役。セックスに飢えた哀れなジャスティンが、多少なりともすっきりするために、ズボンのジッパーをさげざるを得なかった理由。下品なジョークの的だ。

人の口にのぼれば必ず笑い話となっているようだが、ちっともおもしろくない。元婚約者の性器にほかの女の歯型がついているのは、ベッカがベッドで男を満足させられないからだなんて。ジャスティン自身、罪悪感を追いやって怒りはじめたときにそう言った。

ベッカも努力はしてきた。それははっきり言える。ジャスティンは魅力的で、キスのうまい男だった。ところが、ことセックスとなると、ベッカはいつも気後れのようなものを感じて、身構えてしまう。でも、いずれふたりが絆《きずな》を深め、しっかりと信頼を築けば、そのときには肩の力を抜けるようになると信じていた。

つまり、ベッカはオーガズム誘発装置ではない。それが罪なの？　喜ばせようとしてきたのに。ベストを尽くしたのに。偏見を持たないように心がけた。奔放な女になろうとした。しかし、かつてジャスティンが説こうとしたとおり、奔放になる努力をするということ自体が矛盾している。奔放か、そうでないか。ただそれだけだ。

どんなに努力しても変えられないことがあるというのは、不公平に思えてならなかった。男をそそるか、そうでないか。セクシーで魅惑的か、そうではないか。走行中の車のなかでフェラチオをするほどふしだらな女か、政治家の妻に打ってつけの淡白で退屈な女か。

結婚する前でよかったと思いなさい。子どもができて、別れづらくなる前でよかった、と。

ベッカはプールサイドから体を押しやり、怒りに任せて思いきり腕をまわして泳いだ。

きらめき。ベッカにはそれが足りないとジャスティンは言った。カイアに再会して、そう気づいた、と。カイヤは輝かんばかりの女。ベッカから見れば、ぎらついていると言ってもいいほどだが、首と頭に固定具をつけていてはそれも台無しだろう。お気の毒さま。

ベッカはプールの壁に手をついて体をひねり、もうひと泳ぎしようとした。そのとき、大きな力強い手で両方の腋《わき》の下をすくわれ、プールから引きあげられた。そして、太い鉄のような腕で首を固められた。こめかみに何か硬いものが当たる。銃。たいへん。銃だ。

「何者だ？」耳もとで聞こえたかすれ声は、威嚇そのものだった。

3

伏兵。

監視カメラのモニターにあでやかな裸の女が映ったとき、まずニックの頭に浮かんだのはそのことだった。バスローブを脱ぎ、体を伸ばし、髪を払って、乳房をカメラにひけらかす女。わがもの顔でプールに飛びこむ。たいした心臓だ。

ニックは女を抱えて、うしろ向きですばやくプールから離れ、ガラスの壁に背が当たるまでさがった。電気がついているときにここに来ると、水槽のなかにいるような気分になる。四方の壁も天井もガラスで、身を隠せる場所がどこにもない。外の暗闇から一斉射撃を受け、粉々《こなごな》になったガラスを浴びることを覚悟した。

しかし、銃弾は飛んでこなかった。いまのところ。すぐにも攻撃されるかもしれない。

女のこめかみから一瞬だけ銃を離して、電気のスイッチを叩《たた》き、プールの底の明かりを消した。ふたりは闇に包まれた。情けない。警報の音が響いたとき、ニックはうたた寝していた。はっと目を覚ましたが、寝起きでぼんやりしていたため、暗視ゴーグルを持ってくるのを忘れた。しかし、森にひそむ男たちはまず間違いなくふたりの姿をとらえているだろう。

この女の仲間の男たちが森にいるとすれば。女は身をよじり、自分の足で立とうとしている。

そうはさせるか。ニックは痛みを与えないように気をつけて、女の足を払った。女はバランスを崩し、ニックの腕にしがみつくしかなくなった。

「わたし――お、お願い――」

「黙れ。ひと言も口を利くな。わかったか？」

女はがたがたと震えはじめた。同意のしるしにぎこちなくうなずく。

まいった。これはどういうわけだ？　こいつは何者だ？　今回の任務は秘密が多く、謎に満ちている。どこか外国の警察機関が内密の情報を入手して、ゾグロの船の入港を出迎えるということもあり得る。一味壊滅を狙っているなら、潜入中のニックも蜂《はち》の巣にされる。ゾグロは明日到着する予定だ。

しかし、ニックは死ぬわけにはいかない。

ドアを開け、裸の女を外に出した。女が足をばたつかせる音とすすり泣く声が邪魔して、仲間がいるのかどうか耳で探ることはできなかった。女を引きずって屋敷に向かいながら、想定可能な状況に思案をめぐらせた。

一。この女は毒蜘蛛《どくぐも》タイプの殺し屋である。武装していないのは見ればわかるが、その手の女の体はそれ自体が武器だ。こういう乳房が目の前にあれば、たいていの男は放心したように見入るだろう。効果としては、棍棒《こんぼう》で頭を殴られるのと同じだ。そして、言うまでもなく、裸の体にも隠せる武器はある。

身体検査をしなければならない。そう考えたことで、すぐさま下半身が反応した。ニックのひとつ目の蛇は、この美女が冷血な殺し屋でもかまわないと言っていた。

たまに不思議になることがある。男という生き物は、愚かしさのかたまりを股間にぶらさげていながら、老年はおろか、よく成人まで生き延びられるものだ。

二。裸の女はニックの気をそらすためのおとりで、襲撃部隊の伏兵がほかにいる。プールサイドで見せた思わせぶりなしぐさは、まさに男の気を散らすためのものだ。肉体の呪文《じゅもん》。プールから女を引きあげたとき、その肌は波のたった水に反射する宝石のようなきらめきを受けて、輝かんばかりだった。まるで魔術だ。

そう、突然の死は呪術的に訪れることもある。

屋敷のドアを開け、女をなかに入れた。紳士的に。女がもがくのをやめていたので、無理強いせずにすんだ。ニックは細い手首をつかんで背中にまわし、抵抗する間も与えず、うしろ手に手錠をかけてらせん階段の手すりに引っかけた。昔取った杵柄《きねづか》だ。

一歩さがって、女の体に目を走らせた。これはこれは。この女を送りこんできたやつは多額の予算を投じたに違いない。すこぶるつきのいい女だった。ニックは余計なことを言わないように自分を戒《いまし》め、現状の分析に戻った。集中しろ。

三。この女は何も知らない捨て石の売春婦で、〝アルカジー〟がどう反応するか見るためのテストの道具である。新入りの弱味をつかむために、いかにもゾグロが仕掛けそうなゲームだ。

その場合、ニックは見張られているということになる。ますます気が抜けない。しかし、心してかかれば、こちらが上手《うわて》を行けるかもしれない。うまくいったら儲《もう》けものだ。

「誰に頼まれた？」ウクライナ語で穏やかに尋ねた。

女は目をぱちくりさせた。「え？」

アメリカ人のようなイントネーションだが、こういう仕事にアメリカ人が使われることはめったにない。「誰に頼まれた？　雇い主は？」今度はロシア語で訊いた。

女はやはりきょとんとしている。

ゾグロの商売敵が送ってきた時限爆弾だという可能性も考えて、チェチェン語、エストニア語、モルドバ語、グルジア語のそれぞれで質問を繰り返した。ハンガリー語とルーマニア語まで試した。ゾグロがパパ・ノヴァクの不興を買ったという可能性もある。あの鬼畜どもは手を組んでいるが、百億ドル単位の金が絡めば、忠義など簡単に捨て去るだろう。

女の顔に理解のひらめきは見られなかった。恐怖におののく表情があるだけ。しかし、プロならそれで当然だ。

ニックを釣る餌《えさ》としては、まさしく適役だ。見る者の目を奪う愛くるしい顔立ち、白い肌、なまめかしい曲線美、大きな緑の目。ニックの好みにぴったりだった。痩《や》せすぎていない。マリブビーチでもてはやされるような筋ばったモデルタイプではなく、旧世界の東欧で美女とされたタイプ。

とくに唇がいい。ふっくらとした唇をなかば開き、小さく震わせているさまを見ていると、ベッドでの特技《ひよう》とおぼしきことがらがふと頭によぎった。きっと名人級だ。

自分が敬意を表されているような気がした。敵は地獄行きの切符を最高級のコールガールに持たせたのだから、知らぬうちにニックもずいぶん買いかぶられたものだ。

年齢はいくつくらいだろうか？　二十三歳前後だと当たりをつけた。二十五より上ということはないだろう。いまの職業に就いてからそう長くはないはずだ。この無邪気な雰囲気はでっちあげられない。そして、こういう仕事をする女はあっという間にすれてしまうのがふつうだ。

ともかく、見た目は申し分ない。髪からしたたり、肌に流れていく水滴で、全身がまだ輝いている。脚のあいだの茂みにもしずくがついていた。大きな乳房はぐっと突きでている。うん、手錠もなかなかいいものだ。つんとたった乳首。なすすべもなくすすり泣き。

ニックは努めて現実に返った。すすり泣いているのがなんだ。髪のなかにワイヤーを隠していたらどうする？ 背を向けたとたん、首を絞められるに決まっている。

「何者だ？ 誰に頼まれた？」ニックは英語で尋ねた。

「わたしは……ベッカ・キャトレル」うわずったかぼそい声。

「ベッカ・キャトレル」ニックは重ねて言った。「ベッカ・キャトレルとは何者だ？」

女は目を見開き、首をかしげた。「ええと……わたし？」

「笑えないね」ニックは女のおとがいに指をかけた。「なぞなぞじゃない。誰に言われてここに来た？」

「マ、マーラよ」つっかえながら言う。

「本当か？ マーラというのは？」

「じょ、上司」まだ口ごもっている。「うちのクラブの」

つまり、マーラというのがマダムか。これで謎の一部は解けたが、ニックが知りたいのはそこではない。「なぜマーラはおまえをおれのところに送りこんだ？」

「プールを使ってもいいと言われただけ」声をわななかせる。「あ、あなたはいい人だって聞いていたのよ！」

いい人？　期待を裏切られたという口調だった。ニックは女から目を離さずに、その事実を噛《か》みしめた。「マーラという名の人間はひとりも知らない」ニックは言った。「それから、おれはいい人ではない」

「そ、そう」女は罠《わな》にかかった兎《うさぎ》のようにまばたきをしている。

ニックは信じたいという馬鹿げた衝動を押しつぶした。「ここで待ってろ」

女にほかの選択肢があるとでもいうように。ニックは大股で警備室に戻り、赤外線を確認した。熱探知カメラをゆっくりと三百六十度回転させた。疑わしいものは何もない。もう一周させた。野生の動物以外、温かい血と鼓動を持つ生き物はいない。

べつのスイッチを弾《はじ》いて、二台のカメラで室内のらせん階段をとらえる映像を画面に映した。二方向からじっくりと女の姿をながめた。髪が前にかかって、顔は隠れている。震えているのは映像からもわかった。体を温めてやらなければならないだろう。

いや、だめだ。ニックは厳しく自分に言い聞かせた。騎士道精神が命取りになりかねない。ゾグロになったつもりで考えろ。思いやりも良心も情けも捨てろ。霊安室の死体みたいに冷たくなれ。

女の体をつぶさにながめた。接近戦の訓練を受けた者のような硬く引き締まった体形ではない。思わずふれたくなるほど柔らかそうだ。喜びを受けるにふさわしい体であり、贅肉《ぜいにく》をそぎ落とした殺人マシーンとはほど遠い。殺し屋だという可能性を捨てる誘惑に駆られた。

しかし、身体検査はしておかなければならない。

タオルを収めた棚の前で立ち止まり、ためらった末に一枚引っ張りだした。腑抜《ふぬ》けな自分が恨めしい。さらに、棚の下に置いてある小型暖房器をつかむという愚行を重ねた。尋問のあいだ、殺し屋か娼婦《しょうふ》かその両方を兼業している女に、多少居心地をよくしてやって何が悪い？　ゾグロは見ていない。ともあれ、そう願う。

女の怪訝《けげん》そうな視線を浴びて、自分がおかしく見えることに気づいた。どこかの更衣室で働いている若造みたいだ。まあいい。プラグを差し、温風を向けた。手を伸ばしたとき、女は身をこわばらせたが、ニックはかまわずに濡れた髪をひとつにまとめてそっとひねり、水を絞りだしてから手を離した。

油断すれば首を絞められるかもしれないという考えがまたよぎった。すべらかな髪に指を走らせ、裸の殺し屋が商売道具を隠していないかどうか探った。

女の髪は豊かで、驚くほど柔らかかった。ワイヤーは隠されていない。

ニックにふれられて、女はおののいている。イヤリング、指輪、ネックレス、アンクレット、ブレスレット、トゥーリングなどは一切身につけていなかった。ウエストのくびれから背中のほうに手を這《は》わせると、無言でいやがるしぐさを見せる。テープで肌に留められているものもない。それから、腿の内側に手を入れた。ここも殺しの道具の隠し場所としてよく使われるところだ。女は甲高い怒りの声をあげ、必死に身をよじったが、ニックはどちらも取り合わなかった。さらに、乳房の下をまさぐった。これだけ大きな胸なら、その下に何かを貼《は》りつけて隠すのは簡単だ。しかし、何もなかった。こたえられない手ざわりだ。

念のためにもう一度、全身をくまなく確認した。やはり何もない。残るは体の穴だけだが、それはあとでもいいだろう。なんといっても、相手は見知らぬ女だ。

ニックがふっと漏らした笑みに、女は顔を引きつらせた。「何がおかしいのよ？」切りつけるように言う。「痴漢行為はもう終わったの？　最低な男ね」

「まだだ」ニックは穏やかに応じた。タオルをつかみ、手際よく女の体を拭《ふ》いていった。

女はもがき、逃れようとした。「やめてくれない？」

「いいとも」ニックは言った。タオルを放《ほう》り、女の体に視線を走らせた。もうほとんど乾いていて、唇には色が戻ってきている。仕事に専念するのが一番だ。

「話をしよう、ベッカ・キャトレル」ニックは言った。「マーラのことを一から教えてくれ」

「マ、マーラは職場の上司よ。クラブの」とりあえず、答えは一貫している。

「なるほど」ニックはうなずいた。「クラブ。話の取っかかりとしては申し分ない。では、そのクラブについて聞こうか。経営者は？」

「ええと、その、社長だと思う。ジェイムズ・ブレイストック四世。〈カーディナル・クリーク・カントリークラブ〉はボセルにあるの。わたしはイベントプランナーよ。仕事は会議や晩餐会《ばんさんかい》やパーティの手配。それに結婚式も」

ニックの思考回路が凍りついた。呆然《ぼうぜん》として女を見つめた。カントリークラブ？　高級コールガールのクラブではなく、社交クラブ？　いったいどういうわけで……？

「マーラは直属の上司よ」女はしゃべりつづけていた。「マーラ・マトロック。彼女がジェローム・スローンの――自分の恋人の別荘の鍵をわたしに渡してくれたの。別荘は丘の家に建っている大きな三角屋根の建物よ。マーラは何年も前からここのお屋敷のプールを借りていると言っていた。家主はおとなしい人だって聞いていたけど――」女は口ごもった。「その家主さんは……あなたじゃないみたいね？」

ニックは咳払《せきばら》いした。新たな推測が形を成しつつあるが、この女が殺し屋だという筋書きよりもさらに歓迎できない。「ああ。おれではない。この屋敷の所有者は変わった。数週間前に」

女はうなずいた。「わかったわ。お、お願いだから――」小声で言う。「手錠をはずして」

ニックは胸もとで腕を組んだ。嘘《うそ》の可能性は排除できないが、ここから一番近い建物の所有者はたしかにジェローム・スローンという名前だ。調査書は手もとにある。ジェローム・スローンは五十代のアートディーラーで、金まわりはよく、シアトルとサンフランシスコの両方を拠点に暮らしている。ニックはこの小さな島の不動産所有者について、全員の調査をすませていた。スローンは八月の第二週にフレークス島を出てから戻ってきていない。

もっともらしい嘘だ。頭のなかで懐疑の声がささやいた。ニックが行なったのと同じ調査は誰にでもできる。

「よし」ニックは言った。「ひとまず、それが本当だと仮定して――」

「本当よ！　わたしがプールを借りたのはただ――」

「黙れ」ニックはうっすらとした笑みを浮かべた。「本当だと仮定して、まだ四月なのにここで何をしていたのか説明してくれ。もっと具体的に言えば、なぜ真っ裸で人の家に立ち入り、おれの安眠を妨害して、死ぬほどびびらせてくれたのか知りたい」腕時計に視線を落とした。「午前十二時四十分に」

女のまつ毛がはためく。「わたしが？」おずおずと尋ねる。「あなたを怖がらせた？」

「説明しろ」ニックはすごみを利かせた。「信憑性《しんぴょう》がなければ納得しないからな」

女は震える息を吐いた。「さ、最近、私生活でごたごたがあったの。だから、その、すべてから逃げだしたくなって。あの別荘をわたしに使わせてやってほしいって、マーラがジェロームに頼んでくれたの。ここにすてきなプールがあることもマーラから聞いたわ。後先を考えていなかった。マーラはプールを借りても誰も気にしないと言っていたから。でも……まちがっていたみたいね」

ニックは頭のなかで女の話を分析した。じつのところ、プールの建物にセキュリティシステムを設置するだけの時間がなくて、まだ監視カメラしか取りつけていない。先ほど警報が鳴ったのは、周囲に張りめぐらせた赤外線センサーに引っかかったからだ。

まずいことになった。無関係なイベントプランナーを巻きこまずとも、目の前に迫ったゾグロの来訪を生きて乗りきれる見込みは薄い。「裸で不法侵入することはよくあるのか？」

純粋な好奇心から尋ねた。

女は、色が濃くてくるんとしたまつ毛を、若葉のような色の目に伏せた。鼻にはうっすらとそばかすが散っている。おい、気をそらすな。ニックは自分を叱《しか》りつけた。

「いいえ」女は小声で答えた。「ああいうことはいままで一度もしたことがなかった。なんていうか、練習みたいなもの。わたし――ええと、もう少し奔放な女になりたくて」

奔放？　ニックは女を見つめた。思わず口もとがゆるんだ。下半身が反応している。奔放になる方法ならおれが教えてやれる。熱く、汗だくになって、一生忘れられないほど大胆に。右から、左から、前から、うしろから。

いや、だめだ。「奔放？」ニックは聞き返した。

女は手錠をかけられた状態で小さく肩をすくめた。「馬鹿みたいなのはわかってる。でも、わたしはずっと優等生だった」このあたりから早口になっていった。「きちんと歯を磨いて、宿題をして、ビタミンを飲んで、一所懸命に働いて、謙虚な気持ちを忘れず……だから、婚約者はわたしが政治家の妻に向いていると思ったってこと」

「婚約者？」鮫が嚙みつくような勢いで言葉が飛びだした。

「元婚約者」〝元〟を強調して言い直す。「わたしにはいままで不品行なことをする勇気がなかった。それで、あのろくでなしも、わたしならゴシップの種になるようなうしろ暗い過去がないと踏んだのね。あいつは条件さえ合えばデパートのマネキンとでも結婚したでしょうよ。恩着せがましくて、計算高くて、最低の男——」

「本題に戻ってもらえないか？」

もう遅かった。火がついたようにしゃべっている。思い当たることはある——プールサイドにほとんどからのワインの瓶が置いてあった。女が持ちこんだものだろう。ほぼ一本をひとりで空けたにちがいない。

「あいつは浮気したのよ！」激しい口ぶりで言う。「カイアと！　あれこそ奔放なタイプ。鼻にピアスをしていて。ネパールを放浪したことがあって。アフリカに探検に行ったこともあるそうよ。お祭り騒ぎが大好きな馬鹿女」

ニックは女が怒るようすにほほ笑んでいた。微笑を浮かべるなどずいぶん久しぶりで、一瞬、その感覚を認識できなかった。頬が引きつったのかと思ったくらいだ。

女はニックの笑みをおもしろく思わなかったようだ。眉をひそめる。「なにがおかしいのよ？　笑える話だった？」

「すまない」女の全身に目をそそいだ。「きみがマネキンだとは思わない。生身の女に見える」

「あの、それはどうも」おずおずと言う。「褒めてくれたからといって、手錠をはずしてはもらえないのよね？　でも、手首が痛いの」

ニックは女を見つめた。いまの話が本当なら、ニックは女の好奇心を刺激するような対応を取ったせいで、自分と女の双方を危険にさらしたことになる。話が嘘なら、女のほうに邪《よこしま》な心づもりがあるということで、ニックが今夜のうちに天に召される可能性はぐっと高くなる。

大きく息を吸って、吐きだした。このゴージャスな体を見ていると、殺されるかもしれないという不安はどんどん小さくなっていった。

もしも本当にただの裸のイベントプランナーなら、麻薬を打たれたり、刺されたり、毒を盛られたりせずに、ことに至れるかもしれない。

ニックはその考えを途中で振り払った。この女は死ぬほど怯《おび》えている。手錠で自由を奪われている。どれほど魅力的だろうと、ニックは力ずくで女に迫ったことはない。いまからその禁を破るつもりもなかった。誰が見ていようと。

しかし、安全な対処法は思いつかなかった。ゾグロが来て、帰るまで、女を島から追い払っておけるような脅し文句があればいいのだが。ただし、あえて怖がらせても、沈黙を守らせることは不可能に近い。地元の警察に駆けこんで、訴えを起こし、すべてを台無しにするかもしれない。おそらく、取り返しのつかないことになる。

どうする？　笑ってすませてもらえるとも思えない。一風変わった出会いの記念として手錠を持たせ、いかれた男が新たな隣人になったことを笑い話のネタにしてくれなどと言うのは無理だ。そうするには、いますぐ親しくなる必要がある。

男としての本能は、彼女をその場に留めておけと叫んでいる。裸で、身動きが取れず、ニックが近づいても逃げられない状態に。

大人になれ。ニックはうしろ髪を引かれる思いでため息をつき、手錠をはずした。

手錠をはずしてもらったとたん、ベッカはタイルの床にがくりと膝をついた。力が抜けていた。目の前には、よく日に焼けたはだしの足がある。視線をあげると、毛の生えたすねと男らしいふくらはぎが目に入った。男は膝下で裾《すそ》を切ったぼろぼろのカーゴパンツを穿《は》いていた。ベッカはさらに視線をあげた。硬そうな太腿、引き締まった腰、それから……股間《こかん》の膨らみ。

大きな膨らみだ。

ごくりとつばを飲み、その先に目を進めた。おなか、たくましい胸。袖《そで》なしの黒いTシャツはくたびれているが、かえって厚い胸板を引きたてている。それから、ベッカはこげ茶色の鋭い目をまっすぐに見つめた。美しい瞳、長いまつ毛。心持ち切れあがった目もとが印象的だ。まなざしは熱く、ひたむきだった。

ふいに女ならではの警戒心が頭をもたげ、体のなかがざわつきはじめた。いますぐ立ちあがったほうがいい。この恐ろしい大男の前で膝をつき、裸体をさらしていると……ううん、だめ。

いま自分が何を意識しているにせよ、それはベッカが考えたいことではない。一瞬たりとも。心が乱れる。

でも、ベッカは裸だ。こうしてうずくまっていれば、ひとまず体を隠せる。もう一度ちらりと目をあげた。しかし、目が合ったとたん、熱いフライパンに落ちた水滴のように落ち着きを失って、視線をそらした。恐ろしい大男だと思ったのは間違いだ。〝ものすごく恐ろしい巨漢〟に訂正する。ベッカは両手をついて、立ちあがろうとした。しかし、がっしりとした温かい手につかまれた。長い指は肋骨《ろっこつ》をおおうようだ。男はベッカを持ちあげて、立たせた。手が離れる。全身の肌がぞくぞくしている。

ベッカはきょろきょろと部屋を見まわしたが、ほどなく諦《あきら》めて、SF映画の牽引《けんいん》ビームみたいなまなざしに目を戻した。こうして立ちあがって見ても、大きな男だった。とはいえ、丸太のような首をした筋肉むきむきのタイプではない。運動選手のように引き締まった体つきは、獲物に襲いかかる前の野生動物を思わせる。きっとここの警備を請け負っているのだろう。銃を持っている人間は多いが、ふつうの家主はいきなり手錠を出したりしない。

肩は厚く、たくましい。その両方にタトゥが彫ってあるが、眼鏡がないので模様までは見えなかった。どんな模様でもいい。この男には磁力がある。それがベッカを引きつける。粗野な雰囲気はあるものの、顔立ちは端整だ。目の下にくまができている。高い頬骨の下には、えくぼらしきものがかすかに浮かんでいる。口もとはきりっと結ばれていた。少しだけ曲がった鼻はいわくありげだ。マホガニー色のもつれた髪が肩をかすめている。黒みがかった翼のような眉。その片方には傷跡が残っていた。無精ひげと呼ぶには長すぎるひげがあごをおおっている。本当に眠っていたところを起こしてしまったのだろうか。たしかに睡眠不足のように見えた。

ベッカは片方の腕で胸を抱き、もう片方の手で下の毛を隠した。男の視線が熱い舌のようにベッカの肌をゆっくりと舐める。ふたりのあいだで目に見えない火花が散り、太い電流が走った。ベッカは震える唇を舐めた。「あ——あなたの銃はどうしたの?」

険しい口もとに笑みがよぎる。「銃のことは心配するな。撃つつもりはない。きみがおれを殺そうとしない限り」

「そ、そう」ベッカはつばを飲み、思わずもう一度唇を舐めていた。「そんなことをする気はまったくないわ」

「それはよかった」男は言う。「安心したよ」

「からかわないで」ベッカは食ってかかった。男の顔に笑みが広がる。ああ、やっぱり。口の両はしにすてきなえくぼがはっきりと浮かんだ。歯は真っ白だ。

「からかってなどいない」

男の目から目を離さずにかがみ、タオルを取ろうとした。男は大きな足の親指でタオルを引っかけ、ベッカの手の届かないところに放った。

「だめだ」ささやくように言う。「そのままでいい。奔放な女になりたいと言っていたな。指南役が必要か？」

ベッカは両手でできるだけ体を隠した。「あんなことを言ったなんて信じられない。いいえ、必要じゃないわ」

男はうなずいた。「そうか」声は低くて、ベルベットみたいになめらかだ。しばし無言でベッカを見つめる。

「わたしから離れて。いますぐ」ベッカは小声で言った。「そんなに近くに立たないで」

言われたとおり、男は一歩さがった。男の体からにじんでいたような磁力がふっと消える。しかし、ベッカはあられもない姿でいることをさらに強く意識した。両腕で自分の体を抱いた。

男はベッカの両方の手首をつかみ、ゆっくりと腕を開かせた。「きれいだ」

ベッカは顔をあげ、背筋を伸ばした。「まさか」泣きだしたかった。この男にキスをしたい。わたし、いったいどうしたの？

この男がベッカにそそられているのは明らかだ。カーゴパンツ越しにもわかる。男はベッカの視線を追って、誘いかけるような笑みを見せた。

わたし、誘われたいの？　脚のあいだが疼《うず》く。ふいに、こういう大きな男と寝るのはどういう感じだろうかと考えていた。

男も同じことを考えている。それが目に表われていた。抵抗感と興奮がベッカの全身を駆けめぐる。だめ、ここでやめておいたほうがいい。冷静になりなさい。いきなりメジャーリーグに飛びこむような覚悟は決まっていない。できればマイナーリーグから始めたい。

でも、奔放な女としてゆきずりの情事をたしなむには、これ以上ないほどおあつらえ向きの相手だ。ベッカはこういう男と付き合ったことがなかった。これまでのボーイフレンドは全員が害のない男だった。会計士、コンピューター・コンサルタント、研究者。税の申告時やノートパソコンが壊れたときには頼りになったけれども、性的な好奇心をかきたてられて脚のあいだが疼くようなことはなかった。

この男はまったく見知らぬ他人だ。おまけに慣れた手つきで銃を扱っていた。ついさっきまで、ベッカを拘束していたことは言うまでもない。あろうことか、手錠で。かけるときも、取りはずすときも手際がよかった。

それが何?

こんなふうに体が火照ってたまらないのは初めて。相手がいるときも、バイブレーターを片手にひとりでふけるときも、いままでは心地よいぬくもりを感じるのがせいぜいだった。とりあえずの快感はあるものの、面倒だという気持ちのほうが強かった。

尋常ではない状況によって、性本能が目覚めたのかもしれない。映りの悪いテレビを叩いて直すようなものだ。

沈黙の密度が増していく。熱が高まっていく。この男とのセックスは生涯で唯一のとびきりふしだらな行為になるだろう。きっと……最高の思い出になる。

ベッカは深呼吸して、舌で唇を濡らした。できることならなまめかしくほほ笑み、上目づかいでまばたきをしたかったけれども、顔のコントロールが利かない。ふわふわと浮いているような気分だ。ワインを飲みすぎたせい？　思いがけず捕らわれの身を体験したせい？　それとも、この男のせい？

そう、原因はこの男だ。

ベッカは目を見開いて男を見つめ、どうやって始めようかと考えた。でも、裸をさらしていること自体、第一歩としては上々だ。男はベッカの考えを読み取ったようだ。

「あの……」ベッカはまたつばを飲み、男がリードしてくれるように強く願った。

そのとき、ぐっと引きよせられた。ベッカは男にもたれかかる格好になった。

「拒まないでくれ」男はかすれた声で言った。そして、ベッカの唇を奪った。

ベッカが本当に拒まなかったことに、男は驚いたようだった。

4

女の唇は柔らかかった。息を呑むように喉を鳴らしながらも、ひんやりとしてなめらかな唇は、強奪にも等しいキスを受け入れている。口のなかは甘くとろけるようだ。しかし、女の舌はニックの舌から逃れようとした。ニックは持てるテクニックをすべて駆使して誘いこんだ。

震える体がぴったりとよりそってくる。いますぐパンツをおろして、女を壁に押しつけたい。仮死状態だった性欲が命を吹き返したかのようだった。

考えつく限り最悪のタイミングで。しかし、今夜ひと晩は時間があると自分に言い聞かせた。危険はない。女を危険にさらすつもりもない。ゾグロとその手下たちは明日まで来ないのだから……。

女は首をのけぞらせて唇を離し、喘《あえ》ぎながら息を吸いこんだ。

そうだ、前戯だ。エチケットを忘れている。「ああ」ニックはくぐもった声を出し、濡れた耳に鼻をすりつけてから、耳たぶを歯で軽く挟んだ。「おれは前戯が何より好きだ。きみは？」

「もちろん——」

ニックはまたキスをして言葉をさえぎった。この衝動は説明がつかない。ニックの監視区域に入りこんできた女。本来、邪魔でしかなく、掛け値なしに混乱のもとだが、そういうことも気にかからなかった。自分を抑えられない。彼女を奪うまでは収まらない。

女のほうもその気になっている。もう止まらなかった。ニックの体も両手も女の体に囚《とら》われていた。全身のスイッチをいっぺんに入れられたようなものだ。ニックは柔らかな体を抱きしめた。夢うつつだった。ずいぶん長いあいだ人肌にふれずにきた。下半身だけでなく、全身がぬくもりに飢えていた。ニックの唇はこのなめらかな肌を味わいたがっている。悩殺的な曲線をなぞり、しゃぶられるのを待つようにつんとたった乳首を濡らしたがっている。ニックの両手は女の体じゅうをまさぐっていた。

「前戯が好きだ」もう一度言って、首をついばんだ。「キャンディのようにきみを舐めたい。余すところなく」

「いいわ」ニックが尻のあいだに手を滑らせると、女は身を震わせた。「教えて。これから何をするのか――」

「ここも舐めたい」花びらをかき分けて、内側のひだを愛撫《あいぶ》した。もう濡れている。早く押し倒したい。脚を開かせ、そこを探求するのが待ちきれない。「きみのジュースを舐めて、クリトリスをしゃぶり、泉があふれたら、それも舐めて――」

ニックの声は途切れた。頭を引きよせられ、キスをされたからだ。そのぎこちない熱情がニックの胸に爆弾を落とした。どんどん深みにはまっていくようだ。おかしくなりそうだった。止められない。もう何があっても止まらない。

飢えたように唇を奪い返し、それからまた耳に鼻をすりつけて、女に息を継がせた。「下の唇のあいだに舌を差し入れて、舐めまわす」耳もとでささやいた。「それから指をなかに入れ、同時にクリトリスを舌で転がす」

「ああ……」女は吐息まじりにささやいた。

「腿もケツもびしょ濡れになるまで続ける。きみが喘いで、息を弾ませ、自分から腰を突きあげるまで。おれのペニスがほしいと泣きつくまで」

女は身を引いた。なかば口を開き、息を切らしている。頬は真っ赤で、目は潤んでいた。

「そう、それよ」

「なにが?」ニックは尋ねた。

「わたしがほしいもの」女は答えた。「ジャスティンがくれなかったもの」互いに震え、ぴたりと重ねた体のあいだに手を押しこんで、ペニスを包み、カーゴパンツの上から握った。

「これは、その、規格外ね。でも、考えてみれば当然かも。あなたは何もかも規格外なんだから」

ニックはうめいた。「きみはおれのことを何も知らないだろ」

「わたしは学習能力が高いの」おどけたように言う。「それに、あなたは最高の教師よ」

指がペニスにまとわりつく。ニックは喉を軋ませて、歓喜と敗北感の入り混じった声をあげていた。「きみは悩ましい女だ」

「すごい」女はつぶやいた。「ずっとそうなりたかったの」

パンツのなかでイかずにいるには、我慢に我慢を重ねなければならなかった。そっとひねられ、興味津々といったようすでさすられ、くすぐるようなひらひらとした手つきで撫でられ――そのすべてがニックの正気を奪っていく。

昔から、まずはたっぷりといちゃつくのが好きだった。ベッドの相手を気持ちよくさせるためには骨身を惜しまないたちだ。ニックはまだ若いうちに、女の子をセックスに夢中にさせ、もっとほしいとねだらせるコツを呑みこんだ。大事なのは、あせらず、できる限りたっぷりと前戯に時間をかけること。この第一条件を負担に感じたことはなかった。甘くて、みずみずしくて、奥の深い肉体と何時間も戯れるのは、ニックにとってはこたえられない喜びだった。

しかし、このまま愛撫されていたら、さかりのついた野生の猪《いのしし》よろしく襲いかかってしまうだろう。ニックは女の手に手を重ね、ペニスから離させた。そして、濡れたシルクのような毛の下に手をすべらせた。

とろりとした熱いオイルみたいな愛液のなかで指を躍らせ、じらすようにゆっくりと奥へ進めていった。親指でクリトリスを撫でまわし、性感帯を探りつつ、女を震わせ、喘がせて、締まった穴に人差し指を突き入れた。

内側はふっくらとして、ビロードのようになめらかだった。その手ざわりも、そこから太腿まで同時にひくつく感触も心地いい。首をのけぞらせ、目を閉じている女は、さらに美しく見える。

ニックは我慢の限界を迎えていたが、女のなかは小さく、まだまだきつかった。最初に一度イかせ、ぐっしょりと濡らして、自分の足で立てないほどとろけさせなければならない。

それには多少の時間がかかる。

ニックは快楽に溺《おぼ》れかけていた。日が昇るまで、このセクシーな仔猫《こねこ》ちゃんを何度も何度もイかせて、歓喜の叫びをあげさせるのがなぜいけないことなのか、わからなくなりはじめている。

あとほんの数時間で死と隣り合わせの任務が始まることは心の奥で意識していたが、女がのぼりつめているいま、手を止めることはできなかった。女の体のなかで快感がつのっていくのがわかった。唇もあそこもわななかせ、腰を突きだして――

そして、その瞬間が訪れた。喜びの蜜《みつ》がほとばしる。女の全身に走ったさざめきはニックにもこだました。あそこ全体が痙攣《けいれん》するように震えながら、熱い肉でニックの指を締めつける。

ふたりは互いの肩に顔をうずめ、抱き合ったまま揺らめいていた。濡れた髪がニックの鼻をくすぐる。女は肩を噛み、ピンク色の舌でニックの肌を舐めている。これでいい。神に祈るような気持ちで、女がニックをもう受け入れられることを願った。ニックのほうは待ちかねている。ぐっとパンツをおろすと、ペニスは女の腹に向かって跳ねあがった。尻をつかみ、持ちあげて、壁に押しつけ、いよいよ挿入するつもりで腰を落とし――

「あの、コンドームは持ってる？」

理性的な質問が、頭のなかにかかった欲望の靄《もや》を突き刺した。尖《とが》った針のようにちくりとニックをつついた。

「え？」不意をつかれて、首をかしげた。「いったいなんの……？」

「だって、すぐにも入れそうだから。ゴムが必要でしょ？」女は上唇にかかった汗を舐めた。唇はニックのキスで赤らみ、輪郭がにじんでいる。

「持っていない」

女はまばたきをした。「ええと、その、残念。それならできないわよね。わたし、あなたが帽子のなかからぱっとゴムを出してくれると思っていたみたい」

いらだちが募《つの》った。「帽子なんかかぶっているように見えるか？」

女はたじろいだ。「言葉のあやよ。あなたがさっきしたいと言ってくれたことならできると思うけど？」

ふたつの考えが頭に浮かんで、ニックははっとした。ひとつ、コールガールにしては奇妙なほどすれていないという第一印象を持っていなければ、いまの言葉で、やっぱり娼婦なのだと確信していたということ。

ふたつめは、欲望にくらんだ心のなかで、かろうじてつかんだ事実だ。ここでやめるきっかけを与えてもらった。

ニックは地獄行きの急行列車に乗っていた。いま彼女に救ってもらったのだ。感謝すべきだろう。しかし、ニックが求めているのは、女の心を惑わし、ペニスとよしみを結んでもらうことだけだった。

女の腰をつかんだ。「コンドームはない。一番近いドラッグストアは数キロ先だ。賭けに出るしかない」

女は目を見開いた。「ええ？　でも、それはあまり賢くない——」

「ああ、そのとおりだ」

「わたし、あなたの名前すら知らないのよ」ささやくように言う。

ニックは鼻を鳴らした。「そうか？　いまになって気づいたのか？」

名前を教えたかった。苗字も名前も別名も。一緒に裸になりたかった。彼女のなかに入りたかった。いますぐに。子どもみたいに地団駄を踏みたい気分だが、実行はしなかった。彼女のおかげで自制心を取り戻していた。

生まれてこのかた、ペニスにこれほどの落胆をもたらしたことはない。

女は手をおろし、勃起《ぼっき》したままのペニスをこわごわと撫でた。野生動物に嚙まれるのを恐れているような手つきだ。「折衷案にしましょうよ」女が申しでた。

すぐには答えられなかった。正しいことをしろ。ニックは胸に言い聞かせた。礼を言って、別れを告げろ。しかし、口から飛びだしたのはべつの言葉だった。ぶしつけで、愚かしい言葉。

「わかった」ニックは言っていた。「しゃぶってくれ。お手並み拝見といこう」

女はぱっと身を引き、乳房を揺らしながら、反対側の壁に背がつくまであとずさりした。男性ホルモンの毒気に当てられたのは明らかだ。

ニックは仔猫を蹴ったかのような罪悪感を覚えた。「いや、すまない」

女は背筋を伸ばした。「かまわないわ」つんとして言う。「ふたりともどうかしていた。わたし、もう行くから」

「ありがたいね」ニックはつぶやいた。そして、女は消えた。ニックは火照った顔をぬぐった。手が震えている。全身が震えている。情けない。氷の男とまで言われたおれが。あっさりと溶かされた。いまのはなんだったんだ?

そのとき、あのベッカという女が午前一時に懐中電灯も持たず、裸で森のなかにいると気づいた。まずい。歩道に沿っていけば大丈夫だと自分を納得させようとした。しかし、今夜は月がなく、森のなかは真っ暗だ。スローンの三角屋根の別荘に戻るまで、心もとない思いをするだろう。十分程度で別荘に着くはずだから、そのあいだ裸でいても死ぬわけではないが、それでも……。

警備室に入って、熱探知カメラの装置をつかんだ。

虹色《にじいろ》に縁取られた画像がよろよろと遊歩道を進んでいくのを見て、ニックは顔をしかめた。女は低くかがんで道を手探りしながら、両手両足をつくようにして歩いていた。ニックはできることなら暗視ゴーグルをつけてあとを追い、無事に帰るのを見届けたくなった。

しかし、いまみたいに股間を硬くして、暗い森のなかで裸の美女を追うのは、利口なことだと思えない。自分が信用できなかった。彼女を肩にかついでスローンの別荘に運び、なかに入ったとたん押し倒してしまうかもしれない。コンドームを手に入れ、彼女の言質《げんち》が取れるなら。

彼女の言うとおりだ。どうかしている。いまのおれはどうかしている。

ニックは次善の策を取った。らせん階段をのぼって、屋敷の奥に並ぶ寝室のひとつに入り、窓際に陣取った。ここからならスローンの別荘が見える。彫像のようにじっと立って、待った。やがて別荘の窓に明かりがついた。無事に帰ったしるしだ。

今後かかわりを持たなければ、忘れてくれるだろう。ニックは法にふれることをしていないし、彼女もコンドームがなかったことを警察に訴えはしないはずだ。しかし、銃と手錠については――わからない。もう手遅れだ。とはいえ、警察に訴えるとなると、まずは裸で他人の家のプールで泳いでいたことについて尋問されるはめになる。そう、彼女が警察に駆けこむ可能性は低い。

ニックはベッドにどさりと腰をおろした。自分を呪いたくなる。あの女がほしかった。心の底から。

生き返ったような気分を覚えているのが本当に不思議だった。なんといっても、ニックは社会の害虫たる異常者のゾグロに近づくために、策をめぐらせ、人に頭をさげ、拝み倒し、欺《あざむ》き、計画を練ってきたのだ。気力があれば、笑っているところだ。

いくら金を積まれても、こんな任務を喜んで引き受ける者はいない。それをただでやるニックはよほどの愚か者ということだ。しかも、人生で最重要の命懸けの任務にたったひとりで就いているというのに……裸の美女がどこからともなくさまよいでてきたとたん、自分の正体も、任務のことも忘れてしまった。つたないキスに酔わされ、腑抜けにされた。

ニックはところかまわず人を抱きしめるような男ではないが、彼女の腕のなかはとにかく心地よかった。それに、あの熱く引き締まったところのことを思いだすと、いまでも指がうずうずして――

そこまでだ。ニックは両手で顔をおおい、狼《おおかみ》の咆哮《ほうこう》のような声をあげた。この任務を生きて切り抜けられれば、すべてにかたがつく。余生は鳥小屋を建てることに費やしてもいい。

ベッカの魔法は強力だった。魔法が効いているうちは、男としての自信を失わずにいられるだろう。自分の〝道具〟がまだまだ使えるとわかってよかった。ニックはペニスをパンツのなかに戻そうとしたが、わが分身はいまだに現実を見ようとしていなかった。デモ集会で突きあげられたこぶしみたいに高々とそそりたっている。一度抜いておくべきだろうか。マスターベーションの欲求はここ数カ月感じていなかった。セックスは言わずもがなだ。

忙しすぎたからだ。のめりこみ、ふさぎこんでいたからだ。最後にセックスの機会があったのは、氷に閉ざされたロシアの恥部で、人身売買の中継地点にいたときのことだ。ニックは買い手を装ってスヴェティを捜していた。そこにいないことを祈りながら。

密売人のひとりが、商品を味見したらどうだと持ちかけてきた。イヴァナ。ベラルーシ出身。まだ十四にもなっていなかった。怯えて、打ちひしがれていたが、きれいな女の子だった。タイかフィリピンの売春ツアーの人気スポットに運ばれ、売春宿のベッドにつながれて、食い物にされることを運命づけられた少女。ぼろぼろになって、墓場に追いやられるまで。

あの晩、ほかの男にまわされるのを防ぐためだけにイヴァナを連れ帰り、ニックはベッドを明けわたして、自分は汚い床でコートにくるまり、鼠と添い寝した。〝貨物〟は翌日運ばれていった。

あれから性欲が失《う》せたままだった。とにかく気が滅入《めい》って、しばらくのあいだは食欲すらほとんど湧《わ》かなかった。あのときスヴェティの捜索を諦め、潜入捜査を打ちきれば、イヴァナを救えた。

しかし、ニックはスヴェティの母親に約束したのだ。そして、セルゲイの亡霊に。

気がふれそうだった。何千という女性や子どもたちが売り買いされ、食い物にされ、ゴミのように捨てられて、ゾグロのような男たちがますます肥え太っていく。売春目的で世界中から集まる下劣な男たちは、いつでも新鮮な肉にありつけるというわけだ。スヴェティやイヴァナと変わらない数千人の少女たちに。ニックには何もできない。

ただし、この任務を除いて。ニックは手を広げず、ひとりを救うことに専心するつもりだった。スヴェティひとりだけだ。全員のことを考えていたら、おかしくなってしまう。

腹の底では、ゾグロやその同類を止めようとしても無駄だとわかっていた。マフィアの親玉をひとり倒したところで、後釜《あとがま》を狙うやからが千人と湧いてでるだけだ。しかし、さらわれた女の子をひとり見つけて、母親のもとに返してやることはできる。たったひとりでいい。大望ではない。

カーゴパンツについているいくつものポケットを叩いて、ライターと煙草を探した。〝アルカジー〟が好きなトルコの銘柄だ。

ありがたい思いで、きつい煙草を深く吸った。

煙草を覚えたのは、荒れていきがっていた十代のころだ。何度かやめようとしたことはある。しかし、おそらく肺を長く使うことはないという事実に気づいたいま、我慢するのも馬鹿らしい。

ニックはスヴェティの見た目を思いだそうとしたが、半年を経て、細かいところは記憶から消えかけていた。ただ、はっきりと覚えていることもあった。黒みがかった長い髪。金褐色の瞳。セルゲイによく似た笑顔。生まれつき首筋についていた赤いあざ。しかし、顔そのものを思い浮かべようとすると、いまはベッカの姿が頭によぎった。あどけなさを残したまま大人になった女性の姿が。

ニックは股間を見おろし、温かみのない笑い声をたてた。無分別な荒くれ者をへこませるには、スヴェティとイヴァナのことを考えるのがあつらえ向きだったようだ。

有益なことがわかった。歩道の横木と親指が直角になるように気をつければ、ごつごつした岩に当たったり、虫や蛇だらけの草むらに突っこんだりすることなく歩ける。これでひとまず安心だ。

から元気だった。三角屋根の別荘に向かう横道を見逃せば、島をぐるぐると徘徊《はいかい》したあげくに凍死したり、野生動物の夜食にされてしまうかもしれない。安心どころではない。急場しのぎの対策は、道のはしによって、歩道のふちを足の指で探ることだ。足を引きずるようにして歩くため、のろのろとしか進めなかった。ベッカは怒りにすがった。なぜかそのおかげでパニックに陥らずにすんだ。

傷ついた足の先が何かに当たって、思わず叫び声をあげたが、目には感謝の涙が浮かんでいた。横道だ。

手すりにしがみついて歩き、そして、別荘の階段をのぼった。小枝がピシピシと当たり、顔に蜘蛛の巣がかかって、はためく虫が髪に絡まりそうになる。ベッカは虫を払って、真っ暗なポーチを渡り、ようやくドアを見つけた。一番近い寝室をめがけて走りながら、手当たりしだいに電気をつけていった。

湯気のたつ風呂に四十分ほど浸《つ》かって、ようやく寒気は収まったものの、彼の手と唇の感触はぬぐえなかった。全身を突き抜けるオーガズムの余韻も。そういうことについてはロマンス小説で読んだことがある。でも、あまりに強烈な感覚にベッカは縮みあがっていた。情けない。三十近くにもなって、本物のオーガズムに泡を食うなんて。そのあと露骨な言葉を投げられて、さらにみじめな気分になった。しゃぶってくれ。お手並み拝見といこう。あんな育ちすぎの不良にのぼせあがりかけていたなんて。名前も知らない男に。もう名前なんか知りたくなかった。

クローゼットを引っかきまわして、べつのバスローブを取りだした。それを体に巻きつけ、スローンの別荘のなかを歩きまわった。スキー場のロッジみたいな家だ。大きな梁《はり》、敷石の床、ヒマラヤ杉の羽目板の壁、巨大な暖炉、趣味の悪い格子柄のウールのソファ。壁に鏡がかかっている。ベッカは白い顔と目の下ににじんだマスカラを見つめた。いつもと感じが違う。頭にこびりついているジャスティンとカイアのことを考えても、いつもの気分にならなかった。ペニスに歯型を残した事故は、変わらずおぞましいものだが、たったいま起こったことに比べたら、もうどうでもよかった。猥褻《わいせつ》さという点で、隣の大男、ミスター・ビッグはジャスティンを打ち負かした。ジャスティンとの差は、ミスター・ビッグの卑猥な関心がベッカに向けられたところだ。

単にからかっていたのではなく、本気だったことは間違いない。あの股間の膨らみはまやかしではない。

入院中のジャスティンが青白い顔にわざとらしく苦悶《くもん》の表情を浮かべ、泣きごとを並べながら自己弁護に努める姿が頭によぎった。首と頭に固定具をつけて、きれいな顔に蔑《さげす》みの笑みを浮かべたカイアの姿も。

わたし、これからどうするつもりなの？　また泣き寝入り？　時々《ときどき》自分を殴りたくなる。

暖炉用の長いマッチを箱から一本取りだした。火はもうおこしてあった。焚《た》きつけの新聞紙を炎が舐める。ふさぎこんじゃだめ。何か有意義なことをするのが、気が滅入ったときの必殺技だ。だから、ベッカはしっかりした足取りでテーブルに向かい、そこに置いてあるダンボール箱を開けはじめた。箱のなかはケータリングの料理が詰まっていた。結婚式の下準備の一環で、今日職場に届いたものだ。食料品店で買うよりも、これをフレークス島に持っていったほうがいいと、上司や同僚から強く勧められた。腐りやすいものを職場に置いていかないでほしいということだ。ベッカとジャスティンは祝宴で出すコース料理を味見しながら、ワインを選ぶつもりだった。まさにこの週末、ふたりきりで。ベッカは何から何まできっちりと計画していた。

ペニスに歯型を残す事故が起こるまでは。

仕出し料理はほとんどがイタリアンで、冷めたままでも、レンジやオーブンで温めてもおいしいものばかりだ。ベッドでエロティックな時間を過ごす合間合間につまんで、力をつけるための食事。保存が利くようにローストした肉、ドライトマト、野菜のグリルとグラタン、サラダ、チーズ、フルーツ、クラッカー、パン。コーヒー豆、クリーム、ミル。そして最大の目玉は——ミニチュアのウェディングケーキの試作品ひと揃い。レモンバタークリーム、キャラメル・ペカンのラム風味、ブラックチェリー、モカムース、そしてベッカの一押し、天使の羽をかたどったグランマニエのファッジ。

甘いものに目がない女を責める者はいない。ジャスティンの像を作って、その頭にケーキを投げつけてやろうかとも思っていたけれども、おいしいケーキを捨てるような真似はできないたちだ。妹と弟を養うためにカクテルパーティのウェイトレスをしていたときに、そこで無駄になった食べ物のことを思うと、数年たったいまでも憤りを覚える。とはいえ、ケーキを冷蔵庫に押しこむ際、手つきが乱暴になるのは抑えがたかった。

箱の底には結婚式用のノートが入っていた。燃やすために持ってきたものだ。心を清め、気分を一新したかった。望みすぎだが、何ごともやってみなければわからない。

ぱらぱらとめくって、ベッカは自分の自己欺瞞《ぎまん》の能力に驚いた。キルトを模したハート形のクッションカバーに、飾り文字で〝ベッカ&ジャスティン、四月十八日〟の刺繍《ししゅう》を入れる時点で、ふたりの仲が破滅に向かっていることがわかりそうなものだ。甘すぎてくらくらする。

表紙を破き、火にくべた。

練りに練った計画を記したページも。毎夜遅くまで細々としたことに悩んだ。それぞれに名前と日付を入れた口臭予防のミントを注文するべき？　招待客の席には個々に楊枝《ようじ》入れを置いたほうがいい？　庭の弦楽四重奏団にヴィヴァルディの『四季』を演奏させるのは無難すぎる？

何十枚ものページを割いて、火のなかに放った。ひらひらと舞い、パチパチと小さな音をたてて、ほどなく死にかけの虫みたいにのたうち、小さく丸まっていく。気分はまるですっきりしなかった。

すっきりするためには、あの大男の手を借りなきゃならないみたい。

その考えを打ち消した。あんな言葉を浴びてまだ懲りないの？　冒険はもう充分。あの男との出会いは、傷ついた自尊心の癒しにはならなかった。

もうひとつ燃やすものがある。インターネットで注文したセクシーなランジェリー。恥ずべき証拠だ。ベッカは痛ましいほど喜びを求めていた。ジャスティンをそそろうと必死だった。

包みを破いて、険しく冷ややかな目つきでながめた。クリーム色の清純なビスチェと、色はお揃いでもそれほど清純ではないパンティ。上品なアプリコット色のシフォンのベビードールと、やはりお揃いのパンティ。股にはサテンのリボンが二本渡してあるだけだから、両わきに広げればたやすく、ええと、行く手を阻むものはなくなる。あのときは、これが婚約者と――ジャスティンとふたりだけのしゃれた秘密になると思っていた。いま見ると、ただ物欲しげなだけ。

あの男の腕のなかにいるときは、自然とエロティックな気分になれた。

眠っていた性欲が目覚めたのは、あまり都合がいいことではないのかもしれない。カイアみたいに奔放な女になれたら自信がつくものだと思っていたけど。

間違っていたようだ。ベッカは間違ってばかりいる。

アプリコット色のシフォンを握りしめた。暖炉に向かって手を振りかざし――ふと動きを止めた。

ミスター・ビッグなら、このセクシーな下着をどう思う？　失礼な態度を取るかもしれないけれども、無関心ではいられないはずだ。あの男にべそをかかせ、ひざまずかせるにはどうしたらいいだろうかと考えた。

何をしても無駄よ。ベッカは自分に言い聞かせた。こんなことを想像するのはやめなさい。むなしくなるだけ。

もう遅かった。想像が膨らんでいく。ベッカは手近のソファに腰をおろし、炎が弾ける音を聞きながら、じっくりと考えはじめた。

なんにせよ、現実にもう一度近づく必要はない。薄暗い部屋のなか、ひとりきりで炎に当たって、ちょっとした妄想にふけることの何が悪いの？

バスローブのなかに手を滑りこませ、脚のあいだをまさぐった。ああ、もう濡れている。両脚をすり合わせるだけで、脚も膝もつま先までもじんと熱くなるようだ。たまらずつま先を丸めていた。

ベッカには衝撃的だった。膝やつま先までこんなふうになるものなの？　感じやすくなった体は真新しいオモチャのようで、手でふれて遊ばずにはいられなかった。

頭のなかでは、とても人には話せないような光景が繰り広げられていた。

脚を開き、かがみこんでいるベッカ。鉄の手すりをつかんで体を支え、うしろから彼に貫かれている。太いペニスが下の花びらをかき分け、ベッカを押し開く。男は大きな体で背後に立ち、温かい手でウエストをつかんでいる。腰を振って、奥まで満たす。ベッカを奪う。

快感がつのり、ベッカは頂《いただき》の向こうに押しやられた。

現実に戻ったとき、ベッカはすすり泣いていた。手足はまだ快楽の爆発で痙攣している。体がばらばらになるかと思ったが、そんなことはなかった。ベッカはベッカのままだ。

立ちあがったとき、家具にぶつかった。

しまった。眼鏡。逃げるのに必死ですっかり忘れていた。プールサイドに置きっぱなしだ。ほとんどからのワインの瓶も、それから……たいへん。

鍵。プールの鍵は、この別荘の鍵と同じキーホルダーにつけてあった。ジェロームの別荘の鍵。ああ、どうしよう。

困ったことになった。連れもいないし、この島はほぼ無人なのに、何もかもぼやけて見える状態で一週間も過ごすことはできない。マーラのところに戻って、ジェロームの別荘の鍵をなくしたと打ち明けられるはずもない。どう言い訳すればいいの？　隣人が無礼だったから？　裸で泳いでいるのを見つかったから？　マーラからはただでさえひよっ子だと思われている。ちょっとしたことでうろたえ、ピンクの鼻をひくつかせている兎のようなものだ、と。いつもおろおろしているベッカ。

下に見られるのはもういや。ジャスティンからも、カイアからも、マーラからも。あのミスター・ビッグからも。弟や妹にさえそういうところがある。

ベッカはランジェリーをかき集めて、すべて炎のなかに放り入れた。合成繊維がくすぶり、黒い煙をあげる。

明日の朝、忘れ物を引き取りに行こう。ついでに、あの男に向かって怒りをぶちまけてやる。しらふで。服を着た状態で。

プライドがかかっている。自尊心がもろく砕けそうないま、馬鹿にされたままでいること

はできなかった。

5

ドクター・リチャード・マシスは両手をついて上半身を起こし、汗だくで震える愛人から肌を離して、しばしそのながめを楽しんだ。愛らしい屈従のポーズ、関節の柔らかい体、しどけなく乱れ、乳房までめくれあがったシルクのランジェリー。申し分ない。

乳房が重力を無視して肋骨の上に留まるさまを見たとき、リチャードの目に不満の色が浮かんだ。ダイアナの豊胸手術を任せた同僚は、いささかやりすぎたようだ。もう少し小さなインプラントのほうがよかった。この体勢から見ると欠点ばかりが目立つが、残念ながら、これがリチャードの好みの体位だ。頭の両側で足首を押さえつけ、力任せに責めるのが。長時間の手術で張りつめた神経をゆるめるにはこれが一番だ。

「すてきだったわ」ダイアナはふっくらとした唇を舐めて、リチャードがその体からおりようとすると、身をよじり、引き止めるように膣《ちつ》の筋肉を締めつけた。「今日はこんなふうになるとわかっていたの。ジミーの手術は見事だった」

ジミー・マトロックは十六歳の少年で、今日、七時間に及ぶ外科手術によって新しい心臓を移植された。高級娼婦並みのテクニックを持ち、リチャードのむら気な性欲にすんなりとついてくるダイアナは、有能な麻酔医でもある。

「あなたって本当に度胸がある」ダイアナがへつらうように言う。「氷の神経ね。わたし、手術中から濡れていたのよ」

「仕事中にセックスのことを考えるとは感心しないね」リチャードはぴしりと言った。

ダイアナは目を見開いた。そして、脚も。てらてらとした陰唇が丸見えだ。「叱って。厳しいあなたが好きよ」

「わかっている」リチャードは侮辱するようにそっけなく背を向け、ダイアナの部屋のクローゼットを開けた。リチャードのためにいつでも新しいシャツが用意されている。

次のセリフは予想がついた。「今日の夜と明日は非番なの」ダイアナが言った。「会えるかしら？」

「いいや」リチャードは軽い口調で答えた。「今夜はヘレンと娘たちとミュージカルを観に行く。明日は約束がある。おまえも知っているだろう」

ダイアナは顔をこわばらせた。体を起こす。「どうしてそのゾグロという人と会わなければならないのか、さっぱりわからないわ。ビジネスの話ならべつに――」

「名前を出すな」リチャードは声を荒らげた。

ダイアナは眉をひそめた。「ここはわたしの家よ。妄想めいたことを言うのはやめて」

「余計なところに情報を漏らしたくない」

ダイアナは背筋を伸ばし、硬い乳首をランジェリーに突きだした。「わたしが余計なことを言ったことがあって？」ランジェリーと同じようになめらかな声だが、含みがあった。

「文句を言ったことがあるかしら？　一度もディナーに連れていってもらえなくても。人前では肩も抱いてくれなくても。東京だろうと香港だろうとヨハネスバーグだろうと。食事はいつもルームサービスでも。不満を言ったことがある？」

退屈な話をくどくどと。「いいや、ダイアナ。おまえはいつでも聞き分けがいい」

「おかしいわよ、リチャード。部品を海外から仕入れるのではなく、在庫をこちらに置いておくなんて」

部品。在庫。ダイアナは感情を現実から切り離さなければ、これから取りかかる計画を受け入れられないようだ。リチャードは違う。

「輸送の時間があるとなしでは大違いだ」リチャードは辛抱強く言った。「それに、収穫は自分で指揮したい。相当額を請求するのだから、その場にいて臨機応変に対応できたほうがいい。ほかに選択肢はない」

ダイアナはうつむき、むっつりとした顔でシルクのランジェリーを弄んでいる。今後のことをダイアナがきちんとあしらえるかどうか、ふと不安になった。

だが、リチャードはダイアナをうまくあしらえる。〝ダイヤモンドとエメラルドのイヤリング〟といった昔ながらの手管はいつでも効果抜群だ。

「何よ」ダイアナはふてくされて言った。「選択肢はあるでしょう。毎日、あなたは不感症の女のところに帰ることを選んでいる」

危険地域は脱した。リチャードは適度に鍛《きた》えて引き締まった体に手を走らせ、性交のあとが残っていないか確かめた。ヘレンがリチャードの衣服からほかの女の匂いを嗅《か》ぎ取るほど近づいてくることはないが、それでもだ。清潔という点にはつねに気を配っている。外科医の性《さが》だろう。ダイアナの恨みごとには取り合わず、隣のバスルームに入った。

不思議なものだ。シャワーの湯を出しながら、リチャードは胸の内でつぶやいた。ときにたったひとつの出来事が人生を一変させる。左に曲がるか右に曲がるかで、人の運命が百八十度変わることもある。現在起こっていることは、パリで行なわれた医学会に端を発している。リチャードが難しい手術をいくつか成功させ、心臓外科の第一人者として頭角を現わしはじめたころのことだ。リチャードはパリの歓楽街に繰りだした。ヘレンの癇癪《かんしゃく》と頭痛とまだ幼い娘たちの無法地帯から離れ、羽を伸ばそうとした。

あの夢のような晩、パリの冒険は、大量の酒とコカイン、そして大盤振舞《おおばんぶるまい》によって上首尾《じょうしゅび》に終わろうとしていた。最後はどこかの高級アパートメントになだれこみ、美しく奔放なパリの女ふたりに夜明けまでもてなしを受けた。リチャードはセックスの匂いのする乱れたベッドで目を覚ました。頭がずきずきしていた。

白髪まじりの髪、ピンストライプのスーツ、イギリス人らしき雰囲気の小柄な男がベッドのかたわらに座り、リチャードの目が開くのを待っていた。男はナイジェル・ダブスと名乗った。

頭が混乱して、なぜ両手がやけにべたべたするのか理解するまでに時間がかかった。

白いシーツに血が飛び散っていた。リチャードは首をめぐらせ、息を吞んだ。

女ふたりの手首は木製のベッドの柱に縛られていた。ふたりとも喉をかき切られている。ぐったりとして、裸で、目を見開き、空を見つめていた。どこもかしこも血だらけ。部屋中が血まみれだ。

夢を見ているような感覚だった。リチャードは重いまぶたでまばたきをして、女たちとダブスを交互に見ながら、仕事の依頼内容を聞いていた。

驚きは大きかったが、取り乱すことはなかった。リチャードの頭はいつもそのように働く。ほかの者なら極度に緊張してしまうような状況でも、脳がきちんと機能する。理性と感情が峻別《しゅんべつ》されている。戦場に出たらいい司令官になるだろうとよく考えたものだ。

とはいえ、罠にかけられたことは腹立たしかった。一方で、ショッキングな光景を目の当たりにしたとき、自分の反応を客観的に見て、そこに魅入られる気持ちもあった。雑音まみれの日常を送っている人間が、みずからの魂を奥の奥までのぞきこむことはめったにない。おのれの魂ほど強く人を引きつけるものがあるだろうか。

ナイジェル・ダブスは歯切れのよい口調で、冷静に現況を説明した。殺人現場ではなく、会議室にいるような話し方だった。曰《いわ》く、名前は明かせないが、ウクライナの裕福な実業家が急性の心臓疾患をわずらい、速やかに移植手術を受けることを望んでいる。その執刀に、著名な若い外科医、ドクター・マシスをご指名だ。費用はいくらかかってもかまわない。

リチャードはダブスに道理を説いた。費用ではなく、健康で適合性のよい臓器が手に入るか否かが問題で、ウクライナでの臓器提供率を考えると――

「問題はありませんよ、先生。組織適合性の検査はすでにすんでいます」男はしたり顔で、薄い唇を小さくゆるませた。「臓器提供の候補者は大勢いますから。その点は心配ご無用です」

「しかし……なぜ……まさか……」

臓器提供の候補者が大勢いる?リチャードは困惑したが、やがてダブスのほのめかすことが頭に染みこんだ。そして、世界の底が砕け落ち、奈落《ならく》が口を開いて、公言をはばかる可能性が顔をのぞかせた。リチャードの心は怖気《おじけ》づいていた。

脈拍があがった。

ナイジェル・ダブスはリチャードの顔をまじまじと見つめ、テストに合格したことを告げるようにうなずいた。

「どんなことも可能なのですよ、先生。値段によっては。この件に関して言えば、わたしの依頼人はあなたへの感謝の気持ちとして、五百万ドルをスイスの銀行口座にご用意できます。もちろん、結果に満足した場合のみですが」

「失敗した場合は?」

ナイジェル・ダブスはまた笑みを見せた。「依頼人は失敗した場合のことを考えていません」穏やかに言う。「だから、あなたを指名したのです。奇跡を施《ほどこ》せるとのご評判ですから。依頼人はあなたのことをよく調べましてね、先生。それこそ何から何まで。奥さんとまだ小さな娘さんたちのことも。かわいらしいお嬢さんたちだ。依頼人が先生にそう伝えてほしい、と。ご家族の健康とご多幸を願う、と」

リチャードは遠まわしな脅しに気を引かれた。影に包まれた洞窟《どうくつ》にまた一歩踏みこんだ。昔から賭けごとには目がない。

ヘレンと娘たちに対する脅迫を喜ぶ気持ちすらあった。これで、メンツを保ったまま承諾することができる。ともあれ、断わるすべがあるか?

勝率は低い。依頼人とやらの体は長年の不摂生でぼろぼろかもしれない。そもそもが医師の倫理に――いや、まともな世界では、どんな倫理に照らしても、人道にもとる行為だ。

結局のところ、こうした事実はリチャードを思い留まらせる要因にならなかった。女がふたり殺されたことも。金に目がくらんだわけではない。自分が選ばれたことには虚栄心をくすぐられたが、自己顕示欲を満たす機会は毎日のように訪れる。

依頼を引き受けたのは、スリルがほしかったからだ。あれほど強いスリルは初めてだった。あの朝、血だらけのベッドに横たわって、自分がこれから何に手を染めるのか想像したとき、心と体がたぎった。リチャードにつきまとっていた靄を太陽みたいに払ってくれた。

無敵の気分だった。秘匿《ひとく》性も危険性も高い大博打《おおばくち》。人には言えない行為。訊いてはならない質問。それがリチャードを高揚させた。

謎の患者から疾患のある器官を取りだして、出所はわからないが、美しく健康な若い心臓と入れ替えたときも同じスリルを感じた。

それから数カ月後、また電話があった。前回の患者の仕事仲間に子どもができたが、その生まれたばかりの娘の心臓には欠陥があって、治る見込みはないというのだ。子どもは死にかけていたため、緊急の仕事だった。

リチャードは予定をキャンセルして、飛行機に飛び乗った。やはり移植用の小さな心臓の出所は訊かなかった。再び陶酔感を覚えた。再びスイスの銀行に五百万ドルが振りこまれた。

金はあるに越したことはない。以前も金には困っていなかったが、ダイアナがよくサファイアとダイヤモンドのブレスレットを弄びながら指摘するように、金持ちと大金持ちのあいだには歴然とした差がある。

あの子どもはその後すくすくと成長して、もう六歳になった。良心をなだめる必要があるなら、それで充分だろう。

しかし、奇妙にも、その必要はなかった。どこかの時点で、あの陶酔感が医師としての倫理観を燃やしつくしてしまったようだ。リチャードは自分の心の変化を見逃さなかった。良心がなければ、人生はぐっと楽になる。ふところはより潤う。

リチャードはタオルで体を拭きながら過去を振り返った。じつのところ、初めから良心などたいして持ち合わせていなかった。道徳とは作為的なものだ。年端《としは》もいかない子どもたちに人工的に植えつけられる概念だ。こうして、人は知らず知らずのうちに洗脳され、黙って踏みつけにされるだけの存在と化す。あとは他人に仕えるだけ。罪悪感と自己不信に悩まされるだけ。だが、リチャードは違う。

そして、この日曜日、無二のスリルを定期的に供給してくれるという人物に会う。人は自分自身や配偶者や子どもの死を引き延ばすためなら、魂をも売り飛ばす。

ドクター・リチャード・マシスはそうした魂を食らう。

バスルームから出たとき、ダイアナは鏡台の前に座って髪をとかしていた。目のぎらつきから、怒っていることがわかった。

「例の男が協力者の顔を見たがっているわけ?」ダイアナが言った。「歯並びを確かめたり、お育ちのよさを調べたり? あなたの技量を試したり?」

リチャードはクローゼットを開けて、糊《のり》の効いた白いワイシャツを取りだした。ダイアナの心づもりは一目瞭然《りょうぜん》だ。もう一度セックスがしたくなるように餌を投げている。そうすればリチャードを操れるという誤解に基づいて骨を折っている。それがおもしろいので、リチャードは幻想を打ち砕かずにいた。

「犬の群れのボスがあなたを呼びだすのは、縄張りを主張してあなたに小便をかけるため。違うかしら？　そして、あなたもそれを楽しみにしているんでしょう？　ギャングの親玉とにらみ合ってみたいのよ。あなた、そのときには股間を硬くしているわよ、リチャード。スリル中毒者ですものね」

リチャードはシャツに袖を通した。「ダイアナ――」

「人の内臓に手を突っこむことが大好きなのも、それが理由」ダイアナは言葉を続けた。「人を助けるためではないのよ。ただ、楽しいから。あなたはおもしろいと思うなら飛行機からでも飛び降りるような人」

ダイアナはときおり鋭い一面を見せてリチャードを驚かせる。手術室から出ると、ダイアナはごく自然にセックスしか能がない退屈な女になりきる。リチャードとしてもそのほうが落ち着くので、ダイアナにこういう面があることをつい忘れてしまう。「くだらない話をするな」穏やかな口調で釘《くぎ》を刺した。

「小便をかけられないように気をつけてよ、リチャード。黄金のシャワーを喜ぶ女もいるけど、わたしは正統派なの。尿の匂いがしたら、その気になれないわ。ギャングのボスの小便でもね。おわかり？」

本気で腹がたってきた。リチャードはダイアナの背後に立ち、腕をまわしてきつく抱いた。

乳首とクリトリスを同時につねる——ダイアナが息を呑むほど強く。ダイアナの目が潤み、唇が震えはじめた。

「はすっぱな口を利《き》くんじゃない、ダイアナ」リチャードはささやいた。

「痛いわ」

「もちろんだとも」ほがらかに言った。「おまえの要望どおりだ」

リチャードは体を起こし、震える背中を覆うシルクで指をぬぐった。ワイシャツのボタンをかけはじめた。

ダイアナははっとして、耳に手を当てた。「イヤリングがない！」スツールを引っくり返して立ちあがり、乱れたベッドに駆けよった。両手両足をついてベッドにのぼり、シーツをかきまわしはじめた。「きっとここよ。あなたが乱暴にするから」

リチャードはなめらかな尻をながめた。小さなランジェリーは大事なところをまるで隠していない。のけぞった背中はリチャードを誘い、挑発している。部屋の反対側からも、熱い女の匂いが嗅げそうだった。リチャードは内心でうめいた。たったいまシャワーを浴びたばかりだ。

「もう行かないと」情けない声が出た。

「わかっているわよ。奥さんのところに帰ればいいわ。お引き止めしませんから。わたしはただイヤリングを捜しているだけ」

リチャードはズボンのジッパーをさげて、ベッドに近づいた。重く赤黒いペニスは早くもそそりたっている。ダイアナの腰をつかんで、位置を合わせた。ひと息に貫き、ダイアナの期待どおり、一切の遠慮なしで猛々《たけだけ》しく犯した。

射精するために、秘密の技を使った。疲れすぎていて、まれになかなかいけないことがあると、リチャードは目を閉じて、あのベッドの支柱に縛られていた血だらけの女たちを思い浮かべる。それで、萎《な》えかけたペニスはすぐさま元気を取り戻し——強烈なオーガズムをもたらす。

絶頂の快感にさらわれながらも、頭の一部では冷静に考えていた。ダイアナをあしらうのは簡単だ。面倒の種にはならないだろう。

これが世界のありようだ。簡単にあしらえる。リチャードの足もとにひれ伏し、リチャードの都合、利益、快楽のために使ってほしいと懇願する。

求めに応《こた》えるのが筋というものだろう？


スヴェティは見張り番たちの居室に耳をつけ、息をひそめてなかのようすを探った。何かのスポーツ番組の音が聞こえる。歯を食いしばって、ドアをノックした。応答はない。

もう少し強く叩いた。唐突にドアが開き、スヴェティは小さく悲鳴をあげて飛びのいた。出てきたのはユーリだった。スヴェティが一番恐れている男だ。ひょろりと背が高く、魚の腹みたいな肌に無精ひげが生え、黄ばんだ歯は突きでていて、ブロンドの髪は細長いロープの束みたいに垂れさがっている。ユーリは体をさわったり、つねったりするのが好きだった。それであざができるだけでなく、尖った汚い爪の跡が残ったり、切り傷がついたりする。子どもたちはみんな、あの指の届くところに近よらないよう気をつけている。

ユーリはスヴェティを見つめ、ぬらぬらとした唇に大きな笑みを浮かべた。「こりゃ珍しいお客さんだ」わざとらしく優しい声で言う。「白雪姫じゃねえか。おれに会いたくなったのかい？」スヴェティの手首をつかみ、薄暗くてくさい部屋にぐいっと引き入れた。明かりはテレビのちらちらする画面だけだ。サッカーの試合の音が大音量で響いていた。早口のアナウンサーの声とラッパの音で、スヴェティはパパのことを思いだした。パパはサッカーが大好きだった。

ウクライナと黒髪の人たちの国の試合だった。イタリアかスペインかもしれない。黒髪のチームが勝っている。この部屋は煙草とくさい足とファストフードの油の匂いがする。

ユーリは手巻きの煙草をくわえ、深く吸いながら火を点《つ》け、やけに甘い香りのする煙をスヴェティの顔に吹きかけた。スヴェティは咳《せ》きこんだ。煙草とマリファナ。甘い香りの正体はアレクサンドラに教えてもらった。ほかのたくさんのことと一緒に。

「新しい部屋は気に入ったか？　お姫さま」ユーリは嘲《あざけ》るように言った。「くせえ船から降りられて満足だろ？　おれに感謝しに来たのか？」

「口を閉じな、変態」ソファのひとつに寝そべっているマリーナが、ユーリに怒鳴《どな》った。「で、なんの用なんだい？」

マリーナは男みたいな馬面の女性だ。瞳の色は薄い青で、両目のあいだの幅が狭い。脱色した髪は短く、枯れたわらみたいにつんつんとたっている。荒っぽくてとっつきにくいけれども、頼みごとをするならユーリよりマリーナのほうがずっといい。マリーナはユーリに目を光らせてくれる。

「レイチェルのことで」スヴェティはテレビの音に負けないように声を張りあげた。「また耳がうんでいるんです。もう少し薬をもらえますか？　何時間もずっと泣いています」

スヴェティはふらつきそうになった。船の貨物室からここに移されて、六日か七日はたつけれども、まだろくに寝ていない。ひどく揺れる船のなかでは、最悪の吐き気と心細さと涙に苦しんだ。もしかしたら、何週間も。船に乗っているうちに、時間の感覚はなくなった。このコンクリートの地下牢《ろう》でも、時間はなんの意味もない。でも、少なくともここなら横揺れも縦揺れも感じずにすんだ。

「あのチビは何かといえば泣いてるじゃねえか」ユーリが鼻先で笑った。「おれが行って、本気で泣きたくなるようなことをしてやろうか？」

スヴェティはマリーナの青い瞳から目を離さなかった。「熱いんです」マリーナに言った。「熱があるんだと思います。死んじゃうかも」少しためらってから、言い足した。「アレクサンドラみたいに」

痛みが走った。ユーリにこぶしで殴られていた。スヴェティはがたがたの机に倒れこんだけれども、顔をあげたときには、マリーナが立ちあがって、ぶつぶつとこぼしながら箱のなかをあさっていた。

スヴェティはほっと息をついた。アレクサンドラのことを持ちだすのは賭けだった。言い争いを盗み聞きしたのだ。誰かがアレクサンドラのことで怒っていた。見張り番たちの恐れる誰かが。

つまり、見張り番たちも子どもたちが死んだら困るということだ。どういうことかわからないけれども、大事な情報だった。

マリーナはガラスの瓶を取りだし、宙に放り投げた。高く。スヴェティは飛びだし、受け止めようとした。瓶は指先に当たって床で跳ね、合成繊維のカーペットのはしに落ちた。割れていない。ああ、よかった。

涙をこらえて、スヴェティは床にしゃがみ、瓶を拾った。泣いたらもっとひどい目にあう。涙のにじみかけた目で、瓶だけを見つめた。アモキシシリン。たぶんこれで治る。立ちあがろうとしたとき、重いブーツで背中を踏まれた。スヴェティは身をよじって、顔をあげた。ユーリの血走った目が見おろしていた。

「その名を二度と口にするな」ユーリが言った。「おれたちゃその名前を聞きたくない。言うことを聞かねえと、おまえも消えるはめになるぜ。そうしたら、そのあと何が起こるのかわかる。知りたいか、白雪姫？　知りたいか？」

怖くて動けなかった。ユーリはにやにや笑っていた。楽しんでいる。ユーリのなかで、醜くて恐ろしいものがねじ曲がり、どんどん大きく、強くなっていくようだ。ねばねばした触覚みたいなものがこちらに伸びてくる感じ。どこよりも傷つきやすいところに入ってこようとする。スヴェティを汚そうとしている。

なめらかなガラスの瓶をぎゅっと握りしめて、もう一度体をひねり、マリーナを見た。

「レイチェルのところに行かなくちゃ」甲高い声で叫んだ。「薬を飲ませなきゃ」

マリーナはトントンと煙草をつめている。「そこの豚、離してやりな」

ユーリの笑いは卑しかった。「てめえの仕事を白雪姫に丸投げか？　上のやつらがこの仕事に女を選んだのは、母親っぽいことをさせるためだぞ、マリーナ。小さな天使たちを寝かしつけて、子守唄《うた》を歌うことだ。おめえにはできないだろ。ふつうの女には簡単なことが、てめえにはできねえんだよ。だったらおめえはなんの役にたつ？　そっちこそ役立たずの豚だ」

「黙れ、ユーリ。ハッパをやりすぎだ」マリーナは煙を吐きだした。「あたしがおまえの歯を全部へし折る前に、その子を離してやりな」

ユーリは逆らわなかった。スヴェティは部屋から飛びだし、廊下を走って、子どもたちが閉じこめられている窓のない部屋に急いだ。騒音は小さくなっていた。レイチェルはさっきまで泣き叫んでいたけれども、いまはむずかる程度だ。ステファンとミハイルも気力を使い果たしたようだ。ほとんど静まり返っているのが嬉しかった。

サーシャがスヴェティのために大事なペンライトを掲げてくれた。電池は切れかけているけれども、淡く黄色っぽい光のおかげで、瓶のキャップを計量器代わりに使うことができた。ただ、二歳児にどれくらい飲ませればいいのかは勘に頼るしかなかった。

レイチェルは喉をつまらせ、咳きこんで、薬の半分近くをシーツにこぼした。スヴェティはもどかしさで目に涙をにじませ、やがてこの子をぶちたいという気持ちに駆られたころ、それ以上薬を飲ませることを諦めた。熱で震えるレイチェルの小さな体を、自分の体でおおうように抱きしめた。狭いベッドでじっとしているのも、何も見えない暗闇のなかに目を凝らしているのもつらかった。

ミハイルはべそをかいていたが、やがて泣き疲れて眠った。すぐにも悪夢に悲鳴をあげて目を覚ますだろう。ミハイルがしょっちゅうお漏らしをして、ベッドも服も濡らしているので、スヴェティ自身も含め、何もかもに小便のにおいが染みこんでいるようだ。スヴェティが聞いたところでは、ミハイルは五歳。ステファンも同じ年だ。ディミトリは十歳、サーシャは十一歳。

子どもたちは大勢いたが、初めからスヴェティと一緒にいて、まだ残っているのはサーシャだけだった。キエフで最初にあの大きなぼろぼろのアパートメントに閉じこめられたときには、アレクサンドラもいた。でも、サーシャとはもう慰め合うことができない。二カ月くらい前にしゃべるのをやめてしまったから。アレクサンドラが消えたあと、小さな子どもたちもふさぎこむようになった。もう誰もあまりしゃべらない。ミハイルとディミトリはもはや発達障害児みたいだ。そういうスヴェティも、船から降りたあと、外の空気も窓もないところに何日も何日も閉じこめられて、頭の感覚が鈍くなってきている。昼も夜も作り物だ。蛍光灯がついているときは、光に群がる虫みたいに騒ぎまくる。暗闇のなかに残されたときは、しんと黙りこむ。

今夜も眠れない。ユーリとぶつかったときには絶対に眠れなかった。ユーリの顔を見ると、アレクサンドラが消える前に教えてくれたことをまざまざと思いだす。

知らないほうが幸せだったことばかりだ。

アレクサンドラはサーシャやスヴェティと同じく、両親への報復として連れ去られた子どもだが、みんなより何カ月も前から捕らわれていた。スヴェティよりふたつ年上だ。物知りで、皮肉屋だった。そして体の具合がものすごく悪かった。

ユーリが奇妙な目つきで女の子たちを見ているのには気づいていたが、スヴェティは世間知らずで、それがどういうことなのかわからなかった。教えてくれたのはアレクサンドラだ。

夜ごとの高熱に震えながらも、ある晩、アレクサンドラは寝る前にスヴェティを肘で小突いた。「ユーリはあんたが好きなのよ」激しく咳きこむ合間に、しゃがれた声でささやいた。「気をつけたほうがいい」

「嘘よ！」スヴェティはささやき返した。「わたしは嫌われてるの！　しょっちゅうぶたれてるもん！」

アレクサンドラはぜいぜいと息を漏らして笑い、首を振った。「あいつはあんたが好きなのよ」もう一度言う。「どういう意味かわかるでしょ？」

うぶな十二歳のスヴェティにはわからなかった。そして、アレクサンドラが身の毛のよだつようなことを細かに説明した。ユーリが彼の〝モノ〟で、スヴェティに何をするつもりなのか。何をさせるつもりなのか。

「覚悟を決めるしかない」アレクサンドラは悟ったように言った。「時間の問題なんだから。ユーリからは逃げられない。ああいう男たちからは絶対に逃げられない」

スヴェティは震えあがったが、アレクサンドラは言葉を続け、いずれ慣れると言った。なぜなら、全員が最後には売られるから。それのために。ユーリがしたがっている恐ろしいことのために。

「でも、わたしたち、まだ子どもなのに！」スヴェティは言いつのった。

アレクサンドラはぽかんとしてスヴェティを見つめ、それから笑いだした。しばらく笑っていたが、やがてベッドの上で泣き崩れ、ボールみたいに丸くなった。髪は汗で濡れ、体はがたがたと震えていた。

スヴェティはその後一週間眠れなかった。

それからほどなく、医者の集団が来て、たくさんの検査をした。子どもたちは機械にかけられ、レントゲンを撮られ、血液検査をされた。理由は誰も教えてくれなかった。検査には何日もかかった。

翌日、アレクサンドラが消えた。スヴェティが起きたとき、隣のベッドはからだった。枕には友だちの頭が作ったくぼみがまだ残っていた。

スヴェティはレイチェルがいやがって身をよじるまで、きつく抱きしめた。息をしようとした。暗闇は無慈悲な手のようにのしかかってきた。

6

こういう現象は前にも体験したことがある。後々何年も尾を引き、頭のなかで大きな位置を占めるようになるのに、その出来事が起こったときには、やけに冷めた目で見ているのだ。ようやくやつらが到着したとき、ニックは冷静そのものだった。たいして興味もない古い映画を見るともなしに見るのと似ている。父の死に対しても同じ感覚をおぼえた。柩《ひつぎ》に横たわった亡骸《なきがら》を長いあいだ見つめたが、些細なことがらばかりが目に入ってきた。自分とよく似たいかつい顔立ち。ただし、げっそりとして、目もとや頬はくぼんでいた。ニックの母親が死んでから、その顔に刻みつづけた深い失望のしわ。

あれから、父は息子にも失望の目を向けるようになった。

ニックは心の内を見つめ、何かしらの感情を探った。何も見つからなかった。

ヴァディム・ゾグロの到着に対しても。

船は前触れなく現われた。午前十時四十二分、ニックが入り江の監視カメラのモニターを見ていたのは、まったくの偶然だった。まともな服に着替えて、髪を撫でつけ、簡単に顔を洗ってから入り江に駆けつけるだけの時間はあった。最初の興奮が収まると、ニックはこの奇妙なほど冷静な心境に陥った。

これほど落ち着きはらっていてはだめだ。ゾグロがどんな人間か承知したうえでその出迎えに立つ男なら、取り乱して当然なのに。闇の武器商人で、ろくでなしのアルカジー・ソロコフだったら、大ボスと顔を合わせることにびびり、これから犯罪社会でのしあがれるという期待で興奮していなければおかしい。

男が船から降りたったときにも、まったく心が動かなかった。世界中の警察機関が力を合わせても、現存するゾグロの写真は、望遠カメラで撮られた数ピクセル分の画像しかない。ニックもそれしか見たことがなかったが、部下たちとの区別は簡単についた。

ゾグロの特徴を述べようとすると、どうしてもぶしつけな表現になってしまう。ソーセージのような指、美食家らしくでっぷりとした腹。銀色の髪は短く刈ってある。あごはだぶつき、厚い唇は垂れさがらんばかりだ。瞳は灰色で、一番色の濃いところは紫がかって見える。目の下が膨らんでいる。見た目からして恐怖をそそる容貌《ようぼう》。

ゾグロをながめながら、ニックは自分がこんなに落ち着いていられるのは、失うものが何もないからだと分析した。妻も子どももいない。やりかけの仕事もない。スヴェティを助け、セルゲイの仇《かたき》を討つこと以外は。

ニックが駆けつけたとき、セルゲイはまだ息があった。ベッドに張りつけにされ、ダクトテープで口を封じられて。腹を切り裂かれ、内臓を胸に積まれた状態でも、まだ意識があった。

この記憶は封じこめ、なるべく思いださないようにしているのだが。男たちが列を成して通り過ぎるあいだ、ニックは目を伏せていた。知った顔はパベルだけだ。ずいぶん痩せて、ひどい顔色をしている。十年前に会ったときとは別人だった。

ゾグロが前を過ぎた。ニックのことなど目に入っていないといった態度だ。

ニックは知らぬ間にひそめていた息を吐きだし、列の最後尾についた。立場をわきまえた従順な犬らしく。

「お疲れさまでした、ボス」ウクライナ語で言った。「快適な船旅を――」

「黙れ、阿呆《あほう》」列の一番うしろにいた、図体《ずうたい》のでかいブロンドの男が怒鳴った。「おしゃべりするために来てるんじゃねえぞ」

ニックは口をつぐみ、男たちのうしろについて、歩道をのぼった。ベルトにつけてあった警報器が震動した。

いやな予感で胃がねじれた。

野生の動物がさまよいこんで、センサーに引っかかっただけかもしれない。前を歩く男たちは列を乱して、屋敷に入ろうとしている。

「ボスは空腹だ」ブロンドの男が肩越しに振り返って言った。「食事を用意しろ。まずいもんを作るんじゃねえぞ。食事がまずいとボスはいらいらしやすくなる」

ニックは一瞬凍りつき、離れていく男たちの背を見つめた。食事の用意？　おれが？　パベルは料理のことなど何も言っていなかった。

「ボスは何が食べたいんだ？」ニックは尋ねた。

ブロンドの男はせせら笑うようなまなざしを投げてよこした。「本人に聞けよ。てめえの問題だ」

キッチンでおれに何ができる？　近ごろは食欲がない。胃がからっぽでもかまわないが、それで体が弱ってきたと感じるときに、むりやり冷凍食品のディナーをつめこんでいる。

もしかして、これがおれの死にざまなのだろうか。食事がまずいというくだらない理由で喉をかき切られるのが。

男たちの怒声が響いた。数人が一斉に銃を出し、小さな金属音とともに、初弾を装塡《そうてん》した。

「あの女は何者だ？」男たちのひとりが声を張りあげた。

女？　おい、まさか。嘘だろ。作り物めいた冷静さはたちまち吹き飛んだ。男たちを押しのけ、その前に出ると……。

やはりベッカだ。

今度は服を着ていたが、透けるような青い生地のチュニックと、肌に張りつくほどタイトなジーンズというでたちでは、裸とほとんど変わらなかった。

場は静まり返った。男たちは飢えた目でベッカを見つめている。

ベッカはゆうべよりもさらにきれいだった。乾いた髪はふんわりとした茶色の巻き毛だ。白い肌がブラウスの色によく映えて、光り輝くようだった。つやめくピンク色の唇は震えている。ゆうべにも増して、怖がって当然だろう。

ニックは呆然としていて隣に立つ男の動きに気づかず、はっとしたときには銃の底で顔を殴られ、よろめいていた。「あの女はここで何をしてやがる？」男は嚙みつくように言った。

ゾグロがうっすらとした笑みを浮かべて、ニックに顔を向けた。「気が利くな」ゾグロは言った。「率先して動く部下は高く評価する。もてなしの贈り物だろう？　なかなか粋な計らいだ」

胃が引っくり返り、どこまでも落ちていくかのようだった。どう言えば切り抜けられるのか、必死に返答を考え、どれだけ早く――あるいは、最悪の場合、どれだけ時間をかけて殺されるのか計算した。

鼻から流れる血を手でぬぐった。

「あー、その、じつは……違うんです」しゃがれた声を絞りだした。

ゾグロの笑みが凍りつく。「ちがう？」

ニックはごくりとつばを飲んだ。鼻血が首を伝う。「その女は、ええと、料理人です」

ベッカはいくつもの銃に目を見開いた。めまいを感じながら、ミスター・ビッグの鼻から流れる血を見つめた。

男たちのひとりが一歩前に出た。背が低く、恰幅《かっぷく》がよく、高そうな服に身を包んでいる。低い声で何かを話しはじめた。ベッカにはわからない言葉だが、教養のありそうな話し方だ。ミスター・ビッグも同じ言葉で答えた。太った男の笑みが消える。答えが気に入らなかったらしい。

あたりの気温が急にさがったようだ。そして、ベッカの胃も。

この男たちは別世界の人間だ。ベッカがけっして訪ねたいとは思わない世界。ああ、人生最大の過ちだ。悔やんでも悔やみきれない。鍵も眼鏡もプライドもどうでもいい。いまはただソファに寝そべって、オレオクッキーをむさぼり、ジェーン・オースティン原作の映画を

DVDで見ていたい。

ベッカはミスター・ビッグにひたと目をそそいだ。鼻血があごを伝っているのに本人はまるで気にしていないようだ。しかし、ベッカを見つめ返す目つきには鬼気迫るものがあった。ベッカとしても、目をそらすつもりはなかった。こちらに向けられた銃や、ベッカの体をながめる男たちなど見たくない。この場の指針となるのはミスター・ビッグだけ。

ゆうべは眠らず、ひと晩かけてここに戻ってくる勇気をかきたて、午前中のほとんどを仕度に費やした。とはいえ、選択の幅は狭かった。マーラのクローゼットのなかにある服と、自分のハンドバッグのなかに散らばっていた化粧品だけだ。格子柄のスーツと汗くさい白いシルクのブラウスとヒールの高い靴は問題外。マーラの服は体にフィットするものばかりだったが、ベッカは男の気を引いていると思われたくなかった。ジーンズはきつくて、ウエストの上にはみでた贅肉を隠すためには、上に何かゆったりとしたものを着なければならなかった。唯一条件に合ったのが、青いチュニックだ。胸もとは開きすぎているけれども、どうせゆうべすべてを見せたのだからかまわないと思った。

いま、男たちがベッカを見つめている。また真っ裸になったような気分だ。

太った男がベッカに近づいてきた。ベッカはあとずさりして、口を開いた。すみません、みなさん、ちょっと間が悪かったみたいですね？　お邪魔してごめんなさい。もう行きますから。では、さようなら！

ベッカは口をぱくぱくさせた。細く軋むような音が漏れた。言葉はひとことも出てこない。

近づいてきた男は銃を持っていなかった。ほかの男たちの誰よりも背が低く、誰よりも太っていて、誰よりも年老いているが、明るい灰色の目に見据えられたとき、ベッカは身をすくませた。男の唇に卑猥な笑みがよぎる。

ベッカは蛇ににらまれた小動物のように、なすすべもなく男の目を見つめ返していた。男は分厚くじっとりとした手をベッカの肩に置いた。それから髪の内側に差し入れ、うなじをつかむ。長い爪が肌に食いこんだ。

全身に鳥肌がたった。男は問いかけるような口調で何か言ったが、ベッカには意味がわからなかった。あごをあげさせられた。身の危険をひしひしと感じる。こうして首をさらしていると、いまにも喉に嚙みつかれるのではないかと思った。息を吸い、しゃべろうとした。もう一度試みる。「わたし、あの、なんですって?」

「アメリカ人か?」

当たり前でしょう? 首をのけぞらした状態でできる限りうなずいた。

ミスター・ビッグがうしろのほうから声をあげた。「きみを料理人として雇ったと説明したところだ」

ベッカはちらりとミスター・ビッグの目を見た。顔は無表情だが、目は何かを訴えるようにぎらついている。ベッカは再びうなずこうとした。「ええ」喉のつまったような声で言った。「料理人。もちろん、料理には自信があります」

「本当か?」太った男は猫撫で声で尋ね、喉のくぼみを人差し指で叩いてから、ぐっと押さえつけた。どくどくする脈拍を測っているようだ。「おまえの名前は?」

「べ、ベッカ」言葉がつかえた。

「ベッカ」男は繰り返した。「それで、何を作るつもりだ？」

指で押さえられたところがずきずきしている。耳鳴りが大きくて、自分の声すらまともに聞こえなかった。遠いこだまのようだ。目の前に黒い点がちらついている。気を失いそう

——

「オレンジ風味のクレープ」とっさに頭に浮かんだメニューを口にしていた。カロリーを気にしなくていいときなら、ベッカが一番好きなブランチのメニューだ。「甘いものではなく軽食がよろしければ、スフレを。よ、四種のイタリアンチーズのベシャメルソースがけ。それにサワードーのパン、ハムのグリル、お口直しに果汁とシャンパンのカクテル付き」

銀髪の男は驚いたように眉をあげた。

「うまそうだ」男が言う。「どちらも試してみよう」

「は、はい」ベッカは震え声で言った。「両方できます」

「しかし、おまえの格好を見てみろ」男はベッカをくるりとまわして、自分に向き合わせ、ブラウスの襟ぐりを指でなぞった。「どういうわけだ？　このブラウス、この髪、この胸、美しさをひけらかすようだ」乳房の片方をつかみ、ベッカがうめくまでひねった。「料理人らしい格好ではない。おまえはここに……身を売りに来たように見える」

「今朝のお着きとは知らなかったんです」ミスター・ビッグが口を挟んだ。「彼女は——」

「うるさいぞ」男は両手で強くベッカの乳房を握った。「おまえが犬のように吼《ほ》えるのは聞き飽きた。犬ころ、おまえの名前は？」

ミスター・ビッグは檻《おり》に捕らわれた肉食獣みたいな目つきを見せた。「ソロコフです」

「次また勝手にしゃべったら、ソロコフ、気を失うまで叩きのめしてやる」銀髪の男は言った。ベッカの首にかかった熱い息は甘草の匂いがした。ベッカは毒ガスを吹きかけられたかのように、首をすくめた。下半身に勃起したものが押しつけられている。

吐き気がした。こんなに怖い思いをするのは生まれて初めてだった。

「さて、わしのお楽しみのためにこの女を連れてきたのではないとすると、ソロコフ、唯一の結論は、おまえが自分のために連れてきたということだ」太った男は言った。「身勝手だぞ」蛇の威嚇《いかく》音みたいな声だ。またベッカの首に顔を近づける。「美しい」言葉を続け、胸のあいだを指で撫でて、おなかのほうへおろしていく。「じつに美しい」

ベッカは震えていた。男の手はゆっくりと下に向かい、ほかの男たち全員の目がそのあとを追う。手が股間をぐっと締めつける。ベッカはミスター・ビッグの目を見つめた。

悲鳴をあげるな。

無言の命令を理解した。悲鳴をあげれば、火に油をそそぐだけだ。しかし、この地獄への下り坂をどこかで断ちきらなければならない。

「空腹じゃないんですか？」きびきびしていると言ってもいいほどの声が出た。

男は怪訝な顔をした。「なんだって？」

ベッカはミスター・ビッグがいましがたなんて自己紹介したのか思いだせず、つかの間、言葉につまった。「服装がお気に召さなかったことは申し訳なく思います。代わりの服が見つかったら、すぐに着替えますから。ソロコフがわたしをここに連れてきたのは、あなたのお食事を作るためですよね。もう取りかかっても？」

股間を押さえつけていた指から力が抜けた。ベッカは安堵でへたりこみそうになった。

「なら、取りかかれ」男は言った。「わしは船旅で疲れている」

ベッカは歩道を渡って、磁石に引きよせられるようにミスター・ビッグに張りついた。たくましい腕にしがみつき、深く爪を食いこませた。

きっぱりとした口調を作って言った。「クレープとスフレの両方をご希望なら、手伝いが必要です」太った男に向かって宣言した。「準備の時間が半分ですみます。おなかがすいていらっしゃるなら、早いほうがいいでしょう？」

男は乾いた笑いを漏らした。「手伝ってやれ」ミスター・ビッグに言う。「おまえのかわいい料理人の処置についてはあとで話そう。ブランチで気分がほぐれてからな」

ベッカはミスター・ビッグを引きずるようにして、屋敷に急いだ。


ニックはベッカに引っ張られ、よろめくようにあとをついていった。爪は二の腕に深く食いこんでいる。玄関に入ったとたん、ベッカはくるりと振り返り、説明を要求しようとして口を開いたが、ニックは何も教える気はなかった。

血のついた手でベッカの口をおおい、今度は自分がベッカを引っ張って廊下に入り、キッチンに向かった。

ベッカはもごもごとした声と悲鳴を漏らしながら、ニックの手を振り払おうとしている。

ニックはベッカの背を強く壁に叩きつけ、咳きこませた。ベッカがまたしゃべりだす前に、こちらから話しはじめるためのわずかな時間稼ぎだ。

かがみこみ、体の重みでベッカを押さえつけた。

「よく聞け」耳もとでささやいた。「きみはいま肥溜《こえだ》めに深く足を突っこんでいる。生きて外に出たいなら、口をつぐんで、おれの言うとおりにしろ。脅しじゃないぞ。そうしなければ、きみは殺される。すぐにでも。最悪の方法で」

ベッカは震えはじめた。まずい。やりすぎた。パニックには陥らせたくない。

「ここにはそこら中にカメラやマイクが仕掛けてある」小声で言葉を続けた。「口裏を合わせろ。おれはきみを料理人として雇った。この週末だけで二千ドルの報酬だ。きみはおれが何者なのか知らない。あの男についても何も知らないし、知りたくもない。おれはきみに詳しいことを一切話さなかった。きみも一切興味を持っていない。ただ料理をすればいいと思ってここに来ただけだ。いまから体を離す。そうしたら、互いに納得したというようにうなずき、笑顔を見せろ」

ニックは一歩離れ、ゆっくりと片手をあげた。

ベッカの顔にはニックの血がつき、目は涙で光っている。ぎこちなく息を吸い、それからうなずいた。

笑顔。ニックは声に出さずに言った。

ベッカは唇を震わせ、口のはしをあげようとした。成功したとは言いがたいが、とりあえずはそれで充分だった。ベッカは口を開いた。

ニックは再び口をおおった。もう一度かがみこむ。「小声で」

「わたし、逃げられないの？」かすれた声で言う。「ぜったいに何も言わない。何も見てない。黙って消える。約束する」

ニックは考えをめぐらせた。そう、逃がせるかもしれない。そのあと、ニックは職務怠慢の罰として、セルゲイと同じように腹を裂かれる。「自分の船を持っているか？」

ベッカは首を振った。「電話でシェパード入り江から船を呼ばないと」

双胴船がシェパード入り江からフレークス島に着くまで最低四十分はかかる。それも、電話してすぐこちらに向かってくれると仮定してだ。現実的に考えれば、一時間ほど見るのが妥当だろう。それほど長いあいだ、やつらの目をくらませておくことはできない。

ニックは首を振った。「すまない」そっとささやいた。「うまくいかないだろう」

ベッカが手を伸ばし、殴られた鼻にふれた。「大丈夫？　折れてない？」

ニックは不意をつかれた。「大丈夫だ」うろたえたように言った。「たいしたことはない」

「大怪我に見えるわ」ベッカが言った。「血だらけよ。ずいぶん強く殴られたのね」

善良な女だ。ニックはコーヒーを沸騰させたというだけで、父からもっとひどく殴られたものだ。「いや、へなちょこパンチだったよ」ベッカを先に歩かせ、広々としたキッチンのなかに押しやった。「さてと」ニックは言った。「料理を作ってくれ。いいところを見せてほしいね」

ベッカは緑の目をすがめた。「まずはその血を洗い流すこと。不衛生だし、食欲もそそらない。まだ血が出ている？」

ニックはおそるおそる鼻をつつきながら、流しに向かい、皿洗い用の洗剤を手に取った。

「止まっている」かがみこんで顔を洗い、ピンク色のしぶきを流した。ベッカも隣に立って、顔や手についた血を洗い流した。

「血をつけてすまない」ニックは言った。「だが、心配しなくていい。最後にHIV検査を受けたとき、結果は陰性だった。最近のことだ」

あの大きな緑の目に囚われる前に背を向けた。ペーパータオルを取って、顔と手を拭いた。

「わたしもよ」ベッカがささやく。

ニックははっとして首をめぐらせた。「え？　なんだって？」

ベッカの顔は真っ赤だ。「HIV検査で陰性だった。一応、その、言っておこうかと思って。こういう話はゆうべのうちにするべきだったわね」

昨晩ベッカがイッたとき、熱く濡れたところで指を締めつけられた感覚がよみがえり、また指先がうずうずした。ニックは両手を握りしめた。

すばらしい。この奈落のふちで、股間を硬くしたまま綱渡りをしろということか。こうでなくちゃおもしろくない。

「そう聞けてよかった」ニックはうめくように言った。「仕事にかかれるか？」

ベッカは髪をうしろに払い、ひとつにひねって、うなじのあたりでゆるやかにまとめた。茶色のおくれ毛があごの下で揺れている。

ニックは視線を引きはがした。「何を作ると言った？」

「スフレ。オレンジ風味のクレープ」ベッカが答えた。「卵がいるわ。牛乳も。それから大量のバター。ベシャメルソース用に小麦粉を少々。粉のナツメグ、質のいいチーズを何種類か。ペコリーノ、パルメザン、アジアーゴ、グリュイエール、香りの強いものならなんでも。新鮮なフルーツ、シャンパン、ハム、パン。スフレと付け合せを作るにはこれだけのものが必要よ。クレープ用には、もっとたくさんの卵、小麦粉、バター、砂糖、オレンジジュース、キルシュ、コアントロー、コニャック。もちろん、コーヒー豆も」

ニックはまじまじとベッカを見つめた。「本当に料理ができるんだな」

「わたしはいろいろなことができるのよ、ミスター・ビッグ」ベッカはとげとげしく言った。「人殺したちと出くわしたあとで、手早く料理を作れ？　お安いご用。いつでもどうぞ。それで、足りないものは？　多少ならごまかしが利くけど……なくてはならないもののほうが多いわ」

ミスター・ビッグ？　そうか。ニックはまだ一度も名乗っていない。「あー……」弱々しく肩をすくめた。「わからない」

ベッカは冷蔵庫のドアを開いた。在庫調べに時間はかからなかった。

卵はある。ニックにも扱える食べ物だからだ。焼くだけで食べられる。それさえ面倒なときは、殻を割って、口を開け、どろりとした生卵をプロテインの錠剤のつもりで飲みくだした。いつかサルモネラ菌で食中毒にかかったら、いい笑い話になるだろう。

バターもある。トーストもまた誰でも失敗せずに作れる食事だから。牛乳もある。どれだけ寒いときでも、シリアルは冷たい牛乳をかけるだけで食べられる非常食だ。ほかにも似たようなものがあれやこれや……それで終わりだ。

ベッカは不満そうに鼻を鳴らし、戸棚を開けて、なかのものを取りだした。小麦粉はあったが、ほかにたいしたものはない。ベッカはくるりと振り返って、険しい目つきを見せた。

「なんの冗談？　ベーグルのラスクやインスタントのオートミールや辛口のチーズディップから、あの男が満足するような朝食を作れるわけないでしょ！」

「がみがみ言うのはやめろ」ニックもいらだって言葉を返した。「あんな豪華なメニューはおれには思いつかなかった。もうひとつの冷蔵庫か冷凍庫を見てみれば――」

「がみがみって何よ！　あっちの別荘にはまともな食べ物があります。わたしが、その……取ってきてもいいかしら」

ああ。そして逃げようとする。おれたちふたりの死刑執行書にサインするのと同じだ。

「きみはここから出られない」ニックは言った。「やつらは周辺を見張っている。おれが取りに行く。きみはここで準備を進めていてくれ」

「ここ？　ひとりで？　あの……男たちといっしょに？」目を丸くする。

「すぐに戻る」ニックは慌てて言った。「大丈夫だ」

ベッカはつばを飲み、それから背筋をすっと伸ばして、料理の先生モードに戻った。「小さな白い箱にはそれぞれ特別仕立てのケーキが入っているわ」歯切れよく言う。「できるだけたくさん持ってきて。チーズの取り合わせ、ローストハム、それにフルーツはふたつの大きな白い箱のなか。どちらも冷蔵庫にあるから、両方お願い。牛肉と野菜も。それから、香辛料。シャンパンを忘れないで。冷蔵庫のドアの内側で冷やしてある。ワインも運べるだけ運んで。利用できそうなものはなんでも使わないと」

ニックは裏口の階段をどすどすとのぼり、ポーチに出て、そこからまわりを取り囲む巨大な花崗岩《かこうがん》に飛びおりた。もともとこの屋敷はこの花崗岩に沿って建てられたものだ。いったんそちらをくだる道を取ったので、スローンの別荘まで三十メートルほどの急な坂道をのぼることになったが、ニックには数秒しかかからなかった。

別荘のなかに入ったあとは、ベッカに言われたものを集め、片っぱしから箱に放りこんで、ワインをビニール袋につめた。

ふと思いついたことがあった。キッチンを出て、家捜しをして目的のものを見つけた。小さな黒いハンドバッグ。中身を空けて、ざっとあらためた。家の鍵、口紅、ポケットティッシュ、櫛《くし》。

ニックは出来心で口紅をポケットに入れた。

携帯電話。財布。財布を開き、カード類を調べて、免許証をはじめ、名前や住所が記されているものをすべて抜き取った。財布はナイトテーブルのからの引き出しに放り入れた。カード類と携帯電話は、外の岩の下に埋めるために自分のポケットに入れた。

ロバみたいに自分に荷物をくくりつけて、別荘から出た。蔦《つた》や茨の茂みをかき分け、起伏の激しい土地を滑りおり、這いのぼっていった。完璧なスフレを作り、この地上でもっとも邪悪な犯罪者に食べさせるために。超現実的だ。

腹の底から飛びだした音はあまりに錆《さ》びれていて、一瞬、なんの音なのか自分でもわからなかった。笑い声だ。

ミスター・ビッグ？　どこからそんなあだ名を思いついた？

深く考えないほうがよさそうだ。

7

忙しくしていれば気がまぎれる。ベッカは眉間《みけん》にきつくしわをよせたまま、ボウルや調理道具や電気器具を出していった。ガシャン。バタン。キッチンの真ん中のカウンターにすべてをきちんと並べた。ずっとカウンター付きのキッチンに憧《あこが》れていた。あんな男の食事を作るために使うのが残念だ。ベッカを殺すかもしれない男に。もしくは、強姦《ごうかん》するかもしれない男に。

よし、スフレのベシャメルソースを先に作ろう。それからクレープ用のバターに取りかかる。バターが溶けて、小麦粉に絡まるようすを見ていると、ささくれだった神経が和らいだ。ソースがとろりとするまでゆっくりとかき混ぜながら、心のなかで数を数えていった。ゼロから十へ。十からゼロへ。何度も何度も。悲鳴をあげてうずくまらないように。

こんな災難はそうそうない。白いソースを火からおろして冷まし、クレープ用のバターを混ぜはじめた。戸棚の下に古い型のホットプレートを見つけたときは嬉しかった。あれならクレープ六枚を同時に焼ける。いつか運命の人と出会って、完璧なキッチンを手に入れたら、ああいうホットプレートを買おう。プロ仕様のフードプロセッサーも。

その調子よ。落ち着いて。キュウリみたいにクールに。

ドアがばたんと開いた。ベッカはぎょっとして飛びあがり、犬にしか聞こえないような甲高い悲鳴を漏らした。

ミスター・ビッグだった。たくさんの箱とビニール袋を抱えていた。ワインの瓶がぶつかって、ガチャガチャと鳴っている。ベッカはほっとするあまり、泣きだしそうになった。

「ああ、よかった」

「重かったよ」ミスター・ビッグはぼやいた。

ベッカは箱の中身を取りだしていった。ミスター・ビッグはぽかんと口を開けて、それをながめている。スフレの材料はまとめてカウンターのはしへ、クレープの材料はその反対側へ。ベッカは猛スピードで考えをめぐらせ、手順とタイミングを組み立てた。クレープのソースを作る前にスフレをオーブンに入れるべき？　スフレの仕上がり時間が早すぎると、焼きたてを出せなくなる。それで一巻の終わりかもしれない。あの男たちにぺしゃんこのスフレは出せない。あいつらは銃を持っている。ちょっとしたことで撃たれてもおかしくない。

風味付けの素材をすりおろしたり、切ったりしてから、オレンジソースを作り、そのあとでスフレを型に流しこんで、オーブンに入れることに決めた。そうすると残り時間ジャスト二十五分で、クレープを焼き、ハムをあぶり、フルーツを裏ごしして、パンをトーストすることができる——ベッカに手が六本あって、ほかの誰かが盛りつけや皿洗いや配膳《はいぜん》を手伝ってくれるなら。クラブの仕事でストレスを感じていたなんて嘘みたい。

ミスター・ビッグは見習いのコックよりも役にたたないことがわかった。もたもたして、手際も機嫌も悪く、調理のなんたるかをまるで理解していない。

「オレンジの皮?」うめくように言う。「オレンジの皮なんか食えたものじゃないだろ?」

「食べられないと思うなら、黙ってて」ベッカはぴしりと言った。「チーズをこのボウルにすりおろして。急いでね。終わったら、おろし器を洗うこと。オレンジの皮に必要だから。そのあと、ここにあるハーブを切って。あなたでもできる簡単な作業よ」

「嫌味はやめろ」ニックはつぶやいた。「誰も首を突っこめなんて頼んでない」

「眼鏡と鍵を取りに来ただけよ」ベッカは早口でささやき返した。「しょうがないでしょ! 眼鏡がなきゃ何も見えないんだから! ゆうべのうちにあなたが警告してくれればよかったのよ! それが何も言わないで、あんな——あんなこと——」

「警告?」ニックも言い返した。「二度とここには近づかないように、ゆうべたっぷり脅したつもりだったよ。少なくとも、あんなふうに——あー、その、脱線する前は。ともかく、半分でも頭の働く女なら、一目散に逃げるはずだろ。なんだって戻ってきた?」

わたしのせい? 腹立たしい。ベッカはすりおろしたチーズのボウルを引ったくり、冷めかかったベシャメルソースに中身を空けた。

半分も頭が働いていなくて悪かったわね。脅した? ふん。夢中でキスをして、最高のオーガズムを与えるのもその手段だったわけ? おまけにこの男はハーブをめちゃくちゃにしようとしている。

「そこまで」ぴしりと言った。ミスター・ビッグの前からまな板を取りあげ、代わりに皮をむいた玉ねぎを渡した。「こっちを切って」有無を言わせず命令した。

ミスター・ビッグはべつのまな板にナイフを叩きつけた。まっぷたつに割れた玉ねぎの片方が、まな板から飛んで、部屋の奥まで転がっていった。「まったく」低い声でいらいらと言う。「散々《さんざん》だ」

「癇癪《かんしゃく》を起こしてもいいことはないわよ」ベッカは穏やかに諭した。

ミスター・ビッグは玉ねぎを拾い、しかめっ面で切りはじめた。怖がる時間があるなら、その顔を恐ろしいと思っただろうが、あいにくそういう余裕はない。「もっと細かく」ベッカはそっけなく言った。

「もっと細かく？　これ以上細かくしたら、ペーストになっちまうだろ！」

「もっと細かく」ベッカはもう一度言った。「終わったら、そのフライパンに入れて、かき混ぜながら炒《いた》めて。焦がさないでよ。飴色《あめいろ》になるまでお願い」

ミスター・ビッグはぶつぶつとなにかをつぶやきながらも、言われたとおりに炒めだした。ベッカは背を向けて、卵の下準備を始め、白身と黄身を分けながら、ついさっき言われたことを反芻《はんすう》した。

黄身をベシャメルソースに落とし、柔らかな手つきで、ソースが輝くような黄金色になるまで混ぜた。「いまあなたが言ったことだけど……ゆうべはわざとわたしを怖がらせようとしていたの？　あなたはべつにわたしを求めていなかったのに、わたしだけがその気になったということ？」

ミスター・ビッグはカウンターから小さなナイフを取り、ベッカのまな板にのっているハーブの山に突き刺した。すでに切ってあるハーブが散らばる。ベッカははっと息を呑んで、一歩あとずさりした。

「違う」ミスター・ビッグは大声を轟《とどろ》かせた。「ゆうべおれたちがああいうことをしたのは、ふたりともそれを求めていたからだ。さあ、口をつぐんで、仕事を続けろ。おれを挑発するな。わかったか？」

ベッカは傾いたナイフをまな板から引き抜き、散らばったハーブをそろそろと集めてから、ソースに振りかけた。

「カメラがあるから、がらの悪い男のふりをしているんでしょう？」ベッカはささやいた。「本当に悪い男だとはどうしても思えない。あなたもわたしと同じように怖がっているのよ」

「知ったような口を利くな。妄想癖でもあるのか？　いいかげんにしろ、ベッカ。黙って、料理を作るんだ」

銀器と陶磁器がふれ合って、上品な音楽のような音を奏でている。ベッカはゾグロの皿にかがみこみ、ハムをもうひと切れのせた。その体勢だと、胸の谷間はほぼ丸見えだ。顔色は悪いが、ベッカは冷静だった。控えめに目を伏せている。

ベッカには気品があった。鉄のような自制心も。ニックに腹をたてているときはべつだが。もしニックの知り合いの女たちがこういうプレッシャーにさらされたら、ほとんどは親指をしゃぶり、胎児のように丸まってしまうだろう。

食事の時間は予想以上にうまく運んだ。男たちは香ばしく湯気のたつ料理を残らずたいらげた。皿はからっぽだ。

ベッカは果汁とシャンパンのカクテルが入ったピッチャーを持って、またかがみ、芸者のように超然と、しかしどことなくなまめかしい物腰で、シャンパングラスを満たしていく。四対の目がベッカの体に張りついていた。ニックを含めるなら、五対だ。ニックはあごが軋むほど強く歯を食いしばっていた。

ベッカは腕のいい潜入捜査員になるだろう。この色っぽい外見の下になにが隠れているのか、誰に想像がつく？　ベッカが食事の支度をするさまを見るのは、オリンピックの競技を見るようなものだった。無駄な動きはひとつとしてなく、何をするにも、最大限に能率をあげるためにきっちりと計算されていた。

上々だ。料理人だというごまかしがうまく働いた。やつらは料理をたいらげた。人食いライオンの穴の上にかかったロープを綱渡りするようなものだが、少しだけ前進することができた。ベッカがこれほど美人でなければ、生きてここを出るチャンスはもっと大きかっただろうに。

ゾグロはハムを食べ終え、口をぬぐって、淡い色の目をニックに向けた。「彼女はこの言葉を理解できるのか？」ウクライナ語で尋ねる。

「いいえ」ニックは答えた。

「食欲は満たされたが、もうひとつ味わいたいものがある。腹がこなれたあとで。食事はじつにうまかった。つい食べすぎた」

見えないこぶしで内臓をつかまれ、ねじられたような気分だ。「彼女を雇ったとき、そういう申し合わせはしませんでした」ニックは言った。「うまい食事を用意することが第一だと思ったもので、ボス――」

「第二に、退屈なこの島でわれわれを待つあいだ、慰めになるきれいな女がほしかったのだろう？　よほど独り占めしたいと見える。ごまかしは利かないぞ、ソロコフ」

ニックは返答を控えた。言えることは何もなかった。

「だが、あれほどうまい食事を満喫したあとだ。無理を言うのはやめてやってもいい」ゾグロは言葉を継いだ。「ほかのお楽しみで満足させてくれるならな」

不安がつのった。「お楽しみ？」

ゾグロの目がきらめいた。「この午後は何もすることがない。せいぜいがうっとうしい緑をながめることぐらいだ。だから、わしを楽しませてみろ。おまえのかわいい友だちと一緒に」ベッカにあごをしゃくる。「スポーツ観戦には目がなくてね」

ニックはちらりとベッカを見た。ベッカは場の雰囲気を感じ取り、警戒していた。関節が白くなるほどきつく指を組んで、腹に当てる。唇を結び、目を見開いている。無言でニックに懇願している。

「ボス」ニックはおもむろに言った。「この女はプロの娼婦ではありません。そういう心の準備はできていないでしょう。あなたの言うとおりにしたら、料理人としては使い物にならなくなると思います」

「そうか？」ゾグロは唇を歪《ゆが》めてせせら笑った。「なら何ができる？」

「夕食のメニューはなんだ、ベッカ」ニックは英語で尋ねた。

「オードブルはサラミとチーズの盛り合わせ。野菜のグリルとグラタン。カナッペはレバーのパテとアンチョビのペースト。それにスタッフドパプリカ、ポルチーニ茸《だけ》のマリネです」

ベッカはすらすらと並べた。「メインのローストビーフは、モンテプルチアーノ産の赤ワインとご一緒に。付け合せはレッドポテトのハーブ和《あ》えとニンジンのグラッセ。南国のフルーツとホイップクリームのデザート、コーヒー、グランマニエを使ったチョコレートトルテ。最後に、消化を促進する食後酒を」

ゾグロは数回まばたきをした。ため息をつき、両手を合わせて、丸々とした指を見つめた。「いいだろう」ふてくされたように言った。「まともな食事にありつくためなら、妥協も辞さない」

ニックは安堵の息をつきかけたが、ゾグロはしゃべりつづけていた。「上の寝室に連れていって、そこで犯せ」さらに言葉を重ねる。「われわれは警備室のモニターで見物する。それで、われわれの小鳥の女性らしい感受性は傷つかないな？　ことが終わったあとも料理人として役にたつだろう？」

ニックを見つめるゾグロの目はぎらついているが、妙にうつろで、表情が読めない。ドアのほうにあごをしゃくり、〝何をぐずぐずしている？〟と示した。

「おまえに自信がないなら、部下たちが喜んで代わってやるだろう」穏やかに言う。「そういうことには一も二もなく飛びつく連中だ」いったん間を置く。「全員が」

「何か？」ベッカが尋ねた。「食事に問題がありましたか？」

「食事はすばらしかった」ゾグロは英語で言った。「余興が始まるのを待っているだけだ」

ベッカはミスター・ビッグとゾグロを交互に見た。「どういう意味かわかりませんが」

ゾグロは忍び笑いを漏らした。「ソロコフ、教えてやれ」

ミスター・ビッグはベッカの腕をつかみ、部屋から引っ張りだした。

ベッカは小走りでついていった。手が腕に食いこんで痛い。何かが起ころうとしている。

何か悪いことが。ミスター・ビッグに怒鳴られても、嫌味を言われても、ベッカは気を張らずに、息をついていられた。ところが、その顔から一切の感情が消え、無表情な目つきが現われたとたん、ベッカの胃は縮みあがり、膝が折れそうになり、頭がくらくらしはじめた。

余興？　いやな予感がしてならない。

階段をのぼらされた。不安がさらにつのった。ふつうに考えれば、強面《こわもて》でいやらしい目つきをした男たちから離れられるなら、嬉しくなるはずなのに。

廊下の絨毯《じゅうたん》でつまずいたとき、ミスター・ビッグは顔も見ずにベッカを引き起こした。力任せにドアを開けて、広々とした明るい寝室に入った。大きな窓から、波の揺れる海とどこまでも続く森と灰色の空が見渡せる。窓ガラスに雨のしずくがついていた。

ミスター・ビッグは自分のシャツをはぎ取った。ベッカは言葉もなく見つめていた。なんの表情もなく、眉ひとつ動かさない彼の顔が恐ろしい。

ベッカを壁に押しつけ、大きな手で両方の肩を撫でながら、かがんで耳もとにささやく。

「ショータイムだ。部屋の角にカメラがつけてあるのが見えるか？」

言わんとすることがわかってきた。「まさか」ベッカは言った。「本気じゃないでしょう？」

うなじでまとめていた髪がほどかれた。大きな手がもつれた髪を撫でて、肩におろす。この状況には不似合いなくらい優しい手つきだ。「本気だ」あっと思う間もなく、チュニックを頭から脱がされた。

ベッカは必死に男の手を叩いた。「やめて！　そういうつもりはまったく――んんん！」手で口を押さえられた。「これでもだいぶ譲歩させたんだ」小さな声が耳に届いた。「おれと一緒にカメラに映って、モニター越しにやつらの目を楽しませてやるか、ダイニングルームのテーブルの上で、やつらの慰み者になるか、どちらかだった。理解したか？」

ベッカは大きく首を振って手を離させ、息をついて、顔を見あげた。

「いまきみがテーブルの上にいないのは、あの男が食い物に卑しいからだ。料理人をぼろぼろにしたら、美食にありつけないからな」

「そんな」ベッカはつぶやいた。「まさかこんなことが現実に……」

白い木綿のシンプルなブラジャーをはずされた。ベッカは身をすくめ、手で体を隠そうとしたが、腕を取られ、大きく開いた格好で押さえつけられた。これでは誰にでも丸見えだ。

「すまないが、これも筋書きの一部だ。悪く思うなよ」

ベッカのジーンズの前を開けて、パンティと一緒に引きおろす。ベッカは青くなってミスター・ビッグの顔を見つめ、それからカメラに視線を飛ばし、また目を戻して、どうにか裸の体を隠そうとした。しかし、何よりも恐ろしいのは、彼が自分のベルトのバックルをはずすとき、淡々として、ただの仕事というような態度を取ったことだ。

ベッカは大きく息を吸いこみ、悲鳴をあげようとした。また口をふさがれた。耳もとにささやき声が聞こえる。「取り乱すな」熱い息が耳をくすぐった。「あの悪党たちに芝居を見せてやるんだ。本当らしく見えるようにしてくれ」手がそろそろと口から離れ、今度は唇で唇をふさがれた。「これからきみの股間に手を当てる」また耳もとでささやく。「優しくする。だが、おれが合図を出したら、痛くてたまらないというように悲鳴をあげろ。おれにひどいことをされているふりをしろ。わかったか？　よし、首を横に振れ。おれに脅しをかけられたように、いやだと言え。いますぐだ」

ベッカは無我夢中で言われたとおりにした。「いや」息を切らして言った。「そ、そんなことしないで。お願いだから、やめて。お願い、お願い」

自分の口から転がり落ちる言葉を聞いて、ベッカは芝居を超えていることに気づいた。自分の声がこれほど真剣に響いたことがかつてあっただろうか。

「いい子だ」彼はつぶやいた。ベッカの腰をつかみ、ひょいと体を持ちあげて脚を開かせ、背中を壁に押しつける。

ふたりの体のあいだに手を入れて、ベッカの股間をおおった。優しく、守るように。そっとそこを叩く。

「いまだ」小さくささやいた。「叫べ。抵抗しろ」

ベッカは抵抗した。全力であらがった。もがき、身をよじり、平手打ちを食らわせ、引っかき、嚙みついた。憤慨と屈辱の爆発を抑えられなかった。芝居も何もなく、悲鳴をあげて暴れていた。

ミスター・ビッグはベッカを抱え、ゆるむことのない力強さで支えつづけた。やがて、両方の手首を片手でつかみ、胸に押し当てた。ベッカは男の大きな体のなかでくしゃくしゃに丸められているような気分になった。

最後には疲れきって、抵抗する力もなくなった。何時間でも、何日でも悲鳴をあげてやるつもりだったのに。ミスター・ビッグのほうはいつまででもベッカを抱えていられそうだ。

ベッカは肩を落とし、声もなく泣きはじめた。

彼は手首を離し、ベッカのあごに手をかけて顔をあげさせて、視線を合わせた。ベッカはしゃくりあげた。ミスター・ビッグの鼻からまた血が流れだしている。怒りの爪跡が頬にも胸にも肩にも残っていたけれども、ちっとも怒っていないようだ。ただ、目つきはひたむきだった。ジーンズを手探りして、ベッカを抱え直すと、突きあげるように腰を振ってベッカの腰に打ちつけた。ベッカが悲鳴をあげるほど強く。しかし、なかには入っていなかった。体と体が当たるたび、勃起したものが腿の内側で揺れる。

お芝居。

ミスター・ビッグの目は、役をこなせと訴えている。言われるまでもなかった。現実と変わらないほど、揺さぶられていたから。厚い肩の筋肉に爪をたてていた。腰を叩きつけられるたびに声を漏らした。本当にセックスをしているわけではないけれども、この荒々しいお芝居は、かつて経験したことがないほど親密な行為だった。ミスター・ビッグはベッカの心に入りこんでいた。心に彼の存在を感じる。彼の鉄の意志がベッカの正気をつなぎ止めてくれる——ほとばしるような生気がベッカに力を与えている。信じられない状況のなかで、目には見えない大切なものを守ろうとしてくれている。

ベッカの自尊心を。

きつく目を閉じた。無駄な試みだとわかってはいるけれども、目をつぶっていると、心から大事にされているように感じた。そう思わせてくれる男に好意を覚えた。何かおかしなことがベッカに起こっている。たとえば自分がラジオだったとしたら、周波数をまったく新しいチャンネルに合わせるような感覚だ。階下に好色な見物人がいることを忘れていた。ベッカのなかで何かがこじ開けられた。痛みはある。でも、そこからのぞくものは光り輝いている。

全身を疼かせるのが感情なのか、五感の働きなのか、自分でもわからなかった。ただの喜びと言うにはあまりに強烈な……いわば、恐怖によって呼び起こされた歓喜の悲鳴だ。ベッカはその響きに呑まれ、さらわれた。同調するように叫び声をあげ、そして、気を失った。

意識を取り戻し、何度かまばたきをして目を開けたとき、彼は身じろぎもせずに立っていた。汗だくで、大きく熱い体には緊張感がみなぎっている。

ミスター・ビッグは目を見開いていた。ショックを受けているようだ。恐れすら垣間《かいま》見える。もう一度ベッカを抱え直して、ベッカをそっと横たえた。ベッドと壁のあいだの狭い空間に運ぶ。膝をつき、それから、白く毛足の長い絨毯にベッカを横たえた。両手をついてのしかかり、開いた脚のあいだに腰を落とした。ジーンズは腿のあたりまでおろしてある。腕が震えていた。勃起したものは熱く、ベッカの股間にぴたりと押しつけられている。

ベッカは大きく息を吸った。埃とペンキと絨毯の匂いがする。彼の顔に手を伸ばし、血のついた鼻にふれ、それからあごの引っかき傷に指をかすめた。

ごめんなさい。声に出さずに言った。

彼は肩をすくめた。気にするな。同じく声を出さずに答える。

ベッカはビデオカメラのほうにちらりと目を向け、視線を戻して、ふたりがまだ映っているのかどうか目で問いかけた。男はさっと振り返ってから、首を横に振った。

それを見て、ベッカは身をよじり、体の位置を調節した。そして、ペニスをつかみ、その先端を自分の入口に押し当てた。ひだのあいだに滑り入れた。彼は痛みを感じたかのようにはっと息を呑んだ。

ふたりが結びついたところから、電流が走った。神経のひとつひとつにキスをされ、愛されているような感覚。ゆっくりとすべらかに肉体を交わらせるのは、そうした小さな愛撫をすべて合わせ、数えきれないほどたくさんの細かな快感をひとつにして、互いに与え合うようなものだった。

最後まで続けてもいいのか？　再び、無言の問いかけ。

ベッカは答えとして腰を突きあげ、より奥まで彼を求めた。言葉では答えられない。もしもいまやめられたら、破裂してしまいそうだ。どうしても続けてほしかった。

彼は大きく息を吐いて少し身じろぎしてから、体重をかけるようにゆっくりと、太いペニスをさらに奥まで差し入れた。

ベッカは肘をついて上半身を起こし、目を凝らした。彼の髪がベッカの乳房をくすぐっている。ひたいの汗がひと粒、心臓の真上に落ちた。熱い。ベッカはまた彼の頬にふれて、傷跡を撫で、苦しそうな顔をさすった。

彼は奥へ奥へと入りこんでくる。押し広げられるようで痛かったけれども、これほど自分をさらけだし、何もかも与え、そして求めたのは初めてだ。ベッカは低い喘ぎ声を漏らした。すぐさま口を押さえられた。彼は首を振っていた。

ベッカにもよく理解できた。これはお芝居じゃない。ふたりだけの現実。人目を盗んだ逢《おう》瀬《せ》。手のひらにキスをした。腰を突きあげて、彼を迎え入れた。手で口をおおわれたままだったが、喘がずにはいられなかったから、それでよかった。のぼりつめていく。彼はますます硬く、ベッカは白い炎に包まれてとろけるように柔らかくなっていく。じっくりと体の芯《しん》を突かれるたび、全身の神経に喜びの火花が散った。

脚を持ちあげられて、さらに奥へ突き入れられた。根元までなかに入っている。白い炎はより熱くきらめく。全身に快感がほとばしる。

ベッカはこれまで男性に心を明けわたしたことがなかった。出し惜しみしたのではなく、単純に、そういうことができると知らなかった。生まれてからいままで眠っていて、初めて目を覚ましたような気分だ。なんの前触れもなく、なんの知識もないまま、急に目が見えるようになり、耳が聞こえるようになった。こうして与えてもらったものは、自分のなかで温めてから、十倍にして返したい。そうやって感謝したいと思った。

時間がない。彼がまた声に出さずに言った。すまない。

ベッカはうなずいた。涙がこぼれた。ふたりで一緒にいくつもの円を描くように、なまめかしく腰を振り、ほどなく、どこまでも続く喜びの尾根を伝っていった。

ベッカは身悶えした。心も体も爆発して、恍惚《こうこつ》の鼓動とともに命の力が噴きだす。それが彼にそそぎこまれ、そして、ベッカに戻ってくる。いっそう強い力をともなって。

8

おい、しっかりしろ。これはストックホルム症候群か何かだ。一時的な心理のまやかし。この女性は怯えていて、精神的な支えを必要としている。手近にいたのがおまえだ。勘違いするな。

本来、あえて自分に言い聞かせるようなことではない。それに、全身全霊をかけて、できるだけ深く女に身を沈めようとしているときには、何を考えても無駄だ。強い光を浴びて目をくらませ、心のすみずみまで照らされて、暗く陰っていたところまで明かされたような気分だった。せっぱつまった思いもあらわになった。一歩間違えば死が待ち受けている。手に入れたいものは、手に入るうちにつかみ取れ。最後のチャンスだ。

だから、ベッカを奪った。ベッカのほうも望んでいるのは明らかだった。小さくしなやかな体がうねり、ニックの体を目指して跳ねあがる。尻に食いこんだ爪は無言の要求だ。ほかの女には与えようと思ったこともないものを与えていた。こんこんと湧きあがるような渇望をありのままに見せた。ペニスははちきれんばかりで、暴走寸前だ。

柔らかな肉がニックをきゅっと締めつける。ゆっくり舐めるように突くたび、とろりとしたクリームで愛撫されているみたいだ。何度も、何度も。ベッカは余すところなくニックを包みこむ。コンドームなしで……ああ、最高に気持ちがいい。溶かされるようだ。

部屋は静かで、体がぶつかるくぐもった音とふたりの荒い息づかいしか聞こえなかった。ベッカの喘ぎ声が漏れないように、手で口を押さえつづけた。もう時間はないが、かまわなかった。睾丸がどくどくする音で耳がふさがれそうだ。

心のどこか遠くのほうでは、イく前に引き抜くべきだとわかっていたが、理性の声は小さなささやきでしかなく、全身で激流がうなりをあげたとき、すぐさまかき消された。

絶頂は火山の爆発のようで、ほとばしるものはいつまでもいつまでも尽きなかった。ぐったりとして汗まみれの体を動かせるようになるとすぐに、ニックは上半身を起こした。ベッカは大きく息をつき、まつ毛をはためかせて目を開けた。

きれいだ。涙とマスカラで汚れていても。流れ落ちた黒いマスカラが、かえってベッカの美しさを際立たせていた。緑色の目がいっそうきらめいて見える。

ニックは手をついて、体を離そうとした。しかし、柔らかな腿はまだニックの腰をしっかりと挟んでいた。ベッカはさらに膝を曲げて、脚を腰に巻きつけた。ニックを引き止めようとしている。

ベッカの唇が動いたが、言葉は声にならなかったようだ。

「え?」

ベッカはふっくらとした唇を舐め、つやめきを与えた。「あなたは何者?」ささやき声は、先ほどの悲鳴でかすれていた。

ニックはペニスを引き抜いた。精液がとろりと垂れる。ニックは鼓動の疾走を抑えようとした。「何者でもない。きみがいつまでも一緒にいていい男ではない」

潤んだ緑の目から涙がこぼれる前に視線をそらし、ベッカと壁のあいだの狭い空間に体を押しこんで、仰向《あおむ》きで絨毯に横たわった。天井のファンを見つめた。

ニックの心は砕けていた。あれだけの不運に見舞われたのだから、予想はできたことだ。ただ、タイミングが悪すぎる。

いいセックス、すばらしいセックスの経験はある。感動的なセックスすら体験したことがあった。しかし、セックスで現実を見失ったのは生まれて初めてだ。ニックはベッカに目を向けなかった。あろうことか、ニックのほうも泣きそうになっていた。

息を吸って、吐く。しっかりしろ。息を吸って、吐く。そう、その調子だ。

ベッカがニックの胸にふれた。ニックは飛びあがりかけた。「べたべたするな」小さくつぶやいた。「お互いにすっきりした。それでいいだろ？」

しんと張りつめた沈黙が落ちた。ニックはまた仔猫を蹴ったような気分に襲われた。ひどい気分だ。

だが、ベッカは仔猫ではない。たちの悪い冗談、背中に突き刺さったナイフ、かつてない悪夢のような災厄だ。おれを見てみろ。いつ殺されてもおかしくない状況なのに、絨毯の上でセックスに溺れ、そのことに感傷的になっている。これではまるで童貞を失ったばかりの十三のガキのころみたいだ。

とはいえ、振り返ってみると、初めてセックスをしたときにもこれほど感傷的にはならなかった。十三にして、ニックはいっぱしのワルを気取っていた。煙草をふかしてかっこつけたものだ。セックスなんてたいしたことないな、などとうそぶいて。

いまはそういうふりもできない。ニックは焼きつくされていた。

ベッカが起きあがろうとした。ニックはベッカをぐっと押し戻し、自分は体を起こして膝をつき、床に散らばっているブラウスとジーンズを拾った。ベッカの手に押しこんだ。

「ショーは終わりだ」小声で脅すように言った。「カメラに映る前に服を着ろ」

ベッカはぎこちなくうなずいた。丸まったブラウスを直そうとするが、ブラウスはナイロンのストッキングのように絡まって、ベッカの震える手ではおぼつかない。

数秒が過ぎた。ニックはもう我慢できなかった。ブラウスをベッカの手からもぎ取り、スラブ系の言葉をごちゃまぜにしてありとあらゆる呪いの言葉をつぶやきながら、布のかたまりをブラウスの形に戻した。

ベッカの頭にかぶせ、引きおろした。ベッカは身をよじって袖を通した。ニックが柔らかなガーゼのような布をふんわりと乳房にかぶせようとすると、猫が人を威嚇するような声をあげて、手を振り払った。しかし、ブラジャーをつけていないので、乳首が浮きでて見える。

ニックは床に座ったまま、ストリッパーみたいに腰をくねらせてジーンズを穿こうとするベッカをながめた。ジーンズが濡れた肌に張りつく。ベッカはいったん脱いで、穿き直そうとした。

ニックは自分で自分の行動を意識する前に、ベッカの膝を大きく開いていた。あそこを間近で見たかった。

ベッカは身をよじったが、獣のような低い声がニックの喉の奥から漏れたのを聞いて、凍りついた。その声が表わすのは――これはおれの権利だ。おれが見たいときに見る。

膝をつかんだ手に、ベッカが手を重ねた。音叉《おんさ》みたいに震えているが、抵抗はしなかった。疲れているはずのペニスがぴくりと揺れ、頭をもたげる。かわいいベッカの性器は、やはりかわいらしかった。夕景色や花や満天の星空級の自然の奇跡だ。指に思い出を残し、ペニスに記憶を刻みつけたのと同じように、目の前の光景をまぶたに焼きつけた。口もそこを味わいたがっている。ニックは女体の目利きだが、ベッカの体はそのニックの心をも動かした。

こんなことをしている時間はないが、つややかな巻き毛、淡い光を放つような太腿を見つめずにいられなかった。ピンクの花びらは芯に向かって色味を増し、その奥では、丸みを帯びた切れこみが鮮やかな深紅に輝いている。ニックをいざなっている。ベッカとニック自身の匂いが漂ってくる。ベッカはニックの精液で濡れていた。心臓が胸に重く打ちつけている。生まれて初めてのながめだった。これまで、女を抱くときは、絶対に深入りしないように気をつけてきた。へまをして責任を取るはめに陥りたくなかった。コンドームの信奉者になるのは必然だった。

このながめはニックにおかしな効果をもたらした。胸が締めつけられ、からっぽの胃のなかで何かがはためいている。ベッカを舐めまわし、心ゆくまで味わいたい。快感の叫びを聞くまで。ベッカはまるで媚薬《びやく》だった。こんな女には出会ったことがない。もっとほしい。何時間でも。だが、何時間どころか、数分の余裕さえないのが現状だ。

膝から手を離した。膝はバネ仕掛けの罠みたいにぱちっと閉じた。ニックは起きあがり、ふらつくベッカを立たせて、自分のジーンズを引きあげた。「この部屋にはバスルームがついている」ニックは言った。「洗ってこい」

ベッカはジーンズと下着を抱えて、小走りでバスルームのなかに入っていった。ニックはベッドにどさりと腰をおろし、なかば呆然として、水がパイプを流れる音を聞いた。考えろ。これからの計画を考えなければならないが、どちらへ思案をめぐらせても袋小路にぶつかった。そんなものは打ち破れ、まぬけ。観点を変えろ。考えろ、考えろ。

ゾグロのふところにもぐりこむチャンスは、すでに取り返しがつかないほど損なわれている。まだなんの情報も得ていない。やつらが何をしているのか、何をするつもりなのかも不明のままだ。ゾグロや手下たちの持ち物に盗聴器や探知機を取りつけてもいない。やつらが何をしているのか、ゾグロや手下たちの持ち物に盗聴器や探知機を取りつけてもいない。スヴェティのこともまるでわかっていない。だが、手を引くしかない。撤収を第一に考えなければならない。

このままではベッカが明日の朝日を見ることはないだろう。やつらはベッカを生きたまま食らうつもりだ。

――ゾグロに何を命じられようと、忠実に従わなければ、あなたは死ぬ。従えば、地獄に落ちる。

タマラの言葉がよみがえった。ニックはこうして潜入した時点で死んだも同然だと思っていた。人はどんなことにも慣れるものだ。それが地獄に落ちることであっても。しかし、この状況は――

バスルームから数人の声が聞こえた。なんだ？

立ちあがり、すぐさま駆けつけて、バスルームのドアを開いた。

ベッカは壁に張りついていた。ビデから水が噴きだしている。廊下側のドアの戸口を、ゾグロの丸々とした体がふさいでいた。泡の混じった水がベッカの脚に伝い、ぴかぴかの床に水たまりを作っている。

ベッカは巨大な蠍《さそり》を見るような目をゾグロに向けていた。ニックはベッカとゾグロのあいだで馬鹿みたいに視線を泳がせた。それで？　今度はなんだ？　ベッカを助けに来た？　ゾグロの股間の膨らみを見て、この腹黒い虫けらをこの世から消し去りたくなった。でっぷりとした顔に浮かんだ得意満面の笑みを葬ってやりたい。

しかし、バスルームにもビデオカメラが仕掛けてあり、階下には武装して牙《きば》をむく男たちが四人もいる。ゾグロひとりなら素手で殺すこともできるが、そのあと二階のテラスから飛びおりて、たとえ骨折を免れたとしても、ベッカははだしだ。二十秒もしないうちに手下どもに追いつかれ、倒されるだろう。

「すばらしい余興だった」ゾグロの声はねっとりとしている。「とりわけ彼女のオーガズムは真に迫っていた。ああ、そのまま洗いつづけなさい。美しい女が股間に手を当てる姿なら永遠にでもながめていられる。さあ」

ベッカは水滴を払った。「もう終わりましたから」冷ややかに言う。「タオルで拭きたいだけです。失礼してもよろしいかしら？」

ニックはベッカの度胸に舌を巻いた。ゾグロも驚いたようで、目を丸くしている。一瞬の間をあけて、棚からタオルを取りあげ、ベッカの手に届かないようにした。「いいや、よろしくない」

ベッカは白い顔をぱっと上気させたが、ゾグロの声に穏やかならぬ響きを聞き取って、口をつぐんだ。タオルの棚に手を伸ばし、そこに突っこんであった下着とジーンズを取ろうとする。

ゾグロはそれもかすめ取った。白い木綿のパンティを見つめ、鼻によせて匂いを嗅いでから、ポケットに入れた。「おまえはそのままで魅力的だ」ジーンズを肩にかけた。

ベッカは唖然《あぜん》として目の前の男を見つめていたが、ふいに表情を変えた。料理人のプロに徹して、にこやかにほほ笑む。

「そうですか。ところで、ご提案ですが……午後の憩いのひとときに、コーヒーか紅茶はいかがでしょう?」ベッカは言った。「ラム・キャラメルやレモンバターのケーキはお好きですか?」

うまい。気をそらすにはいい手だ。ニックは喝采《かっさい》を送りたくなった。

ゾグロはあごを撫でた。「コーヒーがいい」おもむろに答える。「クリーム付きだ。ケーキは両方」

「かしこまりました」ベッカは澄まして言う。「では、急ぎませんと。ディナーの下準備もありますし。失礼します」ニックの脇をすり抜け、寝室に入った。そこから廊下に出ていく小さな足音が聞こえた。ニックはそのまま脱走を図らないように祈った。餌食《えじき》としての顔を見せれば、捕食者たちはたちどころに襲いかかる。

ニックとゾグロは見つめ合った。「なかなかの暴行ぶりだった」ゾグロはウクライナ語に切り替えて言った。

だからなんだ？　余計なことを言わずにいるために、ニックはぐっと歯を食いしばった。「おまえの自制心には驚きだ。どんな女だろうと、もしわしの顔に同じような傷をつけたなら、たちまち人間としての形を失うだろう」

「引っかき傷か？」ゾグロは目をすがめて、ニックの顔についた傷や血をながめた。「おまえこそ人間には見えないが。

ニックはその言葉を呑みこみ、かすかにほほ笑んだ。「ほとんど気づきませんでした」洗面台に向かい、水で顔を洗った。「それに、うまいものを食っていただきたいんで。おれは料理はできませんから」

「おまえの気づかいは申し分ない。だが、美しい女を犯したばかりの男は心が広くなるものだ。そうだろう？」

「あなたのご命令に従ったまでです」

「骨の折れる仕事だったか？　おまえはやる気満々だったようだが」

どう答えてもほころびが出そうだ。ニックは口をつぐんだ。

「おまえはヤワだ、アルカジー」ゾグロが言った。

ニックは寝室に顔を向けた。「あれがヤワに見えますか？」

ゾグロはピンで刺した虫を見るような目でニックをながめた。「録画したビデオを観たときにもう一度考えることにしよう」ゾグロは言った。「クリストフに録画を命じておいた。当然だ。一緒に観るか？」

うなじに寒気が走る。「あー、いえ、けっこうです。自分で覚えています」

「全室に電子の目と耳を備えておくのが、なぜ大事かわかるか？」

ニックは首を振った。「いいえ、ボス」

「不確定要素を取り除けるからだ。スパイされているかどうか悩まずにすむ。間違いなく。部下たちの口が固くなる。そして、お楽しみの道具にも使える」

ニックはうなずいた。

「腹を割って話すころあいだ」ゾグロは言った。「一緒にコーヒーとケーキをどうだ？　おまえのことをすべて知りたい、アルカジー・ソロコフ。何もかも」

二時間後、ニックは脳をぺしゃんこにされたような気分に陥っていた。尋問は執拗《しつよう》だった。驚きではない。

「もうひと切れ食え」ゾグロはテーブルの向こうからニックのほうに皿をよこした。「デバルツェベェで叔父のドミトリと暮らしていたころのことを、もう一度話してくれ」

ニックはうつむき、べたべたしたラムなんとかケーキをつかんだ。糖分が役にたつかもしれない。

「デバルツェベェではなく、ドネックです」ニックは訂正した。「六年間、叔父のところで働いていました。それから、輸出業の監督のためにこっちに送られたんです。市民権は一九九三年に取ってもらいました。以来、おれはこっちを拠点にしています」

ゾグロは突きでた腹の上で手を組んだ。「武器の仲介業だな？」

「ほかにも手広く。ヘロイン、マリファナ、女」ニックはうんざりと答えた。

「それで、叔母のほうの名前はなんだったかな？　マルガリータ？」

「マグダレナ」ニックはケーキをほおばったまま言った。

ゾグロはパベルのほうに振り返った。パベルは自動小銃を抱えて背後に控えている。銃口はおおよそニックの頭に向けられていた。「パベル、おまえの妻のマリアはドネツクの出身だろう？　おまえたちは遠縁かもしれないな。世界は狭い」

パベルは気のないようすで肩をすくめた。

「なくはないですね」ニックは言った。「おれにはわかりませんが。十年以上あっちには帰ってないんで」

「興味深い話だった、アルカジー」ゾグロはおもむろに言った。「ぶれがなく、どこを取っても信憑性は高そうだ。しかし、正直に言って、当惑する点もある」

ニックは意識を集中させ、気を引き締めた。「どんな点ですか、ボス？」

ゾグロは太い指を前後にすり合わせた。「おまえが描写した男と、いまわしの目の前にいる男のあいだにちょっとした違和感がある」

ニックは懸命に気持ちを落ち着けた。これで終わりか。それでもかまわなかった。ベッカが現われて心を引っかきまわす前なら。情は男を縛りつける。無関心という自由が恋しかった。

パベルの銃の角度を見ながら、さまざまな自殺行為を思い浮かべ、そのどれを選択すれば、撃たれる前にこの薄汚い悪党を殺せるか考えた。

「おまえは冷静で、機転が利き、かなり聡明《そうめい》な男に見える。もっと高いところにのしあがっていていいはずだ。その年なら……いくつだと言った？」

「四月八日で三十七になります」ニックは答えた。

「三十七、そうだ。もう元締めとして名を馳《は》せ、われらの実り多き世界貿易に参入してきてもいいころだ。武器や麻薬の仲介で小金を稼ぐのではなく。あるいは、ポン引きで」ゾグロは舌を鳴らし、灰色の目をすがめてニックを見つめた。「その習性で、おまえはあの女をこの島に連れてきた」

ニックはばつの悪そうな表情を作った。おまえが頭のいい男だという印象は打ち消された。自分に言い聞かせる。「おれが馬鹿でした、ボス」素直に言った。「すみませんでした」

「もう一度わしに謝罪する立場にたったら、後悔することになるぞ」

「わかっています。もうありません」

「そこも戸惑う点だ」ゾグロは言葉を続けた。「生きて帰せないとわかっていながら、おまえはあの女を連れてきた。彼女を消す算段はつけてあるんだろうな」

ニックはつばを飲もうとしたが、喉がからからだった。「ええと、その、もちろんです。ただ、彼女の腕がたつことは認めていただけるかと」

「使い捨ての女に対して、それほど思い入れを持っているとは驚きだ」

ニックは咳払いをして、マグカップをつかみ、手の震えをごまかした。つまり、ビデオカメラの前でセックスしたぐらいでは不充分だったということだ。鮫は血を求めている。

「珍しいタイプだから」むっつりとして言った。「ちょっと興味を持っただけですよ。不意をつかれたというか。それに、ちゃんと仕事ができるようにしておくことが大事ですから。何度も言うようですが、ボス、あなたにまともな食事を――」

「わかった、わかった。わしの食欲を満たそうという働きは報われている。だが、それでも……」ゾグロはジャケットのポケットを探って、煙草を取りだした。一本引き抜いてから、親切めかした笑みとともに箱をニックに差しだす。「遠慮するな、アルカジー。ひと息つけ。顔が引きつっているぞ」

ニックは煙草に火を点け、肺が焼きつくほど強く吸いこんだ。

ベッカがかぐわしい湯気のたつコーヒーのポットを持って、部屋に入ってきた。ゾグロの肩越しにかがみこみ、例のなまめかしいしぐさでおかわりをつぐ。コーヒーがカップにそそがれる音さえも色っぽく聞こえた。ベッカがそばに来て、同じようにコーヒーをつぐあいだ、ニックはきつく歯を食いしばっていた。ふんわりとした青い布の下で乳房が弾み――こんなにたおやかにふるまう必要があるのか？　ベッカが出ていって、ドアがぱたんと閉じるまで、部屋にいる男たちは全員がその姿を目で追っていた。

「うむ」ゾグロがつぶやいた。「高慢なほど無邪気なようすがいい。美しいものは生来寿命が短い。ともあれ女に自分の立場をわきまえさせるのは楽しいものだ。待ち遠しいぞ」

煙草の煙は、口いっぱいにつめこまれた泥のようないやな味を残した。ニックは咳きこんだ。

「今夜まではおまえのコックを見苦しくない姿のままにしておけ」ゾグロは命じた。「シェパード入り江から客が来る。ディナーの席に着くのは客とわしだけだ。七時半から始められるように準備しろ」

「客の出迎えは必要ですか、ボス。なんならおれが――」

「エフゲニに任せてある」ゾグロはよどみなく言った。「半裸のベッカは、会食にデカダンスの色を添えるのに打ってつけだ。客に一番手を譲ることにしよう。まだ新鮮でみずみずしいうちに。わしも礼節は心得ている」

ニックは煙を喉につまらせ、また咳きこんだ。

「いまのところ、おまえは雑用係だ」ゾグロは言った。「おまえが何者かはっきりとわかるまでは、テーブルセッティングや調理の補助や銀器磨き程度のことしか任せられない。それに、セックスショーだ」

ニックはつばを飲んだ。「あー、はい、ボス」

「セックスショーといえば、新しい取り引き相手にそういったもてなしを用意しておかなかったことを、後悔していたところだ。しかし、こうしてみると、お膳立ては整っている。好都合だ。美しい女をあてがうことができる」

ニックはうなずいた。「それは、その、よかったです」

「だが、客が帰ったら、事情は変わる。どう処理する？　料理の腕などもう必要ない。われわれは明日の朝には出発する。処分する前に、たっぷり楽しんでやろう。部下たちもベッカのしどけない姿を喜んでいた。船に乗ったあとも数日は自分の股間から手が離せないだろう」

ニックは意志の力で口を開いた。「朝食は？　ボス」

ゾグロは肩をすくめた。「朝食のあとまで待つのも悪くない。あの女の卵料理はうまかったからな。だが、できれば、今夜のうちに仕事を終わらせたい。わしといえど、ときには贅沢を我慢することができるのだよ」

「はい」ニックは言った。

「とどめを刺すのはおまえに任せよう。好きな方法で始末しろ。当然ながら、そのようすは録画する。死体の処理をどうするか、手はずは整っているか？」

ニックはまた咳払いをした。「あー……」

「なるほど。なんの計画もない、と」ゾグロは言った。「おまえがなぜ人生の成功者になれないか、これで理由がはっきりした。おまえは下半身でものを考える男だ」

「いえ」ニックは言った。「計画はあります」

「顔色が悪いぞ」ゾグロは目をすがめた。「あの女に惚《ほ》れたか？」

ニックは肩をすくめた。「まさか。しかし、腕のいい料理人です。もったいないかと思いまして」

「あの女を連れてくる前に考えるべきだったことだぞ」ゾグロは子どもに道理を説くように言った。「だが、心の痛みが大きければ、それがおまえのためになる。何かを手に入れるときには代償がつきものだろう？　価値のあるものを得るためには、犠牲が不可欠だ。それによって、手に入れたものの価値はますます高まる。このわしからの信頼、信任——これは価値のあるものだ、アルカジー。計り知れないほどの価値が」

「はい、ボス」ニックはつぶやいた。

「おまえの犠牲が不可欠だ」ゾグロは軽やかに言った。「入団の儀式のようなものだと考えろ。今夜を過ぎれば、おまえも晴れて仲間だ」ゾグロは身を乗りだし、ニックの背を強く叩いた。ゾグロの手が当たったとき、ニックは自分がコンクリートのようにがらがらと崩れ落ちるかと思った。

「すぐにわかる」ゾグロは励ますように言った。「犠牲を払う価値はある、と」

9

ひとつのことに考えを絞って、忙しく体を動かしていれば、機能停止に陥らずにすむ。ベッカは何度となく自分にそう言い聞かせていた。

マリネの液を切る。牛肉を丸めて胡椒《こしょう》と香辛料をまぶす。パセリの葉から黄色くなったところを取り除く。ベビーキャロットの皮をむき、すべてを均一に弾丸のような形に整える――

喩《たと》えが悪かった。弾丸はだめ。気持ちを切り替え、崩れかけた正気のバランスを保とうとした。ひとつのことに集中して。手を動かして。

さあ、早く。ごちそうの用意をしなさい。冷たい目をしたチンピラに銃を向けられ、舐めるような目つきで体を見られながら。チンピラとベッカのあいだには、ミスター・ビッグが立っている。

マーラの薄いチュニックはごくふつうの洋服なのに、この奇妙な状況では娼婦の衣裳《いしょう》と化していた。ベッカのお尻はほとんど隠れていない。乳首はくっきりと見える。陰毛も。その二点を隠すためなら、股間に毛皮のボア、乳首に飾り房をつけてもいい。こわばった指先からにんにくが落ちたが、ベッカは突っ立ったままそれを見つめていた。拾うためにはかがまなければならない。でも、それで下半身が丸見えになるのはいやだった。

ああ、下着が恋しい。

ミスター・ビッグがにんにくを拾ってくれた。料理となると何をしても手際が悪く、貴重な時間を無駄にするだけの存在だが、けっして追いだそうとは思わなかった。むしろ、もうひとりの男とふたりきりで残されたら、そのとたんに悲鳴をあげながら、わけのわからない言葉をわめくことになるだろう。この恐怖の屋敷のなかで味方と呼べそうなのはミスター・ビッグだけだった。

なるべく近くにいてほしくて、失敗しても影響が少なく、かつ忙しそうに見えるような仕事を与えた。ミスター・ビッグはあの無表情な目をして、きつく口を閉じている。ベッカを階段に引っ張っていったときと同じ顔つき――

だめ。あのことは考えちゃだめ。忘れなさい。いますぐ。あの太った蜘蛛みたいな男がサロンにへばりつき、ディナーを待っている。

じつのところ、ベッカは恐ろしいことを無視するのが得意だ。十二のときから集中してその訓練を積んできた。パパが病気になったときから。

感情の制御という見地から考えれば、自分の人生を振り返ることは大きなマイナスの効果しかもたらさない。しかし、感情の制御などという地点はもうとっくに越えている。正気にやっと爪の先を引っかけている状態だ。

あのころと同じように。当時の胸の痛みがよみがえった。悲しみ。恐れ。笑いごとにはできない。不幸な過去を思い出すには最悪のタイミングだ。もしかして、これが走馬灯というもの？　命の灯火《ともしび》が消えかけている証拠だろうか。

それなら、過去を思いだすのもしかたがない。

パパが病気になったあと、ママはその看病に明け暮れ、子どもがいるということすら忘れてしまった。ベッカはそういう母親を責めなかった。ベッカは長女で、三歳のジョシュより九つ年上、二歳のキャリーより十歳年上だった。料理、買い物、おむつの取り替えはすべてベッカの役目。幼い弟と妹を風呂に入れ、寝かしつけ、キャリーの哺乳瓶《ほにゅうびん》を温め、ジョシュのトーストから耳を切り、ふたりが騒がないように相手をしてやった。

すぐに、忙しいことにも利点があると気づいた。忙しければ、パパが寝たきりでモルヒネの点滴を受けていることを忘れられた。うつろな瞳がモルヒネだけでは不充分だと明かしていることも。床ずれや尿瓶や消毒液の匂いを忘れられた。ママのやつれた顔も。

その代わりに、ベッカはのたうつキャリーにオートミールを食べさせることや、ジョシュにピーナッツバターのサンドウィッチとスクランブルエッグを食べさせることに集中した。洗濯、皿洗い、ゴミ出し。忙しい、忙しい。それで気がまぎれた。本当に役にたった。

終わりのときを迎え、葬式がすんだころ、ベッカは超がつくほど忙しい生活にどっぷりはまり、もう抜けだせなくなっていた。それでかえって都合がよかった。パパが死んだあと、ママが完全に壊れてしまったから。まるで抜け殻だった。もう何も残っていなかった。

そのときから、家族の生活はベッカの肩にかかった。十二の年で、小切手の書き方と精算の方法を覚えた。十三のとき、固定資産税の支払いを二年連続で怠るとどれほど恐ろしい結果が待ち受けているのか、身をもって学んだ。ベッカは債権者と自分で交渉して、支払い期日を延ばしてもらった。期日を過ぎていることにママが気づけば、また泣きはじめるのはわかっていたから。

あるいは、いつもよりもさらに鬱々《うつうつ》として、ベッドに腰をおろし、モルヒネの瓶をながめることになるだろう。パパは病気にかかったばかりのころ、苦痛に耐えられなくなったときのために、錠剤のモルヒネを処方されても服用せず、致死量になるまで溜めこんだ。結局使わなかったが、そこにあるだけで心の支えになっていたようだ。

ベッカの心の支えにはならなかった。母親が出かけているとき、ベッカはモルヒネの隠し場所を見つけようとした。下水に流してしまいたかった。しかし、そうした努力は無駄に終わった。どれほど備えても、恐ろしいことは起こるものだ。

どれほどがんばっても、止めることはできない。容赦なく襲いかかってくる。

見方を変えれば、パパの宝物が無駄にならなかったとも言える。ママがその錠剤を飲み干したとき、ベッカは多くのことの達人になっていた。あらゆる人の立場からものごとを見るすべというのも、そのひとつだ。

ベッカは母親の絶望を理解した。ジョシュが喧嘩《けんか》ばかりして、学校で問題を起こしていることも。キャリーがつきまとい、おねしょを繰り返し、悪夢にうなされ、不安発作を起こすことも。銀行が抵当権を行使することも理解した。行員はすまなそうだったけれども、ローンは払わなければならない。この無慈悲な世界はそうやってまわっている。

両親を失ったベッカの家庭は経済的にも、精神的にも厄介な問題が山積みだったが、親戚《しんせき》が誰ひとりとして手を差し伸べてくれなかったことも理解した。

保険会社から、自殺の場合は保険金が入らないと告げられたときには、それすらも理解した。

それで当然だ。道理をわきまえた人間にはその理由がわかる。ベッカは道理をわきまえた人間だ。だから、奨学金の資格を得たにもかかわらず、大学への進学を諦めた。心は揺れたが、奨学金は学費にしかならない。それだけではジョシュとキャリーに雨露をしのがせてやることができなかった。三人分の食費、医療費、制服やスニーカーなどの服飾費、その他もろもろの生活費をまかなえない。

そう、ベッカは自分以外のあらゆる人間の観点を理解してきた。自分の観点を持つ余裕はなかった。のぞく気のしない窓のようなものだ。そこに何が見えるのか、知るのが怖かった。

もうどうでもいい。こんなことを思いだしても、いまはなんの役にもたたない。銃を持った男がいやらしい目でベッカを見ている。男は唇を舐めた。股間に手を伸ばして、睾丸の位置を直す。

ああ、もういや。胃が引っくり返りそう。

それでも、顔をあげて向き合うしかない。非情な現実に。事態がどれほど悪くなっていこうとも。ママが寝室の床に倒れているのを見つけた日と同じように。

二階に連れていかれたときに、ミスター・ビッグとのあいだで起こったことが、ベッカの心の砦《とりで》を壊した。たとえただのまやかしにすぎなくても、それだけが支えだったのに。いまはもう瓦礫《がれき》でしかない。何を見ても色がどぎつく映り、目がちかちかする。何を聞いても耳障りで、音は大きすぎるか小さすぎるかのどちらかだ。キッチンにいる男たちの顔は、影の濃淡がやけに際立って見えた。ナイフみたいに鋭く、インクのように黒い影に刻まれている。目の奥には恐ろしいものが見え隠れしている。

「しっかりしろ」ミスター・ビッグがささやき、ベッカの手にペーパータオルを押しこんだ。「顔を拭いて、鼻水を垂らすのをやめろ。ワインとオードブルを運ぶ準備をするんだ」

鼻水？　デリカシーのない男。ベッカは目をぬぐってから、ペーパータオルを口もとに当てた。怒りで気持ちがしゃんとした。ミスター・ビッグはそうと知っていて、ああいう言い方をしたのだろうか。

ミスター・ビッグはポケットに手を入れて、しばらくなかを探った。取りだしたのは……ベッカのピンク色の口紅。よりによってなぜ？

「二度目のショータイムだ。頼むからここで気を失うな」口紅のキャップを取って、ベッカに差しだした。ベッカは震える手でそれをつけた。口紅は男の体の熱で温まっていた。

ミスター・ビッグはベッカの顔をながめ、チュニックを上に引っ張り、V字形の襟ぐりから乳首がのぞかないように調整した。ベッカはその手をつかんだ。「やめて。上に引っ張ると、下が、その……」

「くそっ」ミスター・ビッグはあらわになった陰毛を見て、毒づいた。

「あちらを立てればこちらが立たずね」ヒステリックな笑いが喉にこみあげ、ベッカは体を震わせた。

ミスター・ビッグは例の外国語でとげとげしくなにかをつぶやき、ワインのデカンターとワイングラスとオードブルののったトレイをベッカの手に持たせた。

グラスがカタカタと鳴る。ミスター・ビッグはベッカの手に手を重ねて、トレイを支えた。手は温かかった。力強かった。

ダイニングルームのほうにうながされた。ふたりはその外のドアの前で立ち止まった。ミスター・ビッグが体をかがめ、ベッカの頬にすばやくキスをする。

「用心しろ」小声でつぶやく。「笑顔を忘れるな」

ドアを開き、ベッカの背を押した。ベッカは軽くよろめきながらも、ピンクにつやめく唇を引き結び、プラスチックの人形になったような気分で笑顔を作った。はだしと絨毯のおかげでふらつかずに歩けそうだ。冷や汗が背中を伝っていく。全身に鳥肌がたっている。

キャンドルが灯っていた。その火がちらちらと光っている。近眼の目に涙が溜まった。テーブルに着いている男ふたりの顔はほとんど判別できない。涙のせいで、ろうそくの明かりもぼんやりとした光のかたまりにしか見えなくなった。ベッカは目をつぶって、涙を頬にこぼした。両手はトレイでふさがっていて、目をぬぐうことはできなかった。

近づくにつれ、男たちの顔に目の焦点が合ってきた。笑顔を忘れるな。

きっとできる。心が死にかけているときに笑顔を作り、ほがらかにふるまうことはベッカの得意技だ。自慢できる能力ではないかもしれないけど、ともかく、いまは有益だ。

男たちはしゃべるのをやめた。ベッカは一瞬強いめまいを感じたが、すぐさま頭のなかでスイッチが入った。

勇気とは呼べない。自動の自己修正機能が働いただけだろう。停電のときの非常用発電機みたいなものだ。基本機能だけを動かす燃料。オプションはなし。

サイドテーブルにトレイを置き、席に着いている男たちに向かってにこやかにほほ笑んだ。グラスを置いて、慣れた手つきでワインをそそいだ。長年のウェイトレス業やケータリングサービス業のおかげで、所作は体が覚えている。ベッカはワインをつぎながら蜘蛛男の客にちらりと目をやった。客はベッカの乳房を見るのに忙しく、視線には気づいていないようだ。

勤め先のカントリークラブの会員だとしてもおかしくなさそうな男だ。四十代後半で、顔立ちがよく、品がある。こめかみに白いものが交じった髪、白い歯、きれいな小麦色の肌。特権階級の匂いがする。

「ディナーのメニューはなんだね?」蜘蛛男が尋ねた。

ベッカは笑顔、笑顔、笑顔でオードブルを置いた。「まずは四種類のブルスケッタ、イタリアンチーズとソーセージの盛り合わせからどうぞ。次にズッキーニのグリル、ミントとレモン添え、ナスのグラタン、ポートベロマッシュルームのグリル、スタッフドパプリカをお出しします。薄くスライスしたピエモンテ産の生ハムは、すりおろしたパルメザンチーズ、ルッコラ、そしてプーリア産の最高級のオリーブオイルとご一緒に。さらに、サラミを……」

次から次へと言葉が飛びだした。愛想よく料理名を並べたてることなど寝ていてもできる。これも長くレストランで勤めたおかげだ。こうしてごちそうの解説をすれば、少しは時間を稼ぐことができる。

とはいえ、そううまくいくかどうか。ベッカは蜘蛛男の目が淫《みだ》らな欲でおおわれているのに気づいた。

ドアのほうへさがるときには、男たちふたりの視線がお尻に張りついているのを感じて、ひどく落ち着かなかった。ふんわりとしたチュニックはお尻を隠すか隠さないかくらいの丈しかない。走って逃げずにいるために、自制力を総動員しなければならなかった。

ドアが閉まった。ベッカはドアにもたれかかり、大きく息をついた。

時間が経過し、ディナーが進行していくうちに、少なくとも表面上は楽にふるまえるようになってきた――下着をつけていないことと、しかめっ面で武器を携えている見張りの存在と、そのほか今日起こったすべてのことを忘れられるなら。

恐怖と緊張の壁の向こうから、会話の断片が漏れ聞こえてきた。ふたりの男たちは殺人のことも麻薬や密輸入のことも話していなかった。悪事や違法行為だとはっきりわかることは何も。ベッカはここ数日のあいだにインターネットで流し読みしたニュースの見出しを思いだそうとした。セックス中毒の殺人犯が太平洋沿岸地域を逃走中？　ううん、そんな記事はなかった。

蜘蛛男と客の話題は、政治や世界経済、天然ガス、株式市場のことだった。しかし、それなりにワインが消費されたあと、ふたりはベッカの体が恐怖ですくみあがるくらい、無遠慮な視線を投げてくるようになった。

蜘蛛男にお尻をつかまれたとき、肉のスライスをワイングラスに落としそうになった。蜘蛛男の手は熱く、じっとりとしていた。丸々とした指がチュニックの裾をつまみ、下半身を完全にさらす。

「美しいだろう？」客に向かって言う。「非の打ちどころがない。丸みがあって、薔薇の花びらのようになめらかで」

ベッカは身動きひとつできなかった。湿った指がお尻のあいだをなぞり、その奥をつつこうとしたとき、吐き気がこみあげた。

「おっしゃるとおり」蜘蛛男の客はくっくと忍び笑いを漏らした。取り澄ました笑い方は、こういう状況に免疫のある男のものだ。

ベッカは男と目を合わせるという致命的なミスを犯した。ベッカのピンク色の笑みが引きつり、顔に張りついた。

男の目はまっすぐにこちらの顔を見ているのに、何も映っていないかのようだった。好色にぎらついているだけ。蜘蛛男に向かってグラスをあげる。「美女に乾杯」そう言って、ぐっとあおった。

「われらの欲望が満たされんことを」蜘蛛男が二度目の乾杯をうながした。ふたりともグラスに口をつけ、喉を鳴らすように飲んだ。

蜘蛛男の手に力がこもった。「何を突っ立っている？　肉を皿に盛って、ワインをつげ」押しだされたグラスにワインをそそいでいるとき、ベッカは客の指にきらきらとした結婚指輪がはまっていることに気づいた。妻を裏切る男は最低だ。先ほどと同じく、怒りで気持ちが引き締まった。肉にソースをかけながら、そこにつばを吐くことを想像した。蜘蛛男がチュニックをつかんで、引きよせた。乳首の片方が飛びだす。ベッカの自制心は弾け飛び、思わずぱっと身を引いていた。「すみません。でもすぐに次の……フ、フルーツの準備をしないと」

外に出たあと、ドアを閉めてからすぐに口を片手で押さえて駆けだしたが、そのとたん煉《れん》瓦《が》の壁みたいに硬いものにぶつかった。

ミスター・ビッグだった。両肩をつかまれた。

「お願い」叱りつけられる前に、ベッカは口を押さえたまま、息を切らして言った。「吐きそう。もうだめ。離して」

ミスター・ビッグはベッカの肩を抱き、体をかかえるようにして廊下を急がせ、屋敷の横のポーチに案内した。

間一髪だった。ベッカは手すりの向こうに身を乗りだして、おのれの魂といっしょにサンドウィッチ半分とコーヒーを吐きだした。先刻ミスター・ビッグに食べろと迫られ、むりやりおなかに入れたものだ。

ベッカは忘れられた人形のようにぐったりと手すりにもたれ、胃液まで戻した。涙も鼻水も垂れ流し、お尻が丸見えなのも気にせずに。

大きな温かい手で肩を叩かれ、ベッカは飛びあがった。なんのことはない。またもやミスター・ビッグだ。濡れた布のナプキンを手に押しこまれた。ベッカはそれで顔をぬぐった。

「わ、わたし、もうあの部屋には戻れない」つかえながら言った。「こ、怖い」

「戻るんだ」ミスター・ビッグの顔には固い意志が浮かんでいる。

ベッカは濡れた布を震える口に押し当て、ぎこちなく息を吸ってから、どうにかわかってもらおうとして話しはじめた。「あなたには、わからない」きれぎれに言った。「あの男はわたしの脚のあいだに手を入れたのよ。あいつらはたぶん――わたしを――」

「ベッカ」ミスター・ビッグはベッカの両肩をつかんだ。「おれはきみを助けようとしているんだ」ベッカの頭のなかに刻みこむようにはっきりと言う。「だが、まだ準備ができていない。だから、戻ってくれ。もっと時間が必要だ」

恐怖に呑まれて、言い返せなかった。

「この先も生きていたいか？」小声でつめよる。

ベッカはまじまじと彼の目を見つめた。声にならない言葉で答えた。ええ。

「なら、時間を稼いでくれ。フルーツ、コーヒー、デザートを給仕しろ。気を抜くな。まわりに目を配れ。何があってもいいように心の準備をしておけ。そして、おれが何をしようと絶対に悲鳴をあげるな。わかったか？」

数秒待ってから、ベッカの肩をぐらぐらと揺する。「わかったか？」

「わかったわ」心もとないつぶやきでしか答えられなかった。

ミスター・ビッグは濡れたナプキンを引ったくり、ベッカの顔を荒っぽくぬぐい、目の下をこすった。なんだかわからないまま、右に左に転がされて、母猫の舌で毛づくろいされる仔猫になったような気分だ。

湿った顔に張りついた髪をうしろに撫でつけられ、体の向きをくるりと変えられて、ドアのほうに押しだされた。「給仕を続けろ」

ベッカはロボットみたいにぎくしゃくと歩いてキッチンに戻り、フルーツとクリームのデザートを用意した。心は遊園地の回転遊具みたいにぐるぐるまわって、ミスター・ビッグの言葉から希望を引きだそうとしている。わたしを助ける？　本当ならすばらしい。時間を稼げ？　まさかあの男たちとセックスしろという意味？　ベッカはふらふらと廊下に出て、その光景を思い浮かべた。

できる？　自分の命を救うために。

できない。

ダイニングルームのドアを開け、頭のなかで非常用発電機が動きだすに任せた。笑顔、笑顔、笑顔。鼓動が耳のなかで響いている。

ベッカは手際よくフルーツを盛りつけていった。扇形のパイナップル、つやめくイチゴ、新鮮なマンゴー、ラズベリーの小さな山。ラズベリーにクリームをかけた。皿にしたたるほどたっぷりと。給仕用のスプーンを小さくまわしながら、ミックスベリーのシロップを垂らし、羽を広げた蝶《ちょう》の模様を描いた。

大きく轟いていた声がふとひそまり、やがてまた大きくなった。「……施設には最先端の器具が完備されていますし、順番を待つ人たちは早くも増えるばかりです。検査は徹底的に――」

「仕事の話は船でしよう」蜘蛛男がさえぎった。

客は眉をあげた。「なんですって？」

蜘蛛男は意味ありげな視線をベッカに向け、それから客に向き直った。「盗聴器がないとも限らない。わしの船は二十四時間態勢で警護されている。海岸から百メートルほど沖に出て、そこで詳しい話をつめよう」

「ええ、まあ、そうおっしゃるなら」客は疑わしそうに応じた。

「まずは仕事よりも、お楽しみに目を向けようではないか」蜘蛛男は誘いをかけて、ベッカの太腿に手を置き、その奥に指を食いこませた。

ベッカの手が滑った。イチゴが落ちて、砂糖をまぶした皿に跳ねてから、テーブルに転がった。テーブルクロスについた赤い染みはまるで――

血のようだ。ベッカはイチゴを拾って、謝罪の言葉をつぶやいた。蜘蛛男の指は陰毛をまさぐっている。

「船に乗る前に、この女をどうだね？」飲み物でも勧めているような軽い口調だ。

「でも、わたしは――その――」ベッカの小さな抗議の声はかすれた叫び声に変わった。丸々とした指から伸びた長い爪がクリトリスに食いこんでいた。

痛みは凄《すさ》まじかった。いまにも気が遠くなりそうだ。いっそこのまま暗闇の世界に落ちてしまいたい。永遠に。卑猥な赤色に濡れてつやめくフルーツの皿を見つめた。意識を失わないようにこらえた。

「場所はここでもいいが、プライバシーをお望みなら、上の寝室でもかまわない」蜘蛛男は言った。「お好みしだいだ」

客は咳払いをした。「これはこれは。そそられますね」

ベッカは男の目を見つめた。本当だ。本気で申し出を受けようとしている。口もとをゆるめるようすや浮ついた目つきからそれがわかった。もう想像をめぐらせて、その気になっている。男は視線をまっすぐベッカに向けているが、やはり目には映っていないようだ。この男が見ているのは自分自身だけ。ベッカはただの道具だ。

刺してやりたくなった。嫌悪感があまりに大きくて、ベッカはこの男の目につばを吐き、ナイフを握って喉に突き

こういう顔つきには我慢がならない。取り澄ましながらも私欲に満ちて、ワインと欲望で頬を紅潮させ、早くもベッカを好き勝手に抱くことを思い描いている。胃が軋んだ。からっぽでよかった。ううん、そうでもないかもしれない。いまここで盛大に吐いたら、この男の性欲は吹き飛んだだろう。

その一方で、蜘蛛男はおもしろくなさそうな顔をしていた。

時間を稼げ。ミスター・ビッグはそう言っていた。でも、そうするためにわたしは何を代償にしなきゃならないの？

ベッカは蜘蛛男のずんぐりした顔に目を向けた。「デザートはいかがなさいます？」口から出てきたのは、レストラン生まれのロボットらしい声だった。「わたしにご興味を持ってくださるのはありがたく思いますが、できれば特製のグランマニエ風味のチョコレートケーキのほうを味わってください。小麦粉は使用していません。そのため、お口のなかでとろけるように仕上がっております。オレンジリキュールで風味をつけ、ムースを重ね、ベルギー産のブラックチョコレートでおおいました」

デザートの説明を聞いて、蜘蛛男はクリトリスから手を離した。安堵でベッカの膝が折れそうになった。蜘蛛男は嬉しそうにお尻をつねった。「ならば、少し待ってもよかろう。おまえの傑作を味見するまでは」

客のほうは目をぱちくりさせた。「そうですね」もごもごとつぶやく。「そうおっしゃるな

ら。わたしは少しでけっこうですが」

笑顔、笑顔、笑顔。「デザートを用意してまいります」

ベッカはどうにか落ち着きを保ったまま、部屋の外に出た。でも、もうここまでだ。誰に頼まれようと、どんな理由があろうと、時間なんか稼ぎたくない。きっと正気を失ってしまう。

これ以上時間がたったら、戸棚をあさり、毒性の高いものを飲み干すか、悲鳴をあげながら外に飛びだして、背中を撃たれるのがオチだ。あの部屋に戻ることを考えたら、どれほど捨て鉢なことをしてもおかしくない。

ぜったいに戻らないと決めて、ベッカはキッチンに急ぎ——廊下に転がっていた何か大きくて黒っぽいものにつまずいた。ビシャッ。派手に転んで、顔から倒れた。手についているのは——

血だ。大量の血。ベッカはのろのろと顔をあげた。キッチンのなかに視線を向けて、近眼の目を凝らした。

見なければよかったと心の底から思うような光景が広がっていた。

10

ベッカのタイミングは最悪だった。何を驚くことがある?

ニックはエフゲニのねじれた体を床におろし、できるだけ監視カメラの死角に収まる位置に押しこんだ。やれやれだ。あと五秒あれば、ベッカを廊下で止められたのだが。

だが、ニックは冷静だった——氷の洞窟に戻っていた。血を見るたびに、一歩また一歩と奥に進んでいく。いつものことだ。

悲鳴をあげるな。ニックは目でベッカに命じた。アナトリが倒れている場所も死角だが、誰かがモニターを見ていれば、ベッカがカメラに映らない場所で転んだことに気づくだろう。ありがたいことに、壁には血が飛び散っていない。動脈から噴きでる血は下に向かう傾向がある。ニックはエフゲニのシャツで手早くナイフをぬぐった。

ベッカは怯えきった顔で、まわりの血だまりや、自分の真っ赤な手や、ニックの手に握られているナイフを見ている。とっとと引きあげるころあいだ。ニックは胸のなかでつぶやいた。ベッカはそれなりに息を吸えるようになったら、すぐにでも破滅の悲鳴をあげはじめるだろうから、その前に。

ニックは腰をかがめて、ベッカを引き起こし、生きていたころはアナトリと呼ばれていた男の死体をまたがせ、その向こうに引きずっていった。ベッカの体はぬるぬるしていたが、血は乾きが早い。接着剤みたいに。

廊下を抜けて、屋敷の横のポーチに出た。ベッカが昼食を戻した場所だ。都合よく葉の茂りすぎた低木に突っこんでおいた三番目の死体をまたがせたとき、ベッカはひっと息を吞んだ。

七人のうち三人。パベルはダイニングルームでゾグロの警護についている。ミハイルは船の警備、クリストフはビデオモニターの監視。もうひとりは不明だが、おそらくは船着場からこちらに戻ってくる途中だろう。いまにもクリストフはモニターに映らない者がいることに気づくだろう。通信機器で仲間たちの所在を確認しようとするはずだ。だが、三人とは連絡が取れない。そして、ニックもベッカも一巻の終わりだ。

ベッカがほどなくきびきびと動きはじめたのはたいしたものだった。荒い息づかいはうるさかったが、悲鳴はあげなかった。

遊歩道に出たあと、見通しの悪いカーブの先で立ち止まった。ベッカを静かにさせてから、五感を研ぎ澄まし、夕暮れの森のなかに何がまぎれているか探った。ここで止まったのは、何かの気配を感じたからだ。耳を澄ませてみると、たしかに物音がする。何者かが相当のスピードで重い足音をたてて走ってくる。つまり、ふたりが逃げたのはもうばれているということだ。ならば、飛び道具を控えても意味がない。

背の高いブロンドの男がカーブの向こうから駆けこんできた。通信機器を片手に持ち、小声で何かしゃべっている。はっと目を見開いた瞬間、ニックが手にしたサイレンサー付きのシグ229が火を噴き、男のひたいを貫いた。頭がぐるりと回転すると、それに引きずられるようにして、男は歩道の脇に向かってうつ伏せに倒れた。ずるりと体がすべり、下半身だけが歩道に引っかかるような格好になった。

楽勝。ニックはベッカの手を引き、死体をまたがせた。五分で四人。絶体絶命のわりには悪くない。ベッカの脚がもつれはじめた。膝が笑っている。ショック状態に陥りかけているのだろう。そうならないほうがおかしい。

ここまで来られたのは奇跡的だった。この唯一のチャンスを生みだすために、ニックが考えた段取りのとおりだ。何本もの輪をきれいに重ねてそのなかをいっぺんにくぐり抜けるように、いくつもの条件を一気にクリアしなければ、ベッカを連れて逃げることはできなかった。

七人の護衛を同時に片づけることは不可能だ。だから、ゾグロと新しい取り引き相手がディナーとベッカのおっぱいに気を取られているときが最適だった。このふたりの警護で、パベルの手はふさがっている。同時に、船の警備の交替時間でなければならない。そのあいだなら、玄関前に見張りに立つのはふたりではなく、ひとりだ。そこを見計らって、順序よく──ポーチ、廊下、キッチンの順に──見張りを片づける。物音のひとつもたてず、悲鳴もうめき声も銃声もあげさせずに。それを速やかに、ひと息にすませなければならない。そして最後に、ベッカがタイミングよく現われ、口をぴったり閉じて、冷静に行動しなければならない。ベッカはそのとおりにした。だいたいのところは。

いまは必死に走って、必死に祈る段階に突入している。ゾグロがこれ以上の手下を失うわけにはいかないと考えて、とりあえずのところは手を引き、いったんふたりを逃がしてくれるのを祈る。ゾグロが残りの部下に船でふたりを追わせないことを祈る。護衛もなく、無防備な状態でこの何もない島にゾグロひとりで残るのは、得策ではないと判断することを祈る。すべて叶うと思うのは期待しすぎだろう。期待は魔物だ。ニックは苦い経験から学んだ。期待をかけすぎれば、必ず裏切られることになる。

ニックは唐突にベッカを止めた。ベッカはつまずき、膝をついた。ニックは歩道からわきに飛びおり、茂みをかき分け、ベッカを引きずるようにして進んだ。棘や岩ではだしの足が切りつけられるたび、ベッカは小さな声をたてた。

我慢しろ。足は治る。死はそうではない。

こっそり行動することはとうにやめていた。乱暴に枝葉を押しのけた。こうなったらスピードの勝負だ。体に風穴を開けられる前に、秘密の入り江にたどり着ければ、ニックが隠しておいた〝スピード〟を使うことができる。

ここに来る前、万が一の脱出手段を用意しておくべきか否か真剣に悩んだ。失敗は許されないという意気込みに欠ける行為が、ケチのつきはじめになるような気がした。不安は的中した。古代の軍隊の司令官が兵士たちを鼓舞《こぶ》するために取ったような行動を、ニックも見習うべきだった。自軍のうしろに火を点け、炎の壁を作る。退路を断つ。

スヴェティを見つける最後のチャンスは消え去った。スヴェティを救えるのなら、何もかも差しだし、心臓の血の一滴まで捧《ささ》げてもいいと思っていたのだが。

しかし、ベッカを見捨てることはできなかった。

森を抜けると、目の前に水平線が広がっていた。空にひと筋だけ残る夕焼けの色、潮の匂い、荒々しく波をたててどこまでも続く海。ビーチも船着場もなく、ただ骨のような白い杭《くい》が黒っぽい海から突きでているだけだ。そのまわりで波がうねり、杭を舐めるように、押しては引きを繰り返している。

ニックは音もなく水際におりて、ベッカの腰をつかんだ。体をあずけてくるものと思ったが、ベッカは身をこわばらせ、木に抱きついて震えている。数秒が命取りになるというのに。

ニックは両手をあげた。冷静な心に怒りが忍び入る。「二秒で決めろ」ニックは言った。「いますぐおれと一緒に来るか、あの男のところに戻るか。笑顔でやつに謝ってみろ。どうなるか見ものだ」

震える手がニックの両肩にかかった。ニックはそのままベッカを抱きおろした。

ベッカは冷たい水に息を呑み、ぎこちない足取りであとをついてきたが、水のなかの丸石に足をとられてよろめいた。

ニックがとっさに手を出さなければ、そのまま転んで頭まで水に浸かっていただろう。だが、いずれにせよベッカは胸もとまで濡れて、歯を鳴らしていた。

もしまだショック状態に陥っていないのだとすれば、これがスイッチになるはずだ。ニックは森から海のなかに倒れた枯れ木二本でできた洞穴に入り、隠しておいたゾディアック・フューチュラのとも綱を解いた。セス・マッケイから借りたものだ。ボートを穴から引きだした。

すばらしいオモチャ。生きて帰れたらひとつ買おう。強力なモーター付きのゴムボートは流体力学に基づいた設計で、波を切って走る。ベッカを持ちあげて、ボートに乗せた。ベッカはジャガイモ袋のように丸まった。ニックは木々のあいだから懐中電灯の光や銃弾が飛んでくることを警戒しながら、そのあとに乗りこんだ。

まだ何も飛んでこない。信じられないほどうまくいっている。

エンジンはスムーズにかかり、小さなうなりをあげた。海に乗りだし、少しのあいだはなるべく海岸沿いを走って、カーブを越えたところから全速力で島を離れた。

ベッカはこれほど寒い思いをしたことがなかった。想像を絶する寒さだ。全身の筋肉がてんでに痙攣している。そうやって本体を温めようとしているみたいだ。ベッカはうずくまった姿勢からそろそろと体を起こした。

風が吹きつけ、濡れた髪が目もとからうしろに煽《あお》られた。森を突っきったせいで、ブラウスが肩から破けていることに気づいたが、何も感じなかった。胸もとにかけて裂け、鳥肌のたった乳房が片方丸見えになっているのに。

それもどうでもよかった。

ミスター・ビッグが何か言った。ベッカは身を乗りだして、風に吹き飛ばされた言葉を聞き返した。「え?」

「防寒ブランケット」ミスター・ビッグは風の音に負けないように声をあげた。「そこにある。凍える前にはおっておけ」

指は冷凍された魚みたいにかじかんでいたが、しばらく手探りしたあと、ようやくポリエチレンの袋を見つけた。防水のブランケットを広げ、ありがたくくるまった。

ベッカはちらりとミスター・ビッグを見た。まっすぐ前に顔を向けている。髪をなびかせ、風を受けて目をすがめ、張りつめた顔つきをしている。

シャツは袖から肘のあたりまで血まみれだった。

先ほどの光景が脳裏に襲いかかる。血の海、切り裂かれた喉。眉間を撃ち抜かれ、倒れた男の愕然《がくぜん》とした表情。

今日一日で何度となく突拍子もない状況に追いこまれたせいで、こうしているのも現実とは思えなかった。果てのない銀色の海からぬっと突きでた島々が、獲物を狙う巨大な獣のように見える。空にはでこぼこの雲が散らばり、夕闇は目に見えて深まっていく。水平線をおう淡いピンク色の光が消えようとしていた。

生と死の狭間《はざま》の世界。むっつりと押し黙って船を操縦するこの男は、黄泉《よみ》の国への渡し守だ。殺しの達人。板についたものだった。ベッカはつばを飲んだ。喉がひりひりする。

感覚を失ったつま先を見つめて、しゃべろうとしたが、うまく息を吸いこめず、声が出なかった。ボートはしぶきをあげて進み、いくつもの島が背後に消えていく。ベッカはようやくエンジン音に負けない程度の声をあげ、答えてもらえる見込みのない問いを投げかけた。

「あなたは何者なの?」

ミスター・ビッグの視線はまるで揺るがなかった。「あとにしろ」大声で怒鳴る。

あとにしろ? 死ぬほど怖い目にあって、辱《はずかし》めと脅しを受けた人間に対して、あとにしろ? 「いいから答えてよ!」金切り声で叫んでいた。

ボートの速度が落ち、エンジンが止まった。ふいにしんとした海のなか、ボートは黒い波に揺られ、惰性で進んでいく。

「わかった。耳を澄ましてみろ。追われている気配がするか？」

ベッカは耳をそばだてた。風と波と自分の歯が鳴る音しか聞こえない。

「いいえ」

「正解は〝まだ〟だ。追手はすぐにでも迫ってくる。いま生きているのがどれだけ幸運なことかわかっているのか？」

「感謝しろっていうの？」声は震え、かすれていた。「どうもありがとう！　それでも、第一にどうして命を狙われるようなはめに陥ったのか聞かせてもらいたいわ！　あの不気味な男たちは何者？　それにあなたはいったい何者なのよ？」

「いまは間が悪い。黙って——」

「やめて！」ベッカはミスター・ビッグの腕をつかんだ。「一日中そればっかり！　黙って言うとおりにしなければ、死ぬって言うんでしょ！　もうどうだっていいわよ！」

「おい」腕を振りほどき、ベッカに尻もちをつかせる。「おれを道連れにして溺れたいのか？　じっとしてろ」

ベッカは膝をついた。ボートがぐらりと揺れる。「ちょっと、わたしがうっとうしいとでも？」声を引きつらせて言った。

「いいか」ミスター・ビッグはブランケットを両手でつかみ、ベッカをぐっと引きよせた。「信じられないかもしれないが、おれも人の喉を切り裂くことは好きじゃないんだ。そのせいで腐った気分に――」

「ああ。最初から最後までそのとおりだった。よく聞け。言い争いで時間を無駄にすることが命取りになるかもしれない。それは理解できるな？」

その言葉の威圧感に、ベッカはひるんだ。先ほど目撃したこの男の行為が、再び一から順に、吐き気を催すほどのスピードで頭を駆けめぐった。殺し屋なのかどうか知らないが、あえて言うなら、プロならではの血も涙もない仕事ぶりだった。

逆上にも似た勇気はシャボン玉のように弾けた。ベッカは引きさがった。小さくうなずき、ブランケットを体に巻きつけて縮こまった。

命を損なわずに一日を終えるだけで充分かもしれない。傷ついたプライドのことはあとで考えればいい。

クレイン湾に着くまで、ベッカは口を閉ざしていた。小さな願いが聞き入れられたことがありがたい。たとえば銃の弾道に対する風の影響といった複雑なことを考えるには、例の氷の洞窟にいるような心境がふさわしいが、重圧につぶされてヒステリックにわめく女がそばにいては、そういった心持ちにはなれない。

カーブを曲がると、目の前にクレイン湾の明かりが広がった。スロットル全開のボートチェイスも銃撃戦もなしで到着できそうだ。薄気味悪いほど運がいい。

まずはベッカにまともな服を着せて、どこだろうと、もとの世界に戻してやる。そのあとで、自分が犯した大失態に対処する。

波止場にボートを入れた。ひっそりとしている。島からはシェパード入り江のほうが近いので、最初はあちらに停泊所を借りようかとも思ったが、波止場はここよりも小さく、ニックのボートや車が人の記憶に残りやすい。ここもさほど活気のある港ではないが、シェパード入り江に比べれば規模は数段大きい。

それでもふたりは人目を引くだろう。ニックはびしょ濡れで、血しぶきを浴び、半裸の女を連れている。ふたりを目にする者がいれば、そいつは近々ゾグロがここによこす私立探偵にたっぷりと情報を与えられるはずだ。こちらの停泊所を借りるとき、偽の身分証を使った。しかし、防犯カメラが設置されているなら、この身分証は廃棄処分決定だ。代わりの身分証を用意することを考えるとうんざりした。ひどく金がかかるからだ。

停泊所にボートをつないだ。あたりは薄暗く、静かだった。何もない土地の何もない夜。けっこうだ。ニックは先に降りてボートのロープを引き、デッキの近くにぐっと引きよせたあと、ベッカを手招きした。歯ぎしりをしながら待ち、永遠が過ぎたかと思うころ、ようやくベッカが腰をあげてボートから降りてきた。

お決まりのようにブランケットが落ちて、しどけない姿をあらわにした。まるでポルノ雑誌のモデルだ。乳房は片方が丸見えで、透けた布が乳首やアンダーヘアに張りついている。手をつかむと、氷みたいに冷たかった。脚は生まれたての子馬のようにがくがくしている。

「これからどうするの？」声は風でかすれていた。

ニックはブランケットをいったんもぎ取り、ブリトーのように巻き直してから、ベッカを両腕で抱きあげた。ベッカは身をよじっていやがったが、ブランケットにくるまれていて、まさに手も足も出なかった。

「車のなかで話そう」ニックは小声で言った。

「車？」ベッカは腕のなかで固まった。「待って！　警察に行くんじゃないの？　たいへんなことがあったって、話さなければならないでしょう？」

ニックはかぐわしい髪に鼻をすりつけた。潮の匂いがするのに、まだほんのりとスミレの香りが残っている。「車のなかで」もう一度言った。「人に見られず、立ち聞きされる心配のないところで」

「でも、わたし――わたしたち――」

「話をしたあと、まだ警察に行きたいなら、このあたりの警察署まで送る」嘘をついた。

「約束する」

これでベッカが黙ったので、ひと気のない波止場をこっそり抜けることができた。商店が集まっているところも暗く、静かだ。門の外の道にはオレンジ色の外灯が丸い明かりを等間隔に投げかけている。人影はない。ニックは海沿いの細長い砂利道を急ぎ、波止場の駐車場に向かった。

通りには酒場が一軒建っていた。大きなテレビの画面がちらつき、男たちが一様に声を張りあげている。なにかのスポーツで大きな試合の真っ最中――まったく人通りがないのも納得だ。なんのスポーツなのかはわからなかった。ニックがスポーツ観戦をしなくなってからだいぶたつ。

ピックアップトラックは、数日前に置いた場所にきちんと停《と》まっていた。盗まれることも、壊されることもなく。何もない土地で暮らすことの利点だ。ただし、ニック自身も何もない土地で育ったが、荒れていた若いころは、置きっぱなしの車があれば、所有者が取りに来るまでに必ずめちゃくちゃにしたものだ。最低でもタイヤは切り裂いた。この町のティーンエージャーはよほどおとなしいのだろう。わが身を振り返ればおこがましいが、いまのニックにはありがたかった。

ベッカを荒っぽく助手席に乗せ、運転席に着いてエンジンをかけ、砂利《じゃり》を飛ばして急発進した。ベッカはダッシュボードに両手をつき、目を丸くしてこちらを見た。それから、ぎこちない手つきでシートベルトを締めた。

ニックはポケットから携帯電話を取りだして、ボタンを押した。

不機嫌そうな女の声がウクライナ語で答えた。「誰よ?」

「ルドミラ。アルカジーだ」同じ言語で手短に言った。「失敗した。潜入がばれた。あんたも身辺に気をつけろ」

「は? なんですって? あたし、殺されるわ! 大馬鹿者! 人でなし! よくも恩をあだで返すような真似ができたわね!」

「だから、知らせておこうと思ったんだ」ニックはそっけなく言った。「グッドラック」女の金切り声を無視して電話を切った。ほかに言えることは何もない。

ベッカが見つめている。「警察は?」

ニックはアクセルを踏みながら、慎重に言葉を選んだ。「警察に行った場合、どうなるか

——」話を切りだした。「きみが目撃したことを話せば、警察は捜査するしかなくなる。多くのことが起こり得るが、いいことはひとつもない。おそらく、何を相手にしているのか把握する前に、警官が何人か命を落とすだろう。むごい殺され方をする。ホラー映画並みに。皮肉を言っているんじゃないぞ」

「でも、あなたが教えてあげられるでしょう?」ベッカは歯をガチガチさせながらも、言葉を押しだした。「何を相手にするのかは」

「そりゃいくらでも教えてやれるさ」ニックは言った。「だが、男女を問わず、誰かが家族を残して死ぬことになる。それはまず百パーセント間違いない」

「そんな」ベッカはつばを飲んだ。喉もとに手を当ててさする。

「もうひとつ言っておきたいことがある」ニックは断固として続けた。「いまのところ、やつはきみのことを何も知らない。名前も、住所も、仕事も、何ひとつ。それがどれほど大きな幸運か、きみには想像もつかない」

「わかってるわよ」ベッカはぴしりと言った。「わたしの奇跡的な幸運については、あなたからいやというほど聞かされているんだから」

その辛辣な口調を聞いてほっとした。ショック状態なら、嫌味を言うこともできないだろう。とろけるように甘い見た目よりもずっと気丈な女性だ。

ニックは思考をもとに戻した。「おれが言いたいのは、きみがゾグロの居場所を知らせたら、同時にそれがゾグロ本人を招く呼子になるということだ。やつはきみを捜しだす。必ず追ってくる」

「それがあの男の名前なの?」

ニックは片手でハンドルを叩きつけた。「ああ」

「でも、警察がわたしの身元を教えるはずは――」

「やつにどれほどの力があるのか、きみはわかっていない」ニックは言った。「やつの勢力範囲は想像を絶する。データベースで管理された情報というものは、安全ではないんだよ、ベッカ。ハッキングすることも、盗むことも、買うこともできる。あらゆるものが売り買いされる時代だ。やつはすでにFBI捜査官を買収している。警察にもやつの息がかかっている」

苦々しい口調がベッカを黙らせたが、ほんの一分しかもたなかった。「どうしてわざわざわたしを捜そうとするの? わたしはただの料理人なんでしょう?」

ニックは鼻で笑った。「どこから説明すればいい? まずひとつ、やつはきみを犯すチャンスを逃した。追う理由としてはそれだけでも充分だ」

「もういい」ベッカはつぶやいた。「馬鹿なことを訊いて悪かったわ」

「それに、きみはやつを見た」ニックは容赦なく続けた。「新しい取り引き相手のことも。ゾグロの顔をはっきりと見た瞬間、きみが消されることは決まっていたんだ、ベッカ。ましてや、その他もろもろを考えればな」

ベッカはどうしようもない不安をまぎらせるように、銀色のブランケットを力一杯こねくりまわしていた。「あの男は何者なの?」

「知らなくていい。きみが追われる理由はもうひとつ。やつがおれを追うからだ。おれの一物を切り刻んで、ひと切れずつおれに食わせるために。誇張じゃないぞ」

「今夜の成り行きからすると、やつはきみをたどればおれに到着すると考えるだろう。おれを追ってくることは確実だ。貨物列車のように脇目も振らずな」

ベッカはしばらくのあいだ口をつぐんでいた。ニックはベッカが疲労で眠りに落ち、つかの間の平安をもたらしてくれるのかと思いかけた。そのとき、ベッカが咳払いをした。そううまくはいかないようだ。

「あの、ちょっと言いづらいことを言うけど、怒らないでくれる?」

ニックは身構えた。「言ってみろ」

「その……あなたはあの男たちからわたしを助けるためにああいうことをしてくれた。あなたが島から連れだしてくれなかったら、わたし……あの男たちに……」

「ああ」ニックは痺れを切らして、口を挟んだ。「それで?」

「だからまずはお礼を言いたいの」ベッカはひと息に言葉を吐きだした。「どうしてわたしのためにそこまでしてくれたのかわからないけど、ともかく、ありがとう」

そのあとためらいがちに間を置くようすから、ベッカが言葉をはぐらかしていることがわかったので、ニックはふと眉をひそめて言った。「なぜそうしたのか、おれにもわからない」

ニックの返答は、ベッカが期待したものではなかったらしい。いつものことだ。ニック・ワードの真の姿は昔から女たちを絶句させてきた。もっとも、そこまで関係が深まる前にニックのほうから逃げだすのが隠しきれなくなれば必ずだ。

常だった。

「そう」ベッカは咎めるようにまた咳払いをした。「わたしが言いたいのは、その、あなたの仕事や……ええと、お仲間の性質を考えれば、あなたが警察に行きたがらないのも理解できるということよ。でも、わたしは助けてもらったことをものすごく感謝しているから、警察に訴えるとき、あなたの話はしない。警察署の前まで送ってくれるなら、そこからはわたしひとりで行くし、あなたのことは一切話さない。たとえ警察で写真を見せられて、そのなかにあなたのものがあったとしても、知らないふりをする。もちろん、あなたが何者なのか……ちょっと、やめてよ！　何がそんなにおかしいの？」

つまり、ベッカはおれをゾグロの手下だと思っているわけだ。無理もないことだが、なぜかおかしくてたまらなかった。乾いた笑いがこみあげて、肺を引きつらせ、喉を締めつけ、目に涙をにじませる。

「ああ、いい考えだ」ニックは目もとをぬぐって言った。「完璧だよ、ベッカ。たったひとりで、武装したギャング四人をやっつけ、島から逃げてきたと言えばいい。半裸の女戦士。テレビゲームみたいだ。サツの連中は供述を聞いているだけでイッちまうだろうな」

「からかわないで」ベッカの口調は冷ややかだった。「笑いごとじゃないでしょう」

「そうだな」ニックは言った。笑いで肩が揺れる。「笑いごとじゃない」

ベッカは見るからに不機嫌そうな顔で、ニックの笑いの発作が治まるまで待っていた。

「もういいかしら？　大人同士として話し合える？」

犯罪者だと思っている男に対して、こんな口を利けるのだから、たいした心臓だ。「おれはあの組織に潜入していたんだ」ニックは言った。「やつの手下じゃない。潜入捜査中だった」

ベッカは呆気《あっけ》に取られてニックを見つめている。沈黙が心地いい。ニックは甘い静寂に浸った。が、長くは続かなかった。

「じゃあ、わたしを逃がしたせいで、あなたの、その――」

「正体がばれた？　事前工作が台無しになった？　あの怪物を倒す一生に一度のチャンスをふいにした？　すべてイエスだ。人の命が懸かっていたんだよ、お嬢ちゃん。おれはそれを犠牲にした。きみの命と引き換えに」

ベッカは目を丸くして、口をあんぐり開けていた。

「今夜、おれはきみを殺すことになっていた」ニックは険しい声で言葉を続けた。「もちろん、盛大な輪姦パーティのあとでだ。きみを殺すことが、ゾグロの特別会員制クラブに入会する条件だった。だからその前にきみを逃がすしかなかったんだ。そしていまに至る、と」

ベッカは震える息を吸いこみ、手を口に押し当てた。「たいへん。なら、あなたは警察か、どこかの捜査局の人なの？」

思わず身をこわばらせていた。ベッカがそれに気づかなかったことを祈るしかない。「いまは違う」ニックは答えた。「以前はそうだった」

「以前は？」ベッカは戸惑いの表情を浮かべている。「なら、どうしていまも捜査をしているの？」

「歯車が噛み合わなくなったからだ」裏切りと拷問と殺人にまつわる不快で複雑な話はした

くない。「いまはひとりで動いている」

「どういうこと?」まだ腑に落ちないようだ。

「おれにはおれの理由があって、この件を捜査していたということだ。あの悪党に近づく機会を何年も待ちつづけて、ようやくチャンスがめぐってきた。最初から綱渡りにも等しかったが、そこに……きみが現われて、プールに飛びこんだ」

「そんな……」ベッカは小声で言った。「ごめんなさい」

「ああ」ニックは苦々しくつぶやいた。「大失態だ」

「大失態?」ベッカは声を荒らげた。「あなたはわたしの命を救ってくれたのよ!」

「おれはきみの命を救うためにフレークス島へ行ったんじゃない」ニックはぴしりと言った。

「信じられないかもしれないが」

ベッカはニックの言葉を嚙みしめている。「わたしのせいで苦労させてしまってごめんなさい」

苦労? この女は控えめな表現の天才だ。

比較的静かな二十分が過ぎたあと、ベッカはまたしゃべりはじめた。「ひとつ、本当のことを教えて」

ニックはためらった。うかつなことは言えない。「教えられることなら」予防線を張った。

「警察に連れていってくれると言っていたけど、あれは嘘なのね? 警察に行くつもりなんてまったくないんでしょう? だって、あなたのしていることは法に背いているから。不法捜査。そして、当局はあなたがそういうことをするのを嬉しく思わない」

ニックはふうっとため息をついた。「そのとおりだ」

ベッカは両手をすり合わせた。ブランケットが滑り落ちて、食べごろの梨《なし》のような乳房があらわになった。

ニックは視線を引きはがして道路に戻し、黄色の車線に意識を集中した。これじゃあ、性に目覚めたばかりのガキみたいだ。

「嘘はつかないでね」ベッカは言った。「嘘をつかれるのは大嫌いなの」

きみの好き嫌いはどうでもいい。ニックはこの辛辣な言葉をすんでのところで呑みこみ、いつも言わなくていいことばかり言っている自分が珍しく自制を働かせたことを喜んだ。

「約束する」

そう答えたものの、これには自分でもぎょっとした。口先だけのつもりなのかどうかもわからなかった。どういうことだ？　いや、約束は守れる。べらべらしゃべらなければいい。ともかく、この女を速やかに降ろさなければ。おれが何かとんでもなく馬鹿なことをしでかす前に。下半身がうずうずしはじめていた。

「それで……その、これからわたしをどうするつもり？」

ベッカの声の震えが気に障った。「さあね。ラジエーターにつないでおくのはどうだ？」

ニックは鼻で笑って言った。「きみの身を守るには、それが唯一の方法かもしれない」

ベッカはゴジラでも身を縮めてドアにへばりつくような視線をよこした。やれやれ。「冗談だ、ベッカ」ニックはうめくように言った。

「よりによっていま、そんなことで冗談を言うなんて信じられない」

「なんとでも言ってくれ。どうせおれはひねくれ者だ。話を戻すと、これからきみを好きなところまで送っていく。どうしてもと言うなら、警察に駆けこむがいいさ。きみを止めるにはうちの地下室に閉じこめておくしかなさそうだが、おれは疲れていて、そこまで骨の折れることはしたくない」

「お優しいこと」ベッカはつぶやいた。

「だが、よく覚えておけ」ニックは険しい口調で続けた。「もしも本当に警察に行ったら、あの悪党はきみを追ってくる。必ず見つけだす。きみは殺される。そして、おれも殺される」

「ご忠告ありがとう。教えてもらえてよかった。最高だわ」ベッカの声はわななき、両手は顔をおおっていた。ああ、勘弁してくれ。涙は大嫌いだ。

ニックは運転を続け、背を丸めたベッカのすすり泣きを聞くまいとした。「泣くな」やがて大声で言った。「悪かったよ！」

「偉そうに謝るくらいなら、黙ってなさいよ」

言い返されたことで、ニックはほっとしていた。この負けん気の強さには引きつけられるものがある。

11

ゾグロは無表情な顔で、四人の血まみれの死体を見おろした。アナトリは二十年間仕え、犬のように忠実な男だった。知能も犬並みだったが、ゾグロはその忠誠心を高く買っていた。いまアナトリの喉はぱっくりと割れている。エフゲニも同様だ。イワンは眉間を撃ち抜かれ、青い目をかっと見開いていた。頭の回転が速く、度胸が据わっていて、将来有望な若者だった。そして、ユーリ。体重百三十キロを超す筋肉のかたまり。しかし、ぶっとい首はひよこのようにへし折られていた。

アルカジー・ソロコフは女とともに姿を消していた。武装してゾグロの警護についていた冷酷非情な精鋭たちの足をすくい、殺してから。あの男はプロの殺し屋だ——が、誰に雇われた？　そして、なぜ？

心当たりは多すぎた。考えてもわかるまい。

ゾグロは自分に腹をたてていた。うかつだった。頭の片すみではわかっていたことだ。ソロコフは不自然なほど落ち着きはらっていて、口が重く、表情を読むのが難しい男だった。黄色信号だ。疑いを持った時点で撃ち殺しておくべきだった。

だが、そうはせずに、ようすを見ることに決めたのだ。今晩予定していたパーティとそのあとの女の処刑でソロコフの行動を観察してから結論を出すことにした。判断を誤った。これ以上頭にくることはない。

読み誤りもいいところだ。ソロコフがあの女を殺していれば、さらに深くゾグロのふところにもぐりこむことになっただろう。事実、そのために女を連れてきたのかと思ったほどだ。長く退屈な夜の相手をさせるだけでなく、ボスに捧げる血の貢ぎ物として。

つまり、何かしらの理由があって、あの女を生かしておくのが大切だったということだが、そうだとしたら、そもそもなぜ女を連れてきた？　死が待ち受けているのはわかっていただろうに。筋が通らない。

ゾグロが最後にみずからの手を赤く染めたのは何十年も前のことだ。とうの昔から、そうした仕事は若い手下たちに任せている。権力の階段の最下層でうごめく若者たちは、自分がどれだけ非情になれるのか誇示したくてうずうずしているものだ。しかしいま、怒りのあまり、ゾグロは再び自身で手をくだしたくなっていた。熱い血がほとばしるさまをながめたい。すべらかなナイフによって筋肉や神経がのたうち、ひくつく感触を味わいたい。耳の奥でこだまするような悲鳴を聞きたい。

もしもあの不実な娼婦の首根っこを押さえられるなら、この手で殺してやろう。いや、ふたりともだ。代わる代わる、何日も時間をかけて。喉がかれて、悲鳴も出なくなるまで。

殺人者のまなざしは、ゾグロのつまらないディナー客さえも黙らせた。もっとも、パベルがその顔に向けたヘッケラー&コッホの銃口と四人の死体の存在で、すでにおとなしくなっていたが。

客は目を見開き、ひとりがけのソファで身を縮めている。

今夜の大惨事に関してなんら責任がないことは確かだが、それでもゾグロはこの医者を殺してやりたかった。キエフの裏路地で野良犬と残飯を奪い合って生きてきた人間には、この男からにじみでるようなエリート意識が鼻についてならない。

ドクター・リチャード・マシスがはいつくばり、慈悲を乞う姿をながめれば、さぞ溜飲《りゅういん》がさがるだろう。しかし、いつものように、経済観念が先にたった。このプロジェクトにはすでに相当額を投じている。潜在的利益は莫大《ばくだい》だ。

それにこの男はじつに有益な技能を備えている。ゾグロがいま生きているのもそのおかげだ。ゾグロは手術の跡を撫でて、胸の奥で元気よく血液を送りだす、若くてたくましい心臓のことを考えた。これはかつてゾグロの銀行口座から七百万ドルを騙《だま》し取ろうとした男の十八歳の息子のものだった。

男は深く罪を悔いることになった。何せほかにも子どもがいたからだ。

身を縮めながらも、医者の目は興奮でぎらついていた。スリル中毒者。ゾグロはそう気づいて、うんざりした。これも立派な依存症だ。世界には中毒者がはびこっていると思えることがある。それもまた鼻についた。この愚か者が娯楽という次元であえてゾグロとかかわろうとしていることが気に障った。お上品な特権階級の人生に退屈して、刺激を求めているのは間違いない。

ゾグロは息をついて気持ちを鎮め、衝動を抑えた。殺しで満足感を得る時間はあとでたっぷりある。いずれそのときが来る。

パベルのほうを向いた。パベルは落ち着いて見えたが、ゾグロの鋭いまなざしにかかれば、銃を持った手の震えはごまかせなかった。

「あの男に警備を任せたのはおまえだったな、パベル」ゾグロは言った。「おまえがわしのポケットに毒蛇を忍ばせた」

ゾグロはクリストフに小さく合図を送った。クリストフはすぐさま前に出て、銃をあげ、パベルに向けた。あとはパベルの返答しだいだ。

パベルの灰色のひたいに汗が噴きだす。パベルは口もとをこわばらせ、唇を青くしながらも、懸命にしゃべりはじめた。「あの男のことはよく知っていたんです。アビアの連れでした。仲買商人として――」

「やつの手で壊滅させられるところだった」ゾグロは穏やかに言葉をかぶせ、きらめかんばかりの靴のつま先でエフゲニの死体をつついた。

「ピョートルが――警備はピョートルに任せるつもりだったのですが、あんなことになって――」パベルは言いよどみ、何度かつばを飲んだ。

「自殺するようなことになってという意味か？　おまえのろくでもない甥っ子のことだな？　無能は血筋と見える」

「ピョートルが……死んだあと、急いで代わりの者を見つけなければならなかったので」

「おまえは信用ならない男を選んだ」ゾグロは言った。「ソロコフを使うというのは、誰の考えだ？　パベル、おまえのからっぽの頭にその考えを吹きこんだのは誰だ？」

パベルはためらいがちに口を開いた。「ソロコフがこのあたりにいると言ったのは、そのルドミラだったと思います。すでに近くにいるなら好都合ですし……それに英語に堪能《たんのう》なので――」

「ルドミラ？　ルドミラというのは？」

パベルは殴られるのを覚悟するようにぎゅっと目を閉じた。「デートクラブを経営している女です」パベルは言った。「シアトルで」

ゾグロはつかの間パベルを見つめた。「デートクラブ？　マリアも気の毒に。さぞやがっかりすることだろう。いや、そうでもないか。おまえがすでに妻をどれほど落胆させたか考えれば、娼婦を抱くことなどものの数にも入るまい。いまのマリアなら、浮気に気づかないどころか、たとえ知っても気にも留めないだろう」

パベルはがくりと膝をついた。力なく銃をさげる。「お願いです、ボス」かすれた声で言った。「わたしを身代わりにしてください」

ゾグロは露骨に顔をしかめた。「身代わり？　何が言いたい？」

「サーシャを母親のもとに返してやってください。わたしなら、心臓でも肝臓でも眼球でも腎臓でも、なんでも取ってもらってかまいません。移植しようが売ろうが好きにしてください」

「おまえを？」ゾグロは笑いだした。「パベル。本気で言っているのか？　ウォッカをがぶ飲みして、麻薬を打ちつづけ、病気持ちの娼婦を抱いてきたおまえの内臓など誰がほしがる？　おまえの白目は黄ばんでいる。肌はできものの跡だらけ。まるで歩く死体だ。おまえがHIVの陽性で、十種類の肝炎に冒されているとしても、わしは驚かんよ」

「ボス、サーシャはまだたった――」

「言いにくいことだが、友よ、おまえの体は売り物にならない。しかし、サーシャは違う」

ゾグロはだいぶ気分をよくして、頬をゆるめた。「穢《けが》れなく、かわいいサーシャ。どの部位も摘みたての花のように清らかで、みずみずしい」

パベルは血管の浮きでた手を震わせ、口もとを押さえた。

「だが、悲観するな。おまえの今後の働きしだいでは、マリアともうひとりの息子は助かるかもしれないのだから。とはいえ、今夜の損害額を計算せねばならん。おまえの失敗は高くつくぞ、パベル。サーシャの出荷を早めることになるだろうな。残念ながら」

パベルは聞き苦しい声をあげた。ゾグロは身をかがめ、力の抜けたパベルの手からヘッケラー&コッホを取った。銃口を当ててパベルの顔をあげさせる。パベルの目は大きく見開き、涙で濡れていた。

「さて、友よ」ゾグロは穏やかに言った。「ルドミラという女について、洗いざらい話してもらおうか」

「昔からの知り合いです」パベルは言った。「彼女がウクライナにいたころからの。ルドミラは九十年代にアレクセイ・デュボフと結婚しました。ふたりはキエフで売春の斡旋《あっせん》業を始めました。商品の女たちをヨーロッパや中東、アメリカに卸していたんです。その後、デュボフは殺されました」

そう、そうだった。デュボフを殺すように命じたのはゾグロだ。デュボフに妻がいたとは知らなかった。あるいは、忘れてしまったのだろうか。ゾグロはいらだたしげな身振りで、話を続けるようにうながした。

「ルドミラはハンガリー人と再婚しましたが、結婚後すぐにその男は死んで、それからブダペストで商売を始めました。やがて、アメリカ人と三度目の結婚を——」

「待て、当ててやろう。そのアメリカ人もすぐに死んだのだろう？　ワインを飲んだあとに喉をかきむしって？」

パベルは咳払いをした。「心臓発作です。三人目の夫が死んだあと、ルドミラはシアトルで商売を始めました。うちでときおり商品の女を供給することもあります。わけがわかりません。ルドミラは馬鹿ではないし、商才もあります。あなたの怒りを買えばすべてを失うことはわかっているはずです。だから、わたしの考えでは——」

「考えるな、パベル」ゾグロはパベルの頰のくぼみに銃口を食いこませた。「おまえが考えるとろくなことにならない」

パベルは目を閉じた。「ルドミラを殺しましょうか？」しわがれ声で尋ねる。「それとも、連れてきて尋問しますか？」

ゾグロはパベルのこめかみを銃口で何気なくトントンと叩きながら、考えをめぐらせた。ほどなく結論が出た。想像力が干からびるほど利用しつくすまでは、そのルドミラという女を消すことは得策ではない。ルドミラはソロコフの野郎とあの緑色の目の娼婦に至るまでの唯一の道しるべだ。ソロコフを雇った黒幕に偽の情報を流すためのただひとつの道具でもある。

「まだだ、パベル」銃で頬を叩いた。「まだ待て。だが、近々おまえのひいきのマダムを訪ねてもらう。まずはそいつを——」銃口を振って外科医を示した。「本土に戻せ。わしの視界から消すんだ」

「始末しろということ——」

「いいや、パベル。エフゲニがそいつを拾った場所まで送ってこい。誰も殺すな、馬鹿者が。それから急いで戻れ。こいつらの死体を片づけるのはおまえの仕事だ。おまえでもそれくらいのことはできるだろう」

ゾグロはパベルが外科医をドアのほうに追いたてるのをながめた。外科医はパベルを質問攻めにしていたが、やがてその声も遠くに消えていった。ゾグロは煙草に火を点け、床の上でもうすぐ腐った肉のかたまりとなるものから目をそらした。雇用と教育にかかった金がすべて無駄になった。ゾグロの警護の中核を成す人員が半分以上削《そ》がれてしまった。

浪費は嫌いだ。うなるほど金を持っている男としては病的なくらいだが、ゾグロは倹約が自分の驚異的な成功の一端を担っていると確信していた。キエフの裏路地で育った人間の性《さが》だろう。生きるために盗み、体を売る。飢え死に寸前に追いこまれることほど金の大切さを教えてくれるものはない。

実際、このプロジェクトが生まれたのも、ゾグロが浪費を嫌っているからだ。心臓移植の手術を終えてから数カ月後、商売敵のひとりを拷問させていたときに思いついた。人間の臓器が無造作に捨てられるのを見て、考えさせられたのだ。

腹部からえぐられた血まみれの臓物を売ったら、いくらになるのか計算した。無下《むげ》にはできない金額だった。

ゾグロは四肢をもがれてうめく生き物をながめながら、じっくりと考えた。人としての機能を失っているのだから、もはや人間とは呼べない代物だ。

けっして目新しいアイデアではないが、同じことを企てるにせよ、自分ほど資金力と組織力を備えている者はいないという自信があった。

そして、プロジェクト発足前夜に水を差された。犯人の厚かましさにはらわたが煮えくり返る。

怒りに限ったことではないが、感情が高ぶると、たとえ豪勢な夕食をたいらげたあとでもひどく食欲が刺激される。とりわけ強いストレスを感じたときは、腹のなかで猛烈な空腹感が疼いた。生きるために蛆《うじ》のわいたゴミの山をあさっていた子ども時代に覚えたのと同じ飢餓感だ。

揺れる乳房を持った嘘つきな娼婦は、たしかグランマニエ風味のチョコレートケーキのことをしゃべっていた。あれが無駄になるのも許されない罪だ。

ゾグロは床で煙草をもみ消して、キッチンに向かった。ドアのすぐそばにデザートのトレイが置いてあった。ブラックチョコレートとクリームで飾られ、いかにもうまそうだ。

残念ながら、ソロコフはゾグロの部下の喉を切り裂くのに、ちょうどこの場所を選んでいた。デザートのトレイは盛大に血しぶきを浴びている。ゾグロは小さく肩をすくめ、手づかみでひと切れ取った。

死んだ部下たちは血の一滴や二滴差しだしたところでとやかく言わないだろう。ゾグロは内心でそうつぶやいて、ケーキにかぶりつき、ほとんど嚙まずに飲みくだした。
わしが食べ物にうるさいというのはまったくの誤りだ。

街に戻るまでの長い道のりは、ボートに乗っていたときと同じように非現実的だった。温風が吹きつけてくるのに、体の震えが止まらない。ベッカは悪夢から悪夢へとさまよっていた。夢のなかのベッカはつねになすすべなく、つねに裸で、つねに凍え、冷たい泥のなかに足を浸していた。ぱっくりと喉を切り裂かれた男たちが、その赤く濡れた口のような切断面から耳障りな叫び声をあげ、異国の言葉でベッカに怒りを投げつけてくる。蜘蛛男はピンク色の顔に笑みをたたえ、邪《よこしま》な喜びで目を輝かせて、ベッカの胸を弄んでいる。悪夢のなかでは、それだけに留まらなかった。まるでベッカがバターでできているかのように、蜘蛛男の手が肌にずぶりと沈み、心臓をつかんで、残忍な鋼鉄の指で握りつぶし――

その夢を最後に、ベッカは無理にでも目を閉じないようにした。全身が痛い。疲れきっているのに、アドレナリンで体が震え、いやになるほどしょっちゅう痙攣が起きる。球技場で照明を浴びているみたいに、さらし者にされているような気分だ。守ってくれるものは何もない。痛ましく、恥ずかしく、人には知られたくない真実の姿が、衆人環視の的になっている。小さく、愚かな姿が。ベッカはとてつもなく大きな間違いを犯したのだ。

この男はベッカを救うために死を賭《と》して、信じられないくらい勇敢に、成功率の低い危険なことをしてくれた。

――人の命が懸かっていたんだよ。おれはそれを犠牲にした。きみの命と引き換えに。

ベッカはこの男にそれだけの恩があり、けっして返せない借りを作ってしまった。名前を知ろうとしても意味がない。それにいまの調子なら、本当の名前はぜったいに教えてくれないだろう。

ベッカは防寒用ブランケットをつかみ、両腕で体を抱いて、自分自身の存在に耐えようとした。一秒一秒が軋るように過ぎていく。足が痛い。関節が痛い。血だまりで転んだときに打ちつけた肩が痛い。ゆうべ手錠で階段の手すりにつながれたせいで、手首も痛い。痛くない箇所を見つけるほうが難しかった。

ひとつ、ささやかな慰めになるのは、ミスター・ビッグが冷酷非情な犯罪者ではなかったということだ。

すばらしいニュース。

でも、そう思うのも早計だろう。ミスター・ビッグは冷酷非情な何者かで、犯罪者にも劣らぬたちの悪い男かもしれない。圧倒的に不利な状況で命を救ってくれたことや、ヒーローの仕事の合間に性の喜びを教えてくれたことは別問題だ。なんの関係もない。

それに、捜査を台無しにされたのだから、ベッカに悪感情を持っているはずだ。セックスをしたのは――最後までことに至ったのは、そう強要されたから。その前の晩のことは数に入らない。うじうじと気にするのは馬鹿みたいだ。

いろいろと考え合わせれば、ふたりが体験したことは、交友関係を築くための土台とはならない。それどころか、一夜の情事とすら呼べない。

ベッカは両手に顔をうずめ、心の穴にもぐりこもうとした。そのなかに隠れていたかった。

肩に手を置かれたとき、ベッカは飛びあがった。「何?」

「到着だ」

ベッカはあたりを見まわした。眼鏡がないので、夜の世界はとりわけぼやけている。頭を切り替え、目をすがめて、ようやく古ぼけた大きな建物が見えた。ベッカはこのアパートメントの最上階に住んでいる。夜明けはまだ遠い。街灯の味気ないオレンジ色の光が、空を覆う厚い雲に吸いこまれていた。

「どうしてわたしの住まいを知っているの?」ベッカは尋ねた。

「三角屋根の別荘で、きみの財布をあらためた。免許証やカード類を捨てるためだ。やつの目にふれさせたくなかった」

「だからわたしの口紅を持っていたのね」

「ああ。なぜポケットに入れたのか、自分でもわからないが」

ベッカは呆然としていた。そこまで考慮していたなんて。財布をはじめ、持ち物はもう戻ってこないけれども、それはミスター・ビッグが最初からベッカの命を救おうとしていたからだ。ベッカはばかばかしく聞こえないことを言おうとして頭をひねった。この人が永遠に消えてしまう前に、何か意味のある言葉をかけたい。

――あなたの人生をずたずたにしてごめんなさい。死んだほうがましだと思うような運命から救ってくれてありがとう。セックスもすごくよかった。じゃあね。

もう二度と会えないかもしれない。いまにも闇夜に消えてしまうと考えたとき、説明のつかない狼狽《ろうばい》の気持ちに襲われた。わたしをひとり残して、どこかへ行ってしまう。ベッカの心の世界ががらがらと崩れはじめた。

ミスター・ビッグはハンドルに軽く指を打ちつけている。ベッカをおとなしく車から降ろす方法を考えているのかもしれない。ベッカの舌は麻痺《まひ》していた。

「上まで送っていく」ミスター・ビッグは唐突に言った。

どうしよう。立ち去ってほしくないけれども、部屋のなかに招きたくもなかった。この人はとてつもなく大きくて、血まみれで、底が知れない。家が蝕まれてしまいそうだ。危険の色に染まってしまうのは確かだろう。

ううん、わたし自身がもう染まっている。それに、拒むことはできない。

「わかったわ」ベッカはつぶやいたが、ミスター・ビッグはもうドアの外に出て、助手席側にまわり、震える脚のベッカが車から降りるのに手を貸そうとしていた。

どちらにしても、ひとりでは階段をのぼれなかっただろう。ミスター・ビッグはベッカの腰に手をまわし、体重のほとんどを支えてくれた。

ベッカは鍵の閉まったドアの前に立ち、途方に暮れた。鍵。財布。何光年も彼方《かなた》のべつの宇宙に葬ったと聞かされたばかりだ。

「植木鉢の下に合鍵を隠してはいないな?」ミスター・ビッグが言った。

ベッカは首を横に振った。「大家の女性が下に住んでいるけど、でも……」外聞の悪い自分の格好を見おろした。

「ああ」ミスター・ビッグはうなずいた。「だめだ」しゃがんで、鍵穴をのぞきこみ、ポケットナイフを取りだして、そこから細いフックのようなものを引っ張りだした。

二分ほどでドアが開いた。バニラと薔薇のポプリのわが家の香りが漂ってくる。ベッカはよろめきながら足を踏みだした。

ミスター・ビッグはベッカの腕をつかみ、引き戻した。「おれが先だ。念のために」いつの間にか、手に銃を握っている。ベッカが慌てて目をそらすうちに、ミスター・ビッグは薄暗い部屋のなかに入っていった。長くはかからなかった。狭いアパートメントだ。ミスター・ビッグが戻ってきて、ベッカに手招きした。ベッカは手探りで電気のスイッチを押した。

ミスター・ビッグはベッカのアパートメントにそぐわなかった。淡い色合いの内装や薄いカーテンを背にした姿は、あまりにまぶしく、鮮やかで、エネルギッシュだ。ぼろぼろの服を着た大男が目をすがめ、銃を片手にうろついていると、ベッカの部屋はさらに小さく見えた。

ミスター・ビッグはカーテンをねじるようにわずかに開いて、窓の外に目を凝らした。いまにも何かが飛びかかってきて、噛みつこうとするのを待ち受けているみたいだ。それから、ソファにかかっているアフガン編みの織物に手を走らせる。柔らかいクッションをつつき、棚にさげてあるくたっとしたシルクフラワーをつまむ。本棚やCDラックをのぞきこむ。妹のキャリーの版画。弟のジョシュの奇妙な抽象画。そして、ソファの上に飾ってある家族の写真。

「これが例の男か?」

まだ捨てていないジャスティンの写真だ。「ええ。どうしてわかるの？」

ミスター・ビッグは肩をすくめた。「ろくでなしに見える。捨てちまえ」棚から写真を取りあげて、ベッカに渡す。ベッカはフレームごとゴミ箱に放った。まったくもって同意見だ。

ゆうべまでの人生が遠い昔のことのように思えた。ミスター・ビッグが棚のぬいぐるみを見つめているのに気づいて、ベッカは恥ずかしくなった。キャリーとジョシュが幼いころに遊んでいたものだが、ベッカが集めていると思われたかもしれない。子どもっぽいけれども、べつに珍しいことではない。

ミスター・ビッグは帰るそぶりを見せなかった。ベッカはこれからどうするか考えた。これまでは、まっとうな人付き合いのルールを用いるような状況ではなかった。ふつうのデートのあとで送ってもらったように、飲み物を勧める？　コーヒーをいれるとか？

ともかく、いま訊かなかったら一生後悔する質問がある。答えを知るのは怖いけれども、訊くならこれが最後のチャンスだ。

ベッカは支えを求めてテーブルのはしを握り、何度かつばを飲んでから口を開いた。「あの……捜査には人の命が懸かっていたと言っていたわよね。わたしの命と引き換えにした、と」

ミスター・ビッグは眉をひそめた。「ああ」警戒するように言う。

ベッカは大きく息を吸った。「誰の？」

沈黙が続き、ベッカは答えを諦めかけた。このまま息をつめていたら、気を失ってしまいそうだ。

「あれは大げさな言い方だった」ミスター・ビッグが言った。「あの子はたぶんもう死んでいるだろう」

ベッカは目を見開いた。胸の奥で何かがよじれ、ナイフでえぐるような痛みをもたらす。

「あの子?」声をひそめて尋ねた。

ミスター・ビッグは歯を食いしばっていた。口もとがこわばっている。「女の子だ。去年、誘拐された。ウクライナのボリースピリ空港で。父親は警官で、潜入捜査中だった。おれに手を貸してくれた男だ。何者かがあいつのことを密告した。あいつは殺された。どこから情報が漏れたのかわからないが、それがおれのせいだということはわかっている」

ベッカの喉は締めつけられ、焼けるように痛みはじめた。話の続きを待った。

ミスター・ビッグは肩をすくめた。「あの子がまだ生きていると思う理由は何もない。だが、おれはあの子の母親に約束したんだ。ソニアに……なんらかの報告をしてやりたかった。生殺しの状態を終わらせるためだ。それはもう叶わない。いいさ。どのみちうまくいかなかっただろう」

ベッカは強く唇を結んでいた。

「一か八《ばち》かの賭けだった」ミスター・ビッグは言った。「尋ねられたから言うが、一発勝負だったんだ」

ベッカの喉はますます強く締めつけられた。涙がこぼれる。

ミスター・ビッグはぎょっとしたようだ。「おい、頼むよ。話すんじゃなかったな」

ベッカは涙を引っこめようとした。「本当にごめんなさい。その女の子は――」

「このことはもう話したくない。なるべく考えないようにしているんだ。そうじゃなきゃ、どうにかなっちまう。この話は忘れろ」

ベッカはミスター・ビッグの語気に気圧《けお》された。「わかったわ」ささやき声で言った。「ただ……どうにかできればいいのに、と思うだけ。わたしにも何かできることがあれば、手を貸したい」

ミスター・ビッグはとらえどころのない目つきで、ベッカのずたぼろの姿をながめた。「できることはある」

ベッカは顔を輝かせ、腕で涙をぬぐった。「本当? どんなこと……」自分の体が謎めいた目の奥に囚われているのを見て、ベッカは口ごもった。

体が熱く疼き、応えている。

あんな目にあったあとで、どうしてセックスのことなんて考えられるの? でも、考えていた。ほんの一瞬で、考えはじめていた。抱きつきたくてたまらなかった。ミスター・ビッグはたくましく、生気に満ちている。熱がたぎっている。たくましい人にしがみつきたくなるのは当然だ。心細くて、不安で、いてもたってもいられないのだから。誰かに安らぎを与えてもらいたかったが、この男からは得られない。安らぎとは無縁の男だ。

それどころか、ベッカを奪いつくし、食いつくすだろう。部屋のはしとはしにいるのに、男の渇望を感じられた。あっという間に呑みこまれてしまいそうだ。

女の防衛本能が働いて、ベッカはじりじりとあとずさりしていた。ミスター・ビッグは眉をひそめた。「頼むから、怯えた仔猫ちゃんの駆け引きはやめてくれ。無理強いはしない。おれはろくでなしかもしれないが、その手のろくでなしではない」

ベッカの背筋がぴんと伸びた。「わたしは怯えた仔猫ちゃんじゃないわ」堂々と言い放つつもりだったが、声はこわばっていた。「わたしにもできることっていうのが、その、何か重要なことかと思ったの。単に……」いくぶんぎこちなく咳払いをした。「……ええと、脚を開くだけじゃなくて」

「嘘じゃなく、きみが脚を開いてくれることはいまものすごく重要だと思う」

ベッカは胸もとで腕を組んだ。胸の奥から怒りが湧きあがる。「そうでしょうとも。あなたがすっきりするまではね。どうせわたしのことなんてそれだけの女と思ってるんでしょうから。用済みになったらポイと捨てて、それからあなたはひとりで立ち去り、今日みたいに危険なことにかまけて、わたしが存在したことすら忘れるのよね」

ミスター・ビッグはゆっくりと驚きの表情を浮かべた。「へえ。取り残されるような気分だというのか？　まさかまたとんでもない自殺行為に参加したい？　まだ足りないのか？」

「そういうことじゃないわ！」ベッカは声を荒らげた。「わたしはただ……物みたいな扱いを受けるのにうんざりしているだけ！　使いまわしのオモチャじゃないんだから！」

ミスター・ビッグの動きはすばやく、ほんの一瞬のことに感じられた。部屋の両はしにいたはずなのに、突然、ベッカは両肩をぐっとつかまれていた。そのまま引きあげられ、爪先立ちを強いられた。

ほんの数センチの距離から、焦げつくような視線がベッカの目を射抜く。

「おれはきみをほかの野郎にまわさなかった」ミスター・ビッグはあえて抑えた声で言った。「物のように扱ったこともない。今夜、きみを地獄から逃がすために四人を殺したんだ。だから、いまの言葉は取り消してもいいんじゃないか？」

ベッカは口を開いたが、声が出てこなかった。ミスター・ビッグの目に宿る燃えるような怒りで釘づけにされて、じっと見返すことしかできなかった。

「やつがきみにしたことで、おれを責めるな」

「あ、あなたのことは責めてない」ベッカはつっかえながら言った。

「へえ？　そうか？　ならいい。じゃあ何が気に入らないんだ？」

ベッカは肩をつかまれたまま身じろぎして、ミスター・ビッグの太い手首をつかんで姿勢を正した。「気に入らないのは、あなたのその顔つきよ！」大声で叫んだ。「わたしがあなたの邪魔をしたから、借りがあるってことでしょう？　命を救ってもらったから、体を差しだす義務がある？　それがあなたの〝男の理屈〟？」

ミスター・ビッグの唇のはしに笑みがよぎった。ベッカを床におろす。「おれの〝男の理屈〟はもっと単純だよ。おれはきみにふれるたび、きみをイかせたくなる」

もっと怒りの言葉を投げつけてやろうと思っていたのに、残りの文句はすべて、まごついた心のなかに呑まれ、消えていった。

「魔法みたいだ」ぼろぼろのベルベットみたいな声で言う。ミスター・ビッグはごつごつした指の先でベッカの頬を撫でた。「おれの手できみがイくさまは。まるで爆弾だ。おれまで吹き飛ばされそうになる」

「わ、わたし――」
「だが、きみが言ったことも本当だ。そう言われてみれば、今夜はきみのせいで散々だった
な」ミスター・ビッグはわざとらしく、驚きの調子をにじませて言葉を続けた。「たしかに、
きみには貸しがある。どでかい貸しが」
ベッカは濡れて血の染みがついたシャツの袖を見つめた。「そんなに単純じゃないわ」つ
ぶやくように言った。
ミスター・ビッグは顔をしかめた。「きみは単純なことを複雑にする天才だよ。きみに出
会ってから最初に気づいたことだ」ベッカの体に目を走らせる。「いや、六番目か七番目か
な」
ベッカは体を震わせてヒステリーを抑えた。「わたしは複雑な人間じゃありません。あな
たの名前も知らないのよ！　あれだけの騒ぎがあって、セックスして、人の血が流れたって
いうのに、あなたは本当の名前を明かそうとも――」
「ニック」ミスター・ビッグは唐突に口を挟んだ。
盛大にわめき散らしているところをさえぎられて、ベッカは口ごもった。「え？」
「ニック・ワード。おれの名前だ。出生証明書に記載されている名前はニコライ・ワービッ
キーだが。ニック・ワードのほうが気に入っている。これで満足か？」
ベッカは呆気に取られ、口を閉じていた。そして、心を動かされていた。ニック。
ちょっと、しっかりして。心を動かされた？　名前を教えてもらっただけで？　人と人が
交わす情報のなかでも、何よりありきたりで、表面的で、なんの変哲もないものでしょう？

いま差しだされたのは値打ちのある贈り物ではなく、取るに足りないがらくただ。

そんなことに惑わされた自分に対する怒りで、口調がきつくなった。「満足かですって？ ええ、そうね。わくわくしちゃう。それが魔法の言葉？ モーゼが海を開いたように、名前ひとつでわたしの脚が開くってわけね！」

ニックは虚をつかれたように笑いだした。「おれに聖書の話はするな。さあ、決めてくれ。おれに借りを返すのか、それとも袖にするのか」

ベッカはぎゅっと目を閉じて、むきだしになった肩を撫でられる感触に身を震わせた。言葉とは裏腹に、ニックの指は誘いかけるように優しく肌をさすっている。ニックはベッカのつむじに口をつけた。唇が動き、呼吸のたびに温かな息が頭皮を覆う。もつれた髪が肩をくすぐった。辛抱強く待っている。最後には勝つことを確信しているのだ。

「どうしてそんな意地悪をするの？」ベッカはささやいた。

ニックは小さく首を振った。「わからない」

正直な答えを聞いて、ベッカは大胆になった。「ことを難しくしているのはあなたのほうよ」

ニックの手から逃れようとしたが、たやすく押さえつけられてしまった。「ああ、厄介だな。人生は誰にとっても難しいものだよ」

「うるさいわね。ふざけたことを言わないで。もう少し優しくしてくれたら……」ベッカの声はしぼむように途切れた。

ニックはまたベッカを抱きよせようとした。

ベッカは逆らった。「あなたにここにいてほしい。イエスと言いたい。でも、あなたがそんな態度を取るなら、ほとんど不可能よ」

ニックはベッカのあごに手をかけ、顔をあげさせて、熱のこもった目のきらめきを見させた。「ほとんど？」

「ああ、もうっ。やめて」顔は火照り、胸が締めつけられる。心臓は跳ねまわっている。喉はつまりそうだ。

ニックはベッカの髪に鼻をすりつけ、喉に唇をつけてしゃべった。低い声が全身に響く。

「帰ってほしいのか？　ならそう言ってくれ」

ベッカは答えることも、動くこともできなかった。

「わかった」ニックはつぶやいた。「はっきりした答えは聞けないようだから、曖昧《あいまい》な沈黙は同意のしるしと受け取ることにする。違うなら、早く訂正してほしい」

ベッカは唇を噛んだ。両目のはしから涙がこぼれ、頬に伝う。

ニックの唇が頬にふれた。熱く濡れた舌が涙を味わうようにぬぐい取り、ベッカの体を快感で痺れさせた。ふっと服を引っ張られ、ビリビリという音がしたかと思うと、ずぶ濡れのチュニックは体から離れて、放り捨てられた。ベッカは裸でニックの前に立っていた。

驚いたことに、この状態でいるのが自然だと感じはじめていた。

ベッカはニックの顔にふれた。「待って。あなたは、その、血だらけよ。もう血は見たくないの。できれば……」

ニックはシャツをかなぐり捨てた。ブーツがそのあとに続く。靴下とジーンズを脱ぎ、ほどなく、裸の男がベッカの手を引き、バスルームに入ってわがもの顔でシャワーのお湯を出すことになった。

「一緒にシャワーを浴びよう」ニックが言った。「きみの気分も落ち着く」

まさか。問答無用で熱いシャワーの下に引き入れられて、ベッカは笑いそうになった。気分が落ち着く？　湯気のたったこの小さなバスルームのなかに、強引で、下心を隠そうともしない男と一緒に押しこめられているのに？　ニックに覆いつくされそうだった。まるで輝く肉体の壁だ。胸板が乳首をかすめ、どちらを向いても勃起したものが体に当たる。ニックの手はベッカの体中を滑っている。このバスルームは、ふたりはおろか、ふつうの体格の人間ひとりで入っても滑稽なほど狭い。ベッカひとりでも肘を伸ばせないくらいだ。

そして、ミスター・ビッグは——ニックは、巨大だった。

12

取り返しがつかないことになる。すぐに立ち去り、急いで遠くまで逃げて、この女の存在そのものを忘れるべきだ。ベッカの命を守るために捜査をふいにしたうえ、いままたベッカのために筋を曲げようとしている。

しかし、誰もいないコンドミニアムに帰り、ひとりでソファに座って、ぽっかりと口を開けた暗闇をながめる気にはなれなかった。静寂に耳をふさがれ、また失敗したというむなしさに押しつぶされるだけだ。酒のボトルのなかに忘却を見出《みいだ》したくもなかった。あらゆることの解決策として、親父《おやじ》が溺れていた慣《なら》わしだ。

ニックはここにいたかった。ベッカのそばに。この部屋はいい匂いがする。ベッカの匂い。ほのかに甘く、柔らかく、女らしい香り。曖昧かつ複雑な芳香。

バスルームは小さく、いまにも湯があふれそうになっているが、そんなことを気にかける余裕がなかった。すぐにでもベッカを抱きあげ、湿った壁に押しつけて、深く強く貫きたい。その衝動を抑えるので精一杯だ。湯を使いすぎてシャワーが水になったとしても、ニックは気づきもしないだろう。

こらえろ。あせるな。ベッカはたいへんな目にあったのだから、そもそも手を出すのは間違っている。それはわかっているが、その考えは頭のなかで転がる小石のようなもので、なんの効力も、抑止力も、倫理的な影響力もなかった。漠然とした認識でしかない。

おれのもの、おれのもの、おれのもの。これが頭の奥底で繰り返し響く本能の声だ。ベッカのなかに身をうずめ、そのぬくもりに浸りたい。それで生き返った気分になれるだろう。生きているという実感がほしい。

ニックは愕然とした。最後にそんなことを求めたのは、思いだせないほど昔の話だ。無感覚でいるほうがずっと楽だった。

甘い言葉で女をベッドに誘いこむ手管は熟知している。優しい色男のふりをするのは簡単だが、今夜のニックは、よだれを垂らして鎖を引きちぎらんばかりに暴れる狼だった。駆け引きも、口説き文句もなし。

体を洗ってやるあいだ、ベッカは立ちすくみ、目を閉じていたが、肌に走る震えや吐息、ぴくりと体を揺らすさま、そして泡に濡れたニックの手にそっと身をゆだねようとするしぐさから、そそられていることはわかった。ニックはシャンプーを泡立て、ベッカの髪に揉みこんだ。柔らかな泡が体の曲線をなまめかしく伝っていく。透きとおるような白い肌が熱い湯でほのかに上気している。もういいだろう。ニックは泡まみれの両手でなだらかな山並みを撫でまわした。

膝をつき、ベッカのあざと切り傷だらけの足を洗った。できるだけ優しくさすったつもりだったが、ベッカは痛みに小さな悲鳴をあげた。ニックはふくらはぎ、膝、腿に手を移していった。秘所を最後に残し、ようやく取りかかったときには、開いたばかりの花を扱うように、ふれるかふれないかの手つきを心がけた。指先で軽く撫でただけで終わらせ、シャワーヘッドを近づけて、泡を流した。

何をどうしても、股間のものはベッカに当たってしまうので、ニックははばかりもしなかった。シャワーヘッドを戻して、ベッカを抱きよせ、ペニスを上向きにして、ふたりの腹で挟んだ。ハート形の笠《かさ》は期待をこめるようにベッカの乳房の下に収まった。ニックはさらにぐっと体を押しつけて、どうやって石化の呪いを解こうかと考えをめぐらせた。まずは両手で尻をつかんだ。

耳もとに口をよせ、賭けに出た。「きみの番だ」

ベッカは催眠術から覚めたようにぱちっと目を開いた。ニックはベッカの手のなかにシャンプーのボトルを押しこんだ。しかし、ベッカはシャンプーを初めて見るような目つきで、ボトルをながめている。結局、ふたを開けるのにも、中身を出すのにも、手を貸してやらなければならなかった。

シャンプーを手に出したベッカがニックの髪に手を伸ばし、その拍子に乳房が弾むように揺れたとき、ニックはうっとりとその感触に浸った。「背が高すぎるわ」ベッカがこぼした。

ニックはひざまずいた。ちょうど柔らかな腹部の前に口が来る位置だ。しなやかな指が頭蓋骨《がいこつ》を揉《も》むように洗い、髪に泡をすべらせるあいだ、ニックは目の前の腹にひたいをつけ、目を閉じていた。

まいった。とてつもない起爆剤だ。熱い泡がとろりと顔を伝い、目をにじませ、肩に流れて膝のまわりに落ちていく。下からの乳房のながめ、唇に当たったベッカの腹。シャンプーがきれいに流されたあと、ニックは立ちあがり、ボディソープのボトルをベッカに手渡した。ベッカはぼんやりとした目つきでニックを見た。

「きみが体を洗うときと同じように洗ってくれればいい」ニックはうながした。「シャワーの基本だ。石鹸《せっけん》で洗って、すすぐ。もう一回説明しようか?」

「ふざけないで」ベッカはつぶやいたが、口もとに笑みが浮かんでいた。

ニックは快感に息を呑んだ。ベッカはほっそりとした手で、ニックの胸を上から下まで撫でた。腋の下や胸毛で泡をたて、腹筋に指を滑らせて……ふと手を止めた。尻込みしている。

ニックは我慢が限界に達するまで待った。「洗い残しがある」水を向けた。

ベッカはこわばった息を吐き、両手にボディソープを足して泡をたて、それからペニスを握った。

ちろちろと揺らめく炎の舌のように、喜びが末梢《まつしよう》神経をくすぐる。鼓動はドラムみたいに速くて重いリズムを刻みはじめた。

ベッカの手に手を重ねて握りしめ、上下に動かして、好みの強さと速さを教えた。それから手を離し、あとは滑りやすくなっているベッカの手に任せた。もうどんなふうにさわられてもかまわなかった。何をされても気持ちがいい。

おずおずとしたぎこちない手つきでも、ひと撫でされるたびに、ニックはさらに高ぶっていった。タマを片手で包まれたとき、まずいことになったと気づいた。この場で射精してしまいそうだ。

まさかという思いだった。十代のころでさえ、こんな悩みを持ったことはなかった。

ニックはベッカの手を握り、問いたげな視線を受けながらも、控えめな愛撫をやめさせた。「まだイきたくない」ぶっきらぼうに言った。手近のタオルをつかみ、ベッカをシャワーから出して、拭きはじめた。

しずくをぬぐうあいだ、ベッカはどことなく戸惑った顔で立っていた。あの薔薇の香水みたいな香りが女らしい体からたちのぼってきて、ニックは思わずしゃぶりつきたくなった。言葉どおりに。びしょ濡れのバスマットに膝をつき、ベッカの陰毛を指で梳《す》いて、黒みがかった巻き毛をかき分け、内に秘められたところに――

ベッカはびくっとしてよろめき、背中を洗面台にぶつけた。ニックの顔に手を当てて、押しのけようとする。「だめ」

ニックは凍りついた。「え？　いやなのか？」

ベッカはつらそうな顔をした。「あなたがしてくれたのなら、いやじゃなかったわよ」小さな声でつぶやくように言う。

「どういうことだ？」ニックは声を尖《とが》らせていた。「説明しろ」

ベッカは縮こまった。「ゾグロにいたぶられたの。そこを。爪で。フルーツを給仕しているときに。たいしたことじゃないけど、でも――」

ベッカはキャッと声をあげた。ニックが立ちあがってベッカを抱え、洗面台に座らせたからだ。「見せろ」怒鳴るように言った。頭に血がのぼって、めまいがしそうだ。

「もういいの」ベッカは洗面台からおりようとした。「忘れて」

「黙って見せてみろ」脚を押し開いた。

洗面台の上の電球では足りなかったので、ドアのそばのスイッチを押した。湯気の残る小さなバスルームに蛍光灯の明かりがあふれたとき、ベッカは顔をしかめて目をおおった。

ニックはひだを開き、皮をそっと押しあげて、クリトリスを観察した。ベッカの言ったとおり、柔らかなつぼみに爪の跡が残り、赤くなっている。ひどく痛そうだ。見ているだけでこちらのタマも縮みあがった。

そのあたりを手で覆い、赤子みたいになめらかな脚の付け根にキスをした。「あの人でなしのサディストを殺さなければならない理由は多々あるが、これはそのトップに躍りでたな」

「本当にもういいの」ベッカは慌ててとりなした。「たいしたことじゃ――」

「黙れ。『もういい』などと言うな」ニックは声を張りあげた。「いいはずがない。最低だ。目をそむけるな」

ベッカはニックの手を股間から払いのけた。「黙れって言うのはやめて」切りつけるような口調だ。「聞き飽きたわ。もう二度と言わないで」

ニックはおとなしく一歩さがった。髪からしずくがしたたり、足もとに水たまりを作っていることにはたと気づいた。ペニスが上下に揺れている。こんな状況でもまだまだ期待に満ちているようだ。

「悪かった」ニックは言った。「腹がたったんだ。あの野郎に対して。きみにじゃない」

ベッカはあごをつんとあげて、眉間にしわをよせ、ニックをにらんでいる。高飛車に思えるほど毅然《きぜん》とした態度だったが、しだいに棘が取れていった。洗面台からおりたとき、大きな胸がぷるんと弾んだ。

「わかったわ」ベッカは小声で言った。「わたしのために怒ってくれたのは嬉しい……と思う」

ニックは両のこぶしを握りしめて自制心をかきたて、本気に受け取らないでほしいと願いながら、言葉を押しだした。

「無理にしなくてもいい」やっとの思いで言った。

「何を？　どういう意味……？」

「おれと無理にセックスする必要はない」言葉が喉を焼くようだ。「ひどい一日だった。それはわかっている。きみを傷つけたくない。きみが望むなら、おれは出ていく」

ベッカは押し黙っている。ニックはベッカの顔を見られなかった。重苦しい沈黙が四十秒ほど続いたあと、ちらりと目をあげた。

ベッカの顔つきは穏やかだった。期待が燃えあがる。ペニスがびくんと揺れて、信じられないほど高くそそりたった。やる気満々だ。もしかすると、珍しく多少の分別を働かせたことが実を結んだのかもしれない。

ニックの経験からすれば、めったにないことだ。

「出ていってほしくない」ベッカはささやくように言った。「行かないで」

安堵でくらくらしそうだ。「出ていかないのなら、きみを抱くことになる」

ベッカは顔を赤らめ、目をそらしたが、うなずいた。

ニックはぐずぐずしなかった。ベッカが気を変える前に打ってでた。

夜明けの光はまだ寝室の窓を照らしていなかった。ニックは大きな豹《ひょう》のように音もなくうしろからついてきた。

窓から窓へと動きまわり、カーテンを次々に閉めていく。窓の留め金と歪んだ木枠、はがれたペンキ、薄くてでこぼこのある窓ガラスに目を凝らしている。「ここの防犯対策は最悪だ」うなるように言った。

ベッカには何も言えなかった。防犯対策など考えたこともなかったからだ。これからはどんなときも頭から離れなくなるかもしれない。

ニックはアンティークのベッドを見て顔をしかめた。彫刻が施された支柱、ふんわりした上掛け、ふかふかの枕。大きめのクッションが並び、その上に小さめのクッションが盛りつけられ、さらにレースとサテンと刺繍のクッションが飾りとしてのっている。「おいおい、このクッションの山はなんだ？　二十はあるじゃないか！」

「べつにいいでしょ」ベッカは取り澄まして言った。「女にしかわからないものよ」

ニックはベッドに腕を伸ばし、ひと払いでクッションをすべて床に落とした。上掛けをめくってフットボードにかけ、積もったばかりの雪のように白いシーツをあらわにした。描《えが》かれるのを待つ無地のカンバスだ。

ニックはベッドのほうにあごをしゃくった。

ベッカは拍子抜けしたような気分で、おずおずとベッドにのぼった。ニックがことに取りかかろうとするようすは淡々として、突き放すようなところがあった。顔もよく見えない。

それならば、この薄暗がりが、新聞ネタにもなったわたしのセックスコンプレックスも隠してくれますように。しかし、ベッドになだれこむまでは運よく順調に進んだものの、そろそろ現実に戻るころあいだろう。

男の体という不慣れな重さでベッドが軋んだ。そのとたん、ベッカは仰向けに押し倒されていた。冷たいシーツの感触に身震いしたけれども、次の瞬間、ニックがのしかかってきた。大きくて、重くて、すっぽりとおおわれそうだ。鋼のようにたくましく、熱くて、石鹸の香りを振りまき、その下からかすかな男の匂いを漂わせている。体からにじみでるような熱と鬼気迫るほどの緊迫感で、ベッカは息もできなかった。ニックの髪から水滴が落ちる。ニックは抵抗を恐れるようにベッカを押さえつけていた。

抵抗できるわけがないのに。

そして、ニックはキスを始めた。疑いも恐れもセックスコンプレックスも、とろけるように渦を巻く高揚感に呑まれた。欲望の鉤爪《かぎづめ》にさらわれていった。

ニックの唇は柔らかく、おもねるかのようだったが、やがてキスの調べが変わった。音のない言葉を駆使して、より多くを、より強引に求めてくる。その言語にはまるでなじみがないはずだったが、ベッカは無言の命令のひとつひとつに従っていた。求めに応じて口を開いた。ニックの舌を舌で探ると、ふれ合ったところから甘やかな陽炎《かげろう》がたちのぼるようで、乳首は疼き、背はのけぞり、脚のあいだはしとどに濡れていった。両腿は大きく開いている。胸をすり合わせるあいだ、乳房がぴんと張って、大きく膨らみ、ことさら敏感になった気がした。

ニックは顔をあげ、ベッカの髪をうしろに撫でつけた。乾いたしゃっくりみたいな音がして、一瞬、ベッカはそれがニックの笑い声だと気づかなかった。

「緊張している」ニックがそう明かした。

それを聞いてベッカもくすくすと笑いだしたが、たっぷりと刺激を受けて感じやすくなっている体には、ことさらに響いた。「あなたが？　やあね！　冗談ばっかり」

「誓って本当だ。なにしろクリトリスにさわれないから、いつもと勝手が違う。おれはクリトリスから始めるのが好きなんだ。城の扉を開く鍵みたいなものだ」

いらだちがちくりと胸を刺した。ほかの女とのセックスの手順なんて聞きたくない。少しは気づかえないの？

ベッカはニックの胸を小突いた。「よかった」ぴしゃりと言った。「あなたがお決まりの手順を踏めなくなって、ありがたいくらい。それなら、その他大勢と区別がつくでしょうから、ほかの女の名前を叫ぶこともないわよね。望みすぎかもしれないけど」

ニックは体を震わせて笑った。「心配無用だ」ベッカの脚のあいだで腰を落とす。「きみは別格だから」

ベッカはなんとか息をしようとした。「鍵なんかいらないわよ」鼻で笑うように言った。「わたしを説き伏せる必要もない。お城に鍵はかかっていないんだから。それどころか、扉は大きく開いている。跳ね橋もおりてるわ」

ニックは身じろぎもせず、心の奥底をのぞきこむようなまなざしで、ベッカの顔をじっと見つめていた。それから、手で頰を包んだ。「きみはおれの心づもりを勘ちがいしているのかもしれないな」ニックは言った。「ただヤれればいいというんじゃない。きみが叫び声をあげて、吹き飛ぶまでイかせたいんだ。頭が真っ白になって、悲鳴を響かせずにいられないほどのオーガズムを何度も何度も。わかったか？」

ベッカはぽかんとして、陰になったニックの目を見つめた。

「今日の午後と同じように」ニックは続けて言った。「あの島でのことだ。覚えているか？」

忘れられるはずがない。一生どころか来世まで引きずりそうだ。ベッカはそわそわと咳払いをした。熱い記憶が頭のなかによみがえる。どれほど心細く、恐ろしかったか。あのときの自分がどれほど無力だったか。「え、ええ」声がかすれていた。「あの、よく覚えているわ」

「あれはよかった」ニックはゆったりとした口調で言った。「特別なものだった」

「そう」ベッカは呆けたように言った。「ええ……そうね、そのとおり」

ニックはベッカが息継ぎを求めてもがくまでキスをしてから、また顔をあげた。「あんなふうに感じたのは初めてだ」こめかみに唇をつける。温かい息が肌をくすぐり、撫でつけた。「本音を言えば、あんなことが可能だとは思ってもみなかった。しかし、もう病みつきだ。ハードルがあがってしまったよ。あれ以下では満足できない」

それはベッカのほうだ。体の芯が火照った。「言っておくけど、わたし、いつもはあんなふうにならないのよ」ベッカは打ち明けた。

「そうか？」笑みを含んだ声だ。「またやってみれば、どうなるかわかる」

「挑発しているわけじゃないの」ベッカは言い足した。「事実として言っただけ」

「やってみればわかる」ニックは断固としてくり返した。何か錯覚させているのではないかという不安が頭をもたげた。本当は性に臆病な女だとわかったら、さぞがっかりするだろう。「つまり、あのときはきわどい状況だったから」

ニックはあからさまに笑っていた。「そりゃあいい。おれはきわどいことも得意だ」

ベッカはぺちりとニックを叩いた。「笑わないで！　わざとわからないふりをするのはやめて！」

ニックはベッカの手を取り、甲を返して、濡れた肌にゆっくりとキスをした。「落ち着け」穏やかに言う。「そういうことを心配するのはおれの役目だ。すべておれに任せてくれればいい。それでもまだ何か問題が？」

ベッカは口を開き、ヒステリックにも、しどろもどろにもならない返答を考えようとした。問題ですって？　なんて控えめな表現。ベッカの大問題は、いまの自分がとんでもないほどかよわく、そしてニックのカリスマ性がとんでもないほど大きく感じられること。ニックがベッカの心の壁をいとも簡単に、ティッシュでできているかのように破ってしまうことだ。でも、どう言えばいいの？　たとえば――わたしがあんまり感じすぎないように、ほんの少しだけ手加減しながら抱いてもらえる？　馬鹿みたい。

ベッカは喉の震えを抑え、首を横に振った。客観的に考えれば、問題は何もない。「でも、わたしは叫ばないわよ」ベッカはきっぱり言った。「だから、それは忘れて。うちのすぐ下に大家さんが住んでいるの。年配で、とても信心深い女性なのよ」

「なるほど。じゃあそれがおれの基準点になるな。警官にしょっぴかれることになったら、そのときは、うまくできたんだとわかる」ベッカを抱きあげ、膝立ちにさせた。自分はあぐらをかいて座り、その上にベッカをまたがらせる。腰をつかんで軽く持ちあげ、胸に顔をうずめた。「胸から始めよう」ニックは言った。「あのときはなんだかんだで、はっきりと見られなかった」片方に手を当て、敏感な先端を口に含み、舌で転がす。「きみの乳房は最高だ」飾り気のない褒め言葉にくすぐられ、ベッカはたちまちとろけた。温かな口が描く甘美な渦に溶かされていった。「あの、ありがと」ベッカはつぶやいた。「ええと、あなたも。あなたがしてくれることはみんな最高」

低い笑い声がベッカの全身にこだました。それから、ニックは両の乳房に顔をうずめた。むさぼり、舐めまわし、しゃぶる。舌で崇《あが》めるように。

乳房がこんなに感じやすくなったことはなかった。ともかく、そう意識したことはない。性感帯としてとらえていなかった。間違いだ。いま、乳房はベッカの宇宙の中心であり、赤く燃える光と熱の起点だった。情熱的な愛撫で胸の内側から溶かされて、穏やかな電流が通ったかのように、生気をみなぎらせている。

ごく軽くふれられるだけで、体中の神経に火花が散る。ベッカは身をよじり、のたうち、体を引きつらせたが、ニックはゆうゆうとベッカを開いていった。その唇で、ベッカには理解できない何かを迫っている。

降伏。信頼。それが、ニックの求めているもの——無言で要求しているものだ。抵抗しても体は震えるばかりで、目には涙があふれてきた。ベッカはニックの髪のなかに指をうずめて、なぜニックがこれほどのテクニックを駆使するのか、なぜこれほど懸命に快感を与えようとするのか、そのわけを思い起こした。目を見張るくらい大きなものを物理的にベッカの体に入れるためだ。なんらかの思いに動かされているわけではない。実利に即しているだけ。

そう考えると腹がたった。納得できない。時間をかけるのも、喜ばせようとするのも、結局は男の都合なのだから。

でも、どうにもならなかった。多少なりともこの疼きを鎮めてくれないのなら、ニックに嚙みつき、引っかくことになるだろう。ベッカは目をあげた。「ニック」小さくささやいた。「お願い」

ニックは口をぬぐった。「何を?」

「ほしいの」ベッカは泣きついた。「お願い。早く」

ニックはのろのろと首を振り、悠然とした笑みを浮かべた。なかば閉じたまぶたの下で目が輝いている。ベッカに力を及ぼしたことを喜んでいるのだ。ベッカに飢餓感を覚えさせてとくとくとしている。できることなら怒声をあげて、ニックを叩きたかったけれども、しゃべるのがやっとの状態だった。怖くて動けない。

「先にイくんだ」ニックが言った。「そのあと願いを叶えよう」

ベッカはニックの肩に爪を食いこませた。「ふざけないで」嚙みつくように言った。「そんなに待つ必要はないわ。本当よ。すぐにくれれば、ほんの数秒で――」

「いいや。警官が飛んでくるような宇宙規模のオーガズムを与えてから、きみのなかに入りたい。回転灯とサイレンを浴びて、拡声器で怒鳴りつけられたい。いいな?」

ベッカは髪を強く引っ張った。「それもくだらない男の理屈?」

「おれの理屈だ」歯でベッカの喉を食《は》む。「それでようやくきみの準備が整ったとわかる」

頭のなかで何かが弾け、ベッカは肩を震わせて笑っていた。「ひとつの賭けね」呟きこんだ。「自分が満足する前に逮捕されるかもしれないわよ」

ニックは鼻を鳴らした。「警察にそれほどの機動力があるとは思えないね」

「でも、真面目な話、本当なのよ、ニック」ベッカは言い聞かせようとした。「もう準備は整っている。これほど準備万端なのは生まれて初めて」

「なら、まずはおれの望みを叶えてくれ」なだめるようななめらかな口調だったが、その裏には鉄の意志が見え隠れしていた。「準備ができていることを体で示してくれ。いくら口でそう言っても時間の無駄だ」

ベッカは言葉にならないもどかしさに身悶えした。あとほんの少しで……。それでも、どうしても行きたい場所にたどり着く方法が自分ではわからない。

ニックの手が腰を撫でおろし、腿に落ちた。「手を貸そうか？」

ベッカはニックの首もとでうつむき、もつれたこげ茶色の髪で顔を隠して、大きくうなずいた。手を貸すというのがどんな意味なのかわからなかったけれども、なんでもよかった。何をされてもいい。あと少しの距離をいますぐに埋めてほしい。

ニックはベッカの脚のあいだに手を伸ばして、敏感なひだを指先でそっと開き、長い指をそろそろとなかに入れた。それだけでベッカはぐっと頂に近づいた。体を揺らし、ニックの手が奏でるリズムに乗って、ベリーダンサーのように身をくねらせ、腰を突きだし、内側から指を締めつけた。喘ぎ声が漏れる。恥じらいなど忘れていた。

「ああ、いい気持ちだ」ニックがつぶやいた。「しなやかで、よく締まっていて、完璧だ。おれの指がイッちまいそうだ」二本目の指を入れ、軽く折り曲げて、ベッカの小さなうろの入口を撫でさすり、押し開いて、性感帯を刺激する。うごめくような手の上でベッカは激しく体を揺さぶり、かすれた声でうながすニックの声を聞いていた。「もっと奥まで。もっと腰を強く……速く……そうだ。それでいい……そう、それだ、来た。ああ、最高だ」

そのとおりだった。前回と同じく天にも昇るような心地で、ベッカは快感の波にさらわれ、絶頂に押しあげられた。

限りなく、果てしない頂へ。どくどくと脈打つような恍惚の彼方まで。

重いまぶたを開いたとき、ベッカは仰向けに横たわり、すすり泣くように喘いでいた。脚は大きく開いていて、まるで力が入らない。嵐《あらし》になぎ倒され、泥に落ちた花になったような気分だ。早くも落城させられたのに、まだ始まりでしかない。

乾いた唇を舐めて、しゃべろうとしたけれども、声が出なかった。喘ぎ声で喉がかれていた。叫び声でひりついていた。

「大家の女性は清らかな魂の奥底から震えあがっただろうな」ニックは嬉しそうに言った。

ベッカはかすれた笑いで胸を揺らした。「わたし、そんなにうるさかった？」

「窓ガラスが砕け散るかと思ったよ」

「冗談ばっかり」ベッカはつんとして言った。「でも、それじゃあ、いつ警官が来てもおかしくないのよね。急いで取りかかったほうがいいんじゃない？」

ニックはベッカの手をつかんでペニスにあてがい、自分でも握りながら、ベッカにはへさきのほうをつかませ、太いサオをいっしょにしごくようにうながした。

「おれはぜったいに急がない」ニックは言った。「たっぷり時間をかける。何が起ころうとかまわない。包囲したいなら、好きにさせるさ。おれは輝く栄光のなかで果てる。幸福に包まれて死ぬ」

その光景が頭のなかに浮かんで、ベッカは顔をしかめた。「その言葉は口にしないで」ベッカはささやいた。「お願い。冗談でも聞きたくない」

震える下唇をニックの指が優しくなぞった。「そうだな」ニックは穏やかに言った。「コンドームはあるか？」

その質問がベッカを現実に引き戻した。ベッカはコンドームがあるかどうか思いだそうとした。このこぢんまりとしたアパートメントにジャスティンを招くことはほとんどなかった。ジャスティンはここを狭苦しく落ち着かない場所だと見なし、自分のしゃれたコンドミニアムを選ぶことのほうがずっと多かった。つや消しの金属と黒い革で内装が統一された独身貴族向けの物件だ。「たぶんないと思う」ベッカは言った。

ニックは驚きもせずにうなずいた。「なかではイかないようにする」

危険だが、今日、ベッカの〝危険〟の定義は劇的に塗り替えられた。それに、異を唱えられるような状態ではない。ベッカはペニスの付け根のあたりに腕を伸ばし、ふさふさとした黒っぽい茂みに両手を添えて、そこから丸みのある先端を操るように何度か上下させ、自分の入口に当てさせた。ニックはゆっくりとなかに入ってきた。

ベッカはあっと声をあげた。強烈なオーガズムのあとで過敏になっていたせいか、なかはぐっしょりと濡れてとろけるようなのに、それでも、深く貫かれる感覚に圧倒された。ニックはさらに奥へと押し入ってくる。ぐっぐっと腰を落とされるたびに、ベッカは小さく喉を鳴らして喘いだ。部屋は明るくなってきていて、真横に結んだニックの唇の輪郭や、こわばったあごの形が見えた。視線は何かを認めさせたがっているように、ベッカの目を焦がしている。

ベッカは両手をニックの胸に当て、押しとどめるように腕を張っていたが、ニックはそれを払いのけ、ベッカの両の手首を大きな手で握って押さえつけた。

「おれを受け入れろ」すごむような言い方だったが、ベッカはその裏に懇願を聞き取っていた。ニックはふいにベッカの両脚をつかみ、肩の位置よりも高くあげさせてから、身を乗りだし、強く鼓動するものを一気にねじこんだ。

自分の分身でベッカを満たした。奥深くまで。

ベッカはこれで動きだされたら耐えられないのではないかと思ったけれども、ニックはゆうゆうと、ベッカの背がマットレスに沈みこむほど強く突きはじめた。ペニスは滑りこみ、攻め入り、意識の輝きさえもかすめて、快感の火花を生みだす。どんどん勢いを増すその感覚に、ベッカはやがて耐えられなくなった。引きさがるしかない。顔をそむけ、しっかりと目を閉じた。浅い呼吸はすぐさま荒い息づかいに変わった。

ニックはベッカのあごをつかんで顔を前に戻させた。「おれを見ろ！」ニックの声はぼろぼろの神経を切り裂いた。ベッカの目はぱっと開き、そこに驚きの涙がにじんだ。「心のなかに隠れるのはやめろ」

「でも、わたし……」

「きみが必要だ。いま、おれのそばに」ニックは声を和らげて言った。そのあいだも力強く腰を振っている。「おれを見るんだ。そばにいてくれ」

ベッカは視線を返した。交えたまなざしが増幅器となって、強烈な感覚をさらに膨らませていく。ベッドが軋み、がたついている。こうした激しい使い方に慣れていない。ニックはさらに強く速く腰を振った。ふたりとも息を切らし、喘ぎ声をあげ、必死になって互いにしがみついていた。ベッカは何度も何度ものぼりつめ、むせぶように叫びながら、信じられないほど深くニックを迎え入れて、とろりとしたジュースで浸し、男の象徴を締めつけた。

突然、ニックはベッカのなかから身を引き抜き、半身を起こした。まるで苦痛に耐えるように顔をしかめている。果てしなく思えるほどの絶頂のなかで、熱い精液がベッカのおなかに飛び散った。

しばらくのち、ニックは仰向けに倒れていた。目がひりひりする。

段取りはわかっている。本来すべきなのは、ベッカを抱きしめ、甘い言葉をささやき、笑顔にしてやることだ。もしできるなら。大家と警官のことでまた冗談を言うのがいいだろう。ベッカはすべてを捧げてくれた。驚くばかりだ。ベッカは何ひとつ隠さなかった。

ニックも同じだった。それが問題だ。こんな状態のときには、優しい男のふりをしてピロートークを繰り広げることなどできない。たとえ命が懸かっていたとしても。

おれは死ぬほどびびっている。

この女性を抱いて、多少の憂さを晴らしたら、気分も新たにすっきり立ち去れるなどと、いったいなぜ思ったんだ？　まいった。今日の午後にベッカとセックスしたとき、ニックは粉々に砕け散った。ビデオカメラと極悪非道なゾグロの前で。感傷的になるには最悪の場所だ。心のもろさを露呈した。こんな思いに見舞われたのは、ガキのころ以来だ。このざまはどうだ。あろうことか、おれを見てくれと懇願した。ベッカの腕のなかで泣きじゃくる寸前だった。

いまもまだ泣きたい。ベッカは皮肉な言葉という鎧《よろい》の下に、優しく心の広い女性を隠している。つい先ほどまでのことがまざまざとよみがえった。ニックを迎え入れ、あのほっそりとした腕で首に抱きつくベッカ。花びらみたいに柔らかく、弾むように揺れる乳房をニックの目の前に差しだして、顔をうずめたりキスしたり舐めたりするのを許してくれた。ニックの頭を撫でて、耳に心地よい言葉を口ずさみ——そしてニックはベッカのなかに溶けていった。そのぬくもりと溶け合い、ついにはニックの存在が消えて、癒しと幸せしか感じられなくなるまで。安らぎを得られるまで。

だめだ。よくない。こういう心ある女性を、おれのような男と付き合わせるわけにはいかない。おれは心無く、ひねくれていて、粗暴な人間だ。ふさぎがちで、自分勝手。親父そっくりの男。鋭い棘はきっとベッカを傷つけてしまう。

すでに傷つけている。ベッカはぐったりと横たわり、まだせわしく息をしていた。待っている。それでもニックは丸太のように寝そべって、喉を凍りつかせ、筋肉のひとつも動かさずに、天井のひびを見つめていた。

ニックのほうから手を差し伸べてほしいという、ベッカの切なる願いが伝わってきた。女はみな一様にそれを求める。このくだりではいつでもばつが悪く、しらけた気分になった。セックスという枠組みのなかで最も気乗りしないところだ。女をがっかりさせるところでもある。

しかし、いま心臓がどくどくするほどのパニックを引き起こすのは、ニックも手を差し伸べたいと思っていることだった。そうしたくてたまらなかった。忘れていた感情が呼び覚まされた。心のなかで有刺鉄線を張り、鎖をかけ、立ち入り禁止の札をかけていた場所だ。こんなくだらないことにかまけている場合ではない。ニックは死の標的にされている。ニックとのつながりがゾグロに知られた女は、全員が同じ運命をたどるだろう。とりわけベッカは。

そう、ベッカ自身も標的にされている。

いずれゾグロはニックを見つけだす。あの野郎は大富豪で、奸智《かんち》に長《た》け、執念深い。見つかるのは時間の問題だ。

ニックは頭のなかで思い描いた。ベッカに言ってやれる精一杯のことは――整形で新しい顔を手に入れて、おれと一緒にモンゴルへ逃げないか？　ほら、もっと刺激的な人生が送りたいって言っていただろう？

だめだ。いくら劇的だったとはいえ、たった一回のセックスで自分を見失っている。すべきことはひとつしかない。

ニックはのろのろと体を起こし、いかにも非情で自分勝手なろくでなしらしく、ベッカに背を向けて座った。こちらが冷たくすれば、ベッカも今夜のことは下種《げす》な男との過ちだったと認めやすくなる。このことは忘れて、思いだしもしなくなるのが一番だ。

ニックはベッカの腹に精液をぶちまけたことにも後味の悪さを感じていた。女の体に精液をかけることには、縄張りを主張するような安っぽい感傷がある。もしかするとポルノの観すぎなのかもしれない。いや、あれはただ退屈なだけのものだから、たいして観ているわけではないが、退屈な夜にテレビのチャンネルをまわしているとき、とくにご無沙汰の折には、目をそらせなくなることもある。

何が縄張りだ。今日の午後、ベッカを妊娠させていてもおかしくなかった。そう考えると体がぞくぞくした。胸の筋肉が凍りつき、息ができなくなりそうだ。

「あの、ニック？」ベッカの声は小さく、おずおずとしていた。「あなた……大丈夫？」

「いや」ニックは押し殺した声で言った。「そうでもない」

「わたし――わたしが何か――」

「違う」ニックはさえぎった。「きみは最高だった。燃えたよ。きみは問題じゃない」

「じゃあ、その……何が問題なの？」ベッカがためらいがちに尋ねる。

ニックはあえて鼻を鳴らした。「おれの問題には今日会っただろ。もう少しできみをレイプして、殺そうとしたやつだ。ほかに質問は？」

力の入らない腿を押して、ニックは立ちあがり、クッションの海を足でかき分けてドアのほうに向かった。ニックの濡れて汚れた服は外の廊下に散らばっている。べとべとしたジーンズに足を入れ、ぐいっと引きあげた。つぶれた煙草の箱が落ちた。

拾いあげて、振ってみると、最後の一本が出てきた。曲がっているが折れてはおらず、奇跡的に濡れてもいない。煙草でも吸うか。アルカジーとの別れの記念だ。

そして、スヴェティとの。

胸がえぐられた。ニックは寝室に戻り、ベッドの横に置いておいたシグをつかんだ。ベッカのほうを見ないように気をつけながら、銃をジーンズのウエストに突っこんだ。プラス面は、もう麻薬と兵器の密売人のふりをしなくてすむことだ。あれは虫唾《むしず》が走るほど不快な体験だった。

ベッカの寝室を見まわした。レースのクッションを二十個も積んでいる女性が、煙草で部屋をくさくするのを許してくれないことは、考えるまでもなくわかる。そんなことをしたら、煙草を取りあげられ、ケツに突っこまれるかもしれない。

ニックにはまさにそれが似合いだろう。


ああ、泣いてしまいそう。ニックが薄暗い廊下に消えたあと、ベッカはバタンと閉まったドアを見つめた。

考えられる限り最悪の状況。悪夢のシナリオだ。どうやら頭の奥で馬鹿みたいな夢をいくつも膨らませていたようだ。それが弾けて初めて気づいた。

平手打ちを食わされ、利用され、悲しみに突き落とされたように感じているにしても、すべて自分のせいだ。岩の下に隠しておいた尊厳を掘り起こして、大人としてふるまわなければならない。ベッカは目ににじんだ涙をぬぐい、鼻をくすんと鳴らした。手に入らない男を求めるのはやめなければ。

うぅん、もっと悪い。存在すらしていない男を求めていたのだから。

もしかすると、無意識のうちに、ニックとセックスすれば魔法みたいにすべてが好転すると考えていたのかもしれない。そうはならなかった。なりようがない。セックスそのものは夢にも思わないほどよかったけれども、だからこそかえって悲惨だ。ベッカの馬鹿みたいな夢と、冷たくにべもない現実との落差がいっそうつらく感じる。

よろめきながらバスルームに入り、震える手で洗面用タオルをつかんだ。タオルを濡らし、体にかかった精液を拭き取った。そのあいだ、鏡を見つめていたが、そこに映った顔は自分のものに見えなかった。目のまわりはあざができたかのように暗く陰っていて、頰は上気し、目はガラス玉みたいに輝き、唇はいつもよりふっくらとして赤く見える。髪はぐしゃぐしゃだ。鏡に映ったこの女はまるで……その先を考えるのは怖いような気がした。

今日、四人の死体を見て、そのうちのひとりが死ぬ瞬間を目の当たりにした。一日のアドレナリンの量は、象でも倒せそうなくらいだ。ベッカは脅され、辱《はずかし》めを受け、穢《けが》され、おまけにもう少しでレイプされたり、拷問されたり、殺されたりするところだった。

そして、ニックという火種を受け入れた。ああ、なんて夜なの。

自分がちっぽけで、打ちひしがれ、怯えきった女になったように感じた。餌食になったみたいに。ぶるぶると震えながらも、なすすべなく、鉤爪《かぎつめ》やくちばしにかかるのを待つ小動物。最高のセックスをしても、どれだけ激しくイッても、それは変わらない。

いまのベッカの心そのものだ。つまり、ずたぼろ。ほんのわずかでも優しさや思いやりを示してもらえれば、落ち着いただろうけれども、ニックにそういう資質がかけらもないのは明らかだった。

だから？　乗り越えなさい。ベッカは自分を叱咤《しった》した。あの男は命を賭して、あそこから逃がしてくれた。命があって、どうにか五体満足でいられることだけでも、感謝するべきだ。たとえ肥溜めに落とされたような気分だとしても。

さあ、しゃんとしなさい。大事なことを先に考えて。ニックの態度の悪さや、セックス後の最低の作法は大目に見て。

だって、ほら。ニックにとってもたいへんな夜だったのだから。ベッカはくすっと笑いそうになった。いつでもへんに理屈をつけようとするのが、自分でもたまにおかしくなる。

バスルームのフックから、赤い薔薇模様のシルクのガウンをはずして、震える体に巻きつけながら、クッションだらけの寝室を通って、廊下に出た。

何かにつまずき、危うく顔から倒れかけた。目をすがめて、焦点を合わせようとした。ニックのブーツ。その上にぐしょ濡れの男物の靴下がかかっている。ベッカの胸のなかで息がつまった。

驚いた。つまり、ひとこともなく、振り返りもせずに帰ったわけではなかったのだ。はだしで出ていったのでなければ。

よろよろと歩いて、小さなアパートメントのキッチンに入った。ニックの姿はない。もしもいたなら、大きな黒い山のようなシルエットでキッチンをおおい、酸素を吸いつくしていたはずだ。ニックがいると、このアパートメントはことさら狭く感じられる。

ニック――名前で呼ぶことにまだ違和感があった。ニコライ。気づけば、ベッカはその名を心のなかで何度も何度も繰り返していた。口のなかで名前を転がしていた。胸が締めつけられ、熱くなるような感覚は悪くなかった。

もう取り憑かれている。ああ、どうしよう。ぞっとするような展開だ。絶対にだめ。

玄関のドアのほうから煙草の匂いがした。薄くドアを開けてみた。ニックはジーンズ一枚の姿で階段に座っていた。広くてたくましい肩や背中に、タトゥがとぐろを巻いている。煙の輪がニックの頭の上に浮いた。ニックがちらりと振り返った。ベッカは大人の集いをのぞいた子どもみたいに首をすくめたくなるのをこらえた。

ニックは何も言わずに再び背を向けた。黙って煙草を吸いつづける。ベッカは黙殺された。ドアを閉め、そこにひたいをつけて、先ほどの叱咤を胸に繰り返した。大人になれ、尊厳を持て、自重しろ。そして、忙しさにまぎれろ。昔ながらの対処メカニズムだ。コーヒー。そう、それだ。

ベッカは震える手でコーヒーの粉を量った。水を入れた。コーヒーメーカーの前に立って、ふらふらの体を両腕で抱きしめ、ポットにコーヒーができるのを待った。ニックがまだあそこにいてよかった……のかどうかわからない。なぜ黙って出ていかなかったの？　どう見ても、ベッカにはもうなんの用もなさそうなのに。

ところで、わたしはどうして震えているの？　恐怖？　興奮？　理解できない感情だった。口では言い表わせない。でも、まず間違いなく、健全な感情ではないだろう。

コーヒーの好みを訊くことすらできなかった。ふつうの世界にいるときなら、大声で「クリームと砂糖は？」と尋ねる。しかし、この世界では、声が胸につまって出てこない。ベッカはふたつのカップにコーヒーをそそぎ、自分のぶんにクリームと砂糖を入れた。もうひとつのカップを見つめ、苦そうなブラックコーヒーの香りを嗅いだ。ブラックは大嫌いだ。ただ苦いだけ。

どうとでもなれ。ベッカはそのままふたつのカップを持って、玄関のドアを足で開けた。ニックは蛇みたいにたちが悪い。苦いコーヒーで充分。腐った性格にお似合いだ。

傷だらけの足でそろそろと歩き、手すりが歪んでペンキのはがれた階段に向かった。ニックのがっしりした肩と背中が、引き締まったお尻に向かって逆三角形を描くさまをながめながら。やがてタトゥの模様がわかるところまで近づいた。眠気を誘うようなデザインは色気のあるものなのに、なぜか勇ましく、威嚇的に見えた。

銃はジーンズのウエストに突っこまれ、今日の恐ろしい出来事を思いださせる。

ベッカは怖気《おぞけ》をふるって、銃から目をそらした。

真珠色の夜明けの空気は涼しく、湿気があった。シルクのガウン一枚では肌寒い。ニックがむっつりと黙りこんでいるせいか、日常的な朝の音さえも鳴りをひそめている。車の音、人の声、飛行機の離陸の音――ニックがだんまりを決めこんでいるときには、鳥たちさえもさえずるのを怖がるようだ。

ベッカはコーヒーがこぼれるのもかまわず、ニックの横にどんとカップを置き、階段の二、三段うしろに座った。

ニックはカップを手に取り、ひと口すすったが、それでもベッカを無視していた。ベッカは待った。何も起こらない。

「お礼なら、その、けっこうよ」ベッカは水を向けた。

ニックは口を開かない。うなずきもしない。お見事。ここまで失礼な態度を取れるのは、たいしたタマだ。ニックに立派なタマがあるのは確かだけれども。

震える体にガウンをもっときつく巻きつけて、ベッカは会話の糸口を見つけようとした。

「そんな格好で寒くないの？」

ニックは首を振り、短くなった煙草を惜しむように長々と吸ってから、吸殻をもみ消した。

「おれの体温はふつうより高い」よそよそしい口調で言う。「いつでも微熱があるようなものだ」

そのぶん心が冷たいわけ？　ベッカは大声でこの言葉を投げつけたくなった。

でも、投げなかった。どうにか尊厳にすがっていた。ただし、理性と分別の水面《みなも》に怒りがふつふつと沸きあがっている。

「あのふたりに給仕していたとき、何か話を聞いたか？」ニックが唐突に尋ねた。

ベッカは顔をしかめた。「それ、いま考えなきゃいけないこと？」

ニックは振り向き、ベッカをじっと見つめた。「ああ、いまだ」

ベッカは目を閉じて、記憶を手繰った。「ごくふつうの会話よ。経済のこととか。それから、カントリークラブ男が――」

「カントリークラブ男？」

「そういう印象を受けたから。お金持ちで、ハンサムで、毛並みがいいお坊ちゃんタイプ。そいつが、施設がどうとか、順番待ちの人が増えているとか言っていた。それから、もっと検査をしたいって。でも、蜘蛛男のほうがさえぎって、仕事の話はあとにしようと言ったの」

ニックはうなずき、背を向けた。

無視されるのはもううんざりだ。ベッカはニックの髪をつかんだ。「こんなに髪がぼさぼさだと、原始人みたいよ」

ニックはごくりとコーヒーを飲んだ。「おれは原始人だ」

ベッカはもつれた髪を指でいじった。「櫛でとかす前に、ムースか何かつけたほうがいいかもしれないわね」

「櫛はいらない」ニックは言った。「ばっさり切る。とにかく、セントバーナード犬みたいな髪型には嫌気が差していた」

ベッカはぎょっとした。「髪の短いあなたは想像がつかない」

ニックは肩をすくめた。「外見を変えておかなければならない。いまと違えば違うほどいい」また振り返って、目をすがめた。「きみもだ。ブロンドに染めろ。短く切れ。カラーコンタクトをつけろ。今日中に。できれば街を離れたほうがいい。それが一番だ」

ベッカは目を見開いた。「できないわよ！　仕事があるの！　責任があるんだから！」

「だから？　ものごとの優先度を考え直せ。命が惜しければな。死んだら、責任も何も果たせないだろ」

「すてき。また、わたしが恐ろしい死に方をする運命にあるっていう楽しい話をするのね？　それもごく近い将来の話だったわね？」

もつれた原始人ヘアーの奥から、ニックはにらみ返してきた。「おれはきみの意気をくじこうっていうんじゃない」ニックは言った。「現実と向き合うのに手を貸してやろうとしているんだ」

現実が何よ。ふいに、入院中のジャスティンとカイアのことを思いだして、ベッカは鼻を鳴らした。「最近、男どもがこぞってわたしに現実を突きつけようとするのは、どういうことなの？　ジャスティンもわたしの人となりについて、耳をふさぎたくなるようなことをたっぷりと聞かせてくれたけれども、一等賞はあなたのものだと思うわ、ニック」

「ジャスティン？」ニックは勘を働かせた。「ああ、ろくでもない元婚約者か。浮気していたっていうやつだろ。さっき捨てた写真の男。つまり、おれはそいつよりひどいんだな？」

ベッカは飲みかけのコーヒーでむせた。「ええと、そうでもない」咳きこみながら言った。「取り消すわ。あっちのほうがずっとひどい」

ニックは困惑の表情を浮かべた。「どんなふうに？　浮気相手がふたりだった？」

「違う！」ベッカは声を荒らげた。「ジャスティンは――」

「男とヤッていた？　まさかきみと代わる代わるに？」

「ちょっと黙って、わたしにしゃべらせてもらえる？」

ニックは口にチャックのジェスチャーを見せた。

「絶対に笑わないと約束して」ベッカは言った。

「おれはあまり笑わないんだ」ニックは言った。「だから心配しなくていい。それに、この話はもう多少聞いてるだろ」

ベッカは両手で頬を挟んだ。全身に鳥肌がたっているのに、顔は火照っている。「あのときは大ざっぱに話しただけ。婚約パーティの晩のことよ」ベッカは話しはじめた。「例の女が来ていたの。カイア。わたしとは初対面だった。ジャスティンの学生時代の友だち。小麦色の肌、あごまで届きそうなほど長い脚、コーンロウに編みあげた髪、おへそのピアス、絞り染めの服。ウッドストックに向かうバービー人形。勇気ある冒険家。ネパールを旅した話や南太平洋にヨットで乗りだした話でみんなを沸かせていた。ジャスティンは、カイアとはずっとただの友だちだったと言ったのに――」

「嘘だった」ニックが口を挟んだ。

ベッカはにらみつけた。「それくらいはわたしでもわかります。とにかく、わたしが何杯ものダイキリで酔ってきたころ、カイアを駅まで送っていくから車を貸してほしいとジャスティンに頼まれたの。わたしは何も疑わなかった。数時間後まで」ベッカの声はしぼんでいった。ふたりは黙って、踊り場の下で木を揺らす風の音に耳を傾けた。

「とんだ浮気男だったわけだ」ニックはひとりごとのように言った。

「そうね」ベッカはぽつりと応じた。「それで、そう、あとからわかったのは、車のなかで、カイアがジャスティンをお口で楽しませていたってこと。ジャスティンの運転中にね」

ニックは手すりにもたれ、体をひねってこちらを向いた。感心しきりの顔つきだ。「どうしてわかった？　やつも自分から懺悔《ざんげ》するほどまぬけじゃないだろ？」

ベッカは見くだすように鼻を鳴らした。「ええ、違うわ。わかったのは、電話があったとき。病院から」

「病院？」ニックは目を丸くした。「何があったんだ？」

ベッカはふうっと息を吐いて、胸のこわばりをほぐした。おかしなことに、今日みたいなことがあったあとでも、この話はつらかった。「どうやら、カイアのフェラチオのテクニックがすごすぎて、ジャスティンは車の運転中だということを忘れてしまったようよ。正確には、わたしの車。往来の激しい通りで。ショッピング客で賑《にぎ》わう繁華街で」

ニックは低い口笛を漏らし、口もとをわななかせた。「それはそれは」いかにも楽しそうに言う。「たいそうなろくでなしだ」

「ええ、そのとおり。言うまでもなく、わたしの車はめちゃくちゃ。カイアはハンドルに頭をぶつけてひどい脳震盪《のうしんとう》を起こし、首を痛めた。ジャスティンのほうは――」ベッカは肩をすくめた。「あの浮気者のペニスは、運よくまだついている」

ニックはひっと息を吸った。「つまり彼女は……そりゃたいへんだ」男同士の条件反射的な同情で、ニックの顔が引きつった。

「そう、嚙みちぎりかけたの」ベッカは冷たく言い放った。「ジャスティンには自業自得よ」

ニックは背を丸め、両手で顔をおおった。肩が震えはじめる。「汚いわよ。笑わないって約束したのに！」

やっぱり笑われた。ベッカはこぶしでニックの腕を叩いた。「汚いわよ。笑わないって約束したのに！」

さらに大きく肩を震わせて、ニックは空で片手を振った。「きみはたいしたものだよ。おれを笑わせるなんて、どんな魔法を使ったのかさっぱりわからない」

「あまり笑うことがないと言っておいて、わたしのことは笑ってばかりいるわよね」ベッカはぶつぶつとこぼした。「どういうわけかしら。わたし、そんなに滑稽?」

この言葉がまたもや引き金になった。ニックは顔を隠して、肩を揺らしている。ベッカはじっとこらえ、笑いの発作が治まるのを待った。やがて、本当に止められないようだと気づいた。ニックは何度も笑いを止めようとしているが、海で溺れる人のようなもので、どうあがいても波に引きずりこまれてしまう。それに、もしかして……ううん、まさか。たとえ笑いによるものでも、ニックはたぶん人に涙を見せるくらいなら死んだほうがましだと思うような男だ。

ベッカは熱い背中にそっと手を置いた。「その、大丈夫?」

「頼む、やめてくれ。ますます止まらなくなる」くぐもった声は震えていた。

ベッカは臆病《おくびょう》な動物を相手にするように、ニックの背を撫でていた。「わたしの屈辱をそんなに楽しんでもらえて嬉しいわ」ベッカは言った。「どうぞ、好きなだけ笑って、ニック。どうせもう慣れているし」

「おい」肩の揺れが二倍になった。「頼むから、黙っていてくれ」

「見ようによっては喜劇なんでしょうね」ベッカは達観したように言った。「〝男食いの悪女〟っていう言葉の意味が一新されたと思わない?」

ニックは盛大に吹きだし、あらためて笑いはじめた。

笑いの発作に囚われているニックを見ているうちに、不思議と元気が湧いてきた。ニックにとってはいいことなのかもしれない。男らしさのかたまりのような原始人が、感情に任せて涙に暮れることはふだん絶対にないのだろうから。どんな形でも、涙を流すのはいいことだ。ベッカは小刻みに揺れるたくましい背中をさすって、待った。

しばらく時間がかかったものの、やがてニックは両手から顔をあげ、目をぬぐった。この週末ずっと使っていた、あのうねるような言語で何かをつぶやく。そして、口もとをほころばせた。

ベッカは息を呑み、ぽかんと口を開けていた。ほほ笑んでいるときのニックは、男ぶりが格段にあがる。まばゆいほどだ。ベッカは目もとや口もとに刻まれるしわに見とれた。息をするのも忘れていた。

ニックは警戒の視線をよこした。笑みが消えていく。「その顔つきは？」

ベッカの口はからからだった。「ただ……あなたの笑顔が美しいって思っていただけ」

ニックは顔をぴくりともさせなかったが、心にぽっと明かりが灯ったのが感じられた。それに応じて、ベッカの胸のなかにも同じ明かりが広がっていった。

13

頭の奥で苦言を呈する声が響いている。すっぱりと縁を切ってこの場を立ち去るべきだとか、こんなふうにぐずぐずしていたらかえってベッカを傷つけるだけだとか、ベッカは心の底からニックを憎むようになるとか、どうとかこうとか。

それがなんだ。理屈を超えた欲求は凄まじく、抑えようがなかった。ニックは体ごと振り返ってベッカに向かい合い、その前で膝をついた。こいねがうようにひざまずいた。

ベッカの顔を見つめた。ああ、まいった。ベッカの愛らしさは罪だ。この輝きを弱めてもらわなければまずい。頭から紙袋をかぶせたい。ただすれ違っただけでも、人はこの顔を一度見たら忘れられなくなる。

ベッカを見ていると目が痛んだ。ピンク色に染まった頰、頰骨やあごの流れるような輪郭。唇にはとりわけ目を奪われ、下唇を軽くすぼめるようなさまには、心臓を撃ち抜かれんばかりだ。いかにも色っぽく、いかにもたおやか。この唇を見ただけで股間が硬くなるが、ニックのモノはそれを待たずして臨戦態勢を整えていた。人生最大規模の爆発的なセックスをしたばかりだということを忘れたかのように、ジーンズを圧迫している。おまけに、ローブからのぞく胸の谷間は、ペニスをそそのかすも同然だ。

しわになったローブの裾から膝が見えていた。ニックはそこに両手を置いた。ベッカの舌がちろりと唇を濡らす。ベッカはローブを前で合わせていたが、下のほうは三角形に開いていた。しっかりと閉じた腿からその奥に隠されたところまで、ニックは陰になったその三角形を夢中で見つめていた。

白い膝は切り傷だらけだった。ニックは身をかがめ、そこにキスをした。両手のたこで薄いシルクを引っかけるようにして押しあげ、肌をあらわにして、さらに腿までめくっていった。ローブはおへそのあたりで結んである帯のすぐ下まで開いた。黒っぽい茂みが姿を現わす。

ベッカの脚は震えていて、ニックが容赦なく指に力をこめると、ほどなく閉じていられなくなった。さらに脚を開かせて、陰の神秘、聖域中の聖域を見つめた。ニックを受け入れようと待ち構えているかのようだ。

指がこわばった。そして、睾丸も。

ニックの顔に明確な意図が浮かんでいるのを見て、ベッカはあとずさりした。ぎこちない動きで立ちあがり、ひらひらとした薔薇模様のローブをあらためて体に巻きつける。「いますぐ頭を冷やして！　大家さんがすぐ下に住んでいるし、隣近所の人たちから見られちゃうでしょ！」

「べつにかまわない」とニック。

「そうでしょうとも」ベッカはきびきびと言った。「あなたは原始人ですもの。それはもう立証されたわよね」

「じゃあ、きみを肩にかついでいいか？　おれの洞穴に運んでも？」

「だめよ！」ベッカはすげなく却下した。「ここはわたしの洞穴！　あなたが運んでいいのはそのマグカップ。キッチンの流しに置いてちょうだい」

「お伺いなんかたてるんじゃなかった」ニックは言った。「まずい駆け引きだった」

ベッカは胸もとで腕を組んだ。すりきれたローブに乳首が浮きでている。「先に考えつかなくて残念だったわね」

また笑いがこみあげたが、これからの半時間を笑いの発作でつぶすつもりはなかったので、ニックはゆっくりと息を吸って抑えた。カップふたつを片手で持ち、もう片方の手でベッカをうしろから急《せ》きたてるようにして家のなかに入った。ボルト式の錠をかけて、キッチンでカップを洗い、水切りかごにそっと置いた。

ニックはベッカに向き直った。「それで？」

ベッカは目をすがめた。「何が？」

「カップを運んだだけじゃなく、洗った」

ベッカは呆《あき》れ顔を作った。「すごいわ、ニック。感動した」

「よし」ニックはベッカが胸もとで組んでいた腕をほどき、ローブを肩から引きおろして肘の上で留め、乳房をさらしながら、腕を動かせないようにした。そのうえで手をつかみ、背中のうしろで押さえつけた。「感動するのは好きだろ。それが興奮につながる」

「あなたの場合は度が過ぎるわ」ベッカはささやいた。その唇を奪い、むさぼるようにキスをすると、小さな喘ぎ声が漏れた。硬いつぼみを思わせる乳首に胸をくすぐられて、ニックは甘いコーヒーの香りがする口のなかを舌で探りながら、ベッカの体を自分の体で押さえつけた。

「たぶんな」ニックは言った。「だが、きみはそれも好きだ」

「この時点ではそのとおりよ。でも、ことが終わったあとのあれは好きじゃない」ベッカは言った。

見おろすと、ベッカの目は大きく見開き、憂いを帯びて、黒っぽくて長いまつ毛は濡れていた。今度はごまかされないという決意がにじんでいる。

ベッカの言葉は残響のようにふたりのあいだに留まった。ベッカはニックが否定するのを待っている。それは違うという言葉で、不安を取り除いてもらいたがっている。

しかし、ニックには否定できなかった。いくら否定したくても、感情でルールを変えるわけにはいかない。この足かせをはめられていることが腹立たしくてたまらなかった。もううんざりだ。どうにもならない状況にも、毒を食わされることにも、危機感や責任や罪悪感や恐怖心や後悔によって一歩一歩を制限されることにも。

これだけは譲れない。ニックの存在そのものが宇宙の冗談だというなら、いくら笑われてもかまわないが、これだけは叶えたい。自分のために。あとはどうなってもいいから、いまこの瞬間をわがものにしたい。ベッカがほしい。

ベッカの体を半回転させて、壁と向き合わせ、うなじに顔をうずめた。ジーンズの前を開きながら、ローブの裾をめくりあげた。温かくて丸い尻を揉みしだき、脚のあいだに手を入れると、そこはもうたっぷりと濡れていた。ペニスを滑りこませ、ベッカの腰を引きよせて角度を調整してから、ぐっと押し入れた。ふたりとも大声で叫んでいた。

柔らかな摩擦とじんわり締めつけられるような弾力で、早くも果ててしまいそうだ。それでも、ニックは腰を押しだし、ペニスが根元までベッカのしずくのキスを受け、どくどくと脈打つ小さな鞘《さや》に収まるまで突き入れた。

ベッカはまた叫んだ。壁についた細い腕は震え、体の内側の筋肉はペニスを包みこんでひくついている。「だめ」ベッカは言った。「これは……これはいや」

ニックは凍りついた。セックスで勘がはずれることはめったにない。ともかく、この段階では。尻のくぼみにふれて、なだめるようにさすったが、はやる気持ちで手が震えていた。

「この体勢なら、クリトリスの傷に障らない」押し殺すような声で言った。「この体位でもきみをイかせられる。本当だ。きっといやじゃなくなる」

「違うの」ベッカの声はわなないていた。「これだと……まるで……あいつらにされているみたいで」声に涙がにじむ。

ベッカが言いたいことはすぐにわかった。ニックは両腕をベッカのウエストにまわして抱きしめた。腰を振るのを我慢しているせいで、体が震えている。歯を食いしばり、胸のなかで悪態をついた。女という生き物の複雑な思考回路。それをたどるのは、迷路に入りこむようなものだ。

「あなたのせいじゃないの。あいつらはあんな目でわたしを見ていたくせに、わたし自身のことはちっとも見ていなかった。あなたの顔が見えないと、なんだか……」ベッカの声がしぼんだ。ごくりとつばを飲む音が聞こえた。「ひとりぼっちの気分になってしまって。ううん、ひとりぼっちよりもっとひどい。ごめんなさい。あなたは悪くないのに。それは絶対にきみじゃない」

「謝らなくていい。いま謝らなければならない人間がいるとしても、それは絶対にきみじゃない」軋るような言葉を押しだし、ペニスを引き抜いた。

ふたりはしばし見つめ合い、それからニックはベッカを抱きあげて、寝室に運んだ。ベッカは身をこわばらせ、落とされるのを怖がるようにニックの肩にしがみついた。

ニックはベッドにベッカをおろした。ドレッサーの横に姿見がある。願いは叶えられた。鏡を引きずってきて、ベッカの前にたてかけた。ベッカは手で髪をとかしはじめた。長い髪はもつれて、ベッカをおおうように腕にかかっている。

「これできみをまっすぐに見られる。目と目を合わせて。一瞬も視線をそらさない」ニックは言った。

ベッカはまだ不安そうだ。あの薔薇の花びらのような下唇を嚙んでいる。大きく開いた目はおののいたような表情をたたえていた。

「きみのほかには何も見えなくなる」ニックは力強く言った。「本当だ」

ベッカは涙をぬぐって、首を振った。「心のなかがぐちゃぐちゃ」小声でつぶやく。「前にも言ったけど、わたしは冒険好きなタイプじゃないし、わたしの手には負えないことばかり。もう限界なの」

「冒険好きなタイプ?」ニックはうしろにまわりこんで、鏡越しにベッカの目を見つめ、両手で尻を包んだ。「例のカイアがそうだと思うのか? ネパールを旅して、ヨットのクルーズに乗りだし、タイのレイヴパーティで踊りまくる女? 婚約者の車を運転中の男におしゃぶりをする女？　そういうお遊びで奔放な気分になっているだけだ。その手のタイプは知っている。予定調和の世界から一歩も出ずに、ただ夢を見て生きているお嬢ちゃんだ。ウエストバッグのなかにはパパのクレジットカードとパスポート、衛星電話、それにマリファナ用のパイプ」

「話のつながりが見えないわ。あっ……」襟足にかかった髪をニックが唇で払い、うなじに熱いキスを降らせると、ベッカは目を閉じて、鋭く息を吸った。

「まず確実に、そのお嬢ちゃんが世界規模のシンジケートのボスに最高のディナーを作ったことはない」ニックはつぶやいた。「ほぼ裸でも平然として、そのボスにディナーを給仕したこともない。そこから逃げだしたことも、おれのようなやからと一緒に命を狙われたこともない。きみの勝ちだ」

ベッカは肩を揺らしはじめた。「笑わせるのはやめて。冗談ごとじゃないのよ」

ニックはなめらかな内腿に手を滑らせ、その奥を撫でた。「きみにきちんと認識してもらいたいだけだ。カイアという女は冒険のことなど何もわかっちゃいないよ。おれが言っているのは、命を危険にさらすような冒険のことだ。こんなことなら家にいればよかったと思うようなやつ。そうしたら二度とベッドから出ないのに、と」

「ええ」ベッカは吐息まじりに言った。

「だが、きみはそれを体験した」甘くささやくように言った。「しかも、無事に乗り越えた。きみが強かったからだ。したたかな女。そして、あでやかな女。おれはどうにかなりそうだ。一瞬たりとも目を離さない。離せない。おれにこれを与えてくれ。頼む」

ベッカの心の葛藤は長く続いた。待つのは拷問にも等しかった。ニックはベッカを見つめた。自分の浅黒い手とベッカの輝くような手のコントラストに目を奪われていた。両手で包んだ乳房は大きく、柔らかく、手のひらからこぼれんばかりだ。首をついばんで、うなじの性感帯を愛撫した。ここを舐めると、ベッカはたちまちにとろける。ニックの指は、みずみずしい果実のような乳房の下をくすぐっている。ニックの香りを夢中でむさぼった。

待っているあいだ、頭の片すみでふとしたことに気づき、ニックは歯ぎしりをした。ベッカに対するどうしようもないほどの欲望が脳の大部分を占めているいま、何があろうともものにしなければならない。まわりくどい理屈をつける余地はなかった。

これまで、ニックは心の闇をけっして女に明かさなかった。死と暴力、そして避けられない傷跡。無理にでも見なければならなかったこと、しなければならなかったこと。そういうところにニックと一緒に押しこめられた女はいなかった。それがどういう意味なのか理解できる女はいなかった。どれほど心に重圧がかかるか。どれほど神経をすり減らされ、精神を閉ざされるのか。自分の内側がからっぽになるのがどんな感覚なのか。

ベッカにも知られないように、あらゆる手を尽くしたつもりだったが、ベッカはもう知ってしまった。それが状況を一変させた。ふたりのあいだの壁を消し去ったのだ。いいことなのか、悪いことなのかわからない。たぶん、悪いのだろう。

しかし、ベッカの感触は神がかり的だった。ニックの両手はすべらかな肌をまさぐっている。そして、ベッカはゆっくりと体を前に乗りだし、両手をついた。ほっそりとした背をそらし、脚を開いた。

完璧な尻と完璧な秘所を惜しげもなくさらしている。潤んだ目でニックの目を見つめ、まばたきをした。興奮で唇が開いている。

ニックは衝撃で目に涙をにじませかけた。そんな自分にぞっとした。ベッカの目を見ていられなくなり、視線をそらして、背中に顔をうずめた。ベッカがここまでの信頼を与えてくれたことに驚いていた。

お返しに何を捧げようとも足りない。

そう思うと、腹がたった。もどかしくてたまらない。しっかりしろ。ニックは胸に言い聞かせ、ペニスをベッカの入口につけた。しとどに濡れているが、それでも楽々とは入らないだろう。ベッカのなかはきつく、革の手袋のように張りついてくる。ゆっくりと、着実に、少しずつ押し入れなければならない。しかし、ベッカは尻を突きだして、みずからニックを受け入れた。

ニックは顔をあげ、自分を奮いたたせて、目を開いた。ベッカを見ると約束したのだから。必死に自制力をかきたてているため、ニックの顔は引きつっていたが、目にはむきだしの感情が表われていた。

それはベッカも同じだ。いったん目を合わせたあとは、望ましい手順を踏む余裕などなくなった。いまはたとえ命を奪うと脅されても、ベッカから目を離すことはできない。ペニスでベッカをかき乱しながら、どの角度、どの強さがベッカを悶えさせ、喘がせるのか、全身で聞き取ろうとしたものの、自制心が吹き飛んで、ニックは渦に呑まれていった。体の欲求に屈し、あとはそれがベッカにも作用することを祈るしかなかった。もう止まらない。止められない。

強く突くたびに、ベッカは喘ぎ、夢中で尻を押し返してきた。やがて、ベッカの内側で熱がうねり、沸きたち——

ベッカは頂を越え、そしてあのすばらしい痙攣がペニスをとらえた。なだれを打ってあとに続きかけたとき、頭のごく一部が大事なことを——

すんでのところでペニスを引き抜いたとたん、熱いものが何度も何度もほとばしって、ベッカの尻や背中にかかった。

ベッカの両腕から力が抜けた。マットレスに腹をつけてくずおれた。ニックもその上から倒れた。ベッカを押しつぶさないように、肘をついて体重を支えたが、ふたりの体は精液でくっついていた。ニックは汗でしっとりとした背のくぼみに顔を押し当てた。自分のもつれた髪に、涙が落ちていく。肺が焼けつくほど息が苦しかった。

ベッカはニックの手首に指を巻きつけた。支えを求めるように力がこもっていたが、指先は震えている。これからどうなるのか察しているのだ。ベッカは馬鹿ではない。

馬鹿なのはおれだ。またも屈してしまった。一度ならず、二度までも。

心をえぐり取られたような、みじめな気分だ。再び、現実という不毛の海岸に打ちあげられた。一度目でたっぷり学んだはずなのに、すべてを忘れたかのように同じまちがいを繰り返した。すぐにでもここを出なければならない。三度ベッカの体に慰めを見出し、三度同じ過ちを犯す前に。四度、五度と、そのたびにいっそう事態を悪くする前に。

アルコールに溺れた親父となんら変わらず、ニックも立派に中毒者だ。いままではベッカのジュースという麻薬の味を知らなかったにすぎない。

身のすくむ思いだ。

ニックは手首からベッカの指を引きはがし、のろのろと体を起こした。背を向けて、ジーンズをなかばまで留めた。バスルームに入り、腹から精液を洗い流した。シャワーは我慢した。ベッカがそばにいるとき、裸になって、水に濡れれば、行き着く先はひとつしかない。ベッカを見ないように気をつけて、残りの服を床から探した。

「セックスのあとはこれがお決まりなわけ?」ベッドのほうからベッカの低い声が漂ってきた。「氷みたいに冷たい態度を取って、わたしを見ようともせず、しゃべろうともしないのが?」

ニックは返事をしようと口を開いた。しかし、そこで自分を押しとどめ、口をぴたりと閉じた。女の法律で裁かれるときには、何を言ってもそれを反論の材料に使われる。

「わたしの何が悪くて、こんな目にあわされるの?」ベッカは静かな口調で尋ねた。

ニックはシャツを見つけて、そこに体を押しこみ、ブーツを拾ってから寝室に戻り、履きはじめた。さすがに無視できない。「きみがおれに何を求めているにせよ、手に入れないほうがきみのためだ」

「いいからわたしを見てくれない?」

鞭《むち》を打つような口調にぎょっとして、思わずそちらを向いていた。しかし、悲しみをたたえた大きな目ではなく、もつれた髪に視点を合わせた。「その髪は絶対に切るんだ」ニックはいらだたしげに言った。「今日中にだぞ、ベッカ。カラーコンタクトも忘れるな。目の色はこげ茶色限定だ」

「話をそらさないで！」ベッカは語気を荒らげた。「いわれのないことで何度も罰を受けているような気がするのはどうして？」

ニックは首を振った。「おれには難しすぎる話だな」

「ごまかさないで」ベッカの声には棘があった。「ここにはビデオカメラなんかないのよ、ニック。悪党どもを騙《だま》すために、悪い男のふりをする必要もない。少し気を抜いたら？　その、ちょっとした提案だけど」

ニックはクッションの海の真ん中に座って、べたべたした靴下を履いた。「ふりなどしていない。いまきみが見ているのが、本当のおれだ」

ベッカはその言葉を吟味しながら、ベッドで膝立ちになった。怒りに駆られて、裸を恥ずかしがることも、隠そうとすることも忘れているようだ。あごをつんとあげて、頬を紅潮させ、目をらんらんと輝かせている。思わず見惚れるような姿だ。全身から生気がたちのぼっている。

「そうかしら」ベッカは言った。「いま見ているのは、嘘のあなただと思う」

「きみは見たいと思っているものを見ているだけだ」ニックは言った。「女はみんな同じだな」

息がつまるような沈黙のなかで、ニックはベッカの心の痛みを感じた。しかし、少ししてから、ベッカは毅然として言葉を続けた。「信じないわ」

「何を？」ニックはブーツを履いて、靴紐を結ぼうとした。革の靴紐は水に濡れて膨張し、使い物にならなくなっていた。

「そういう最低の冷たい態度」ベッカは言った。「本当だとは思わない。ゆうべはわたしに奇跡を起こしてくれたのに、いきなりひどい態度を取られても、はいそうですかとは――」

「いや」ままならぬ靴紐を思いきり引っ張ったら、ぷつりと切れた。「ゆうべのことは失態だ。それをよく覚えておくんだな」

ベッカは喘ぐように息を吸った。「わたしがあの家に行ったのは、あなたのせいじゃない。それに、わたしの命を救ってくれたのは失態とは違うわ！」

「きみを助けるためにあの島に行ったんじゃないんだ！」ニックは怒鳴り返した。「おれの仕事は、偽装を見破られずに、問題の解決策を見つけることだった。おれはそれに失敗した。人生の数年をどぶに捨てたも同然だ」ニックは肩をすくめ、靴紐の切れたぶかぶかのブーツで立ちあがった。「いまは沈没船の引きあげ作業中だ。そして、明るい面を見ようとしている。おれにできる限りで。ともかくも、劇的なセックスを体験することができた。死ぬほど燃えたよ。一生忘れない」

ベッカはニックに背を向けて、ベッドのはしに座った。「もういい」ベッカは言った。「それで納得する。あなたは意地が悪くて、冷たくて、虫けらみたいな男よ、ニック。わかったから、説き伏せようとしてくれなくていい。それで精魂尽きたでしょうし、あなたが疲れているのはわかっている。だから、早く行って」

その言葉で、ニックの胃は想像を超えた深さまでずしりと沈みこんだ。「いまわかってもらったほうがいいんだ」ニックは重々しい口調で言った。「あとで幻滅するよりはずっとましだ」

ベッカは払いのけるように手を振った。「わたしはあなたを信じようとした」ぴしりと言う。「そのたびにはねつけられたのよ。いいから黙って帰って。もうたくさん」

これが、ニックの必要としていたものだ。呪縛を解き、ニックを自由にしてくれる言葉。ベッカの肩に流れるつややかな髪に手を伸ばし、ひとつに結ぶようにこぶしで握った。温かい。まるで命があるかのように生き生きとしている。これからしようとしていることを実行するのが気の毒になったが、仕方がない。

「きみはすばらしい女性だ、ベッカ」ニックは言った。

ベッカは自嘲《じちょう》ぎみの笑い声をあげた。「それっていいことなのかしら？　それとも悪いこと？　あなたに言われても、考える気になれないけど」首を傾《かし》げて、ニックの手を振り払おうとする。

ニックは手に力をこめて髪に滑らせ、下のほうを握り直した。「客観的に言っただけで、べつに褒めたわけじゃない」

「髪を離して。それから、はっきりと区別をつけてくれてありがとう。どう考えても、あなたの口から、好感の持てる言葉が聞けるわけないわよね」

「どう考えても」ニックは同調して言った。「きみのような女性は、おれみたいにろくでもない男とかかわらないほうがいい」

「それはいいことを聞いたわ」ニックのナイフがたてたシュッという音を聞いて、ベッカは慌てて振り返ったが、ニックはすばやかった。すでに鋭い刃を左右に二度振り、太い髪の束をこぶしから垂らしていた。

ベッカは金切り声をあげて、ニックにつかみかかってきた。「わたしの髪！　なんなの？　どういうこと？　なんてことをしてくれたのよ？」

ニックはつやめく髪をベッドに放った。くるりと円を描いて落ちた髪は、ベッカから切り離されたとたん、縮んだように見えた。

残りの髪はベッカの耳をおおい、肩に垂れている。毛先は不揃いで、左右の長さも合っていない。

「髪を切れと言ったのを真剣に受け止めていなかっただろ」ニックは言った。「おれの指示どおりにしたかどうか、あとあとまで気を揉むのはいやだった。これなら、思い悩まずにすむ」

「自分勝手で、厚かましい、最低の男！」ベッカはひとことずつ区切って、そのたびに力一杯ニックの胸を小突きながら言った。

「きみにもようやくわかってもらえたようだな」

「帰って！」ベッカは怒鳴りつけた。「いつまでわたしの家にいるつもりなのよ、この……恥知らず！　出てけ！」

ニックはベッカの猛攻によろめき、あとずさりをして、ドレッサーに置いておいたシグをさっとつかんだ。女の髪をナイフで切るあいだ、全弾装塡ずみの拳銃《けんじゅう》を手の届くところに置きっぱなしだったのは、けっして華やかとは言えない元ＦＢＩ捜査官としての経歴に、小さな汚点を増やすものだったかもしれない。

うしろ向きのまま、玄関のドアから出た。ドアは目の前で叩きつけられるように閉まった。その音が耳のなかでこだまする。

ともかくも、これで後戻りはできなくなった。いや、それでいいんだ。退路を断つのは性に合っている。

ニックはあらかじめ誰かに動きをプログラムされたかのように階段をおりていった。ニックに好意を持っていない誰かに。キーを取りだし、トラックに乗りこんで、エンジンをかけた。さまざまな考えが頭のなかに押しよせ、ぶつかり合っている。ベッカに電話番号を教えておくべきだった。もしも最悪の事態が起こって、ゾグロが――

いや、違う。

一、ベッカがニックとのつながりを断ちきれば、最悪の事態が起こる可能性はぐんとさがる。二、もしもゾグロに見つかったなら、電話で助けを呼ぶ時間などない。ベッカが救われる可能性はゼロだ。

そして、おれはそれを知らないほうがいい。

機械的に運転して、自分のコンドミニアムに着いた。駐車場に車を停め、そのままそこに長いあいだ座っていた。時間の感覚を失い、呆けたように。やがて、ポケットに手を入れて、茶色いシルクのような髪を取りだした。ひと房だけくすねてきたものだ。

それを愛撫した。そうとしか言い表わしようがない。びっくりするほど柔らかかった。おれはいったいなんのつもりでこれを持ってきた？　戦利品か？　われながら理解に苦しむ。

命が惜しければ、頭のネジを巻き直して、まともに働くようにしたほうがいい。そうしようとしたが、死に馬に鞭を打つようなものだった。

ひとつだけはっきりしているのは、立ち止まってはいけないということだ。そして、ベッカから離れること。手早く荷物をまとめ、すぐに出発だ。もしゾグロに捕まって、拷問にかけられたら、あの野郎が真っ先に聞きたがるのはベッカの居所だろう。あの手この手で徹底的に拷問されて、長く持ちこたえられると思うほど甘くない。心と体がどれほど強靭《きょうじん》でも関係ないものだ。最後には口を割らされる。

ニックの脅し文句に怖気づいて、ベッカがどこかニックにもわからないところへ逃げてくれればいいのだが。しかし、それでもニックがベッカの名前やいまの住所を知っているという事実は変わらない。ベッカにとって最大の脅威は、ニックの頭のなかに入っている情報だ。ゾグロが野放しのまま、ベッカの身辺を嗅ぎまわっているかと思うと、夜も眠れなくなりそうだった。

とはいえ、もとからよく眠っているわけではない。スヴェティとセルゲイのことがあってからは。

ニックは途方に暮れて、コンドミニアムのなかを歩きまわった。まるで知らない部屋のようだ。がらんとして、よそよそしい。荷物と、ときおり自分の体を置くための倉庫のようなもの。けっして家ではない。この数年はとてもここで生活しているとは言えなかった。

荷造りはすぐに終わった。たいした量はない。銃を二丁、愛着のあるナイフを数本。ノートパソコンとハードディスク。母の写真を何枚か。父親の写真は一枚もないし、ほしいとも思わない。親父の顔を思いだしたければ、鏡に向かって、目をすがめ、口を横に結び、眉間にしわをよせて渋面を作ればいい。足りないのは、親父の毛穴という毛穴からにじみでていたアルコールの匂いだけだ。

真っ白な壁にかけてあったセルゲイとスヴェティの写真をはずした。携帯で撮った、きめの粗い写真だ。なぜフレームに入れて飾ったのか自分でもわからない。この家で、写真をながめるほどのんびりと腰を落ち着けることはないのに。

安物のフレームのふたを開けて、写真をクッション封筒に入れた。スヴェティのかわいい笑顔を見ると、胃がきりきりと締めつけられる。ニックはその笑顔に目をそそいだ。そして、苦い薬のような事実を呑みくだそうとした。

現時点でスヴェティにしてやれる精一杯の償いは、ゾグロを消し去ることだ。こうなってはそれも成功の見込みが薄そうだが、刺し違える覚悟なら話は変わる。それでいいじゃないか。おれの命など、ほかに使い道があるか？

持ち物はもうひとつ。ニックはクローゼットから釣り道具の箱を取って、なかをあさり、ジッパーのついた小さなビニール袋を見つけた。よくヤクの売人が商品の小分けに使っているものだ。なかに入っていた羽根付きのフライを箱に放り入れ、今度は釣り糸を探した。それから、袋と糸の両方を持ってダイニングテーブルの明かりの下に座り、ポケットからベッカの髪を取りだした。

ひと房の髪のもつれを解き、撫でつけるのに多少手間取ったものの、もともとの完璧なつやめきを取り戻させてから、輪を作り、赤い釣り糸を丁寧に巻いて留めた。何年もフライを作ってきたおかげで手先は器用だ。親父から教わったことで唯一役にたつものだった。

それを、ビニール袋に入れて、写真と一緒にしまった。数秒後、ビニール袋だけもう一度出して、ポケットのなかに戻した。

ひどく疲れていた。骨の髄まで疲労が染みこんでいる。ふとしたときには、ゾグロがとっとと殺してくれればゆっくり休めると思うくらいだ。とはいえ、そううまくはいくまい。おそらく地獄に直行するだろうから。三叉《みつまた》で突かれ、炎に焼かれる運命。

この世は最低だ。あの世がましなわけあるか？

胸躍る考えを弄《もてあそ》んでいたとき、電話が鳴った。発信者の表示を見た。ああ、くそっ。タマラ。

どうせ真っ赤に焼けた火かき棒で小突きまわされるなら、早くすませてしまったほうがいい。ニックは受話器を取った。「おれだ」小声でつぶやいた。

「役立たず」タマラの声は電話越しにも酸みたいに耳を焼きそうだった。「男らしく殺されることもできないなんて」

ニックは顔をしかめ、バスルームに歩いていって、肩とあごで受話器を挟み、キャビネットのなかからハサミを探した。刃が鈍くなっているのはまちがいない。ニックはもう三年も髪を切っていなかった。「思いやりの言葉に感謝するよ」下手な嫌味で返そうと試みたことで、ベッカのぴりっとした皮肉の数々を思いだした。

弱気を隠すための虚勢だ。

「思いやり。ふん。男とは名ばかりで、愚かな山羊《やぎ》にも劣るくせに」タマラはウクライナ語で噛みつくように言った。「たったいまルドミラから電話があって、散々泣きわめかれたところよ。ルドミラは乳房を切り落とされると思っている。そう考えるのが妥当でしょうね。お見事だったわ、ニコライ。どんなへまをしたにせよ、そのつけはわたしにまわってくる。手を貸すんじゃなかった。あなたの役目はあいつを殺すことだったのに、この意気地なし！死を賭して挑むものとばかり思っていたわ！」

やれやれ。不利益をこうむったときのこの女狐《めぎつね》の冷たさときたら。「そのつもりだった」ニックは言った。「だが、ふたりぶんの死を賭すというシナリオに変わった。それで、しくじった」

「ふたりぶん……いったいなんの話？　簡潔に話して。具体的に。どういう事情？」

引き出しのなかにハサミを見つけたあと、スピーカーホンのボタンを押して、受話器を洗面台に置いた。鏡に映った自分を見つめ、うねるような髪をひと房つかみ、躊躇《ちゅうちょ》なくハサミを入れた。髪はパサッと音をたてて洗面台に落ちた。「女」ニックは言った。

「女？　女が何？」タマラの声が尖っていく。

「女がその〝事情〟だ」ニックは歯を食いしばるように言った。

「ちょっと待ちなさい」タマラは一瞬、言葉を切った。タマラの頭のなかでギアの入る音が聞こえてきそうだ。「まさか女連れで任務に――」

「そんなわけあるか」ニックはぴしりと言ってまたひと房切り落とした。「あの島にいた女だ。近くの別荘に滞在していた。無人のはずだった別荘に。おれは確認した。何度も。だが、どこからともなく現われて、ゾグロが来る前の晩に、こっちの別荘のプールを使いやがった」

「ああ」タマラはうめいた。「男のヒーロー願望ってこれだから」

「脅して、立ち去らせようとはしたんだ」ニックは弁解がましく言い返した。詳細は省《はぶ》いたより根性のある女だった。タマラなら本当に睾丸を刈り取ってネックレスにしかねない。「思ったほうがいいだろう。おれが追い払う前、プールサイドに眼鏡を忘れていった。翌日、取りに来た」

「待って。当てさせてちょうだい。最悪のタイミングだったんでしょう?」

「ゾグロと手下たちが船から降りたところで正面衝突だ」ニックはうんざりした声で言った。

「不運なことに、美人だった。ゾグロは舌なめずりをして、ランチにその女を食らうことに決めた」

タマラは非難するように鼻を鳴らした。「それで、何も知らない女を逃がしてやるために、自分とわたしとルドミラのケツに火を点けたわけ?」

ニックは沈黙で答えた。タマラの笑い声はとげとげしかった。「その女が切り刻まれるところを見る勇気がなかったのね?」

喉仏を上下させ、渇ききってざらついた喉を湿らそうとした。「自分の手で切り刻む勇気がなかったんだ」ニックは言った。「認めたくはないが、おれにも限度はある」

「ふん。あなたはヤワなのよ、ニコライ。おつむも、気骨もぐにゃぐにゃ。でも、一カ所だけダイヤモンドみたいに硬いところがあったんでしょうね?」

「タマラ、そういうことじゃ——」

「それだけの価値があるセックスならよかったと思うわ。あなたの脳みそが溶けるくらいのね。もっとも、それにはたいした手間もかからなかったでしょうけど。あなたの頭のなかはもともとぐにゃぐにゃなんだから。わたしはルドミラをどうしたらいいの？　ルドミラが乳房を切り取られないようにしてあげるのに、何かいい考えがあるかしら、ニコライ。あなたには大きな貸しがあるのよ。それをいま返してもらうわ」

ニックは手のなかのハサミを見つめ、考えをめぐらせた。近い将来、ゾグロにつけこまれる可能性が高いのはルドミラだ。ゾグロがルドミラとおしゃべりをしたがるのは間違いない。あのマダムにとっては大問題だろうが、困窮してどうにもならなくなった若い女性を食い物にしてきた女なら、自分の尻ぬぐいぐらいできるだろう。

だが、今回の場合、ルドミラとニックは一蓮托生《いちれんたくしょう》だ。

「セスとデイビーに話してみる」ニックは言った。「一日二十四時間の監視をつける。男ふたりがつねに張りついて、襲撃に備えていれば、ゾグロからのお迎えが来てもなんとかなるだろう」

「へえ？　そう？　それにどれだけお金がかかるかわかっている？　その支払いは誰が？」

「おれだ」ニックは浅はかにもそう答えていた。

「あなたが？」タマラは甲高い声で笑った。「あなたは元FBI捜査官で、現在は無職。いつか宝くじを当てて払うとでも？　叔父さんの遺産が入るのを当てにしている？　いいえ、あなたには身よりがない。ニコライ、わたしはあなたの銀行口座と所得税の申告書を見ているのよ。つい先日、ATMで預金をすべて引きだしたばかりで、退職年金から借金をしている。わたしにも見つけられなかった口座が海外にでもない限り、あなたは一文無しよ」

「でしゃばりな女だな」ニックは穏やかに言って、さらに髪を切った。「おれの財布に鼻を突っこむのはやめろ」

「周囲のことに目を配るのは当然よ」タマラは猫撫で声を出した。

「立て替えてもらえないか」ニックは言った。「コンドミニアムを売って、その金で返す」

「必ず返してもらうわよ」タマラは声にすごみを利かせた。「あなたが橋の下でダンボールの家に住むかと思うと楽しいわ。そのあいだ、わたしはキャンドルの明かりのなかでディナーをいただく。最高級の磁器でね」

「好きにすればいいさ、タマラ」

タマラはまたいらいらと鼻を鳴らした。「そこまでするということは、今度こそゾグロを殺す決意を固めたのね？　なんだかわからないけれども、あなたが最初から抱えていた、またべつのヒーロー願望はつぶされたんでしょう？　あなたがルドミラの身を案じているとは思えないわ。いくら愚かな英雄コンプレックスでも、そこまでは及ばないはず」

薄ら寒い目つきをして、髪をブロンドに染めたルドミラの姿を思い浮かべ、ニックは内心で肩をすくめた。「積極的にルドミラの不幸を願っているわけでもない」曖昧に答えた。「それに、そうだ、ゾグロを殺す決意を固めた。ともかく、いまは」

タマラは呆れ果てたような声で言った。「今度はへまをしないでほしいわね。スナイパーを雇って、遠くから撃たせればよかったわ」

「おれはあんたに雇われてるわけじゃないだろ」ニックはそっけなく言った。「金を払ってもらっていないんだからな。おまけに殺しが第一の目的だと言った覚えもない。おれにはおれの狙いがあった。失敗したが」

「どんな狙いよ、ニコライ？」タマラはそっけなく尋ねた。

ニックはハサミを洗面台に叩きつけ、軽はずみな自分を呪った。あまりに疲れていて、つい口走ってしまった。タマラに腹のうちを明かすのは危険だ。ニックはナイフを取りだした。ベッカの髪を切れたのだから、自分の髪もこれで充分だ。洗面台がぱさぱさの髪でいっぱいになるまで刈り取っていった。

ベッカのシルクの髪とはまったく違う。あの柔らかい髪。その手触りを思いだして、知らず知らずのうちに片手を握りしめていた。

「返事を待っているのよ、ニコライ」タマラがうながした。

ニックはまた髪をつかんで、ためらいなく切った。「待っていればいいさ」うなるように言った。「いつまででも」

その後に落ちた沈黙は不気味だった。タマラは冷酷非情で、信じられないほど頭がよく、その心の内は底知れない。宇宙人と対峙《たいじ》するようなものだった。息をつめてサイコロを振り、殺されないことを祈るしかない。

「五カ月前にウクライナで起こったあの事件とかかわりがあるのね？」タマラは静かな声で言った。「セルゲイが殺された件よ。彼の娘が誘拐されたでしょう？」

衝撃に体を貫かれた。髪の山にナイフを落とした。「なんであの件のことを知ってる？機密事項だぞ！」

「情報提供者がいるのよ」タマラは平然と答えた。

「コナー」ニックはうめいた。「あのおしゃべり野郎――」

「まだ娘を見つけようとしているのね？　年齢はいくつだった？　十一？　十二？」

ニックは黒いプラスチックの物体がしゃべりつづけ、容赦なく自分をなぶるのをながめた。

「ああ、ニコライ」タマラの声から棘が取れた。悲しそうな口調だ。「不屈の精神はけっこうだけれども、からまわりよ。もう死んでいるのはわかっているでしょう？」

口を開くことも、息をすることもできなかった。そんなことない――心の声が言った。まだ死んでいないかもしれない。

「死んでいるか、死んだほうがましだという目にあっているか」タマラは淡々と言った。

その言葉で体中の細胞が縮んだ。「黙れ、タマラ」ニックは怒鳴りつけた。

「考えるのも耐えられない？　事実は事実として受け止めなさい。それで足かせがはずれるわ。何をしても、もうあの子を救うことはできない」

ニックはうなり声で返事をして、目にかかっていた最後のひと房を切った。短くなった髪は、ヤクをきめた鼠にかじり取られたかのように、四方八方に跳ねている。ニックはバリカンのスイッチを入れた。低い電動音が耳をふさぐ。

「よく聞こえないな、タマラ」ニックは大声で言った。「髪を刈っているところなんだ」

時間をかけて頭にバリカンを走らせ、それからひげに取りかかった。羽根をむしられた鳥のように見えるのはごめんなので、長めに髪が残るようにバリカンを調整してある。在職中は二週間に一度、こうして手入れしたものだが、長い髪を刈るのはなかなか難しかった。

終わったあと、出来ばえを見つめたが、鏡のなかの顔つきは険しく、不満そうだった。箇単に忘れられる顔ではない。短髪で、いらついていて、目つきが悪く、顔に青あざをつけたごろつきに見える。ニックはバリカンのスイッチを切った。ふいに訪れた静寂が耳の奥で奇妙にこだましている。

「あなたが何をしようとしているのか、わたしにはわかっているのよ、ニコライ」タマラは静かな口調で言った。

ニックは鼻を鳴らした。「そりゃよかった、タマラ。心はひとつだな」

「あなたは自分の魂を救おうとしている」タマラは言った。「気をつけたほうがいいわ」

バリカンが洗面台に落ちて、髪の山のなかで跳ねた。ニックはぐらりと揺れ、洗面台をつかんだ。心のなかはからっぽだ。足もとに地面はない。ただどこまでも落ちていくだけ。

「見込みのない戦いに心を据えるのは危険よ」タマラが電話口からささやいている。「あの女の子はもういない。ゾグロに食われたの。現実に向き合いなさい。心を据えるなら、何かほかのことに。信じてくれていいわ。そういうことには多少の心得があるから」

ニックはふいにこみあげた吐き気をこらえた。耳障りなくらい息が乱れ、胸の奥から怒りが湧きあがっていた。

「なぜ心得があるのかわかるよ」ニックは言った。「誰もあんたを助けてくれなかったんだろう？　暗闇に置き去りにされたんだな？　タマラ、あんたももう救うことはできないのか？」

まったくの当てずっぽうだった。謎に満ちたタマラの過去など何ひとつ知らない。知る者は誰もいなかった。しかし、唐突に沈黙の重みが変わったことで、ニックは自分の言葉が的を射たのだと悟った。ど真ん中を。

早くも悔やみはじめていた。

「ファックユー」タマラはささやき、電話を切った。

ニックは電話機を拾いあげ、振りかぶって、鏡に叩きつけた。ちょうど自分のぎらついた目が映っているところに。

大きな音をたてて鏡が砕けた。真ん中に穴が空き、そこを中心にひびが入る。砕けた鏡は洗面台に飛び散った。

鏡を割ると七年間は運に見放されるという。ニックは鏡の残骸《ざんがい》を見つめた。運にはとっくの昔に見放されている。

14

クリストフは新しい家で退屈を持て余していた。まだ何もすることがない。あの島で監視室にいたときのへまが響いて、いまだに誰もクリストフに仕事を言いつけない。ボスは不機嫌で、ぴりぴりしている。そのツラを見せるなと言われたので、クリストフは奥の部屋に引っこんでいた。実際、クリストフ自身もゆうべの出来事でまだ神経がささくれだっている状態だ。

対応が遅れたという失敗で、自分がボスに殺されていないのが驚きだった。単にまだ思いついていないだけかもしれないが。

罪悪感は大きかった。あのとき、クリストフはぼうっとして、自分の番になったらどんなふうにあの女を犯そうかと想像していた。アルカジーが女をヤるところをモニターで見て、全員がすっかりその気になっていた。

ところが、まさかまさかの急展開だ。一瞬でアルカジーと女が消えていた。地獄の使者のように、四人の死体を残して。

クリストフはノートパソコンをたちあげて、ポルノサイトをめぐった。倒錯的なサイトは飛ばしていった。フェチやゲイやSMにはまったく興味がない。ごくまともな嗜好《しこう》を持つ、ごくまともな男なのだ。口でするのはいい。それは好きだ。覚えたばかりの英語で〝フェラチオ〟と打ち、検索にかけた。

何百万もの結果がヒットした。次々に開いて、好みの写真をクリックしていった。女たちが色鮮やかな唇を開いて、さまざまな巨根をくわえるさまをながめながら、クリストフはズボンの前を開き、ぼんやりと股間をさすった。ありとあらゆる女が揃っている。肌の色も体形もお好みしだいだが、あの島の女よりきれいな女はいなかった。あの女の胸にはまるで敵わない。

ふと目に留まった写真をクリックで拡大して、まじまじと見入った。クリストフはぽかんと口を開けていた。こんなことがあるとは。まるで魔法だ。あの女のことを考えていたら、そこに現われた。これはあの島の女だ。

しかし、ポルノではなくふつうの写真だった。肩越しに振り返り、こげ茶色の長い髪を風になびかせた写真。急いでいるところを呼び止められて、うんざりしているような雰囲気だ。怒ったふうに口を開き、カメラを向けた者を追い払うように手を振っている。眼鏡をかけていた。

クリストフはいくぶんたどたどしく記事を読んだ。

――われらがドン・ファンの婚約者、レベッカ・キャトレルは、自分の男の分身が嚙みちぎられかけたことに関してコメントをよせず……あの悪名高いフェラチオがスキャンダラスな悲劇を引き起こした結果、当人が病院行きになったことは言うまでもないが、今後百万ドル級の訴訟に発展するかどうかは世間の関心を……すでに都市伝説の殿堂入りを果たしたと言っても過言ではなく……

ポルノどころではなくなって、クリストフのペニスは急速にしぼんだが、べつの興奮が腹の底から湧きあがっていた。ペニスを手早くパンツにしまって、ノートパソコンを持ちあげ、ダイニングルームに持っていった。これがゆうべの失態の埋め合わせになるかもしれない。

パベルが巨大で分厚いステーキをボスに給仕していた。外側はこんがりと焼け、内側はまだ生の肉が、皿を赤く染めている。ボスはいつものように盛大な食欲でそれに襲いかかっていた。

スクリーンに映っている写真に勇気を得て、クリストフはボスの冷淡な視線に耐え、テーブルに近づいた。

ボスはピンク色の肉のかたまりをナイフで切り取り、口のなかに押しこんだ。「食事を邪魔するほど大事な用があるのか？」火を吹きかねない口調で言う。

クリストフはノートパソコンをテーブルに置いて、スクリーンをボスのほうに向けた。

ゾグロは画面を見つめた。大きく膨らんだ頰を揺らして肉を嚙む動きが、しだいに遅くなり、やがて止まった。ゾグロはそのまま嚙まずに肉を飲みこみ、そして笑いだした。

「よくもその汚いツラをあたしの前に出せたもんだね」ルドミラはウクライナ語で吐きだすように言った。デイビーとセスが地下に構えた広大な仕事場で、巨大なビデオスクリーンに映るルドミラは、こってりと化粧を施した目でニックを射抜き、真っ赤なハート形の唇を猛然と動かしている。「あんたにも、あんたの仲間にも、あんたの自殺願望にも付き合いたくない。ここにいるまぬけどもを帰らせな。引きあげるように言っとくれ。あたしは死にたくないんだから」

タマラの非難とベッカの罵声《ばせい》を浴びせられたあとで、ニックは女性から侮蔑《ぶべつ》の言葉を投げつけられるのに慣れてしまった。それでよかった。ルドミラの口の悪さは、ウクライナ語ではオリンピック級で、英語でもさして引けを取らないからだ。

「おれたちと一緒にいるのがベストなんだよ、ルドミラ」ニックがこう言うのは少なくとも十回目だ。「やつの居所を突き止めたら、おれがすぐ始末をつけに行く。そうしたら、そっちも無事にすむ」

「ふん！　そもそもあいつを殺すって言っていたくせに、しくじったじゃないか。人の命を風前の灯火にしておいて、さらに頼みごと？　ずうずうしい！」

「無事にすむようにしてやるから」ニックはしつこく繰り返した。「それに、アレクセイの敵討ちにもなる」

これは賭けだった。ルドミラの最初の夫、アレクセイがヴァディム・ゾグロの命令によって殺されたことはわかっている。わからないのは、ルドミラが最初の夫に好意を持っていたかどうかだ。アレクセイはポン引きで、ルドミラはアレクセイが経営する売春宿の商品のひとりだった。結婚後、アレクセイは若い妻に商売のノウハウを教えるようになった。

ルドミラが口のはしを下に歪ませ、ふいに年齢を感じさせるたるみを見せたところからすると、アレクセイのことは本当に好きだったようだ。

「あんたがアレクセイの何を気にかけているのよ?」ルドミラは語気を荒らげた。

「何も」ニコライは正直に答えた。「会ったこともない。だが、元妻は気にかけているだろ。それが大事だ。ぶくぶくと太ったあの蛆虫《うじむし》が、悪行の報復を受けて死ぬところを見たくないのか?」

嫌悪感か何かを抑えるように、ルドミラの唇が震えた。「あんたは役立たずの悪党だよ。トイレットペーパーみたいにあたしを利用して、あんたのへまの尻ぬぐいに使おうとしている」

これはきつい。しかも、ろくでもない男たちに女性の体を売って荒稼ぎしている女に言われたのだから、なおさらだ。

「あいつが死んだら、もっとぐっすり眠れるようになるんじゃないか?」ニックはなだめにかかった。「頼むよ、ルドミラ。腹を決めてくれ。協力してほしい。そこに送った男たちが盗聴器を仕掛ける。仕事が早くて、腕のたつ男たちだ。盗聴器は目に見えないし、信号もごく弱いものだ。何せ壁の向こうに受信機がある。探知機に引っかかることはない。そのうえで、彼らが警護に当たるから、もしゾグロが――」

「ちょっと! 何度も嘘をつくんじゃないよ。あたしだって馬鹿じゃない。あんたの仲間があたしを守ってくれるなんて考えられるもんか」ルドミラは食ってかかってきた。「ゾグロがあたしを切り刻んで、鍋《なべ》で煮ても、屁《へ》とも思わないだろうね。笑って見ているのがオチさ」

「彼らは隣の部屋で待機する。警護のために」ニックは繰り返した。「そのために金をもらっているんだから。おれの言葉を信じてくれ」

「信じる？　ふん。あんたの言葉なんかくそ食らえだよ」ルドミラは猫がうなるような声をあげて、いらだたしげにビデオカメラの前から立ち去った。

静かな数分が過ぎ、ニックはこれを同意のしるしと受け取ることにした。もうマーカスとライリーから恨みごとの電話が来ることはないだろう。このふたりは、ルドミラが仕事場と兼ねている高級アパートメントの自宅に盗聴器をつけるため、デイビーとセスが送りこんだ男たちだ。

ニックはずきずきする頭を両手にうずめた。できることなら自分で行きたかったが、ニックの顔はいまごろ広く知れわたっているはずだから、ルドミラに近づくことはできない。ビルの修理人や電話会社の職員の変装は通用しないだろう。ニックにできるのは、遠く離れたところからビデオの画面を見ることだけだ。

たいしたことではないが、こうして努力はしている。思いつく限りの手は打った。ただ、もっとまともに頭が働いたらと願うばかりだ。もっと頭の回転が速くなったら。睡眠を取りたかった。そして、ベッカのことを考えるのをやめたかった。

ニックを家から追いだしたときの、あの表情を頭のなかから払いたい。それから、あの最後の言葉を。恥知らず！　出てけ！

同じ言葉を女から投げつけられたのは初めてではない。今回に限ってなぜこんなに気にかかるのか謎だ。気づくと、ポケットのなかに手を入れて、ベッカの髪が入った小さなビニール袋を握りしめていた。

ニックは舌打ちをして、顔をあげた。

「どうだ？　説得できたか？　あれはたいしたタマだな」

ニックはそっけない声に振り返り、セス・マッケイに向き合った。いくぶん不本意ながらも手を貸してくれている男だ。「たぶんな」ニックは力なく言った。「話はついたと思う」

「それで、次は？」セスは胸もとで腕を組み、険しいまなざしをよこした。

ニックはげんなりとしてため息をついた。「待つんだ。おれはモニターを監視する」

「リアルタイムで？　一日二十四時間？　おれたちは誰も敵の顔を知らないし、誰もウクライナ語を話せない。監視役を替わってやれない」

「わかってる」ニックは言い返した。「さっきも聞いた。もう何度も」

「退屈な仕事だ。おかしくなっちまうぞ」セスはさらに念を押すように言った。「睡眠も取らないとならないだろう」

「いいや、おれはもうおかしくなっている」じつのところ、血しぶきと銃弾と女たちからの罵声を浴びせられたあとでは、ビデオカメラに映った無人の部屋をながめることに安らぎのようなものすら感じた。「おれがやるしかないだろ」ニックは言った。「ほかにいい方法がないんだから」

「そうだな」セスは歯切れよく言った。「受動式リモコン盗聴器はどうだ。二時間ごとにリモートコントロールで再生して、情報を分析する」

「やつらがルドミラをさらいに来たら、どうにもできなくなるだろ」ニックは疲れきった声で言った。「誰が来ようと、跡をつけることもできない。その案はだめだ」

「だからあの女にボディガードをつけているのか？　おまえが費用を出して？」セスは唇を歪めた。男だろうと女だろうと、売春には我慢がならないのだ。「強欲な鬼婆《おにばば》のことをそれほど好きだとは知らなかったよ」

「そうじゃない」ニックは歯ぎしりをするように言った。「あの女は冷酷な魔女だ。それでも、おれのへまのせいで死なれたんじゃ寝覚めが悪い」

セスは浅黒い顔に不思議そうな表情を浮かべて、首を振った。「マクラウド兄弟よりたちが悪いな。それほど高潔だったとは。おまえはてっきり……」

「なんだ？」ニックは声を荒らげた。「友だちを裏切って、見殺しにしようとした大馬鹿野郎？　おまえが言いたいのはそれか？」

セスは口もとをこわばらせ、目をすがめた。

「睡眠不足」デイビー・マクラウドが戸口から歌うようにささやいた。「見苦しいもんだ。ごくまともな男がたわごとをわめきはじめ、手に負えない阿呆になっちまう。睡眠不足がどれほどの害をなすのか、子どもが生まれたあとの弟を見ていればよくわかる」

「ああ、次はおまえの番だ」セスが言って、にっと笑った。「猶予はあとどれくらいだ？　五週間？　そんなにないか？　覚悟を決めておけよ」

ニックはずきずきする頭と首をまわして、ブロンドの大男を見つめた。大型冷蔵庫といった佇《たたず》まいで、戸口をふさいでいる。「おれがたわごとをわめいて、手に負えないやつになったと言いたいのか？」

「休息が必要だと言っている。元気になるぞ」デイビーは穏やかな口調で言った。「ノヴァクの件では誰もおまえを責めていない」

「あんたが責めてる」ニックは指摘した。「あんたはもう何年もおれを憎んでいるだろ」

「だから？　憎んでいたからなんだ？　おれはもう乗り越えた」デイビーはのしのしと部屋に入ってきた。デイビーが腰かけた椅子は、その体重で軋んだ。「おまえもいいかげんに乗り越えろ。結果的には無事だったんだ。だからもういい。すでに過去の話だ」

三人とも押し黙った。そもそもこの話題を持ちだした自分が悪い。このことを考えるだけでも、地割れに呑みこまれたくなるのに。それを口に出して、ましてやマクラウド兄弟と話すとなれば、ますますひどい気分になるのは決まりきっている。

たしかにコナーとエリンはあの危難を乗りきった。生きていて、幸せで、家族を増やそうとすらしている。しかし、あの事件のあとも、ニックにはまたべつの悪夢が待っていた。はらわたを引きずりだされたセルゲイ。どことも知れない墓に埋められたスヴェティ。あるいは、死んだほうがましだと思う場所に押しこまれているのか。

罪悪感、裏切り、判断ミス、失態の山だ。悪夢の材料には事欠かない。

「ほかにウクライナ語を話せる人間を見つけなければ、うまくいくわけがない」セスがいらだたしそうに言った。

「わたしはどう？」穏やかな女性の声が尋ねた。

三人の男たちはぱっと振り返った。セスの妻、レインだ。今日はセスと連れだって〈セイフガード〉の本部に来ていた。ほっそりとした妖精みたいな女性。銀色にも見える灰色の目と、腰まで届くブロンドの髪の美女だ。思わずよだれが出そうだが、そのすぐそばに、おれのものだと無言で主張するセス・マッケイがそびえているのを見れば、賢い男ならすぐさま目をそらし、けっして視線を戻さない。

「ウクライナ語を話せるのか？」ニックは驚いて尋ねた。

レインは細い肩をすくめた。「日常会話に困らない程度には。父と叔父は六十年代にあちらから移住してきたの。十二のころまで、ふたりとはウクライナ語で話していたわ。ふたりともキエフの出身。わたしが覚えている言葉はもう時代遅れでしょうけど。ロシア語も話せるわよ。こっちも不自由しない程度には。とくに何もすることのない夜なら、監視を替わってあげられるわ」

「だめだ。ここで魔女の汚い商売をながめるよりもましな過ごし方はいくらでもある。それに、よく睡眠を取らないと」セスが勢いこんで言い、レインのおなかをそっと撫でた。「とくにいまは」

レインはセスの肩に手を置いて、いかにも愛情たっぷりの笑みを向けた。ニックはばつが悪くなって、目をそむけた。「ほかに誰か、ウクライナ語が話せて、信用の置ける人が見つかるまでよ。いいでしょう？」レインはなだめるように言った。「心配しないで。あなたの睡眠時間が削られるわけではないし」

「ああ、そうだな」セスはうなった。「きみがここでビデオカメラを監視しているあいだ、おれがひとりで眠れれば」敵意に満ちた視線をニックに向ける。「最低の案だと思う」

「最高の案だと思うわ」レインがほがらかに言った。

ニックはしょぼつく目をこすり、まばたきをしながらレインを見た。「ありがとう」ウクライナ語で言った。「助かるよ」

「いいのよ」レインも同じ言語で答えた。「役にたてて嬉しいわ」

セスはレインをにらみつけた。「おれにわからない言語でほかの男と話すな」いがむように言った。

みながセスの言葉に忍び笑いを漏らしているあいだ、ニックは本棚を見渡し、電話帳を探した。ちかちかする目の焦点を合わせて、シアトル版を引っ張りだしてから、めくりはじめた。

「何を探している？」セスが尋ねた。

「不動産業者」

デイビーは顔をしかめた。「なんのために？」

「コンドミニアムを売るんだよ」ニックは電話帳を見つめ、数字の羅列《られつ》にひるんだ。不動産業者の番号は何ページも続いている。どこに電話すればいいんだ？「どうにか今回の支払いをしなきゃならないだろ」

デイビーは電話帳を奪い取り、放り投げた。電話帳は重い音をたてて本棚に当たり、裏表で床に落ちた。

「たわごとを並べるのはやめろ」デイビーはぴしりと言った。「おれの忍耐が切れる前に」

15

カチッ。ビーッ。「ベッカ、マーラよ。あなたがもう島にいないことはわかっている。今日、ジェロームが隣の別荘の全焼の知らせを受けて、ようすを見に行ったから。ジェロームの別荘が開けっ放しだったの、わかってる？　玄関のドアは開いたまま、警報装置も解除されたまま、電気もつけっぱなしで？　キッチンにアライグマがいて、戸棚をあさっていたのよ！ひどいありさまだったらしいわ。言うまでもなく、ジェロームはおかんむりで、わたしまでとばっちりを受けている。どういうことなの、ベッカ。まったくあなたらしくない。それに、もう島を出たなら、なぜ仕事に戻ってこないの？　明日の夜は晩餐会、今週末にはふた組の結婚式の予約が入っているのよ。こっちは大忙しで、本当に目がまわるほど。仕事が大事なら、連絡をちょうだい。ともかく、無事だということくらいは知らせて」

カチッ。ビーッ。

ベッカはソファに寝そべったまま、電話機を見つめた。目の前のテーブルに置いてあり、手を伸ばせば届くものの、腕に力が入らなかった。

仕事が大事？　どうだったかしら？　いまの頭では考えられないくらい重い問題だ。心を占めるのはむなしさばかり。何もかもどうでもよかった。これまであくせくと働き、慎《つつ》ましく暮らして、世間の荒波に揉まれながらも、それなりのことを成し遂げてきたつもりだったが、それがすべて、小さな輪のなかで走る鼠のお遊びのように思えてきた。がんばったところで、誰が気にかけてくれる？　誰が感謝してくれる？　実際のところ、誰のためになるの？

誰も。仕事はただ忙しいだけ。なんの意味もない空虚な仕事。ベッカの人生は、誰も目を向けないような、ちっぽけで取るに足りないことの積み重ねだ。

ニックがそそくさと帰ろうとしたのも当然だ。戻ってこようとしないのも。電話番号を教えてくれなかったのも。ベッカの電話番号を聞こうとしなかったのも。アドレナリンでささくれだった神経を、汗だくのセックス二度で鎮《しず》めたら、それで終わり。ベッカにはほとんど責めることはできなかった。ニックに差しだせるものが何もないのだから。

ああ、この自己憐憫《れんびん》パーティは度を越してきたけれども、とても抜けだせそうにない。いつものごまかしはもう試してみた。オレオをテーブルに積んで、袋を大きく開け、食べ散らかしたものの、気は晴れなかった。音楽はうるさいだけ、映画は退屈で、かすかな嫌悪感すら覚えた。バスキューブを使って、香りのいい泡のお風呂に入ったけれども、それもだめ。緊急用に取っておいたゴディバの箱まで開けたのに、それすらも効果がなかった。

なら、忙しくしなさい。その重いお尻をあげなさい。心の片すみに追いやられたいつもの理性的な自分が、どん底まで落ちこんでいる役立たずの自分を叱咤する。

ものすごく忙しくしていればいいのよ。叱咤は続いた。いつものように。忙しい、忙しいベッカ。忙しすぎて、自分の人生が無価値なことにも気づかない。なんの意味もないことに。

また電話が鳴った。ベッカはうめきながら天井を仰ぎ、両手で耳をふさいで、果てのないように思える六回の甲高い呼出音と、歯ぎしりしたくなるくらいほがらかな自分の留守番電話の応答に耐えた。

カチッ。ビーッ。「ベッカ？　キャリーよ。三日前から電話してるんだけど、全然つながらなくて――」

「キャリー？」ベッカは留守電の停止ボタンを押した。「もしもし」かわいい妹のためなら、麻痺状態も一時的に治る。

「ああ、よかった！　何かあったの？　大丈夫？　ジョシュとも話したんだけど、あっちもやっぱりベッカと連絡がつかないって言ってたのよ！　わたし、職場のほうにもかけたんだから！　そうしたら休んでるって言われたの！　ねえ、体の具合が悪いの？」

「いいえ」ベッカはつぶやいた。「ただ……仕事に行く気になれなかっただけ」

「仕事に行く気になれない？」キャリーは信じられないという口調で繰り返した。「待って。木曜の夜のケータリングの仕事にも行ってないの？」

ベッカは一瞬はっとしたものの、すぐまた徒労感に襲われた。「そうみたい」のろのろと言った。「その、忘れていて」

一瞬落ちた沈黙は重かった。「とにかくへんよ」キャリーは言った。「姉さんは生まれてから一度も約束を忘れたことがないのに」

「やめてよ」ベッカはむっとして言った。「それじゃまるでロボットみたい」

「とにかく、いったいどうしちゃったの？　あの見下げ果てたジャスティンのこと？　わたしとジョシュであいつをぺちゃんこにしてやろうか？」

ベッカは言葉につまった。あの島での出来事を妹と弟にどこまで話したらいいものか、決めかねていた。そう、とりあえずは、詳細を省《はぶ》きまくったうえで、事実に即して話そう。

「ジャスティンのことじゃないわ」ベッカは言った。「この週末に、その、邂逅《かいこう》があって」

「邂逅？」キャリーはいらいらと言った。「どういう意味？　未知との遭遇？　それともロマンティックな出会い？」

「ロマンティックは言いすぎだと思う」ベッカは用心深く答えた。「嵐のようなっていう表現が近いかも」

「え！　それってセックスのこと？　やったね！　悪い女！　姉さんにもそういうところがあるなんて知らなかった！　それで、ジャスティンのことは忘れられた？」

ベッカはその質問に目をぱちくりさせて、そこでようやく、このみじめな気持ちが元婚約者となんの関係もないことに気づいた。ニックへの気持ちはそれほど大きかった。だからといって、状況がよくなるわけではない。

みじめは、みじめ。原因がなんだろうと。

「そうだと思う。ジャスティンを忘れるためとか、そういうことは一切思い浮かばなかったけど」

「それで？　どんな男？」好奇心で声音が高くなっている。

「わたしのいつものタイプじゃないわ」ベッカは言った。「大柄で、たくましくて、筋肉のかたまり。長めの髪、無精ひげ、タトゥ。口が悪くて、なんていうか……危険な男」

「うわあ！　男らしいって感じ。で？　彼は、ほら、よかった？」

「そんなことは話しません」ベッカは澄まして言った。

キャリーはいらだちのうめき声をあげた。「んもうっ。ベッカ、相手はわたし、キャリー、妹よ。ほかに聞いてる人はいない。わたしは法律的にももう大人。ね、彼はよかった？」

ベッカは大きく息を吸って、ひと息に吐きだした。「すばらしかった」結局、打ち明けた。

「信じられないくらい」

キャリーははしゃいだ声を出した。「ああ、姉さんもようやく本物の男と寝るようになったのね！　一生知らないままなんじゃないかって、心配してたんだから！　あのつまんない男と結婚してたら、そうなってたよ。ね、わたしたちはいつそのミスター・筋肉に会えるの？」

ベッカは顔をしかめた。「会えないわよ。もう終わったから。しかも最悪の形で」

「一度ヤッたら、連絡が来なくなったってやつ？」

ベッカは気持ちを落ち着かせるように、ゆっくりと息を吐いた。「たぶん、そういうことだと思う」

「なるほどね」キャリーは悟ったように言った。「でも、かえってよかったのかもよ。その手の男って本能のままだから。なんにでも飛びついちゃってさ。野性的なタイプは暗い寝室では最高だけど、オペラには連れていけないでしょ。だから、そんな男のことでうじうじ悩むのは馬鹿らしいよ」

上から諭すような妹の口調に、ベッカはぼんやりとしたいらだちを感じた。「わたしはいまこうしてうじうじ悩んでいるの」切りつけるように言った。

キャリーが妹ながらに、セックスにおいては自分のほうが経験は上だという態度を取るとき、ベッカはいつも針で刺されるような気分に陥った。十九という年は若すぎる。でも、ベッカはみなしごだけで残された家族を立ち行かせるのに忙しくて、たしかにたいした経験を積んでいない。キャリーははりきってその埋め合わせをしようとしているようだった。それがベッカをときおり不安にさせた。

キャリーはまだしゃべりつづけていた。ベッカははっとして意識を妹の声に戻した。

「……シアトルに行って、姉さんのようすを確認する」キャリーが言っていた。「いま行かないでいつ行くのって感じ」

パニックに襲われて、ベッカはがばっと起きあがった。「だめ！　キャリー、だめよ。来ないで。お願い」

「ええっ？　どうして？」

もっともらしい言い訳を考えだそうとしたものの、ベッカは気づくと口には出せない記憶に囚われていた。銃弾、血の海、切り裂かれた喉、蜘蛛男のいやらしい笑みとぎらついた目つき。すべてがまだ生々しい。いま吸っている空気さえも、毒に侵されているような気がした。そんなところにキャリーとジョシュを近づけたくない。

それでいて、思いきったこともできなかった。ふたりの生活を中断させ、お金を借りて、アルゼンチンに逃亡させるとか。たとえそうしたとしても、事情をすべては話せない。話せば、それだけ危険が増す。

「心配なのよ」キャリーは哀願するように言った。「あんまりにも姉さんらしくないんだもの。電話に出ない、仕事に行くのを忘れる、危険な男を拾って一夜限りの関係を持つ……人が変わったみたい。いまの姉さんに必要なのは、とにかく力一杯、何があっても離れない勢いで、ぎゅって抱きしめられることだと思う」

胸がつまり、涙がこみあげてきた。「いい子ね、キャリー。でも、心配してくれるのはうれしいけど、勉強の邪魔をしたくないの。奨学金を失うわけにはいかないのよ。そうなったら、わたしには――」

「わかってる。奨学金がなければ、家賃と授業料の両方はまかなえない。ぎりぎりだっていうのは知ってる」

「お願い」ベッカは必死に説得した。「いま来られても困るの。人に会えるような状態じゃないから。ひとりで傷を舐めて治す時間が必要なのよ。それから、ああ、そうそう、忘れないうちに言っておくわ。わたし、携帯電話をなくしたの。新しい番号を教えるから、書くものを用意して」

「いいよ」キャリーが言った。

ベッカは新しい番号を告げた。「ジョシュにも教えておいてくれる？　落ち着いたら、わたしのほうからふたりに会いに行くから。約束する」

「うーん。どうかな」キャリーは曖昧に言った。「ジョシュと相談してみる」

「キャリー、真剣に聞いて」ベッカはせっぱつまった思いに駆られた。「お願いだから――」

「またかけ直すよ。いい？　じゃあね」

通話が切れた。ベッカは手のなかの受話器を見つめ、心のなかで頑固な妹を罵《ののし》った。テーブルのほうに電話を投げたが、的をはずした。電話は床に転がって、プーッという通話音を鳴らしはじめた。

かまうものか。ベッカが断続的に続けているバイト先、デリーロズ・グルメ・ケータリングのマネージャー、ギルダからの怒りの電話は受けたくない。罪悪感に苦しみながら、言い訳を考えるのはもういやだ。いまはただ窓の外に目を向けて、藍色《あいいろ》から黒色へ移ろっていく空をながめていたい。

部屋がひどく静かになったように感じられた。ベッカはテレビのリモコンのボタンを押した。適当にチャンネルをまわして、『フレンズ』の再放送に落ち着いた。安心感を持ち、心をからっぽにして見られるのはこれだけだった。

玄関のブザーが鳴って、まやかしの安心感を煙みたいにかき消した。ぐったりとしていた体がたちまちこわばり、恐怖で全身の筋肉に力がこもった。

誰……？　蜘蛛男はもうわたしの居場所を見つけたの？

ベッカは体を起こし、よろめきながら片方の膝をついて、窓から誰かにのぞかれても見えないように、暗闇のなか、なかばしゃがんだまま玄関に向かった。玄関の明かりをつけておかなかったことを悔やんだ。いま電気を点けたら、家にいると高らかに宣言するようなものだ。

ああ、でも、ここのセキュリティはなっていないとニックが言っていた。蜘蛛男の手下どもは、その気になればドア越しにもベッカを撃ち殺せるだろう。銃に熱探知器をつけているかもしれない。しゃがんでいたって無駄だ。ベッカは勇気を奮い起こして、立ちあがった。のぞき穴に目を当てた。街灯の明かりで、長身のたくましい男のシルエットが見えた。あの闇夜の色の瞳が。

ニック。ああ、どうしよう。ニックだ。

ぐらぐらと心が揺れた。興奮、屈辱、憤怒《ふんぬ》、それに突き刺すような恐怖。

そして、脚のあいだがまた疼きはじめている。

だめよ。百万年たっても、あの男を近づけさせるものですか。体の内側で何が脈打ち、鼓動していても。

ベッカはあごの数センチ下で揺れる巻き毛の先に手をふれた。毛先が顔にまとわりつく長さにまだ慣れないけれども、最初の衝撃はもう去っていた。美容師さんがきれいに整えてくれたから、髪を切られたショックをどうにか乗りきれそうだ。でも、ニックの罪は消えない。

ベッカは鼻の上に眼鏡を押しあげ、のぞき穴の向こうをにらみつけた。

脅し文句のとおり、ニックも自分の髪を切っていた。まったく感じが違う。つんつんとした毛が四方に跳ねている。目の下のあざは消えかけ、目の内側から頬骨にかけて走る紫色の線を残すばかりになっていた。

ニックは黒の革のジャケットを着ている。ベッカはちらとも驚かなかった。険しい目はまっすぐにベッカを見返していた。ドアなど存在しないかのようだ。ベッカがここにいることをはっきり感知している。ニックを見つめていることを。ドアに隠れて、ふるふるとひげを震わせる鼠みたいに怯えていることを。

ベッカは古い鍵と新しい鍵とボルト錠とチェーンをはずし、ノブの下に押しこんでおいたキッチンの椅子をどけた。大きくドアを開き、思いきり冷ややかな目つきでニックを見やった。

「あなたなの」ベッカは言った。「なんの用？」

ニックは答えなかった。双方無言のまま一秒一秒が積み重なり、やがて数分になった。

そこでようやく、冷たくしても、意地の悪い態度を取っても、この男にはなんの効果もないのだと悟った。言外の意味は汲《く》み取ってもらえない。ニックは恥じ入ることも、取り乱すこともないし、そもそもどんな形であれ、旗色が悪いと感じることがない。だって、そうでしょう？　意地が悪くて冷たいのが、ニックの標準設定なのだから。同じ態度を取られたら、かえってほっとするのかもしれない。きっとそれで気持ちが落ち着くはず。反対に、優しさやぬくもりを感じさせるような態度には、死ぬほど怯えるのだ。

馬鹿みたい。ひと晩中、ふたりでにらみ合いコンテストをするのはごめんだ。ドアを開け放しておくのも落ち着かなかった。ベッカはしぶしぶと一歩さがり、なかに入るように身振りで示した。

ニックはうしろ手にドアを閉めた。部屋が暗すぎる。暗闇のなか、ベッカは不安に身をこわばらせて立ちつくしていた。ニックが電気を点けた。ベッカはびくっとして、両手で目を覆った。週末以来、外が暗いときに電気を点けると、カーテンを引いていても、恐ろしいほど無防備で、金魚鉢のなかにいるような気分になった。事実、暗闇のなかでこそこそと生活していることは、すねのあざが証明してくれる。

ニックはベッカをじっと見つめ、太い眉をひそめて、渋面を作った。「ブロンドに染めろと言っただろう」

ベッカはつんとあごをあげた。「どうするつもり？　力ずくで髪を染めさせる？　縛りつけて、カラーリング剤をかける？」

ニックの目がぎらついた。「きみを縛ったなら、おれが手をつけるのは髪じゃない」

一瞬、ベッカは言葉を失った。一歩うしろにさがり、震える人差し指をたてて左右に振った。「だめよ。それはやめて、ニック。想像するのもだめ」

ニックは何気なく肩をすくめたが、熱いまなざしは揺るがなかった。「その髪型もいいな。よく似合ってる」

自分を抑える前に、ベッカは毛先をさわっていた。「うぬぼれないで。あなたがいま見ているのは、プロの手による奇跡よ」

これで多少はひるんだようだ。「だとしても、色は変えるべきだった」それでも平然と言う。

「あの男たちには、もうわたしだとわからないと思う」ベッカは言った。「あのときは眼鏡をかけていなかったし、口紅をべったり塗っていたし、下着をつけないで、すけすけのブラウス一枚でいたのよ。たぶん、あいつらが見ていたのは胸とお尻だけ」

ニックの視線が胸とお尻に落ちたとたん、ベッカは自分の言葉を悔やんだ。こういう焼けつくような視線に対する準備ができていない。とりわけニックのまなざしには。いまのベッカのいでたちはセクシーと対極のところにある。おばあちゃんが着るような、たっぷりとしたフランネルの寝間着に身を包み、首までボタンをはめて、細長い長方形の黒ぶち眼鏡をかけていた。これは顔が〝立体的〟に見えるからという理由で、数人の女友だちに強く勧められて買ったものだ。ごくふつうのまっとうな眼鏡は、フレークス島に葬られた。髪はぼさぼさで、顔は青白く、それをごまかすような化粧は一切施していない。

簡潔に言えば、泥の壁みたいに素のままだということ。そんな姿は見られたくなかった。

「おれにはきみだとわかる」ニックの声は力強かった。「おれにわかるなら、やつらにもわかる」

ベッカは身震いした。「大論争のはじまり、はじまり」空元気を出して言った。「そっちこそ、新しい髪型でもあなただってわかるわよ。あなたはどうしてブロンドにしないの？　できるものなら、やってみなさいよ。そうね、じゃあ、こうしましょうか。あなたがブロンドに染めたら、わたしも染める。それでいいんじゃない？」

ニックは目をそらした。しかめっ面を作っているが、ほんの一瞬、口もとに笑みを浮かべかけ、すぐさままた真横に結んだ。

「ニック、ここで何をしているの？」ベッカは強い口調で尋ねた。「ここに来たのは失敗よ。すぐに帰ったほうがいい」

ニックは眉間にしわをよせ、革のジャケットを軋ませながら、胸もとで腕を組んだ。「きみの調子を確かめに来たんだ」

「ああ、そう」ベッカは長々とため息をつき、続きの言葉を待った。

「で？　どんな調子だ？」ニックはうながした。

ベッカはつばを飲んだ。「ひどい調子」小さくつぶやいた。

ニックが手を伸ばしてきて、顔にかかった髪をうしろに払った。目を曇らせている。ふれられて、ベッカはびくっとあとずさりした。

手が離れる。

「そうだと思った」ニックは言った。

ベッカは顔をしかめた。「そんなにひどい顔をしてる?」

ニックは首を振った。「いいや。きみはきれいだ、ベッカ」

「やめてよ」キッチンのカーテンをわずかにひねって、窓の外に目を走らせた。ふとしたときに、そうせずにはいられなくなっている。「現実を見て」

「いいや、本当だ」ニックは食いさがった。「身を隠している美女に見える。だが、おれからは隠れられない。今後は」ベッカのうしろにまわって、うなじにキスをする。「きみの姿が目に焼きついて離れないんだ。どうしてもぬぐい去れない。きみに何を言われても」

優しいキスで、肌がぞくぞくしている。「やめて、ニック」言葉は爆発するように飛びだした。「わたしを口説こうとしないで。わかった?」

ニックはまた首筋に唇をつけた。「なぜ?」

「どうなるかわかっているから。どう終わるかが見えているからよ。もうあんな目にはあいたくない。だから、帰って。黙って消えて。さよなら」

ニックはふっと笑って、敏感な首筋を熱い息でくすぐった。「手ごわいな」小さくつぶやいた。「おれはずたぼろだよ」

「そんなこと思っていないくせに。わたしを持ちあげようとしないで」

肩を撫でられ、フランネルの布越しにも手のひらの熱が伝わってきた。優しく、しかしびくともしないくらいしっかりと肩をつかまれた。「冷たいベッカ」ニックはささやいた。「きみのために危険を冒したのもなんでもないと言うのか？　ちっとも得点を稼げなかったと？」

ベッカは激しく身をよじって、バランスを失いかけ、震えるばかりで頼りない体をニックの両腕でしっかりと抱きしめられた。「はっきりさせておきたいの――この、命を救ってもらったから、セックスする義理があるっていう法則のことだけど、有効期限はいつまで？」

ニックはベッカの前にまわりこみ、目をきらめかせた。「無期限だ」

ベッカは呆気に取られて、ニックを見つめた。「本当に食えない男ね」

「ああ、そうきたか」ニックは言った。「だが、おれはきみに食われたい」

「ええと、遠慮しておく。いまも。この先も」ベッカの背中が壁に当たり、台所用品をすべてかけてあるラックにぶつかった。お玉やチーズおろし器がはずれ、派手な音をたてて床に落ちた。「わかった？」

ニックは物足りなそうな顔をしたが、こう言った。「わかった」

おとなしく引きさがるようすが疑わしい。それでも、ベッカはニックが帰るのを待った。

しかし、ニックはジャケットを脱ぎはじめた。

「何をしているの？」狼狽が声に表われていた。

ニックはジャケットを椅子の背にかけて、シンプルな黒のポロシャツ姿を見せた。何を着ていても、見事な体つきは隠しようがない。「キッチンでおれと一緒に座ることに何か問題が？」

「なぜ？」ベッカの声は悲鳴に近くなってきた。「ここに座って何をするのよ？」

ニックはわざとらしく、すがるような表情を作った。「きみが教えてくれ。男と女が一緒にいて、猿みたいにヤりまくっていないときは、何をしたらいいんだ？　想像がつかない。いままで女とそこまで深い関係になったことはないと思う。猿みたいにヤりまくるところを越えた関係という意味だが」

「からかわないでよ、ニコライ――」

「経済の話でもするか？」ニックは言った。「ごく一般的な話題だ。それか……なんだろう？　食事をするとか？」

「食事？」ベッカはニックに目を凝らした。「冗談のつもり？」

「うん、食事はいいな」ニックは何食わぬ顔で言う。「なにか食べるものはあるか？」

ベッカはヒステリックな笑いを抑えて、体を震わせた。とにかく珍妙だ。先日はからずも訪れた危険な異世界でたまたま出会った伝説の生き物が、現実という境界線を越えて、ベッカのちっぽけな世界におりたったみたいだ。しかも、この狭いキッチンに座って、食事を所望している。

「何が食べたいの？」ベッカは途方に暮れて尋ねた。

「なんでもいい」ニックは言った。「選《え》り好みはしない。チーズのスフレとオレンジのクレープ以外なら」

ベッカはわっと泣きだした。あまりに唐突で、自分でもショックを受けながら、キッチンの真ん中に立ちつくして泣きじゃくっていた。信じられないくらい恥ずかしい。

「ベッカ！　ああ、すまない。ジョークだよ。たちの悪いジョークだった。悪気はなかったんだが――くそっ」

突然、抱きしめられていた。それが心地よかった。ふいに大きくてたくましい体に包みこまれ、ほっとしていた。

しかし、それ以上恥をかく前に体を引きはがした。「違うの。ごめんなさい。もう大丈夫」ベッカは早口で言い、寝間着の袖で目をぬぐった。「本当に。なんでもないの。ちょっと情緒不安定なだけ」

「おれは含むところは何も――」

「もちろんよ。心配しないで」ベッカはほほ笑もうとして、ニックがまた手を伸ばしてきたときには、慌ててうしろにさがった。背中が冷蔵庫に当たる。「平気だから。ええと、そうね、オムレツはどう？　それにトーストは？　オレンジジュースもあるはず。それでいい？」

まだ心配そうな表情を残しながらも、ニックはしぶしぶ椅子に座った。「ああ。それより本当に――」

「大丈夫。もう気にしないで」せわしなく動きはじめ、ボウルと調理器具を引っ張りだした。いつものように、忙しくしていると気持ちが落ち着いた。冷蔵庫から卵を出して、まずはふたつ割った。自分ひとりなら、いつもふたつで充分だ。それから、ちらりと振り返り、黒ずくめの男が窮屈そうに椅子に座って、両方の肘をつき、獲物に飛びかかる寸前の豹みたいに目をぎらつかせているさまを見た。

卵、四個追加。ベッカは計六個の卵をボウルに割った。六枚の食パンをトースターに入れた。フライパンでバターを溶かし、ハーブとチーズと刻んだハムを炒め、最後にひとつかみのチェリートマトを加えた。切る、刻む、混ぜる、炒める。トーストがテーブルに並び、オムレツがフライパンでジュウジュウと音をたてるころ、ベッカはだいぶ自分らしい気分になっていた。

大皿にオムレツを盛る前に、ニックはトーストをすべてたいらげていた。ベッカは何も言わず、食パンをあと六枚トースターに放りこんだ。

ニックはオムレツの最初のひと口目で、いかにもうまそうに息をついたあと、次にフォークを口に運びかけたとき、ふと手を止めて、眉をひそめた。「きみは食べないのか？」

ベッカは、さっきどうにか気分を盛りあげようとしてひたすら食べつづけたオレオのことを思いだし、首を振った。「おなかがすいていないから」

ニックは気まずい表情を見せた。「食べたほうがいい」きっぱりと言う。「ほら、半分はきみのだ」

愛《いと》しさがこみあげたが、ベッカはそれを懸命に抑えた。この男に愛しい気持ちを抱いても、ずたぼろにされるだけ。すでに食事を出すという愚行を犯している。野生動物に食べ物をやるようなものだ。自然界のバランスが崩れる。わたしの正気がバランスを崩すのは言うまでもない。

「いいの」ベッカは言った。「たっぷり召しあがれ」

ニックは目をすがめて、長いあいだベッカを見つめていたが、結局は折れて、目の前の食べ物を一心不乱に食べはじめた。数分後、舐めたかのようにきれいな皿から、トーストの最後のひと口ぶんで最後のオムレツをすくい取った。

「まだおなかがすいてるわよね？」ベッカは尋ねた。

ニックは肩をすくめた。「我慢できる。腹何分目かにはなった」

ベッカは立ちあがって、冷蔵庫のなかをのぞいた。この男のような生き物に見合う食べ物はほとんど入っていない。低脂肪のレモンヨーグルトやキュウリは喜ばれないだろう。クリームチーズとベーグルがあった。野生動物が噛んで遊ぶのにちょうどいい。

冷凍庫で掘り出し物が見つかった。以前作って冷凍しておいたラザニアだ。これなら満足してもらえるはず。ベッカはラザニアを電子レンジに入れた。

そのあいだに、ニックはベーグルとクリームチーズを片づけ、ハムを腹に収め、オレンジジュースを一滴残らず飲み干した。ベッカはラザニアを出した。ニックはすぐさまがっついた。

ベッカは畏敬《いけい》にも似た気持ちでニックを見つめた。「底なしの胃袋ね。絶食でもしていたの？」

ニックはラザニアの最後のひと口を幸せそうに飲みこんだ。「しばらく食っていなかったからな。それに何を食べてもうまく感じなかった。だが、きみの食事は何もかもうまい」

「しばらくってどれくらい？」

ニックはしばし考えをめぐらせた。「二日間くらいか？　覚えてない」

ベッカは息を呑んだ。「丸二日？　どうして？　体の調子が悪かった？」

ニックは眉をひそめた。「単純に食うのを忘れるんだよ。気がかりなことが多くて。きみは食うのを忘れたことがないのか？」

「ええ、そうね」ベッカは率直に言った。「一度もないわ」

「忙しかったんだ」ニックはどことなく身構えるように言った。

「どうして？」

ニックはベーグルのかけらでクリームチーズの容器の内側をぬぐい、中身を根こそぎすくい取ってから口に入れ、ゆっくりと嚙んだ。質問に答えないつもりだ。

ベッカはまた冷凍庫をあさった。あった。最後のラザニア。自分の愚かしさという祭壇に捧げる供物だ。アルミホイルをはいで、電子レンジに放りこみ、ニックに向き直った。

「あの男を捜そうとしているんでしょう？」咎《とが》める気持ちを隠さずに言った。

ニックは視線を揺らし、ベッカから目をそらした。

「どうして？」ベッカはさらに追及した。「なぜすっぱり縁を切って、放っておかないの？」

「それで、きみがハイウェイの休憩所であの男やその手下に出くわしたら？」ニックが言った。「どうなると思う？　一生びくびくして生きていくつもりか？」

「やめてよ。話をすり替えないで。問題はわたしのことじゃない」ベッカはぴしりと言った。

「このドラマでわたしが演じているのは端役にすぎないって、あなたもわかっているでしょう？」

「もうやめよう、ベッカ」ニックは言った。「この話はしたくない」

やるせなさに喉がつまった。火傷しそうなくらい熱くて、痛い。なんだかわからない感情がこみあげている。痛みと恐れと戸惑いが混じり合ったこの気持ちは、説明することも、分析することもできなかった。知らない場所で、恐怖にすくんでいるような気持ち。闇のなか、霧のなかで惑っている。

ニックに背を向けて、目ににじんだものを隠した。「なら、あなたはどうしてここにいるの？」喉を絞るように言葉を出した。「わたしをいたぶるために来たの？」

うしろからつかまれて、ベッカは鋭く息を呑んだ。ニックに背を向けたまま、膝に座らされる。ああ、心臓が止まりそう。

ベッカは身をよじって、ニックの顔を見ようとした——それでどうするつもりなのか、自分でもわからなかったが、なんにしてもまったく身動きが取れなかった。ニックがすばやくウエストに腕をまわし、わき腹を肘で押さえて、しっかりととらえたからだ。肩甲骨のあいだに顔をうずめている。

ニックの体は張りつめていた。痛いほど強くベッカを抱きしめている。荒い息が、規則的に背筋に吹きかかる。湿った鼓動のような呼吸をまるで口づけみたいにそそぎこんでいる。あるいは、肌を舐めるように。

ニックは何も言わず、ただベッカを抱きしめ、背にひたいをつけて顔を隠していた。こうして寝間着の裾を広げてニックの膝に座っているのは気恥ずかしかった。ごく浅く息をするだけで精一杯だ。

またべつの感情がベッカの心のなかでゆっくりと開いていった。ニックがぬくもりを求めているのは明らかだ。それを与えてあげたくてたまらない。でも、腕の力をゆるめてもらわなければ、振り返ることも、抱きしめることも、キスすることもできない。ニックは話をしようともしない。ニックにとっては、この無言の抱擁が、ぬくもりを求める唯一の方法なのだろう。それ以上のことをベッカから受け取ろうとはしない。

求めると同時に隠れている。

この儚《はかな》い絆を壊すのが怖くて、ベッカはしゃべることも、身じろぎすることもできなかった。針の先に立って、危ういバランスを取っているようなものだけれども、ようやく心を重ねることができたのだ。しばらくしてから、ニックの手を取って、自分の顔のほうに引きあげた。かさぶたのある指の関節にキスをしていった。ふたりともそのままひっそりと座っていたが、電子レンジが鳴ったとき、魔法が解けた。

ニックはため息をついて、腕の力を抜いた。ベッカは膝から滑りおり、よろめきながら電子レンジのところまで行って、お知らせ音を止めた。なかから湯気のたった皿を出して、カウンターに置いた。「ニック」ベッカは穏やかな口調で言った。「訊きたいことがあるんだけど――」

「訊くな」ニックは言った。「答えられない」

ベッカはびくっとして、それから大きく深呼吸したあと、もう一度試みた。「でも、わたし――」

「話せることはなにもない」荒々しい口調はベッカを殴りつけるかのようで、当然ながら、ベッカはまともに食らった。ニックに惑わされ、楯《たて》をおろして、無防備な状態でいたからだ。

ベッカは両手に顔をうずめた。何度同じ苦しみを受ければ、学習できるの？

「すまない」一瞬の静寂のあと、ニックはためらいがちに言った。「話したいという気持ちはあるんだが、話せない。きみの身が脅かされる」

どっちにしろ安全じゃないんでしょ？ 二度と安心して暮らせる日は来ないんでしょ？

ベッカはそう怒鳴りつけてやりたくなったが、ただ深く息を吸いこんで、それからあらためて口を開いた。「蜘蛛男のフルネームを教えて」ベッカはぶっきらぼうに言った。「わたしをレイプしたり、拷問したり、殺したりしようとした男の正体を知る権利くらいはあると思う。犯罪歴があるはずよ。それか何か――」

ベッカは口をつぐみ、また払いのけられるのだろうかと考えながら、そのまま長いあいだ黙っていた。やがて、ニックが咳払いをした。「やつの経歴はきみには調べられない。ところで、名前はヴァディム・ゾグロだ」ニックは言った。「ウクライナのマフィアの大物。極悪人だ。そこはきみも知っている」

「ええ」ベッカはつぶやいた。よく知っている。

情報の切れはしを手に入れてみると、あとは途方に暮れるばかりだった。ベッカはその他もろもろのことがらを考えた。もしかすると、この勢いでもう少し話してもらえるかもしれない。「あなたはどうしてウクライナ語を話せるの？」

「母があちらの出身だ」ニックは言った。「父の家族も。父は二世アメリカ人だった。祖母が十代のころ、第一次世界大戦前に移住してきたんだ。父はベトナムから帰還したあと、七十年代に世界を放浪した。祖父母の出身地であるキエフまで足を伸ばし、母と出会い、結婚して、アメリカに連れて帰ってきた。おれは母からウクライナ語を習った。ロシア語も」

「そ、そう」突然の個人情報の洪水にめまいがしそうだった。

ラザニアがカウンターで湯気をたてている。ベッカはそれをテーブルに運び、ニックの前に置いた。「これが最後の食べ物よ」ベッカは言った。「どうぞ」

ニックははっとしたようだが、それでもすぐ食べはじめた。「おれはここの冷蔵庫をからにしてしまったのか？　まいったな。一緒にスーパーマーケットに行こう。埋め合わせをさせてくれ」

スーパーでの買い物といったごく日常的なことをニックと一緒にするかと思うと、奇妙な夢のようなことだとも、心が躍るようだとも感じられた。胸がよじれそうだ。

すぐに怒りが続いた。ニックが食べ物を根こそぎたいらげるさまをながめた。わたしのこのざまを見て。なんて浅はかなの。食事を作ってやって、ほんのわずかな哀れみをかけられただけですっかり気を許して、めそめそしてばかりいて。

「やめて、ニック」ベッカはぴしりと言った。「わたしたちは一緒にスーパーマーケットには行かないし、もうセックスもしない。わたしに嫌がらせをするのはやめて。だからここに来たの？　からかって遊ぶため？　わたしが慌てふためいたあげく、壁に当たっては跳ね返されるのを見るため？　それがあなたのストレス解消方法？」

ニックが目をこすり、ゆっくりと首を振ったとき、ベッカは初めて赤い目やくまに気づいた。疲れきった顔をしている。

「お遊びのために来たんじゃない」ニックは言った。「自分でも理解できないんだ。きみに近づかないように努力したんだが——」

「努力？」ベッカは虚をつかれた。「わたしに近づかないように？　でも、てっきり……わたしとは二度と会いたくないのかと思っていたけど」

「ああ、そう思わせようと努力したんだ。説得力があったよな？　いまも本当はきみの近くにいるべきじゃない」ニックの声は低かったが、その口調にはベッカの神経を痺れさせるようなところがあった。「ゾグロはいずれおれの正体を突き止める。おれの人相書に一致して、かつ、おれと同じような能力を持つ男は多くない。おれはきみより見つかりやすい。殺すのは難しいかもしれないが、見つけるのは簡単だ」

「心強い言葉をありがとう」ベッカはつぶやいた。

ニックはそれを無視した。「おれを見つけたら、やつはきみをほしがる。きみはこのドラマの端役なんかじゃない。そう思いたい気持ちはわかるが、考えをあらためたほうがいい」座ったまま、ベッカはニックの寝間着をぐっとつかみ、ベッカがニックのほうにつんのめるまで引っ張った。ベッカはニックの肩につかまって、体を支えた。「だから、おれはきみから離れていなければならない。単純な話だよな？」

ベッカはニックの目を見おろした。ベッカの指はニックの肩の筋肉に食いこんでいる。

「そんなことないみたいだけど」

ニックはベッカのもう片方の手を取り、そちらも肩に置かせてから、首を振った。「ただきみに会いたかった」戸惑いすら感じさせるような口調だ。「ほんのつかの間でも。きみの無事を確かめたかった。一時間は車で走りまわって、尾行がついていないことを確認した。ついていないと断言できる。だが、それでも、ここに来たのは愚かだった。すまない」

「ああ、ニック」ベッカはささやいた。息もほとんどできなかった。

「おれたちふたりに恩恵を施してくれないか、ベッカ。おれを追いだしてくれ。もう一度、失せろと言ってくれ。自力では出ていけそうにない。だから、手を貸してほしい。頼む」

いくつもの意味で矛盾した懇願は、狂おしいほどにせつなかった。ベッカの目から涙がこぼれた。「わたしにはできないわ」

ニックは荒々しく息を吐き、ぐっとベッカを引きよせて、膝のあいだに挟んだ。胸に顔をうずめる。

ベッカの両腕は自然とニックの首を抱いていた。両手は頭を撫で、指は跳ねた髪を梳いている。ベッカは深呼吸して、ニックの匂いを吸いこんだ。

「でも、あなたとセックスはしないわよ」ことさらゆっくりささやいた。「ニック、聞いてる?」

これで戦いの始まりだ。脚のあいだの疼きが、ベッカは嘘つきだと告げていたとしても。

ううん、だめ。せめて抵抗くらいしなくては。主義として。

ニックが胸に顔をうずめたまま笑みを浮かべたのは、肌の感触でわかった。「聞いてるとも」ニックは言った。「じゃあ、これからどうする? 食事はすんだ。次は? 金のことで口喧嘩をするとか? おれはきみのクレジットカードの請求額について咎め、きみはおれのスピード違反の罰金について小言を食らわせる」

自体、驚きだった。

「遠慮しとく」それじゃあ本物のカップルごっこをするみたいだ。そんな提案をされたこと

「髪を染めるのはどうだ?」ニックが言った。「ドラッグストアに行って、カラーリング剤を買ってくる」

ベッカはびくっとした。「もう二度とわたしの髪にはさわらせないわよ!」

「わかった」ニックはおとなしく引きさがった。「だったら、お次は? ドミノ? モノポリー?」

心からの告白をされたあと、ニックを追いだすほど非情にはなれない。でも、性懲りもなく期待しているわたしは、底抜けの愚か者だ。しかも、脚のあいだの疼きは熱を増していた。

「一緒にテレビを観てもいいわよ」そこで手を打った。「あなたもそれでよければ。何か肩の凝らないものなら。でも、おかしなことはしないでよ」

「わかった。おかしなことはしない。了解した。テレビを観よう」

ふいにほがらかになった口調を聞いて、ベッカはニックも同じ結論に達したのだと悟った。難しいところは乗り越えた。あとはタイミングのいいところを待つばかり。

結局、ニックの思うがままだ。食えない男。

16

薄暗いリヴィングで、テレビはつけっぱなしになっていた。ニックはベッカのうしろからついてきて、ソファの真ん中に座り、長い手足をゆったりと伸ばした。これでニックのすぐそばに座るしかなくなった。ベッカはふたりのあいだに少しでも間隔をあけようと努め、同じソファに腰をおろしたが、ニックにかかるとソファにおける重力の法則さえも変わってしまう。大きな体と体重でスプリングがたわんでいて、ベッカはクッションにお尻をつけたとたん、磁石に引きよせられるようにぐらりと傾き、ニックにもたれかかってしまった。ふたりの腿がぴたりとくっつく。

ニックは熱かった。引力は強大だ。

最初、ニックはたくましい腕をソファの背にかけていたけれども、いまその腕はベッカの肩を抱いている。ベッカの頰は爽《さわ》やかな香りのする黒いポロシャツにくっついていた。ひげ剃り用のローションと、洗剤と、かすかな男の匂い。ものすごく困ったことになった。腿の片側は興奮しきりで、快感に打ち震えている。ただ腿と腿がついているというだけで、つま先から腰までがぞくぞくしていた。

ニックの手がベッカの肩を包み、指で撫でた。ベッカを落ち着かせ、気をゆるめさせるように。

ベッカはぐっと身を乗りだして、ニックの手から逃れ、床に転がっていた受話器を拾って、充電器に戻した。それからリモコンをつかみ、ニックの手のなかに押しつけた。これでひとまず、誘惑という磁場のなか、男の精気にさらされつつ体を撫でられ、惑わされることが中断するだろう。

「あなたが選んで」ベッカは言った。「スポーツでなければなんでもいいから」

ニックは目がまわるほどすばやくチャンネルを変えていき、火山の噴火を取りあげている科学番組を選んだ。

よりによって、噴火。そのことで嫌味でも言ってやろうかと思ったものの、また肩を撫でられはじめたとき、言葉は口のなかでもつれた。「うまい手よね」ほんのささやき声しか出てこなかった。

「本当に?」薄闇のなかで、白い歯が光る。「女の子の肩を抱いてその気にさせようなんて手を使うのは、中学のとき以来だ」

「へえ?」ベッカは笑おうとした。「それからはそんな必要もなかったってことよね? 女がこぞって迫ってくるようになったとか?」

「そんなようなものだ」ニックは平然と言った。

「恵まれていてけっこうですこと」ベッカはつぶやいた。

ニックはソファに寝そべるように姿勢を崩して、そのしなやかな体にますますしっかりとベッカを引きよせた。ジーンズの前が大きく膨らんでいる。ニックは隠そうともしなかった。

知らんぷりを決めこんだが、テレビの画面の明かりに照らされたソレを、気にするなというほうが無理だ。画面では、ハワイの火山がマグマを噴きだしている。溶岩が流れていく。科学者が眠気を誘うような声で解説している。ベッカは身じろぎもせず、じっと息をひそめた。ニックの呼吸のひとつ、わずかな動きのひとつを、過敏なくらい意識していた。テレビを観るふりをしたものの、じつのところは体に電気が通ったみたいで、それどころではなかった。心のなかはぐちゃぐちゃだ。ニックのもう片方の手はいまや腿にのって、なまめかしくそこを撫でながら、寝間着をさり気なくめくりつづけている。

「こっそりしているつもりなんでしょうね」ベッカはささやいた。「でも、あなたが何をしているのか、ちゃんとわかっているのよ。その手は通用しないわ」

「そうか？」ニックは寝間着に指をかけ、その下に手を滑り入れて、素肌にふれた。ベッカの筋肉がぴくっと反応する。「おれの理屈では、もしきみが気づいていないなら、通用するということになる。気づいていて、それでも止めないなら、それもまた通用しているということだ」

「やめてよ。あなたって本当に――」

続きはキスでさえぎられた。

ベッカは身をこわばらせたが、ニックは手でベッカの頬を包み、温かな唇でそっと慈しむようにキスをしてきた。奪うのではなく、攻め入るのでもなく、ただうやうやしく親愛の情を差しだすような口づけ。ベッカは拒むことができなかった。

そっとまぶたを閉じ、体を震わせて降伏したあと、首をそらして、ニックの手に身をゆだねた。待ち構えていたかのように首を支えられたとたん、キスはより熱く、より貪欲《どんよく》になっていった。ベッカは空気を求めて、そしてより多くを求めて喘いだ。癒しに飢えているからこそ、それを見出したと錯覚しているだけなのかもしれないが、もうどうでもよかった。幻にでもすがりたかった。それほど渇望していた。

ニックはソファから滑りおりて、ベッカの前で膝をつき、顔を引きよせて、ベッカが求める甘い情熱はそのままにキスを続けた。テーブルを押しやってスペースを空け、ベッカの膝を押し開ける。

ベッカはニックの甘美な優しさと包容力に引きこまれていた。結局はニックの勝ちだが、それでもかまわなかった。キスそのものが意思と目的を持ち、転がっていくとき、勝ち負けに意味はない。この瞬間がただまばゆくて、すべてを捧げたくなっていた。

ニックはおもむろに顔をあげ、なかば閉じていた目を開いて、手で荒々しく口をぬぐった。ふたりとも息を切らしている。

「クリトリスの具合はどうだ？」

それまでうっとりとしていたベッカにとって、この質問は大粒の石のようなものだった。

「なんてこと言うのよ、ニック。露骨にもほどがあるでしょ！」

ニックはにやりと笑った。「どのみち藪《やぶ》のなかに入りたいと思っているんだから、まわりを叩いても無駄だろ？」

下手な喩えなのに、ベッカは思わず笑っていた。「やあね、ひどいコメディアンぶりだわ。本業は辞めないほうがいい。あ、待って。やっぱり取り消す。本業は辞めて。お願い。あなたの仕事、大嫌いよ」

ニックは取り合わず、ベッカの膝を撫でながら、熱っぽいまなざしで顔を見つめている。

「それで？　この前は傷が残っていて、さわれなかった。よくなったか？」

ふいに期待感がこみあげ、ベッカは顔を真っ赤にした。目がくらむような感覚に呑まれていた。「でも、何度も言ったけど、わたしたちはもう、その……しないって……」

「なあ、きみから率直な答えを引きだすには、どうしたらいいんだ？」

ベッカはたじろいだ。「ええと、もう少し肩の力を抜いてもらえればいいと思う」

ニックは呆れ顔を作った。「おれはまた何かまずいことを言ったのか？」

「何を言ったかというよりも、言い方よ。通り一遍で。クリトリスの具合はどう？　それじゃまるで、坐骨《ざこつ》神経痛の具合を訊いているみたい。外反母趾《ぼし》の具合はどう？　エドナ叔母さんの具合はどう？」

ニックは背を丸めて、ベッカのむきだしの腿にひたいをつけ、肩を震わせて笑いはじめた。

「だめだ、腹が痛い」

「おかしくありません。笑わないでちょうだい」ベッカは小さくこわばった声でたしなめた。

「おもしろいことを言ったつもりはないんだから。わたしはただ緊張しているだけ」

ニックは顔をあげた。「緊張？」信じられないといった口調だ。「おれに？　ふたりであれだけのことを乗り越えたのに？　いったいなぜ？」

魅力的で、謎めいていて、セックスとなれば飽くことを知らず、そして、口にするのもおぞましい運命から救ってくれたヒーローに対して、緊張するなというほうが無理だ。

ニックはうねるような寝間着のスカートを持ちあげた。「これはいいな。この香りはまるで……」

「柔軟剤の匂い？」ベッカは言葉を引き取った。

ニックは歯をきらめかせて、あのまばゆい笑みを見せた。「色っぽい」

ベッカは寝間着を見おろし、唇を歪めた。「やめてったら。嘘つき。真っ赤な嘘よ」

「赤いといえば」ニックは寝間着を腰までめくり、それから胸の上に押しあげた。「まだ質問に答えてもらっていない。クリトリスについて。ああ、この姿。今度こそ嘘じゃない。きみはものすごくセクシーだ」

寝間着の下は裸だった。気分を落ち着かせるための儀式の一環として、無駄毛の処理をすませ、体にたっぷりとローションを塗っていたことに、多少救われた思いだ。

「信じようかしら」ベッカは素直に言った。「そういう言葉なら、ええと、ふつうに聞こえる」

そうね。こんなふうにほほ笑みかけられて、いま脚のあいだに走っている感覚を〝ふつう〟と表現するなら。熱く火照り、高ぶっている状態は、ふつうとはほど遠い。

ニックはベッカの腰をつかみ、ソファの上でお尻を滑らせるようにぐっと引きよせた。ベッカはソファの背に頭をもたせかけて、首もとまで寝間着をまくりあげられ、寝そべるような格好で、なすすべもなく体をさらすことになった。ちらつくテレビを背景に、たくましい色男が影をなし、ベッカのことを愛しそうな目で見つめている。ベッカの体を撫でて、大きく開かせ、ゆっくりとじらすように、温かなキスを腿や、茂みや——

ニックは顔をあげた。「ところで、きみのエドナ叔母さんの具合は？」

ベッカが笑いはじめたとたん、ニックはクリトリスに口をつけ、すぐさまベッカを頂の彼方に押しやった。ベッカは延々と続くオーガズムに流され、体を引きつらせて、喉から喜びの喘ぎを漏らした。

心地よい熱を残して、痙攣《けいれん》が治まったあと、ニックはベッカを見つめて言った。「ありがとう」

ベッカはくすくすと笑った。「どうして？　お礼を言うのはわたしのほうじゃない？」

「いいや」続けて親指で円を描くようにクリトリスを撫でながら、ニックが言った。「何があっても、きみはおれに優しくしてくれた。どういうわけかはわからないが」

目に涙がこみあげた。「あのね」ベッカは正直に言った。「わたしにもわからないわ」

ニックは身をかがめて、また脚のあいだに口をつけ、唇と舌を駆使して、ひだをそっと開いていった。まるで、ベッカを喜ばせることでしか得られない食べ物をむさぼるようだ。

こだわりは完全に溶かされ、ベッカは蜜のようにとろけていった。先ほどキッチンで抱きしめられたときと同じように、心を動かされていた。ニックは舌と指と唇を駆使して、鮮やかな手並みで、言葉にならないほどの快感を与えていく。優しく、それでいて激しく攻めてくるが、ベッカはその裏に懇願を感じ取っていた。何かを必死に求めていて、それを乞うにも、手に入れるにも、こうするよりほかに方法を知らないといった雰囲気。

ベッカは何ひとつ拒否できなかった。ニックの魔法にかかっていた。すべてを差しだすしかなく、ただひたむきにニックに応えているうちに、心も体も混沌《こんとん》として真っ赤に輝きはじめた。火影《ほかげ》はどんどん強くなり、やがて頂上を照らし——

そして、爆発した。ベッカは光の洪水に呑まれ、洗い流され、まるで生まれ変わったような感覚を抱いていた。夜明けの太陽みたいにまっさらな気持ちだ。

時間は歪み、膨張して、夢の幕間《まくあい》にも似た無限の一瞬に集約されていった。始まりも終わりもない。移ろってはいるけれども、ゆるやかな川の流れのようなものだ。ふたりはそこに漂って、ときにまどろみ、ときにうねりをあげる泡に揉まれ、そしてまたとろりとした穏やかな水面に浮かんだ。やがて、ベッカがぐったりと身を横たえると、ニックは顔をあげて、笑みをたたえた口もとをぬぐった。ベッカを引きよせ、ソファに座らせて、自分はひざまずいたまま、その腰をベッカの腿で挟ませてから、両手を握った。

燃えるような目で問いかけている。言葉にする必要はなかった。ポケットからコンドームを取りだし、ベッカの手のなかに押しこんだ。

「乾杯の音頭はきみに」ニックは言った。

ベッカは巧みな腕前に呆然として、ニックを見つめた。あんなに一所懸命抑えていたものを、こんなにもほしいと思わされてしまった。もう手を伸ばさずにはいられない。ニックががむしゃらに与えようとしているものを、すべて受け入れたかった。心の片すみには、また利用されるだけだという恐れがあり、それを許す自分が弱くて愚かな女に思えたけれども、その一方で、新たな自分が目覚めたように、利用されてもいいからこの男がほしいと願っていた。ニックの男としての性をむさぼりたい。人に生命力を与えるかのようなエネルギーと精力を呑みつくしたい。

ベッカは身をかがめ、ニックのシャツの下に手を入れて、硬いおなかを撫で、引き締まった腰をつかんだ。幾層もの筋肉のうねりを手のひらで感じながら、ジーンズを腿までおろし、股間のものを自由にしてあげた。

何度見ても驚いてしまう。この大きさにはただただ圧倒される。ベッカは分身を撫でて、その造りのひとつひとつを手で崇め、スエードみたいな感触や、かすかにどくどくとする鼓動にうっとりと浸った。文句のつけようがない。

熱を放って、ベッカを喜ばせるのをいまかいまかと待ち受けるようすが伝わってくる。両手で握って、ひねりを加えてしごくと、ニックは息を呑み、身を震わせて喘いだ。

ベッカはコンドームの包みを開けようとした。そのとき、電話が鳴った。ふたりとも凍りついた。

「留守電になっているから大丈夫」ベッカは言った。「どうせ職場から首の通達よ」

六回の呼出音はひたすら長く感じられた。三回に設定し直そう。世界中から身を隠していたいのだから。カチッ、ビーッ、応答メッセージ。これも変えないと。

「ベッカ？　いるなら出て。キャリーと話したんだけど——」

「たいへん、弟だわ」ベッカはそう言って、電話に飛びついた。「ジョシュ？　わたしよ」

「よかった！」ジョシュはわざとらしく咳払いをした。「やっとつながったよ。姉さんはずたぼろだとキャリーから聞いたぞ。仕事に行っていないんだって？　いったいどうしたんだよ？」

これにはむっとした。「ずたぼろなんかじゃありません」ベッカはぴしりと言った。「わたしはたまに落ちこむこともできないっていうの？　ときおりついていない日があってもおかしくないでしょ？」

ジョシュはつかの間黙りこんだ。「いいや、おかしい」

自分のことばかり考えていたという罪悪感で、背筋がぞっとした。母が絶望のふちを越え、致死量の鎮痛剤を飲んだとき、ジョシュはまだたった八歳だった。

姉の気落ちを認められないのも無理はない。

だからこそ、ベッカはこれまでどんなときにも前を向いて、少なくとも弟たちの前では元気にふるまってきた。せめてそれくらいの安心感は与えてやりたかった。たとえ幻想にすぎなくても、頼りにできるものはあったほうがいい。

そして、弟と妹はいまでもその幻想にすがっている。反抗的な態度を取ろうが、もう大人だと言い張ろうが、ベッカがよろめけば、ふたりとも顔色を変えるのだ。

「男を拾ったって聞いたけど、どういうことだよ？」ジョシュの声は、孫を叱りつけるおじいちゃんのように不機嫌だった。「タトゥを入れたチンピラだって、キャリーが言ってた。最低だよ、ベッカ。そりゃ、あのジャスティンの馬鹿に腹をたてるのはわかるけど、それでも、なんていうか、病気でももらったらどうするんだ！　もっと気をつけろよ！」

かつて自分が泣きわめくように繰り返したお説教が、そっくりそのまま弟の口から飛びだすのを聞いて、ベッカは両手で口を押さえて笑いをこらえた。「いまはそのことは話したくないの。わかった？」

ジョシュはたちまち勘ぐった。「どうして？　笑ってるのか？　何がおかしい？　ちっとも落ちこんでいないじゃないか！　何があった？」

「笑ってるわけないでしょう。わたしはただ――」

「例の男がいるのか？　いまそこに？」ジョシュの声色は悲鳴じみたものになってきた。

「やめて、ジョシュ。わたしは――」

「そいつとヤッてたんだな？　だから電話に出なかった。どうしたんだよ、ベッカ。タガがはずれちゃったのか？」

「落ち着きなさい」ベッカは叱るように言った。「わたしに私生活があっちゃいけないの？」

「そいつに替われよ」ジョシュは不吉な口調で言った。

「おかしなことを言わないで。そんなことはしません」

「替われってば！」ジョシュは言い張った。「その男と話がしたい」

ベッカは受話口を手でふさぎ、弱りきってニックに目をやった。「本当にごめんなさい。どうしてこんなことになったのか。弟なの。あなたと話したいって」

「弟はどれくらい事情を知っている？」ニックが尋ねた。

「ほとんど何も知らない」ベッカはささやいた。「あなたのことだけ」

ニックは一瞬ためらったあと、不発弾をさわるかのようにこわごわと受話器を受け取った。

「もしもし」

相手はすぐさまピットブルみたいに吠えはじめた。「あんたはどこの誰だ？　姉をいったいどうするつもりなんだ？」

ニックは咳払いをした。「きみは？」

「ベッカの弟、ジョシュ・キャトレル。姉をひどい目にあわせたら、ケツを蹴り飛ばしてやるぞ」

「わかった。覚えておく」ニックは言った。「念のために訊くが、〝ひどい目〟とはどういう意味だ？」

「白々しい」若い男は語気を荒らげた。「口が悪くて、タトゥを入れたチンピラに姉さんが引っかかったと聞いたけど、それはあんたのことなんだな？」

自然と顔に笑みが広がった。ニックはベッカに目をやって、受話口を手でおおった。「口が悪くて、タトゥを入れたチンピラ？」小さな声で繰り返した。

「やだ」ベッカはうめき、両手で頰を押さえた。「なんでこんなことに？　わたしが言ったんじゃないわよ！」

ニックは膝立ちのままうしろにさがった。まだ馬鹿みたいににやにやしていた。そのとき、この状況をおもしろがっていることに気づき、びっくりした。おもしろいなどという感情を持つのはずいぶん久しぶりだ。「お察しのとおり、きみの姉さんとおれは互いの気持ちを尊重したうえで、ここにこうしている」ニックはそう言って、ちらりとベッカを見た。

「姉を誘惑しているのか？」弟は怒鳴りつけるように言った。

そうしたいと思っている。「きみには関係ないだろう」ニックは穏やかに言った。「干渉するんじゃない」

「馬鹿を言うな！　干渉するとも！　ぼくが首を突っこまないで、誰が突っこむ？」

ニックには何も言えなかった。母が死んだあと、ニックが何をしようが、気にかけてくれるような兄弟も家族もいなかった。家族が自分のことにあれこれ口を挟んでくるというのは、ニックにとっては未知の体験だ。しかし、こうして責められていても、ニックはこの生意気な弟に好感を抱いていた。とにかく一所懸命なのは伝わってくる。これを無視するわけにはいかない。

「ろくでもない元婚約者から痛い目にあわされたばかりなのに、まだ足りないのか？」弟はいらだたしげに言葉を続けた。「今度は道ばたでろくでもない若造を拾ってきた？　最悪だよ！」

若造？　ニックは吹きだしかけたが、すんでのところで呑みこんだ。愛すべき弟だ。「道ばたで出会ったわけではないが」

「姉がどこであんたを拾ったかは問題じゃない。とにかく、あんたの目的はなんだよ？」

「目的？」ニックは途方に暮れてつぶやいた。これまで、とにかく一日一日、殺されないようにすることだけを考えて生きてきた。目的も何もあったもんじゃない。

「ヤリ捨てにするつもりじゃないだろうな？」

何かが、あるいは何者かが、心の奥に話しかけているようなおかしな感覚に貫かれた。

「いいや」ニックはゆっくりと答えた。「そういうつもりはまったくない」

「あー、うん、それならいいけど」ジョシュは困惑したように言った。「もしそうなら、ケツを蹴り飛ばしてやるところだった」

「わかったから」ニックはなだめるように言った。「ケツを蹴り飛ばされるところはよく理解した。はっきりと」

「姉を傷つけるな」声が震えるほど強い口調だ。「つまらない男どもに散々な目にあわされてきたんだ。もっとふさわしい男がいるだろうに」

「ああ、そのとおりだな」ニックは言った。「おれは、その、傷つけたりしない」

ひどい嘘つきになった気分だ。おれの前歴で言えた口か？　女と親しくなれば、傷つけて

終わるのが常だった。

　ジョシュが電話を切った。ニックは呆然として耳から受話器を離した。またもや超現実的

な出来事が起こった。ジーンズをおろして、風に吹かれた旗のようにペニスを揺らしながら、

女の弟から説教を食らうとは。驚きだ。

「きみの弟は過保護だな」ニックは言った。

　ベッカはまだ両手で頬を押さえていた。「本当にごめんなさい。気の短い子で。電話を替

わってもらうんじゃなかったわ」

「いいんだ」ニックは言った。「むしろ好感を持ったよ」

　ベッカは両手を落とし、まじまじとニックを見つめた。「なんですって？」

「きみを気づかってのことだからな。そういうやつは好きだよ。唯一の問題は、きみに結婚

を申しこめばいいのか、手を出さないように我慢すればいいのかわからないところだ。下手

を打てば、弟くんにケツを蹴り飛ばされる」

　ベッカはくすくすと笑って、目に涙をにじませた。「心配しないで」息を弾ませて言う。

「わたしはどっちも強制しないから」

「おれのケツを蹴飛ばそうとする家族はほかにもいるのか？」ニックは尋ねた。「ショットガンを持った父親？　機関銃を抱えた母親？」

「妹だけ。キャリーは十九歳。ジョシュは二十歳よ」ベッカは打ち明けた。「両親はずいぶん前に亡くなったの。弟と妹はわたしが育てたようなものよ」

ニックは長々と息を吐いた。「それはたいへんだったな」

「ええ、まあ、たいへんだったわ」ベッカは引きつった笑みを見せた。「ところで、勢いをそがれちゃったわよね？」

おい、待て。それはまずい。まっさかさまだ。「どうかな」ニックは物欲しげな表情を押し隠し、平静を装って言った。ベッカの小さな手を取って引きさげ、そのしなやかな指で、大きく膨らんだペニスを握らせた。「おれとしては、まだまだ勢いがあると思う。というよりも、おれのこの部分は中断にも気づかなかったらしい」

ベッカは股間に視線をおろし、あの羽根のような手つきで、ニックが叫びだしたくなるまで撫でまわした。「そうみたいね」小声でつぶやく。

「どのみちケツを蹴飛ばされるなら、それなりの理由があったほうがいいよな？」絨毯に落ちていたコンドームの包みを拾って、ベッカのもう片方の手に持たせた。あとは祈るだけだ。頼む。お願いだ。

ベッカは体を震わせて忍び笑いを漏らし、片手で包みを開けた。それから中身を取りだし、おぼつかない手つきでペニスにかぶせる。永遠にも思える時間がかかった。ちょうどニックがこのこそばゆい拷問に耐えきれなくなる寸前、いまにもベッカの手からゴムを奪って自分でつけようとしたとき、ようやく潤滑油のついたコンドームがゆっくりとすべらかにかぶさった。

「ずいぶんきつそうに見えるけど」ベッカは不安げに言った。

「このほうがいい」喉が締めつけられている。「頼む。いまみたいにもう一度撫でてくれ」

ベッカは小さく笑って、ニックの求めに応じ、ペニスを握って上下にしごいた。ニックは息を呑み、震える腕でベッカにしがみついた。

ああ、この鈴の音のような笑い声をもっと聞いていたい。この声を聞いていると、まるで……いまの感情をどう言葉に表わしていいのかわからなかった。こんな感情があることすら知らなかったが、ニックは駆りたてられるようにベッカを抱きよせ、キスをした。

ぎこちない手つきで撫でられることで、かつてないほどの興奮を覚えていた。おれはついている。ものすごく運がいい。たおやかで、かぐわしい女性を腕のなかに抱き、柔らかな唇を開かせているのだから。遠慮がちに隠れていた舌が、だんだんとニックの要求に応えはじめた。ベッカは信じられないほどかわいい女だ。

後頭部を手で包み、むさぼるようにキスをするうち、ニックはベッカに溺れていった――そして、珍妙な眼鏡が傾いた。おっと。

ベッカは眼鏡の位置を直して、力なく笑った。「これをかけていたことを忘れていたなんて信じられない」

「そのままでいい」ニックはそう言って、首もとのボタンに取りかかった。

「でも、悪趣味な眼鏡よ」

ベッカが眼鏡をはずしかけたとき、ニックはベッカの手を押さえた。「それがいいんだ」ニックは言った。「昔ながらのポルノに出てきそうだ。いかにもつんけんした秘書が、眼鏡をかけていることも、髪をひっつめていることも忘れて、性の喜びに目覚める。それに清楚《せいそ》な下着を足せば、男の夢が実現される」

「やあね」ベッカは眼鏡をはずして、テーブルに放った。「男ってこれだから」

「まったくだ」ニックは同意して、フランネルのテントみたいな寝間着を脱がせた。ようやく裸を見られた。いつものように美しい。いや、いつも以上だ。

ニックは寝間着を掲げた。「腰をあげて」しゃがれた声で言った。「こいつをソファに敷かせてくれ。きみの下に」

ベッカはわけがわからないようすで、ぼんやりとニックを見つめた。「え？」

「染みにならないように」ニックはベッカを引きよせて、立たせ、寝間着を手早くソファに広げた。それからまたベッカを座らせると、その弾みでピンク色の乳首と乳房がニックをそそるように揺れた。

腰をつかんで、もう一度ソファのはしまで尻を引きよせた。「きみは熟れた桃みたいに濡れている」ニックはつぶやいた。「いくらすすっても足りない。ただし、いますぐきみのなかに入れなければ、死んでしまいそうだ」

ベッカはふっとほほ笑んでから、あの不安げな表情で唇を嚙んだものの、ニックが脚をつかんで開かせると、おとなしく身をゆだね、濡れたところをさらした。ニックに差しだすように。

そのことに胸を締めつけられる思いで、ジーンズを腿に引っかけたまま体勢を整えた。入口に先端を当て、ぐっと押しこむ。この温かさ、包容力。この目つき。奥まで押し入れたとき、ベッカはニックの二の腕をつかんだ。ゆっくり突きはじめると、奥に当たるたびに、驚いたようなハスキーな声をあげる。

ニックはその声に耳を傾け、ベッカはニックの尻をつかんで、互いに腰を振り、くねらせ、リズムを合わせていった。やがてベッカは喜びに喘ぎ、腰を浮かしてニックを受け入れはじめた。

ああ、天にも昇る気持ちだ。こんな心地に浸るのはずいぶんと久しぶりで、こういう喜びが存在することすら忘れていた。あるいは、贅沢だと自分に言い含めて、思いださないように努めていた。甘い物や酒のように、なくても生きていけるもの、我慢したほうがよいものと見なしていた。

間違いだった。この感覚はそういうものとまったく違う。むしろ水や酸素に近い。なくてはならないものだ。なしですませようとすれば、息をつまらせ、干からびて、枯れ葉みたいに吹き飛ばされることになる。

ニックの内面はもう何年も前から枯れていて、死んだも同然だったのだ。そして、そのことに気づかなかった。死んでいるのが当たり前の状態だったから。

知らず知らずのうちに、リズムは速度を増していた。ベッカは身悶えして、あられもない声をあげ、あのすばらしい〝警察沙汰〟のオーガズムに向かっていた。ニックはベッカをその高みに到達させることに集中して、親指でクリトリスを撫でまわしながら、秘められた性感帯をペニスで探り……ああ、これだ。ベッカが背をのけぞらせ、体を引きつらせて、ペニスを締めつけ、同じ高みへニックをいざなう。満たしてほしい、と。

まだだ。まだ足りない。永遠にでも続けていたい。

ベッカが汗で肌を濡らし、息を切らせながらも、多少の落ち着きを取り戻したあと、ニックはまた突きはじめた。滑りがよくなっている。それでもきつく締まっているところに、深く突き入れ、引き抜く。入れるときには、ひくつくひだが侵入を押しとどめ、抜くときには、けっして離すまいと引き止めるかのようだ。驚くばかりだった。

ゴムをつけているのがありがたかった。これのおかげで、まともに務めを果たせる。そうでなければ、たちまちわれを忘れてしまっただろう。多少は感覚が鈍くなっているからこそ、自制心を保っていられる。ニックはさらに二回ベッカをイかせたが、頂を越えるたびに、快感はより強く、激しく、熱くなっていった。脳のごく一部が、客観的に自分を見ていた。ベッカを押し広げ、猛然と腰を振る自分。濡れた尻にタマが当たる音、乱れた息。すがりつかんばかりの喘ぎ声は、ニックのものも、ベッカのものもかすれて、ひたむきに響いている。頭のなかで雷鳴が轟き、迫りくる嵐のように、オーガズムがつのっていった。

ニックは喘ぎ、叫び、そして胸のなかで何かが崩れ、押し流された。

心の内に築いていた何層もの壁が、鉄球で砕かれていくようだった。煉瓦だろうがモルタルだろうがコンクリートだろうが、壁はことごとく破壊され、瓦礫と化した。小気味よい粉砕のたびに、ニックはどことも知れぬところへ落ちていった。

意識がはっきりしたとき、ニックはふたりが床に倒れていることに気づき、愕然とした。

いったいいつの間に？　テーブルは引っくり返り、そこらじゅうに本が散らばり、ベッカの眼鏡は絨毯に落ちて、受話器は充電器からはずれ、発信音を鳴らしている。ベッカはニックに押しつぶされ、空気を求めて喘いでいた。ニックの首にしがみついている。片脚を腰に巻きつけ、もう片方の脚を足首に絡ませていた。

起きあがろうとしたが、筋肉に力が入らず、体は震え、しかもベッカのあそこがきゅっとペニスを握っていた。ベッカの腕にも同じように力がこもる。ニックを離したくないという意思表示だ。それが嬉しかった。

しかし、これはおれらしくない。セックスのあと、女からそういう態度を示されると、気づまりな思いをするのがいつものことだった。

最後の瞬間、自分が何をしたのかも思いだせないのは……まさか、一時的な記憶喪失？ニックの体の大きさはベッカの倍ほどもある。怪我などさせていないといいのだが。ベッカは怒っているだろうか。

「すまない」ベッカの顔をうかがいながらささやいた。

ベッカは目を閉じたまま、ほほ笑んだ。「あなたってへんよ、ニック」

「知ってる」ニックは心から同意して言った。「大丈夫か？」

ベッカはニックの重みを受けながらも、気持ちよさそうに手足を伸ばした。「まず、あなたは人生で最高のオーガズムを与えてくれたあと、わたしにお礼を言った。それから、何度も何度もイかせてくれたあと……今度は？　謝ったのよ」

「われを失った」ニックはうめくように言った。「きみを傷つけていてもおかしくなかった」

「驚いてちょうだい」ベッカは言った。「どこも痛くない。どれだけわれを失っても、あなたにはわたしを傷つけることなんてできないんじゃないかと思う」目を開き、ふいに顔を曇らせた。「ともかく、セックスのあいだは」

ニックはまといつくような鞘から分身を引き抜いたが、ベッカはさらに強く力をこめて、ニックの首に抱きついた。「ニック？　言っておきたいことがあるの」

ニックは身構えた。正体不明の恐怖が胃に差しこむ。「なんだ？」

「あなたにとってはお決まりの手順でしょうけど、こうしてセックスしたあとにまたむっつりと冷たい態度を取って、わたしから逃げだすようなら、もうヴァディム・ゾグロのことは心配しなくていいわよ」

ニックは警戒しつつも、口もとに笑みをよぎらせた。「そうか？」

「ええ、そうよ」ベッカが言う。「だって、わたしがあなたを殺してやるから」

ニックは吹きだした。笑いで肘の力が抜け、危うくベッカの上に倒れこみそうになった。どうにか立ちあがり、ずっしりとしたコンドームをはずした。それから靴を脱ぎ、ジーンズをおろして、そこから足を抜いた。「今度は逃げない」きっぱりと言った。「ほら、逃げられない。裸なんだから。ゴムを捨てに行くだけだ。いいかい？」

「早く戻ってきて」ベッカの声はかたくなだった。

声にならない笑いで体を揺らしながらも、言われたとおりに急いでゴムを捨てた。しかし、部屋に戻ってきて、ベッカの麗しい体が床に転がっているのを見たとき、笑いはふっと途絶えた。ベッカが裸で床に寝ている姿に胸が痛んだ。こうしていると、ベッカは頼りなく、無防備に見えた。

裸のベッカならば、花畑で身を弾ませているところや、森の泉に浸かっているところを見たい。柔らかなベッドに横たわっているならなおいい。そして、その体をニックがおおっているなら。

ペニスがぴくりと揺れて、重く長く伸びていった。ニックは身をかがめ、ベッカを引き起こした。「ほら、逃げなかっただろ。だが、いまのうちに忠告しておく。おれは慢性の不眠症だ」

「そう？　それで？　だからどうしたの？」ベッカは強い調子で尋ねた。

「眠れないとき、その代わりにベッドで何をするのが好きなのか、想像に任せるよ」

ベッカはニックの股間に視線を落とした。ペニスはすっかり回復して、そそりたっている。

「まさか」ベッカは呆然としてつぶやいた。「冗談でしょう？」

「冗談に見えるか？」

「でも、休まなくていいの？　くつろぐってことはないの？」

「ないね」ニックは言った。「きみにも付き合ってもらいたいところだ」

ベッカは大げさにため息をついた。「セックスのあとにくつろげないなんて、苦痛の世界で生きているんでしょうね」

ニックはまた吹きだし、涙が出るほど笑った。どうにかそれを治めて、膝をつき、ジーンズのポケットから残りのコンドームを取りだして、長く連なった銀色の包みをベッカの顔の前で振ったあと、ベッカを抱え、尻をつかんで自分にまたがらせてから、立ちあがった。

「そうはいかない」

「ちょっと」ベッカはなかばふざけて身をよじらせ、それから腿でニックの腰を挟んだ。

「これもまたあなたの小賢《こざか》しいゲームなの？」

ニックは寝室のドアを足で開けた。「もちろん。そういう性分なんだ」

クッションの山を払う余裕はなく、その真ん中にベッカを寝かせて、そこに飛びかかった。ベッカはくすくすと笑い、楽しそうな悲鳴をあげた。ニックはベッカを組み敷いて、コンドームの包みを歯で破り、手際よく装着した。

今回は遊び心を持ってことに及ぶつもりだった。レースのクッションに囲まれて、さかりのついた二羽の兎みたいにじゃれ合う。しかし、やはりそうは転ばなかった。たちまちに、これまで行ったことのない場所に飛ばされた。手順も、ルールも、仕込みもない。どこへ向かうのか予想もつかない。

まずは、ベッカの美しい目を見つめながらなかに入れた瞬間、電気が通うようなあの感覚に襲われる。次に、喜びが耐えられないほど強くなっていくにつれ、心が震え、胸がいっぱいになる。おふざけの気分がしぼみ、顔から笑みが消える。畏敬の念に打たれ、ただただ見つめ合う。

ニックにできるのは、抱き合って、必死にベッカを満たすことだけだった。

何かがニックに起こっていた。巨大で、止めようのない何かが。太陽が昇るように自然で、かつ奇跡的なことだ。それに目をつぶって、枕に顔を押しつけ、声を殺して、目から流れでる熱いものを隠すしかなかった。

腰を振るあいだ、ふたりは互いにしがみついていた。ベッカは爪をたて、腰を浮かして、あられもない声でさらにニックを駆りたてる。ニックはもう爆発寸前だった。

ベッカはニックと同時に限界を超えた。ふたりとも内なる宇宙に吹き飛ばされたが、不思議なことに、互いの姿を見失わなかった。この孤独な場所でもニックはベッカを離さなかった。

ふたりは溶け合い、光り輝くひとつの存在になった。

やがて、至福の彼方から、ニックは意識を取り戻した。重いまぶたを開き、暗闇を見つめた。

胸が熱くとろけている。そのことに驚愕していた。言葉を失い、体には力が入らない。どこからともなく訪れたこの感覚が、またふっつりと途絶えてしまうことが怖かった。そうなったら、ニックはまた冷たくがらんとしたところに放りこまれ、巨大なこぶしで握りしめられたように、そこから身動きできなくなるだろう。

心のどこかではこうも願っていた――それでいい、頼むから、そこにおれを戻してほしい。べつの思いもあった――おまえはこの罪を血で償《つぐな》うことになるぞ。

ニックは挑むように、眠りに落ちたベッカのしっとりとした体を抱きしめた。ベッカはぼんやりと何かをつぶやいたが、目は覚まさなかった。ありがたい。この状態では、自分の感情にも、ベッカの感情にも対応できそうにない。

ここのところは複雑だ。慌てて逃げだす前に、まずはようすを見なければならない。

コンドームをつけたままだったが、ペニスはまだ硬く、はずれる心配はしなくてよさそうだ。それどころか、どこだろうとベッカのそばにいる限り、萎えることはないのだろう。だから、コンドームはそのままにして、ベッカの寝顔をながめた。その愛らしさに見入った。乱れた巻き毛を白い枕に広げ、色香の漂う体をニックによりそわせている。温かく、ぐったりとして、ニックを信用しきったようすで。

あれだけ激しく動いて汗をかいたあとなので、体が冷えないか心配になったが、ベッカを起こさずにブランケットを体の下から引きだすのは難しそうだった。しばらくして、ベッカは伸びとあくびをして、ニックにまばゆい笑みを向けた。ニックの胸は誰かにわしづかみにされたかのように痛んだ。

「体が冷えるぞ」しゃがれた声で言った。「ブランケットをかけてやろう」

「いいの」ベッカはのんびりと言った。「あなたが焚き火みたいに熱いから」

ベッカがはっきり目を覚ましたので、ニックは液体の溜まったゴムを捨てに行くことにした。寝室に戻ってきたとき、決断をくだした。最悪の判断だが、これしか考えられない。

覚悟はできた。何があっても守り抜く。

「起きて、着替えろ」ニックは言った。「おれと一緒に来るんだ」

ベッカは戸惑いの表情を浮かべて、体を起こした。「ニック？　なんなの？」

ニックは胸もとで腕を組んだ。「街を出て姿を隠せという説得が利かないのなら、おれと一緒に来てもらうしかない」ニックは険しい口調で言った。「きみが安全に寝泊まりできる場所を知っている」

ベッカはわけがわからないというように首を振った。「それで、ゾグロがあなたを追ってくるとか、わたしはあなたから離れていたほうがいいとか、そういうことをまた言いだすの？」

ニックは腕を解いて、両手をこぶしに握った。「おれはきみから離れられない」今度こそ正直に認めた。「とりわけいまは。だから、無駄な努力はやめる。次善の策は、きみにべったり張りついていることだ。ギャングがひとりでもきみの半径五十メートル以内に近づいたら、おれがそいつをぶっ飛ばす」

「ええと、ありがたいことだけど」ベッカは力なく言った。「それは、あなたの出身の星ならではの騎士道精神？　なんてロマンティックなのかしら。そこまで深く思ってくれて感謝するわ」

「皮肉はやめろ」ニックは語気を荒らげた。「真剣な話だ」

ベッカは口をつぐんだが、顔に疑いが表われていた。妄想じみた男を刺激しないように言葉を選んでいるのがわかる。ニックのいらだちはますますつのった。

「ニック、どう考えても、ゾグロがわたしを見つける方法はないと――」

「腕のたつ人間に当てがある」ニックの声はせっぱつまった思いでかすれていた。「そいつらなら、きみを守ってくれる。たとえおれがやられてもだ。必要とあれば、きみに新しい身元を用意してもらうこともできる」

ベッカはニックの言葉にひるみ、ふいに寒さを感じたというように、両腕で自分の体を抱きしめた。「ニック」小さな声でささやく。「そんな簡単なことじゃないわ。わたしには家族がいる。ふたりともわたしを頼りにしているの。ふたつ返事で姿を消すことはできない」

ニックは低い声で嚙みつくように、ウクライナ語で悪態をついた。

「いまはあなたについていけない」ベッカは静かに、しかしきっぱりと言った。「仕事に行かなければならないわ。責任があるのよ。すでに首になりかけているけど、そうなったら本当に困るの。弟と妹に学費の援助をしているから」

ニックは怒声をあげた。「言うまでもないことを指摘しても？　弟と妹は自分で稼げばいい」

「なんですって？」

「きみが死んだら、援助することもできない。おれと来るんだ」もう一度言ったが、ベッカの顔つきからすれば、ニックの負けは決まったようなものだった。譲る気はないらしい。頑固な女だ。ニックはこの部屋の壁に殴りかかりたいという衝動を抑えた。そういう情けない真似はするものか。絶対に。それでは親父と同じだ。

ベッカは咳払いをした。「ニック、理性的に考えて」あやすように言う。「わたしは一日中〈カーディナル・クリーク・カントリークラブ〉にいるのよ。ウクライナのマフィアに出くわす可能性がどれだけあると思う？　うちは、ほら、多文化社会会館じゃないんだから。イギリスの女王が来ても、紅茶を出す前に身元調査をするようなところなの。傲慢《ごうまん》で、排他的で、恥ずかしいくらい」

だが、おれはきみと一緒にいたいんだ。きみを守りたい。きみのまわりに鉄やコンクリートや電流の壁を何重にも築いておきたい。ニックはそう叫びたくなったが、お決まりの男のプライドのほうが勝った。

ひれ伏して、こいねがうことはできない。

「そのお友だちはどういう人たちなの？」ベッカが尋ねた。

ニックは肩をすくめた。「誰だっていいだろ」ニックは不機嫌に言った。「おれの申し出を受けてもらえないなら、知ってどうする？」

ベッカはいらだちもあらわに言った。「わたしに当たらないでよ、ニック。それほど悪いことはしていないはずよ」

「こう考えてみてくれ」ニックは勢いこんで言った。「人生の休暇を取って、しばらくのあいだ姿を消す。頼む、ベッカ」

一瞬の間をあけて、ベッカは首をかしげた。「考えてみるわ」穏やかに言った。「でも、今日は仕事に行く。あとはようすを見てみましょうよ」

ニックは目をこすり、時計をにらみつけた。もう三時間もここにいる。いまのところ、ビデオを監視中のレインから連絡はないが、早いところ戻って交替してやらなければ、セスに両脚をちぎり取られる。ニックは裸のままベッドにいるベッカを見た。

かまうものか。レインももう少しのあいだがんばれるだろう。

「また会いたい」ニックは言った。「今夜」

いたずらな笑みがベッカの口もとに浮かんだ。「いいわね」

「仕事が終わる時間は？」強い調子で尋ねた。

つかの間、ベッカは考えこんだ。「明日——いいえ、今日は、そうね、夜の十二時過ぎには帰れるかも。それより早いことはないわ」

ニックはぎょっとした。「夜の十二時？　真夜中過ぎまで何をするっていうんだ？」

「落ち着いて」ベッカはなだめるように言った。「明日は送別のパーティがあるの。わたし
が取り仕切って、何週間も前から準備をしてきた。心臓病学の権威が引退するんですって。

パーティが終わったあとは片づけがあるから、夜の十二時というのは楽観的な見積もりよ」

ニックは考えをめぐらせ、そのほうが好都合かもしれないと思い至った。どのみち、真夜中過ぎまでビデオの監視から抜けられない。ともかくも、ベッカの所在がはっきりしているのはいいことだ。それでも、念のため、ベッカの携帯電話に小型の発信機を忍ばせておくつもりだった。

「そのあとに会えるか？」ニックは尋ねた。

ベッカはきょとんとしたが、こう言った。「ええ。ここで？」

ニックは首を振った。「いや、ここじゃない。ホテルにしよう。胸騒ぎがするんだ。ひところに長いあいだじっとしていたくない。やつはもうおれの正体を突き止めるだろうから」

ベッカはうなずいたが、ただ調子を合わせているだけなのは明らかだった。ニックはいらだちを抑えようとした。

「ホテルはおれが選んで、チェックインしておく。偽名を使うから、その名前とホテルの場所を携帯のメールで送る。仕事が終わったら、まっすぐそこに向かうんだ。家には帰るな。ホテルでおれを少し待ってもらうことになると思う」

「いいけど」ベッカはつぶやいた。「まるでスパイ小説ね」

「ホテルではおれの妻を名乗れ」

ベッカは目を見開いた。「それも必要なこと？」声が裏返っていた。

「そうだ」ニックはむっつりと答えたが、その理由は説明できなかった。

言葉にするのは難しい。錯覚だとわかっているが、それでも、妻と名乗らせれば詮索を防げるような気がした。もしもフロントの人間が、疑《うたぐ》り深くて非難がましい女だったり、心の卑しい男だったり、あるいはその両方だったりしても、夫婦だということにしておけば、なぜ若い女が真夜中にホテルで男と会うのか、言わずもがなの憶測を避けられる。

その憶測が大正解だということは、まったくの別問題だ。ホテルの従業員にはなんの関係もないことなのだから。

この妄想めいた心情をベッカにぶちまける気はなかったので、仏頂面でこう言うに留めた。

「おれを夫と呼びたくないのか？　口が悪くて、タトゥを入れたチンピラだから？」

ベッカは笑みをこらえながら、口を開いた。「そんなことないわ。ただ、あなたの口から妻とか夫って言葉が出てきたのに驚いただけ」

ニックはとくに反論せず、肩をすくめた。「いまはほかに心配ごとが山ほどある」そっけなく言った。「その話はまた今度でいいだろ？　おれの結婚観については、あの蛆虫をどうにか始末したあとでいくらでも激論を交わそうじゃないか。な？」

ベッカは鼻を鳴らした。「楽しみにしているわ」

「いまは……」ニックはベッド脇の床に落ちていたひと続きのコンドームを拾い、立ちあがって、ひとつを切り取った。するりとペニスにかぶせ、にっと笑ったとき、ベッカは息を呑んだ。

「それをつけてどうするつもり?」ベッカはすごむように言った。「ニック、冗談よね?」

ニックは上掛けを持ちあげ、シーツの上に滑りこんで、ベッカの温かな体を腕のなかに抱きよせた。「何もするつもりはないさ」とぼけてみせた。「ほら、念のためってやつだよ。万が一……思いがけないことがあった場合に」

「思いがけないこと? ふうん」ベッカは声を震わせ、ニックが馬乗りになってひと突きで貫いたとき、叫び声をあげた。

「おっと」ニックはつぶやいた。「すまない。こうなった場合のためだったんだ」

ベッカは吹きだし、くすくすと笑いはじめた。振動がニックの体に伝わり、とりわけたったいまひとつにつながったところを刺激する。

ニックをぎゅっと搾るように包みこんでいるところを。ああ、ベッカを笑わせるのは最高だ。

17

ゾグロはレベッカ・キャトレルについての情報が載ったプリントアウトをめくっていった。ミハイルが調べて、ダウンロードしたものだ。充分すぎるほどのことがわかった。住所、職業、職歴、運転免許の記録、銀行口座とクレジットカードのデータ、納税額、病歴——情報は飽き飽きするくらい詳細にわたっていた。インターネットの時代と有能なハッカーのおかげで、このいたちごっこはあまりにたやすくなり、大方の楽しみを奪われたような気すらする。

そう、大方だ。やりようによっては、まだまだ楽しめるのだから。弟と妹の存在には心が舞いあがった。両親はずいぶん前に他界していたが、ゲームの終盤に予定している精神的拷問では、この弟と妹が立派な駒《こま》となってくれよう。レベッカ・キャトレルにとって自分の子どもにも等しい者たちならばなおさらだ。

ゾグロはカラーで印刷された弟と妹の写真をながめた。ふたりとも魅力的な若者だ。きょうだいはよく似ていた。妹のキャロラインのほうはエバーグリーン州立大学で美術を学んでいる。アルバイトとして、ろくでもない絵描きたちの前でヌードモデルも務める淫らな小娘。この女の裸も、あの悩ましい姉のようにうまそうなのだろうか。味くらべが楽しみだ。キャロラインのほうが華奢《きやしや》で、尻の軽そうな雰囲気はあるが、大きな緑の目は同じだ。弟のジョシュアも緑色の目をしている。こちらはプルマンのワシントン大学に在学中。電気工学を専攻し、近くのショッピングモールの電器店で働いている。どちらも、すぐ手の届くところにいるということだ。よろしい。申し分ない。

ゾグロは心のなかで自分をたしなめた。本来、こういう危険な遊びにかまける暇はない。こちらにいるあいだに、大きなビジネスを取りまとめなければならないのだ。巨額の金が動く。もしもキャトレル家が大家族で、人脈があり、三人が行方不明になれば大騒ぎしそうな家だったら、ゾグロも何か代替策を講じて、この復讐《ふくしゆう》心を発散させただろう。

だが、キャトレルきょうだいは哀れな孤児たちで、金も地位もなく、権力者の友人もいない。三人だけでよりそって生きている。完璧だ。

ああ、精神的拷問のゲームを練りあげる楽しみには格別なものがある。犯罪に処罰を盛りこむには芸術的な手管が必要だが、ゾグロは一流の芸術家だと自負していた。そうそう、処罰といえば。ゾグロはパベルのほうを向いた。逃げるタイミングを計るかのように、そわそわしたようすでドアのところに立っている。ゾグロは傲然《ごうぜん》と手を振って、こちらに来るように命じた。

「おまえに仕事がある、パベル」ゾグロは言った。

「この弟と妹を連れてくるので?」パベルは早合点して言った。「すぐに出発します。少なくともふたり人手が必要かと――」

「いいや、違う。それはまだ先の話だ」ゾグロはいらいらとさえぎった。

パベルははっとして目を見開いた。「では、何を？」

「そろそろおまえの大事な友人を訪ねてもらうころあいだろう。そう、ルドミラだ」ゾグロはあえてゆっくりと言った。「ルドミラに儲けの大きな仕事を提示しろ。このシアトルに滞在中、わしと、ついでに部下たちを、体で楽しませる仕事だ」

「ボス、ルドミラが例の件に絡んでいるとはどうしても思えないのですが――」

「ならば、おまえは愚か者だ。愚か者は黙って聞け」

パベルは身をすくめ、鞭で打たれた犬のように引きさがった。ゾグロは考えながらしゃべるような、のんびりとした口調で続けた。「おまえはルドミラに会いに行く。いまごろ、われわれの敵は監視態勢を整えているだろう。これは願ったりだ。ルドミラとふたりきりで、時間をかけて話せ。大金を申しでろ。仕事の報酬としてだ。欲の皮が突っ張った娼婦なら、大金に目がくらんで、恐怖心を押しやる。酒を勧めてくるだろうから、断わるな。酔っ払うまで――もしくは、そのふりができるまで飲め。それから、あの晩のことを打ち明けろ。どれだけわしの怒りを買い、どれだけつらく当たられているのか。ルドミラは震えあがるだろう。そして、おまえを慰めようとする。もしかすると、恐れか罪の意識から、抱かせてくれるかもしれないぞ」

パベルはぎゅっと目をつぶった。「ボス、願わくばどうか――」

「おまえの願いなどには、パベル、なんの関心もない」ゾグロは言った。「ルドミラはもう五十代にはなっているのだろう？　まだいい女か？」

「四十代後半です」パベルは抑揚のない声で言った。「それに、はい、まだいい女です」

に」

「けっこうなことだ」ゾグロは励ますようにパベルの背を叩いた。「なら、抱いてこい。息抜きになるだろう。神経がまいっているようだからな、友よ。いいか、できるだけ時間を引き延ばして、敵に段取りをつけさせてやれ。そいつらがおまえをここまで尾行できるように」

「ここに？」パベルは目を丸くした。「しかし、ボス、あなたがここにいることは誰も知りません。安全が脅かされるのでは？　もしわたしが――」

「安全？　いいや、わしの仕事は安全とは無縁だ」ゾグロは鼻先で笑った。「安全なことをしていては、百億ドルの稼ぎは生まれんのだ、パベル。そのうえ、退屈だ。退屈だと、わしはいらいらしやすくなる」

「しかし……警察が――」

「連邦警察がわしを煩わせることはない。やつらとは折り合いがついている。わしを背中から刺そうとしたのは警察ではないぞ、パベル。誰の仕業か知りたい。敵を消し去ってやる」

「それはもちろんですが――」

「それから、あのソロコフだ」ゾグロはほとんど夢見るような口調で続けた。「かわいいレベッカをわしがどんな目にあわせるのか、ソロコフに見せつけたい。同じく、レベッカには、大事な弟と妹がどういう目にあうのか見せつける。見るということが肝だ。やつらはおまえとルドミラを見る。われわれを見る。お返しに、われわれは、わしらを見ているやつらを見る。そうして、こちらで用意したゲームに参加させる。どうだ？　このゲームのやり方が見えたか？」

パベルの顔つきは、哀れなばかりだった。「はい、ボス」小声でつぶやく。

しかし、ゾグロはまだ戦いの嗜好について話を終えていなかった。「いまは敵対する両者が互いににらみ合い、腹を探り、弱点を見極めようとする段階だ。刺激的なところだな。ああ、そうそう、パベル――刺激といえば、おまえは売春の常連だから、この街で高級コールガールを呼ぶには、不実なルドミラのほかにどこを当たればいいか知っているだろう？」

パベルは戸惑いの表情を浮かべた。「はい、ボス。いくつか当てはあります。しかし、わたしはてっきり――敵に尾行させるものだとばかり――」

「そのとおりだ。これはそれとは関係がない」ゾグロはため息をついた。「別問題だ。敵を釣るためのものではない。わしに女を調達しろ。とびきりの美女を。できればブロンドがいい。若くて、見た目は清純な女。二十歳以下。わしらの戯れに調子を合わせられる程度には頭のある女」

パベルは咳払いをしてうなずいた。「はい、ボス。打ってつけの女を知っています」

ゾグロは褒めるように笑みを見せた。「そうだと思った。すぐに連れてこい」それから、憂いの表情を作った。「マリアも気の毒に。無能な夫の弱点を知っておるのかね？」

パベルはつばを飲んだ。「い、いいえ、ボス」

「もちろん、娼婦に悪い感情はない。わしの母親が娼婦だったのだからな。そう聞かされたと言うべきか。それで思いだした。母親と娼婦といえば、ミハイル、またテレビ電話の回線をつなげられるか？　パベル、おまえに見せたいものがある。おまえの妻がおまえを捨てようとしていたことを知っているか？　ミーシャを連れて。クラコフまで逃げたところを、わ

し の手の者が捕らえて、連れ戻した」

ただでさえ白いパベルの顔色が土気色に変わった。ゾグロはほくそえんだ。愚か者め。被害の甚大な過ちを犯し、多大な損害を与えておいて、罰を免れるつもりだったとは。妻と、残った息子を逃がせると思うなど、とんでもないことだ。

この世界に、ヴァディム・ゾグロの手が及ばぬところはない。

「マリアとミーシャはわしの家に連行させ、おまえのために見張りをつけてある」ゾグロは猫撫で声を出した。「安心しろ。ふたりはわしの大事な客だ。おまえが臆病な雌犬を叱りつけたいだろうと思って、ミハイルにインターネットのテレビ電話を設定させておいた。夫が支えを必要としているときに、捨てようとするとはな。許しがたい裏切りだ。ミハイル？回線はつながったか？」

「はい、ボス。アレクセイが女をパソコンの前に連れてきますので、もう少しだけお待ちください」ミハイルが言った。

画面が揺れて、映像がちらついたあと、ゆっくりとマリア・シェルチェンコの姿が現われた。幼い息子を膝に抱いている。マリアの顔はやつれ、目はうつろで、口もとにはなんの表情も浮かんでいない。

この変わりようはどうだ。ゾグロはつくづくと見入った。マリアは美人だったと記憶しているが、いまは精も根も尽き果てたようすで、まるで老人だ。骨ばった顔で肌が引きつり、長い髪には艶《つや》がない。死にゆく者の姿。ゾグロは内心でつぶやき、つかの間、哀惜を覚えた。

幼い息子のほうも同じように哀れだった。痩せた顔のなかで、目だけが大きく見える。

パベルはふたりを見つめている。ふたりもパベルを見つめ返している。

「パパ？」息子がかぼそい声で言った。

ゾグロはその光景をながめ、大きな満足を得て、ようやく仕立てあがったリネンのズボンのポケットのなかで指をくねらせた。この部屋にいるほかの部下たちは心得たもので、しっかりと無表情をつくろい、同僚の罰を見ていた。しかし、ゾグロはこの部屋にたちこめる緊迫感の推移を感じ取っていた。非常に高まっている。全員の頭のなかに同じ考えがある。ひたいにネオンを掲げるかのように、はっきり読み取れた――次は自分の番かもしれない。

部下に罰を与える場合、必ずほかの部下たちの前でと決めていた。失敗すれば何が待ち受けているのか、知らしめることが大事だ。いまなら、それぞれがゾグロに気に入られたいという思いでいっぱいだろう。必死に機嫌を取ってくるはずだ。同僚たちのなかに、わずかにでも裏切りを予兆させるものがあれば、それをゾグロに差しだす。猫が死んだ鼠を飼い主に見せに来るようなものだ。

それでいい。そうあるべきだ。ゾグロの張りめぐらせた境界線が、部下たちを守り、家族を養う糧となり、部下たちの世界を揺るぎのないものにする。

なんといっても、ゾグロには、自分が築いた地下経済を維持する責任がある。ゾグロがいなければ、一万人が飢え死にするのだ。

恐怖は便利な道具だ。キエフの路上で暮らしていた子ども時代、ゾグロはそのことを学んだ。リーダーは冷酷非情でなければならない。外科医の道具のように恐怖を駆使して、膿《うみ》があれば、広がる前に取り除く。この道具をふるうこともゾグロの務めだ。神聖な仕事と言ってもいい。

たとえそれを楽しんでいたとしても……重責を担い、骨身を惜しまず働くビジネスマンがときおりちょっとした楽しみにふけることを、誰が責める？


「新しい男ができたのかしら、ベッカ」

マーラの鋭い声に、ベッカは飛びあがった。手に持っていた携帯電話は、硬い音をたててパソコンのキーボードに落ちた。「なんですって？」真っ赤になって尋ねた。「なぜそう思うんですか？」

マーラは顔をしかめてから、こわばった口もとに冷ややかな笑みを浮かべた。「さあ、なぜかしらね」マーラは言った。「この八分間で、あなたが十回は携帯のメールをチェックしているから？　それか、あなたの今日の出社時刻が午前十時二十五分で――」

「マーラ、それは、車を借りなければならなかったからだって説明したでしょう！　朝のうちに電話で連絡を入れました！　店が開くのが九時からで、しかも手続きに途方もない時間がかかったって！」

「それとも、お昼の休憩に九十分も時間を取ったから？」マーラはベッカの声など耳に入っていないかのように言葉を重ねた。「ショッピングモールまで足を伸ばして、立ちよった店は……」身をかがめ、ベッカが机の下にこっそり隠しておいた紙袋をすばやく引きだす。「ああ、やっぱり。ヴィクトリアズ・シークレット。さて、中身は？」まだ値札がついたままの下着を取りだした。リボンで縁取られたクリーム色のビスチェ、それと揃いで繊細な作りのガーターベルト、バックシーム入りのストッキング。「おやまあ、ベッカ」「私物です！」ベッカは下着を奪い返して、紙袋に突っこんだ。「仕事には関係ないでしょう！」

「そう？　勤務中に極めて私的な用事をすますのなら、残念ながら、関係はあるわ」

ベッカは頭から湯気をたてはじめた。「マーラ、三年前にこの仕事に就いてから、わたしがいままでまともにお昼の休憩を取ったことは数えるほどしかありません！」

「ええ、わかっているわ」マーラは日焼けサロン仕込みのなめし革のような腕を胸もとで組み、怒りと気づかいの入り混じった表情で唇をすぼめた。「あなたはいつも几帳面なのに。完璧主義者と言ってもいいくらい。だから、この突飛な行動に驚いているのよ。ジェロームの別荘を開けっぱなしで出てきたのと同じ。おまけに鍵をなくして……もう一度訊くけど、鍵はどこにあるの？　まさか、森のなか？　街に戻ってきたとき、わたしに連絡しようとも思わなかった？　仕事にも来ないで？　何日もよ？」

「もうお話ししました」ベッカはこわばった声で言った。「ジェロームの別荘のことについては、本当に申し訳なく思っています。わたし……一時的に理性を失ってしまって」

これが精一杯の言い訳だったが、マーラは納得しなかった。ほかにどうにか弁解できないものかと頭を絞ったものの、どんな釈明にも無理があった。本当のことは話せない。

ねえ、聞いてよ、マーラ。ジェロームの家を開けっぱなしにしたのも、鍵を持ち帰らなかったのも、血に飢えた悪党から命懸けで逃げてきたからよ。そのとき一緒だった、ものすごくセクシーな戦士と、今夜ホテルで会う予定。警察には駆けこまないように、その男から頼まれたの。警察に訴えたら、わたし、身の毛がよだつような方法で殺されるんですって。ハハハ。ええ、言うまでもないわよね。

この波乱に富んだ事実を明かせば、今後ここでの仕事が保証されなくなるという予感がした。

「ああそう」マーラはぷりぷりして言った。「本当に一時的だということを願うわ。二度と起こらないことをね。先週の一件だけでも、あなたを解雇する正当な理由になる。まだそうしないのは、過去の信頼があり、元婚約者のことでつらい目にあったのを知っているから。でも、次は情状酌量《しやくりよう》の余地はないわよ。おわかり？」

「はい」ベッカは固い声で言った。「よくわかりました」

「よろしい。今夜の晩餐会では立派な働きを見せてもらいたいところだわ。シェイは今日の午後に〝青の間〟で開かれる誕生日パーティで手一杯なの。だから、彼女の手助けは期待しないで。さっき花屋がテーブル用の花を持って到着したけど、気づいていないのかしら？　PAシステムの確認はすんだの？　ジャズ・トリオのリハーサルは？　それに、看板はどうなっているの？」

「ええと……まだそこまでは——」

「早く取りかかって。いますぐ。携帯電話はかばんにしまっておきなさい。そうしょっちゅうメールチェックをされるといらいらして仕方がないわ」

マーラが背を向けたあと、ベッカは思わずそちらに舌を突きだしていた。それから机の下で携帯を持って、ニックに送ったばかりのメールを読み返した。自分の浮かれ具合に吹きだしかけたけれども、どうにかこらえた。

眼鏡と清楚な下着を買ったわ。髪は短すぎてひっつめられなかったけど、それはあなたのせいよ。この前までなら、理想どおりのつんけんとした秘書になれた女より。

メールの着信音が鳴った。すごい。ニックがもう返事を送ってきた。マーラがまだ背を向けているのを確かめてから、メールを開いた。


待ちきれない。


ああ、どうしよう。ニックがあの色気のある笑みを浮かべ、口もとにしわを刻んで、誘いかけるように目をきらめかせているのが見えるようだ。

忍び笑いを押し殺し、喉をつまらせかけた。こういう型破りな楽しみで心を躍らせるのは、生まれて初めて。ニックはそれに付き合ってくれる。むしろ、ニックのほうがけしかけている。まさかこういう他愛もないお遊びに乗ってくるとは思いもよらなかった。

これまで、男と秘密の関係を持ったことは一度もない。ベッカみたいな女には縁のないことだった。ましてや、あんなふうに感じさせてくれる男なんて……信じられない。体を押し広げられ、たっぷり時間をかけて激しく交わったせいで、背中が痛い。それに、大事なところも。使用過多なのは明らかだ。

それでも、ニックのことを思うたびに、ベッカはかすかな熱を感じて、ひりひりする腿をすり合わせていた。そうすると、ついぼうっとしてしまう。仕事中なのに、体が疼いてたまらない。これではまるで好き者だ。ニックの熱いまなざしや、舌づかい、まばゆい笑みのことしか考えられない。ニックからほとばしる火山みたいな熱気。それに、大きくて、太い……ああ、もう、本当にどうしよう。

いますぐ扇風機がほしい。熱いと思ったら、汗をかいていた。

どうしようもない。マーラの立場なら、わたしだってわたしを解雇する。

でも、楽しくて仕方がなかった。こんなに浮かれた気分になったのは……まあ、ジャスティンからプロポーズされて、家庭を築くという夢でいっぱいだったときははしゃいでいたけれども、いまとは比べ物にならない。とろけるようなセックスも、生死の懸かったドラマもなかった。

ニックがベッカの携帯に登録した番号を探すのに三十分もかかった。ニックのNの項目にも、ワードのWの項目にも見つからなかったからだ。携帯のアドレス帳を一からあらためて、ようやくMのところで発見した。登録名、ミスター・ビッグ。ニックったら。

仕出し料理の確認をして、テーブルコーディネイト用の花を受け取り、すべて三度確かめ、贈呈品のテーブルを用意する時間だ。ベッカはやっとのことで頭のなかに〝するべきことリスト〟を作った。脳が奇声をあげて暴れまわり、飛び跳ねているときには難しい作業だ。なんてせわしない朝。午前四時に起きて、重い体を引きずり、ニックと一緒にシャワーを浴びたとき、またもや官能の爆発という結果を引き起こした。バスルームからお湯があふれて、廊下どころかリヴィングの絨毯まで濡らしたことは言うまでもない。

そして、ニックが帰ったあと、真夜中の密会に何を着るか考えながら、全力でクローゼットの解体に取りかかった。裏の駐車場に停めたレンタカーのトランクには、スーツケースが積んである。数着の着替えと、化粧道具と、洗面用具と、一番かわいいワンピースと、男受けのする唯一のハイヒールが入っている。バスルームをあさって、二年ほど前に買った避妊具まで用意した。ハイヒールの靴と同じく、あまり使い道のなかったものだ。じつのところ、一回も使っていない。当時付き合っていた人のために買ったものだが、その関係は恥ずかしいほどあっという間に終わってしまった。

どういうわけか、ジャスティンとは、婚約したあとでさえ、これを使おうと提案することすら思いつかなかった。それでよかった。いつか裏切られるということをどこかで察していたのかもしれない。

ニックとこれを使って、あの立派な……ええと、分身と素肌と素肌でふれ合うところを想像すると、いまにも気を失いそうだった。そんなことになったら、マーラの堪忍袋の緒は切れるだろう。

ベッカはピンクのつやめくストライプの袋に目をやって、なかに入っている下着のことを考えた。衝動的に、引き出しからもっと目立たないべつのビニール袋を取りだした。フリルだらけのブツをそこに押しこみ、オフィスから忍びでて、まっすぐトイレに向かった。これをつけておこう。いまから。

愚行の証拠を身につけるも同然だ。ともかく、そうしておけば、誰かに見られていちいち言い訳をする必要はなくなる。

「そのそわそわしたケツを五秒でいいから落ち着けて、せめて仕事をしているふりくらいしたらどうだ？」セス・マッケイが嫌味たっぷりに言った。「おまえの仕事は例のくそったれが現われるのを待つことだろう？」

ニックはドアのほうに目をやり、セスがぶらりと部屋に入ってきたのを見て、ぎょっとした。「え？　ああ、もちろん仕事をしていた。いや、している。何が気に障るんだ？」

「おまえ」セスは簡潔に答えた。「おまえが気に障る。にやにやしやがって。おまけに部屋をうろつきまわっている。車のキーがジャラジャラいう音がうるさいし、携帯をいじりっぱなしで壁にぶつかる始末だ。昨日までおまえはゾンビの王さまだった。それがいまは鼻歌を歌っているんだぞ！　いったいどうした？」

ニックの顔が火照った。「気に障るなら、見なきゃいいだろ」きまりが悪いことこのうえない。人間工学に基づいて作られたというオフィスチェアのひとつに腰をおろし、最後に一度だけ携帯電話をちらりとのぞいた。

「そいつをいじくるのをやめろ」セスはぴしりと言った。「マフィアの一団が例のルドミラのところに押しよせるかもしれないっていうのに、おまえときたら、心ここにあらずで女にいやらしいメールを送っているんだからな」

ニックはすぐさま顔をあげ、食ってかかろうとしたものの、セスの狡猾《こうかつ》な目のきらめきにさえぎられた。

「じゃあ、そのとおりなんだな」セスは勝ち誇ったように言った。「おい、よく聞けよ。おれの妻が深夜に――本来眠っていなければならない時間に、おまえのビデオの監視をすることはもう反対しない。だが、それはおまえがそこのソファに横になって、多少の睡眠を取る場合に限る。半年も寝てないような顔を見たら、少しは休ませてやろうと思うもんだ。しかし、おまえはソファにいなかった。ゆうべ出かけていたんだ。女のところに！」セスはえらい剣幕だった。

「失せろ」ニックは弱々しくつぶやいた。

しかし、セスの怒りはまだまだ治まらなかった。「おまえが殺されないように、おまえのろくでもない計画に協力して、真夜中にレインを働かせるのはまだ仕方がない。しかし、それが、ここを抜けだして女とヤるためとなれば、まったく話はべつだ」

「女？」デイビーの妻のマーゴットが、妊娠中の大きな腹を突きだして、部屋に入ってきた。「もしかして、恋人？」

「なんでもない」ニックはつぶやいた。「誰にも関係のない話だ」

「まさか」マーゴットはからかうように言って、大きな腹の下で両手を叩いた。腹は鮮やかな紫色のペイズリー柄のニットでおおわれている。もじゃもじゃのモップみたいな赤毛と色がぶつかって、目がちかちかしそうだ。「明日の結婚式で、独身の女友だち全員が嘆くことになるけど、おかげで席順に悩まなくてすむわ。エリンは誰をあなたの隣にするか決めかねていたの。グラマーなブロンドか、セクシーな赤毛か、フェロモン全開のブルネットか？エリンったら悩みまくっていたわよ。それで、恋人のお名前は？」

「結婚式ってなんだ?」

「結婚式?」ニックは目を見開き、身構えた。「ショーンとリヴの結婚式、明日、午後四時から。目を覚まして、ニック。何カ月も前から招待されていたでしょ。もうスリー・クリークス・ロッジに部屋も予約してある。広いバルコニーにバスタブ付きよ。きっと気に入るわ。恋人同伴ならなおさら。駄々をこねて逃げようなんて、考えちゃだめよ」

マーゴットは呆れ顔を作り、両手を腰に当てた。

ニックはビデオのスクリーンを指差した。「よく考えろよ! こいつを放りだして、スーツを着たり、カナッペを食ったりできるわけないだろ! 無理だ、マーゴット」

マーゴットは鼻を鳴らした。「ねえ、お願い。非道なマフィアがあなたの命を狙っているからって、お祝いを逃す言い訳にはならないわ。なんといっても、マクラウド家の結婚式なのよ。危険な悪党が迫っているのはもう伝統ね。ちょっとしたスパイスのようなもの。そうでしょう?」

ニックはうめいた。「スパイスもくそも——」

「すごいごちそうが出て、シャンパンは飲み放題。〈ヴィシャス・ルーモアズ〉がショーンのために演奏するの。最近はかなり人気が出て、もう一般の結婚式では演奏していないんだから。それに、わたしたちみんなで、その恋人があなたとお似合いかどうか確かめてあげる」マーゴットは嬉しそうに言った。「楽しみ! もう待ちきれない」

ニックは首を振った。「レインもその結婚式に出席するんだろ?」

「もちろん、出席よ。そうそう、タマラも。いつものとおり、花嫁の付き添い役。あなたに会えたら、タマラもきっと喜ぶわ」

「ああ、そうだな」喜んで撃ち殺すというのが正解だろう。「おれはここを離れられないんだ、マーゴット。誰かほかにウクライナ語を話せる人間が見つからない限り——」

「そのことなら解決した」デイビーが戸口から顔をのぞかせた。いかにも得意満面の顔つきだ。「それを伝えに来たんだ。軍隊時代の友人のなかからウクライナ語を話せるやつを見つけた。元レンジャーで、ブルックリンのブライトンビーチ出身。あのあたりは〝リトル・オデッサ〟とも呼ばれるロシア系移民の街——」

「ガイドブックの朗読をありがとよ」ニックはいがむように言った。「そいつの名前は?」

「アレックス・アーロ。おれたちがひと晩中シャンパンをがぶ飲みして、踊っているあいだ、あいつがビデオの監視を引き受けてくれる。いまペンデルトンから車でこちらに向かっているところだ」

「だが、おれは——」

「会場にはノートパソコンを何台か持っていく」デイビーはなだめにかかった。「スリー・クリークスにはブロードバンド環境が整っている。パソコンからも例のマダムのようすを確認できる。コース料理の合間に確かめたければな」

「しかし、その男は敵の顔を知らないだろ」ニックは言い募った。

「ルドミラと合言葉を決めておけばいい。彼女がその言葉を口にしたら、敵が来た合図」デイビーは根気強く言った。「簡単だ。興ざめなことばかり言うのはやめろ。ほら、あいつの経歴をダウンロードしてきた。ディスクにも落として——」

「やめろ!」ニックは慌ててデイビーの手を押さえ、パソコンにディスクを挿入するのを阻止したが、馬鹿みたいな気分だった。「ええと、そのパソコンは使用中なんだ」デイビーは画面をのぞき、青地のシアトルの地図と、そこにひとつだけ明滅するアイコンを見て、口もとをゆるめた。「これが彼女だな？　現在地はボセル。なるほどな」

「なんだって？」セスがテーブルの向こうから突進してきて、画面に目を凝らした。「こいつは目の錯覚か？　この抑圧的な男が自分の彼女にX線スペクトルを仕掛けた？　どこに発信機を忍ばせたんだ？　ブラジャーのなかか？」

「携帯電話だ」ニックはしぶしぶと認めた。

セスははしゃいだ声で言った。「基本だな。本人は知らないんだろ？」ニックのしかめっ面を見て、大声で笑いだした。「言うまでもないか」

「うしろめたいんだよ」デイビーが解説した。「最初はそういうものだ」

「だから、名前は？」マーゴットがやきもきして口を挟んだ。「座席表になんて書いていいかわからないでしょ！」

「ベッカ」ニックはそれだけ言って、口をつぐんだ。

マーゴットは待っている。「ベッカだけ？」少しして、先をうながした。「苗字は？」

「ベッカだけだ」ニックはつぶやいた。

マーゴットは眉をひそめた。「彼女、身を隠しているとか？　法の手から逃げている？」唇を噛み、多彩な色の目をみるみる大きく開いていく。「わかった。例のマフィアからあなたが助けたっていう女性ね？　裸で泳いでいるところを見つけたのよね？　お相手がその人だったなんて、嘘みたい！」

セスがヒュウッと歓声をあげた。「おいおい、こいつはことだぞ。銃弾をかいくぐった真実の愛。本物に決まってる」

「たいへん。レインとリヴとエリンにすぐ電話しなくちゃ」マーゴットが言った。「こんなにおいしい噂話はないわ。わくわくする。本当にわくわくしちゃう」

「頼むから、おれをひとりにしてくれないか？」ニックは哀願するように言った。

デイビーが肋骨を三本は折りかねない力でニックの背中を叩いた。「諦めろ」ほがらかに言う。「早いとこ慣れるんだな」

18

ベッカはパーティ会場の〝水晶の間〟を巡回していた。正装の晩餐会で、男性の客は黒の蝶ネクタイをつけ、女性客はつやめくイヴニングドレスで着飾っている。

いまのところ、万事快調だ。職を失うような失態はまだ演じていない。〝日光の間〟での受付は滞りなく終わり、ジャズ・トリオは情感たっぷりの曲を奏で、ソムリエや給仕はそつなく仕事をこなし、魚料理のあとにライムのシャーベットが続くころには、ビッグバンドが準備をすませて、ダンスの時間を待ち構えていた。すべてが予定どおり、すべてが時間どおりだ。

あと十五分でコーヒーとデザートが供され、それからスピーチが始まる。膨大な量の瑣末《さまつ》事を心に留め、ニックのことを考えずにいるのは不可能に近かった。でも、今夜また会える。こうして秘密のデートを意識していると、コーヒーのカフェインで気分が高揚したときのように、どうしようもなくそわそわしてしまう。

その感覚を自己分析するのに夢中で、広間を横切ってきた男性と危うくぶつかりそうになった。すんでのところで横を向き、息を呑みつつも顔を隠した。どうしよう。蜘蛛男の客だ。ゾグロといっしょにいた正体不明の事業提携者。カントリークラブ・タイプの男だ。

そろそろと振り返り、そっとうかがって、確信を得た。

横顔が見える。清潔感にあふれ、タキシードを着こなして、超VIP席のひとつに着いた。同席の面々に小声で謝罪しているようだ。隣はきりっとした顔にこわばった笑みを浮かべたブロンドの女性。男はブロンドの女性から言われたことに応えて、赤ワインのグラスを掲げた。

あの島でも、ああやってグラスを掲げていた。あのぎらぎらした目をベッカに向けて。グラスがふれ合う音。血の色のワイン。

——美女に乾杯。われらの欲望が満たされんことを。

ベッカの心に穴が開いた。穴の奥は奈落の底だ。テーブルのはしをつかみ、吐き気をこらえた。よろめく足で広間を横切り、男と距離を取った。目の前が暗くなっていく。冷や汗が噴きだす。体中がぐらぐらしている。耳鳴りがして、両手が冷たい。体をふたつに折り曲げたかった。ベッカはどうにか意識を保っていようともがいた。

ほんの数日前、あの島で現実に起こった出来事が、頭のなかにどっとあふれだした。消えたのではなく、そこにひそんで、ベッカの新たな平静を打ち崩そうと身構えていたのだ。

気を失ってはだめ。そうしたら終わりだ。しっかりしなければ。しっかり。

「ベッカ?」マーラの声は鋭かった。「いったいどうしたの? 具合が悪い?」

ベッカはじっとりとしたひたいをぬぐい、またそっと男のようすをうかがった。男はこちらのほうを見たが、視線はベッカを素通りした。あのときより短く、収まりの悪くなった髪と、顔の一部を隠してくれる黒ぶちの眼鏡に感謝だ。

男に背を向けた。「マーラ」ひそひそ声で尋ねた。「いましがたVIP席に座った男性がいますよね？ 身長は百八十五センチくらい、黒のタキシード、四十代後半、こめかみに白いものが交じった男です。ダイヤモンドを山ほどつけた中年女性の隣に座っています。彼はどなたですか？」

マーラは目をすがめ、左右の眉がくっつくほど顔をしかめた。「ベッカ。いまは断じて噂話に花を咲かせる時間では──いたっ！ ちょっと！」

ベッカはマーラの手首をつかみ、爪が食いこむのもかまわず、渾身《こんしん》の力で握りしめた。

「あれは誰です？」

マーラは手を振りほどき、険しいまなざしをよこした。「ドクター・リッチモンド・マシス。有名な心臓外科医よ。今夜ハリソン氏に送別のスピーチをすることになっている！ あなただって知っているでしょう、ベッカ！ 遅れたのは、救急措置の必要な患者を診ていたから」

ベッカは両手で口を押さえた。「たいへん」小声でつぶやいた。内臓まで吐きそうだ。「失礼します。気分が悪いんです」片手を口に押し当てたまま、軋んだ声で言った。トイレを目指して駆けだし、テーブルにぶつかり、給仕を肘で押しのけた。給仕がトレイいっぱいにのせていたシャーベットはすべて引っくり返り、不運な女性の真っ白なブラウスに落ちた。

ベッカは怒声を背に受けて走った。なんにせよ、立ち止まって謝ることはできなかった。もしも口を開いたら、そこから出てくるのは〝申し訳ありません〟の言葉ではない。正装の客に戻したら、事態はますます悪くなる。ありがたいことに、女性用トイレに列はできていなかった。ベッカは間一髪のところで個室に飛びこんだ。

このクラブの女性用トイレの個室は、桃色のイタリア産大理石の壁で囲まれた小さな部屋のような造りになっていた。それぞれに専用の洗面台と金色で統一された備品、そして金ぶちの巨大な鏡が備わっている。ベッカがようやく顔をあげたとき、便器の上にかかっているその鏡に、自分のみじめな顔が映った。ああ、ひどい顔だ。

顔は白衣みたいに真っ白。鼻水も涙も盛大に垂れ流し、まぶたはピンク色に腫《は》れて、マスカラはほとんどが流れ落ちていた。

そして、目は恐怖で凍りついている。全身ががたがたと震えていた。

ここで？　よりによって、わたしが手がけたパーティで？　確率はどれくらい？　運命に弄ばれているとしか思えない。

ベッカはできるだけ長く個室に留まり、便器をきれいにして、顔をぬぐい、髪と服と顔つきを直した。自分を奮いたたせ、プロらしいほがらかな笑みを顔に張りつけようとした。だめ。笑顔なんか出てこない。

作り笑いすら浮かばない。携帯電話を持ってきていないから、ニックに電話をかけて、助けてほしいと泣きつくこともできない。携帯はオフィスのバッグのなかで、オフィスはこの翼《よく》の廊下の一番はしにある。

ベッカは自分を落ち着かせようとした。あの男はポーチドサーモンを食べるのをやめてまで、殺しに来たりしない。そもそもみずから殺人に手を染めそうな男には見えない。とはいえ、それとなくベッカの身元を聞きだし、人目につかないところで電話をかけることはできる。それがベッカ・キャトレルの運の尽き。

ニックが何度も言っていたように、一巻の終わりだ。

個室の外に出たとき、マーラが待っていたことには驚かなかった。マーラは引き締まったお尻をなかば化粧台にのせて、腕を組み、眉間にしわをよせていた。激怒の表情だ。ほかにも化粧を直したり、手を洗ったりしている女性たちがいたので、マーラはひとことも口を利かずに、ふたりきりになるまで待った。最後の女性が出ていって、ドアが閉まった瞬間、ベッカは身構えた。

マーラはすぐさま本題に入った。「あの男と寝たのね？」

ベッカは目をぱちくりさせてマーラを見つめた。完全に虚をつかれていた。「あの……え？　誰と？」ベッカは口ごもった。「わたし――でも――」

「とぼけるのはやめなさい」マーラは火を吹くように言った。「マシスのことを話しているの。仕事をさぼっているあいだ、彼のところにいたというわけね？　携帯でメールのやり取りをしていたのも、ふしだらな下着を買ったのもそのため？　偽名を教えられたのかしら、ベッカ？　既婚者だということは知らなかった？　純情にもほどがあるわよ」

冗談じゃない。ベッカは筋の通ったことを言い返そうと心のなかでもがいた。口をぱくぱくさせているうちに、マーラの一足飛びの結論が、客観的には何より筋が通っていると気づいた。忌まわしい真実よりもよほど現実的で、信憑性のある話だ。

マーラは怒りを押し殺し、声を抑えて説教を続けていた。「隣にいたのが奥さんのヘレン・マシス。宝石をじゃらじゃらつけた、背の高いブロンドの女性を覚えているでしょう？　慈善家で、この街の慈善団体すべての理事に名を連ねている。去年あなたが企画した〝母と娘のお茶会〟にも参加していたわ。九歳と十二歳の娘さんたちと一緒に。ふたりともブロンドで、おしゃべりで、生意気な子どもだったわね。覚えていないの？」

ベッカは首を振った。「覚えていません」ぽつりと答えた。

「馬鹿なことは考えないでほしいと強く願うわ、ベッカ。たとえば、奥さんを捨てて自分と結婚してもらおうだとか」マーラはあら捜しをするように、ベッカの全身に目を走らせた。「現実を見なさい。あなたはとてもかわいいけれども、絶世の美女ではない」

「マーラ、わたしはべつに――」

「とにかく、いまは気持ちを切り替えて」ピンク色の大理石の容器から、香水付きのティッシュペーパーを引きだし、ベッカの手に押しこんだ。「一週間で、一度ならず二度までも恋の痛手を受けることになったのは、本当に気の毒だと思う。でも、いまが正念場よ。責任感のあるところを見せてちょうだい」

「でも、マーラ、わたしは――」

「さあ、ここそこ隠れるのはやめて、持ち場に戻りなさい。何ごともなかったかのようにふるまうのよ。いまプライドを見せる方法はそれしかない」マーラはきっぱりと言った。「彼がどうすると思う？　何ができるかしら？　何もできないのよ、ベッカ。もしも目が合ったら、澄ましてほほ笑んでやりなさい。会ったこともないふりをするの。奥さんのほうにも笑みを振りまいて。あなたが何をするかと彼に心配させるのよ。さぞ気を揉むことでしょう。

嘘つきの浮気者には当然の報い。あなたのほうが彼に操られてはだめよ!」

マーラのお説教は力強く、何か気持ちを鼓舞するようなテーマ曲がバックに流れていてもおかしくなかった。ベッカは上司の険しい顔を見つめた。いつしか、言われたとおりにできたらどんなにいいかと願っていた。この流れに身を任せてしまいたい。

だって、あまりに突飛で、現実離れしている。何もかもが幻覚なのかもしれない。一刻も早く忘れたい悪夢。せめて、頭の片すみに追いやりたい。そういうふりをすれば、もしかして……あの男はわたしに気づかず、顔を見てもそうとわからないかも……?

いいえ。危ない橋は渡れない。この目で見たものは現実だ。あの島で、ベッカは血の海を泳いだ。その現実に向き合い、対処しなければいけない。

「持ち場に戻ることはできません」ベッカは静かに言った。「ごめんなさい」

マーラの顔がこわばった。「どうしようもない男と寝たからといって、年に数度とない最重要の仕事の真っ最中に逃げだす? しっかりして、ベッカ! 誰にでも一度や二度の過ちはある! 乗り越えなさい! 大人になりなさい!」

あの気持ち悪い男と寝てなんかいない。それくらいなら死んだほうがましよ。

声を限りにそう叫びたかった。ベッカは衝動を呑みこんだが、それは大きな石みたいに喉につかえた。

マーラには好意も尊敬の念も抱いている。言葉は辛辣で、性格がきついと思われがちだが、姉御肌で、思いやりがあり、若い従業員には母親のような心配りさえ見せてくれる女性だ。マーラの信望を得ることに、ベッカは重きを置いてきた。

でも、いまはふたつの選択肢しかない。意志の弱い臆病な女だと思われるか、妄想に取りつかれた奇人だと思われるか。どちらを選ぶのもつらい。

「失望させて、申し訳なく思います」掛け値なしの本音だった。「でも、わたしなりの理由があるんです。とにかく持ち場には戻れません」

マーラはまた目をすがめ、口を開いた。そのとき、べつの女性がトイレに入ってきて、個室に向かった。マーラは個室のドアが閉まるのを待ってから、身をかがめ、険しいささやき声でベッカに耳打ちした。

「考え直す時間を五分だけあげましょう。その時間が過ぎても〝水晶の間〟にあなたの姿が見えなかったら、免職の書類を調えます。本日付で退職よ。さようなら、ベッカ。今後の幸運と成功を願うわ」

輝く大理石の床に憤然とヒールを鳴らして、マーラは出ていった。

ベッカは大理石の化粧台に両手をつき、関節が白くなるほど強く握りしめた。わたしの世界の形が変わっていく。希望も夢も未来も唐突に砕かれ、立て直しを迫られている。

首？　ああそう。レイプと拷問とむごい死にざまのほかに、どうやって家賃を払うかということも心配しなければいけなくなった。キャリーの家賃も。ジョシュの家賃も。

ベッカは自分を慰めようとした。これですべてを失ったわけではない。失業保険がある。あの長蛇の列には以前にも並んだことがあった。ここから出て、パーティ会場に戻らなければ、確実に職を失う。でも、戻ったら、殺される。どのみち、死んだら仕事を続けることはできない。

皮肉な笑いがこみあげ、ベッカはまだむかつく腹を抱えた。ほら、多少は慰めになった。大成功。

よし。首になったのだから、逃亡の準備は整ったも同然。ベッカは恐怖と震えを押しこめ、トイレの外をそっとのぞいて、左右を見まわした。誰もいない。爪先立ちで廊下を走り、建物のはじのオフィスに戻った。

手早くバッグと携帯電話と鍵を回収した。コートを着た。フードもかぶろう。ああ、ニックの言うとおりに髪を染めておけばよかった。どうしてあれほどかたくなに拒んだの？ どうしてわたしはこんなに間が抜けているの？ なぜ？

最後に一瞬だけ、マーラの事務補佐、シェイと一緒に使ったオフィスを名残惜しんだ。三年間、ここで一所懸命に働いてきた。あの努力がすべて煙と消えた。今夜の成り行きでは、マーラが推薦状を書いてくれることはない。一から出直しだ。とりあえずはウェイトレスやケータリングの一時的な仕事に就くしかないだろう。福利厚生もなし、保険の援助もなし、未来もなし。

命を守ることに専念しなさい。キーチェーンからオフィスの鍵をはずし、シェイの机に置いて、説明と別れの言葉のメモを添えた。電気を消し、ドアをそっと押し開けて、廊下をのぞいた。

すぐさま頭を引っこめた。心臓は勢いよく肋骨を打ちつけている。あの男がいる。オフィスのドアから十メートルと離れていないところに。男の顔は一瞬でわかったが、男のほうは女性と言い争うのに夢中で、ドアが小さく開いたことに気づいていないようだ。

黒っぽい髪に、長いコートを着た女性。ヘレン・マシスではない。

ベッカはそろそろとドアを閉めて、鍵をかけた。息をしようと努め、轟くような鼓動の音を聞きながら、考えをまとめようとした。ベッカの内側は凍りつき、砕け散り、どっとアドレナリンが放出されるたび、さらに粉々になっていくようだ。ドアにすがりつき、目をきつく閉じて、頬に涙を伝わせた。ニックみたいにわたしも銃を持っていたら。襲われたときには、相手が誰だろうと、そいつの首をへし折ったり、喉をかき切ったり、ケツを吹き飛ばしたりできればいいのに。

本音では、とにかくこのふたりがどこかよそに場所を移して、ベッカの逃走路をあけてくれることを願っていた。

カチャッ。ドアが開く音。パチッ。続き部屋になっている隣のオフィスから明かりがあふれた。マーラのオフィス。マーラは鍵をかけずに出たのだろう。ふたつのオフィスをつなぐドアは開けっ放しになっていた。

どうしよう。言い争いを続けているふたりがこのまま進んだら、ベッカの姿はばっちり見えてしまう。

「……とにかく、こんなところに来るとはどういうつもりだ！　とうとう正気を失ったか？」マシスが威嚇するように言った。

「でも、血液と細胞組織が送られてきたのよ！」女の声はわななき、いまにも泣きだしそうに聞こえた。「あなたも見たでしょう！　この少女の適合性は完璧で――」

「あちらの医者を信じるのか？　あちらのデータを？　施設を？　こちらが支払っている報

酬額を考えれば、データのひとつとして信じられないね。こちらで検査して、こちらで確認し、二度確認し、三度確認する。わかったか？」

ベッカは息もできなかった。唇が震えている。肺がつまったのではないかと思って、空気を取りこもうとしたが、そうしたら胸が引きつって、しゃくりあげてしまいそうだ。その危険は冒せない。息を吸うのはあとでもいい。

そうっと体勢を変え、ドアに背をつけた。衣擦《きぬず》れの音も、床の軋む音もたてないよう細心の注意を払って、ウォータークーラーのうしろに移動し、しゃがみこんで、できるだけ小さく体を丸めた。

女性が涙を呑みこみ、大きく喉を鳴らす音が聞こえた。「でも、リチャード、わたしにはとてもできない――」

「できないというのはどういう意味だ？　エデライン・メトガーズの予約が二週間後に入っているんだぞ」すごみを利かせた男の声は、ベッカのささくれだった神経をこぶしで強打するみたいに殴りつけた。「同時期の予約がほかにも四人いる。おまえが自分で予定を組んだんだろうが！」

「あなたにはわからないのよ」女性は涙声でささやくように訴えている。「あ、あなたも一緒に来てくれなきゃだめよ、リチャード。わたしひとりではつらくて。あなたがいてくれるから、わたしも強くなれるの。わたしだけでは――」

「くだらないことを言うな。もう首根っこまでこの件に浸かっているんだ」マシスは怒鳴りつけた。「できることなら自分で行きたいが、ここから抜けだせないし、そのことはおまえも承知している。あの思いあがったじじいにごますりのスピーチを……やれやれだな。きっかり九分後にスピーチをぶつ。最高のタイミングだよ、ダイアナ。招待もされていないのにのこのこ現われて、トレンチコートを着込み、夜の九時にサングラスをかけ、ハリソンのじじいのパーティでこれ以上ないほど目立ってくれた。妻が気づかないと思うか？　誰もがびんときたに決まっている！」

「でも、わたし——」

「とっとと行って、話し合ったとおりの仕事をしろ」男の声に表われた冷徹な威嚇の調子は、ベッカの背筋さえも凍らせた。「行けるのはおまえしかいないし、いましかない。今夜だ。選択の余地はない。わかったか？」

「でも、リチャード、さっきも言ったように——」

バシッ。相当強い平手打ちの音。それから、しっぽを垂れた犬の鳴き声のような音が続いた。鼻をすするくぐもった音。「あなたって最低よ、リチャード」女性がべそをかきながら言った。

「自覚している。しかし、だからこそ、ぼくたちはうまくいっている。さあ、引きあげて、仕事をするんだ。ぐだぐだ言うような時間の余裕はない。いいな？」

泣きじゃくる声がして、それがすすり泣きに変わり、少しすると喉を鳴らすような喘ぎ声になった。ベッカが少しだけ身を乗りだしてみると、マシスは女性にキスをしていた。手は女の股間をつかみ、まさぐっている。女は身悶えして、溺れかけているかのように、マシスの首にしがみついていた。

ベッカはすぐさま首を引っこめた。あんなところを見て、汚されたような気分だ。

女性はむせぶような音をたて、うしろによろめいて、マーラの机にぶつかった。マシスが突き放したのは明らかだ。

「いい子でいろ、ダイアナ」マシスは脅しをかけた。足音、そしてバタンとドアが閉まる音。

ダイアナはそれからしばらくのあいだ、泣きつづけていた。ベッカが退屈を感じるほどの時間が過ぎた。じっとしゃがんでいたせいで、両足が痺れている。女性が気持ちを落ち着けて、まだ鼻をすすりながら、よろめきつつ出ていったときには心底ほっとした。

ベッカは顔から床に倒れ、痺れた足で立ちあがった。足で床を叩いたり、よろめいたりしたあと、ぴりぴりするという程度にまで痺れが治ってから、バッグを肩にかけて歩きだした。ドアの外をのぞいたとき、ダイアナのベージュのトレンチコートが階段に消えた。裏口の駐車場に続く階段だ。ベッカがレンタカーを停めたのはそこだった。

衝動を抑える努力はしなかった。そんなことをしたら、勇気が萎えてしまう。行けるのはおまえしかいないし、いましかない、と男が言っていた。今夜、と。

これは驚きだ。まったく同じことがベッカにも当てはまる。

大きく深呼吸して、ベッカはダイアナの跡をつけはじめた。

「あの、すみません。技術的な質問をしてもいいですか?」かすかに訛《なま》りのある、柔らかな女の声が尋ねた。

ジョシュ・キャトレルはパソコンのケースカバーを開けて、内部のファンを調整していた。

五万回目にも及びそうな邪魔に、内心でため息をついた。人が近づいてこないようにしなければ、終業時間までにこいつの修理は終わらない。「お客さん、店内にいる従業員の誰かに尋ねたらどう？」ジョシュは顔をあげた。「あいつらでも充分に答えられるだろうから……」言葉はジョシュの胸のなかでしぼんで、消え去った。煙草の煙が空に浮かび、風の流れで散ってしまうようなものだった。いま、ジョシュの心はまっさらだ。そして、口はぽかんと開いていた。

とびきりの女の子だった。外国人風の美女。そのため、空の彼方の星からやってきたような雰囲気があった。流れるようなホワイトブロンドの長い髪、大きな藍色の目、赤くふっくらとした唇、白い花びらみたいになめらかな肌。

そこからがまたすごい。下方の周辺視野を広げ、神がかった美しさを目に収めるため、ジョシュは立ちあがった。推定Fカップの胸は、タイトな白いTシャツの下で重力の法則に挑み、あえて露出したウエストは細くくびれて、へそにはピアスがついている。きわどいほどローライズのジーンズは、世界トップクラスの尻にかろうじてぶらさがっている格好だ。

ジョシュは体から視線を引きはがし、もう一度顔を見た。どれだけ長いあいだぽかんと見とれていたのか、想像もつかない。彼女はぼくにほほ笑んでいる。唇の形は完璧で、そこはかとない色気があった。アンジェリーナ・ジョリーみたいに〝高嶺《たかね》の花〟を宣言するような唇だ。彼女は光り輝いていた。きらめいていた。自然の奇跡が、このエリック電器店に現れたのだ。

「本当にごめんなさい」長く色の濃いまつ毛を伏せて、頬に扇のような影を落とす。「お仕事の邪魔をしてしまったのですね。ほかの人に訊けばいいですか？　カウンターのところにいる赤い髪の男性？　あの人が質問に――」

「いや、とんでもない！　まるっきり邪魔じゃないから！」ジョシュは言った。「なんでも訊いて。どんな質問でも。なんでも」馬鹿！　ネジのゆるんだやつみたいにわめいてどうする？　こういうときの自分は大嫌いだ。

しかし、驚いたことに、彼女はまだ笑みを浮かべていた。まるでジョシュが月をプレゼントしたかのような、優しく、まばゆいばかりの笑顔。

きちんと質問を聞いて、彼女のパソコンの不具合を理解するには、脳をフル稼働させなければならなかった。彼女の言葉にアクセントがあり、なおかつ、信じられないくらいに美しいからだが、最後にはなんとなくわかってきた。デスクトップ・パブリッシング《DTP》が彼女のパソコン上のほかのプログラムと衝突して、パソコン自体がフリーズしてしまうというのだ。

「ここに持ってきてくれたら、ぼくが見てみるよ」ジョシュは言った。「ここで買ったものかな？」

彼女はふいに不安そうな表情を見せた。「いいえ、中古のコンピューターです」

「あー」ジョシュは意気をくじかれた。「それだと、ええと、保証が利かないんだよね」ちきしょう。彼女の悩みを解決してあげたい。金の節約にひと役買って、彼女のヒーローになりたい。「それでもぼくが見てあげるよ。もちろん、ただで。仕事が終わったあとでやるから」

彼女はぱっと顔を輝かせた。「まあ、なんて親切なんでしょう。でも、それをお願いしたら……あなたの迷惑に……」

「なんでも任せて！」ジョシュは勢いこんで言った。

「もしかして、その、うちまで来てもらうことはできますか？」恥ずかしそうな小声で、言葉が漏れる。「出張のような？　わたし、車を持っていないのですが、コンピューターはとても大きくて重いのに、この近所に手伝ってくれる人がいなくて――」

「もちろん！　ぼくに任せて！」頭がくらくらしてきた。彼女の家？　なにかの間違いだろうか。冗談とか。頭から蒸気が噴きでそうだ。

「時間がかかるぶん、お金は払います、もちろん」真面目な口調で言う。

「いや、そんな、心配しなくて大丈夫」ジョシュは安心させるように言った。「喜んで手を貸すよ。ただ……ええと……いつ？」

底知れない藍色の目がきらめいた。「あなたのいいときで、一番早く」

ジョシュはごくりとつばを飲んだ。「それじゃあ、ええと、いまからは？」

ふいにえくぼが現われ、目が笑みで輝いた。「仕事はしなくていいですか？」穏やかに尋ねる。「わたしのせいで、上司と喧嘩になったらだめです」

「いや、平気だよ。どっちにしろ、ぼくのシフトはフレックス制みたいなものなんだ」嘘をついた。「それに、今日は早めにあがるつもりだったから、ボスも了解してくれる」

ある意味では本当だ。上司のジョーから早あがりの許可を得ていて、本当なら車でオリンピアまでキャリーを迎えに行く予定だった。

急遽《きゆうきよ》、予定変更だ。こんなチャンスが転がってくるのは千年に一度しかない。

「個人的なことを訊いてもいいかな？」ジョシュは言った。

彼女の口もとに笑みがよぎった。「話して楽しいのは、個人的なことだけ」肌をくすぐるような彼女の声に、指先もつま先もちりちりしている。「きみの、その、アクセントだけど」

ジョシュは頬を染めてつぶやいた。「どこのもの？」

「モルドバ」彼女は言った。「わたし、学生ビザでこちらに来ました」

「ああ、なるほど」ジョシュは言った。「ぼくは、ええと、ジョシュ」手を差しだした。

彼女は手を取り、握った。「ナディアです」小さなベルベットのクッションにのった宝石を受け取ったような気分だ。

ナディア。ああ、めまいがする。口のなかでそっとつぶやいてみた。口のなかから、喜びのさざ波が背筋へ伝っていった。

ナディアの手は柔らかかった。華奢で冷たい指がジョシュの手を包んでいる。信頼をよせるように。しかし、これからどうしていいのかわからない。こっちから手を引く？　そんなことをして、ナディアの気持ちを傷つけやしないかと心配だった。これが異文化交流だろうか。もしかすると、モルドバの人たちはこういうふうに長時間、親しみをこめて握手するのかもしれない。

その効果はたちまち下半身に及んだ。これはまずい。

「帰るってボスに断わってきたほうがよさそうだ」ジョシュはもごもごと言った。「それで、その、外で待っててもらってもいいかな？　ブロンド美人と連れだって帰るところを見られたら、早退の理由を怪しまれちゃうからさ」

ナディアはまつ毛の下から見あげるようにジョシュをうかがい、秘密めかした笑みを投げかけた。「いい人」小さくつぶやく。「では、外で待ちます、ジョシュ」

ジョシュはいつ夢から覚めるのだろうかといぶかしみながら、ナディアが店の外に出るのを見送った。とにかく驚きだ。くしゃくしゃのオレンジ色の制服をつまみ、ジーンズのウエストから引っ張りだして、勃起を隠そうとした。いったん収まっても、あの美人のそばにいたらいつまたこうなるかわからないから、予防策でもある。靴底にバネが生えたかのように、ジョーの事務所に飛んでいった。

「ジョー」ジョシュは言った。「もうあがるよ」

ジョーは顔をしかめ、時計に目をやった。「早くないか？」

「前から言ってたよね？　今日は早退するって。車で妹を迎えに行かなきゃならないんだ。たった一時間の早退じゃないか。来週埋め合わせするから」

「いいぞ」ジョーはぼやくように言い、手を振った。

ジャケットと鍵を取りに従業員室へ向かいながら、キャリーの番号を呼びだした。本来は、エバーグリーン州立大学までキャリーを迎えに行き、iPodをトランスミッターでつないで、がんがんにラップをかけながら、夜通し運転してシアトルに帰り、そそっかしい姉の人生の調停役を務めるという計画だった。いまの姉にきょうだいの監視が必要なのは明らかだ。

予告なく押しかけるつもりだった。運がよければ、例のチンピラといっしょにいるところに乗りこめるかもしれない。ジョシュが役にたたなければ、キャリーが叩きだす。その可能性のほうが高そうだった。

しかし、先送りにしてもらうしかない。ナディアのためなら、世界中が待つだろう。ベッカもあと一日くらい、道ばたで拾ったチンピラと不品行なふるまいをしたっていいさ。どのみちキャリーとふたりで、そいつに一トンの煉瓦をぶつけてやるんだから。ジョシュはキャリーの携帯に電話をかけた。

呼出音はいつまでもいつまでも鳴りつづけた。これはおかしい。キャリーの寮の電話にかけてみた。

「もしもし?」女のハスキーな声が応えた。

エリスの声はジョシュにもわかった。キャリーと同じ部屋で暮らしている女の子だ。「やあ、エリス。ジョシュだよ。キャリーの兄」ジョシュは言った。「あいつ、そこにいるかい?」

「ああ、ジョシュ。キャリーはいないよ。あなたと一緒なんだと思ってた。今夜待ち合わせて、シアトルに行くんじゃなかったの?　お姉さんの新しい彼氏のことで大問題が起きたって?」

「うん、そのつもりだったんだけどさ」ジョシュは言った。「今夜は無理なんだよ。なのに、あいつの携帯がつながらなくて。もしそっちに戻ったら、連絡するように言ってくれるかな?」

「了解。じゃあね、ジョシュ」

本当におかしい。エッチな気分でぼうっとなっていたのも忘れ、ジョシュは携帯を見つめた。キャリーはいつでもどこでも連絡を取れるようにしておくのが信条で、そのことには姉と兄にも口やかましかった。たとえ短時間でも、電話がつながらないとなれば、大騒ぎするのがキャリーだ。母をあんなふうに失ったことがトラウマになっているのだとベッカとジョシュは考えている。だから、三人とも電話の充電を怠らず、そのときそのときに連絡可能な番号を知らせ合ってきた。

どういうことだ。心配だった。しかし、店の外に出て、ナディアがちゃんと待っていてくれたのを見たとき、その美貌にまた目がくらんで、ジョシュは頭のなかのほかの考えごとすべてに一時停止をかけた。

ナディアはゆっくりと、尻を揺らすように歩いてきた。ハイヒールのブーツをジーンズの上から履いている。脚はひたすら長い。

とにかく、完璧じゃないところがなかった。

ナディアはジョシュの腕に腕を絡ませた。「行きますか？　あなたの車はどこ？」

このアクセントがまたすばらしい。ナディアの腕の内側がジョシュの腕にふれている。柔らかい。こんなに柔らかいものにふれたのは生まれて初めてだ。

「きみはさ、その、怖くないの？」思わず問いかけていた。そして、そんなことを言った自分が恐ろしくなった。チャンスをつぶしてどうする？　大馬鹿者め。

しかし、ナディアは目を丸くして、青く澄んだ瞳を輝かせた。「怖い？　なぜ？　誰が？」

ジョシュは途方に暮れて、軽く手を振りまわした。「いや、わかんないけど、ぼくとか？見知らぬ男を家にあげることとか。ほら、ぼくがどんな男かなんてわからないだろ」

ナディアは笑みを広げ、そのまぶしさでまたジョシュをぼうっとさせた。「でも、あなたはジョシュでしょう?」低くくすぐるような声で言った。「あなたは、あなた」

胸のなかでヘリウムガスの風船が膨らみ、それにつられて、ジョシュは胸を張り、背筋が痛くなるほど背を伸ばしていた。地に足がついていない。地上から数センチ上にふわふわと浮いているようだ。

地上への錨《いかり》は、そっとふれ合う腕の感触だけ。赤ちゃんみたいになめらかなその腕にいざなわれて、ジョシュは未知の運命に漂っていった。

19

パベル・チェルシェンコがイくまで、やたらめったに時間がかかった。ルドミラが飲ませつづけたウォッカのせいかもしれない。もっとも、ウォッカのロックに〝反媚薬〟成分は入れていなかったようだが。何せルドミラ本人も数杯飲んだ。

ニックは歯を食いしばり、強《し》いて画面を見つめた。不愉快でたまらないし、ルドミラが同じ気持ちなのも間違いない。しかし、どれほど気乗りせずとも、まずい事態にならないように見張っているのがニックの務めだ。

それでも、パベルの毛だらけの汚いケツが上下に揺れるのを見ていると、〝汚い〟というのは相対的な言葉だと思わずにいられなかった。

隠しカメラを仕掛けたとき、その前でルドミラが誰かと――ましてやゾグロの手下とヤることになるとは思いもよらなかった。しかし、現に、ルドミラの巨大な高級ベッドでずっとするような光景が繰り広げられている。やれやれだ。

パベルが黒いBMWを駐車場に停め、降りてきたのをニックが目にしたとき、全員が超警戒態勢に入った。しかし、これまでのところ、パベルはルドミラに危害を加えようとはしていない。脅しすらかけていなかった。それだけでも首筋がぞわぞわした。

むしろ、パベルに必要なのは腹心の友のようだ。パベルはまず仕事の話を持ちかけてきた。ニックから見れば、うますぎる話だ。内容は、ボスのために女を斡旋すること。かなりの人数だった。ボスの好みは若くて潑剌《はつらつ》としている女。そういう女を色とりどり。予算に制限はない。でかい金の話が出たあと、ルドミラはだいぶ気持ちを落ち着けたようだ。

ところが、酒が進むにつれ、パベルは泣きごとを並べるようになった。ソロコフの立ちまわりでボスがどれほど怒っているか、と。ルドミラは慰めの言葉をかけ、酒を作ってやった。やがて、パベルは酔って、ルドミラの腕のなかで泣きはじめ、豊胸手術で膨らんだ乳房にしがみついた。それからは雪崩のようなもので、四十分後のいま、パベルはやつれた顔をしかめて、ルドミラの上で腰を振っている。ルドミラは言葉で励ましながら、パベルの尻を揉み、発射を助けようとしていた。ニックはうんざりして、早いところイッてくれと祈った。パベルを含めて誰も楽しんでいないとは、とんだ茶番だ。

しばらくして、ようやくパベルは感電したかのように首をのけぞらせ、体を引きつらせて、苦しそうに顔を歪めた。やっとか。パベルはぐったりとして、ルドミラの肩にひたいをつけた。ルドミラは醜悪なモダンアートに隠しているビデオカメラのほうに目をすがめた。

血も凍りつきそうな目つきでニックをにらみつけている。

パベルはルドミラから体を離し、ベッドの脇に腰をかけて、肩を丸めた。

それから、のろのろと立ちあがり、老人みたいにこわばった動きで服を着た。ルドミラもベッドから出て、フリルのついたローブを身にまとった。パベルのあとを追い、広々としたダイニングに入る。

パベルは持参したブリーフケースを開き、札束をふたつ取りだした。ふたつともテーブルに放り、抗精神病薬でふらふらになったかのように、足を引きずって玄関に向かった。

ルドミラはパベルが立ち去ったあと一分ほど待ってから、玄関のドアを開き、本当に帰ったことを確かめた。それからダイニングに戻り、モザイクのタイルで縁取られた鏡の前に直行して、そこに隠してあるカメラのレンズをにらんだ。ローブの前を開く。極端に丸い大きな乳房を指差した。

「気に入った？」ウクライナ語ですごむ。「ショーは楽しんでもらえたかい？　いい見ものだっただろう？　あんたの仲間たちはどう？　のぞき見趣味の変態ども」

ニックはため息をついて、盗聴防止機能をつけた電話の受話器を取った。この電話は今回のために用意したものだ。

ルドミラはテーブルから携帯電話をつかんだ。「何よ？」吐きだすように言う。「変態」

「合言葉を使わなかったな、ルドミラ」ニックは辛抱強く言った。「おれはいまかいまかと待っていたが、一度も合言葉を聞けなかった。そっちにつめている男たちは、必要とあらば押し入る。結局パベルは攻撃してこなかったが。もしおれたちが介入したら、ゾグロへの裏切りがばれる。つまり、すぐさま身を隠さなければいけなくなるということだ。新しい身元を手に入れて、新しい人生を始めるのがいやなんだな？」

ルドミラはわめきはじめ、毒のある言葉を次々に繰りだしたが、ニックは半分聞き流しながら、パベルが映っているほうの画面を見つめて、おかしな動きがないかどうか目を光らせた。しかし、パベルは何もしなかった。来た道を戻り、つややかな黒いＢＭＷに乗りこむ。

この車にはすでに〈セイフガード〉製のGPS追跡装置がこっそり取りつけてあった。車は駐車場内を蛇行して、ほかの車にぶつかりかけた。まだ酔っているか、気分が悪いのだろう。べつの車で待機していたマーカスが、小型ビデオを携えて、パベルの尾行を始めた。こちらはスムーズに駐車場から出て、BMWの二台あとについた。

うまくいった。うまくいきすぎている。やはり首筋がぞわぞわする。ルドミラに危害が加えられなかったのは喜ばしいが、パベルが非難のひとつも口にしないというのは、どう考えてもおかしい。

リヴィングの画面に目を戻すと、ルドミラは肩と耳で電話を押さえて、札束をあらためていた。それをテーブルにのっていた大きな白いバッグに入れる。

「いくらもらったんだ?」ニックは尋ねた。

「あんたの知ったことじゃないね」

「ゾグロに関係することはすべて知っておきたい」ニックはきっぱりと言った。「何もその金をよこせと言っているわけじゃない、ルドミラ。すべてふところに収めればいいさ。金額を知りたいだけだ」

「三万ドル」ルドミラはぶすっとして言った。「手付金として。残りはあとで」

ニックは低く口笛を吹き、パベルの車を示すアイコンがパソコンの画面の地図を移動していくのをながめた。「罠だ」静かに言った。

ルドミラは鼻を鳴らした。「ふん。人生っていうのは、それ自体が罠みたいなもんだよ」すぐに言葉を続ける。「女がこの世に望めるのは、罠にかかる前にそれなりの金を稼いでおくことだけ」

「ゾグロに女たちを送るな、ルドミラ」ニックは言った。「それはやめろ」

「たったいま三万ドルもらったんだよ、阿呆」ルドミラはぴしりと返した。「それに、女たちがどこへ行くのか知りたくないのかい？ 住所を知らされるのは明日。その住所に興味がない？」

「あるに決まってるだろ」ニックは言った。「だが、ゾグロのやり口はわかっているはずだ。ひとりでも女を送ったら、ゾグロは責任をもってその子の首を切断し、箱に入れて、バイク便で送り返してくる。その金を持って、死ぬ気で逃げることを勧めるね。今日中に」

化粧を塗りたくったルドミラの顔は、驚くほど若く肉感的な体に比べて、やけにやつれて見えた。

「新しい身元は用意できている」ニックは説得にかかった。「それをすぐに受け入れろ。この街から出るんだ。あの仕事におれを推薦したことに関して、パベルが何も訊かないのはおかしい。そのうえ、仕事を持ってきたんだぞ——大金をちらつかせて。匂うね」

ルドミラは盛大にため息をついた。「匂う？ ああ、くさくてたまらないさ。匂うのはあんただよ、ニコライ。新しい身元が何さ！ それで何をするっていうの？ 家政婦？ ホテルの清掃員？ 介護ヘルパー？ 便器を洗ったり、人のよだれをぬぐったりして残りの人生を過ごせって言うのかい？ くさくってたまらないね！」

「ルドミラ、いいかげんにしろ」ニックは歯を食いしばるように言った。「おれはできるだけのことをしている。命と生き方の両方は守れない」

「あんたにしてもらいたいことなんか何もない」ルドミラは忌々《いまいま》しそうに言った。「毒を食らったほうがましだよ」

電話を切って、身を翻《ひるがえ》し、ローブを背後にはためかせてカメラの前から立ち去った。

ニックはずきずきする頭を両手で抱え、こめかみを揉んだ。女どもと付き合っていると頭が混乱してくる。

ベッカはべつだ。一日中、意識の奥深くで期待感がざわめいていた。ベッカのことを考えたときには、心のなかで何かがピンボールの玉みたいに跳ねまわった。つまり、四六時中その状態ということだ。

できることならここから出て、二時間ほどベッカと戯れたいが、この夢は夢で終わるだろう。パベルが現われたのだから。

ニックはいらだちに歯ぎしりした。デイビーの言うとおりだ。うしろめたい思いがつきまとっている。ゾグロがこちらに向かってレッドカーペットを転がしているというのに、ニックは熱い夜の約束を果たせないことを悔やんでいるのだ。

ともかくも、ホテルを予約しておいてよかった。あのアパートメントに帰るよりも、ニックが偽名でチェックインしたホテルに泊まったほうが、ベッカは安全だ。とはいえ、ひとりで眠ってもらうことになるだろう。ついてない。がっかりだ。

「あー、ニック？　おまえの気がへんになるようなことは言いたくないんだが、たしかおまえの彼女は真夜中過ぎまで仕事をしている予定だったよな？」

ニックはデイビーの声にぱっと振り返った。「ああ。それが？」

デイビーはパソコンの画面を手で示した。そこに、ベッカの発信機の番号を登録してある。「どうも街を離れているように見えるんだが。ハイウェイを北に向かっている」ニックを刺激しないように気づかう口調だ。

「なんだって――」ニックは勢いよく立ちあがった。椅子がうしろに弾き飛ばされ、背後のテーブルにぶつかったのも気にかけず、パソコンの画面に飛びかかった。

なんてことだ。たしかにベッカはリンウッドの北にいて、かなりの速度で移動している。午後九時四十分に。ニックは携帯をつかみ、ベッカの番号を呼びだした。

デイビーはすばやく音もたてずに戸口に向かった。「おれは、あー、席をはずす」小声でつぶやく。「その手の会話には緊張するたちでね」

しかし、デイビーが出ていく必要はなかった。この番号の電話は電波の届かないところにあるというアナウンスが流れた。

目をぎょろつかせて、ニックはスクリーン上を移動するアイコンを見つめた。どういうことだ？　なぜベッカは嘘をついた？　なんのために？　なぜ？

パニックに陥って街を出ていったのだとしたら、誰にも責められないが、それならあの茶目っ気たっぷりの悩ましいメールはなんだったんだ？　根回し？　ニックの追跡をかわすため？　ああ、まさか。ベッカはおれから逃げているのか？

喜ばしくない記憶が頭のなかによみがえり、ニックは急に吐き気を催した。母親の記憶だ。母は何度も親父から逃げようとしていた。最初はニックを連れて逃げた。のちに、状況がどんどんひどくなると、ニックを置いてひとりで逃げだすようになった。

しかし、逃亡が成功したためしはなかった。親父はつねに母を孤立させて、ワイオミングの果てしない草原の外に出さず、友人のひとりも作らせなかった。母は車の運転ができなかった。英語は存在しないも同じ。金もなかった。親父に連れ戻されるたび、ますます打ちのめされていくように見えた。その姿は痛ましいのに、ニックは親父が母を捕らえたことを喜び、そしてその気持ちに罪の意識を覚えた。

しかしそれも、癌《がん》によって永遠に親父の手から逃れるまでのことだ。ニックは十二歳だった。

あの日、母の手を握ったときのことはよく覚えている。母の顔には、病による絶え間ない痛みからやっと解放されるという安堵の表情があった。そして、アントン・ワービツキーに耐えるという苦しみから。慢性病につきまとわれているようなものだったのだろう。いまならよくわかる。

母はニコライの愛称をささやきながら死んでいった。コーリヤ。コーリヤチカ。

胃が引きつれ、じくじくと痛みだした。この感情から逃げるように生きてきたのに、それがまた、人生を呑みこみそうなくらい大きく膨らみ、かつてないほどの苦しみを伴ってよみがえるとは。

おい、しっかりしろ。大昔の悲惨な記憶をほじくるときではない。いまここで起こっていることを考えるだけでも最悪の気分だ。

とりあえず、ベッカの電話の電波が通じたらアラームが鳴るように携帯を設定した。よりによって、おれがこの場に縛られてルドミラとパベルを見ているあいだに、姿を消そうとしなくてもいいだろうに。追うこともできない。

ニックの心は乱れ、怯えていた。そして、悲しかった。悲しみは怒りにつながる。ベッカがなぜ嘘をついたのか、正確なところが知りたい。

というよりも、釈明を聞くのが待ちきれなかった。


北行きのハイウェイで、ベッカは遠のいていくダイアナの車のテールランプを追っていた。こうしてマシスの愛人を尾行するのは、実際のところどれくらい危険なのだろう。

こういうことにはなんの経験もないが、マーラのオフィスで聞いた泣きごとや泣き声を考えれば、素人という点ではダイアナもベッカとまるで同じだという気がする。それが救いだ。おそらく、ダイアナは尾行を警戒していない。ともかく、そう願う。

タイヤの下でアスファルトの道路が流れていく。テールランプをつねに見つめつづけているので、目がしょぼしょぼしてきた。カーブでテールランプが見えなくなるたび、ベッカは慌て、また視界に入るまでスピードをあげた。車の形と色とナンバープレートを確かめ、そこでようやくスピードを戻して、多少なりとも息をつくといった具合だ。そうして走りつづけた。

自分でもどうかしているとしか思えない。この情報をニックに伝えるべきだ。ニックはこういうことの対処法を心得ているのだから。一方のベッカといえば、スタッフドマッシュルームのおいしいレシピを六種類も心得ている。アーティチョークのディップの女王。ワインを一滴もこぼさずに給仕することができる。大量のテーブルクロスを買える店を知っている。

そんなわたしが犯罪者を車で尾行するなんて、何を考えているの？　首になったからかもしれない。いまのベッカの仕事は、いつの間にか迷いこんでしまったこの悪夢から抜けだすことだ。そのためなら、なんでもする。そうでなければ、未来に望みはなく、ふつうの生活の真似ごとすらできない。この女を尾行するというチャンスは、ネオンサインのように輝いていた。だから、その場に凍りつき、ニックに電話をして、適任者にあとを任せようとは考えられなかった。このチャンスに飛びつかなければ、意気地なしの役立たずだ。

問題は、それでも所詮は意気地なしの役立たずだという不安に駆られていることだった。クラブの廊下でダイアナを追いはじめたときの直感は正しかったの？　それとも、脳が疲れきっているから、適当な電気インパルスを発してしまっただけ？　脳内回路がつながったのか、それとも吹き飛んだのか——違いなんてわかる？

ベッカは内心で自分を諭した。マシスのあんな態度を許しているのだから、ダイアナはそれほど気骨のある女性ではない。銃を携えたゾグロの手下どもを尾行する勇気はないが、相手がダイアナなら話はべつだ。オフィスでの会話からして、なんらかの医療関係者らしく、プロの犯罪者ではないはず。武器も持っていないだろう。この手のことに関しては、ベッカと同じくまったくの無知に違いない。そう自分に言い聞かせた。

もしも体を張った対決になったら、ベッカだって戦えるかもしれない。武器がハンドバッグや、つけ爪や、侮蔑の言葉や、平手打ちなら。

とはいえ、ダイアナがゾグロの関係者に会いに行く可能性は高い。そして、たとえダイアナに犯罪者としての適性がなくても、ゾグロの手下どもはその真逆だ。

それに、ダイアナが何をするためにこうして車を飛ばしているのか考えると、悪寒と恐怖の両方に襲われた。血液？　細胞組織？

ベッカは新たな恐れに身震いした。ニックが一緒にいてくれたらどんなによかったか。電話をかけて、知り得たことを話したかった。マシスの名前、ダイアナの車のナンバー、マーラのオフィスで盗み聞きした謎の会話。しかし、電話をしようと思い至ったときには、もう通信圏外に来ていた。

ベッカは落ち着かない気分で身じろぎした。ニックはこの情報を必要としている。でも、車を停めて公衆電話からかけたら、ダイアナを見失ってしまう。おまけに、いまベッカがしていることをニックがよく思わないのは、骨の髄から確信できた。

ううん、そんなものじゃない。ニックは頭から湯気をたてるだろう。

ともかく、こうしていることをニックは知らない。ベッカがまだカントリークラブにいて、晩餐会の仕事をしていると思っている。だから真夜中過ぎまでは、心配させたり、やきもきさせたりしないですむ。残り二時間半。

もう少し追ってみよう。運がよければ、ダイアナは早いうちにマシスから命じられた恐ろしい仕事をこなし、ベッカはそれを目撃したうえで、真夜中までにシアトルへ戻れるかもしれない。うん、本当にできそうな気がする。

どこにでもあるようなキンブルという土地を走っていたとき、ダイアナのＰＴクルーザーのウィンカーが瞬《またた》いた。ハイウェイをおりて、細長いショッピングモールの前を過ぎ、二キロほど走ってから、チェーンのホテルの少し手前でまたウィンカーが点滅した。最初の難局だ。ベッカはその周辺にぐるりと車を走らせながら、必死に考えをめぐらせた。どうする？　ホテルのなかにはついていけない。

結局、こう当たりをつけた。おもての駐車場は一時停車用のものだった。ということは、いったんチェックインをすませたあとで、裏の大きな駐車場に車をまわすことになるだろう。ベッカは裏の駐車場に先回りして、車を停め、いらいらと爪を噛んで待った。表通りのほうまで視界が開けているので、ダイアナが車を降りてホテルに入っていくのが見えた。ここからが本番だ。ベッカは衝動的に車を降りて、裏口に歩いていった。掃除人がドアにモップを挟んで開けっぱなしにしていた。ご協力、感謝。これでカードキーなしでも入ることができる。

なかに入ると、廊下が左右に延びて、そこに客室のドアが並んでいた。ロビーが見えたので、食べ物と飲み物の自動販売機、製氷機、トイレの前を通り、そちらに向かった。ダイアナはまだフロントにいて、チェックインの手続きをしていた。接客をしているのは赤毛を大きく膨らませた女性だ。

ダイアナはカードキーを受け取り、車をまわしに行った。ベッカは携帯電話を取りだして、脇目もふらずにメールを打つふりをした。

ダイアナが裏口から入ってきて、右に進んだ。

しばらく待って、ダイアナがエレベーターを使わず、階段のほうに向かったのを確認してから、走ってあとを追いはじめた。この運動は危険なうえに、まるで無意味かもしれないが、そのことは考えないほうがよさそうだ。

考えちゃだめ。迷っちゃだめ。止まっちゃだめ。とにかく突き進むこと。

二段飛ばしで階段を駆けあがり、二階の廊下をのぞいた。誰もいない。激しい鼓動にかまわず、再び二段飛ばしでのぼった。三階の廊下をうかがったとき、今度はベージュ色がちらりと見えた。ドアが閉まる。ベッカは大きく息をついた。目はそのドアに釘づけだ。廊下の奥から三番目の部屋。忍び足でその前まで行った。三一七号室。

よし。部屋の番号がわかった。でも、この情報をどうすればいいかとなると、皆目見当もつかない。行きづまりだ。

二番目の難局は、これからどうするかということだった。本来いてはならない場所に忍びこみ、うろついたり、待ち伏せしたりするのは生まれて初めてだ。もちろん、自分も部屋を取ることはできるけれども、それでどうすればいいの？　廊下に張りついて、ダイアナが出てくるのを待つ？

意気をくじかれ、ベッカは階段をおりて駐車場に戻り、自分の車の運転席に座って、ホテルを見つめた。そして、使い物にならない携帯電話を見つめた。

ロビーの公衆電話からニックに電話をかけるため、外に出かけたとき、何かが街灯の明かりをさえぎった。ぴかぴかの黒のSUVが通り過ぎ、裏口の前で停まった。窓は曇りガラスで、なかは見えない。

ダイアナが飛びだしてきて、つっかえ棒になっていたモップを蹴りつけ、SUVに乗りこんだ。SUVはすぐさま駐車場の出口に向かった。ベッカも急いでエンジンをかけ、あとを追ったが、そのときジープ・チェロキーが入ってきて、どこに駐車するか迷うようにいったん停止し、どっかりと出入口をふさいだ。

ダイアナを乗せた黒いSUVは表通りに出て、スピードをあげ、角を曲がって姿を消した。ベッカはジープの運転手に叫び、クラクションを鳴らし、腕を振りまわして、どけと合図を送った。いかにも郊外の主婦といった雰囲気の女性は、何をそんなに急いでいるのかと言いたげに顔をしかめ、ひどくのろのろと車を動かして、駐車場のなかに入った。

ベッカはタイヤを軋ませて、がらんとした道路に飛びだし、右に曲がってテールランプを捜した。いない。少し先の信号のところで道が交差していた。右、左、正面、どこにもSUVの姿はない。

まいった。ベッカは勘で道を選んだ。同じ信号に戻ってきて、ほかの道もたどってみたものの、失敗は明らかだった。見失ったのだ。

三十分以上、当てもなく走って、駐車場や路上に停めてある車を見てまわったが、とうとう諦《あきら》めてホテルに戻った。ぐったりと座席の背にもたれ、ひと気のないプレハブの建物を見つめた。馬鹿みたいな気分。あのぐずな主婦のせいだ。

ここで待つべき？　ダイアナは朝まで帰ってこないかもしれない。それどころか、数日、あるいは永遠に戻ってこない可能性もある。なんといっても、ゾグロが絡んでいるのだから。

ベッカは腕時計をちらりと見た。十時四十分。ダイアナの用事が早くすんだ場合に備えて、あと三十分だけ待ってから、ニックに電話をかけよう。もっとも、ダイアナが戻ってきたら戻ってきたで、どうすればいいのかわからないけれども。

落ち着いて。いちどにひとつずつ。簡単にことがすむとも、こちらの予想どおりの展開になるとも思ってはいけない。唯一の指標はダイアナの車だけ。いつかは帰ってくる。ベッカは爪を噛み、駐車場を見つめて待った。

こんな勝手な真似をしたとニックに打ち明けるときには、それを相殺するような手柄がほしい。それなら、ニックは驚いて、ベッカを怒鳴りつけるのも忘れるかもしれない。ベッカの勇気と行動力に感心するかも。こうした協力を喜ぶことだってあり得る。

そうね、豚がピンクのチュチュを着てアイススケートをするのと同じくらいの確率で。

20

アメリカ人の女医の診察を受けるために検査室に入ったのは、スヴェティと小さなレイチェルが最後だった。一番年上と一番年下。ほかの子どもたちはもうおしっこの入った紙コップを手に、ひとりずつなかに入って、検査をすませていた。今朝、マリーナから紙コップを配られた。年少の子たちを監督して、そこにじゃばじゃばとおしっこを入れさせるのは、スヴェティの仕事になった。みんなのおしっこで、スヴェティのパンツもびしょ濡れだ。もっとも、みんなすでにこれ以上ないほど汚れて、くさかったけれども。

レイチェルには手間取った。マリーナが接着剤でおしめのなかにビニール袋をつけて、二歳児のおしっこを採ろうとしたけれども、レイチェルは一日中それを引きはがしつづけた。何度つけても、ビニール袋のなかはちょっと湿るだけなのに、おむつはたっぷりと濡れていた。

見張りたちはスヴェティを一番手にしようとしたけれども、レイチェルがしがみつき、激しく泣いたので、ユーリがスヴェティを押し戻し、代わりにサーシャを検査室に連れていった。レイチェルは一日ごとにますますスヴェティから離れるのをいやがるようになっている。いままではレイチェルを置いてトイレに行くことすらできなかった。ずっと赤ちゃんを抱いているせいで、背中が痛かった。

サーシャは十五分くらいで戻ってきて、スヴェティにしかめっ面を見せ、ジェスチャーで注射されると教えた。

血を採られるのだ。またもや。スヴェティは泣きたくなった。小さな子たちは泣き叫ぶだろう。そして全員がスヴェティにすがりついてくる。それが死ぬほど恐ろしく、そしてそんな気持ちになることに罪悪感を覚えた。わたしも同じようになすすべなく、追いつめられていて、無力だということがみんなには理解できないの？　できないのだ。だから、どうにか助けてくれるのではないかと期待するように、スヴェティを頼りにする。スヴェティにはそれを押しのけることもできなかった。

本当にみんなを助けられたらいいのに。みんなに親を見つけてあげたい。わたしのパパとママみたいな優しい両親を。

ママに会いたい。

ユーリがミハイルを抱えて出てきた。がくりと首をうなだれ、気を失っている。「このくせえガキは気絶しやがった」ユーリがうなるように言って、手近の寝床にミハイルを放った。ミハイルはぶるっと体を震わせて、うめいた。

「そいつが次だ」ユーリは、小さな顔に大きな目をして親指をしゃぶるレイチェルを指差した。

ユーリがレイチェルをスヴェティの膝から持ちあげようとしたけれども、レイチェルはスヴェティのTシャツと髪をつかみ、甲高い声で叫びはじめた。ユーリはいったん手を引いて、レイチェルを平手で叩こうとした。スヴェティはびくっとして、自分の体でレイチェルをおおい、こめかみに平手打ちを食らった。一瞬、耳をつんざくようなレイチェルの叫び声すら聞こえなくなった。

視覚と聴覚がもとに戻ったとき、ユーリはスヴェティに怒鳴りつけていた。「……そのガキを黙らして、一緒に連れてこい！　医者はおめえらふたりを同時に診《み》られるだろう。おれの知ったことじゃねえ」

数分間、必死でなだめ、あやし、抱きしめて、ようやくレイチェルの悲鳴はしゃくりあげまでに落ち着いた。痩せた小さな体は熱く、スヴェティの腕のなかで震えている。ふたりとも震えていた。レイチェルの悲鳴でスヴェティも動揺していた。もうたくさんのことに鈍感になっていたけれども、幼い子どもの悲壮な泣き声は、麻痺した心も引き裂いた。たぶん、わたしも同じように泣きたいから。

アメリカ人の女性はちっとも医者らしく見えなかった。つかの間、スヴェティはぼうっとして見入った。美しいものを見たのは、この数カ月で初めて。雑誌のモデルやハリウッドの女優みたい。肌は真っ白で、目もとはきれいにメイクアップされている。黒い髪はテレビのCMみたいにつやめき、揺れている。

しかし、テレビのCMみたいにほほ笑んではいなかった。怯えて、引きつった顔。スヴェティはまわりの人間の顔色をうかがうのが得意になっていた。そうやって気をつけていれば、つねられたり、殴られたり、お皿のように大きなあざができるほど蹴られたりすることが少なくなる。

でも、このアメリカ人の女のお医者さんは暴力をふるったり、ひどい言葉を投げつけたりしそうになかった。汗をかいている。冷や汗だ。スヴェティが恐怖の匂いを嗅ぐあいだに、女医はレイチェルの検査を進めた。心臓、肺、喉、熱。低く歌うような声で、きらきらした棒みたいなレコーダーに何かをつぶやく。

女医はレイチェルのビニール袋を調べたあと、そこにおしっこが入っていないのを咎めるようにスヴェティを見た。スカートは銀色のシルクで、ところどころが虹みたいに輝いている。すごく柔らかそうで、スヴェティはそれにさわりたくなった。女医の腋の下には汗の染みができていた。ひたいにも汗がにじんでいる。そして、赤い口紅が塗られた唇はこわばり、かすかにわなないていた。

それから、女医は血を採るために注射器の準備を始めた。残念ながら、レイチェルは何をされるのかはっきりと悟って、手足をばたつかせ、叫びだした。こんなに体が小さいのに、びっくりするほど力が強い。スヴェティは全力で赤ちゃんを押さえた。女医がようやく少量の血を採ったころには、スヴェティもしゃくりあげていた。

女医も動揺しているようだ。身をかがめてうつむく。青ざめて、気分が悪そうだった。見張りたちよりいい人なのかもしれない。もしかしたら、助けを求めるチャンスなのかも。

スヴェティはアルカジーから教わった英語を思いだそうとした。アルカジーは父のハンサムな友人で、長いあいだアメリカに住んでいた。もうアメリカ人も同然だった。たくさんの言葉を教わったけれども、そのほとんどは忘れてしまった。

このお医者さんに、レイチェルの発疹《ほっしん》と耳の感染症を治してもらいたい。おむつを替えるとき、たまに血が混じっていることもあった。いまは思いだせないけれども、ほかにもいろいろある。覚えきれないほどいっぱい。スヴェティは朦朧《もうろう》とした頭のなかを引っかきまわすように、すべてを思いだそうとした。

「赤ちゃん、耳。痛い」どうにか伝えようとした。

女医はぽかんとしてスヴェティを見たあと、すぐに目をそらした。

スヴェティはレイチェルの耳を指差して、もう一度試みた。「赤ちゃん、耳」繰り返して言い、次にレイチェルのひたいを指した。「熱い。夜。泣く、泣く、泣く」

女医はまだ目を合わせようとしない。理解できないふりをしている。また何かをレコーダーに吹きこんだ。

スヴェティはレイチェルの汚れた小さなシャツをめくり、おなかと胸を次々に指差しながら、もう少し大きな声で言った。「痛い。薬？　赤ちゃん、薬？」声が震えはじめる。

女医はいらだったように首を振った。銀色のレコーダーにきっぱりと何かを言い、それからせかすようにスヴェティを手招きして、診察台を叩いた。

スヴェティの番。スヴェティはため息をつき、歯がゆい思いを呑みこんで、ぐずつくレイチェルをそっと床に寝かせた。診察台に座って、女医の顔をまっすぐに見つめ、目を合わせようとしたけれども、女医は絶対にスヴェティの目を見ようとしなかった。染みだらけで灰色にくすんだTシャツをおずおずと引っ張る。スヴェティはいやいやながらTシャツを脱いで、べつのTシャツを裂いて作った即席のブラジャーをあらわにした。

女医は診察台のうしろにまわり、スヴェティの長い黒髪を払って、結び目を解きはじめた。

さらわれる前、スヴェティの乳房はちっとも膨らんでいなかった。数カ月前は、大きくなるのが待ちきれない思いだった。胸が膨らむのは、大人の入口に立つのと同じこと。早く大人になれば、アルカジーに追いついて、結婚できると思っていた。アメリカに連れていってもらって、めでたしめでたし。なんて馬鹿な子どもだったんだろう。馬鹿な子どもの馬鹿な夢。

胸が膨らんだいまは、取り去ってしまいたい。もうシャツの下で揺れるほど大きくなっていた。サーシャは腿が隠れるくらいぶかぶかのTシャツを着ていたから、スヴェティはその裾を裂いてほしいと頼んだ。

たとえしゃべらなくても、サーシャは完璧に理解した。裾をぐるりと破って、それをできるだけきつくスヴェティの胸に巻きつけるのに手を貸してくれた。こすれて、肌がすりむけたけれども、我慢するしかなかった。

それでもユーリの目はスヴェティを追ってくる。

女医はスヴェティの首の赤あざに気づいた。髪を持ちあげて、じっとそこに目を凝らし、レイチェルのとめどない泣き声に負けないように声を大きくして、またレコーダーに向かってしゃべった。スヴェティはアルカジーに教えてもらった言葉を口に出してみた。

「赤あざ」スヴェティは言った。「ただのあざ。痛くない」

女医は、プラスチックの人形から話しかけられたかのようにきょとんとして、また検査を続けた。耳をつけたり、つついたり、さわったり。肺、心臓、喉、腹。それから、血を採った。赤黒い血がチューブで吸いあげられていく。鳥肌のたった青白い腕のなかで、針の刺さったところだけが熱く燃えるようだった。もうTシャツを着させてくれればいいのに。髪をうしろでねじられ、大嫌いな胸を突きだしているのは、ひどく落ち着かなかった。

女医は絶対に目を合わせないつもりらしい。スヴェティがここにいるのを認めていないかのようだ。人を無視して、あのつやつやした棒にばかり話しているのを見て、スヴェティはもどかしさで叫びたくなった。何か悪いものが津波みたいにスヴェティたちを呑みこもうとしているのに。床のレイチェルに目を向けて、灰色に汚れた小さな足をだるそうに動かしているのを見つめた。

せっぱつまった思いが膨らみ、抑えられなくなっていく。スヴェティはシルクにおおわれた腕をつかんだ。「助けて」女医に訴えた。「助けて。あの人たち、悪いことする。わたしたち、助けて。お願い」

女医はぱっと腕を引こうとしたけれども、スヴェティは離さなかった。黒くなった爪を柔らかな布に食いこませ、下手な英語で必死に頼んだ。女医は鋭い声で何かを言って、スヴェティを振り払おうとした。スヴェティはさらに力をこめてしがみついた。これ以上は英語を思いだせない。一度口から飛びだしたウクライナ語は、堰《せき》を切ったようにあふれ、もう自分でも止められなかった。怖くてたまらない。寂しくて仕方がない。小さな子どもたちみんながよりかかってきて、ひとりでは支えられない。心のなかはぼろぼろだ。この先には何か恐ろしいことが待ち受けている。何か悪いことが――

女医は口を歪めて悲鳴をあげ、身を離そうとして、スヴェティを引っかき、叩いていた。レイチェルもスヴェティも悲鳴をあげていた。全員が叫んでいる状態だ。スヴェティは診察台から飛びおりて、逃げようとする女医の腰に抱きつき、女医のほうはスヴェティに平手打ちを食らわせた。ふたりとも泣き叫び――

大きな音をたててドアが開いた。「なんの騒ぎだ?」

マリーナとユーリがふたりを引きはがした。マリーナが、泣きわめく女医をドアのほうにうながし、忌々しそうにスヴェティをにらんでから外に出て、叩きつけるようにドアを閉めた。

スヴェティとユーリを残して。心のなかで恐怖が爆発した。

すぐさま顔を殴られ、スヴェティは壁に打ちつけられた。世界がぐらりと揺れて、傾き、横向きになった。それから、ブーツの先で腿を蹴られた。痛みで悲鳴が飛びだす。ユーリはベルトをはずして、ふたつに折った。「馬鹿な小娘だ」息巻いている。「あの医者はおめえらのために来たってのに、おめえは礼を言うどころか、襲いかかったんだぞ! てめえは動物だ! 汚ねえ……愚かな……動物だ!」何度もベルトを振りおろす。スヴェティには理解できないスラングで怒鳴っている。スヴェティは壁に張りつき、できるだけ小さく体を丸めた。

レイチェルはやかんみたいに甲高い音で泣いている。

しばらくすると、いつの間にか、ベルトの鞭が止まっていた。口のなかは血の味がする。ユーリはもう叫んでいなかった。

スヴェティは両手で顔をかばっていたが、ちらりと視線をあげた。ユーリはスヴェティの体を見おろし、息を乱していた。顔が赤い。分厚い唇はてらてらと光っている。あの顔つきだ。この表情を見るたび、スヴェティの血は凍りつき、胃はよじれ、引っくり返る。

そのとき、まだTシャツを着ていないことに気づいた。サーシャの即席ブラジャーさえもつけていない。汚い木綿のパンツが骨ばった腰からぶらさがっているだけ。

いや、いや、いや。レイチェルは涙に濡れた小さな顔を真っ赤にして、口を大きく開き、恐怖と絶望の悲鳴を——

またドアが大きく開いた。「ユーリ、来な」マリーナがぴしりと言った。

「あとでだ」ユーリはスヴェティから目を離さず、かすれた声で言った。「ドアを閉めろ。あとで行く」

「いまだ」マリーナは鉄みたいに硬い声で命じた。「てめえがあのまぬけなアメリカ女をホテルに送っていくんだよ。役立たずのクソ女は錯乱中だ。あたしはもう見たくない。その子から離れな」

「待たせときゃいいだろ」ユーリは怒鳴った。「ドアを閉めろ」

「だめだ！ その子にさわるな。ほしけりゃ外で買ってきな。ハイウェイのあのドライブインによってくればいいだろ」

「なんでだ？」ユーリはいきりたった。「なんの違いがある？ ばれやしない。誰も気にしねえよ」

「病気でも移したらどうする？」マリーナは声を荒らげた。「思いだしたか？ 例の子がどうなったのか」

ユーリはぬらぬらした唇を手でぬぐった。スヴェティは床に伏せていたけれども、そこからでも息がくさいのがわかった。「病気なんか持ってねえよ」ユーリはむっとして言った。

「その言葉に命を賭ける気はないね」マリーナは苦々しい口調で言った。「またあんなことがあったら、今度こそ、あたしたちふたりとも殺されるよ。その子から離れな。いますぐ」

ユーリは仏頂面で何か汚らしい言葉を吐き、スヴェティをじっと見ながらも、一歩さがった。マリーナはドアの外にユーリを押しやり、それから、床にうずくまってぎゅっと膝を抱えるスヴェティを見おろした。診察台からくたくたのTシャツを取って、スヴェティの顔に強く叩きつける。

不意打ちを食らって、スヴェティは首をのけぞらせ、白いペンキで塗られたコンクリートの壁に頭をぶつけた。また目に涙があふれだした。

「めそめそするのはやめな」マリーナは膝をついて、スヴェティの顔の前に顔を突きつけた。「それから、そのちっぽけな胸でユーリを釣ろうとするのをやめるんだね。困ったことになるよ。わかったか？」

「でも、わたしはべつに——そんなこと——」

バシッ。手の甲で打たれた。スヴェティの頭はまた壁にぶつかった。「わかったか？」

わかった。スヴェティは口を開いたけれども、声は出てこなかった。

マリーナはスヴェティの顔にTシャツを放り、大きくてたくましい体を持ちあげるようにして立った。「よく見張ってるからな。さあ、そこで泣きわめいてるやつをつれて、あたしの前から消えるんだよ。その赤ん坊にはうんざりだ」

マリーナはどすどすと足を踏み鳴らして続き部屋に出ていき、そちらのドアをバタンと閉じた。鍵を閉める。

スヴェティは震える体にぼろぼろのTシャツをかぶせた。あんな憎らしい人間に、これほど大きな感謝の気持ちを持てるなんて不思議だ。立ちあがろうとしたけれども、ユーリに蹴られたところが痛くて無理だった。どうにかレイチェルのところまで這っていって、赤ちゃんを膝にのせた。

ふたりはそのあと長いあいだその場に留まり、互いにしがみついていた。どちらがどちらを慰めているのか、もうわからなかった。

いつの間にか居眠りしていたベッカは、顔に影がよぎったときにはっと目を覚ました。あの黒いSUVだ。アドレナリンがどっと噴きでる。今度は車種がベンツのSUVだとわかった。ナンバープレートはもう見えない。車体の横をベッカに向ける格好で、ホテルの裏口の前で停まった。

再び発進したとき、降ろされたダイアナは胸に白い箱を抱いていた。SUVはダイアナを捨てるのを喜ぶように、スピードをあげて走り去っていった。ダイアナは途方に暮れた表情で車を見送った。目が大きく見える。化粧が流れ落ち、目もとはアライグマのようだ。ベッカ自身、最近はあのアライグマ・メイクによくなじみがある。

かすかな同情が頭をもたげたが、ベッカはそれを踏みつぶした。同情すべき人間はほかにいる、と自分に言い聞かせた。ダイアナは毒蛇のマシスと共謀し、ひいては怪物のゾグロとかかわりを持っているのだから、よからぬ心づもりがあるのは間違いない。自業自得だ。

ダイアナはよろめきながら裏口に向かった。鍵がかかっていることに戸惑ったようで、しばし呆然とドアを見つめてから、カードキーを取りだした。

ベッカは指の関節を嚙んで、じっくりと考えた。現時点で、ダイアナが再びホテルから出る可能性は低い。どんな用事だったのかわからないが、とにかくそれは終わった。ベッカがここでできることはほとんどない——ニックに電話をかけ、すべて打ち明けて、あとを任せること以外は。となると、公衆電話のあるところに行かなければならない。

しかし、ダイアナから目を離してまた見失うのは困る。ここまで追ってきて、再び一から捜しまわるのはごめんだ。ホテルの廊下の公衆電話からはおもてと裏の両方の入口が見えた。ホテルのなかに入るには、裏口に張りついて、次の正規の客が現われるのを待ち、便乗すればいいだろう。

こんなふうにこそこそと不審な行動を取っていると胃が痛くなりそうだった。ごまかしのために電波の届かない携帯電話を取りだし、何気ない足取りでホテルに向かった。生まれて初めて、煙草が吸えたらいいのにと思った。それなら裏口でうろついていてもおかしくない。

駐車場の半分まで行かないうちに、ダイアナが裏口から飛びだし、自分の車に駆けていった。あの白い箱は持っていない。ベッカのことなどまるで見えていないようだ——ベッカは慌ててきびすを返して車に戻ったというのに。ありがたいことに、自分の問題で頭がいっぱいらしい。

ベッカはダイアナに続いて車を出し、はやる気持ちを抑えて車間距離を取った。遠出ではなかった。ダイアナは道路沿いで一番近い酒場の前で車を停めた。いかにもいかがわしく、窓のないコンクリートの建物に、〝スターライト・ラウンジ〟というネオンがかかっている。

最低限の距離を置きつつも、なるべく近くに停めた。ベッカは携帯電話を耳に当てて、ダイアナがサングラスをはずし、両手で顔をおおって泣くのを十分ほど見つめた。それから、ダイアナは車から飛びだし、カーブのところで身をかがめて吐いた。

ベッカはうっかりつられそうになって、身を縮めた。これで、アライグマ・メイクに続き、ダイアナとはストレス・ゲロ同盟も組んだことになる。ただし、ダイアナのほうは自分の意思で卑劣な犯罪に加担している。もしこれからもそんな人生を送るつもりなら、あちらこちらで吐きまくることになるだろう。

ダイアナはティッシュで顔をぬぐって、よろよろと酒場に入っていった。ベッカは未知の存在の操り人形になった気分で車から降りた。ダイアナの車に近づき、なかをのぞいた。

助手席に物が散らばっている。紙のコーヒーカップ、サングラス、櫛、マスカラで汚れた使用ずみのティッシュ、びりびりに引き裂かれたボイスレコーダーの箱。本体を収めるプラスチックの内箱はからだった。

サングラスを見ているうちに、常軌を逸した考えが形を成していった。ベッカは車の窓に映った自分の顔をながめた。わたしの髪はダイアナよりも少し短いし、あれほどふわふわしていないけれども、でも――

心の半分はこう叫んでいる。だめ、やめて、考え直しなさい。もう半分はこう。怖気づく前にさっさとやっちゃいなさいよ！

ベッカは大きな石を探した。ゲロの爆心地からしっかり離れたところでひとつ見つけ、勇気をかきたてた。ここが最大の難所だ。ベッカの社会意識に真っ向から反する。人さまの車の窓をめちゃくちゃにしようというのだ。もしも誰かに見られたら、この車の持ち主に家庭をめちゃくちゃにされたとでも叫ぶしかない。

白い指、震える腕で石を振りかざし……そこでためらった。ふともう片方の手を伸ばし、ドアハンドルにかけた。引っ張ってみる。

鍵はかかっていなかった。そう、ストレスで吐いたことのある人間なら誰だって、吐いたばかりの女性には鍵をかけるほどの冷静さがないかもしれないと察してしかるべきだ。スーパーウーマンでない限り。そして、スーパーウーマンは吐かない。つまり、ゲロ同盟にスーパーウーマンはいない。

わざわざこんなことをして神経をまいらせているなんて、馬鹿みたい。でも、うろたえている時間はなかった。ベッカはサングラスと口紅をつかんだ。これで、晴れて泥棒だ。おかしな気分だった。

走って自分の車に戻った。すぐさま車を出し、タイヤを軋らせて、ホテルの駐車場に帰った。爪を嚙んで考える暇はない。即断即決が大事だ。そして、ソフトクリームみたいにクールでなめらかに行動すること。車内灯をつけて、バッグから櫛を取りだし、ダイアナに似せて髪を整えた。それから、盗んだ深紅の口紅を塗ったものの、そのどぎつい色にぎょっとした。目もともそれなりに派手なメイクにしなければそぐわないが、幸い、ザ・ザ・ガボール風のサングラスも頂戴《ちょうだい》してきた。ベッカは黒ぶち眼鏡をポケットにしまって、サングラスをかけた。ほとんど何も見えないけれども、どうせ闇雲に進むしかない。

ミラーにちらりと目をやって、顔をしかめた。家庭内暴力を受けたセレブみたいだけど、これが精一杯だ。コートを脱ぎ、猛然とホテルに歩いていって、わがもの顔でなかに入り、ロビーに目を凝らした。

フロントの係はふたり。ひとりはダイアナのチェックインに応対した赤毛の女性だ。ベッカはふたりの前を通り過ぎ、がくがくする膝を押して階段に向かった。宿泊客が部屋の前まで行って、カードキーをなかに置きっぱなしだと気づく程度の時間をつぶした。

もう一度フロントに戻ったとき、赤毛の女性は電話中だった。ベッカはほっとしてもうひとりにほほ笑みかけた。灰色の髪の年配の女性だ。

「どうも、三一七号室のダイアナです」ベッカは言った。「恥ずかしい話なんだけど、部屋から閉めだされてしまったようなの。新しいカードキーを発行してもらえるかしら?」

年配の女性は笑みを返してから、コンピューターに何かを打ちこみ、うなずいた。「ご心配なく、ミス・エヴァンズ。すぐにご用意します」

お願いだから、身分証を見せろと言わないで。お願い。

運命にも情けはある。数分後、ベッカは汗ばんだ手にカードキーを握り、信じられない気持ちで廊下を走っていた。うまくいったことが恐ろしい。墓穴掘りの達人になってきたようだ。シャベルいっぱいの土をあちこちに投げ飛ばしているも同然。

ベッカはダイアナの部屋に入った。背後でドアが閉まる。つかの間、虚脱状態に陥った。

ぱっと見でおかしいところはない。見た目も匂いも、世界中に百万とあるエコノミーホテルの一室だ。テレビ、埋めこみ型のエアコン、趣味の悪い絵。荷物はなかった。スーツケースもバッグも。そうだ、箱。あの白い箱を捜さなければ。

バスルームにあった。大理石風のカウンターにのっていた。ずしりとした不安を胃で感じながら、箱に近づいた。

大きく深呼吸してから、ふたを開けた。よかった。生首でも宇宙人のミイラでもない。小型のラックに、ラベル付きのガラスの小瓶が七つ収まっているだけ。黒っぽい液体が入っている。ひとつ持ちあげたとき、血液だとわかった。

ラックの下には小さな容器がいくつかあった。中身は透明の黄色い液体で、まず間違いなく尿だろう。それから、大きめの綿棒を収め、ぴったり口を閉じたビニール袋がいくつか。血液の小瓶にも尿の容器にもビニール袋にも、きれいな手書きのラベルが貼ってあった。たとえば、F-一二一三九六-八八九九一。数字の並びは規則的だった。Fから始まるものがふたつで、残りはMから。男性と女性の区別だと考えていい。次の六桁《けた》の数字は生年月日だろう。それから、五桁の数字。名前はない。六桁の数字が生年月日だとしたら、一二一三九六は、一九九六年十二月十三日のこと。下二桁は九八のものもある。ほかは、〇一、〇二、〇四がふたつ、それに〇六。

子ども。まだ幼い子ども。

背筋に寒気が走った。影や化け物や地を這うものが闇でうごめいている。この謎を解くのが恐ろしかった。ひどく邪悪な答えだと知るのが怖かった。

ニックがいてくれたらと痛切に思った。やがて、ベッカはバッグからペンと紙切れを取りだし、大急ぎで瓶のラベルの文字を書き取っていった。なぜかはわからない。でも、やってみても損はない。

ガチャガチャという音がした。誰かがドアを開けようとしている。

心臓が口から飛びだしそうになった。かぶりを振るように部屋を見まわして、隠れられそうなところを探した。クローゼット？　バスタブ？

今度は涙まじりの罵り声と、腹立ちまぎれにドアを叩くような音がした。低くぶつぶつとこぼす声が遠ざかっていく。

安堵がベッカの全身に広がった。もちろんそうだ。ベッカの求めに応じて、この部屋の鍵は再設定されたのだから、ダイアナがいま持っているカードキーはもう使えない。ああ、よかった。心臓が早駆けするような音を聞きながら、ベッカはダイアナが廊下から消えたと当てこめるまで時間を計って待った。

部屋から忍びでて、地獄の番犬に追われているつもりで走った。フロントのふたりも防犯カメラもベッカの姿を見ている。ダイアナが自分の部屋に不法侵入されたことに気づき、騒ぎだすのは時間の問題だ。

マシスの愛人で、泣くわ、わめくわ、戻すわの女と、罵り合ったり平手を打ち合ったりするのはやっぱり遠慮したい。それに、もし警察を呼ばれたら、不利なのはベッカのほうだ。指紋を採られ、取り調べを受け、前科をつけられる。その後、速やかにゾグロに殺されるだろう。

ハイウェイに乗ったあとは、時速百三十キロを超えないように懸命に自分を抑えて走った。あの女とのあいだに距離をあけたくてたまらず、気が急《せ》いている。気が動転していたので、ようやく携帯電話が通信圏内に入って、そのお知らせ音が鳴ったときには悲鳴をあげてしまった。

数秒後、着信音が響いた。ベッカは表示を確かめた。ミスター・ビッグ。

驚く気がしないのはなぜ？

携帯がつながった。ようやく。三度の呼出音で、ベッカが応えた。

「もしもし？　ニック？」おどおどとした声だ。

「ベッカ、いまどこにいる？」ニックは感情をおもてに出さないように努めた。

仕事場のすべての作業が一斉に中断された。デイビーはパソコンの画面から顔をあげて、こちらに首を伸している。鉄棒で懸垂をしていたセスは、体を持ちあげる途中で動きを止め、筋肉に力をこめたまま、横目でようすをうかがっている。ブライトンビーチ出身の元レンジャー、アレックス・アーロはこの状況をいましがた知ったばかりだが、広い胸もとで腕を組み、スラブ系の顔を無表情に保ちながらも、聞き耳をたてているようだ。

「ええと、その、ちょっとややこしい話だし、長くなるんだけど――」ベッカは話しはじめた。「わたし――」

「だから、どこにいるんだ？」今度は怒りと恐れを隠せなかった。

ベッカは語気の強さにたじろいだ。「落ち着いてよ。わたしは無事だから。それで、わたし――」

「今日は真夜中過ぎまでカントリークラブで働いてるって言ってただろ！」

「どうしてそうじゃないってわかるの？」ベッカはぴしりと切り返した。

そう訊かれることは予想ずみだ。「きみの携帯が圏外だったからだ。ボセルが圏内なのは知っている。一日中、連絡を取ろうとしていたんだぞ。だから、ごまかそうとしても無駄だ」

言外のメッセージは――おれに嘘をつくな。頼むから、嘘をつかないでくれ。

「ああ」ベッカは口調を和らげた。「たしかにそうね。心配をかけてしまったならごめんなさい。固定電話からかけるチャンスも時間もなくて――」

「いまどこにいる？」ニックは声を張りあげた。

ベッカは声にいらだちをにじませた。「怒鳴らないで。それに、話をさえぎるのをやめてよ。それでなくても一日中びくびくしていたんだから。いまはハイウェイにいる。キンブルのあたり。わたし、晩餐会でマシスを見かけて、仕事を首になって――」

「仕事を首になった？　いったいどうして――誰を見たって？　マシスってのは誰だ？」過呼吸になりそうな気がする。

「リチャード・マシス。あの島でゾグロと会っていた男。どうやら有名な外科医らしくて、今夜の晩餐会に出席していたの。わたしが担当したパーティよ。それで――」

「おい、それなのにおれに連絡しなかったのか？」怒りのあまり声がかすれていた。「やつに気づかれたか？」

「大丈夫だと思う。そうじゃなかったら、あいつとその愛人の奇妙な会話を盗み聞きできなかったもの。それで、成り行きで、愛人のほうの車を尾行することになったの。とにかく急なことだったし、あなたに電話をかけようと思ったときにはもう携帯の電波が届かないところにいて、かといって途中で止まるわけにも——」

「ちょっと待て」ニックは言った。「話を整理させてくれ。きみはゾグロのディナー客をカントリークラブの晩餐会で見かけた。しかし、おれに連絡しないことにした。それから、あいつと愛人の会話を盗み聞きした。またもやおれに連絡しないことにした。さらに、あろうことか愛人の車をつけた？」

仕事場にいるほかの男たちが視線を交わした。セスは床に飛びおりて、口笛を吹いた。

「だいたいそういうところかしら」ベッカはばつが悪そうに言った。「そのあと、ベンツの黒いSUVが彼女を迎えに来たとき、わたしはすぐに駐車場を出られなくて、少しのあいだ見失ってしまったの。そのあいだどこに行ったのかはわからないけど——」

「気でも違ったのか？」ニックは立ちあがり、受話器に向かってがなりたてた。セスは顔をしかめ、それはやめろとジェスチャーで伝えようとしている。デイビーは両腕を振り、落ち着け、落ち着けと声に出さずに言っていた。

ベッカはひと息ついてから言った。「まさか」思いきり高慢な口ぶりだ。「わたしは手を貸そうとしただけ。それをそんなふうに言われるのは心外だわ」

「何が心外だ！」ニックは叫んだ。

「あなたと待ち合わせたホテルに向かっているんだけど、そうやって怒鳴りつづけるつもりなら、予定を変更して家に帰る」

「だめだ！」ニックは深く息を吸って、ゆっくりと吐きだし、気持ちを落ち着けようとした。ぬるぬるとして力強い巨大なタコを捕らえようとするようなものだった。「それは危ない。

ホテルに行くんだ。おれもそっちに向かう」

「なぜ？　もっとわたしにわめき散らすため？」

ニックは歯を食いしばるようにして、言葉を押しだした。「頼む、ホテルに行ってくれ」

そして、こう続けた。「きみのおかげで生きた心地がしなかった」

「ごめんなさい」ベッカはようやく反省の色を見せて言った。「わかったわ。詳しいことはホテルで話す。じゃあ、あとでね」

通話が切れて、耳もとで強く受話器を握っていた手から力が抜けた。ニックはだらりと腕をおろし、くずおれるように椅子に腰かけた。

要するに。ベッカは誘拐も拷問もされず、殺されてもいなかった。ニックから逃げていたのでもない。嘘をついていたわけでもなかった。ただ気がふれただけ。それならまったくの別問題だ。

わっと泣きだしたいという尋常ならざる衝動がこみあげてきた。だが、ここにいる男たちの前で泣くことはできない。ただでさえ、全員が何か言いたげな目でこちらを見ている。

「神経の太い女だな」デイビーがそっけない声で言った。

「どうかしている」とアーロ。

「いいじゃないか」セスはおもしろがっている。「つまり、彼女は悪党の愛人をつけたんだろ？　やるね。会うのが待ちきれなくなった。爆竹みたいな女ってことだよな。結婚式ではおれたちと同じテーブルに着けるようにマーゴットに言っておこう」

ニックはほとんど聞いていなかった。「もう行かないと」うわの空で言った。

「ああ、そうだな」セスが言った。「あとはおれたちに任せろ。パベルの家に仕掛けたビデオを分析して、今夜中に大まかな計画をたてておく。アーロがルドミラのほうのモニターを監視する。だから、少し息を抜いてこい。さあ、行け。どっちがボスか彼女にわからせてやれ」

セスのたわごとにかかずらう気力はなかった。ニックはデイビーに向き合った。「彼女がカントリークラブで見たという男のことを調べられるか？　名前はリチャード・マシス。有名な外科医だそうだ」

「任せておけ」デイビーが言った。「おい、ニック？」

ニックはもう戸口に向かって駆けだしていたが、はっとして振り返った。「なんだ？」いらいらと言った。

「落ち着けよ」デイビーは静かに言った。「一歩引くんだ。慎重に接するといい」

簡単に言ってくれる。炎に向かって、熱くなるなと言うようなものだった。願うだけならいくらでもできるが、実現は不可能だ。

21

こぢんまりとしたセダンが並ぶホテルの駐車場で、ニックの黒い大型ピックアップトラックは、獲物を狙って身をかがめる大きな肉食獣を思わせた。

ベッカは〝仔猫ちゃん型セダン〟のレンタカーのトランクからスーツケースを引っ張りだした。明日には借りたところに返さなければならない。日常の交通手段はバスに逆戻り。仕事を首になった人間の預金には、レンタカーを借りるような余裕はない。そういう者にとっては、預金というよりも、非常事態用のへそくりと言ったほうが近い。ベッカの場合、なきに等しいものだけれども。

キャリーもジョシュも生活費は自分で稼いでいるが、それでもベッカの暮らしは毎月かつかつだった。いまやわずかな無駄づかいも許されない。

ぐだぐだ考えるのはやめなさい。とぼしい預金残高よりももっと深刻な問題がある。たとえば、目の離せない火山みたいな恋人のこと。

心の一部は、こうした内心のひとりごとを冷静に聞いていた。あえてぺちゃくちゃとしゃべっているのは、これからニックに会うことに対して、ひどく緊張しているのを隠すため。

でも、うまくいかなかった。緊張はほぐれない。効果がないのなら、どうしてわざわざ自分をごまかそうとするの？

それが癖だからと自己分析した。ベッカはホテルのフロント係にほほ笑みかけた。デジャヴに襲われ、背筋に寒気が走る。「こんばんは。夫のロブ・スタイガーはもう来ているかしら？」夫という言葉に、今度はべつの感情で体がぞくぞくした。

ぽっちゃりしたブルネットの女性がカウンターの向こうから笑みを返し、カードキーを差しだした。「ええ、ミセス・スタイガー、十分ほど前にいらっしゃいました。奥さまがおいでになることもうかがっておりますよ。どうぞごゆっくり！」

ベッカはエレベーターで階上にのぼり、のろのろと廊下を歩いた。膝は震え、心臓は早鐘を打ち、頭はぼんやりして、息は浅く、両手はじっとりとして冷たい――あらゆる症状が示すとおり、あのホテルでダイアナ・エヴァンズの部屋に侵入したときよりも神経が張りつめている。

お笑いぐさだ。気骨を養ったほうがいい。いますぐ。ベッカは深呼吸をして、カードキーを差した。緑の光が点灯したあと、重いドアを押し開けた。

玄関口は暗かったが、奥の部屋にはぼんやりと明かりが灯っていて、ニックがベッドに腰をおろしている姿が見えた。ドアに顔を向け、ベッカを待っていた。

そして、ベッカへの怒りをたぎらせている。何も言われずともわかった。端整な顔にはなんの表情も浮かんでいないが、目が燃えていた。怒りのエネルギーがぶつかってくるようだ。うなじの毛が逆立った。

何かどろりとして力強いものが、ベッカの内側で動いた。恐怖と雑音のうしろで。ほとばしるような力をニックから感じると同時に、ベッカ自身が熱い欲望の引力を生みだしていた。これは利用できる。もしもベッカがこの状況に対処できれば。ニックを操れるなら。

「お待たせ、ミスター・スタイガー」ベッカは言った。

ニックは長い間《ま》を置いてから、首をかしげ、用心深く応えた。「ミセス・スタイガー」

「今日はどんな一日だった？」ベッカは尋ねた。

「くだらないことを言うな」ニックの声が、再び落ちた沈黙を切り裂いた。「ふざけるのはやめろ、ベッカ。そういう気分じゃない」

一時退却。作戦変更。おふざけ禁止。

ベッカはコートを脱いで、ハンガーにかけ、スーツケースをラックに置いた。鏡に映った自分の姿をちらりと見た。くるくるともつれた髪、びっくりするほど赤い口が目立って、わたしじゃないみたい。ブレザーを脱ぎながら、どんな戦法で対決しようか、考えをめぐらせた。ボディランゲージからすれば、ベッドの隣に座れと招かれることはないだろうが、かといって裁判で判決を待つ被告人のように、ニックの前で突っ立っているのもいやだった。

ベッカは椅子を引き、そこに浅く腰かけた。大きく息を吸って、胸郭を膨らませ、ぴったりとしたハイネックでノースリーブの白いニットが胸を強調するようにした。脚を組み、タイトスカートを腿まで滑らせる。上になった脚をぶらぶらさせて、華奢なハイヒールのサンダルを見せつけた。自分の婚約パーティのために買ったものだ。使い道としてはこちらのほうがずっとずっといい。

ニックはベッカを見つめ、熱っぽいまなざしを体に這わせている。

そう、それでいい。頼みにできる手はなくもないということだろう。

「その娼婦めいた赤い口紅はなんだ?」

「ああ、これ」ベッカは口ごもった。「ええと、その、盗んだの。ダイアナから」

「つまり、そのダイアナというのが、例の……?」ニックは穏やかに尋ねたが、声にはすごみがあった。

「マシスの愛人」ベッカは言葉を引き継いだ。「わたしが尾行した女」

沈黙はずしりと重かった。導火線に火を点けたあと、爆発を待つかのような緊迫感だ。

「ちょっと派手だけど、だんだん気に入ってきたわ。あなたはどう思う?」

「さあ」ニックはゆっくり言った。「とりあえず、壁に押しつけて、ヤりまくりたくなる。そのつもりで、そいつをつけたのか?」

ベッカは途方に暮れて、まばたきをした。「あの……今夜の議題を少し飛ばしたんじゃないかしら」ベッカはつぶやいた。「報告聴取をしたくない?」

「ああ。報告してくれ」ニックはあごを突きだした。「どんどん進めろ。おれは早く次の段階に移りたい。きみのためにパーティの計画をたててある。盛大なパーティだ」

低い声に脅威を聞き取って、ベッカは身震いした。「わたしを脅そうとするのはやめて、ニック。気に入らないわ」

「おれも、きみが勝手に街から出て、危険な犯罪者どもを追いまわしたのは気に入らない。おれに連絡しなかったんだぞ! 殺されていてもおかしくなかった!」

「そのとおりね。それを否定するつもりはないけど、一度限りのチャンスだったってわかってもらえないのはどうしてよ！」ベッカも怒鳴り返した。「ほかに誰もいなかったんだから、わたしが行くしかなかったのよ、ニック！　ダイアナがどこか重要なところに向かうのはわかっていたし、連絡する時間は——」

「なぜ重要な場所に行くとわかったんだ？」ニックが口を挟んだ。

「最初から最後まで話をちゃんと聞く気はあるの？」ベッカはキッとなって言った。「それとも、わたし、もう帰ったほうがいい？」

「いや、きみはどこにも行かない」ニックは声を落として言った。「おれが許さない」

「また、それ」ベッカは諭《さと》すように指を振った。「脅さないでって言ったでしょう。有益な情報を見つけるチャンスがあったから、二度と手に入らなくなる前につかんだだけ。少しはわたしの努力を認めてくれてもいいじゃない！」

「ああ、認めているとも」ニックは言った。「ひと晩かけて、たっぷりと褒め称《たた》えるつもりだ。その新しいストッキングは？　うしろに刺繍が入っているところがいい。セクシーだ。それもダイアナから盗んだのか？　どうやって脱がせた？　まずは頭を殴って気絶させたのか？」

「昼休みにショッピングモールで買ったのよ」ベッカはむっとして答えた。「あなたを喜ばせるためにね。後悔しはじめているわ。これで元上司をかんかんにさせたっていうのに」

「ああ、じゃあ、それがつんけんした秘書風の下着なんだな。服を脱げよ、ベッカ。見せてくれ」

ニックの体に熱がたぎり、ぶつかってくるようで、ベッカはあとずさりしそうになった。「いやよ」立ちあがって、ニックに背を向け、ブレザーに手を伸ばした。「あなたのごたくはもうたくさん。あなたの役にたちたくて、三時間もすごく怖い思いをして、神経をすり減らしたのよ。それなのにただ怒られるだけなんて。今夜わたしが発見したことに興味がないようなら、もう帰る――あ！」

影が動いたのを見る間もなく、うしろからニックに抱き止められ、足が床から十五センチも浮いた。胸の下に腕をまわされ、持ちあげられていた。

世界がぐらりと揺れて、ベッカは宙を飛び、ポンッとベッドに着地した。気を落ち着けてベッドから逃げようとする前に、ニックがのしかかってきた。

まるで身動きが取れなかった。手は頭の両側でつかまれ、わき腹は肘で押さえられている。ほんの数センチのところから、ニックの視線がベッカの目を射抜いていた。息はコーヒーの香りがする。ニックは目をそらさずに、片手をおろしてスカートをめくりあげ、脚を開かせてそのあいだに収まると、ベッカの脚で自分の腰を挟ませた。

膨らんだ股間を押しつけられた。秘所を突き通すような熱を妨げるものは、ストレッチ素材のレースのパンティだけで、これは用をなさないも同然だった。

「言っただろう、ベッカ。きみはどこにも行かない」

動かしようのない重さの下で、ベッカは背をのけぞらせようとしてもがいた。「子どもじみているわよ」苦々しい口調で言った。「どいて。いますぐ」

「いやだ。さあ、話してくれ。このままの体勢でいい。きみを怒らせても、ぷいと出ていかれる心配がない。これからきみを怒らせるのは確実だからな。残念ながら、それは変えようがない」

「へえ、そう。こんな体勢でいたら、話をするうちに——んん!」

むさぼるようなキスで言葉をさえぎられた。完全に不意をつかれた。焦げつくようでいて驚くほど優しい唇に溺れ、魔法みたいな舌づかいに溶かされて、ベッカの心はぐらつき、平静を失っていった。

ニックは顔をあげた。瞳孔《どうこう》が開いている。「それで? おれはきみに全神経を集中させている。心も体も」

「息が……できない」ベッカは言って、身じろぎした。

ニックはすっとベッカからおりて、横向きに寝そべり、ベッカの両脚のあいだに脚を差し入れてから、腕のなかに引きよせた。

このほうがずっといい。まだニックの体という檻《おり》に囚われているけれども、抱きしめられているのと変わらない格好だ。ニックは意地悪で、我の強い男かもしれないが、ベッカはこの大きくて熱い体に安らぎを求めていた。安らぎを得られる機会があるなら、飛びつくべきだと学んでいる。それを与えるのは、ニックの得意なことではないのだから。

ニックのぬくもりに包まれて、ベッカは体を丸め、それから、ぽつりぽつりと一から話を始めた。晩餐会でマシスに気づいたこと、ダイアナとの会話をオフィスで聞いたこと、そのあとキンブルのホテルまでダイアナを尾行したこと。〈スターライト・ラウンジ〉の駐車場でのくだりで、ニックは顔を曇らせた。車のなかからサングラスと口紅を盗み、ダイアナのふりをしてホテルの部屋に忍びこんだことを話すあいだ、ニックは非難の色を隠さず、体をこわばらせていた。

「どうかしているにもほどがある！」

「そうかもしれないけど、そのかいはあったでしょう？」調子に乗った言葉に対して反論される前に、ベッカは急いで話を続けた。「なんにしても、部屋で見つかったのは白い箱だけだったの。なかには血の入ったガラスの小瓶が七つ。それに、尿が少しずつと大きな綿棒。綿棒のおばけみたいに巨大だった」

「血液と尿？」ニックは肘をついて体を起こし、顔をしかめた。

「すべてラベル付きで、番号が振ってあった。書き写してきたわ。見たい？」

ニックはうなずいて起きあがり、ベッドに腰かけた。ベッカはおぼろげな満足感を得た。ベッドでの覇権争いを忘れるくらい、今夜の冒険に興味を持ってもらえたからだ。ベッカはバッグのなかをあさって、メモを取りだし、ニックに手渡した。「最初の六桁の数字は誕生日みたい」ベッカは言った。「つまり、全員が幼い子どもということになるわ」

ニックは黙ってメモを見つめている。「ああ」しばらくしてから、ひとことつぶやいた。

沈黙は長く、重くなっていった。ベッカはそわそわしはじめた。「あの、ニック？　どう思う？　何を表わすものかしら」

ニックは暗い表情で考えにふけっていたが、水を払う犬みたいに激しくかぶりを振って、意識をベッカに戻した。「書類のようなものはあったか？」

「ホテルの部屋にはそれらしきものはなかった。でも、ダイアナの車の助手席にデジタル・

ボイスレコーダーの空き箱が置いてあったの」ベッカは言った。「それに口述で記録を取ったんじゃないかしら。ポケットかバッグに入れて持ち歩いていたんでしょうね」

ニックは財布を出して、慎重な手つきでメモを収めた。それから携帯を取りだし、電話をかけた。

「べつの名前が浮上した」携帯電話に向かって言う。「さっきのやつの愛人だ。ダイアナ・エヴァンズ。医療関係者らしい。医者か、看護師か、検査技師か、その手の仕事に就いている女だ」ベッカを見る。「車のナンバーは？」

「役にたつかどうかわからないけど、クライスラーのPTクルーザーで、色は黒よ」ベッカはそう言ってから、車のナンバーを教えた。ニックは受話口に向かって復唱し、電話を切った。

ベッカはうなじがぞわぞわするような恐怖を感じながらも、勇気を振り絞って尋ねた。

「ニック？　あれがどういうことなのか……なんなのかわかる？　血液と尿のことよ」

「いいや」ニックはにべもない口調で答えた。

「でも、よくないことなんでしょう？」ベッカはささやいた。

ニックはうなずいた。「ああ、よくないことだ。それは間違いない」

暗闇のなか、暗黙の疑念がふたりのあいだに横たわった。ベッカは鳥肌をたてていた。もう一度抱きしめてほしいと頼んだら、ニックは応えてくれる？　黙って腕のなかに飛びこみ、力ずくで抱きついたほうがうまくいくかもしれない。

でも、もしそうしたら、気づいたときには押し倒され、何が起こったのか把握できないうちに、深く身を沈められることになるだろう。それでもかまわなかった。もう心構えはできている。

ニックは立ちあがり、目をぎらつかせてベッカに近づいてきた。ふっと体の熱がゆらぐ。ベッカは思わず身構えていた。

「さて」ニックは言った。「報告聴取は終わりだな? ほかに言っておくことは?」

ベッカは首を横に振った。「もうないわ」

「けっこうだ。では、次の議題に移ろう」

ベッカのつま先がこわばり、次に胸が、それから腿が凍りついていった。「つまり?」

「つまり、今夜きみのおかげで、おれが地獄の炎で焼かれるような苦しみを味わったことについて。それをどう償ってもらうかという話だ」

「やめてよ」ベッカは語気を荒らげた。「それって必要なこと? そういうものの見方しかできないの? 支配的な立場にたたなければ気がすまない?」

「ああ、そのとおりだ」ニックはまるでたじろがずに言った。

ベッカは憤慨していた。顔が熱く、息が浅くなっている。食えない男。「償いなんてしないわよ」ぴしりと言った。「腹がたってしょうがないから。でも、念のために訊くけど、具体的にはわたしに何をさせたかったの?」

ニックは椅子をつかみ、壁と向かい合わせに置き直した。ベッカの手首を取って、自分の前に引っ張り、壁に背を向ける格好で立たせる。それから、おもむろに、ゆったりと椅子に腰をおろした。

「すぐにわかる」あせるようすもなく言う。「まずは……服を脱げ」

賭けだった。こういうボスの座をめぐる争いがベッカをいらいらさせ、先ほど本人が言ったとおり、腹立たせることはわかっているが、自分を止められなかった。ニックも怒っているからだ。互いに怒りをぶつけることが必要だった。

それに、頭の奥では、こういうふるまいがベッカを興奮させることもわかっていた。ベッカはニックの強引な態度も、力でねじ伏せられることも嫌ってはいない。むしろ極限の状態に置かれるのが好きなのだ。ニックのほうはベッカをそこに追いこむのが好きなのだから、ほとんどお互いさまだった。ベッカのしたことを考えてみろ。悪党の愛人を尾行して、車のなかから物を盗み、ホテルの部屋に不法侵入した——ベッカは鉄の心臓を持っている。アドレナリン・ジャンキー。ニックと同じだ。

ベッカの赤らんだ顔で、欲望と自尊心がせめぎ合っている。その表情を見ていると、ニックのペニスまでもがそれを見たがっているかのように、身を前に乗りだした。もう少し揺さぶりをかけるころあいだ。

「怖いのか?」ニックは嘲るように言った。

ベッカは顔をあげ、目をきらめかせた。「まさか。あなたなんて怖いものですか」

「なら、服を脱ぐんだ」ニックは命じた。「おれが破り取る前に」

ベッカは鼻を鳴らし、髪を払って、眼鏡をはずした。精一杯、何食わぬ顔をして、眼鏡を机に放る。

おずおずとしてぎこちないストリップショーは、色気を意識していないぶん、かえってエロティックだった。ニックの股間はどくどくと脈打ち、ジーンズがはちきれそうなほど大きく膨らんでいる。

ベッカはノースリーブのニットを脱いで、古風なビスチェをあらわにした。クリーム色のサテン生地だ。ロケット発射台のように突きでたブラジャーが乳房を高く押しあげ、まさに神の賜物《たまもの》といったありさまを見せつけている。ベッカは体を揺すり、ひねって、黒いタイトスカートのホックをはずし、それから腰をくねらせてスカートをおろした。

かつては堅苦しいと見なされていたランジェリーの全貌が明らかになったとき、ニックの口のなかはからからに乾いていった。薄いシルクのストッキングはサテンのガーターベルトで留められている。同じくサテンのパンティは丸くなめらかな尻を包んでいるが、前後の布をつなぎ合わせているのは、両側のリボンだけだ。腰に巻いたシフォンのガーターベルトから肌が透けて見え、ふちを飾るリボンは腿の曲線を際立たせて、股間に目を引きよせる。下腹部をおおうパンティの前も透けていて、色の濃い毛が見える。何本ものリボンが蜘蛛の糸のようにすべてを結びつけ、ベッカの完璧な体をよりなまめかしく、おいしそうに見せていた。

ニックは言葉を失った。ベッカの美しさに胸を締めつけられていた。

しかも、ベッカはこのランジェリーをすべて今日わざわざ買ってきたのだ。ニックのために。

ベッカは手のやり場に困っているようだ。本当は体を隠したいが、そういう弱さを露呈するのは癪《しゃく》に障るといったところだろう。

ニックはまたベッカの手首をつかみ、前につんのめるまで引っ張った。「うしろを向け。壁に両手をついて、尻を突きだすんだ」

「ニック、わたし——」

「その下着に包まれた尻を見たい」ニックは言った。「逆らうな」語気を強めた。「もっとも……怖いのならべつだが」

ベッカは冷ややかな目を向けたが、それでもニックの言うとおりにしてから、肩越しに振り返った。「あなたって」息をひそめるように言う。「すごく横暴よ。おまけに無神経。調子に乗らせちゃいけないんでしょうね」

「だろうな」ニックは否定せず、ベッカの尻を見つめた。美しいランジェリーは美しい尻にふさわしく、さらにその魅力を高めている。パンティのふちは浅いくぼみのところまでそっと押しあげられ、なめらかで申し分のない肌があらわになっていた。愛《め》でられ、崇《あが》められるのを待つかのようだ。

ニックは前に身を乗りだして、丸い尻の下のほうに唇をつけた。脚を開かせ、腰を引かせて、さらに尻を突きだすような格好にさせてから、サテンに包まれた温かでふっくらと柔らかな花びらに唇をあてがった。ベッカが息を呑み、身をよじる。

そのしぐさに火を点けられて、ニックは汗をかきはじめていた。セーターを脱ぎ、放り投げてから、飢えたように手をもう一度ベッカに伸ばした。羽毛やタンポポの綿毛や開いたばかりの若葉といった、軽やかでふんわりしたものを思わせる柔らかさで、ふれるのがためらわれるくらいだ。ニックのざらついた手は薄い布に引っかかってしまったが、それでも手を止めることはできなかった。ごつごつした手が、すべらかな肌をこする。ベッカの息づかいが速くなった。脚は震えている。感じている証拠だ。

「それで」ベッカは目一杯の虚勢を張って言った。「昔ながらのポルノみたいな夢は実現されたの？」

ニックはベッカの脚のあいだに手を入れ、とろりと熱いところをそっとつついた。ベッカは声にならない声で叫び、熱く震える腿を閉じて、ニックの手を挟んだ。

「はっきり言って、別次元だな」ニックは正直に言った。「これまでの夢なんか吹っ飛んだ。おれはいま新しい夢に浸っている。きみの美しさには脱帽だ」

「脱帽？　口ばっかり」ベッカはそう言ったが、ニックの手が花びらの奥に食いこむと、喘ぎ声を漏らした。「でも、気に入ってくれたなら、買ったかいがあるわ」

「ああ、気に入ったとも」ニックはわきのリボンを引っ張って、パンティを床に落とした。もう一度ベッカを前に向かせた。

熱のこもった目、開いた赤い唇、波打つ胸、さらけだされた茂みを見あげた。

ニックは夢に浸るどころか、囚われていた。両手が震えている。

冷静さと自制心を失っているのが恐ろしかった。ゆっくり時間をかけたくとも、舌やペニスがベッカにふれたとたん、そんなことは忘れてしまうだろう。テクニックも何もなく襲いかかることになる。

状況が自分の手に負えなくなるのはいやだった。そういう気分は、今夜スクリーン上で動くアイコンを見つめながらひと晩たっぷり味わった。絶対にベッカをイかせ、叫ばせたい。オーガズムに次ぐオーガズムでベッカを恍惚の彼方へ吹き飛ばしたい。時間をかけて。じっくりと。念入りに。

もどかしさで吼《ほ》えたくなったが、ニックはぐっとこらえて木の椅子にもたれ、布張りの肘掛けをつかんだ。「ショータイムだ」

ベッカは警戒の表情を見せた。「どういう意味?」

「自分の手でイくんだ」ニックは答えた。「いまここで。おれに見せてくれ」

「立ったまま?」ベッカは呆れたように言った。「できるかどうかもわからないわ。女の体は複雑なのよ。あなたが思うほど簡単なことじゃない。それなりの環境が整わないと」

「環境? なら、こういう環境はどうだ」ニックはジーンズのボタンをはずし、脚の付け根まで引きおろした。飛びだしたペニスはずしりと揺れ、いまにも爆発しそうなほど硬くなっている。

ベッカは途方に暮れた顔つきでニックを見つめた。「ねえ、できるかどうかわからないって——」

「数十センチ前におれが座って、よだれを垂らしていても?」

ベッカは顔をしかめた。「あなたがそこでよだれを垂らしているからこそよ」傲然《ごうぜん》と言い放つ。「まずは、くつろいだ気分にならなければ無理だし、それに——」

「とにかくやってみろ。どんなことでもいい」ニックはぶっきらぼうにさえぎった。「ぐだぐだ言わずに、手を股間にやるんだ」

「いつまでも待つ」ニックはきっぱりと言った。「いつまでも待つ」

しかし、ベッカはその場に立ちつくして、恥じらいとためらいで凍りついていた。ニックはベッカの手をつかんで、つややかな茂みのほうへ運んだ。下の毛までもが愛らしい。生え際からしばらくは絹糸のようになめらかで、それからふいに四方八方へ渦を巻き、フリルみたいにクリトリスをおおっている。

そのクリトリスに指を当てさせた。「ここから始めたらどうだ」ニックはそうながした。

ベッカはニックの目を見つめ、赤くきらめく唇を、下側が見えなくなるほど強く噛んで、まだためらっていた。ニックは黙って待ち、やがて、これでは生殺しだと思ったとき——

ベッカが目を閉じて、ふっと口もとに笑みをたたえ……そして、ニックの言ったとおりのことを始めた。

予想外だった。そもそも何かを予想できるような心の余裕はなかったが、それでも、熱く焼けつくような目でベッカを見つめながら、こうしてかしこまるとは思ってもみなかった。欲望に疼きながらも、心を動かされるとは。

ベッカが自分で秘所にふれている姿には、じんわりと心が温まるようなところがあった。深夜のケーブルテレビのアダルトチャンネルで女の自慰のシーンを観ても、ニックは何も感じないが、それとはまったく違う。ベッカは衆人の目やカメラを意識することなく、演技もしていない。身をくねらせることも、体をひけらかすことも、乳房をまさぐることもしない。股間は指で隠れている。ベッカはそこに全神経を集中させていた。腿で手を締めつけ、目を閉じ、唇を噛んで。ひとりの世界に入りこんでいる。

ニックもその世界に入りたかったが、ベッカひとりで行けと言い張ったのは自分だ。それでも、この隔たりは耐えがたかった。「目を開けろ」ニックは言った。「ただでさえ難しいのに」

「邪魔しないで。気が散っちゃう」ベッカはささやいた。「ただでさえ難しいのに」

「目を開くんだ」ニックは引かなかった。「おれが見ているところを見てほしい」

口もとに、またあの笑み。「心配しないで。見なくても、あなたがそこにいるのはわかるから。肌で感じられるの」

ベッカはクリトリスをいじりつづけて、やがて息を弾ませ、絶頂に近づいていった。体の奥から突きあげるような力を、ニックも感じ取っていた。

そこでニックは立ちあがり、ベッカと顔を向き合わせた。「目を開けてくれ」すがりつかんばかりの口調だった。

「邪魔しないでったら、ニック」ベッカは息を切らして言った。「わたし、あと少しで……」

ニックはベッカの脚のあいだに手をねじこみ、ベッカの指のうしろに自分の指を押し入れた。「いますぐだ」鞭で打つような鋭い声で言った。

その声に驚いて、ベッカの目がぱっと開いたとき、ニックはとろける蜜の壺《つぼ》に二本の指を突き入れた。同時に、ベッカは快感に弾け飛んだ。指がきつく締めつけられるのを感じながら、ニックは無防備な目の奥をまっすぐに見つめ、ベッカの内に秘められたぬくもりに浸った。そう、ここに入りたかった。

いや、ここで生きていきたい。

ニックはくずおれかけたベッカを壁に押しつけ、どうにか立たせてから、必然的な欲求に屈して、ひざまずいた。ベッカの脚の片方を持ちあげ、背後の椅子のシートに乗せた。

「あそこを開いて、そのまま押さえるんだ」ニックは言った。

ベッカはおぼつかない手でニックに従い、目の前で花びらを開いた。ぐらぐらする脚で、小刻みに震える体を支えて立っている。ニックはしとどに濡れたピンク色の割れ目を飢えたように舐めまわして、ぷっくりと膨らんだクリトリスのまわりに舌で円を描き、それからなかに舌を突き入れた。何度も何度も。ベッカのせつなげな叫び声が響き、体の引きつりと震えが口に伝わってくる。この甘い命の泉をずっと飲んでいたい。何時間でも。

ニックはベッカをしっかりと支えながら立ちあがり、用意しておいたコンドームを装着して、ベッカの背を壁に押さえつけ、ペニスの先を入口に当ててから、じわじわと押し入れた。ふっくらとした女の鞘が脈打ち、ニックを押し返そうとするようだ。

「いったん始めたら、もう止められない」ニックは言った。

「止めようとしたら、顔をはたいてやるわ」ベッカはぴしりと言い返した。

ああ、こうして噛みついてくるときのベッカが好きだ。「ゆっくりすることもできない」

「ゆっくりなんてしてほしくない」ベッカはニックの肩に爪をたて、しがみついた。「そんなおしゃべりはやめて。また腹がたってきたわ」

少しずつ、ベッカの体の奥へ奥へと押しこんでいったとき、文句の言葉は喘ぎ声に変わり、ニック自身の喘ぎ声と重なり合った。ニックはわずかに腰を引き、すぐさままた突き入れた。ベッカのなかにいたいという思いが強すぎて、引くのもそこそこに押し入れるありさまだった。ベッカを壁に打ちつけながら深く突くたびに、叫び声が口から漏れた。オーガズムは同時につのっていき、ベッカの絶頂がニックにとどめを刺した。ふたりは一緒に爆発して、時間を超越したところで魂を重ね合わせた。ここが、長いあいだニックの求めていた場所。ベッカの一部だ。ベッカにひれ伏す思いだった。なんて美しいのだろう。

膝はぐらついていたが、気力で持ちこたえ、汗をにじませて震えるふたりの体を自分の体重で壁に押しつけて支えた。

「つまり——」ニックは心に広がっていた考えをどう言葉にしようかと考えた。「つまり、きみがこういうふうになるのは、ビデオカメラのせいだけじゃないんだな」

ニックの言葉の意味が伝わるのに一瞬の間があいたが、ベッカの目がぱちりと開いたとき、当然ながら、そこには怒りの炎が宿っていた。「当たり前でしょ！　わたしのことをどんな変態だと思っているのよ？　こんなふうになるのは、相手があなただから！」

「おれ」ニックは震える声でささやいた。「おれ」深呼吸をして、手足に力をこめ、ベッカを持ちあげて、自分に抱きつかせたままベッドに運んだ。ペニスはまだなかに入っている。このつながりをすぐ断ちきる気持ちになれなかった。絶対にいやだ。

ベッドに座り、ベッカを膝にまたがらせてから仰向けに倒れた。ニックは言葉もなくベッカを見あげた。ベッカはやさしい手つきでニックの胸の毛をなにげなく弄びながら、こちらを見おろしている。

ベッカはまつ毛を伏せて、ニックの視線をさえぎった。「それで、どう？　いまので……」声がしぼむように途切れた。

「なんだ？」ニックはすぐに尋ねた。

「いまので埋め合わせになった？　地獄の炎で焼かれるような苦しみを味わわせたことに対して」

思わず頬がゆるみかけたが、必死にこらえた。「まだまだだね」ニックは言った。「手付け程度にはなったかもしれないが、それだけだ」

ベッカは気色ばんでいた。「いまのが手付け程度？」口をひくつかせる。「どうあっても優位に立っていたいというわけね？　何があっても？」

「そのとおりだ」ニックはあっさりと認めた。手を伸ばし、ベッカの髪に指を絡めた。「命尽きるときまで」

「疲れない？　いつでもすべてをコントロールしていなきゃならないなんて」

そう訊かれて、心がわずかにざわついた。「いいや」ニックは言った。

ベッカは色っぽいサンダルのバックルをはずして、両足から脱がせ、床に放ってから、またニックを見つめた。大きな目に、考えこむような表情が浮かんでいる。「わたし、それほどひどくあなたを怖がらせてしまったの？」柔らかな声。

ニックは言いよどんだ。「おれは逆上していた」

ベッカはまた目を伏せ、少しのあいだ胸の毛を撫でていた。その感覚に刺激されて、ペニスがぴくりと動き、膨らんでいく。

驚いたことに、ベッカは身をかがめ、眉間にやさしくキスをしてくれた。「そんな思いをさせてしまってごめんなさい」

してているようとに乗じて、いますぐベッカを下にしてもう一度抱きたくなっていた。


ごめん？　心の一部では、笑い飛ばしたくなった。べつの一部では、ベッカがしおらしくしていることに乗じて、いますぐベッカを下にしてもう一度抱きたくなっていた。

またべつの一部は、その思いを勝手に声に出し、ニックをぎょっとさせた。「きみがおれから逃げたのかと思った」気がつくと、そう言っていたのだ。

ベッカはセクシーな口を大きく開いた。目を丸くして、ニックを見つめている。「あなたから？　いったいどうしてわたしが……どうしてそんなことを考えたの、ニック？」

ニックは顔を赤らめ、馬鹿な告白を早くも悔やんだ。怒ったように肩をすくめた。「きみの心のなかが、どうしておれにわかる？」低くつぶやいた。「女と長続きしたためしもない。いつでも逃げられる。おれから逃げていく」

ベッカはもどかしそうにかぶりを振った。「おかしなことを言わないでよ、ニック！　わたしたちはあれだけのことを――あなたはあれだけのことをわたしにしてくれたのに！　わたしはあなたから逃げたりしません！　だって、あなたを愛……」

ベッカの声がふっと途切れた。目をさらに大きく見開き、自分の言おうとしたことをニックが正確に察したことに気づいて、白い喉を上下に動かした。

あなたを愛している。ベッカはそう言いかけた。そして、その言葉を押しとどめた。

ニックは目をそらせた。勝手にしろ。たいしたことじゃない。おれに愛の告白をしたくないというだけだ。これまでのことを考え合わせれば、この女性にそこまで望むのは酷というものだ。責められない。そう、告白されなくてよかったと思うくらいだ。

考えてみろ。もしもベッカが最後まで言っていたら、おれはどうした？　もしも本気の言葉だったら？　責任は重大だ。誰がそんなものを背負いたがる？

ニックはベッカを抱えたまま横向きに寝返りを打って、ペニスを引き抜き、それから反対側を向いてコンドームを始末した。ひどく気まずい沈黙を破るために、何を言ったらいいか考えた。口にされなかった言葉が、炎の文字となってふたりのあいだに浮かびあがっている。それを消し去りたい。しかし、まだまともに声を出せるかどうか自信がなかった。まともな顔つきができるかどうか自信がなかった。

胸にぽっかりと穴が開いている。焼けつくような痛みをともなって。

先に落ち着きを取り戻したのはベッカのほうだった。「ニック、勘違いしないでほしいんだけど――」

「心配するな」顔をあげずにさえぎり、ベッドのはしに座って靴を脱ぎはじめた。「いいんだ。気楽にいこう。そういうことを期待できないのはわかっている」

「違う！　だから、勘違いしないで！」ベッカの声には不安がにじんでいた。「さっきのはただ――」

「わかってる」ニックは膝で引っかかっていたジーンズを脱ぎ捨て、ポケットからひと続きのコンドームを取りだした。「いまのきみにはとんでもないことばかり起こっている。問題は山積みだ。それはおれにも言える。だから、おれたちの関係を難しく考えるのはよそう。セックス第一。おれはそれでいい。申し分ない」

「でも、わたしは――」

「ベッカ、もういい」ニックは声を荒らげた。「この話は終わりだ」ベッカに背を向けたまま、やりきれない沈黙を無視して、コンドームの包みを破り、中身を取りだした。そのとき、腕をつかまれ、ようやく振り返った。

「ニック、わたしは……ええっ、まさか」ベッカは言葉を切って、勃起したものに視線を落とし、ニックがするりとコンドームをつけるのを見つめた。

「きみの埋め合わせの作業に戻ろう」ニックは言った。

ベッカは呆れ顔を作った。「嘘でしょう？　それはもうすんだと思っていたわ」

百も承知だ。ニックもそう思っていた。しかし、こうでもしなければ、ベッカの足もとに文字どおり身をひれ伏すところだった。芝居がかった告白をしながら。それをすんでのところで押しとどめた。

しかし、考えてみろ。あと数百回ベッカを押し倒してはいけない理由があるか？　ふたりのあいだに何が欠けていようと、ベッカが体の関係という側面を気に入っているのは明らかだ。ものごとのよい点に目を向けたほうがいい。

ベッカのそばにいられる限り、そして誘惑できる限り、そうするつもりだ。最後に待ち受けているのが苦い結末でも。

ニックはベッカの背に手を伸ばし、ビスチェのホックをはずして、うやうやしい手つきで大きな乳房から脱がせた。ガーターベルトとストッキングを身につけたままなのは歓迎だが、ビスチェはだめだ。突くたびに乳房が揺れるさまを見たかった。きつい下着で締めつけられていたため、すべらかで柔らかい肌に赤い跡がついていた。ニックはそこを指で撫でた。

「あなた、わたしから逃げているわ」ベッカが咎めるように言った。

自分の心から逃げていると言ったほうが近い。ニックはうめき、ベッカの脚を大きく開かせて、神々しいながめに見入った。黒っぽい毛と、白い肌と、ピンクと赤の性器という色のコントラストが好きだ。

そこを愛撫すると、ベッカは身悶えし、息を乱して、あられもない喘ぎ声をあげた。ニックはその声を聞きながらなかに指を入れて、格別の味を誇るとろりと熱い蜜に浸し、同時に親指でクリトリスを押しあげた。それから、ペニスの先でクリトリスのまわりに何度も円を描いたあと、その下の入口に押しこんだ。柔らかな筒が広がり、太いペニスをそっと締めつける。

「これが逃亡だって？」ニックは言った。

ベッカの小さな笑い声に合わせて、体の内側も小刻みに収縮した。「口がうまいんだから。これは侵略よね」

ニックはさらに侵略して、奥まで身を押し入れた。あごをこわばらせ、胸を高鳴らせるほどの興奮が、胸に開いた穴のほとんどを埋めてくれそうだ。

ベッカはニックの胸に手を当て、爪をたてて、押し返した。「この話は終わらせないわよ」ベッカは言った。「いずれまた話しますからね。覚えておいて」

ニックは腰の角度を変えて、最後まで一気に貫いた。ベッカが小さな悲鳴をあげ、さらに深く爪を食いこませる。

ニックは凍りついた。しまった。「痛かったか？」息をつめて返答を待った。

ベッカはつばを飲み、唇を噛んでから答えた。「少しだけ。何かに当たったみたい。でも、大丈夫」

「すまない」ニックは力なく言った。

ベッカは腰を揺らし、体のなかで硬くこわばっているペニスの位置を調整した。「あなたの言ったとおりにはならないわよ」ベッカは話を戻して言った。「わたしはセックスだけの関係なんて望んでいない。そんなつもりはないの。まるっきり」

ニックは考えついた唯一の方法で言葉をさえぎった。キスをしたのだ。

二重の侵略だった。ペニスは小さくうねるような温かい鞘に収まり、口は柔らかな唇をむさぼっている。口紅の味に違和感を覚えたが、そのぶんだけ、ベッカの小さな舌の甘い味に奇妙なほどのなじみを感じた。

まただ。なぜ何度も何度も同じ過ちを繰り返すのか、さっぱりわからない。こうして二重に体のつながりを持つと、胸のなかで何かが起こり、ニックは意識と欲望の集中するこの二点のあいだに引き伸ばされてしまう。胸で疼くあの穴に全身を呑みこまれる。ニックは命そのものを抱くように、ベッカにしがみついていた。もしやめたら死んでしまうというようにキスしていた。息が切れるほど激しく腰を振っていた。できるだけ深くベッカのなかに入りたいというせっぱつまった思いがあった。ベッカも必死になって、求めるものをつかもうとしている。そして、ベッカはびくっと体を引きつらせ、絶頂の波でニックをさらった。

ニックは逆らわず、大きくうねる波の頂にのぼっていった。できるだけ時間をかけて、ベッカが同じ高みにのぼってくるのを待ち、そして、ふたりで砕け散った。

まぶたを持ちあげる力が戻ったとき、ベッカはもう眠りに落ちていた。ニックはほっとした。どうにかさらに力をかきたてて、ベッド脇の電気ランプを消した。
バスルームから漏れる明かりが、ベッカのしなやかな体の山や谷をほのかに照らしていた。
ニックはあのことを考えないようにした。しかし、心がざわついていた。
そう、もしも立場が逆だったとしたら、おれだって途中で言葉を止めただろう。ベッカが
ニック・ワードのどんな側面と付き合わされてきたのか、おれほどよく知る者はいない。お
れは意地が悪く、怒りっぽく、セックスとなれば飽くことを知らない男だ。ベッカと知り合
ってからというもの、会うたびにほとんど同じ道をたどっている。まず、ニックが怒って、
ベッカにつらく当たり、それから押し倒し、死に物狂いでセックスする。
それで〝愛している〟の土台が築けるはずがない。
これまでの人生で、そういう言葉を誰かに言ったことはなかった。
少なくとも、英語では。ふとそう気づいた。母にはウクライナ語で言っていた。いや、こ
れでは崖を転げ落ちるようなものだ。母親のことを考えるのに、いまほどまずいときはない。
〝愛している〟は禁止。ニックのルールに反する。そんなことを口にするのは、射撃の的を
胸に描いて、頼むから撃ってくれと懇願するようなものだ。
傷つきやすい心をさらすのは、愚かとしか言いようがない。
ニックはベッカを引きよせ、たおやかな体をしっかりと抱きしめて、大人になれと自分を
戒め、そして、いくらかでも睡眠を取ろうとした。

22

「わたしにはできないわ、リチャード」ダイアナはとぎれとぎれに言った。「できると思ったけれど、やっぱりできない。本当にごめんなさい」

呆然として、リチャード・マシスは自宅の玄関で体を揺すっている女を見つめた。ダイアナはひどいありさまだった。目は血走り、まぶたは真っ赤に腫れて、目の下は涙に流された化粧で黒くなっている。口には口唇ヘルペスの水泡ができていた。髪はまるで鼠の巣といったようすで、片側だけが異様に盛りあがっている。服は、それで一夜を明かしたかのようにしわくちゃだ。汗と——酒のにおいが漂ってくる。

ショックは長く続かなかった。一瞬で、合理主義者としての自分が驚きから覚め、まずはすばやくあたりを見まわして、口うるさい近所の連中が庭いじりなどで外に出ていないか、この滑稽な図を目撃していないかどうか確かめた。

「リチャード？　どなたかいらしたの？」開けたままのドアの奥からヘレンの声が聞こえた。近づいてくるようだ。

「そこで待ってろ」小声でダイアナに命じた。「いや、誰も」大声で言い、ばたんとドアを閉めた瞬間、ヘレンがイヤリングを留めながら階段の上に現われた。

「絶対に用事など作らないでくださいよ」ぴしりと警告するように言う。「ジマーズ家のお嬢さんのお誕生日パーティまであと二十分。あたくしはジャンピエロの美容院にリビーを連れて行かなければならないから、あなたにクロエをジマーズ家まで送ってもらうしかないんです。覚えていらして?」

マシスは骨が軋むほど強く歯を食いしばりながらも、なだめるような笑みを向けた。「もちろんだとも」

妻が主寝室に戻るまで待ってから、ようやく笑みを引っこめた。笑顔の下に本当はどんな表情が隠れているのか自分でもわからないが、がみがみとやかましいあの女には見せないほうが身のためだ。それでなくとも大きな問題を抱えている。

そっと外に出て、ダイアナを百八十度回転させ、マシス家の広大な芝生を突っきらせて、私道の脇にそびえる楓《かえで》の陰を通り、そこからガレージに向かった。「どこに車を停めた?」マシスは問いただした。

「通りの角に」ダイアナはぼんやりと答えた。「大通り沿い」

マシスはすぐさま、ダイアナを自分の車に乗せて追い払うのは無理だと悟った。まず第一に、ダイアナは酔っ払っている。それだけならまだしも、このあたりをこういう哀れな姿で歩かせたら、人の記憶に残ってしまう可能性がある。千鳥足でここまで歩いてきただけでも最悪だ。

とりあえずは応急処置をするしかない。マシスはダイアナをガレージに押しこみ、ＢＭＷのクーペの鍵を開けて、助手席に座らせた。突き飛ばすように。ダイアナは横向きに倒れこんだ。「頭をさげておけ」マシスは怒鳴った。

めそめそと泣きはじめたダイアナをそこに残して、ヘレンと対決しに向かった。

ヘレンは玄関の広間で、上品なしわ加工がなされた白いスーツのジャケットをはおり、ありもしないほつれ毛を、つややかにまとめあげたブロンドの髪に撫でつけていた。金とダイヤモンドのアクセサリーがきらめいている。毛並みのいい天使みたいな外見の下に、世界クラスの性悪女が隠れているとは誰にわかるだろう？

マシスは気力をかきたてた。「仕事ができた」マシスは言った。「急患だ。クロエを誕生日パーティに送っていけなくなった」

ヘレンの目にはなんの表情も浮かばなかったが、それは一瞬のことで、すぐさま目の下がひくつき、そしてせりあがった。マシスに腹をたてたとき、いつも見せる顔つき。つまり、毎日、毎時間ごとにということだ。

「またそうやって嘘をついて」ヘレンの声には、自分ばかりが耐えていると言いたげな調子がにじんでいた。これを聞くたび、ほっそりとした白い首に手をかけ、青い目が飛びだすまで絞めつけてやりたくなる。「どうせ、あなたの娼婦たちの誰かと遊びに行くんでしょう」

ヘレンは言った。

マシスはつねに玄関に用意してあるブリーフケースをつかんだ。「仕事だ、ヘレン」鉄のような忍耐心で言った。

「いつものように、でしょう？」ヘレンは胸もとで腕を組んだ。「それなら、なぜ行きがけにクロエを送ってくださらないのかしら？　ジマーズ家は病院までの道の途中にあるわ。あなたの、そう、急患がいるのはそこですわね？」正義を振りかざすような口調で言う。

マシスは、ガレージの車のなかで汗をかき、べそをかいているダイアナのことを考えて、その弱さを内心で罵《ののし》った。この重大な局面に至って、濡れた紙袋みたいに張りついてくるとは。「ジマーズ家による時間はない。当然ながら、こうして話している時間もない」

「パパ？」クロエが階段をおりてきた。娘は間の悪さという資質を母親から受け継いでいる。

「ママがジャンピエロのところにリビーを連れていくのを待ってたら、お誕生日パーティが終わっちゃう！　車に乗せてくれるだけでいいから。パパもなかに入っておしゃべりしてなんて頼まないし――」

「だめだ！」マシスは怒鳴った。「だめなときはだめと何度言ったらわかるんだ？」

クロエはびくっとあとずさりして、口をわななかせ、階段を駆けのぼっていった。

マシスはその機に逃げだした。ヘレンの鬼の形相は見ずにすんだ。ああ、男が自分の家に居場所もないとは。

この家族ドラマのおかげで、車の運転席に座ったとき、マシスの心はすさみきっていた。ダイアナが体を起こしたことで、いらだちは最高潮に達した。マシスはダイアナの髪をつかみ、力一杯引きおろした。コンソールボックスについている折りたたみ式のカップホルダーに顔が叩きつけられる。あざになるかもしれない。そう思ったが、すぐさま、きっぱりと冷ややかに心のなかで言い足した。

いまはどうでもいい。

自宅のある土地との距離を広げながら、マシスは苦々しい思いで考えをめぐらせた。ダイアナが家に押しかけてくるほど理性を失っているなら、何をしでかすか予測のつかない危険な存在になったということだ。わが身を脅かす障害。憂鬱な気分を抑えつけ、怒りをかきたてた。ゾグロの前で顔をつぶされたに等しく、ひどい恥をかくことになるだろう。おまけに、ダイアナのすすり泣きの声でおかしくなりそうだ。

「黙れ」マシスは言った。

ダイアナは言われたとおりに泣き声を引っこめ、指先で自分の顔にふれた。「もう体を起こしてもいい？」

「ああ」

こめかみから真っ赤な血が流れているのが視界に入ったので、そちらを横目で見た。唇も切れている。ダイアナは顔を歪め、声もなく泣いていた。

「何をどう考えたら、これほど突拍子もない離れ業をやってのけられるのか、おまえの頭のなかをのぞきたいくらいだ」マシスは言った。「ゆうべの見世物だけでもとんでもないことだった」

ダイアナは片手で口をおおい、気持ちを落ち着けようとしている。

「検体は取ったのか？」マシスは強い調子で尋ねた。

「すぐ研究所に届けたわ」ダイアナは震える声で答えた。「今朝の三時ごろに着いて、ジェンキンズに預けた。年長の女の子のものは急ぎだという指示も出した」

「よし。それならなぜ取り乱している？」

ダイアナの肩が引きつった。マシスはそれに気づき、げんなりとした気分で、またダイアナが泣きだすのではないかと思った。

「リチャード、本当に悲惨だったの」ダイアナは言葉を絞りだした。「子どもたちの見た目からしてひどいありさまだった――全員が痩せ細って、飢えた顔つきをしていて、体はあざだらけ。誰かがあの残酷な監視人たちを首にしなくちゃいけないわ。それに、小さな子たちは泣きわめいて、一番年上の女の子は――ああ、リチャード、あの子は何度も何度もわたしに話しかけようとして、それから……襲いかかってきたのよ！」

マシスはあえて間を置いてから、口を開いた。「とくに怪我をさせられたようには見えないが。もう話し合ったことだろう、ダイアナ。たっぷりと。おまえは対処できると言った。感情に区切りをつけるのは得意だと」

「これだけ長いあいだあなたと付き合ったあとで？　得意に決まっているわ」ダイアナは唐突に力強い声を出した。「でも、あれは予想以上に……まさかあんなに――」

「あの子どもたちは、世界中の最底辺の孤児院から引き取ったゴミだ」マシスは説教した。「親に捨てられたあと、そういう施設で人間の認知力の発達を徹底的に抑えこまれて育ったんだ。失った能力に回復の見込みはなく、もう取り返しはつかない。ふつうの生活を送れる可能性はゼロ。人との関係を築ける可能性はゼロ。社会でまっとうに暮らせる可能性はゼロだ」

「でも、リチャード――」

「もう腹を固めたはずだろう！　倫理的に迷わされることがらなのはわかるが、ふたりで決断をくだした！　机上論を交わすときはとっくに終わっている！」

説教を放り捨てて、がなりたてていた。ダイアナは激しく泣きじゃくり、まるで聞いていないようだ。

なぜこうして話をしてやる必要があるのかもわからない。たぶん習慣だろう。晩餐会の時点で、ダイアナが使い物にならなくなったことを悟るべきだったが、ゆうべはヘレンがひと晩中雷を落としていて、次善の策を考えだすことができなかった。それでも、ここで早々に説得をやめては、こちらの思惑に感づかれてしまう。ダイアナはもうすぐ廃棄物になるかもしれないが、頭のいい廃棄物だ。本人がその気になったときには。

「あの女の子……あの目……」ダイアナは口ごもりながら言った。「本当に追いつめられたようすだった。わたしに話しかけてきたのよ、リチャード。助けを求めていた」

「それから、きみに襲いかかったんだろう?」マシスは、十六歳の娘の新しい心臓のために前金で千五百万ドルを払ったヘンリー・メトガーズのことを考え、話の切り口を変えることにした。

「メトガーズの娘は音楽の天才だ」マシスは言った。「新進気鋭のピアニスト。珍しい血液型だから、一般のルートで適合する心臓を得ようとすれば、数カ月も待つことになるかもしれない。彼女には数カ月も残されていないんだ、ダイアナ。あの心臓がなければ、数日中に死んでもおかしくない」

「わかってる、わかってるわよ」ダイアナはつぶやいた。

「彼女の望みを絶つのか?」マシスは容赦なくダイアナを責めたてた。「エデライン・メトガーズにはしゃべる力ももうほとんど残っていない。美しく、才能あふれる少女だ。若くして死なせるには惜しい。そうだろう？」

「もちろんそうだけど、でも、リチャード――」

「人生とはこういうものだ、ダイアナ。残念ながら、それが現実。天才少女の命を救って、その非凡な才能を人類の財産とするか、あるいは、ろうそくの灯火を吹き消すように、みすみす死なせるか。だが、なんのために彼女を死なせる？　発育を妨げられ、そのせいで知的障害を負わされて、一生鍵のかかった部屋で生きることが運命づけられている子どもの無価値な命を救うためか？」

「リッチー、あなたはあの子の目を見ていない」ダイアナは泣き叫んだ。「だから理解できないのよ！」

何を言っても無駄だと悟って、マシスは長広舌を打ちきり、通りの角に車を停めた。ダイアナの小さな家から通り一本離れたところだ。

「もうそのことは考えないようにするんだな」偽りの優しさを声ににじませて、ダイアナにそう助言した。「家に帰ったほうがいい」後部座席からブリーフケースを取りあげ、なかをあさって目当ての瓶を見つけ、錠剤を四粒、手のひらに出した。

この車にはミネラルウォーターの小さなボトルも置いてある。マシスは錠剤と水を差しだした。「飲むんだ」強い口調でうながした。「ベッドに入るころには、気分が落ち着いている。疲れているんだよ。少し休め」

ダイアナは一瞬ためらったが、マシスがあらためてぐっと差しだすと、言われたとおりに錠剤を口に入れ、水で飲みくだした。マシスはようやく肩の力を抜いた。

ダイアナは大きく息を吸って、ぎこちなくため息をついた。「リチャード、それだけじゃないの」

マシスはまた骨が軋むほど歯を食いしばった。「どういうことだ?」

「ゆうべ、誰かに見張られていた気がする」ダイアナはつばを飲んでから、小声で言った。

「尾行されていたと思う」

「やめてくれ、ダイアナ」マシスは切りつけるように言った。「ばかばかしい。よりによっていま妄想を――」

「本当よ! ホテルに戻ったとき、カードキーでドアが開かなかったの。取り替えてもらおうと思ってフロントに行ったら、わたしが五分前に交換させたばかりだと言われたのよ! わたしに似た誰かがわたしに成りすまして、ホテルの部屋を物色したんだわ。めちゃくちゃなことを言っていると思うでしょうけど」

マシスは、涙に濡れ、マスカラでぐるりと縁取られた目を見つめて、これはただ神経がまいっているというだけではすまされない深刻な症状なのだろうかと考えた。正真正銘の幻覚を見たのかもしれない。

どうでもいい。どちらにせよ、ダイアナの運命は同じだ。

「リチャード、こんなことになって本当にごめんなさい」ダイアナは声をわななかせて言った。

コンソールボックスのなかからポケットティッシュを取って、一枚引きだし、わざとらしくダイアナを案じるふりをしながら、あごにまで垂れていた血をゆっくり拭き取った。それから、乱れた髪を整えてやろうとした。

「泣くな」マシスは言った。「おまえは自分で思うよりずっと情にもろいんだ。しかし、同情を向ける相手を間違っているぞ。情けはそれにふさわしい人間に取っておけ。情けをかけてやるかいのある人間に。そうでなければ、哀れみなどなんの役にたつ？　誰が得をする？」ダイアナのべたべたした頬を撫でた。

「うちに来て」ダイアナは赤く長い爪をマシスの二の腕に食いこませて、すがりついてきた。「そばにいてほしいの。お願いよ、リチャード」

ダイアナの泣きごとで、いらだちがさらにつのった。マシスは手を振り払いたいという衝動を押しつぶした。こんな状態では抱く気にもなれないが、たとえその気になれたとしても、ダイアナの家に入るところを人に見られるのはまずい。言うまでもなく、DNA鑑定で身元が知られるような痕跡を残すわけにはいかない。

マシスは再び見せかけの思いやりを示して、ダイアナの顔にふれた。「できない。ただでさえ、約束を反故《ほご》にしている。ヘレンと娘たちはかんかんだ。そうでなくとも、ぼくが一緒にいたら、休めないだろう。おまえには休息が必要だ」

ダイアナは目をぱちくりさせ、それから、まぶしい日差しを浴びたかのように目をすがめた。「どうしてそんなに優しいの？」

マシスは身構えた。「何を言うんだ、ダイアナ」

「ちょっとおかしいと思っただけ」ダイアナは穏やかな声で言った。「あなたは優しさなんて持ち合わせていない人間だから」

マシスは笑みを浮かべようとした。「自分でも落ち着かないよ。だから、早く元気になってくれ。そうすればいつもの陰険な自分に戻れる」

ダイアナは腫れた口もとをゆるめようとした。結果は痛々しかった。ほどなく車から降りて、よろよろと通りを歩いていった。

急げ、急げ。マシスは心のなかでダイアナを急きたてた。誰かがいまのダイアナを見て、襲われたのかと声をかけたり、手を貸そうとしたりするのは困る。ましてや、警察を呼ばれたらことだ。

ダイアナは家のポーチの段をあがり、誰にも出くわすことなく家のなかに入った。マシスは車を出して、あの島で渡された携帯から電話をかけた。

ゾグロが応えた。「ドクター・マシス？　何か問題が起こったのかね？」

低く太い声を聞いて、マシスはそわそわとした気持ちになったが、そのらしからぬ感情を抑えつけた。この男が自分をすくませるという事実は受け入れがたい。そうしたことは超越しているはずだ。

「残念ながら、そのとおりでして」マシスは言った。「チームの一員に選んだ麻酔医、ダイアナ・エヴァンズのことです。彼女が、その……彼女が――」

「まるで使い物にならないと判明した？」ゾグロがよどみなく言葉を引き取った。

「精神的に不安定で、もう何をしでかすかわかりません」マシスはしぶしぶと言った。「完全に心が折れるのも時間の問題だと思います」

「ああ、なるほど。悲しいことだ。美人なのに。写真を見た。肉体関係を持った女とは仕事で組まないように忠告しておくべきだったな、ドクター」

マシスはとっさに言い返そうとしたが、自分でも気づかないうちに怒りの言葉を呑みくだしていた。そうなると、ほかに言えることはなかった。ぱちりと口を閉じた。

あの島での光景のせいで、落ち着かない気持ちになるのかもしれない。喉をかき切られ、銃弾でぶち抜かれた死体が右に左に散らばっていたら、子どもみたいにすくみあがっても仕方がないだろう。たとえドクター・リチャード・マシスでも。

「彼女なしでもなんとかなるのだろうな?」ゾグロが尋ねた。「ドクターのためにわしが集めたチームで充分じゃないかね?」

「充分です」マシスは正直に認めた。闇の外科手術チームのメンバーにはまだ会っていないが、彼らの経歴は調べた。全員が東ヨーロッパの出身で、全員が文句なしの適任者だった。いったいどうやってあれだけ優秀な医師を揃えたのだろうかと不思議に思ったものだ。

ふいに、ベッドに縛りつけられたパリ娘ふたりと、切り裂かれて真っ赤な口を開いた喉を思いだした。そして、慇懃《いんぎん》な笑みを浮かべて目の前に立つナイジェル・ダブスのことを。

不思議に思うようなことではないのかもしれない。あの医師たちにも家族がいる。

「彼女に鎮静剤を飲ませました」マシスは言った。「これから数時間は目を覚まさないはずです」

「つまり、ドクターの不始末に急いでかたをつけてほしいということかね? 本来、自分で彼女を片づけるべきだろう」

マシスは完全に虚をつかれた。「わたしは――」

「ああ、わかっているとも」ゾグロはうんざりしたように言った。「そういうことには向かない。それにはそれの専門技術がないとな。適当なやつを送って処理させる。ほかには？」

一瞬、ダイアナに成りすましたという謎の人物のことが頭をかすめたが、マシスはすぐに振り払った。ただでさえまずい立場に追いこまれている。「ありません」

ゾグロは一瞬の間を置いてから、うめくように言った。「けっこう。それにしても、感心しないぞ、ドクター。危険人物はダイアナではない。おまえだ」

マシスは慌てて謝罪の言葉を口にした。「本当に申し訳ないと――」

「今後はもっとうまくやれ」ゾグロが言った。「失敗には我慢がならん。失態を重ねるようなら、おまえの家族は……不幸に見舞われるだろう」

通話が切れた。携帯電話が手から滑り落ちた。ほとんど覚えのない感情で、手に力が入らなかった。恐怖だ。

マシスはからかい半分で檻のあいだから棒を入れて獣をつついた――そのあとで、檻のドアが大きく開いていたことに気づいたのだ。


目を覚ましたとき、ベッカは満ち足りているという不思議な感覚に包まれていた。体はぐったりとして、温かい。身じろぎすると、股間がじんじんと痛んだけれども、これがふつうに思えてきた。ニックとの果てのないセックスマラソンのあとは、いつもこうなる。

不快なわけではない。それどころか、ベッカは身をよじり、手足を伸ばして、その感覚を楽しんでいた。それに、痛みは前よりもずっと弱くなっている。どうやら体がセックスに慣れてきたようだ。これまでの人生で初めて。ベッドの反対側に手を伸ばしたけれども、そこはからっぽだった。ぱちっと目を開けて、ニックを捜した。

すぐに見つかった。そしてそのようすに目を奪われた。ニックはもう一台のベッドにあぐらをかいて座っていた。ベッドカバーははがされ、シーツはしわくちゃだ。ニックは一糸まとわぬ姿で、ノートパソコンの大きな画面を見つめていた。スクリーンの光が、しかつめらしい顔を不気味に照らしている。部屋は薄暗く、遮光《しゃこう》カーテンのふちから漏れる日差し以外に明かりはついていない。

こうした暗がりのなかで、神通力すら感じるような眼光をたたえ、意識を集中させているさまは、裸で瞑想《めいそう》している宇宙時代の僧侶《そうりょ》を思わせた。この集中力で視線を向けたら、レーザービームみたいにどんなものでも切り裂いてしまいそうだ。ベッカも含めて。

体勢のほうはリラックスして見えるが、身じろぎひとつしないようすから、何かあればすぐさま弾かれたように動きだすことが感じ取れた。冷徹そのものの外見の下には、火山みたいに激しい気質が隠され、徹底的に抑えこまれている。

ニックは美しかった。壮観だ。荒ぶるこげ茶色の目も、きりりとした眉毛も、横に結んだ唇も、高い頰骨も、鼻のおうとつも。そして、どこを取ってもたくましい体や、全身を厚くおおい、複雑なうねりを生みだしている筋肉も。すらりとしているのに、筋肉のひとつ、腱《けん》のひとつまでもが際立ち、それぞれが仕事をしようと待ち構えているように見える。言うまでもなく、贅肉などついていない。それは驚きではなかった。何日も食事を忘れることがあるというのだから。

ベッカは自分も同じことをしていると気づき、唖然とした。最後に食事をする機会があったのは昨日のお昼だったが、その時間を使って、ベッカはショッピングモールに行き、セクシーな下着を買った。後悔しているわけではないけれども、それはそれだ。いま、ベッカは飢餓感に襲われていた。

ほしいのは食べ物ばかりではなかった。ほかの〝欲〟が増大しているようだ。よく引き締まっておいしそうなあの体に飛びかかり、余すところなく撫でまわしたい。でも、ベッドではいつも攻撃的なニックを相手にそうするには、まずロープで縛らなければならないかもしれない。

ニックを縛る。いいアイデアだ。ベッカは口もとをゆるめた。十中八九、ニックはこのアイデアを却下するだろう。自分が手綱を握っていなければ気のすまない男なんだから。それでも、そういう男と争うのは刺激的だった。そして、その先にはとても楽しいことが待ち受けている。想像しただけで身悶えしそうだった。

ニックが視線に気づいて顔をあげ、ゆっくりと笑みを浮かべたとき、ベッカの心のなかで立て続けに爆竹が爆発した。熱くて、まぶしくて、色鮮やか。興奮と混乱と恐怖がいっぺんに弾け飛んだみたい。

そして、歓喜が。このめちゃくちゃな状況のなかで、喜びはひときわ輝いていた。ゴミの山に咲く一輪のチューリップみたいに、ベッカの破滅の人生で鮮やかに花開いている。

「おはよう」ベッカはささやき、顔を赤らめた。ゆうべ何度となく起こされ、何度となく抱かれたことを思いだしていた。

ニックは無言でうなずき、ベッカをじっと見つめた。ふいに、ベッカは自分がひどいありさまにちがいないと気づいた。髪は乱れ、寝起きで顔がむくみ、化粧は崩れ落ちているはずだ。鼻も口も目もごたごたに散らばったピカソの女性像にそっくりだろう。それでも、ニックの目にあの表情が浮かんでいるのは見間違えようがなかった。慌てて視線をそらしたとき、ナイトテーブルのデジタル時計が目に入った。午後十二時二十四分。

ベッカは一瞬で青ざめ、続けて、途方に暮れた。この新しい人生に慣れなければ。落ち着いて。冷や汗をかく必要はない。仕事を首になったのだから。遅刻のしようがないし、なんの責任も負っていないし、行くべきところもない。いらいらとつま先を打ちつけ、腕時計を見ながらベッカを待つ人もいない。

迷子になったような気分だった。何もない場所を漂《ただよ》っているみたい。もちろん、キャリーとジョシュはいる。しかし、この状況をどうにか解決するまでは、絶対にふたりと距離を置いておきたかった。解決の方法はさっぱりわからないけれども。

弟と妹のほかに、頼れるものはすべて消えていた。あとはニックだけ。ニックの存在は大きかった。いまこの瞬間には、唯一の命綱と言ってもいい。

ニックとベッカの双方にとって危うい状態だ。この男によりかかって、そこに生きがいを感じるわけにはいかない。危険がひそんでいる。ニックには女を惑わす力があり、ベッカはその力の前に手も足も出ないという気分にさせられるからだ。

そして、どうしようもなくニックを愛しているから。

ゆうべの気まずい雰囲気を思い起こした。ベッカは愛を告白しかけ、途中でやめた。繊細さに欠けるという点では、脚を踏み鳴らす象にも劣らない。この関係を壊してしまうのが怖かった。ふたりのあいだにどんな花が咲くのかわからないうちに、その芽を摘んでしまいたくない。いままで、どんな男性と付き合っても、なぜかそうして終わりを迎えるのが常だった。

ニックはこれまでの男たちよりもずっとずっと大事。だからこそ、早まった告白で台無しにしてはいけない。不適切な要求や不都合な感情でニックを縮みあがらせたくない。

ベッカはニックの色っぽいえくぼを見つめた。「もうこんな時間なのね」

「きみは疲れていたんだ」ニックは言った。「おれもだ。この二カ月の睡眠時間をすべて合わせても、ゆうべには敵わない。何時間もぶっつづけで眠るとはね」どことなく感心したような口調でそう言いながら、キーボードで何かを打ちこみ、それからノートパソコンを閉じて、ベッドからおりた。

ベッカの目の前に立ち、裸体をさらす。ベッカがこの見事な肉体に見とれるのを待つかのように。「起きてくれて嬉しいよ」ニックは言った。「寂しかった」

ベッカの喉に笑いがこみあげた。「シャワーを浴びるまでは、そんな目で見ないで」

「シャワーなんかどうでもいいじゃないか」ベッカの鼻先でペニスが大きくなっていく。

「わたしにはどうでもよくないの」ベッカはニックと反対方向に這っていって、ベッドからおりた。体を揺すってガーターベルトをはずし、ニックと向き合ったまま、バスルームのほうにあとずさりした。「それに、おなかがぺこぺこ。セックスのことは忘れてちょうだい」

ニックは物欲しそうな目でベッカの体を見ている。「シャワーを浴びてくるといい。何か食べる時間がほしいなら、急いで出かけないとまずい」

ベッカは片足で立って、よろめきながら、もう片方の脚のストッキングを脱いだ。「え？　なぜ急ぐの？　どこへ行くの？」

ニックは恥ずかしそうな顔と落ち着かないようすを見せた。「きっと信じてもらえない」

ニックは言った。「おれ自身、信じられない」

「いいから答えて」ベッカはぴしりと言った。

ニックは途方に暮れたように両手をあげた。「おれたちは結婚式に行くんだ」

ベッカは驚きのあまり壁に背を打ちつけ、危うく尻もちをつくところだった。「冗談に決まっているわよね」

「冗談ならいいんだが」ニックが言った。「ゾグロの居所を突き止めるのに、協力してくれたやつらがいると前に話しただろう？　そのうちのひとりが新郎なんだ。やつらは結婚式やらバーベキューやら洗礼式やら何やらにしつこくおれを誘ってくる。あれこれと手を貸してもらっているから、すげなく断わることもできない。どでかい借りがあるんだ。だから、仕方がない。おれたちは結婚式に行く」

「でも、わたしはいやよ」ベッカは言った。「誰の結婚式だろうと、わたしは行きません」

「ドレスが必要なら、途中でショッピングモールによろう」ニックはそう持ちかけた。「おれのカードなら、一、二枚は限度額まで使ってもかまわない。スーツにノースリーブという昨日の服装もよかったが。そう、またあれを着ていってもいいんじゃないか」

「ドレスのことじゃないのよ。すてきなものを持っているんだから」ベッカは苦々しい口調で言った。「あなたを誘惑しようと思って持ってきたもの」

ニックは目を輝かせた。「見せてくれ」

「話をそらさないで」険しいまなざしを投げつけた。「わたしの知らない人たちの結婚式には出席しないわよ。ぜったいに」

ニックは首を振った。「もう決まっているんだ。デイビーの妻がおれたちのぶんもホテルの部屋を予約してくれた。コンドミニアムに帰れないと言ったら、彼女はおれのためにメーシー百貨店にスーツを注文したんだぞ。しかも、あいつらは監視装置の見張り役にウクライナ語をしゃべれる男を見つけてきた。もう逃げ場がない。もし行かなかったら、こっぴどい目にあわされる」

「それはあなたの問題であって、わたしには関係ない」ベッカはさっさとバスルームに入った。「どうしても出席しなきゃならないなら、ひとりで行って」

ニックはあとから入ってきて、鏡に映ったベッカの裸の体を見つめた。「そうはいかない」静かな口調だが、断固とした響きがあった。

ベッカは罠にかかったような気分に陥り、パニックを起こしかけた。「ニック、無茶を言わないで。結婚式に出席する気にはなれないわ」ベッカの声はどんどん甲高くなっていった。「新郎も新婦も知らない人なのよ。わたしは仕事を首になったばかりで、サディスティックなマフィアの殺し屋から逃げているところだし、結婚のお祝いすら用意していない！」

「べつにかまわない。あいつらは気にしないさ。プラスの面をあげるなら、結婚式会場はひと息つくのにもってこいの場所だということだ」ニックはなだめるように言った。「参加者は警官と元警官と警備のプロだらけ。太平洋岸北西地域でダンスをするなら、どこよりも安全な場所だ」

ベッカはすべてを払いのけるように手を振った。「タイミングが悪すぎるわ、ニック。いまのわたしは人前に出られるような状態じゃないの」

「まさか」ニックは言った。「きみはとてもきれいだ。見とれてしまうほど」

「もうっ、やめてよ」ベッカはついつい笑みを浮かべていた。ニックもあのまばゆいばかりの笑みを返してくる。これはまさに凶器だ。銃刀法違反で逮捕されてもおかしくない。

「おれだって行きたくなかった」ニックはつくづくと言った。「ところが、昨日、きみと一緒に参加したらどうなるか想像してみたんだ」ベッカの腰に腕をまわし、引きよせて、熱い体に背をつけさせた。男性の象徴を腿のあいだに押しつけられる。「そうしたら、楽しいんじゃないかとすら思えてきた。こういう気持ちは、記憶にないほど久しぶりだ。美しい女性と連れだって出かけたら、さぞや楽しいだろう。その唇や尻やペディキュアを見るたび、汗ばむほど熱くなるんだからなおさらだ」

「やめてったら」ベッカはぴしゃりと言った。

「いやだね」ニックはベッカの喉と首の付け根にキスをした。ここはことさら感じやすい。ニックの息が、シルクのスカーフみたいにさらりと肌を撫でる。「思い描いてみるんだ。ノリのいいバンドの演奏で踊り、誰もが抱き合い、キスを交わすあいだに、うまい食事をとって、高い酒をしこたま飲む。思う存分きみをみんなに見せびらかしたら、おれたちは広いバルコニーとバスタブ付きの部屋にふたりきりで引っこむ。シャンパンはワインクーラーのなかで冷えている。おれはそれをきみの体にたらし、何時間もかけて舐めまわす」片手でベッカの乳房を包み、下から持ちあげた。

たしかに、心をそそられる。ロマンティックで官能的なひとときを過ごせそう。少しのんびりするのもいいかもしれない。

ベッカはもう一度反論を試みたが、声には説得力がなかった。「でも、タイミングは――」

「完璧だ」ニックはもう片方の手をベッカの股間に差し入れ、人差し指と中指でクリトリスをそっとつまんだ。ゆっくり円を描くようにこねまわす。この手つきには敵わない。ベッカが自分でするよりもずっとうまかった。「こんなに濡れて……柔らかくて……おれを受け入れる準備ができている。願いを叶えてくれ、ベッカ。たいした要求じゃない。ひと晩だけ、なんの心配もない夜を過ごしたい。ひと晩だけ、安全な場所で、心ゆくまできみを味わいたい。そうさせてくれたら、あとはもう無茶は言わない。速やかに仕事に戻る」

遠くを見るような目つきから、ニックが自分自身に語りかけているような気がした。ニックはベッカの両手をつかんで洗面台にのせ、腰を引きよせて角度を調整したあと、電球みたいなペニスの先をベッカのなかに押し入れた。ふたりは鏡のなかで見つめ合った。ベッカは自分の顔つきにぎょっとした。まるで別人だ。ニックによって体の内から光を照らされているかのようだった。目は皿のようで、瞳孔は開き、口にはまだダイアナの口紅が残っていて、キスでふっくらとした唇がことさらに赤く見える。

ベッカは洗面台に手をついて体を支え、腰を押し返して、みずからニックを受け入れた。

もどかしいほどゆっくりと突かれるたび、太いペニスで内側から押し開かれ、性感帯を余さず刺激されて、真っ白な熱に溶かされてしまいそうだ。ニックと出会って、ベッカの内も外もすっかり変わった。体も、心も。そのふたつを切り離せるのかどうかもわからない。回路の配線を変えられてしまったのだから。喜びはもはや、おずおずと求めるものや、むりやりに得るものではなくなった。ニックと一緒なら、喜びは自然と湧きあがる。その喜びのなかでニックを受け入れ、包みこみ、そして溶け合い、称え合うことができる。

抑えつけたり、否定したりするのは無理だ。コントロールすらできない。

ゆるりと、とろりと、どくどくする脈を合わせるように。内へ、外へ。鏡のなかで、ふたりの視線はしっかりと重なっている。「ニック」ベッカは唇を舐めた。「あなた、コンドームをつけていない」

「イくつもりはない。あと……数回だけ。本当はひと突きだけでやめようと思っていたんだが、あまりにも……気持ちよくて」ニックはしゃがれたうめき声とともに、もう一度突いた。ベッカは喘ぎ、また一歩、頂に近づいた。内へ、外へ、内へ、外へ、腰をくねらせ、リズミカルに根元まで押し入れる。ベッカは興奮で体を震わせていた。あの歓喜の瞬間まであとほんの少し。あれがほしい。いますぐ。

ニックは動きを止め、息を切らして、熱い頬をベッカの背につけた。ベッカは首をめぐらせ、ニックを見た。「ねえ？　コンドームを取ってきて。最後まで終わらせて」

ニックは視線をそらさずに首を振った。ベッカの胸にかすかな懸念がよぎった。「お願いよ、ニック。そうしてくれなきゃ、このあとどうなっても知らないわよ」ただではおかないという脅しをかけた。

ニックは名残惜しそうにうめいて、ペニスを引き抜いた。「すまない。コンドームを切らしているんだ。続きはパーティのあとのお楽しみにしよう。バルコニーで。シャンパンを飲みながら。それに、バスタブのなかで。この埋め合わせは必ずする」

ベッカは怒りに息を呑んだ。ふざけないでよ！「ちょっと！　冗談でしょ！　まさかお預けなんて食らわせないわよね？」

ニックはベッカの肩の汗を舌でぬぐった。「おれも一緒に苦しんでいる」そううそぶく。

「おまけに、おれの苦しみは目に見える」ペニスを指して言った。「最後までしたくてたまらないことは誰の目にも明らかだ」

「かわいそうとでも言ってほしいわけ？　出ていって！」ベッカはニックをバスルームのドアに押しやった。「裏切り者！　出てって！」

大きな体をようやくバスルームの外に押しだして、バタンとドアを閉めた。あえて鍵もかけた。脚がバネみたいにぐらぐらして、膝に力が入らない。まったく、なんて男なの。わたしをこんな状態にしておいて……途中でやめるなんて。こっちは欲望で体が震えているというのに。ああ、もうっ。

シャワーを浴び、シャンプーをしたあと、足を踏み鳴らすようにバスルームを出て、スーツケースからジーンズとTシャツとスニーカーを出した。ニックのほうを見ずにすべて身につけた。

「あっちでドレスに着替えるんだろ？」静かな口調だが、その下には鉄の意志が隠れていることを、ベッカはもうよく知っていた。「すぐに出かけるぞ。用意はいいか？」

逆らっても無駄。ベッカは胸につぶやいた。単に逆らいたいから逆らうというのも馬鹿らしい。そもそも、ほかにすることはなかった。それに、ひとりでいるよりもニックと一緒にいるほうが百倍も安心できる。たとえ欲求不満に突き落とされても。

「いつでもいいわよ」ベッカは諦めて言った。

ドライブスルーで朝食を調達したあと、ニックの大きなピックアップトラックでハイウェイを飛ばし、スリー・クリークス・ロッジに向かった。ベッカはハムと卵のベーグルをかじりながら、窓の外で流れゆく景色をながめた。予想外の転換を見せる人生に、まだ頭がついていかない。キャリーとジョシュのことを考え、罪悪感と不安に駆られて、バッグから携帯電話を出した。

でも、なんて言えばいいの？　仕事を首になった？　背が高くて、秘密が多くて、ろくに知らない男と逃避行の最中？　ふたりともパニックに陥り、口やかましくでしゃばってくるに決まっている。親代わりとしてのベッカは、ふたりに〝親しき仲にも礼儀あり〟ということを教えられなかった。きょうだいのことになると、いつでも大甘だったから。でも、誰にだって弱味のひとつやふたつあるものだ。

だめ。まだふたりと向き合う心構えができていない。いま話したら、今夜のうちに呼びよせてしまうかもしれない。

何をするにも全力投球のニックは、いま運転に集中している。ベッカは手持ち無沙汰で、自分の問題を考えるしかなくなった。ストレスの種なら選び放題だ。また生活苦に陥ること？　積みあげてきた経歴が地に落ちたこと？　このままではキャリーとジョシュが〝ご一緒にポテトもいかがですか？〟というタイプの仕事にしか就けないこと？　マフィアのボスにむごたらしい方法で殺されるかもしれないこと？

それでも不充分だというなら、先ごろから引っかかっている小さな心配ごともある。この前の生理から、正確には何日たった？

こんなことをぐるぐると考えつづけていてはだめ。ベッカはニックのほうに目を向けた。

「ねえ、いつもそんなに無口なの？　ほら……おしゃべりでもしない？」

「きみとはいつでもしゃべりまくっている」ニックは慎重な口ぶりで答えた。「こんなに話すのは生まれて初めてだ。しゃべりすぎで喉が痛いくらいだよ」

「そう？　なら、どうして、わたしはあなたのことをほとんど知らないの？」

ニックはベッカに一瞥《いちべつ》をくれた。「その質問には答えたくない」

「へえ？　なぜ？」

「罠の匂いがする」ニックは言った。「そういうときには鼻が利くんだ。知りたいことがあるなら、はっきり訊けばいい。それなら答える。答えられる質問には、ということだが」

「なるほど」ベッカはつぶやいた。「主導権を握るのが大好きなんだから、弱味を握られたら困るわよね」

「嫌味はやめて、とっとと訊きたいことを訊けよ」

本当に答えてもらえるとなると、何を訊いていいかわからなかった。

「ええと、生まれは？」おずおずと尋ねた。ありきたりだが、取っかかりにはなるだろう。

「ワイオミング州のウェイロンだ。べつの言い方をすれば、世界のどんづまり」

「出だしとしては上々ね」ベッカは軽くおだてるように言った。「ご両親は？」

「死んだ」

ベッカは一瞬口をつぐんだ。「そう」小さな声で言った。「それ以上話すつもりはないんでしょうね？　亡くなったということのほかには、何も教えてくれないんでしょう？」

ニックの顔が曇り、不機嫌そうな表情を見せる。「たとえば？」

ベッカはため息をついた。自分の人生の難題について考えていたほうが、むしろ心が安らぐかもしれない。「たとえば、お母さま」辛抱強く尋ねた。「あなたが何歳のときに――」

「十二歳」ニックは言った。「乳癌だった」

ふいに涙がこみあげて、ベッカは顔をそむけなければならなくなった。少ししてから、涙を呑みこみ、言葉を続けた。「お気の毒に」病院のベッドや患者用の便器、消毒薬の匂いを思い起こしていた。絶え間ない苦痛の嘆きを。「わたしたちにも共通点があったのね」

ニックはフロントガラスのほうを向いたまま眉をひそめた。「どういう意味だ？」

「わたしも十二歳のときに父を亡くしたの。すい臓癌だった」

ニックは長々と息を吐いた。「つらかっただろう？」

「ええ」ベッカは言った。「とても」

「母親は？」唐突にニックが尋ねた。

質問を返されることは予想していなかったので、ベッカは虚をつかれ、一瞬だけ落ち着きを失った。「その五年後に、自殺したわ」ベッカは言った。「父の死を乗り越えられなかったの。ある晩、父が残した痛み止めをすべて飲みくだした。わたしが発見した」

ニックは息を吸った。「なんてことだ。それはひどい」

「ええ、そうね。それで？　あとはあなたのお父さまのことだけ」

「十二年前に死んだ」ニックは言った。「酒で身を滅ぼした。緩慢な自殺とも言えるな。とにかく手に負えない男だった。ウェイロンで商売をしていた。農機具を売っていたんだ」

話の続きがあるのかどうかわからず、ベッカは黙って待った。しばらくして、話題を変えようとしたとき、ニックが鋭く息を吐き、首を横に振った。「暴力的で、気の荒い野郎だった」声を尖らせる。「あいつが死んだときは嬉しかった」

ベッカはたじろいだ。こうした告白に対して、間の抜けたことを言わず、差し出口を利かずに、言葉を繰りだすのは難しい。

差し出口のほうを選んだ。「殴られたの？」おずおずと尋ねた。

ニックは苦々しい笑い声をあげて、肩を揺らした。「ああ、あいつが酔っ払っているときだけ。ガラス窓に投げ飛ばされたのは、おれが十七のときだった」太い眉にかかったぎざぎざの傷跡にふれた。「それで、逃げだすころあいだと決めたんだ。殺される前に」

ベッカは沈痛な面持ちで言った。「なんてことかしら。ひどい話」

ニックは肩をすくめた。「家を出てからは、とくに問題はなかった。陸軍に入隊した。第一次湾岸戦争で中東に送られた。数年後、憲兵隊に移動した。そこが性に合ったんだ。除隊したあと、犯罪学と東欧研究で学位を取った。それから、ＦＢＩに入った。以上。これがおれの人生だ」

「お父さんのことは――」ベッカは穏やかな声で言った。「お気の毒に思う」

ニックは短くうなずいてベッカの言葉を受け入れた。「ひどい子ども時代を過ごしたという点では、おれたちは似たりよったりなんだな」

「そうね」ベッカはニックの横顔を見つめた。これほどのことを打ち明けてもらって、心を動かされていた。

ふたりは口をつぐんだけれども、ニックの人となりや考え方がだいぶ理解できるようになった。沈黙の質は様変わりしていた。もう壁はない。同じ沈黙を分かち合っている。そこには結びつきがあった。

「ある意味では、よかった」ニックは遠慮がちに切りだした。「悪く取らないでほしいんだが、きみがドラマみたいに完璧な子ども時代を送れなかったことは気の毒に思う。だが、そのおかげで、おれは自分の子ども時代をそれほど恥じずにすんだ」

それはベッカも同じだった。指先でニックの腕をそっと叩き、それから、腕に生えたなめらかな毛を撫でおろし、手にふれた。

「そうは言っても、父が病気になるまで、わたしの子ども時代はかなり幸せなものだったのよ」ベッカは言った。「そのあとも、キャリーとジョシュがいてくれたのは救いだった」

「つまり？」ニックは言った。「どっちの子ども時代がひどかったか競ったら、結局はおれの勝ちだということか？」

「ええ。ただし、鼻差でね」ベッカは言った。「準優勝はわたしよ」

「優勝できるとは、運がいい」ニックはぶっきらぼうに言った。

不幸な生い立ちに対して、少しでも笑うのは不謹慎だろうが、ベッカはこらえきれなかった。

「で？　いまのできみの〝おしゃべり〟とやらの基準に達したか？」

「じつを言うと、期待とはずいぶん違ったわ」ベッカは言った。

ニックは荒々しい笑い声をあげた。「それなら言われなくてもわかる。たいていの女は、ある程度おれと付き合ったあと、そんな気分になるらしいから」

その言葉がベッカの胸を刺した。ベッカはニックをにらみつけた。「わたしを〝たいていの女〟と一緒にしないでくれる？」

「一緒にできないのは確かだ」考えをめぐらせるような間をあけたあと、ニックが言った。「いまのような話を女にしたことは一度もない。いや、考えてみれば、誰にも話したことはなかったな」

そう聞いて、ベッカはニックの心の闇と孤独の深さに驚いた。「そう。それは……光栄に思うべきなんでしょうね」

ニックは肩をすくめた。「きみがそう言うなら。デート向きの話題じゃないことはおれにも察しがつく。あんな話をしたって、気が滅入るだけだろ。おしゃべりも台無しだ」

「わたしたち、デートなんかしたことないじゃないの、ニック」

ニックは横目でちらりとベッカを見た。「いまはデート中じゃないのか？」

「いいえ」ベッカはきっぱりと言い放った。「結婚式に行くのはデートじゃありません。そういう席に連れだって出席するのは、もっと意味深で、もっとおおっぴらで、もっと大きな責任をともなうようなこと。ただのデートよりもずっとおおごとよ」

ニックはうなずいた。「ああ、そのとおりだな。きみはほかの女たちよりもずっと大きな存在だ。だから、きみにはいつものような口説き文句が出てこないのかもしれない」

「へええ、そう？」ベッカはニックをねめつけた。「いつもの口説き文句って？」

ニックの顔にふっと現われた笑みはたちまちに消えた。「ああ、男がよく言うたわごとだよ。ジョークを交えて、優しく、調子よくおだてる。美人だと言ったり、香水やイヤリングを褒めたり、ケツの形がよくてジーンズがよく似合っていると言って――」

「もうっ、やめてよ」ベッカはニックをはたいた。

「さわったらどんな感じがするのか尋ねたり」ニックは言葉を続けた。「さらに、答えを待つふりすらする」

「計算高い男ね」ベッカはつぶやき、今度はこぶしで肩を叩いた。

「そういう場合は、いつものおれの口の悪さも鳴りをひそめる。女をベッドに連れこみたいと思っているときには、紳士のふりをするのもうまかった。おれの人生がトイレに流される前は」

ベッカは眉をひそめた。「ふうん。紳士的なところなんて、わたしは見たことがないけど。わたしからすれば、あなたは大きくて不機嫌な熊と一緒。しかも、口汚い」

「きみにはいつもの口説き文句が出てこないんだよ」ニックはいかにも不思議そうに言った。「どういうわけか」

「あっそう」ベッカは鼻を鳴らした。「どう思っていいのかわからないわ。褒め言葉ととらえるべき？　それとも侮辱？」

冗談のつもりだったが、ニックは真面目に受け止めたようだ。「褒め言葉と取ってもらっていい」ニックは言った。「きみに対してはとにかくありのままの自分でしかいられない。たとえその自分が、礼儀知らずでぶざまな男だったとしても」

ベッカは口を開いたが、言葉は出てこなかった。無言のままニックをまじまじと見つめた。

「どうもおかしいんだ。きみを押し倒したいと思うとき、その気持ちはいままでどんな女にも持ったことのないものになる」ニックは続けて言った。「いつでもすべてをコントロールしたがっているおれが、自分を抑えられないのはへんだと思うよな?」

「そうね。とってもロマンティック」ベッカの頰がピンク色に染まりはじめた。

ニックはベッカの手を取って、盛りあがった股間に置いた。「皮肉はやめてくれ」ニックは言った。「おれは心を打ち明けているんだ。そうしたとき、おれに何が起こるのか見てくれ」

「あなたの心? それともペニス?」ベッカは硬く熱い膨らみをさすりながら、自分の手を見つめた。スニーカーのなかでつま先が丸まっている。「だって、これがあなたのふつうの状態でしょ。いつだって準備万端」

ニックはベッカの手を自分の手でおおって握りしめ、もっと強くさすりはじめた。「いいや、こんなことは本当に初めてだ。この問題を抱えるようになったのは、きみと出会ってから。きみに毒されたんだよ。どうにかなりそうだ」

「すてき」ベッカはつぶやいた。「わたし、発疹かなにかのもとになったみたい。ベッカ病。急いで軟膏《なんこう》を塗ったほうがいいわよ」

ニックは吹きだした。「ベッカ病なのは確かかもしれないな。股間のモノが硬く伸びて、もとに戻らない。戻せるのはきみだけだ」

ベッカは叫んだ。「もとに戻せ？　冗談でしょ！　いつだって硬くて、ぜったいに縮まない。クリスマスのキャンディみたいよ。舐めても、舐めても……」ベッカの声は途切れ、それと同時にニックの顔に笑みが広がった。

「ああ、そうだな」眉を上下に動かして、卑猥なことを開けっぴろげにほのめかす。

ベッカは顔を赤らめた。「やめて。そういうつもりじゃなかったの」

ニックはおどけて、わざとらしくがっかりしてみせた。「そうかい？　そりゃ残念だ」

勇気を奮い起こすのに、少し時間がかかった。「あなたも、その、アレが好き？」

「アレ？　フェラチオのことか？」ニックは鼻を鳴らした。「おれにはペニスがついているよな？　それなら、好きで当たり前。なんておかしな質問だ」

「そう？」ベッカは手を引っこめようとしたが、ニックにしっかり握られていて、ゆっくりとペニスを撫でつづけるしかなかった。

「きっときみは好きじゃないだろうと思った」言葉を選んでいるような口ぶりだ。「アレをするのが、という意味だ。きみのほうから、したいとほのめかすことはなかった。おれとしても無理強いはしたくなかった。それでなくとも、きみが相手だと、へとへとになるまで抱くことになる」

「したくないというわけじゃないけど」ベッカは打ち明けた。「ただ、わたしはあまり、その――」

「なんだ？」ニックは痺れを切らしたように口を挟んだ。

「あまりうまくないの」ベッカはひと息に言った。

車内は衝撃の沈黙に包まれた。

「くだらない」しばらくして、ニックが言った。「そんなことは絶対に信じないぞ。ベッドのなかのきみは熱くとろけるようだ。誰に言われた？ あのろくでもない浮気者か？」

ベッカは忍び笑いを漏らした。「あの……そうね……」

「それを信じたのか？ きみをわがものにできるときに、あえて獣みたいな女の口にペニスを突っこむような男の評価を信用するのか？」

「ええと……」ベッカは声の震えを抑えようとした。「あの、カイアだって嚙みつくつもりはなかったと――」

「だが、実際に嚙みついた」ニックは断固として言った。「きみはフェラチオで男を病院送りにしたことはない。それだけでも高得点で、例の〝ジョーズ〟よりずっといい」

ベッカはとうとう吹きだした。「やめてよ」そう言って、ニックに手を振った。「おかしなことばかり言わないで」

「きみが笑ってくれる限り、やめない」ニックは言った。「きみが笑っていると、おれも気分がいいんだ」

股間からベッカの手を取り、口もとに持ちあげて、甲にキスをしていく。それからまた手を握り、指を絡ませた。

このなにげないしぐさが嬉しかった。できることなら、いますぐ抱きついて、キスの雨を降らせたい。ニックのおかげで、こんな気分になれた。かわいくて、セクシーで、魅力的な女になったみたい。女としてのパワーすら感じた。

だからこそ、ベッドのなかで思いの丈をぶつけ、あらゆるテクニックを試してみたくなる。ニックが相手ならどう変わるのか知りたくなった。身をこわばらせることもなく、気後れすることもなく、いたたまれない気持ちや恥ずかしい気持ちを持つこともない。ニックはベッカのこの先の人生を引っくり返した。「あなたは、ええと、してほしい?」ベッカは衝動的に尋ねていた。

「フェラチオを? きみに? もちろんだとも」ニックはためらいなく答えた。「してほしいってことは充分にほのめかしたつもりだが」

ベッカは大きく息を吸いこんだ。「違うの、そうじゃなくて……いまのこと」顔は真っ赤に火照っている。

ニックは目を丸くして、ぐるりとこちらに首をめぐらせた。「いま? たったいまのことか? このトラックのなかで? 運転中に? 時速百二十キロで走りながら?」

ベッカはぎこちなくうなずいた。「そうよ。もし、あなたが望むなら」

「いったい何を考えているんだ?」あえて笑い飛ばそうとするように、顔を引きつらせている。「おれは例の浮気者のペニスがどうなったか知っているんだぞ?」

ベッカの顔がますます赤くなる。「そうよね。ごめんなさい。いま言ったことは忘れて」

「忘れられるもんか」ウィンカーが瞬きはじめた。ニックが急に進路を変えたとき、ベッカはキャッと悲鳴をあげた。車は路面におうとつのあるゼブラゾーンを突っきり、ぎりぎりのところで出口ランプに入った。

そのまま大通り沿いを走り、最初に現われたモーテルの前で停まった。荒れ果てた、羽目板張りの一階建ての建物だ。「しけたモーテルだ」ニックは言って、サイドブレーキを引いた。「だが、ともかくもおれは、それでもまるでかまわない」

「ニック、お願いよ。馬鹿げた提案だった」ベッカはすがりつかんばかりの口調で言った。「べつに男の意地を見せてくれなくてもいい。なかったことにして、このまま先に――」

「お断わりだ。おれがこんなチャンスを逃すと思うのか？」

「でも――」

「馬鹿げた提案じゃない」ニックは言った。「まずいのは舞台設定だけだった。ただ、きみにしゃぶってもらっているあいだ、公衆の安全を脅かしたくはない。きみの安全については言うまでもない。それに、おれのペニスの安全についても。たとえ意気地なしと呼ばれても、おれにはそういう度胸はない」

「ねえ、そんなふうに呼ぶつもりはないわ。絶対に。でも、わたしの技量を買いかぶっていると思う」ベッカは言った。「いわゆる〝魔性の女〟とはほど遠いのよ」

「きみは自分がどれほどおれをそそるのか、その力を見くびっている」ニックは言った。「こうして隣に座っているだけでも、道路に視線を固定しておくのが難しいんだ。そのうえペニスをしゃぶられてみろ。すぐさま対向車線に突っこむに決まっている」

「でも――」

「ここで待っていてくれ。部屋を取ってくる。こういうモーテルなら時間貸しの現金払いで借りられるだろう」ニックはトラックから飛び降り、弾むような足取りでモーテルの受付に向かった。

ベッカは両手で顔をおおった。笑いと緊張で体が震えている。あの傍若無人ぶり。ニックはまたもや、思いどおりにことを進めてしまった。その大胆不敵な魅力に、どうしても逆らえない。

ほどなく、ニックは建物から出てきて、助手席側のドアを開けた。矢も楯もたまらないようすのニックに腕をつかまれ、期待のこもった目で見つめられて、ベッカはうまくできるかどうかますます不安になっていった。自業自得とはいえ、どうしてこんなことになっちゃったの？　このことは、ふたりでいちゃついているときに試してみるべきだった。そうしたら、無理のない明るい雰囲気のなかで、すてきなオーラルセックスを体験できたかもしれないのに。

しかし、もう遅い。ニックはベッカの手を引き、駆け足でも追いつけないほどの速さで、ひびだらけのコンクリートの通路を進んでいく。

「ニック、お願い、これだけは覚えておいて。わたしは達人でもなんでもないのよ」言葉が次々に飛びだした。「それどころか、ほとんど――」

ぐるりと体が回転するように手を引っ張られ、ドアに背中を打ちつけた。ニックはドアノブの鍵穴にキーを差し入れ、身をかがめて、ベッカにキスをした。あとを引くような甘いキスに、ベッカはぼうっとなった。

ニックは片手をあげて、ベッカの目を見つめた。「いくつか助言がある」

ベッカはニックを見あげて、まばたきをしたあと、唇を噛んだ。「教えて」ささやくように言った。

「簡単なことだ」ニックは人差し指をたてた。「ひとつ、熱意がものを言う。ふたつ、優しく、だが優しすぎず。三つ、手を使うこと。四つ、唾液《だえき》は多ければ多いほどいい。五つ、自動車みたいな振動は必要ない。最後、何より大事なのは――歯をたてるな。この線に沿ってもらえれば、あとはなんでもありだ」

ニックはキーをまわしてドアを開け、ベッカをなかに押し入れた。

23

部屋のなかを見まわしたとき、ニックはうしろめたい思いに襲われた。狭苦しく、煙草の匂いが残ってむっとしている。悪趣味なカーペット、はがれかけた木目調の壁、染みのついた天井。みすぼらしい部屋だ。

しかし、それが気になるほど長く滞在するわけではない。あのへばったベッドを使うことすらないだろう。

「雰囲気も何もないな」ニックは言った。「ここは不法なセックスにふけるやつらの根城だな。この部屋で合法的なセックスをするのはおれたちが初めてかもしれない」

ベッカがほほ笑むといつでも、星がこぼれそうなほどきらきらと輝く。「合法的なセックスって?」

つかの間、ニックは言葉を探した。「金銭も、裏切りも絡まない」

ベッカはうなずいた。そして、気まずい沈黙のなか、ふたりは見つめ合った。ベッカの頬がピンク色に染まっていく。

「ええと、どうやって始める?」ベッカが尋ねた。「つまり、その、すぐに取りかかっていいの? それとも、何か前置きがあったほうがいい? 男性が好きなのはどういう感じ?

わたし、誰にも訊いたことがなくって」

ニックの顔に広がった笑みは止めようがなかった。ベッカが途方に暮れて、右往左往するさまはかわいらしく、それを見るのは楽しかった。

「ともかく、あなたの好みは……わたし、服を脱いだほうがいいの？」ベッカの口調は鋭くなっていく。「ちょっと、ニック、にやにや笑うのはやめて！」

「すまない」ニックは言った。「どうしても抑えられないんだ。そうやって取り乱しているのがかわいくて。何も知らない処女みたいなふるまいには本当にそそられる」

「それは驚きね」ベッカはきつい調子で言った。「あなたがそそられないものってあるのかしら、ニック？　難しいことは訊いていないわ。服を着たままがいいのか、脱いだほうがいいのか」

「考えてみるんだ。きみが自分で答えを導きだせるかもしれない。まず、男のペニスはでっかい釘のように硬くなっている。さて、どっちがいい？　ジーンズとTシャツ姿の女にしゃぶってもらう？　それとも全裸の女にしゃぶってもらう？　難しい問題だ」

「わかったわよ」ベッカはつぶやいた。「小馬鹿にしたような言い方をしなくても――」

「丸みのある尻」ニックは夢見心地で続けた。「真っ白な腿。大きくて柔らかい胸が揺れ、乳首は硬くなって、舐められるのを待つかのようだ。そして、あそこは何よりの――」

「わかったってば！　どっちがいいのか、はっきりと！　とにかくそのにやにや笑いを引っこめて。不愉快だと思ったら、中止にしますからね」

ニックの顔に広がった笑みはふっと揺らぎ、挑むような色を帯びた。「だめだ」ニックは穏やかに言った。「おれがほしいものを手に入れるまでは、きみをこの部屋から出さない」

ベッカは顔をしかめた。「またベッドでの覇権争い？　〝目に見えるものすべてを支配したがる男、ニック〟ってわけね」

「まあな。だが、おれだって必死なんだ。どのみち、ほとんどは聞き入れてもらえないから、せっせと争いを仕掛けなければならない。そうじゃないと、おれはきみにぺしゃんこにされちまう」

「ええ、そのとおりよ」ベッカはぴしりと言った。そして、眼鏡をはずし、なんの気取りもなく服を脱ぎはじめた。ストリップショーとしては味気ないが、それでも、いつもどおりの効果をニックにもたらした。ニックは手のひらに汗をにじませ、息をひそめて、ベッカがスニーカーを放り、ジーンズから脚を抜き、Tシャツをはぎ取り、ブラをはずし、パンティをおろすのをながめた。ニックはベルトをゆるめて、ジーンズを腿のなかばまで引きおろした。ペニスはバネ仕掛けのように飛びだし、大きく揺れた。それをなんとはなしに自分でさすり、ベッカが次の行動に移るのを待った。これはベッカのひとり舞台だ。

「あなたは服を脱がないの？」ベッカは尋ねた。

ニックはうなずいた。「ああ」押し殺した声で言った。「おれは服を着たままで、きみは裸。おれは立ったままで、きみはひざまずく」

ベッカはわざとらしく咳払いをして、大きな胸を隠すように腕を組んだ。「そうやって、男性優位の夢を見たいのかしら？」

「だったら？」ニックは尋ねた。「何かまずいか？」

ベッカが答えにつまっているので、ニックはその隙《すき》に乗じ、言葉を重ねた。「きみの番も来る」そう約束した。「おれが裸になって、きみの前にひざまずき、極上の花びらを舐めるときが。きみが望むなら、何時間でも、何日間でも。蹴り飛ばされるまでやめない」

「それとこれとは違います」ベッカは取り澄まして言った。

「なぜ？」ニックはすぐさま尋ねた。

「あなたが男だから」わかりきったことを言うような口調だ。

ニックは鼻を鳴らした。「そう願うよ。さあ、時間稼ぎはやめろ」ベッドカバーと化学繊維のブランケットを引きはがし、おおまかにたたんで床に落とした。「膝にこれを敷くといい」

「まあ」ベッカはつぶやいた。「思いやりがあるのね」手を伸ばし、すべらかでひんやりした指をペニスに巻きつける。「すごく熱い」

「ああ、そうそう、もうひとつ」ニックは言った。「あの口紅。外科医の愛人からくすねてきたやつ。ふしだらな女に似合う真っ赤な口紅だ。あれを持ってきたか？」

ふっくらとした唇が笑みをかたどる。「バッグに入っているわ」ベッカは気取って言った。

「つけてくれ」

「喜んで。自分で思いつかなかったのが恥ずかしいくらいよ」ベッドに放ってあったバッグをつかみ、なかに手を入れて、シルバーのケースを取りだした。それから、汚れがこびりついてぼんやり曇った鏡に向かい、いたずらっぽい目つきでちらちらとニックを見ながら赤い口紅を引いた。

もしおれが写真家だったら、この一瞬を永遠に封じこめられるのだが。ベッカはまろやかな尻を突きだし、脚をわずかに開いて、陰になった花芯をさらし、ニックの目を楽しませてくれていた。おもて側は鏡に映っている。乳房を揺らし、戸惑いながらも期待を膨らませるような表情を目に浮かべていた。唇を開き、入念に口紅を塗っていく。じらすようにゆっくりと。

その背後に、自分の分身を握ったニックの姿も映っていた。こわばった顔のなかで、大きく見開いた目はふたつの穴みたいに見える。追いつめられたような表情だった。

何が覇権争いだ。ニックは無力で、ベッカの慈悲にすがりついている。あの華奢な手のなかで。この地上で留まりたいと思うのはここだけだ。

心を強く持たなければ。そうするためには、男らしさを誇示して優位に立つというこいつもの手を使うしかなかった。ベッカにすっかりまいっていると認め、ここでくずおれたら、興ざめもいいところだ。信頼に足る男には見えないだろう。うまくやりたければ、いま崩れ落ちてはだめだ。

〝愛している〟などもってのほか。それはゆうべ学んだ。

ベッカは振り返り、あでやかな笑みを見せた。「この色が好き？」

「ああ」ニックはペニスを示し、かすれた声で言った。「こいつの根元にその色がついたら、さぞやいいながめになるだろう」

こんなことを言えば怒らせる危険性もあったが、ベッカが鼻にしわをよせ、笑いをこらえるような音をたてたとき、杞憂《きゆう》だったことがわかった。「これだから男って」ベッカはつぶやき、バッグのほうに向かって口紅を適当に放り投げた。

それから、ペニスをつかんで、ひざまずき……ニックは一瞬で陥落したも同然だった。これまでと同じく、ベッカが相手だと、何もかもが新鮮に感じられた。

自分自身を含めて。悪くない。ふざけ合うのも、言い争うのも、一緒に笑うのも。この数日、顔の感覚がおかしかった。笑いすぎで筋肉痛になっているのだろう。

ベッカはペニスの先をつかんで、綿菓子みたいに柔らかな頬にすりつけ、からかうような視線をよこした。「何か思いださない？」

そう言って、ペニスの先ににじみでたしずくをピンク色の舌で舐め取った。そのまま、頭の部分にぐるりと舌を走らせる。

ニックは必死になって質問の意味をとらえようとした。「え？　何を思いだすって？　きみにこうされていると、まともにものが考えられない」

「わたしたちが出会った夜のこと。覚えてる？　わたしは裸で、あなたは服を着ていた」

ニックはにっと笑った。「それならよく覚えている。おれは立っていて、きみは膝をついていた」そう言ったとたん、快感の衝撃が走り、ニックは歯を食いしばったまま鋭く息を呑んだ。ベッカがペニスの片側を舐めあげ、また頭にぐるりと舌を滑らせて、反対側から舐めおろしたのだ。

「不思議な感覚だった」ベッカはなまめかしく舌を使いながら、その合間につぶやいた。

「あのとき、心をふたつに引き裂かれたように感じていたの。心の半分では、目の前にいるのは見たこともないほどすてきな男性だと思っていて……」そこで言葉を切り、ペニスの頭の下の溝に舌を躍らせる。「もう半分は、この男に殺されると考えていた」

　ニックは声にならない笑いで肩を揺らした。「おれも同じだ」

　ベッカはわざとらしく顔をしかめた。「ええ、そうでしょうとも」せせら笑うように言う。「裸で、びしょ濡れのわたしはさぞかし恐ろしく見えたんでしょうね」

　ベッカがペニスの頭を舐めまわしながら、両手で根元をしごきはじめたとき、ニックの体が驚いたかのように、笑いはふっつりと途絶えた。「そりゃあ恐ろしかった」ニックは言った。「もう終わりだと覚悟したよ。ゾグロに送りこまれた女だと思ったんだ」

　ベッカはその言葉にぎょっとしたらしく、ペニスをうっとりさせていた最高の舌づかいの発表会をやめてしまった。

　望ましい結果ではない。この役立たずの口は閉じていたほうがいい。しかし、悪いのは自分だ。おしゃべりしたくなるような女性に惚れたのはおれなのだから。

「まさか！」ベッカは息を荒らげて言った。「ゾグロが？　わたしを？」

「おれはやつらにしっぽをつかまれたと思った」ニックは打ち明けた。「きみは毒蜘蛛みたいな殺し屋で、おれを誘惑してから殺すのだろう、と。さもなくば、きみはコールガールで、やはりおれを誘惑して油断させ、その隙に誰かがおれを殺す。どちらにしても、一巻の終わりだ。なんにしてもきみとヤれるということが慰めだった。これはとっさに思ったことで、条件反射のようなものだが」

「信じられない」ベッカは小さくつぶやいた。

「それから、水のしたたるきみの裸体を見て、おれは何も考えられなくなった。形無しだな」ニックは話を締めくくった。

「わたしがコールガールかもしれないって思ったの？　それか殺し屋？」ベッカはかすれるほど甲高い声で言った。「気が弱くて怖がりのわたしが？　冗談にもほどがあるわ」

「まあ、ともかく」ニックは言った。「相手が殺し屋やコールガールなら的確に対処できる。しかし、きみをどうすればいいのか、さっぱりわからなかった」

ベッカはくすくすと笑いだした。「そのわりには、相当のことをしてくれたと思うけど」

ニックは軽口に取り合わず、ベッカのあごに手を添えて、上向いた美しい顔をじっと見つめながら、頭のなかで言葉を探った。

「きみはおれの予想をはるかに超えていた」おもむろに言った。「そう、秘密兵器のようなものだ。おれは粉々に打ち砕かれた」

ベッカの笑い声がやみ、顔から笑みが消えて、真剣な表情が現われた。ベッカはニックの両手を自分の手で包んだ。両の手のひらにキスをしてから、ペニスをつかみ、そして口に含んだ。ああ、これは……。

これほど強烈な快感には耐えられない。

フェラチオをしてもらった経験は多い。かなり若いころにその初体験をすませ、以来、不自由することはなかった。女に身をゆだねる贅沢や、神にも等しい力を得たという錯覚、そして肉体の快楽に溺れる感覚が好きだった。首をのけぞらせて、女の熱い口が大きく膨らんだモノをしゃぶる感触に浸り、やがて爆発する。たとえ相手の手並みが下の下でも、上々の心地だった。

例のごとく、ベッカが相手だと何もかもが違った。新たな世界、新たな理《ことわり》。ベッカは蜜のように甘く、炎のように熱く、激しい。ニックは百戦錬磨の女と渡り合ったこともあるが、こんな感覚を与えてくれる者はいなかった。まるで――

愛されているような感覚。

いや、だめだ、そんなことは考えるな。たとえ口には出さなくとも。喜びと恐れが相半ばして、ニックの体に震えを走らせた。献身的に、熱意をもって、恵みを与えてくれるベッカの前で、膝を折らずにいるのが精一杯だ。慎ましい気持ちにさせられて、こちらのほうがひざまずきたくなった。

ベッカは細い手でしっかりとペニスを握り、ふっくらした唇でその冠を清めながら、口の奥へ奥へと含んでいく。これほど奥まで入れるのは、経験の浅い女だけだ。そして、ゆっくりと……もどかしいほどゆっくりと、なかに入れるたびに舌で円を描き、外に出すときには離しがたいというようにきゅっと唇をすぼめ、それを何度も何度も繰り返す。こたえられない。

こらえることも、引き延ばすこともできなかった。火山の爆発のようなものだ。早すぎるが、とにかく気持ちがいい――

ニックはベッカの髪に指を差し入れ、しゃがれた声で叫んだ。激しい快感で体が引きつれた。

しばらくして、自分がベッドに座っていることに気づき、軽い驚きを覚えた。膝のすぐうしろにマットレスがあって幸いだった。そうでなければ尻もちをついていただろう。ジーンズはいつしか膝までおろされていた。そのあいだに収まったベッカは、ニックにしなだれかかって、腿にキスしている。ペニスはまだ長いものの、ようやく和らぎ、ベッカのしっとりとした手に優しく握られていた。分身のほうはわが家に帰ったかのように安心しきって、幸せそうだ。ニック本人のほうは、息をして肺に空気を入れるたび、すすり泣きのような音が漏れるのを止められないでいた。

そんな状態ではベッカの顔をまともに見られなかったが、音がやむまでに、永遠の時間がかかった。熱く、濃密な永遠だ。ふたりは互いの腕のなかで、頬をよせ、無言のまま肌を重ねていた。この時間を終わらせたくなかった。

しかし、何ごとにも終わりはある。どんなものだろうと、手放すときは来る。

ニックは意を決して、前かがみになっていた体を起こした。全身の筋肉が小刻みに震えるようだ。体に力が入らなかった。喜びに呑まれ、汗に濡れている。まだ言葉が出てこなかった。

ベッカは顔をあげて、ニックにほほ笑みかけた。口をぬぐい、ペニスの根元で黒々と渦をまく毛を指で撫でる。「ねえ、あなたの言ったとおりだわ」つくづくと言う。

ニックは咳払いをした。「何が?」かまえるように尋ねた。

「この色」ペニスを斜め上に持ちあげて、口紅の跡を見せる。「ふしだらな赤。本当によく似合う」

ニックはどうしようもなく笑いだした。笑い声はすぐさまほかのものに変わっていった。ニックが認めたくないものに。

とっさにできたのは、またベッカに抱きつき、髪に顔をうずめて隠すことだけだった。ベッカの細い腕が体に巻きつく。ニックの願いを叶えるように、しっかりと抱きしめてくれた。ふたりは無我夢中で互いにしがみついていた。筋肉が震えるほど力をこめて、ふたりがひとつになるように。

ゾグロはひどくいらだっていた。

コーヒーカップのほうにあごをしゃくったが、クリストフはその意味をとらえそこねた。しかも、約十秒後にようやく察してコーヒーをそそいだときには、ゾグロの真っ白な袖口にこぼしかけた。もしもあと数センチ狙いがはずれて、染みのひとつでもつけていたら、クリストフの命はなかっただろう。

いや、そうはならなかったかもしれない。フレークス島でソロコフによる血の宴が行なわれたせいで、腕のたつ部下たちが壊滅させられた。ただでさえ少なくなった部下を、腹立ちまぎれに殺すことはできない。仕事は山積みで、そのうえ、あのスリル中毒の外科医が新たな問題を作ってくれた。

おつむの足りない愛人を仕事に引き入れるから、こんなことになる。

ゾグロはノートパソコンにたちあげたスケジュールを見つめた。闇の診療所の開業準備は万端で、医者たちは新しい家に収まり、腕をふるうのを待っている。それぞれがゾグロの手にしっかりと握られ、複雑な脅しと約束に絡め取られていた。人間を操るのに、恐怖と欲望に勝るものはない。

こちらでもっと人を用意するべきだった。ゾグロはじれる思いで胸につぶやいた。麻酔医の代わりは自分で雇うほうが確実だろう。手の内にある者たちは、四方八方から監視されている。外出のひとつもすれば、すぐにそうとわかり、尾行がついた。

しかし、余計な仕事とはいえ、あの女の始末は簡単だ。ひとり暮らしで、家はうっそうとした茂みに囲まれている。マシスの言うことが本当なら、鎮静剤が効いて寝入っているはず。馬鹿でもできる仕事だ。

ゾグロはパベルに目を向け、推し量ったが、すぐに除外した。パベルの終焉《しゅうえん》は近い。そのときまで、しっかりとした監視が必要だ。これもまた余計な手間だが、パベルへの罰がクライマックスを迎える前に死の恵みをくれてやるのは惜しい。ゾグロは、極限まで追いつめられ、崩壊していく人々を観察するのが好きだった。科学の実験のようなものだ。あの薬とこれを混ぜれば、こんな反応が起こる。熱を加え、加圧すれば……見惚れるような結果が得られる。

パベルもそうして崩壊の一途をたどっている。げっそりとした顔には、うつろな表情が浮かぶばかりだ。

ゾグロは新しいコーヒーにもう一度クリームを加え、かきまわしながら、パベルの首の上に掲げた剣をさげてやることを考えた。幼いサーシャを生かしておいてやってもいい。ゾグロとて、慈悲の心はある。それに従うことがめったにないとしても。

それから、ソロコフがあの島で築いた死体の山のことを考え、意志を固めた。情けを見せれば、ほかの部下たちに示しがつかない。それにサーシャの骨ばった小さな体から取れるものは、角膜に至るまで、マシスが転居先を見つけてくれる。それでゾグロの渇きも癒《い》えるはず。おまけに、サーシャひとりぶんの稼ぎは相当額にのぼる。

明日の晩に予定されている最初の収穫が待ちきれなかった。セルゲイの娘だ。ようやく、そのときが来る。いい見ものになるだろう。

だが、その前に、片づけねばならない仕事がある。クリストフも使えない。頭が悪すぎる。いずれは、もうこの阿呆面を見たくないという理由で殺すことになるかもしれない。ミハイルはどうだろうか。ゾグロは新入りをながめた。ハッキングもこなせるミハイルは、学者風の容貌だが、その下には空恐ろしい気質を秘めていた。「ミハイル、おもての監視はどうだ？」

「電話会社の男が午後五時に電柱にのぼりました」ミハイルはすぐに答えた。「通りに新しい車が二台停まっています。どちらのナンバープレートもこのあたりのものではありません。おそらく、この家に隠しカメラが向けられているものと思われますが、あの二台に近づいて、無線反応があるかどうか確かめるまでは、断定が困難――」

「それでこちらが敵に気づいたことを知らせてやるのか？」ゾグロは声を荒らげた。「頭を使え」

ミハイルは黙りこみ、口もとをこわばらせた。

「ダーラーとの会合を月曜に控えています」パベルが力なく口を開いた。「セキュリティが侵されているときに会合を行なうことはできません」

ゾグロは驚きの表情をにじませて、パベルに向き直った。あれだけの失態を重ねて、この愚か者はボスの判断を批判しようというのか？　鋭い視線は、パベルの鈍感な心をも突き通した。パベルは絨毯に目を伏せた。

「おまえがセキュリティの心配をするとは皮肉なものだ。おまえが無能だったせいで、こうするはめになったというのに。すぐにまた移転する。やつらが罠にかかったときに」

「ボス、それは危険だと——」

「何がなんでも、ソロコフを捕らえる」ゾグロの声がゴルフクラブのようにパベルの言葉を叩きつぶした。「この手で、やつの生きた心臓を握りつぶしたい」

パベルは口を閉じ、顔をそむけて、窓の外に目を向けた。

ゾグロはマウスをクリックして、監視カメラのモニターを開いた。いくつかのウィンドウが開き、それぞれのながめを映しだす。そのうちのひとつで、物影が動いた。

ゾグロはまたクリックして、そのモニター画面を拡大し、スクリーンいっぱいに広げた。このアパートメントの階下で、レベッカ・キャトレルの弟、ジョシュアが欲望の熱に浮かされ、美しい娼婦のナディアとバックで交わっていた。ジョシュアを釣るのはたやすかった。もっとも、ナディアにとってはたやすい仕事ではないかもしれない。ジョシュアのスタミナには目を見張らされる。二日目に入っても、ふたりは眠る間も惜しんで励んでいた。若さの成せる業《わざ》だ。

この部屋の男たちは、全員が画面に見入っていた。ナディアは尻をうしろに突きだして、若い男の猛攻を受け入れ、髪と乳房を揺らし、それらしい快感の喘ぎ声をあげている。

「これは録画しているんだろうな？」ゾグロはミハイルに尋ねた。

「もちろんです」ミハイルは請け合った。

ナディアがちらりと振り返り、ジョシュアに何か言った。ジョシュアはいったん身を引き、しまりのない笑みを浮かべて、ベッドに仰向けで横たわった。ナディアは馬乗りになって、硬いペニスをつかみ、毛の一本もないピンク色のあそこに慣れた手つきで差し入れた。首をのけぞらせ、髪を払って、カメラのほうにほほ笑みながら、若い男のひょろ長い体の上でリズミカルに腰を振る。

女のパフォーマンスを見ているうちに、ゾグロのいらだちは治まっていった。ナディアを自分でつまみ食いするのもいいだろう。この女の妙技は、ただ背が高いだけの若造にはもったいない。それでも、ばらばらに壊してやる前に、ジョシュアには大事な役割があった。餌《えさ》だ。ゾグロが望むとき、ベッカはそれに食いつくことになる。

そして、ベッカの恋人はそのあとを追ってくるだろう。

ニックはダンスがうまかった。ベッカはわけもなく驚いていた。基本的にはいつでもむっつりしている男に、社交ダンスが似合わないからかもしれない。でも、いまのニックはほほ笑んでいて、文句なしにおいしいシャンパンより何より、そのおかげでベッカは浮かれていた。ニックにしっかりと手を握られて、前へうしろへ、右へ左へとくるくる踊るのは、目がくらむくらい楽しかった。ニックが自信たっぷりにリードしてくれるので、ベッカも肩の力を抜き、それほど足のもつれを気にせずについていくことができた。その一点だけでも、ニックの技量のほどがよくわかる。ベッカには、社交ダンスといった生活の役にたたない技を覚える機会はなかったのだから。見よう見まねで、それらしくできることを願うしかない。

願いが叶ったのは、ニックのおかげだ。

「いつダンスを覚えたの？」スローナンバーがかかって、ぴたりと体を重ね合わせたときに尋ねてみた。

ニックはにっと笑った。「陸軍時代に。賭けに負けて、罰として社交ダンスを習うはめになった。やってみたら、けっこう気に入ったんだ。いや、気に入ったのは講師かな。ダンスはセックスと同じだということを教えてくれたのは、あのキュートなブロンドの講師だ。目から鱗《うろこ》が落ちる思いだったよ」

「とってもよく想像できるわ」ベッカは苦々しい口調で言った。「その講師は、比較のために実演までしてくれたのかしら？」

ニックの顔に笑みが広がる。「本当に正直な答えを訊きたいのか？」

ベッカは口を開いたが、言葉はとろけるようなキスでさえぎられた。この大人数の前で。

ベッカの膝ががくりと折れそうになった。

結婚式は危険だ。ベッカがそう悟ったのは、花嫁が父親の腕に手をかけてバージンロードに現われた瞬間、花婿の顔に浮かんだ表情を見たときだ。ショーン・マクラウドの顔は文字どおり、幸せに輝いていた。

あのとき、ベッカの目に涙がこみあげ、喉は熱くなり、憧れで胸がつまった。その思いを認めるのは恐ろしい。何もかも、手が届きそうにないものばかりだから。愛。安寧《あんねい》。家庭。子ども。結婚式に出れば、そうした儚《はかな》い夢が心の奥から浮かびあがってしまう。

簡素ながらも麗しい式だった。花嫁と花婿が指輪を交換するあいだ、ニックの手はベッカの手に重なり、その指はベッカの指に絡まっていた。ベッカは胸を高鳴らせ、顔を真っ赤にした。いいほうに解釈していいの？

ううん、だめ。愚かな期待をしてはいけない。ベッカの人生の先行きはひどく不透明だ。もしかすると、ニックはベッカの泣き声を聞きたくなかっただけかもしれない。

そこで、ベッカは涙をこらえ、もしニックが気を変えて手を引き抜きたくなってもそうできないように、強く手を握り返した。

新郎と新婦の情熱的なキスで、肩の力がゆるんだ。割れんばかりの歓声と口笛と大きな拍手が起こった。ニックがこちらを向いて、飢えたようなキスをした。独占欲もあらわに、みんなの前で権利を主張するように。

これで心を躍らせない女はいない。戸惑いもあったけれども、危険なくらいに期待が膨らんだ。ニックはベッカの手を握り、もう片方の手で、離すものかとばかりに腰を抱き、みんなには恋人として紹介する……驚きだった。眼鏡をかけて、いつでもコマネズミみたいにあくせくしているわたしが、このミステリアスな色男の恋人。奇想天外な夢みたいだ。

ニックが言ったとおり、パーティもすばらしかった。食事もワインもおいしくて、音楽は非の打ちどころがなく、誰も彼もが優しくしてくれる。みんなが浮かれ騒いでいた。

バンドが最初のステージを終え、その合間にＤＪが音楽をかけると、ケータリングサービスのスタッフがウェディングケーキを配りはじめた。ニックはベッカをエスコートして自分たちのテーブルに戻り、椅子を引いた。

「監視装置の確認をしてくる」耳もとでつぶやく。「おれのぶんもケーキを取っておいてくれ」そして、どこかへ歩いていった。ベッカはテーブルを占める面々にさっと目を走らせ、それぞれの名前を思いだそうとした。いたずらっぽい笑みを浮かべた黒髪の男がセスで、その隣、銀色に近いブロンドの髪ですらりとした体形の女性が妻のレイン。マーゴットは疲れたようすで椅子に腰をおろしている。大きなおなかを抱えているのだから無理もない。心配そうによりそっているブロンドの大男がデイビー。同じく大柄でブロンドの花婿の兄弟のひとりだ。

じつのところ、これほど容姿のいい人ばかりが一堂に会しているさまを見るのは、生まれて初めてだった。どこを見ても、目を楽しませてくれる美男美女揃《ぞろ》い。

ブルネットのエリンもそうだ。濃紺のショールにかわいらしい赤ちゃんをくるんで、そっとあやしている。そのさまを、夫のコナーが目を細めて見ていた。

マーゴットと目が合った。穏やかなまなざしで、聖母みたいな笑みをベッカに向ける。「ニックがあなたのような人と出会えてよかった」柔らかな口ぶりだ。「あんなふうな笑顔は見たことがなかったわ。ましてや声をあげて笑うところなんて。本当に驚いた」

ベッカは顔を赤らめた。「そんな……。わたしに得意なものがあるとすれば、道化役で人を笑わせることだけだから」

「あら」ブロンドのレインが言った。「彼はあなたにぞっこんよ。ようやくそういう相手が見つかったのね。わたしたち、心配しはじめていたの。独身の女友だちをいくら紹介しても、ちっともうまくいかなかったから」

ハッピーエンドで当然という態度を取られると、芽生えたばかりの期待に悪いジンクスがつくようで、ベッカはわずかに落ち着きをなくした。「あの、わたしたち、出会ったばかりなの」ベッカは言った。「だから、その——何か約束をしているわけではないというか。まだ」

「まさか」セスが言って、おもしろそうに笑った。「なんの約束もしていない。十秒ごとに唇を重ね合わせているだけ。なんのために？　おれたちを困惑させるためか？　それなら、大成功だ」

「マーゴット、ひどいわ。なぜわたしを恋人たちと同じテーブルにしてくれなかったのかしら？」

ベッカは、ハスキーな低い声のほうに振り返った。パーティのあいだ、よく目に留まった女性だ。絶世の美女。高く結いあげた黒髪、わずかに切れあがった金色の目、ブロンズ色のドレスはジャラジャラと音をたてそうなビーズに縁取られ、まばゆいばかりにきらめいている。

「あなたが彼女を怖がらせて、わたしたちとは二度と会いたくないと思わせるのを防ぐためよ」マーゴットは警告するように言った。「いい子にして、タマラ」

「くだらない。あの口汚いニックと渡り合えるなら、わたしとも渡り合えるはず」タマラという女性は、ニックの椅子を引き、大きく膨らんだスカートの衣擦れの音を響かせて、ベッカの隣に座った。温かみがあるとは言いがたい目つきで、おもむろにベッカをながめる。

ベッカは畏縮していた。くすんだピンク色のシンプルなドレスはとてもかわいらしく、新しいビスチェによって高く盛りあがった胸をさらに強調するものだけれども、マリー・アントワネット並みの豪奢なドレスにはとうていかなわない。

タマラは手を伸ばし、ベッカのドレスの細いストラップを引っ張った。「悪くないドレスね。色もいいし、胸のショーケースとしても申し分ない。でも、その眼鏡は、あなたのようなかわいらしいピンクの花にはきつすぎる。それから、誰かが言わなくてはならないことを、言っておきましょう。落ち着いた色合いのピンク色を着ているとき、真っ赤な口紅はつけないこと。目がちかちかするわ」

ベッカの産毛が逆立った。とっさに赤い唇を手で隠したくなったものの、どうにかこらえた。「わたしは花じゃないわ」きっぱりと言った。「それと、お互いにとってラッキーなことに、あなたの賞賛は必要ない」

一瞬、タマラは凍りついた。まばたきをする。ベージュの口紅で彩られた完璧な形の唇に、ゆるりと笑みが広がった。「気骨のある女ならいいと思っていたところよ。そのほうがおもしろい」タマラは言った。「あの男を調教するには、何より必要なもの。そんなことを成功させた女はいままでひとりもいないけれど」

「よかった。好都合よ」ベッカは言い放った。「最初の女になれたほうがいい。それなら、わたしの好きに仕込めるから」

セス、デイビー、コナーの全員が、コーヒーを飲んでいる途中で咳きこんだ。タマラは鷹《おう》揚《よう》に拍手した。「なかなかの気構えね。なぜニコライがすっかりまいっているのか、わかってきたわ。潤んだ緑色の目、大きな胸、白くなめらかな肌。裸でゾグロの祭壇に捧げるにはぴったり」

顔から血の気が失せた。唐突にその名を出されて、体中の熱が目に見えない穴に吸いこまれたかのように、ベッカは震えあがった。

「あなたが何を知っているというの？」ささやき声で尋ねた。

タマラは笑みを浮かべ、ベッカのあごの下を軽く叩いた。「お嬢ちゃん」小さくつぶやく。「わたしはなんでも知っているのよ」

気づまりな沈黙が落ちて、歯ぎしりをしたくなるような数秒が過ぎたあと、セスが両手をパンッと打ち鳴らした。「まあ、そういうことなら、話を進めよう。例の騒ぎについては、何も訊かないようにレインに約束させられたんだが、どのみちタマラが口火を切ったなら――」

「セス！」レインが語気を荒らげた。「約束は約束よ」

「詳しいことを知りたいんだよ！」セスは唇を尖らせた。「ニックは骨子しか教えてくれない。それこそ干からびた骨みたいに味気ない事実しか。とにかく口が堅い。無口の見本みたいなものだ。こっちは知りたくてたまらないのに」

ベッカはどう言おうかとしばし迷ってから、口を開いた。「ええと、もう少し時間を置いてからのほうがいいかもしれないわ」そう言って、釘を刺した。「いま長々と話したいことじゃないから」

ともかくも、ゾグロの標的にされているあいだは。

「だから言ったでしょう？」レインは夫の胸に指を突きつけた。「罰を受けてもらいますからね」

「そんな！」セスはおどけていかにも悲しそうな顔を作り、ベッカのほうを向いた。「ベッドのなかでおれが二番目に気に入ってることを、レインは一週間も禁止にしようとしてるんだよ！」

ベッカはこみあげる笑いを抑えた。「それはたいへん。いったいどうするの？」

「まあ、我慢できるさ」セスは言った。「一番のお気に入りはまだ当てにできるからね。なんといってもアレに勝《まさ》るものは——いてっ！」顔をしかめて、レインに向き直った。「おい！　そのヒールはまるで凶器だ！」

レインはばつの悪い笑みをちらりとベッカに投げかけた。「ごめんなさいね。この人は野生動物と同じなの。例の話はしないでって頼んだのに。なぜゾグロの話をしたくないのか、わたしにはよく想像がつくわ」

「やめろ」ニックの太い声がレインの声にかぶさり、テーブルの誰もが口をつぐんだ。「その名を口にするな。やつに聞こえるかもしれないぞ」

全員がニックに顔を向けた。ニックは目をすがめて、タマラを見おろしている。

「ルドミラはどうしていた？」デイビーが静かな声で尋ねた。

ニックは肩をすくめた。タマラは冷ややかな笑みを顔に張りつけて、ニックを見返している。「商売に精を出していた」ニックは言った。「変わったことは何もない」

「ニコライ」タマラが猫撫で声で言った。「ようやく顔を見せたわね。今日一日、こそ泥みたいにわたしを避けていたでしょう。だから、わたしのほうから処女の生贄《いけにえ》に会いに来たわ」

「へえ？　そうか？」ニックの顔はこわばっている。「それで？」

「彼女、とってもおいしそう」タマラは言った。「かわいい女を手に入れられてよかったわ。これで、わたしがあなたに秘密を漏らしてあげたことは、まったくの無駄にはならなかったようね？　わたしの情報提供者が命を狙われるようになったことも。少なくとも、あなたはやっと身を落ち着ける気になったらしいから。何ごとにもプラスの面はあるものよね？」

ベッカは勢いよく立ちあがった。「わたしがあの場に現われて、すべてを台無しにしたのは、ニックのせいじゃない！　だから、そんなふうに責めるのはやめて！」

ベッカの声は大きく響き、まわりのテーブルの人たちも、何ごとかとこちらに顔を向けはじめていた。ニックは仰天の表情でベッカを見ている。

「そこまでにして、タマラ」エリンは眉をひそめ、幼子をあやしながら言った。「性悪女の真似ごとはもう充分でしょう」

「悪いわね、エリン。現実を見て。残念ながら、わたしは本当に性悪女なの」それが、タマラのきっぱりとした返答だった。「ニコライに自己弁護させればいいわ。われらがニコライは、失敗ばかりの半端者。どういう意味かいずれわかるわ、お嬢ちゃん。この男が、人の命にかかわるような大失態を演じたときに。何が起こったのかわかるまで、あなたの命があればの話だけど」

ベッカはかっとして言い返した。「ニックは半端者なんかじゃない！」

「そう？」タマラの笑い声は、砕けたガラスのようにとげとげしかった。「ノヴァクのことを話してくれとニコライに頼んでごらんなさい」

デイビーは椅子の脚を床にこすって立ちあがり、苦い顔でタマラをにらみつけた。「いいかげんにしろ、タマラ。礼節をわきまえられないなら、出ていけ」

「礼節?」タマラは鼻を鳴らした。「そんなもの、現実逃避の手段にすぎないわ。わたしは現実逃避が苦手なの。だから、よく人に嫌われるんでしょうね」

ベッカはニックの手にふれた。こわばっていて、まったく反応がない。

ニックの表情を見て、ベッカの胃がよじれた。さっきまでしょっちゅうキスをして、よく笑い、ダンスをしていた男はもう消えていた。顔は青ざめ、目にはなんの感情も映っていない。先週末、死を賭した状況のなかで最悪の瞬間に見せたのと同じ目つきだった。

「そろそろおいとまするころあいみたい」ベッカはテーブルの面々に言った。「すばらしいパーティでした。温かく歓迎してくれてありがとう。みなさんに会えてよかった」タマラに冷たい視線を投げつけた。「あなたを除いて」ニックの手をつかんだ。「行きましょう、ニック」

ニックはロボットのようについてきた。

24

ニックはあえて手を引かれるまま、ベッカのあとについていった。手足が固まってしまったように感じていた。

パーティに出席したおれが馬鹿だった。場違いなところに行って、柄にもなく浮かれるとは。生まれてこのかた学んできた教訓がまるで生かされていない。

いや、かまうものか。がっかりされるのは慣れている。親父の顔に張りついたあの表情を何年も見てきたのだから。

それに耐えるコツはある。気にしなければいいだけだ。

その技を身につけるにはかなりの時間を要したが、父親のおかげで完璧に習得できた。しかし、ベッカを相手に同じ技を使うのは、まったくべつの話だ。

ふたりは部屋に着いた。ベッカが小さなピンクのポーチからキーを出すあいだ、ニックはただ突っ立っていた。それから、柔らかな手でそっと背中を押され、広々として心地のよい部屋のなかにうながされた。チェックインのあと大慌てで着替えたため、散らかりっぱなしだ。あの並はずれたフェラチオに時間を取られて、遅刻寸前だった。

服が散らばっているベッドに、どさりと腰をおろした。ワインクーラーとシャンパンが目に留まった。

ニックは胃のむかつきをこらえ、両手で目をおおった。とてもそんな気分になれない。

ベッカは数分待ってから、詰問に取りかかった。声にもどかしさがにじんでいる。「ニック？　さっきのはなんだったのか、話をしたい？」

「いいや」ニックは言った。

ベッカは腹立たしそうに鋭く息を吐き、ベッドの前に来て、ニックと向き合った。ハイヒールのつま先をトントンと床に打ちつけ、両手を腰に当て、軽く脚を開いて立っている。逃がさないということだろう。ニックは身構えた。

「わかったわ。言い方が間違っていた」怒りもあらわに言う。「もう一回訊くわよ。ニック、さっきのはいったいなんだったの？」

ニックは肩をすくめようとしたが、持ちあがらなかった。

「現実を見ろということだ」

ベッカは足を踏み鳴らした。「謎めいた言葉でごまかすのはやめて。さもないと、お尻を蹴飛ばすわよ」

思わず頬をゆるめていた。「順番待ちだ」ニックは言った。「番号札を取ってくれ。世界中の誰もがおれのケツを蹴飛ばしたいと思っている。きみもそうだとしても驚きじゃないよな？」

「やめてったら」ベッカはぴしりと言った。ニックの胸を小突く。「自己憐憫はなんの役にもたたないわよ。さあ、彼女がなにをほのめかしていたのか教えて。あなたがむっつりとしているあいだ、わたしのほうはさっぱり事情がわからなくて途方に暮れているなんて絶対にいや。白状するのね。話に出た……なんて名前だったかしら？　ノヴァク？　それは何者なの？」

ニックは慎重に息を吐きだし、迫りくる喪失の痛みに備えて、全身の筋肉に力をこめた。「カート・ノヴァク。ゾグロと同じ種類の男だ」のろのろと言った。「ハンガリーのマフィア」

大きく息を吸って覚悟を決め、すべてを話した。ノヴァクの失墜の過程で、いかにニックがコナーを振りまわし、その命を危険にさらしたのかという哀れな物語を。

そのあとしばらく、ニックはうなだれていた。ベッカの目や顔に浮かんでいるものを見たくなかった。ベッカは無言を貫いている。

とうとうニックは裁定を待つのに耐えきれなくなって、顔をあげた。

ベッカの喧嘩腰の態度は消えていた。ニックを見おろし、考えこむように小首をかしげている。かすかに困惑の表情が見られた。

「それだけ？」ベッカが尋ねた。

苦々しい笑いが喉を裂いて飛びだした。「それだけ？　それでもまだ足りないと言うのか？」

「ええ」ベッカは言った。「恐ろしい話で、最後にはうまくいってよかったとは思うけれども、あなたの大罪がどこにあるのかわからないわ」

「コナーは友人だったんだぞ」ニックはうなるように言った。

「それはそうだけど」ベッカは言った。「あなたは間違いを犯した。罪の意識を覚えるのは理解できるし、それは気の毒だと思う。でも、結局はことなきを得たんだから、それほど大きな──」

「おれの間違いのせいで、人が死んで、地中で腐っているんだ！」

ベッカはニックの激しい口調にびくっとした。「今度はまたべつの話をしているの？」言葉を選ぶように尋ねる。「ウクライナで機密漏洩《ろうえい》があって、そのために亡くなったという警官のことね？　娘さんが行方不明なんでしょう？　でも……ニック？　機密を漏らしたのはあなたじゃない」

ニックはいきなり立ちあがって、ドアに向かった。「くそっ」小声で吐きだすように言った。「それなりの理由があって、こういう話はしたくないと──」

「待って、だめよ」ベッカはドアの前に立ちはだかった。「そんなふうに怒って飛びだしていくようなことはしないで。わたしにはまだ言いたいことがあるの。ノヴァクの件では、あなたは騙《だま》された。ウクライナの件では、あなたは裏切られた。騙すことも裏切ることも大きな罪で、憎むべき悪よ。それははっきり言える。でも、騙されること、裏切られることは、不注意だったかもしれないけど、悪ではないわ、ニック。それは不運と言うのよ。大きな大きな違いだわ！」

「いいや、そうじゃない！」ニックは叫んでいた。「不注意のひとことですむものか！　ちゃんと目を開いていればわかっていたことで──」

「あなたは全知の神じゃないでしょう！　残念だったわね！」ベッカも怒鳴り返した。「すべてを知ることができる人間なんていないの！　立ち直りなさいよ！　あなたの芝居がかった態度にはもううんざり!」

「前向きに考えようとするのはやめるんだな」ニックの声は低かったが、攻撃性を秘めていた。「大事なのは結果だ。結果と結末から、人は判断をくだす。それが現実を見るということだ」

ベッカは頑固に首を振った。「〝前向きに考える〟のではなく〝理性の声に耳を傾ける〟と言って。そうでなくとも、ここの人たちは誰もそのことであなたを責めていない。あの性悪のタマラを除いて。それにあなた自身もね」

ニックは嘲るように笑った。「まさか。あいつらだって、一瞬たりとも忘れたことはないさ」

「ニック。いいことを教えてあげる」ベッカは皮肉たっぷりに言った。「みんなはあなたを結婚式に招いた。わかる? 嫌いな人間を結婚式に招待する人なんていない。油田を持っている大金持ちのおじさんがいるとかなんとか吹聴していない限りはね。結婚式は、近しい人だけが集まる大切な催しよ。それこそ、現実を見て。あなたの友人たちは、あなたのことを大事に思っている。ちゃんと向き合って!」

ニックは首を振り、またベッドにどさりと腰をおろして、ずきずきする頭を両手で抱えた。「どうすればいいのか――」力なく言った。「さっぱりわからない。おれはいつでももう片方の靴を落とすのを待っているんだ」

「靴を落とす? なんの話?」

「おれの次の間違い。究極の大失態。そして、みんながようやくおれに見切りをつけるときを。遅かれ早かれ、そのときは来る。いずれおれに失望する」

数分後、沈黙に耐えかね、ニックは意を決して顔をあげた。そして、それを悔やんだ。ベッカの目は涙で濡れていた。ベッカは目もとをぬぐって、天井を見あげ、勢いよく鼻をすすった。「わたしもいずれあなたに失望すると思っているのね？」

ごまかしを許さない口調だった。ニックは何も答えられなかった。

苦い経験から、地に足のついた考え方を学ばされただけだ。わずかにでもかかわりをもった女はひとり残らず、最後にはニックを期待はずれと見なした。今回はそうならないと考える理由がない。いきなり変わるはずがないだろう？

しかし、そんなことを言って、終わりのときを早めるつもりもなかった。手に入れられるものは、できるだけ長くつかんでいたい。

ベッカの問いに対し、そのとおりだと認めれば、慰めを期待する負け犬の泣きごとに聞こえる。違うと答えれば嘘になり、それでさらにケチがついてしまうだろう。

「いま言ったことは忘れてくれ」ニックはつぶやいた。「頼む」

「いやよ」ベッカは言った。指で目をこすり、勢いよく鼻をすする。「忘れるもんですか。頼んでも無駄よ。そうはいかないわ」

「とにかくこの話はやめよう。いいな？　おれにはどうしても――」

「あなたのおかげで、わたしは生きているのよ、ニック！」再びぽろぽろとこぼれはじめた涙で、ベッカの声はくぐもっていた。「あなたはわたしの命を救ってくれた！　勇気ある英雄的な行為の最中にわたしが現われたとき、それを差し置いて、わたしのためにまたべつの勇気ある英雄的な行動を取ってくれた！　その結果を考えてみて？　あなたがいなかったら、わたしは死んでいた！」

「それでも」ニックは吐きだすように言った。「賛成票は多くない」

「何がどうなろうと、わたしは一票を投じたわ」ベッカはぴしりと言った。「わたしの票に重みがないとは言わせないわよ！　わかった？」

ベッカの義憤の炎に、ニックは怖気づき、同時に魅了されていた。なんて愛らしい姿だ。

「うん、まあ」ニックはつぶやいた。「わかったよ」

ベッカはわざとらしく咳払いをした。「けっこう」これで気が鎮《しず》まったようだ。

ニックはベッドに座ったまま、少しはましな気分になっていることに気づいて、呆然としていた。おそらく心の底までは届いていないだろうし、一時的なものだろうが、それでも気分が変わったことは確かだ。手に入れられるものはなんでもつかみ、それでよしとしろ。

それに、胸もとの大きく開いたドレスの女に説教され、しかもその胸が息に合わせて誘うように波打っているのだから、それほど悪くない。

そのとき、ベッカが靴を脱ぎ捨て、椅子に座ってスカートをストッキングの上までめくり、淡いピンク色の肌を見せた。ガーターベルトをはずして、思わせぶりな手つきでストッキングを脱いでいく。ニックの心臓が飛び跳ねた。

そして、体のほかの部位も。

クールで何気ないふうを繕《つくろ》おうとするあまり、ベッカの手は震えていた。ニックの気持ちがこれほど不安定なときに誘いをかけようだなんて、何に身を投じるつもりなのか、自分でもよくわからない。

でも、穏やかな理性の声が役にたたなかったのだとしても、激しいセックスなら効果があるかもしれない。

「そのストリップショーはなんだ、ベッカ？」ニックはこわばった声で尋ねた。「セックスがしたいのか？」

ベッカはどうでもいいというふりをして、肩をすくめた。「さあ。不機嫌は治ったの？」

「抱き合うあいだくらいなら、不機嫌も忘れられるかもしれないな」ニックが言った。

「ふん」ベッカは鼻を鳴らした。細いストラップの片方をおろし、それからもう片方もおろしたあと、背中に手をまわしてジッパーをさげようとした。「つまり、イッたあとはまた機嫌を損ねて、わたしに八つ当たりするってこと？　あんなふうにされるのは大嫌いだって知ってるわよね？」

「どうなるかはわからない」気に入らない返事だ。「保証はできない」

「またあんなことをするようだったら、爪のあいだに針を刺してやるから」ベッカはきっぱりと言った。

ニックの口のはしがぴくりと動いた。「そうか？　そのバッグに針が入ってる？」

「もちろん。携帯用拷問セットは必需品よ」ベッカはうなずいた。ニックは笑いをこらえているようだ。こうなれば、勝ったも同然。ベッカは機を逃さずに、なまめかしく腰を揺らしてベッドのほうへ歩いていき、そこでニックに背中を向けた。

「ジッパーをおろして」

ニックは言われたとおりにしてから、ベッカの体を両手でつかんだ。手のひらは熱く、そこから心地よいエネルギーが伝わってくるようで、ベッカの肌をぞくぞくさせる。指はドレスの布を追い、腰まで落ちて、全身の細胞ひとつひとつを目覚めさせていった。ニックは背中に唇を当て、背筋に沿って這わせた。そして、ゆっくりと、ひと舐めする。ああ、気持ちがいい。

ベッカはニックのがっしりとした腕の輪のなかでくるりと振り返り、自分の腕をニックの首に巻きつけた。髪に顔をうずめ、温かな香りを吸いこんだ。「あなたは脱がないの？」

ニックは吐息まじりに、胸の谷間に鼻をすりよせ、お尻をきゅっと握った。「ロビーにおりて、トイレの自動販売機でコンドームを買ってこないと」腹立たしそうに言う。「ここに来る途中でどこかによるつもりだったが、おしゃぶりで時間がなかった」

さあ、大発表の時間だ。もしくは、申し出の。あるいは、過ちの。これがきっかけでどう転ぶのか、あとになるまでわからない何かの。

「あの、ニック？」ベッカは小声で言った。「コンドームのことだけど……」

「ん？　どうした？」

「その、わたし……代わりのものがあるから、よかったら使おうかと」思いきって言った。「ペッサリーを持ってるの。何年も使わずに引き出しのなかにしまってあったもので、もしなんだったらそれを……あなたさえよければ」

ベッカは期待して答えを待ったが、ニックは身じろぎのひとつもしなかった。表情は変わらない。ただベッカをじっと見つめている。

どうしていいかわからず、ベッカは口ごもりながら言った。「その、もちろん、これを使うのは、あなたがいまほかの人とは何もないと信じられる場合だけ……ええと、わたしたち、命からがら逃げるのに忙しくて、どんなつもりで付き合うのかっていう基本的なことさえ話し合ってなかったから、あらたまって言うのはなんだか気恥ずかしいわね」

「おれがほかの誰ともヤッていないなら、ということだろう？」ニックはずばりと言った。

あからさまな表現を聞いて、そうだと言う勇気はなかった。ベッカにできるのは待つことだけ。いつまでも、いつまでも。

「ほかの女はいない」ようやく、ニックは感情を殺した声で言った。

ベッカのなかで何かがほぐれた。これまでずっと、客観的に見て、自分がニックを独占する権利はないと胸に言い聞かせてきたから。いきなり捨てられることも覚悟していた。

でも、ニックはそうしなかった。そうしなかった。ベッカは喉にこみあげる喜びのかたまりを呑みこんだ。「それで、あの、これからは？」おずおずと尋ねた。「一定の期間だけでも？」

腰をつかむニックの手に力がこもった。「一定の期間？　おれたちの関係が続くあいだということか？　もう終わりが見えているのか？　わざわざ教えてくれるとは親切なことだ」

すごむような言い方をされて、パニックに陥りかけた。予想外の方向に話が転がってしまったようだ。「違う！　わたしが言いたいのは、そういうことじゃない！　ただちょっと、口が滑っただけ。なんの含みもないことよ」

「なら、言うな」ニックは立ちあがり、腕の輪を解いて、窓辺に歩いていった。雄大な景色をながめながら、言葉にはできない感情を広い肩で表わしているようだ。

ニックはジャケットを脱いだ。「どちらにも当てはまる話だろう」

「どういうこと？」ベッカはビスチェに手こずっていたが、ようやくはずせた。「なんの話をしているの？」

「きみがほかの男とヤッているかどうか」シャツを脱ぎ捨てる。

「ああ、そんなこと。言わなくてもわかるでしょ」

「きみの口から聞きたい」ニックは言った。「おれと同じように、声に出して言ってくれ」

男とうまくいったためしなどほとんどないことを考えれば、ニックの強い口調を笑わずにいるのは難しかった。ニックがそばにいるとき、ほかの男に目移りするはずがないのに。

「あなたのほかには、どんな男ともセックスしない」ベッカは静かに言った。

ニックはベルトをはずして、ズボンをさげた。太くて大きなものが飛びだし、ぴんと伸びたまま揺れる。準備万端。ニックはそれをつかみ、厳しい目つきでベッカを見つめた。「ほかの野郎なんかには目も向けるな」穏やかに言った。

「向けない」ベッカは率直に答えた。「というか、向けられない。あなたのことしか考えられないんですもの」

思わず胸の内を認めて、ベッカは真っ赤になった。さっと目を伏せ、パンティのリボンをほどきはじめた。もつれていたリボンをようやく解いたとき、ニックが目の前に立っていた。ほとばしるような精気を放ち、飢えた目つきでベッカを焼きつくすようにして。

「ああ」ニックはこもった声で言った。「ならいい」

ニックは手を伸ばしてきたが、ベッカはあとずさりして、両腕でニックを押しとどめた。

「待って、待って。例のものをつけていないから、まだわたしの理性を溶かさないで。少しだけバスルームにこもらせてちょうだい。ちゃんとつけられるかどうか試してくる」

「おれが手を貸す。おれの指は長く、力も強い。そして、それを入れたい場所として、きみのみずみずしいあそこに勝るところは――」

「気持ちだけでけっこうよ」ベッカはぴしりとさえぎった。「ひとりでやってみたいの。もう行っていいでしょ？」

「わかった。おれはバルコニーのバスタブで湯に浸かっている。急げよ」

ベッカは化粧ポーチを持ってバスルームに駆けこみ、猫脚のバスタブのふちにすとんと腰をおろして、身を折るようにうなだれた。感情がぐちゃぐちゃにこんがらがっている。笑い、涙、恐れ、信じられないという思い。こんなに短期間で、ここまで深入りしてしまった。雪玉が坂を転がり、どんどん膨らみながら加速していくみたいだ。

気を取り直し、ゴムの皿に避妊ゼリーを塗って、装着しようとした。汗をかき、舌打ちしながら、何度も何度も失敗することになった。すんなり入れられないのは、これを使う機会がなかったから。やっとのことで、正しい場所でありますようにと心から願う場所につけられた。

それから、木のバルコニーにゆっくり歩いていった。入口まで来たとき、眼下にうっそうと茂る木々の斜面と、彼方にそびえるレーニア山の雄大な姿が見えた。バルコニーの両側は杉材の壁が立ち、プライバシーを守ってくれている。

ニックはもうバスタブのなかにいた。ジェットバスの泡が渦を巻いている。両腕を広げてふちにかけ、首をそらしている。冷たい雨が顔にぱらぱらと降りそそいで、黒髪をつやめかせていた。雨粒の絡んだ短い髪は、きらめくカワウソの毛皮みたいだ。

なかばまぶたを閉じて、物憂い目つきでベッカが歩いてくるのを見ている。

ベッカは温かな泡の風呂に身を沈め、磁石に吸いよせられるように、ニックのそばに近づいた。とろけるような熱に包まれて、たくましい体からほんの数センチのところで止まった。お湯のなかを探った。すっと手を伸ばしただけでペニスは見つかったが、こんなに大きくて硬いものが突きでていたら、逃すほうがむずかしいだろう。

お湯の流れに乗るように、ベッカはするりと身をよせて、ニックの肩に頭をもたせかけ、お湯の下では両手を使ってペニスを愛撫した。ニックが喜びに震えながら、うめき、喘ぐのを聞いた。

やがて、手をつかまれ、引き離された。「だめだ」ニックはしゃがれた声でつぶやいた。「あせるな。まだだめだ。こいつには特別な趣向を用意してあるんだから」

ベッカをわきにやって、ざばっと立ちあがり、大きな波をたたせてから、外に出た。「のぼせそうなんだ」言い訳するような口調だ。

ニックは木のベンチのすみに座って、空を仰ぎ、目を閉じて、体に打ちつける雨を顔にも当てた。

ベッカもあがって、あとを追った。雨がちっとも冷たく感じられない。火照った体をほどよく冷ましてくれる。

せっぱつまった気持ちで抱き合わなくてもいい。心のなかにくすぶっていた疑いはすべて晴れた。満ちていく潮のように着実な足取りで近づいていった。ニックは逃げも隠れもしないのだから。これからはもう。

ベッカはベンチの前で濡れた木の板にひざまずき、ニックの膝に手を置いて、超然とした顔つきを見つめながら、ゆっくりと腿を撫であげ、雨粒のきらめく毛にふれた。しなやかな毛を指に絡ませた。そして、そそりたつペニスの根元を指でつかんだ。

ニックの顔に張りついていた仮面がはがれた。あごはこわばり、まつ毛は震え、鼻はわずかに膨らんでいる。首には血管が浮いて見えた。せわしい鼓動が手のひらに伝わってくる。

ペニスに口をつけて、覚えたての技を披露した。ほのかな青い光だけが唯一の明かりで、聞こえるのはジェットバスの音とバルコニーやふたりの肌を打つ雨の音だけだ。松や杉、唐《と》檜《ひ》の木々が爽やかな芳香を放っている。体が熱い。雨は肌にふれたとたん蒸発してしまいそうだ。胸が熱い。心も体も生気であふれんばかりだった。

舐めて、しゃぶって、さすって、しごいて、舌と唇と両手でニックを愛した。やがてニックは身をかがめ、肩で息をしはじめた。

それでもベッカはやめなかったけれども、そのうちに自分の欲求が疼いて、黙殺できなくなってしまった。立ちあがり、ニックにまたがった。

ニックが手でペニスを支え、ベッカはそこに腰を落としていった。ひだのあいだで大きな笠を挟み、滑りやすくしてから、体重を利用して身を沈めた。ゆっくりと貫かれるときの鈍い痛みと感動で、目に涙がこみあげる。ベッカは腰を揺すり、くねらせた。喜びが全身で跳ねまわる。快感が高まっていく。

ニックはベッカの顔を引きよせ、濡れた手をあごに添えて、まっすぐに目をとらえた。雨がニックの顔に細い流れを作っている。

「愛してる」ニックは低い声で、出し抜けに言った。

ベッカはまじまじとニックを見つめた。驚きで言葉を失い、少しのあいだ、唇を震わせるばかりだった。「わたしも愛してる」ようやくささやき返した。「昨日もそう言いたかったの。実際に言いかけたけれども、あなたにいやがられるかと思うと怖くて――」

「いやなものか」ニックが声をあげてさえぎった。「きみがほしい。すべてがほしい」

ベッカは涙をこらえ、ほほ笑もうとしながら、目に入った雨をぬぐった。「嬉しい」声は震えていた。

ニックはベッカにキスをした。ふたりはきつく抱き合った。わずかに体を揺らすたび、吐息をつくたび、体の内側がぴくりと痙攣するたびに、官能の花がほころび、鮮やかに咲いて、ふたりを驚かせた。思いがけない喜びの波が次々に押しよせる。

ニックは唇を離した。「ずっとそばにいてくれ」

「ええ」ベッカは心をこめて言った。「いつまでも」

まるで空が感極まったように雨脚が強くなって、心地よい天然のシャワーが、熱くとろけるふたりの体を冷ましてくれた。

「本気だ」ベッカが理解していないのではないかというように、ニックは言葉のひとつひとつに力をこめた。「真剣に言っている。永久《とわ》の誓いだ。結婚してくれ」

「ええ、わたしはあなたのものよ」ベッカは幸せの涙を流し、笑いながら言った。「すべて、あなたのもの」

ニックはベッカをぎゅっと抱きしめた。ベッカはニックに脚を巻きつけた。いま、この世界の片すみに、存在するのはふたりだけ。申し分のない幸福に包まれて。

25

ベッカは目玉焼きから最後のオランデーズソースをすくいあげ、もう一度ふたりに電話をかけてみた。これでもう十回目だ。キャリーもジョシュもまだ携帯の電源を切っている。まるでふたりらしくない。キャトレルきょうだいは〝つねに連絡を取り合える〟ということをたいへん重要視している。ニックとすばらしい夜を過ごし、幸せの絶頂にあっても、胃にじわりと広がる不安がそれを蝕んでいた。

罪悪感もあった。昨日、もっと積極的に連絡を取ろうとすればよかった。

「どうしたんだ？」

ハムとチーズと野菜の巨大なオムレツをあとひと口でたいらげるというところで、ニックはスプーンを止めた。眉をひそめている。

「弟と妹」ベッカは言った。「電話がつながらないのよ」

ニックはトーストをがぶりとやって、腕時計に目を落とした。「日曜の朝、十時四十分」なだめるように言う。「おれだったら、まだ携帯の電源は入れずにおくね。街に戻ってからまたかければいいさ」

ベッカはうなずき、コーヒーを飲んで、いやな予感を振り払おうとした。たぶん、極度の緊張を強いられる状況が続いていたから、なんでもないことが気になってしまうのだろう。第六感とか、そういうものではない。

違うに決まっている。オカルトなんか信じない。直感に左右されるようなたちでもなかった。しかし、すでにキャリーの学生寮には電話をかけて、ここ数日、誰もキャリーを見ていないことは確認している。ジョシュも同じだった。〝魔窟〟の愛称で親しまれ、溜まり場と化しているアパートメントにかけてみたが、今週末は誰もジョシュに会っていないそうだ。喜んでかけたわけではないし、ジョシュの友人たちと話すあいだは、虫の知らせなどというものに振りまわされている自分が恥ずかしかった。とはいえ、結局はなんでもなかったとわかって、さらに恥ずかしい思いをするのは大歓迎だ。そのときが待ちきれなかった。

「今日はどうするの？」ベッカは尋ねた。

「また数時間、アレックス・アーロに監視を任せることになっている」ニックが言った。「そのあいだに、おれはダイアナ・エヴァンズに会いに行く」皿の横に置いてある大きな封筒をとんとんと指で叩いた。「デイビーが彼女の所在を調べてくれた。マシスについてもわかっているが、そちらに話を聞きに行くのはあまりいい考えに思えないからな」

ベッカは目をぱちくりさせた。「すごいのね。わたしも……ううん、やめておこうかな。わたしの顔を覚えているかもしれない。ホテルでも駐車場でもすれ違ったから」

「ああ。だからこそ、きみはこのホテルで待っていたほうがいいんだ。もっといいのは、〈セイフガード〉に連れていってあそこで預かってもらうこと。あれ以上の隠れ家はない」

ベッカはため息をついて、首を振った。今朝になってから一度ならず同じことを言い争っている。胸を震わせる愛の告白とプロポーズは何よりの贈り物で、とてもロマンティックだったけれども、だからといってこの男が御しやすくなったわけではなく、ベッカを守るという点に関しては、むしろいっそう口やかましく、かたくなになったようだ。

こうして警戒を強いられる生活がいつまで続くかわからなかったから、いままでのベッカはしぶしぶながらもニックに屈し、悪《あ》しき前例を作ってしまっていた。しかし、ゾグロがいようといまいと、この先ずっとどこかに閉じこもって生きるのはごめんだ。歯を食いしばり、顔をあげ、胸を突きだして、何がなんでもふつうの生活を送ってやる。

せめて、隠れなければならない理由が目に見えて現われるまでは。

「わたしにも用事があるのよ」ベッカは言った。「レンタカーを返しに行きたい。銀行口座から現金を引きだしたいし、一度アパートメントに戻って清潔な服を――」

「おれが戻ったら連れていってやるから、それまで待て」ニックは言った。「そのあと、指輪を買いに行ってもいいな」

ニックの熱意でベッカの胸がほわんと温まった。手を伸ばし、頬にふれてから、つんつんとたった髪を撫でた。「指輪はもっとあとでもいいのよ」ベッカは言った。「そんなに急がなくても。もしいまお金に余裕がないのなら――」

「きみが指輪をはめているところを見たいんだ」ニックが言った。「おれは待てない」

ふたりは互いにふにゃりと笑った。恋に溺れた愚か者ふたりだ。

新郎のショーン・マクラウドが通りかかった。まだ寝起きといったようすで、心底満ち足りた顔つきをしている。ベッカにウィンクをしてから、ニックの背中をばしっと叩いた。

「結婚はすばらしい」高らかに言う。「次はあんただな、ニック」

「そのとおりだ」ニックが言った。「いつでもいいぞ」

ショーンの目が丸くなった。ニックの笑みが広がる。「ええっ？」ショーンは声にならない声で言った。「それって、その、この彼女と――ええと、もうすでに――」

「ああ、話は決まっている」ニックは言った。「祝いの言葉を述べてもいいぞ」

ショーンは目をぱちくりさせ、両手をブロンドの髪に走らせて、頭のてっぺんから毛先をまっすぐ宙に突きたてた。「待て、待ってくれ。この子をプールから引きあげたのは、たしか、数日前じゃなかったか？」

「泡から浮かびあがるヴィーナスみたいにな」ちょうど通りかかったセスが言い、忍び笑いを漏らした。手に持ったトレイに山盛りの朝食をのせてある。「びしょ濡れで、頭に銃を突きつけられて。それが秘訣《ひけつ》だな」

「やったね！」ショーンの笑みはまぶしかった。「最高じゃないか！」ベッカのほうに身をかがめ、頬にキスをする。「こんなにかわいい人だもんな。ヴィーナスも顔負けだ。さあて、リヴに話さないと」

ショーンは跳ねるようにして、新婦がまだ朝食をとっているテーブルに戻った。そして、ほんの数秒のうちに、ベッカたちは四方から笑みを向けられ、親指をたてられ、潤んだ目で見られることになった。

ベッカはコーヒーのカップを握りしめ、息をしようとした。これはびっくりだ。こういうお披露目をする心構えはできていなかった。つい昨晩決めたことなのだから、どちらかといえば、甘い秘密をもう少し温めておきたかった。でも、そうしたいとニックに言ったわけでもない。その時間もなかった。

そこで、ふと思い浮かんだ。あまり余裕がないのにどうしても指輪を買いたいと言ったり、待ちかねたようにみんなに話したり、こうしてニックが結婚に向かって突き進もうとする姿は……ジャスティンと婚約したときのベッカの姿と重なる。あのときのベッカは、婚約が現実だと思えなかったから、もっと確かな感覚がほしくて、あれこれ計画をたてたり、世界中に吹聴したりしていた。

つまり、ニックはまだどこかで不安に思っているということだ。ゆうべあんなふうに夜を明かしたというのに。ベッカには、ニックを安心させるという大仕事が待っているようだ。いまのニックへの思いと、孤独を抱えたいたいけな少年だったころのニックへの思いで、胸が締めつけられた。この幸せは現実なんだと実感してもらおう。わたしは現実なんだと。そう、いまから。

ベッカは立ちあがり、テーブルをまわって、ニックの膝に座った。両手で頬を包み、愛情をこめて、ゆっくりと、みんなの前でキスをした。

口笛や喝采がどっと起こり、まばらな拍手さえ聞こえた。ベッカはすべて無視した。ニックが髪に指を差し入れて、ためらいもなくキスに応じているのだから、まわりのことなど頭に入らなくなったというのが本当のところだ。

息が苦しくなって、ようやく顔をあげたとき、ニックはうっとりと目を閉じて、頬骨のあたりを赤く染めていた。勃起したものはベッカのお尻をつついている。「ところで、チェックアウトは何時だ？」ニックがつぶやいた。

「十一時」ベッカは答えた。

ニックは腕時計を見た。「よし。部屋に戻ろう」

ベッカは笑いだした。「やあね！　もう荷物を持ってきてしまったし、十一時まであと十二分しかないんだから――」

「荷物なんかどうでもいいだろ？　十二分ならまずまずだ。朝食は終わったか？」

「ええ、でも――」ベッカはキャッと悲鳴をあげた。ニックが立ちあがって、ベッカを膝からおろし、食堂の出入口のすぐそばの階段に引っ張っていったからだ。

結局、予定より大幅に遅れて出発することになった。十二分は三十五分に延び、それでもなおニックはベッカがシャワーを浴びるのに付き添おうとした。ベッカは欲望で理性を失ったロミオさまをバスルームから締めだして鍵をかけた。そこでようやく、ほんの数分だけ気持ちを切り替える時間を作ることができた。

そしていま、まだとろけるような感覚のお尻をトラックの座席にのせて、ベッカは運転中のニックをちらちらと横目で見ては感嘆していた。なんてりりしい顔立ち。

この男がわたしの婚約者。わたしを愛してくれている。ずっと一緒にいたいと言ってくれる。まるで夢みたい。もし夢ならば、二度と目覚めたくなかった。

ニックにとってはあまり喜ばしい成り行きではない。

ホテルの駐車場で再び激しく言い争ったが、ついにベッカが折れることはなかった。あの島であれだけのことを目にしたのに、ベッカは自分の身がどれだけ大きな危険にさらされているのか、そして何を相手にしているのか、いまだにわかっていない。しかし、人生で生まれて初めて、ニックは自分を戒め、ベッカに歩みよった。ふたりが同じチームの一員だというようにふるまおうとした。

婚約者のように。あるいは、夫のように。

ごり押しはできない。なんといっても、ベッカと結婚したいのだから。ベッカが優位だ。そのせいで、どうにかなりそうだった。

ニックに手を振り、レンタカーで走り去るベッカを見送ったときには、胃が締めつけられた。まるで今生の別れを前にしたかのように、パニックに襲われた。

いや、落ち着け。心をいつも穏やかにしておくこと。うろたえるな。取り乱すな。いまは比較的静かな状況なのだから、心のなかもそのようにしておけるはずだ。そうでなければ、ベッカが怯えて、逃げだしてしまう可能性がある。失態は演じたくない。ようやくこの手で幸せをつかめるのかもしれないのだ。あともう少しでそう確信できそうないま、へまはしたくなかった。この先、夢にも見なかったような人生が待っているのかもしれないのだから。

あの愛らしい、驚くべき女性が。おれと一緒にいてくれる。毎日。すごいことだ。

婚約。この言葉を思い浮かべるたび、ニックの心臓は胸から飛びだしそうになった。つまり、二秒ごとに。あざになったところをくり返し押してみるのと同じようなものだった。違うのは、痛みの代わりに、そのときどきのエロティックな光景や下半身の疼きとともに、洪水のような喜びが押しよせるところだ。ベッカに指輪をはめさせたい。なるべく早く結婚してしまおう。ベッカが正気を取り戻し、気を変える前に。

愛。そんなものは、男の分泌腺《ぶんぴつせん》がおかしくなったときに起こるものだと思っていた。ホルモンに乗っ取られた男の哀れな末路。分泌腺が不安定だから、人生を破滅させるような選択をするのだと。

そう、ニックの分泌腺はおかしい。ホルモンに乗っ取られている。だが、いつまでも降伏していたかった。そうして仰向けになったニックに、ベッカがカウガールよろしくまたがり、あの笑みを浮かべてくれるなら。あの笑みを見るたび、ニックは馬鹿みたいに泣き笑いしそうになる。

幸せすぎて、泣いていいのか、笑っていいのかわからないのだ。

ベッカはどんな指輪を選ぶだろうか。そう考えてすぐに、どうやって指輪の支払いをするか頭を悩ませはじめた。バイクを一台売るか。あるいは、拳銃をいくつか処分してもいい。

ダイアナ・エヴァンズの家までもう少しというところで、頭のなかの雑念を払った。まずは、一九三〇年代のバンガロー風の家のまわりを流した。家は石楠花《しゃくなげ》と紫陽花《あじさい》の茂みや木立ちに囲まれ、ポーチはかなり奥まったところにある。

次のブロックで車を停め、歩いて戻りながら近所の家を観察した。ひと気がない。遊びまわる子どもたちも、洗車や生け垣の手入れに精を出す者もいない。しかも、草木に隠れてエヴァンズの家に近づくことができる。

ポーチの段をあがったとき、ニックはごまかしの作り話を山ほど舌先にのせていた。しかし、ノックしたとたん、ドアはその圧力で内側に開いた。ふいに、ノックなど必要なかったという寒々しい予感に囚われた。

もう一度ちらりと振り返り、誰にも見られていないことを確かめてから、指の関節でドアを押し開け、なかに入った。

なかはひどいありさまだった。めちゃくちゃに破壊されている。ニックは何にもさわらず、なんの位置も動かさないように気をつけながら、そろそろと部屋の残骸のなかを歩いていった。

どの部屋も同じありさま。しんと静まり返っているのも同じだ。

二階にあがったときには、首筋の毛が逆立ち、胃は引っくり返りそうになっていた。

主寝室で彼女を見つけた。続きのバスルームになかば体を入れ、なかばはみだした状態で倒れている。ニックは、白くほっそりとして、よじれた体を見おろした。

全裸だ。この髪の長さ、色——たしかに、一見ベッカと似ている。ただし、エヴァンズはどこからどう見ても死んでいた。

顔つきはひどく歪んでいる。苦しめられたのだろう。顔は土気色で、目はかっと見開き、舌は突きでていた。首にあざがついている。

ニックは膝をついた。もっとよく調べるためだったが、何よりも死者に敬意を示す気持ちがあった。亡骸は冷たく、すでに緑の斑点《はんてん》が浮かびかけている。ニックは自分の痕跡を一切残さないように、洗面用のタオルを拝借してから、エヴァンズの手首を持ちあげた。木の板のように硬直している。

つまり、昨日のいずれかの時点でやつらが来たということだ。ベッカから聞いたマシスとエヴァンズの会話を思いだした。マシスにけしかけられて、エヴァンズは何か恐ろしいことに手を染めた。その晩、恐慌状態に陥るような何かに。酒を飲んで、吐いて、泣くしかなくなるような何かに。

やつらに見合うほど心の冷たい女ではなかったらしい。気の毒に思ったが、ニックは同情を抑えこんだ。

こうなったのは、本人が欲をかいたせいだ。欲が人を闇に引きずりこむ。

警察とかかわるのはぜったいに避けたかったが、さりとて、ダイアナ・エヴァンズの死を誰にも知らせず、遺体をこのままにしておくのも気が引けた。どんなひどいことに関係していようと、エヴァンズはもう究極のつけを支払った。せめて亡骸《なきがら》だけでもねんごろに葬ってやるべきだろう。

念のため、すべての部屋をくまなく調べてから、階下に戻った。袖口で手をおおい、受話器を取りあげて、警察に電話をかけた。

緊急通報電話の係員が出た。「ホイッテカー通り五九五八にいる者だ」ニックは言った。「殺された女の死体を見つけた」

通話は切らず、受話器をさげた。係員が甲高い調子で質問を浴びせ、ほかの情報を引きだそうとする声が聞こえていた。

ニックはドアから外に出た。あたりにはまだ誰もいない。すぐトラックに戻り、急いで現場を離れた。頭はぼんやりして、胃はむかつき、胸の内は乱れている。氷の男と呼ばれた、このニック・ワードが。おい、どうした？　恋に落ちたとたん、安っぽい感傷に振りまわされるようになったのか？

ベッカの声が聞きたかった。慰めがほしい。携帯電話を取って、ベッカの番号を呼びだした。

だめだ。通話中。ニックは役立たずのがらくたを窓から放り捨てたくなった。

レンタカーに乗って走りだしたとき、ベッカはニックのことを考えて、笑みを浮かべていた。わたしは大人の女。一人前の大人としてふるまうすべを身につけなければならない。そうでなければ、何もかもニックの言いなりになってしまう。

ＡＴＭでお金を引きだしたあと、最初に向かったのは自分のアパートメントだった。幼いころの記憶にしかない場所を訪ねたような、おかしな気分に陥った。目に映るものや匂いにはなじみがあるものの、すべてが縮んだように思える。自分が大きくなったみたい。天井は低く、家具はやけに小さく感じられた。

観葉植物に水をやり、汚れた服を洗濯かごに入れて、清潔な服を取りだし、スーツケースにつめこめるだけつめこんだ。服のほかにも、これから二、三週間のあいだに必要になりそうなものは片っぱしからバッグに放り入れた。

荷物を玄関に引きずっていく段になっても、そわそわとして落ち着かない気分だった。急げ、急げ、急げと駆りたてられているような気分。

リヴィングルームで足を止めて、不安を抑えようとしたけれども、部屋を見まわしたとき、背筋がぞっとした。

もう一度、リヴィングに目を走らせた。なんだろう? 出ていったときと何かが違う。たとえば、ベッカはぜったいに電話をテーブルの真ん中には置かない。あんなふうにクッションを斜めに置くこともない。

何者かがここに侵入したのだ。誰かがベッカのものにさわった。血の気が引くような感覚に襲われ、膝から力が抜けていった。ベッカは目を凝らし、ストレスによる妄想だろうかと考えた。どこかおかしくなってしまったんだろうか、と。でも、そのとき、棚に飾ってあるぬいぐるみに目が留まった。

ビンゴ。

もうぼろぼろだけど、ベッカはいつもキャリーのピンクのウサちゃんが長い腕でジョシュのカメさんに抱きつくようにして飾り、その反対側にキャリーのクマさんを置いていた。しかし、いま、ウサちゃんが前のめりになって、ピンクの耳はクマさんの膝に落ちている。ウサちゃんの両腕はだらりと垂れていた。

ベッカは手を伸ばし、ぬいぐるみを棚からおろした。その瞬間、血管が凍りついた。小さな黒いビデオカメラが鎮座して、きらりと光る丸いレンズがこちらを冷ややかに見つめていた。

頭のなかが急回転している。胃のなかも。ベッカはもう蜘蛛男に見つかった。住んでいる場所も、身元もばれている。つまり、ジョシュとキャリーのことも知られていると思ったほうがいい。ベッカは吐きたくなった。でも、そんな時間はなかった。見張られている。ベッカが恐怖におののく目でレンズを見つめるいまこの瞬間にも。

ごくりとつばを飲んだ。片手をあげた。そして、中指をたてた。そうして虚勢を張ったうえで、カメラをつかみ、キッチンのゴミ箱に捨てた。アルミ箔《はく》やコーヒーのかすが入ったゴミ箱は、三日も放っておいたせいで臭《にお》っていた。

　これからどうなるの？　スーツケースを持って玄関から出たとき、まずはきょろきょろと通りを見渡した。撃たれるとか、さらわれるとか？　それとも、単に跡をつけられる？　スーツケースを抱えて階段をおりるあいだ、付近に停まっているすべての車の型と色を覚えようとした。膝が笑っていた。

　車に乗りこみ、大通りに出たあとも、尾行者の姿は見えなかった。だからといって、いないとは限らないだろう。ベッカは一度騙されている。またジョシュに電話をかけ、それからキャリーの番号を試した。やはりどちらもつながらない。

　ベッカは怖気づき、うろたえ、運転しながらわっと泣きだしそうだった。ニックに電話したかったけれども、どうせ怒鳴り散らされるだけだし、現時点でニックにしてもらえることは何もない。それなら、今日の予定をこなしたほうがいいのかもしれない。まずは、預金が底をつく前に、このレンタカーを返すこと。

　レンタカー店に着いて、事務処理手続きを終えるとすぐに、タクシー会社に連絡して、近くの交差点に一台よこすように言った。ここからは二ブロック先で、一方通行の反対方向に位置している場所だ。これでベテランのギャングをまけるようにと祈りながら、スーツケースを引きずり、歩道を急いだ。

　タクシーに乗りこみ、外から見えないようにぐったりと腰をおろしたとき、ようやくひと息ついた。携帯電話を取りだして、再びジョシュの番号にかけた。

驚いたことに、呼出音が鳴った。「もしもし？　ベッカ？」

「ジョシュ！　死ぬほど心配したんだから！　いったいどこにいるのよ？」

「あー、ええと……」ジョシュは口ごもった。「その、女の子と一緒でさ」

こちらが恐怖のどん底にいるというのに、妙にはぐらかそうとするような口ぶりを聞いて、ベッカはかっとなった。「わたしがどれだけ気を揉んだかわかる？　で、どこにいるの？」

「新しいアパートメントだよ」ジョシュは明るい声で言った。「ナディアのところに引っ越すんだ」

「ナディア？　ナディアって誰？」ベッカの声は引きつっていた。

「落ち着きなよ、ベッカ。ナディアは最高だよ。何日か前に出会ったばっかりなんだけど、それから毎日二十四時間ずっと一緒にいるんだ。そしたら、ナディアの家に住めばいいって言ってもらえてさ。〝魔窟〟のぼくの部屋はトッドが引き継げばいい。どうせあいつは三カ月前から下の階のソファを寝床にしてるんだし、ぼくがこっちに移れば、ナディアの家賃をいくらか負担してあげられるだろ。電器店でのバイトを増やすことに――」

「彼女の家に引っ越す？　その子といつ出会ったんですって？」

ヒステリックにがみがみと怒鳴っていることも、それがジョシュに対しては逆効果だということもわかっているけれども、自分を止められなかった。動揺と恐怖が大きすぎた。

「おとといの晩だよ。でも、わかってほしいんだ、ベッカ。最高の女の子なんだから。優しくて、頭がよくて、驚くほどきれいでさ。とても現実だとは――わ！　ちょっと待った、ナディア。いまはだめだよ！　いや、ほんとにだめだって……くすぐったい……あ……」

電話の向こうの声は、くぐもった笑いとごそごそとした物音に変わった。ベッカは歯を食いしばり、ふたりがひと区切りつけて落ち着くのを待った。「ベッカ？」低い笑いとともに、ジョシュの声が戻ってきた。「まだいる？」

「いるわよ」ベッカはむっつりと答えた。

「不思議だよね。お菓子屋さんにカップケーキか何かをデリバリーしてもらおうと思って、携帯の電源を入れたとたん、姉さんからかかってきたんだ。超能力者なんじゃないの」

「いいえ、必死だっただけ」ベッカは苦々しい口調で言った。「あのね、ジョシュ、朝からずっとかけてたのよ。心配でしょうがなくて。だって、キャリーも――」

「大丈夫だって」ジョシュはなだめるように言った。「何もかもうまくいってる。こんなにツイてること、生まれて初めてなんだ。え？　いい考えだね――姉さん、ちょっと待ってて――」ぼそぼそとした話し声が聞こえたあと、またジョシュが戻ってきた。「ナディアがさ、こっちに来てもらったらどうかって。ブランチかランチを一緒しようよ。ナディアがとびきりの女の子だっていうの、その目で見てほしいな。ナディアは姉さんにすごく会いたがってる。ぼくとキャリーは姉さんに育てられたようなものだってことを話したら、ナディアも母親を亡くしていて、それからモルドバで妹とふたり――」

「ジョシュ、無理よ」ベッカは言った。「いま厄介ごとを抱えているから、どうしても――」

「無理なもんか！　厄介ごとの話はここで全部聞くからさ。住所をメールで送る。とにかくおいでよ。また携帯の電源は切っておくからね。じゃあ、待ってるよ。いいね？」

「ジョシュ、お願い――」

プツッ。通話が切れた。ベッカはげんなりして携帯を見つめた。もう一度かけてみたが、ジョシュは言葉どおり、電源を切っていた。ベッカはもどかしさに叫びたくなった。

男たらしのナディアのことはすでに嫌いになっていた。どこの誰だか知らないけれども、最悪のタイミングで現われて、ジョシュを骨抜きにしてしまったのは確かだ。

自分だってあっという間に恋に落ちて、骨も何もありはしないのだから、こんなふうに考えるのはあんまりだろう。

それでも、どうしようもなかった。ベッカはキャリーの番号にかけた。まだ電源が入っていない。ジョシュにはこのことも伝えておきたかったのに。

ベッカの携帯が鳴った。メールだ。開いてみた。

ガヴィン通り八百五十五番地、ガーデン・アパートメント。あとでまた!

あーあ。ここまで出向き、恋に溺れた馬鹿弟の耳を引っ張ってやるしかなさそうだ。輝ける天使だかなんだかのナディアに席をはずしてもらって、ジョシュとふたりだけで話せるなら、ここ最近起こった出来事をすべて打ち明けよう。洗いざらい。ごまかしはなしで。

それでジョシュも多少は目が覚めるかもしれない。そう願うばかりだ。

ベッカは前に身を乗りだして、運転手に声をかけた。「すみません。行き先を変更してください。ガヴィン通りはわかりますか?」

自分でも解しかねる思いで、ニックはリチャード・マシスの家に向かっていた。こちらが見張っているということをマシスに知らせて、今後の尾行のチャンスをきれいさっぱり消す道理はない。しかし、マシスの車に追跡装置をつけられるなら、危険を冒してでもやってみる価値はある。

ダイアナ・エヴァンズの死体を見つけたせいで、思いのほか動揺している。そのことに驚いていた。ただし、この手のことで、ずいぶんあとになってから揺さぶられるのは珍しくなかった。できるだけドライに割りきって、自分は大丈夫だと思っていても、気づけば一カ月もちゃんと眠れていないといったことはよくある。

エヴァンズ殺しがゾグロの仕業なのはまず間違いないが、ニックはマシスがなんらかの形でかかわっていることも確信していた。

マシスの家の前を通り過ぎた。とんでもない家だ。有名な外科医が相当稼いでいることは予想していたが、この家を構えるには〝相当の稼ぎ〟ではまだまだ足りないだろう。底なしの銀行口座がなければまかなえない。

ばかでかい真っ白な豪邸だ。三階建てで、二十世紀への変わり目ごろのヴィクトリア様式。透かし模様やひだ飾りがあしらわれ、見晴台付きで、塔や小塔が空に伸び、カットガラスの張り出し窓が並んでいる。一分の隙もなく整えられた大きな花壇。だだっ広い芝のところどころに、樹齢百年を超しそうな大木が堂々と空にそびえている。

広大な敷地のまわりをもう一周して、屋敷のようすを再度確かめた。デイビーが調べてくれたナンバーに一致する黒のBMWは、ガレージではなく、私道に停まっている。ニックはそれを運命のいざないととらえ、追跡装置を取りつけることに決めた。善良な医者の動向を探るためのX線スペクトラムのバッテリーは五日間ぶん。充分だ。

誰に見られてもおかしくなかった——自分が宗教の勧誘や掃除機のセールスマンとして通用するとは思えないが、だからなんだ。即席の作り話でどうとでもなる。ニックの得意分野だ。事実、多くの場合、頭をひねってあらかじめ計画を練っておくよりも、そのときそのときの直感で動くほうがうまくいった。

豪邸から適当な距離を置いてトラックを停め、高級住宅地を歩いていった。そよぐ木の葉を通じて、まだらな日差しが降りそそぎ、絶えず緑の影を躍らせている。ゆうべの豪雨で、地面はまだ芳《かんば》しく、湿っていた。うららかな陽気……小鳥がさえずり、葉音が漂う。

しかし、ニックに見えるのは、裸の女が目をむきだして、手で首を絞められた跡を喉に残し、床に倒れている姿だけだ。あの姿が網膜に焼きついている。

長い私道がカーブを描いて延びていた。だめもとでやってみよう。歩きながら、追跡装置についているゴムセメントの保護フィルムをはがして、BMWの前で立ち止まり、靴紐を直すふりをしてしゃがんだ。そして、装置をバンパーの下にくっつけた。

立ちあがり、両手をポケットに入れて、屋敷を見つめた。

マシスは家にいる。とっととここから立ち去るべきだ。もう車に装置を仕掛けたのだから、屋敷に近づいていく理由はない。ゾグロの企《たくら》みがなんだろうと、マシスに監視を感づかれたら、ゾグロにつながる線が一本消えてしまう。

それでも、ニックは屋敷に引きよせられるように、ふらふらと近づいていた。凝った造りのポーチを見あげたときにも、心のなかでは、ダイアナの白く歪んだ死体が、由緒ある美しい屋敷と重なって見えた。

なんとか理性を取り戻し、きびすを返そうとしたとき、ドアが開いた。アドレナリンが体中に駆けめぐる。

上品でほっそりとした、四十代とおぼしきブロンドの女性がポーチに出てきた。「あら」不審そうな声で言う。「どちらさま?」

ニックはこういうときのいつもの作戦を取った。すなわち、口から出任せを並べたてること。

「ドクター・マシスはご在宅で?」ニックは言った。「職場の者ですが」

女性は目をすがめた。氷で固めたような顔つきではあるが、たいへんな美人だ。目もとにもひたいにもしわひとつないのは、もしかすると整形のおかげなのかもしれない。ニックにはどちらとも言えなかった。

「いまは休んでいます」女性は言った。「ゆうべはひと晩中、病院にいて、緊急の移植手術を行なっていたものですから。申し訳ありませんが、起こすことはできません」

「そうですか」ニックは言った。「ではまた出直してきます。あなたは奥さまですね?」

「ええ」ミセス・マシスは一歩前に出て、ポーチの柱の一本をつかんだ。「主人にお名前をお伝えしましょうか、ドクター……?」

「ワービツキーです」ニックは言った。生まれながらの名前は過去に埋もれ、どこの記録にも残っていないので、使い捨ての偽名としてはちょうどいい。

ミセス・マシスは淡い青色の目をさらに細くした。「お目にかかったことはありませんわね。ドクターのご専門は？」

「病理学」社会の病理を追うという意味では、真実に近い。

しかし、マシスの妻は信じなかった。貪欲とも言えるほどの奇妙な表情を浮かべて、ポーチの階段をおりてくる。ニックからおよそ二メートル手前で止まった。「あなたは医師ではないでしょう」声は張りつめ、震えている。「嘘をついているわ」

ニックは何も言わなかった。無言のまま、ミセス・マシスがこの話をどう持っていくのか、続きを待った。

「ここに来た本当の目的は？」ミセス・マシスは声音をあげ、強い語調で言った。「夫は何にかかわっているの？」

こうして近づいて見ると、肌が突っ張っているのがわかった。化粧でうまく隠されているが、目の下にはくまができている。痩せすぎだ。この女は馬鹿ではない。腐臭を強く嗅ぎつけ、それに不快感を持っている。

まあ、当然だろう。ニックはゆっくりと首を振った。

「答えて！」叫ばんばかりだった。「あの人は何に首を突っこんでいるの？」

ニックはふうっと息を吐いて時間を稼ぎ、これが過ちかどうか考えた。手遅れだ。かっと見開いたダイアナの目が脳裏をよぎった。

「いいことではありませんよ、奥さん」抑えた口調で言った。

ミセス・マシスは飛びかかるようにして距離をつめ、ニックの腕をつかんだ。「あたくしには子どもがふたりいるのよ」甲高い声で言う。「年端もいかない娘がふたり」

視線をさげて、腕に食いこむ白とピンクの爪が力みで震えるさまを見た。「なら、ひとつアドバイスがある」ニックは言った。「娘たちを連れて、飛行機に乗り、とにかくここから離れることだ」

ミセス・マシスはぐらりとうしろによろめいて、喉に手を当てた。

「友人としての助言だ」ニックは言い足した。

「あなたが夫の友人であるものですか」ミセス・マシスは嚙みつくように言った。「ふざけたことを言わないで」

「それはそうだ」ニックは否定しなかった。「だが、あんたの娘たちに含むところはない」

ミセス・マシスは喉を上下させた。そうして口をすぼめた顔は老けて見えた。「夫が何に手を染めていようと、あたくしは無関係です」こわばった口調で言った。

ニックはあたりを見まわし、苦い笑いで胸を揺らした。「あんたはそれのおかげで生活している。それを後押ししている」二連のパールのネックレスを指差した。その真ん中をつなぎ止める四角いダイヤモンドが、シルクのブラウスの胸もとで輝いている。「それを身につけている」

ミセス・マシスは火に焼かれたかのように、びくっとあとずさりした。「帰って。警察を呼ばれたくなければ、あたくしの土地から出ていって」

典型的。娘たちのことは心配でも、ダイヤモンドは捨てられない。ニックはきびすを返し、喜んで出ていった。敵意に満ちた視線を背中で感じながら。

やれやれだ。十中八九、ミセス・マシスはいまの一件を夫に話すだろうが、夫のほうはなんとでも言い訳がたつ。とはいえ、リチャード・マシスは、近しい間柄の女がゾグロの手にかかっても意に介しない男のようだが。

本当のところ、それがここに来た理由なのかもしれない。下手を打ったにせよ、そうじゃないにせよ、ダイアナ・エヴァンズの死体を見たあとでは、マシスの細君に警告できたのは嬉しかった。あとは、ミセス・マシスが賢い女で、警告を真剣にとらえ、アドバイスに従ってくれるのを願うばかりだ。ゾグロが娘ふたりをランチ代わりに取って食う前に。

ニックはトラックに乗りこみ、エンジンを轟かせて走りだしたが、最初の角を曲がったとき、デジャヴのような奇妙な感覚をおぼえた。先ほど屋敷の周囲を流したとき、ちょうどこのあたりで何かに引っかかりを感じた。

それが何か確かめるために、もう一周して戻ってきた。

今度ははっきり認識できた。あの車。最初から視界のはしにとらえていたものだが、さっきは関連づけられなかった。つやめく黒のＰＴクルーザー。ベッカはダイアナがこの色のこの車種に乗っていたと言っていた。ニックはその前にトラックを停めて、念のためにナンバーを確認した。

こいつは驚きだ。本当にダイアナ・エヴァンズの車だった。なぜかここに停まっている。

ニックはトラックを降りて、ＰＴクルーザーのなかをのぞきこんだ。ひどいありさまだ。後部座席に広げてあるベージュのコートはしわだらけで、ダイアナがそこで眠ったあとのように見えた。助手席にはがらくたが山積み。往来の多い大通りで鍵をこじ開けるのは気が進まなかったが、その前にベッカの体験を思いだして、まずはドアハンドルに手をかけてみた。

万が一ということもある。

開いた。運転席に乗りこんだとたん、ウィスキーの匂いに鼻孔を襲われた。車内を探ってほどなく、ふたのあいたフラスクが原因だとわかった。中身は床にこぼれている。

グローブボックスのなかには車の登録証と地図の束しかなかった。ニックは座席のがらくたをすべて調べた。化粧の汚れがついたくしゃくしゃのティッシュ、レシート、真っ赤な口紅の跡が目立つコーヒーの紙カップ、医学雑誌、シルクのスカーフ、アルコールくさい息をごまかすためのミントやガム。こんなものではごまかせなかっただろうが。ベッカが見たというデジタル・ボイスレコーダーの空き箱もあった。それから、不揃いなイヤリングがふたつ。どちらも高級そうだ。

コンソールボックスにはCDが五枚、さらなるゴミ、さらなるミント、そして通行料金用の硬貨がひとつかみ入っていた。

後部座席に取りかかり、ベージュのコートを調べたとき、宝を掘り当てた。ポケットのひとつに、小さくて硬いものが入っている。ベッカから血液と尿のサンプルの話を聞いたときから、手に入れたいと思っていたものだ。

ニックはボイスレコーダーを取りだし、つかの間じっと見つめてから、ボタンを押した。何も起こらない。電源が入らなかった。

携帯電話が鳴った。ベッカであるように願いながら携帯を引っ張りだしたが、ディスプレイに表示されていたのはデイビーの名前だった。ニックはボイスレコーダーを自分のポケットに収め、落胆のため息をついてから、電話に出た。「もしもし？」

「ニック。いますぐここに戻れ」デイビーの声は硬く、張りつめていた。険しい口調だ。

胃が締めつけられた。「何があった？　ゾグロが――」

「電話では話したくない。とっとと電話を切って、急いで帰ってこい」

26

「ほら、ベッカ、頼むよ」ジョシュは猫撫で声を出して、裸の胸をかいた。「そんないらいらしないでさ、冷静になってほしいな」

「ジョシュ、あなたは金曜の夜にキャリーと約束してたのよ！」ベッカは金切り声をたてはじめていた。「その約束を破ったうえに、この週末はずっと連絡を絶っていた！　キャリーはいまだにまったくつかまらない！　あの子がメールのひとつもよこさないのはおかしいと思わないの？」

「きっと何かわけがあるんだよ」ジョシュはぼやいた。大きなダイニングテーブルにもたれる。テーブルは盛大な朝食の残りでいっぱいだった。フルーツのボウル、ペストリーの山、スライスされたハム類とチーズが入ったフリーザーバッグ。ジョシュはつやつやしたレモンのカップケーキを手に取った。「マフィンでも食べて、落ち着きなよ。そんなに大騒ぎしなくてもいいじゃないか。じゃあさ、今日、一緒にあいつの大学に行って、隠れ場所から引っ張りだそうよ。心配させた罰に、たっぷり叱ってやろう」

「それほど心配しているように見えないけど」ベッカは苦々しい口調で言った。

それどころか、この世の春を謳歌《おうか》しているように見える。ペイズリー柄の大きなボクサーショーツのみの姿で、肌をさらす姿は、まるで贅沢な享楽にふける王子さまだ。ジョシュはフリーザーバッグからハムをひと切れつまみ、口の上に掲げた。

「わたし、一緒に行くわ」ナディアが口を挟んだ。「その妹さんに会ってみたい」ベッカに向けた冷ややかな視線からすれば、姉より妹のほうがましならいいと思っていることは明らかだった。

ベッカは歯を食いしばって、余計なことを言わないように自分を抑えた。度を越えてセクシーなこの女の子には、なぜか眉をひそめたくなった。カイアのことを思いだすからかもしれない。ならばナディアを責めることはできないけれど——それでも。

新しいボーイフレンドの姉に会うとき、もしもベッカなら、ふわふわのフェザーで縁取られたピンクのローブを着ることはない。しかも、胸の谷間をのぞかせ、ろくにお尻も隠れない丈のものは絶対に。

そうでなくとも、すべてがなんだかちぐはぐだ。この女の子は完璧すぎて、現実に思えなかった。ジョシュはそれなりにキュートで、多少痩せてはいるものの、体形もまずまずだし、明るい緑色の目にくらっとくる女の子はたくさんいるはず。でも、ナディアには、しっかりとつやめき、きらめくまで磨きこまれたような雰囲気があった。この子にふさわしいのは、もっと年かさの男性だ。あるいは、もっとお金持ちの男性。

それとも、わたし、若くてきれいな女の子に嫉妬して、自分が脅かされるような気持ちになっているだけ？　その場合、目を覚まさなければならないのはわたしのほうだ。ベッカはコーヒーを飲み、大人として見守ろうと心がけた。

難題だ。ナディアはいま、チューブ入りのホイップクリームを真っ赤に熟れたイチゴに搾りだし、それをすっかり舐めてから、イチゴの先をつややかな唇のあいだにゆっくりと入れようとしていた。

ジョシュは呆けたように見入り、そしてべつのイチゴをひとつつまんだ。「ぼくにもくれる？」

ナディアは唇に数滴ついたイチゴの果汁を舐めた。「もちろんよ、ジョシュ」ナディアは言った。「あなたが望むこと、なんでもしてあげる」

ジョシュがイチゴを掲げ、ナディアがクリームを飾った。ふたりともくすくす笑っている。もうっ、いいかげんにして。ベッカにはこれ以上耐えられなかった。

「ナディア」ベッカは切りだした。「悪く取らないでほしいんだけど、ほんの数分、弟とふたりにしてもらえる？」

ナディアは凍りつき、ピンク色の口を開いて、青い目を丸くした。イチゴをジョシュの口に押し入れ、むっとした顔をして、デリバリーの紙ナプキンで上品に指をぬぐった。立ちあがった拍子にピンク色のシルクとフェザーがふわりと舞いあがり、見たくもないところまで下半身があらわになった。ナディアが下着を穿かない主義なのは明らかだ。それに、下の毛を生やしておかない主義なのも。

「よくわかったわ」ナディアは言った。「わたし、ベッドルームに行きます。自分のうちのキッチンに、また入れてもらえるとき、教えてくれる？」

「ナディア！」ジョシュははっとして飛びあがった。「待って！　姉さんもそういうつもりじゃ――」

バタンッ。リヴィングルームのドアは枠がびりびりと振動するほどの勢いで閉まった。

「うまいことやってくれたね、ベッカ。すばらしいよ」ジョシュはこわばった声で言った。

「ジョシュ、お願いだから、よく聞いて。馬鹿みたいにいちゃついている暇があったら、早くキャリーを――」

「そっちだって、どこかのチンピラと馬鹿みたいにいちゃついてたんだろ?」ジョシュは言い返した。「姉さんはよくて、なんでぼくはだめなのさ?」

この言葉は胸をえぐった。きょうだいの仲を壊さずに、ナディアへの不信感を伝えるにはどうしたらいいかと考えた。

考えても無駄だった。「ジョシュ、ちょっとへんよ、ここは――」

「やめてくれよ」ジョシュは声を荒らげた。「何も言わないでほしい。いいかい?」

「だめ、聞いてもらう。ここをよく見て」ベッカは広々として美しいキッチンを指して言った。「トスカーナのタイル? 大理石のカウンター? 最新式の家電? 高級家具?」アンティークのダイニングテーブル、淡い色合いの寄木細工の床、天井と壁の境に張りめぐらされている古典的なモールディング。そのすべてを手振りで示した。「留学生の住まいとは思えないでしょう、ジョシュ。このキッチンだけでも、わたしのアパートメント全体より広い。エリック電器店で多少バイトを増やしたって、ここの家賃の足しにはならないわよ。裏に何かある。雰囲気でわからないの?」

「ぼくにわかるのは、姉さんがぼくの幸せを首尾よくめちゃくちゃにしようとしているってことだよ。そうはさせないからね」

「違う、ジョシュ。わたしは誓って——」

「運命っていうのは、ことあるごとに牙をむいてくるものだよ。わかってるだろ。だから、何かいいことがあったら、しっかりつかまなきゃだめなんだ！　ありがたくもらっとかなくちゃ！　現実とは思えないほどすばらしいことだからって、ぽいと捨てるわけにはいかないんだよ！」

　たとえ欲望に突き動かされたものであっても、ジョシュの熱弁には一片の真実があった。それでも、話は聞いてもらわなければならない。「幸せを捨てろって言いたいわけじゃないの」ベッカは穏やかな口調で言った。「ごめんね。わかったわ、ジョシュ、ナディアとのことはもういい。わたし、大問題をしょいこんでいるのよ。どうしてこんなに神経質になっているのか、わけを聞いて。命が懸かっているの」

　これにはジョシュも注意を向けてくれた。「ええっ？　命が懸かってるってどういうことさ？」

「座って」ベッカは疲れきった声で言った。「手短に話すから。ナディアのためにね」

　ゾグロは、レベッカ・キャトレルが大災難を弟に打ち明ける光景に目を細めていた。このふたりはもう虎穴《こけつ》に入りこんでいることにまったく気づいていない。ナディアに対するベッカの反応もおおいに楽しませてもらった。

　ドアが開いて、ナディアが入ってきた。ゾグロは非難の目を向けた。ふわふわしたピンク色のローブで身をくるんでいるのが気に食わなかった。この女は貧しい留学生に成りすましているはずだ。ほんのわずかにでも知性があれば、いかにも高級娼婦らしい格好は避けるべきだとわかるだろう。

あえておつむの足りないふりをする人間にはひどくいらいらさせられる。

「あの女の荷物を持ってきたか？」ゾグロは苦々しい口調で尋ねた。

ナディアはまだ新品らしい黒のバッグと綿のジャケットを差しだした。バッグのほうは十五ドルもしないような代物だ。「ちゃんと玄関で預かるようにしました」

「くだらない報告なぞするな」ちらりとミハイルを見て、ナディアが持っているものにあごをしゃくった。「おい、取りかかれ」

ミハイルはベッカのバッグの内側を切り開いて、ひとつめのGPS発信機を仕込み、次にストラップの縫い目をほどいて、そこにふたつめを隠した。三つめはジャケットの裾に。アルカジー・ソロコフがひとつだけ見つけ、ほかのふたつには気づかないのが望ましい。電波探知機を持っていれば、いずれすべて見つけだすだろうが、それでもかまわなかった。

ベッカを操ることにはなんの心配もなかった。ベッカの悩みはすべてゾグロが掌握している。こちらの思いどおりに動いてくれるだろう。

気まぐれに任せて、ゾグロはバッグの中身を念入りに調べたが、おもしろいものは見つからなかった。用意しておいた封筒をバッグの内ポケットに入れた。こちらも、ソロコフが見つけることを当てにしたものだ。バッグをナディアに返した。「よし」うながすように言った。「すべて玄関に戻してこい。それからここに戻ってくるんだ。すぐに」

ナディアは一分もしないうちに帰ってきた。モニターでは、ベッカがやや支離滅裂になりながらも、フレークス島で本当は何があったのかつまびらかにしている。ゾグロがその話に聞き入っていたとき、信じられないことだが、愚かな娼婦が傲慢にもその邪魔をした。

「あの……彼を傷つけるの？」蚊の鳴くような声だ。

ゾグロは首をめぐらせ、あえてナディアの心臓が止まる程度の間をあけた。「余計なことを考えさせるために金を払っているのではないぞ」

さらに驚いたことに、ナディアは反論しようと口を開いた。

「あのぼうやに情が移ったか？」ゾグロはナディアをさえぎった。「娼婦らしくもない。しかし、これだけは約束してやろう。ぼうやを楽にしてやるときが来たら――それまでにたっぷり、じっくり時間をかけるつもりだが――ハメたのはおまえだと教えてやる。愛らしいナディアだと。あいつはおまえの名前を叫びながら死ぬ。これで満足か？」

ナディアの顔から血の気が引いた。つかの間、絶世の美女には見えなくなった。ピンクに塗ったまぶたの下の目はうつろで、まるでしゃれこうべだ。目の奥底にまで達した恐怖が、ゾグロの心をわずかに弾ませた。

この女には立場をわきまえさせてやらねば。こういった並はずれて美しい生き物は、ときとして、その美しさが特別な力を持つという勘違いをする。自分だけは罰をまぬがれる、と。危険な兆候だ。芽は摘んでおくべきだろう。

ゾグロは両手をすり合わせ、どんな方法を取るか考えた。昨日のミハイルは首尾よく仕事をこなした。誰にも尾行されることなく、プロらしい手際であのエヴァンズという女を片づけた。褒美をやってもいい。なんの役にもたっていないクリストフとパベルにはお預けを食らわせる。

「ナディア」ゾグロは言った。「自慢のフェラチオのテクニックを見せてほしい。こいつを相手に」ミハイルを指差した。

つかの間、ナディアは呆然としていたが、ほどなくおずおずとした笑みを浮かべ、顔を紅潮させてにやつくミハイルの前でひざまずいた。その魅惑的な服従のポーズで、仕事を始めた。

ゾグロはたちまちに自分の気まぐれを悔やんだ。ミハイルはうるさかった。こいつの息づかいや喘ぎ声はとんでもなくいらだたしい。ベッカとジョシュの会話が聞こえなくなるほどの大声だ。

「静かにしろ」ゾグロは切りつけるように言った。「ふたりの話を聞いているんだ」

ミハイルは息を呑み、クーンと鳴く犬みたいな甲高い声をたてるにとどめた。

クリストフとパベルは、ミハイルのペニスがナディアのピンク色の口に出入りするさまを熱心に見つめているが、ゾグロはすぐに飽きてしまった。ベッカと弟は、妹のキャリーを捜しに行くのにナディアを同行させるかどうかで言い争っている。もちろん、これはお話にもならない。

ゾグロは立ちあがった。息を荒らげ、盛大にうめくミハイルと、すっかり魅了されている見物人ふたりを残して部屋を出たあと、廊下の奥に歩いていって、この家で一番狭いベッドルームに向かった。独房よりも小さいほどの部屋だ。なかに入り、ベッドに縛りつけられた哀れな生き物に、にこやかな笑みを見せた。

ああ、愛らしく若い女が縛られ、猿ぐつわをかまされている姿はたまらないものだ。淡い緑色の目は恐怖に見開かれていた。ベッカにそっくりだが、こちらのほうは髪がストレートで、顔立ちはすっきりしていた。しなやかな体を揺らして、束縛から逃れようとしている。ゾグロの手下が大学の寮のベッドからさらったときのまま、灰色のぴっちりしたタンクトップに下着だけという姿だ。

ただ筋肉のうねりを楽しむために、ゾグロはひんやりとしてなめらかな腿に手を置いた。

「なぜここに連れてこられたのか、さぞ不思議に思っていることだろう」ゾグロは言った。「おまえの姉のせいだ。あの女は危険なゲームに手を染めたのだよ。おかげで、わしの金と時間が無駄になった。だから、懲らしめてやらねばならない」まるで謝罪するかのように、肩をすくめた。「家族が少ないから、ほかに選びようがなかった。しかし、おまえとおまえの兄が死ぬのを見るだけでよしとしなければな」

女は発作的にびくっと体を引きつらせた。そのこわばった体を撫でたとき、ゾグロは勃起していることに気づいた。ゆっくりとそこをさすった。

「一応教えておいてやるが、おまえの兄と姉はいままさにこの家にいる」ゾグロは言った。「目下、おまえを捜しに行こうと話し合っているところだ。おまえから連絡がないので、ひどく心配しているぞ。優しいきょうだいだな?」

またびくっと体が引きつった。猿ぐつわ越しにも必死に声をあげようとして、恐怖に満ちた目で、ゾグロの手が股間をさするさまを見ている。

欲望を抑えきれなくなってきたが、囚われの女は仰向けで寝かされ、ベッドにつながれていた。両足をひとつに縛られているうえ、結び目は複雑だった。それをほどくか、ナイフを取ってくるしかないことにゾグロはいらだちを覚えた。こんなふうに縛った手下のことは、さらにいらだたしい。部下どもにほんの少しだけでも先を読む目があれば——これが望みすぎか？　そのとき、壁の向こうから、水の流れる音が聞こえた。部屋から出ると、ちょうどナディアが出てくるところだった。顔にタオルを当てているようすからすれば、おそらく口をすすいでいたのだろう。

ナディアにこのいらだちを鎮めさせればいい。ナディアの恐怖も囚われの女に劣らなかった。

「階下に戻る前に、つかまえたいと思っていたところだ」ゾグロは猫撫で声を出した。ナディアはとっさにあとずさりした。その失態を繕うように笑みを浮かべたが、唇は震えていた。

ゾグロはナディアの腕をつかみ、自分の主寝室に引っ張っていった。ドアを押し開け、笑みを浮かべて、先に入れとうながした。

ナディアはその場に立ちつくし、ゾグロを見つめている。「わたし……あの……でも、もう下に行っていないと……」ナディアの声はわななき、しぼむように途切れた。息を吸って、あらためて口を開く。「だって、その、わたし……」

「汚れてはいけない？」ゾグロは笑みを広げた。ナディアの恐怖が欲望に火を点け、燃えたたせているが、まだほんのはじまりでしかない。「問題あるまい。バスルーム付きの部屋だ。

あとで洗えばいい。咲いたばかりの薔薇のようにみずみずしく、可憐な姿に戻れるとも」ゾグロはナディアを突き飛ばして、よろめかせ、そのあとに続いて部屋に入った。「おまえのぼうやにはけっしてわかるまい」

「巻き戻せ。もう一度再生してくれ」

「ニック」デイビーは重々しい口調で言った。「こいつを受信してから、おまえはもう十回も見ているぞ」

「いいから巻き戻して、再生しろ」ニックは怒鳴った。

デイビーはため息をつき、ニックの求めに応じた。デジタルカメラで録画された女が、うしろ向きでゾグロの家のドアから出てきて、タクシーのトランクにスーツケースを入れ、後部座席に吸いこまれる姿が倍速で流れる。タクシーがバックで動きだす。

静止画。デイビーは再生ボタンを押した。そして、ニックはまた画面を見つめた。

別人であってほしいと願っているから、こうして何度も見ているのだろう。誰かほかの女が、タクシーから降りて、スーツケースを取りだし、運転手に料金を支払って、肩にバッグをかけ――ゾグロの隠れ家のアパートメントに入っていったのだ、と。

まるでたいしたことじゃないというように。勝手知ったる家に入っていくように。

しかし、別人ではない。このドアの奥に入っていくのはベッカだ。ドアが閉まった。建物自体が冷ややかに鼻を鳴らして、ニックを見つめているかのようだった。

誤りようのない残酷な結論に、ニックの存在そのものが悲鳴をあげ、あらがおうとしてい

る。必死に逆らったが、勝ち目はなかった。頭が働かなくても、心が応じなくても、事態は
明らかだ。口のなかに苦い味が広がった。
騙されたのだ。
脳はこの新たな情報を受け入れられず、体は拷問台にかけられたかのように引きつってい
る。納得しようとすると、関節がよじれてはずれ、筋肉も腱も引き裂かれてしまいそうだ。
胃のなかの朝食は、尖った氷のかたまりと化していた。同じく胃のなかで波打つコーヒーは、
硫酸に変わっている。

ニックの向かいのデスクチェアに座っているセスは、顔に仮面を張りつけていた。その隣
のコナーは、胸もとできつく腕を組んでいる。
誰もニックの顔を見ようとしない。それでけっこうだ。ニックとしても、この先一生、誰
の顔も見たくなかった。

「もう一度」ニックはかすれた声で言った。
デイビーは小声で毒づいた。「なあ、頼むよ。自分を苦しめるのはやめろ」なだめるよう
に言う。「もうそいつをおれたちに見せないでくれ」
「おい、出てきたぞ。リアルタイムのモニターのほうだ」コナーが言った。
ガヴィン通りを三方向から映した三台のモニターに、全員が飛びかかった。見間違いよう
もなく、ベッカだ。スーツケースを引きずって、角のほうへ歩いていく。べつのタクシーが
そこでエンジンをかけたまま待っていた。運転手が出てきて、ベッカのスーツケースをトラ
ンクに積んだ。ベッカは座席に滑りこみ、携帯電話を取りだした。うろたえたようすもなく、

淡々と。

「なかにいた時間は？」コナーが尋ねた。

「三十八分十七秒」即座にセスが答えた。

ベッカがゾグロの隠れ家から出てきたという事実で、ニックの胸にあった偽りの望みは砕け散った。もう先ほどの場面を巻き戻してもらいたいとは思わなかった。どうせこれから長い長いあいだ、頭のなかでくり返し見ることになるだろう。

命が尽きない限り。ことの成り行きを考えれば、尽きる可能性は高そうだ。

そう、この運のよさなら、今日のうちに命を落とすかもしれない。そうすれば、もうこんな気分とはおさらばできる。いつだって望みはあるものだ。

耳鳴りがするほどの沈黙が広がっていた。みんなの無言の哀れみと裁定を破るために、パソコンをぶん投げて壁を壊したくなった。

しかし、この男たちは、いまの時点でもよくニックに耐えてくれている。

セスが咳払いをした。「へんじゃないか？」用心深く言う。「おれたちが監視しているのを知っていたなら、彼女がわざわざあのアパートメントに行ったのは――」

「知らないんだ」ニックが口を挟んだ。「詳しいことはあまり話していない。たしかに、ゾグロの名前は知っている。おれが何者かを監視していることも。だが、誰をどこで見張っているかまでは知らない」

「そうか。せめてもの救いだな」コナーが言った。

ああ。せめてもの救いだ。おれたちがゾグロの仮住まいに目を光らせているとわかっていたなら、ベッカは姿を現わさなかったはずだ。それでもなお、ニックの脳は、何を売れば似合いの指輪を買ってやれるか考えようとしていた。結婚を申しこんだ女性が裏切り者で、ふたつの顔を持つ娼婦だと納得できないでいる。社会の害虫に雇われて、ニックを惑わし、とりこにして、監視下に置いていたとは。支配下に置いていたとは。

驚くべき仕事ぶりだ。腕利き。ベッカはほくそえんでいるにちがいない。ゾグロは大喜びだろう。ベッカはこの仕事で、一生困らないだけの金をゾグロからせしめるのかもしれない。ゾグロはいったいどこでベッカのような女を見出したのだろう。

なかなか踏んぎりをつけられず、頭のなかを引っかきまわすようにして、最後にもう一度だけ考えた。なぜベッカがギャングの家に入っていって、たっぷり半時間以上もなかにいたうえ、落ち着きはらって出てきたのか。何か理由はないか、何か説明はつかないか。ゾグロに身を捧げたことがあるのかとまで考えた。急げば、前戯とシャワーの時間まで取れる。もしかすると、今日。三十八分十七秒もあれば充分だ。

いま、真っ赤な石炭みたいにニックの胸で燃えているのは、嘘つきの娼婦のためにスヴェティの捜索を諦めたのかもしれないという事実だった。

デイビーがゆっくりと息を吐いた。「ニック。気の毒だと思うが――」

「やめろ」ニックは言った。「頼む。やめてくれ」

「これからのことを考えよう」デイビーは眉ひとつ動かさず、淡々と話を変えた。「計画を練らないとな。いますぐに」

「どうでもいい」ニックは癇癪《かんしゃく》を起こした。「おまえも、この一件も、何もかも――」

「黙れ」コナーの怒声が、ニックを黙らせた。「ぶちきれている暇はない。おまえは利用された。見事に騙された。ひどい目にあったのも、傷つくのもわかる。ここにいる全員が経験してきたことだが、おれたちはそれを乗り越えて――」

「ほっといてくれ、コナー――」

「よく聞け」コナーは声を押しだして、言葉を続けた。「次善の策として、これから唯一おまえにできるのは、騙されたのを逆手に取って、こっちの有利に運ぶことだ」

「有利？」ニックは信じられない気持ちで笑いだした。「ああ、そうだろうとも」

「そう、有利だ。モニターで彼女を見たということは、本人に話すんじゃないぞ、ニック」三人の視線がニックに突き刺さる。「おいおい」ニックは途方に暮れてつぶやいた。「まさかおれに――」

「そのとおりだ」デイビーがゆっくりと言った。「以前と同じようにふるまえ。何も起こっていないというように。騙し合いだ。例の指輪を予定どおり買いに行くんだ」

鞭で打たれたような痛みが走った。胸の痛みにあとずさり、ニックは両手で目をおおった。

「ああ、最悪だ」

冷ややかで、しんとした沈黙が再び落ちた。

「できるか？」セスが静かな声で訊いた。

「何を？」ニックは語気を荒らげた。「また抱けるかってことか？」想像してみた。抱きしめて、あのきらきらとした緑色の目をのぞきこむところを思い描いた。ひとつになって、すべらかに体を揺らすところを。

裏切られたと知りながら。

胃のなかの朝食が逆流しかけたが、ニックは意志の力を振り絞って押し返した。屈するな。これまで、胃をウイルスにやられたときと飲みすぎのときに何度か吐いたことはある。傷心で吐いたことは一度もない。

吐くものか。そこまでいかれてはいない。ごくりとつばを飲み、目を閉じて、息をしようとした。しっかりするんだ。

ゲームのやり方はわかっている。大人になってからの人生の半分を潜入捜査に費やしてきた。役に徹すればいい。人を騙すのはお手のものだ。

ニックは目を開いた。三人の男たちは、問いたげな目つきでまだニックを見つめていた。

「必要なら、どんなことでもできる」ニックの声は、自分の耳にも、死んだ男がしゃべっているように聞こえた。

27

ベッカは散らかったホテルの部屋のなかをうろうろと歩きまわっていた。またキャリーの携帯にかけてみた。それから、ニックに。一分に三度ずつかけつづけているが、結果は変わらない。ニックはどういうわけか応えず、キャリーの携帯はまだ電源が切れたまま。

自宅で、ピンクのウサちゃんのうしろに、四角くまがまがしいビデオカメラを見つけたときのことが頭から離れなかった。恐怖で胃が引っくり返りそうだ。

キャリーやニックが車のトランクに押しこまれ、恐ろしい運命に向かって運ばれるという悪夢のような光景が思い浮かぶ。そして、そうとも知らず、取り憑かれたように電話のボタンを押しつづける自分の姿が。そういった想像を頭から払おうとした。

考えちゃだめ。ニックはきちんと自分の身を守れる。車に携帯を置きっぱなしにしているだけかもしれない。早くここに戻ってくるか、電話に出るかしてほしかった。ジョシュとオリンピアまでキャリーを捜しに行く約束をしていて、その待ち合わせは一時間以内に迫っている。ニックに黙って車で出かけたら、またひどく機嫌を損ねるだろう。

ベッドに横たわり、ケーブルテレビを見ようとしたものの、そわそわして、とてもじっとしていられなかった。寝そべっては起きあがることを繰り返していた。

ドアの鍵がカチャッと鳴った。ベッカは飛びあがり、駆けだして、部屋に入ってきたニックに抱きついた。

「ああ、よかった」ベッカは言った。「ぜんぜん電話に出てくれないんだから！」

ベッカの腕のなかで、ニックは一瞬、妙に体をこわばらせたが、すぐに抱き返してくれた。ベッカのつむじに鼻の先をつける。「ごめん」ニックは言った。疲れきった声だ。「まわり道をさせられた。荷物はトラックのなかに置いてきた」

「あんまり心配させないで」叱るように言って、もう一度ぎゅっと抱きしめた。

ニックはどさりとベッドに腰をおろした。ベッカは隣に座って、腕に腕を絡ませた。「それで？」話をうながした。「何があったの？　ダイアナ・エヴァンズには会えた？」

「ああ」ニックはのろのろと答え、顔をこすった。「ある意味では。死んでいたよ。何者かに首を絞められて。見たところ、おそらく昨日だろう」

寒気が波のように全身でうねった。「なんてこと」小声でつぶやいた。「恐ろしいわ。彼女も気の毒に」

ニックは肩をすくめた。「自業自得だ。みずからあの手のやからにかかわったんだから。当然の結果だろう」

「そうかもしれないけど」ベッカはおずおずと言った。「でも、ものすごく後悔していた」

「後悔先にたたずだ」

その冷ややかでにべもない言い方にたじろいだ。ニックの顔つきを見たとたん、胃のあたりから不安が広がった。深読みかもしれないけれども、あの島にいたときの恐ろしい表情を思わせる顔つきだ。

タマラが過去の亡霊を呼びだしたときにも、同じ表情を見せていた。

ベッカはニックの手を口もとに運んで、唇をつけた。ニックはみずから人に明かす〝自分像〟よりもずっと感受性が強い。もしかすると、自覚がないのかもしれない。ダイアナ・エヴァンズの遺体を見たことが、胸に深く食いこんでいるのだろう。わたしだったら、きっと同じようにふさぎこんでしまう。

「ほかになにかわかった？」ベッカは尋ねた。

「家中がめちゃくちゃにされていた」ニックは言った。「強盗が押し入ったように見せかけてあった。何者かが麻薬ほしさで金を盗むために侵入し、彼女は運悪くそこに出くわしたという筋書きだろう。都会ではよくあることとして片づく」

「そう」ベッカはつぶやいた。「でも、その、マシスには会わなかったんでしょう？」

ニックはベッカの目をまっすぐにのぞきこんだ。「死んだ女性を発見したことは、一日の捜査の成果として充分だと思わないか？」

ベッカは身を乗りだし、ニックの顔を引きよせて、キスをした。「ごめんなさい」穏やかな声で言った。「つらかったわよね」

「対処できる」ニックは言った。「おれの話はもういい。きみは？　今日何をしていたか、話してくれ」

いつだって弱味を見せようとしない男。ベッカはニックの手を頬にすりよせた。「そうね、ひとつだけいいことがあった。ようやくジョシュと連絡が取れたの」

「それはよかった。どこにいたんだ？」

「女の子のところ」情けない思いで答えた。「ナディアっていう名前の美人よ。彼女の家に引っ越したいんですって。わたしとしてはどうかと思うけど、しょうがないわ。ジョシュにとっては苦い教訓になりそう。とにかく、それで連絡が取れなかったの。この三十六時間、ずっとベッドにいたようだから」

「ラッキーなやつだ」ニックは言った。「妹のほうは？」

「まだ」ベッカの声が沈んだ。「だから、ジョシュとわたしで、今日の午後に車でオリンピアまでキャリーを捜しに行こうと思っているの」

「なるほどな」ニックの声は冷たく、妙によそよそしかった。

ベッカはすっかりうろたえてしまった。「あの、一緒に来てもらってもいいのよ」ためらいがちに申しでた。「でも、ほら……たぶんあなたは、ここで起こっていることに集中していたいかなと思って。捜査中でしょ。もちろん、わたしは弟と一緒だから、ひとりじゃないし」

「それがきみの考えか？」ニックはベッカの手を親指で撫ではじめたが、目を合わそうとはしなかった。「ともかく、弟と電話でしゃべったのがひとつだな。ほかには？　ひとつずつあげていってくれ」

「ええと、アパートメントによった。そうよ、それで話しておきたいことがあって――わたし、あの……やつらに身元がばれたと思う」

「え？」ふいに張りつめたようすで、ニックはベッカの目を見つめた。「どういう意味だ？」

「ビデオカメラを見つけたの」ベッカは打ち明けた。「棚に置いてあった。ぬいぐるみのうしろに」ニックの怒りの爆発を覚悟した。

爆発は起こらなかった。ニックは考えこむように、そして心を閉ざして、ただベッカを見つめつづけている。「そうか」抑えた口調で言う。「ビデオカメラ。当然だ」

「そのあとは、尾行されないように充分気をつけたつもり」ベッカは話を続けた。「それに、たとえつけられていたとしても、レンタカー店の近くからタクシーに乗ったあとは、ぜったいにまけたという自信がある」

「よく頭がまわったな」ニックは言った。「だんだんこの手のことに慣れてきたんじゃないか」

どうして？　ニックの口調は柔らかすぎる。感情が見えない。ひどく落ち着かなかった。

ベッカは考えをまとめようとした。しかし、ニックから妨害電波が発せられているかのように、思考はちりぢりに砕けてしまう。

「だから、キャリーのことが心配でならないの」ベッカは言った。「わたしの住まいがばれたなら、キャリーの存在もゾグロに知られているってことだもの」

「キャリーのことではまだうろたえなくていい」ニックは言った。「今日、ほかには何をしていたんだ？」

ベッカは、ガヴィン通りに寄り道したことを明かすべきかどうか考えた。あらかじめ告げていた〝今日の予定〟からは大きくはずれた行動だ。いまのニックのようすを見ていると、打ち明ける気持ちはどんどんしぼんでいく。ベッカは不安で、びくびくとして、いまにも泣きそうだった。怒鳴られたくないし、長々と説教されたくもない。それに、大筋は変わらないでしょ？ ジョシュと電話で話すのも、面と向かって話すのも、結果は同じだ。

「これで全部だと思う」ベッカは言った。「銀行のATM、アパートメント、レンタカー店。それから、ここに戻ってきたの」

「そうか？」ニックはまっすぐに前を向いていた。

「ええと、そうね」ベッカは言った。

ニックは、窓にかかった遮光カーテンがふいに気になってしかたがないとでもいうように、ベッカから顔をそむけた。「わかった」

突然、ベッカは深い孤独を感じた。ひとり取り残されたような気分。馬鹿げている。ニックはただ気落ちして、ふさぎこんでいるだけだろう。そうなって当然の理由がある。そんなニックにすがりついたり、過度の要求をしたりしてはいけない。死の接吻《せっぷん》を受けるも同然だ。

それでも、胸が痛かった。

しかし、手早く、確実に、ニックを取り戻す方法はわかっていた。ジョシュが迎えに来るまでにまだ時間はある。ベッカはベッドから立ちあがり、ニックの頭を抱きよせた。「ニック？」優しく声をかけた。「あなたの心はどこにあるの？」

ニックは顔をあげて、ベッカを見つめた。「どこにもない」

ベッカは肌に張りつくような青いTシャツをするりと脱いで、胸の谷間にニックの顔をうずめさせた。「わたしなら、あなたの心をすてきな場所に連れていってあげられるかも」小さくつぶやいた。

「へえ？　そうか？」どことなく、挑むような口調だ。「どこなのか教えてくれ」

ベッカはほほ笑んで、ブラジャーのホックをはずした。日々、女としての自分に対する自信が深まっている。ニックの股間の膨らみはその裏づけになった。ジーンズのボタンをはずし、さっと脱いだ。

ニックはベッカの腰に手を当て、性急なしぐさでパンティを引きおろした。ビリッという音とともに、布が破けた。

かまわない。ニックがいつも与えてくれるものの代償だと思えば、パンティなど安いものだ。ベッカは破れたパンティが落ちるに任せ、おもむろにそこから足首を引き抜いた。裸でニックの前に立った。

ニックはぎゅっと目をつぶって、胸に頬ずりしてから、乳首を口に含み、しゃぶりはじめた。舌で舐めまわして、ベッカを期待で震わせる。そして立ちあがり、柔らかなポロシャツを脱ぎ捨てた。ジーンズの前を開けたとたん、勃起したものが飛びだした。

ニックは期待をこめた目つきでベッカを見つめ、ペニスをゆっくりとしごきはじめた。何をぐずぐずしているんだ、というようにあごをしゃくる。偉そうなそぶりだ。そこまで甘やかしてしまったのだろうか。ベッドではいつでもベッカが屈するのが当たり前と思うほどに。

腹がたったけれども、いつものようにニックへの思いがあふれ、いまにも弾けそうになっていた。たとえ偉ぶっているときでも、ニックはベッカの心を動かし、気分を高揚させてしまう。

それに、いまは傲慢だなどと言って責めるべきときではない。

ベッカはひざまずき、股間のものを口に含んで、覚えたばかりの技を駆使した。ニックは身をこわばらせ、ベッカの髪を痛いほど強く握っている。荒い息づかいが聞こえた。

これまで何度かこうしたとき、ニックはいつでもとろけるようで、ベッカにすがりつき、体を震わせていた。弱さをさらけだしていた。でも、今回は違う。天井に顔を向け、目を閉じて、ベッカの髪をつかみ、どうやってしゃぶってほしいのか教えようとしている。どれくらい奥まで含み、どれくらいの速さで引きだすのか。息をするのも、太くて長いモノで喉をつまらせないようにするのも、疲れを感じずにいるのも、今回はずっと難しかった。ニックは声をあげず、こちらを見ようともしない。

いったいどうしたの？　ベッカはニックの手を振り払い、警戒心と怒りをかきたてられて、よろよろと立ちあがった。「ニック、わたしは――」

「しーっ」ニックはベッカをうしろ向きにして、うつ伏せでベッドに押し倒した。ベッカは慌てて手足をつき、逃れようとしたが、腰をつかまれてしまった。「いつもとは違う趣向を試してみよう」ニックは言って、ベッカの脚のあいだにペニスをうしろから押し当てた。

「おしゃべりはなしだ。たまにはBGMがないのもいいだろう。ただヤるだけ」

硬いもので貫かれて、ベッカはあっと声をあげた。まだ充分に濡れていなかった。「いつもどおりがいい」震える声で言った。「わたしはおしゃべりも好き」

「おれは、いまはいやだ。そういう気分じゃない」

「でも――」

「しーっ」ニックはまたそう言って、ベッカの口を手でおおうことまでやってのけた。頭にきて、押しのけようと手をあげたけれども、その結果、腕一本で支えられたまま、両肩をマットレスにつくことになった。ベッドを揺らし、のしかかるような体の重みを背に受け、男の象徴で深く体を貫かれて。それからニックはベッカを支えていた手を滑りおろして、下の毛のなかに指を差し入れた。人差し指と中指でそっとクリトリスを挟む。

ベッカは身をよじり、局部をおおう手からも、意に反して引きだされる快感からも逃れようとした。しかし、ニックのテクニックは確かだ。硬いもので深く突きながら、完璧なタイミングで指をうごめかせる。

全身を引き絞り、いつまでも揺さぶりをかけ、痛みさえ感じるほどの絶頂だった。快感の余韻のなか、ベッカは恥ずかしさで顔を赤らめていた。ニックの不健全なゲームにはまって、こんなふうにイッてしまうなんて、わたし、どんな女なの？

この体はニックのとりこ。ベッカには耐えられなかった。

口から手が離れたものの、今度は両手でぐいと腰を引きあげられた。お尻を突きだす格好で振り返った。「やめて。離して」

「まずはおれのペニスできみをイかせたい」そっけない口調でそう言うばかりだ。ベッカはきつい言葉を返そうとしたけれども、ふいにもっと奥まで突き入れられたとき、言葉はもつれ、驚きの喘ぎ声に溶けてしまった。

一度達したせいで、体の芯は甘くとろけていた。そこをかき乱されて、蜜が沸きたち、再びベッカを頂に押しあげていく。

手も足も出なかった。でも、ひとりで世界のふちから押しだされるのはいや。ニックにも一緒に来てほしい。本当の意味でひとつになりたい。「抱きしめて。いますぐに。お願い、ニック」

「前を向かせて」ベッカは泣きついた。

「だめだ。まずはイくんだ」ニックは言った。「いますぐに。きみの得意なことをおれに見せてくれ、ベッカ。きみの特別な才能を。いま……すぐ」

その直後のひと突きと、指のひと振りで、ベッカはのぼりつめた。どくどくとした熱が体中で渦巻いている。何も考えられない。たったひとりで、暗闇のなかをまっさかさまに落ちていった。

ゆっくりと目を開いたとき、ベッカの顔は枕に沈んでいた。涙がにじんでいる。ニックは身じろぎもせず、子宮の入口にペニスを差し入れたまま、背にのしかかっていた。

「きみには驚かされる」ニックがささやいた。「どうしてこんなことができる?」

「こんなことをしたのはあなたでしょ」震える唇とカチカチいう歯のあいだから、声を絞りだした。「わかっているくせに」

「いいや、ちがう」ニックは言った。「すべてきみの功績だと思うね」ベッカの腰をつかみ、また引きあげる。「おれはまだ終わっていない」

どこよりも敏感なところにペニスを突きたてられるあいだ、ベッカは気力を奮いたたせていた。ニックは完全な沈黙を守ったまま、痛いくらいに激しく腰を振り、やがてびくっと体を引きつらせて達した。

ほどなく体を離し、立ちあがって、ジーンズの前を閉める。抱き合うことも、いちゃつくこともなし。驚きではない。ベッカは横向きに寝返りを打った。まるで散々殴られ、食い物にされたような気分だ。体を丸め、顔を隠して、せめて声をあげないようにこらえながら泣いた。

悲しみはとてつもなく大きかった。何かがこの手から滑り落ちていく。美しくて、たとえようもない何かが。しがみついても、頼みこんでも、引き止められない。ママが滑り落ちていったのと同じ。

ふさぎようのない穴が開いて、そこに喜びがすべて吸いこまれていってしまうようだ。何もかもつぶされ、失われ、消えてしまう。

心が砕けた。そのせいで怒りがこみあげた。捨て鉢になっていた。

「いったい何を泣いている?」ニックはつっけんどんに言った。

「うるさい」ベッカはささやき声で応じた。「どうせ知りたくないでしょう」

ニックはこれみよがしに鼻を鳴らした。「そうかもな」

ベッカはのそのそと起きあがり、ニックに背を向けて、ベッドのはしに座った。体が重く、疲れきっているように感じた。それに、自分からわざわざこんな目にあったなんて、馬鹿みたい。ときにニックがまるで予測のつかない男になることは、身に染みてよくわかっていたはずなのに。

セックスでニックの気分を盛りあげようとするのはこれで最後だ。今回の試みは、手榴《しゅりゅう》弾《だん》みたいに自分の顔の前で爆発してしまった。ニックから離れることはできないけれども、かといって、体を重ね、結ばれているときは、暗く閉じこもっている相手に我慢したくない。

ベッカの携帯電話が鳴りはじめた。首をめぐらせ、立ちあがろうとしたものの、ひどくだるくて、体が動かなかった。ニックがバッグの外のポケットから携帯を取りだし、無言で手渡した。

ベッカはぱっと立ちあがった。ディスプレイを見たとたんに、気分が舞いあがった。キャリー。ああ、よかった、本当によかった。通話ボタンを押した。

「キャリー、やっと連絡が――」

「いいや、キャリーではない」

ぬめりとして、かすかに訛りのある声が聞こえた瞬間、ベッカはまたどさりとベッドに座り直した。ふいに体の力が抜け、寒気が走っていた。「誰?」ベッカはささやいた。

「誰なのか、よくわかっているだろう」悦に入ったように、くっくと笑う。

「ゾグロ?」ベッカは小声で言った。

ニックがはっとして、目を見開いた。

「いまのところは名乗らんよ。ひとりか?」

「だったらなんなの?」ベッカは呆然として尋ねた。

「おまえだけに伝えたいことがある。おまえの恋人には聞かせたくない」

「なぜあなたがキャリーの電話からかけてきたの?」ベッカは語気を強めた。

「なぜだと思う?」まるで哀れむかのような口調だ。「待っていろ。いまだけ猿ぐつわをはずして、妹の声を聞かせてやろう。切らずに……待て……」しばしの沈黙が流れて、ほどなく、ゴホゴホと咳きこむようなくぐもった音が聞こえた。そして、小さな声が。「ベッキー?」

血の気が引き、意識を失ってしまいそうだった。ベッカのなかで冷え冷えとした穴がぽっかりと口を開けた。キャリーがベッカを〝ベッキー〟と呼んだのは幼かったころだけで、たぶん四歳くらいからは一度もそう呼んだことはない。涙があふれ、流れ落ちた。あの子はこんな大きな恐怖と対峙できるほど大人じゃない。いずれ心がばらばらに壊れてしまう。

「キャリー？　大丈夫？」ベッカは震え声で尋ねた。

「ベッキー？」小さな声はかすれていた。「ベッキーなの？　お願い、わたし、家に帰りたい――」

声が消えた。ゾグロが戻ってきた。「いまはここまでだ。愛らしい生き物だな、おまえの妹は。わしの客になって二日目だ。じつを言えば、だんだん気に入ってきた。おまえの弟のことも。なかなかの若者だ」

「ジョシュ？　どうして……だって、ついさっき……あの子と――」

「今日来たところにふたりを捜しに来ても無駄だ」ゾグロは言った。「すでにほかの場所に移してある」

必死に気持ちを集中しなければ、わななく唇から言葉を押しだすのも難しかった。「な、何が、望みなの？」

「ソロコフだ」ゾグロは答えた。「おまえの恋人。本名がなんだろうと。もちろん、いますぐに返事を聞かせてもらわなくてもいい。おそらくそこにいるのだろう。まずはよく聞け。弟と妹を返してほしければ、ソロコフを連れてくる手段を考えろ。場所は次の電話で指定する。わしがあの男を手に入れたら、おまえは家族を取り戻し、三人とも、もとのふつうの生活に戻ることができる」

「でも――」

「しかし、もしも、指定の場所、指定の時間にソロコフを渡せなければ、おまえはDVDを受け取ることになる。内容は、おまえが何より見たくないものだ。とりあえず、使うのはひとりだけにしておこう。弟と妹、どちらを先にするかは、コインを投げて決める。これ以上の説明は必要ないな?」

「な、ないわ」ベッカは言葉をつまらせた。「お願いだから、やめて」

「一度目で失敗した場合、おまえがDVDを見たあとで再交渉だ」ゾグロは満足そうに言った。「互いに了解できたな?」

ベッカは何度か試みた末に声を発した。「ええ」

「けっこう。次に電話で話せるときを楽しみにしておるよ。ではまた、かわいいレベッカ」

プチッ。通話が切れた。

かじかんだ手から電話が落ちて、カーペットで弾んだ。ベッカはベッドからずるずると滑り落ちて、膝をつき、あの恐怖そのものの穴を抱えるようにうずくまった。怖くて怖くて、全身が震えている。

ニックの大きくて温かい手が両肩をつかんだ。「ベッカ?」慎重に尋ねる。「どうした? 話してくれ」

「キャリーとジョシュがあいつにつかまった」ベッカは考える間もなく明かしていた。

「それで?」ニックは両手を腋の下に入れてベッカを持ちあげ、そっとベッドのはしに座らせた。ベッカはみぞおちを殴られたかのような苦しみに耐えられず、また体をふたつに折った。「やつの望みは?」ニックは尋ねた。

ニックを見つめたとき、ベッカの目にあとからあとから涙があふれてきた。正直に話さなければ。ニックを裏切って、ゾグロに手渡すことはできない。どうしても。それだけはできない。

でも、正直に打ち明けた瞬間、ベッカが一歩を踏みだして、ニックに警戒を固めさせたその瞬間に、キャリーとジョシュは永遠に失われる。

そして、ベッカ自身も。ただ消えるよりもたちが悪い。永遠に自分を呪いつづけることになるのだから。

ニックが肩を揺さぶった。「やつの望みはなんだ、ベッカ?」

唇は言葉をかたどったけれども、かすかに空気が漏れたような音しか出なかった。それでも、その裏にひそんだ小さなささやき声は、ニックの耳に届いた。「あなた」

28

脱帽だ。驚くべき演技力。ニックはベッカが泣きじゃくりながら話すのを見つめ、全神経を集中させて、言葉の裏の裏の裏の響きを感じ取ろうとしたが、真実の音色しか聞こえてこなかった。ベッカは世界で通用する女優だ。

あるいは、どこかがおかしいのか。自分の話が本当だと心に信じこませているのかもしれない。潜入捜査ではよく使う手だ。おれよりよくわかっているやつがいるか？ 実在しない人間に成りすますときは、生い立ちや性格、ちょっとした癖や感情までも作りあげる。その人物像に命が芽生え、息づくまで。精神状態はなかばおかしくなるが、おれはもともと、なかばどころではなくおかしな男だ。

ベッカの脳の一部が本気でニックへの愛を信じている可能性すらある。ニックの直感は、ベッカという人間が本物だと告げている。妹と弟の身を案じ、身も世もなく嘆いているのも真実だ、と。

あの監視カメラの映像など見たくなかった。

あれを見たという事実をベッカの顔に投げつけ、反応を確かめたくてたまらなかった。しかし、デイビーたちが正しい。愚かにも、希望などというものにしがみついたせいで、そうでなければつかめたかもしれない好機をことごとく逃している。そう、いま事実をぶつけるわけにはいかない。だめだ。

「おれが望み？」ニックは抑えた声で尋ねた。「詳しく話してくれ」

ベッカは震える手で顔をぬぐった。「わたしがあなたを罠におびきよせ、ゾグロの手に落ちるようにすることを約束させられたの。あなたを捕らえたら、ゾグロが言うには――キャリーとジョシュを返してもらえる。さもなければ……」ベッカは喘ぐように息を吸った。

「どうなるかは、話さなくていい」ニックは言った。「予想はつく」

ずいぶん手のこんだ真似をする。ニックはじっくりと考えた。なぜ罠のことをおれに打ち明けた？　こちらが鼠の匂いを嗅ぎつけたことに感づいたのだろうか。引きあげ開始ということなのかもしれない。ベッカは頭もいいし、直観力もある。ゲームの内部のゲーム、そのまた内部のゲーム。ついていけないほど複雑な女だ。

「場所は？」ニックは尋ねた。「日時は？」

ベッカは首を振った。「詳しいことはまた電話で知らせてくるそうよ」ささやき声で答える。

ニックは一瞬ためらった。「なぜおれに話したんだ？」

ベッカは顔をあげ、心底戸惑った表情を浮かべ、濡れた目でニックを見た。「なんですって？」

「なぜ罠のことをおれに教えた？」ニックはくり返した。「どうして黙って取り引きに応じなかった？」

ベッカは背筋を伸ばした。目もとをぬぐう。「信じられない。よくそんなひどいことが言えるわね。訊かなきゃわからないなら、答えを聞いたってわからないでしょうよ！」

肩をすくめた。「悪く取るなよ。ただ、ほら、きみはまず何よりもキャリーとジョシュのことを考えるはずだろ？　言うまでもなく」

「だから、わたしがあなたを裏切れると思うわけ？　あれだけのことをしてもらったあとで、あなたをあの化け物に売りわたすと？　わたしはあなたを愛してるのよ、わからず屋！」

今日の午後、あのアパートメントの白い玄関を見つめたときの気持ちを思い起こした。

「じゃあ、キャリーとジョシュのことは？」

ベッカの顔がくしゃりと歪んだ。再び体を丸める。

ふん。お涙ちょうだいのメロドラマを見せつけられても、ベッカの演技に一分の隙もないということのほかには、何をどうとらえていいのかわからなかった。バックグラウンドは完璧だ。小ぎれいなアパートメントに、いかにも本物らしい弟と妹の写真。ちょうどいいタイミングでかかってきたジョシュからの電話――ベッカはどうやってあそこまで仕立てあげたのだろう？　監視装置も備えつけてあるに違いない。あの島を出たあと、ニックがまたベッカをほしがって、のこのこ戻ってくることは、たやすく予測がついただろうから。その点は、責められない。もし逆の立場なら、ニックにも予想できることだ。

ふたりの絆を生んだ哀れな生い立ちも嘘だろう。大好きだった父親、自殺した母親、ベッカがひとりで養った弟と妹。毅然として困難に耐え、それでも明るさを失わないという気概。見事な味つけで好ましさを演出したものだ。ニックはいちころだった。

しかし、おれを捕らえるのに、なぜいままで待っていたのか？　この数日なら、いつでも引っ張れたはずだ。ニックは完全に警戒を解いていた。首をさらけだし、一切の疑いを持っていなかった。

もっと大きな魚を狙っているのかもしれない。なんといっても、パパ・ノヴァクはタマラを捕らえた者に大金を支払うだろう。息子を殺された恨みから、マクラウド兄弟を切り刻みたがっているのも確かだ。

いつものとおり、伝説的な判断ミスから、おれはまたもや友人たちをひとり残らず危険にさらしてしまった。「服を着ろ」ニックは言った。

ベッカはいまにも吐きそうな顔色をしていた。「どこに行くの？」

「決めていない」本当のことだ。「どこでもいい。標的にされるのなら、せめて動いていたい。それに、動いているときのほうが頭がよく働く」

ベッカは充電器を壁のコンセントに差して、そこに携帯をつないでから、よろよろとバスルームに入った。シャワーの音が響きはじめる。

ニックは重い音をたててベッドに座り、ベッカのバッグを見つめた。なぜそんな衝動に駆られたのかわからないが、気づくとスナップをはずして、なかをあらためていた。自分を苦しめたかったのかもしれない。愚かな自分に対する罰だ。

内ポケットに入っていた封筒を見つけたとき、口もとが引きつった。ヨーロッパ製だ。アメリカ製のものとは寸法が違う。紙はもっと薄く、光沢があり、黄色っぽい。折り返しの形も違う。封はされていなかった。なかには札束がぎっちりとつまっていた。

ニックは札束をざっと弾いた。ピン札で一万五千ドル。紙幣は、冷たい汗でべたべたする手に張りついた。

金を封筒に押し入れ、内ポケットに戻してから、もっと注意深くバッグを調べた。内側に切れこみが入っている。手探りでGPS発信機を取りだした。よくある型だ。プロが使うほど精密なものではないが、一応の役目は果たす。シャワーの音がやんだ。ニックは発信機を切れこみのなかに突っこみ、もとの位置にバッグを放った。

そういうわけか。これで謎が解けた。ベッカがガヴィン通りに行ったのは、報告をして、種々雑多な経費を受け取り、発信機を仕込むため。ニックにもつけるように命じられているかもしれない。

つまり、まずはあえてつけさせなければ、捨てることもできない。

うめき声を漏らして、両手で頭を抱えた。頭がずきずきする。複雑だ。複雑という言葉では表現しきれないほど。

ベッカがバスルームから飛びだしてきた。濡れたまま、裸でバスルームの明かりと蒸気を背負ったベッカは美しかった。「わたしの携帯、鳴った?」

ニックは首を振り、ベッカが慌てて服を着るのを見つめた。両手を震わせている。何度も物を落とす。シャツを表裏にはおる。ズボンに足を入れた拍子に転ぶ。ようやく靴紐を結ぶところまで来たとき、演技だろうがそうじゃなかろうが、もう見ていられなくなった。

ひざまずいて、ベッカのスニーカーの紐を締め、代わりに結んでやった。これぞ気配りの男。ベッカは手を伸ばし、蝶々がはためくようにふんわりと、指先でニックの顔にふれた。

目は涙で光っている。

こらえどころだ。互いに思いやる恋人同士を演じるときが来たぞ。いや、だめだ。おれにも限界はある。ニックはぱっと顔をそむけた。「用意はできたか?」

ベッカはバッグをつかみ、携帯を確認してから、充電器をバッグのなかに放り、本体のほうは外側のポケットに入れた。「できた」

トラックに乗りこむあいだ、ニックはぐるぐると考えをめぐらせ、あらゆる可能性を検討した。どれもこれもが醜悪だ。ひとつには、タマラに頼んで、女の暗殺者がよく使う道具を融通してもらうこと。そして、たとえば、神経ガス入りのカプセルを口蓋にテープで張りつけておく。あの害虫がおれを痛めつけ、にやついているときに、歯でカプセルを砕いて、死の息を吹きかけてやるのだ。きっと胸がすくだろう。ニック自身の肺の細胞も溶けていくから、満足感を得られるのはほんのわずかな時間になるが。タマラはそういう邪悪な武器になるものを、身につけられる装飾品の形でいつでも用意している。ただ、タマラの工房はここから遠すぎた。

タマラの手持ちのものでどうにかするしかない。まだ街にいて、ニックと口を利いてくれればの話だが。しかし、あれほど腹をたてているのだから、ニック自身の命も奪う道具であれば、喜んで提供してくれるかもしれない。人手をつのり、大人数での奇襲を計画するよりもずっといい。これ以上、友人たちの身を危険にさらすわけにはいかない。全員がもう家庭を持ち、時期の差はあるものの、それぞれが家族を増やしているのだから。例外はハネムーンで新婦とともにイタリアへ飛んだショーンだけだ。

単独で自殺行為に手を染めれば、もうひとつオマケがついてくる。傍迷惑《はためいわく》なわが身と無用な人生の始末のつけかたを、もう思い悩まずにすむことだ。

この命で、ゾグロの命を奪う。悪くない取り引きだ。いや、それどころか、救済だ。

ただし、その前にベッカをどうするかという問題を解決しなければならない。まずはゾグロと刺し違えるための計画をたて、準備をする。ベッカにそれを目撃させるつもりはない。かといって、ベッカから目を離すこともできない。自爆作戦の現場に連れていくのも無理だ。たとえゾグロ側の人間であっても、殺される危険性が大きすぎる。ニックを監視下に置くのがベッカの仕事だ。失敗がばれれば、命はないだろう。

その結末は避けたい。当然の報いであっても、そうでなくても。

何より、ニックが間違っているという可能性は捨てきれなかった。以前にも間違えた。ノヴァクの一件を境に、自分の判断能力を信じることはできなくなっていた。ともかく、この可能性を深く考える気にはなれなかった。すでに判断を誤っている。ベッカが黒だとする証拠は山のようにあった。例をあげるなら、ヨーロッパ製の封筒に入った一万五千ドル。もう充分だろう？

それにしても、ベッカがマシスとエヴァンズの情報を漏らしたのは奇妙だ。ゾグロにとって、得策とは言えない。テーブルの下でくんくんと鳴いている犬ころに、その程度の肉なら投げてやっても問題ないとベッカが判断したのだろうか。どちらにせよ、ダイアナ・エヴァンズはもう死んでいる。

どうでもいい。かまうものか。ふたつの顔を持つ嘘つきの娼婦だろうが、そうじゃなかろうが、ベッカは災難に見舞われる。できれば、ゾグロからも、ベッカ自身からも、守ってやりたい。その後のことは、弁護士と裁判官に任せる。ニックはベッカの行く末を見ずにすむ。そのころにはもうこの世にいないからだ。

適当に街を流すあいだ、ふたりとも押し黙り、それぞれの黒々とした考えに沈んでいた。ニックはベッカへの措置を講じて、骨子を組み立てていった。しだいに形を成してきたが、直視するのがつらくなるような卑劣な計画で、しかも欠陥がある。しかし、どのみちほかの一切がその調子だ。

スーパーマーケットとホームセンターを備えた小規模なショッピングモールに入った。車を停めたとき、ベッカは目で問いかけてきた。

「買い物がある」ニックは言った。「一緒に来るか？」

「もしかまわなければ、ここで待ってる。また電話がかかってきたときに、人前で取りたくないの。泣いたり、吐いたりするかもしれないから。気を失うとか。どうなるかわからない」

ニックはうめいた。もっともな言い分だ。しかし、目の届かないところに置いていきたくなかった。発信機を車のどこかに仕掛けるかもしれない。あるいは、雇い主に電話で連絡を入れるかも。もっとも、それならそれで、こちらとしても見られずに買い物ができる。いったんベッカの身を落ち着けたら、発信機がまだバッグのなかにあるかどうかは、いつでも確かめられる。そのときにしかるべく行動すればいい。それがなんだろうと。

するべきことが決まったので、ニックはてきぱきと買い物をすませた。水のボトルを数本、食事代わりのプロテインバーを数個、チーズとクラッカーがセットになったスナックをいくつか。ドーベルマンやピットブルにつけるような犬用の太い鎖を一本。以上。

駐車場を駆け抜けて、ホームセンターに入り、最初に見かけた店員をつかまえた。ポケットからデジタル・ボイスレコーダーを取りだしてそのブロンドでニキビ面の若い男性店員に見せた。「こいつに合う電池はどこにある?」

店員は眉をひそめて、レコーダーを調べた。「右手の五番通路の奥だね」

電池を見つけた。五個買った。ひどく小さい電池だ。

店内に自動の郵便受付機があったので、もうひとつ手を打っておくことにした。店員から紙をせしめ、〈ケイブ〉の元上司に宛《あ》てて簡潔な手紙を書いた。記入事項を埋め、クレジットカードを切って、限度額に達していないかどうか見守った。通った。手紙を専用の封筒に入れて、受付ボックスに入れた。

月曜までは届かないが、それでいい。最も速く、最も高価な配達便を選んだ。遅くても月曜の午後には元上司のデスクに到着するはず。差出人の欄にあるニックの名前は危険信号と同じ効果があるから、書類受けの一番上にのせてもらえるだろう。

トラックに乗りこんだとき、ベッカの携帯電話が鳴りだした。

一回。キャリーに設定した呼出音は陽気な小鳥のさえずり風だけど、いまはそれが不気味だった。ベッカは麻痺していた。手を動かすことができない。小鳥のさえずりが二回。三回。体が震えはじめた。

ニックがバッグのポケットから携帯電話を取った。ディスプレイを見てから、差しだす。四回。「しっかりしろ」ニックは言った。「ショータイムだ」

小鳥のさえずりが五回。ベッカは通話ボタンを押した。「もしもし?」声を振り絞った。

「ベッカ。遅いぞ。どうでもいいのかと思いはじめていたところだ。あるいは、わしに怒っているのかと」ゾグロはわざとらしく傷ついた声を出した。

嘲りにどう応じていいかわからなかった。だから、口をつぐんで待った。

ゾグロは鼻を鳴らして、本題に入った。「これほど早く会合の場所を教えてやるのは、大きなリスクだが、おまえに準備の時間が必要なのはわかる。恋人を連れてくるのに、説得力のある話を作りあげねばならんのだから。わしとて、ときには融通が利くだろう?」

「え……」ベッカは言った。「ええ」

「シーダー・ミルズの郊外に一軒の家がある。リグリー通り六番地だ。どんなカーナビでもわかる。高台に建つあばら家で、三百六十度どこからでもはっきりと見える。今夜十時、ソロコフをそこに連れてこい。わし自身はその場にいないから、騙し討ちも、英雄的行為も、警察もやめておきたまえ。さもなくば、キャリーとジョシュは……言わずともわかるな?」

「ええ」ベッカはささやいた。

「わしの部下がそこで待つ。周囲には武装した男たちが待機している。すべて、わしの命じたとおりにしろ。そうしなければ、おまえのきょうだいはふたりとも死ぬ。おまえとソロコフも。時間をかけて、じわじわとなぶり殺しにしてやる」

「わかったわ」ベッカは言った。

「では、今夜」通話が切れた。ベッカの手がだらりと落ちた。

「それで？」ニックがうながした。「シーダー・ミルズに今夜十時」ベッカはのろのろと答えた。「リグリー通り六番地の家。たぶん、ひと気のないところだと思う。ゾグロはそこには来ないそうよ。警察も英雄的行為も禁止。そうじゃなきゃ、全員を殺すって」

「ふん、なるほど。わかった」

ニックの口調は超然としていた。ベッカはニックをまじまじと見つめた。「なるほど、わかった？」ベッカの声は引きつっていた。「どうするの？　ニック、わたしたちに何ができるの？」

「落ち着け。じっくり考えたい」あの妙に冷静で、よそよそしい口ぶり。「まだ時間はある」

「時間？」ベッカは金切り声をあげていた。「時間があるってどういう意味？　わたしの弟と妹は喉にナイフを突きつけられているのよ！　あと三時間——ニック！　じっくり考える時間なんてない！　うまく解決できる方法なんてない！」

「パニックになってもしかたがない。口を閉じて、深呼吸しろ」これがニックの無情な返答だった。

ベッカは両手で顔をおおい、言われたとおりのことをしようとした。息をする。体に酸素を送りこむ。ちゃんと動けるようにしておかなくては。しかし、それが難しかった。何百キロもの恐怖で押しつぶされているときに息をするのは初めてだ。胸郭が動きそうにない。

タイヤの下で数キロの距離が飛んでいった。日が落ちた。あたりが暗くなってきた。シータクの標識を過ぎ、サウスセンターの標識を過ぎた。さっきのように当てもなく走っているのではなさそうだ。工業地域に入った。倉庫や、色とりどりの巨大な運送用コンテナの山が現われる。金網のフェンス、トレーラートラック。ニックは大きな鉄の門の前で車を停め、エンジンを切らずに降りた。門についていたダイヤル錠を開ける。門を押し開けたとき、錆びた金属がこすれる甲高い音が響いた。

ベッカは車に戻ってきたニックを見つめた。「ここは何？　わたしたち、どこにいるの？」

無人の建物が並ぶ、薄暗く広大なコンビナートのなかに車は進んでいく。「すぐにわかる」ニックは言った。

「あのね、ニック、秘密めかしているような時間はないのよ。なんのつもりなのか――」

「少し黙って、おれに考えさせてくれ。いらいらしているのが自分だけだと思うのか？　つべこべ言うな、ベッカ」

ベッカはニックの言葉の棘にびくっとして、口を閉じた。

ニックは倉庫らしき建物のほうに車をよせ、引き戸式の大きな鉄製のドアの前でブレーキを踏んだ。ずっと使われていないような雰囲気だ。チェーンがかかっていて、そこにも頑丈そうなダイヤル錠がつけてあった。犯罪のあった場所なのか、色褪《あ》せた黄色い立ち入り禁止テープの名残が丸まって、ドアの下に張りついていた。いったいなんなの？

ニックはこのダイヤル錠も解除して、チェーンからはずした。車の後部座席に腕を伸ばして、積んであったビニール袋をふたつ取りだし、それから助手席側のドアを大きく開いて、ベッカの腕をつかんだ。「降りるんだ」

ベッカは座席から滑るように降りた。「でも、ここはどこ――」

「話はあとだ。行くぞ」ぴしりと鞭を打つような口調だ。ただでさえまいっているベッカの神経がさらに揺さぶられる。

背中を押され、よろめきながらも小走りで、がらんとしてだだっ広い倉庫のなかに入らされた。壁の上のほうに曇った窓ガラスがあって、そこから明かりが差しているが、ひどくおぼろげだ。開いた戸口からも少しだけ明かりが入ってきていた。天井は何階ぶんもの高さがあった。巨大な足場が組まれている。なんだかわからないけれども、ここで何かが量産されていたのだろう。足場の内側はもうからっぽだった。

人の侵入に驚い蝙蝠《こうもり》たちが一斉に飛びたった。梟《ふくろう》が鳴き、ふたりの頭上に急降下してからまた舞いあがり、開いたドアから出ていった。動物の糞《ふん》やカビ、埃の匂い、それに腐臭が漂っている。冷え冷えとして、湿気のこもった場所だ。廃墟《はいきょ》と言ってもいい。

「ここはなんなの？」ベッカは小声で尋ねた。

「数年前、ここで大規模な麻薬取り引きが行なわれた」ニックは言った。「元ソビエト連邦南部から入ってきたヘロインの保管所だったんだ。所有者たちはいまもまだ刑務所に入っている」

「でも、わたしたち、どうしてここに来たの？」

ニックはかがんでビニール袋に手を突っこみ、ベッカには見えないように何かをしはじめた。チェーンみたいな金属の音が聞こえる。ニックはベッカの両手をつかみ、なぜかぐっと引きおろした。

カチャッ。「誰にも見つからず、誰にも悲鳴が聞こえない場所は、ここしか思いつかなかったからだ」ニックは答えた。

ベッカはそれぞれ一本ずつ手錠をつけられた両手に目を凝らした。片方は金属の足場に直接つながれ、もう片方は太くて長いチェーンに取りつけられている。ニックはチェーンを隣の鉄柱に留めた。

ベッカは恐怖と驚きに呑まれ、まじまじとニックを見つめた。

29

冷たくてしっとりしたものに顔を撫でられつづけているが、ジョシュは目を覚ましたくなかった。何か悪いことが待ち受けている。しかし、濡れたものの感触で、意識は戻ってしまった。ぼうっとしたまま、ジョシュは目を瞬いた。そのとたんに悔やんだ。熱いナイフのように、光が脳を切りつけてきたからだ。

痛い。どこもかしこも。体中が痛くて、頭はがんがんと響き、吐き気を催しそうだ。鼓動のひとつひとつがハンマーの一撃のようなものだった。

頭にさわろうとしたとき、またべつの痛みに見舞われた。両腕がうしろにねじあげられている。手首は血が止まりそうなくらいきつく縛られ、じんじんしている。指先は冷たく、感覚を失っていた。顔の皮膚が引きつっている気がする。背中が痛い、股間が痛い、胃がむかつく。口のなかは血の味がした。歯がぐらついている。ジョシュは腹に力をこめて、うっすらと片目を開け、あたりのようすをうかがった。

目。見えたのは、誰かの目だけ。大きな金褐色の瞳。長いまつ毛の下で陰になった目が、考えこむような表情を浮かべてジョシュを見つめていた。わずかに痛みが治まったので、片目をもう少し開いて、金褐色の目の持ち主の顔を見てみることにした。

女の子だ。顔はハート形で、頬はこけている。華奢で美しい顔立ち。これほど悲しげな表情じゃなかったら、天使のお迎えかと思っただろう。

片方の目の下に、あざの名残があった。少女は恐ろしいほど痩せていた。尋ねるような口調で、誰かが何かを言った。幼い子どもの声。舌足らずの言葉は、ジョシュには聞き取れなかった。少女はそちらに目を向けて、優しく答えたが、ジョシュの知らない言語だった。

ジョシュは両目を開けた。好奇心が膨らんでいたからだが、いったんはまた閉じて、凄まじい痛みの爆発にじっと耐えなければならなかった。意を決して再び目を開いたとき、ようやく全体像が見えた。

なんなんだ、これは。目に映った光景が頭に染みこむのに、しばらく時間がかかった。たくさんの子どもたちがいる。金褐色の目の少女はよれよれのTシャツを着て、子どもたちの一番前にいた。Tシャツの下の体つきがよくわかった。かわいい女の子。たとえ痩せていても、とてもきれいだ。

目をそらした瞬間、ジョシュは視神経の痛みに襲われた。しかし、当然の罰だろう。この子はまだ子どもと言ってもよく、ジョシュがその首から下に興味を示すのは間違っている。

少女はほかの子どもたちに囲まれていた。たいそうな数だ。みんな痩せ細って、汚れていた。ほとんどの子は親指をしゃぶっている。

ジョシュたちは明かりの煌々《こうこう》と灯った白い部屋にいた。大きな蛍光灯が天井に何本もついていて、頭を引き裂くほどの強烈な光を放ち、露出しすぎの写真みたいに、この部屋のすべてを照らしていた。ジョシュは以前誰かに出された心理クイズを思いだした——たとえば、あなたは真っ白な部屋で目を覚ましたとします。さて、どんな気分ですか？

その答えは、死というものに対する本当の気持ちを表わすのだそうだ。そういうくだらないお遊びにはいらついてならない。何が死だ。自分や、自分の愛する人たちが死ぬことなんか、考えたくもない。以上。

しかし、真っ白な部屋で目を覚ましたとき、飢えた顔つきのぼろぼろの子どもたちに取り囲まれていたら、どんな気分かと訊かれたことはなかった。この問いの答えは、どういう深層心理を表わすことになるんだろう？

子どもたちは半円状に集まり、空から落ちてきた宇宙人を見るような目つきでジョシュをながめている。いまにもジョシュを神として崇めそうな雰囲気だ。少女が前に身を乗りだし、血だらけのぼろきれでまたジョシュのひたいをぬぐった。少女は何かを言った。そして、少し大きな声でもう一度。三度目にやっと、ジョシュはこの子が英語で何か言おうとしていることに気づいた。「痛い？」少女はまたそう言った。「たーい？」と言っているように聞こえる。

「まあね」ジョシュはどうにか声を出した。それで咳きこみ、胸が揺さぶられるたび、頭蓋骨が砕けるかと思うほどの苦しみをこうむることになった。一度始まったら、止められなかった。バンッ、グシャッ、ドスン、ちくしょう。

はじめに戻ってきたのは、ずたずたになった断片だ。あのときの感情ははっきりと思いだせる——恐怖、落胆、不安、屈辱——けれども、それを引き起こした一連の出来事の記憶は、粉々になっていた。

ジョシュはところどころで思い出せる場面をつなぎ合わせていった。バスルームにいる裸のナディア。両手で口をおおい、とめどなく涙を流しながらも、三人の大男たちがジョシュを縛りあげ、執拗に蹴りつづけるのを無言でながめていた。

そして、あの太った男。あの男のことは忘れられない。ジョシュの前にそびえたち、斜めから見おろすような奇妙な目つきをして、口もとに笑みを浮かべていた。そうしてやにさがっているとき、でっぷりとした顔の両側で膨らんだたるみ。おぞましく、うつろな灰色の目。あの男は高級なローファーのつま先でジョシュの顔を小突き、何かを……ジョシュが怖気をふるうような何かを言って嘲った。記憶がはっきりするより先に、恐怖がよみがえった。キャリー。ベッカ。

「キャリーは？」ジョシュは声をあげた。ほかの子どもたちの顔を見まわした。「ベッカは？　ぼくのきょうだいもここにいる？　誰かふたりを見かけた？」

最年長の少女が眉をひそめた。「きょうだい？」ゆっくりと繰り返す。

「姉と妹だよ！　ふたりを見なかったか？」

少女もまわりの子どもたちの顔を見まわした。子どもたちはもぞもぞとあとずさりした。

ジョシュの視界が開けた。白く塗られたコンクリートブロックの壁。コンクリートの床。ひどく冷たい。ジョシュは床にじかに転がっていた。向こうのほうには小さなマットレスが並んでいる。それぞれに汚れたブランケットがかかっていた。

なんてこった。ここにいる子どもたちは、この真っ白な地獄の入口に住んでいるのだ。

一番近いマットレスに、キャリーが横たわっていた。目は閉じている。下着しか身につけていない。顔に髪がかかっている。

ジョシュはとっさに起きあがり、動こうとしたが、オーブンで丸焼きされる七面鳥みたいにがっちりと体を縛られていた。「キャリー」大声で呼びかけた。「キャリー？　大丈夫かい？」

例の女の子がぽんぽんとジョシュの頬を叩いた。白いプラスチックのナイフを掲げてみせてから、背中のほうにかがみこみ、縄を切りはじめる。

長い時間がかかったものの、やがて両手が自由になった。血がどっと通いはじめたとき、両手は燃えるように熱く感じられた。ジョシュは手を伸ばして、おそるおそる自分の頭にさわってみた。こめかみのあたりに、血のこびりついた大きなたんこぶができていた。首にぼろきれが巻きつけられ、うなじで結んであるのもわかった。口の両はしがすり切れて、ひりひりしている。

ジョシュは体をひねり、黒髪の女の子が今度は足首の縄に取りかかっているのを見た。少女はジェスチャーで猿ぐつわを示し、うなずいた。

「きみが取ってくれたんだね」ジョシュは言った。「ありがとう」

少女はおずおずと小さな笑みを浮かべた。足が自由になってから、ジョシュはどうにか起きあがって膝をつき、まだ歩けない赤ちゃんみたいに両手両足をついた。いまもあのシルクのボクサーショーツ以外は身に着けていなかった。

キャリーのそばまで這っていって、髪をうしろに払った。顔は青白く、紫がかったまぶたの下は黒く汚れている。揺さぶっても反応はない。肌は冷たく、じっとりしていた。浅く息をするたびに、かすれた音をたてている。ジョシュは揺さぶるのをやめられず、起きてくれと懇願していた。しばらくしてから、自分がべそをかいていることに気づいた。ぽんぽんと肩を叩かれて、ジョシュは顔をぬぐってから、憂いを帯びた少女の大きな目をのぞきこんだ。少女はまたジェスチャーで腕に注射するふりをして、キャリーを指差した。薬を打たれたということか。あの下種《げす》どもは薬で妹の意識を奪った。ジョシュは、息をしているのだから大丈夫だと自分に言い聞かせようとした。

涙をこらえ、鼻を拭いた。「きみの名前は?」

少女が困惑顔を見せたので、ジョシュは自分を指差した。「ぼくはジョシュ」キャリーの髪を撫でた。「こっちは妹のキャリー」

少女はあの儚げな笑みをもう一度浮かべた。「スヴェティ」そして、ほかの子たちに振り返り、外国の名前をずらずらと並べはじめた。早口だったため、頭ががんがんしているジョシュには覚えられなかった。スヴェティが最後に指したのは、自分の腕にしがみついている一番小さな女の子だった。よちよち歩きの子どものもつれた黒い巻き毛を、くしゃっと優しく撫でながら言った。「レイチェル」

レイチェルはスヴェティに両手をあげて、抱っこをせがんだ。二歳か、もっと下だろう。軋んだ小さな声。顔はげっそりとして、しわくちゃの小猿みたいだ。スヴェティはレイチェルを抱きあげ、骨ばった膝にのせた。レイチェルは細い両手でスヴェティの首に抱きついた。汚れて、かかとの黒ずんだ小さな脚は、葡萄の蔓みたいに腰に巻きついている。この幼子《おさなご》が着ているのは大人用のTシャツだ。小さな体からずり落ちないように、裾がうまく結んであった。

スヴェティはレイチェルを抱きしめて、またジョシュを見た。冷静で揺るぎないまなざしに、ジョシュはおののいた。こちらはすっかり怖気づいているというのに、この子のほうは果てない恐怖と惨状に慣れてしまって、そこに不合理な平穏を見出しているかのようだ。老女みたいな目つき。百歳の女性が、十三歳の少女の体に宿っている。十三にもなっていないかもしれない。はっきりとは言えなかった。

もう一度部屋を見まわした。食い入るような子どもたちの視線を受けて、体に戦慄が走った。幼い子どもたちにこんなことをできる人間がいるのか？　ここにはテーブルも椅子も本もオモチャも音楽も絵もない。窓さえなかった。小便と汚れたおむつと腐った食べ物のにおいがする。ぱんぱんに膨らんだ大きなゴミ袋が壁際に積んであった。ここはまるで、人間の身勝手で始末されることに決まり、安楽死を待つ動物たちの小屋だ。「きみはどこから来たの？」ジョシュはスヴェティに尋ねた。

スヴェティはじっくりと質問を考えた。「ウクライナ」やがてそう答えた。

ウクライナ。これで腑に落ちた。ベッカが言っていたギャングはウクライナ人だ。ナディアはモルドバの出身。嘘じゃなければ。しかし、ギャングがかわいそうな子どもたちを閉じこめて、いったいどうしようっていうんだ？

いや、深く考えたくない。こうして一緒に監禁されたということは、ジョシュもキャリーもこの子たちと同じ運命をたどるかもしれないのだからなおさらだ。まわりを見る限り、待ち受ける運命は悲惨なものとしか思えなかった。

ぼくのせいだ。嘘つきの娼婦にころりと騙された。餌に食いつき、下半身から釣りあげられてしまった。

穴があったら入りたい。なんてまぬけだったんだろう。ベッカは必死に戒めようとしていたのに、ぼくはまったく聞く耳を持たなかった。

「きみたちはここで何をしている？」ジョシュは尋ねた。

スヴェティは困ったように唇を嚙んで、首を振った。

「なぜこんなところに？　ここはなんなんだ？　あいつらはきみたちをどうしようっていうんだよ？」一方的にがなりたてても仕方ないとわかっていたが、止められなかった。

スヴェティは気を悪くしたふうも見せなかった。「はじめ、ウクライナ」たどたどしく話しはじめた。「アパート。何カ月も。それから、トラック、ボート、何日も」顔をしかめ、手振りで吐き気のジェスチャーをする。「トラック、気持ち悪い、ボート、気持ち悪い。そのあと、ここ」レイチェルを抱いていないほうの手をあげた。五本の指を広げ、いったん閉じて、四本たてる。「何日も。たくさん」

「九日？」ジョシュは訊いた。

「たくさん」スヴェティは繰り返した。疲れきった声だ。

ジョシュはスヴェティの顔のあざを指差した。「誰に殴られた？」こんなに華奢な顔を殴れるやつがいるのか？

スヴェティはうつろな表情を見せ、それから顔をそむけて、レイチェルをおろした。幼子はぐずりはじめた。泣きたくなる気持ちはよくわかる。だが、ぼくまでめそめそしてどうする。何かするんだ。なんでもいいから。

ジョシュは壁で体を支え、よろよろとドアのほうに向かった。複雑な質問を繰りだすよりは、こちらのほうが楽に思えた。幼い子どもたちがかたがたの列になって、あとをついてくる。何か新しいものを目にするのは、この数カ月で初めてなのかもしれない。全身を殴られ、血まみれのジョシュは、さぞやいい見ものだろう。ドアに手をかけた。しっかりと鍵がかかっている。もうひとつのドアは、トイレに続くものだとわかった。便座すらない汚れたトイレ。ひび割れて黄ばんだ石鹸。工業サイズのトイレットペーパーホルダー。小便の悪臭。それだけだ。

壁伝いにゆっくり這って戻り、キャリーの隣にうずくまった。胃がむかつき、縮こまっている。両目を手でおおって、まぶしい明かりと、親指をしゃぶり、しゃがみこんでジョシュを見つめている子どもたちの刺すような視線をさえぎった。

数秒後、膝をそっと叩かれた。スヴェティが、飛行機の食事で出されるような小ぶりのプラスチックのトレイを差しだしていた。干からびた薄い肉、乾ききったマッシュポテトに、固まっててかてかしたグレイビーソース、灰色の野菜、ハーフサイズの牛乳のパック。小さな水のボトル。

凍らせたものを溶かし、また凍らせることを数回繰り返したのち、電子レンジでとどめを刺したような代物に見えた。

スヴェティは自分のおなかを叩いた。「わたし、食べない。おなかすいてない。あなた、食べる?」

これが致命傷だった。胃がすでに痙攣しているときに、みぞおちを殴られたようなものだ。ジョシュは横に身をよじり、胃のなかのものをすべて吐きだして、悪臭の上にかがみこみ、自分の弱さと頭のなかで暴れまわる痛みを呪って泣いた。

ぽんぽん。今度は肩を叩かれた。スヴェティは濡れた紙ナプキンをジョシュの手に押しこみ、もう片方の手に水のボトルを渡した。そして、何度もジョシュの背中をつついた。キャリーのそばに行っていろということらしい。それから、慣れたようすで吐しゃ物を片づけはじめた。

ジョシュは目をぬぐい、ナプキンで口を拭いた。「いいよ」震える唇から声を絞りだした。「ぼくが……ぼくがやるから」

スヴェティは横目でちらりとジョシュを見た。言わんとすることは明らかだ。転ばずに歩くこともままならないのに、できるはずないでしょ？ なら、わたしがやらなきゃ、誰がするの？

——たとえば、あなたは真っ白な部屋で目を覚ましたとします。さて、どんな気分ですか？

でたらめな考えが頭に浮かび、思わず笑いだしそうになったが、どうにか押しとどめた。とんでもない痛みが襲ってくるに決まっている。どんな気分かって？ もう死んだような気分だ。キャリーも、スヴェティも、ほかのかわいそうな子どもたちも。あとは、この血だらけの体から本当に魂が切り離されるのを待つだけ。

ジョシュは悪臭を放つゲロの始末をスヴェティに任せ、必死に涙をこらえた。

こんなことが起こるわけがない。きっとたちの悪い冗談だ。

でも、ニックは機嫌がいいときだって、ジョークなんか言わない。いまに限って悪ふざけをするとは考えられなかった。ベッカは口をぱくぱくさせて、しどろもどろにしゃべりはじめた。「でも、わたし――だって、あなたは――ニック、なんなの？　こ、これをはずして。お願いだから！　ふざけている時間はないのよ！」

「きみには時間がある」今日、ニックがホテルに帰ってきてからずっとベッカを悩ませている、あの憎らしいほどよそよそしい口調だ。「これから二、三日間、たっぷりと」

「でも、どうしてこんなことをするの？　キャリーとジョシュは――」

「きみの想像の産物だ」ニックは言った。「だから、おれとしては、ふたりを心配する気はない」

ベッカは呆然としてニックを見つめ、しばらくしてからようやく口を開いた。「おかしなことを言わないで！　わたしにきょうだいがいるのは、あなただって知ってるでしょ！　電話で弟と話したじゃないの！」

「ああ、あの自称ジョシュからの電話にはすっかりやられたよ。ずいぶん長いあいだ騙された。だが、ようやく相手の正体がわかった」

「なんのこと？」ベッカは必死の思いで問いただした。「いつの話？　いったい何があったの？」

「今日だ」ニックは言った。「一時十六分、きみがタクシーから降りて、ゾグロの隠れ家に入っていったときに」

思いがけない言葉に、一瞬、ベッカは絶句した。「ゾグロの――なんですって？　でも、わたし、そんなところには……ああ、ニック、まさか」ベッカは動かせるほうの手でニックの腕をつかんだ。「ガヴィン通りのアパートメントのこと？　ジョシュに会いに行ったのよ！　これでわかった！　ジョシュは、ナディアが学生ビザでこっちに来ているって言っていたけど、あの家は留学生が住むには立派すぎたもの。何かがおかしいって気がしたの。ゾグロがジョシュを罠にかけたのよ！　きっとキャリーもずっとあそこにいたんだわ！」

建物のなかは暗すぎて、ニックの目つきは読みとれなかったけれども、冷ややかな視線を肌で感じられそうだった。「なかなかの立て直しだ」ニックは言った。「だが、おれがそこまで馬鹿だと思うか？　弟に会いにガヴィン通りまで行ったなどとは、ひとことも言っていなかったじゃないか。きみは嘘をついたんだ、ベッカ。なぜだ？」

「違う」ベッカはぎゅっと目を閉じて、ささやいた。「わたし、その、ちょっと寄り道してジョシュに会ったのはたいしたことじゃないと――」

「たいしたことじゃない？　へえ。きみの思考回路はじつに興味深いよ」

苦々しく、皮肉めいた口調に寒気を覚えた。「本当は、あなたに怒られると思って黙っていたのよ」ベッカは正直に言った。「突然のことだったし。ジョシュから電話があって、そういうことになっちゃったの。あなたは身の安全にひどく慎重になっていたから――」

「おれは怒っている」ニックは言った。「どれほどの怒りかきみには想像もつかないだろう」

ベッカは足場につながれた手錠をジャラジャラと鳴らした。「ここまでされればいやでもわかるわよ」ぴしりと言い返した。「ニック、冷静になって。目を覚ましてちょうだい。わたしをここに置いていくのは間違ってる。勘違いしているのよ。わたしはゾグロの手下じゃない」

「じゃあ、これはなんだ？」ニックは床に落ちていたベッカのバッグを拾いあげ、なかをあさって、封筒を取りだした。「説明してもらおうか」

ベッカはわけがわからず、まじまじと見つめた。「新しいバッグ——なくしたものの代わりに買ったのよ。でも、その封筒は何？　見たこともない。それはなんなの？」

ニックは分厚い札束を引きだした。「一万五千ドル」ニックは言った。「きみの報酬だ」

ベッカは封筒から目をそらさずに首を振った。箱のなかで四方から壁が迫ってくるような、追いつめられた気分だった。「違う」小声で言った。

「これだけの金額なんだから、ゾグロにさぞやいい目を見せてやったんだろうな。おれと一緒にいたときと同じように、情熱的にふるまったのか？」

「違う、絶対に。きっとわたしがジョシュと話しているあいだに仕込まれたものよ」ベッカは言ったが、自分の言葉が壁に当たるのを感じていた。跳ね返ってきた言葉は、自分の耳にも、嘘がばれた人間の苦しまぎれの言い訳に聞こえた。

「それとも、おれと寝たことに対する報酬か？」ニックは続けて言った。「もし今夜、あの野郎に会えたら、おれはきっと感謝するだろうな。これほどこてんぱんにやられたのは初めてだ。生まれ変わったような気さえする」

誇張なしの事実だった。いまのニックはまるで別人だ。その変貌ぶりにベッカの胸が痛んだ。「そんなことない」ベッカは言った。「それに、わたしはこうやって責められるようなことは絶対にしない。百万年たっても、絶対によ」

ニックはまたバッグに手を突っこみ、小さくて平らな黒い装置を取りだした。「これもだ。おれがここから出るとき、こいつは一緒に持っていくからな」

「それは何？」ベッカは薄闇のなかで目を凝らし、よく見ようとしたが、ニックはもう自分のポケットのなかに入れてしまった。

「わからないふりをするのはやめろ。うんざりする」ベッカのジャケットのなかに手を入れ、内ポケットにしまった。「ほら、取っておけよ」ベッカの携帯電話を取りだし、それもポケットを探って、そこに厚い札束を押し入れた。肩を引っ張るずしりとした感触は、煉瓦のように重く感じられた。「なくさないようにな。なんせ、きみが稼いだものなんだから」

ベッカはニックの手から身をよじった。「さわらないで」

「なぜ？」ニックの手が滑り、ウエストをつかむ。「いいじゃないか。これまではそうやっておれを操っていたんだ。もう一度その体でおれをたぶらかしたくならないか？　おれはもうその気になっている」ニックはベッカの手をつかみ、膨らんだ股間にさわらせた。「驚きだよな？　心と体がまったくの別物だとは。おれの下半身は、何重もの裏切りをまったく気にしていないらしい。こいつは最後に一度だけきみのなかに入りたいと――」

「ニック、やめて。耐えられない」

「おまけに、きみは極限の状況で興奮するたちだ」耳もとで聞こえる低くかすれた声が、相反する感情を引き起こし、背筋に震えを走らせた。「ゾグロのためのセックスショーで、きみがどれだけ乱れたか覚えているか？　倒錯的なセックスとはまさにあのことだ。きみは金で雇われ、おれはまんまと騙された……一万五千ドルももらったんだから、最後に一度だけ情けをかけてくれてもいいだろう？」

ベッカはぐいっと体を引き離そうとした。「死んだほうがましよ！」

ニックは一歩さがった。「そうはいかない。ここでこうしているのは、それが第一の目的だ、ベッカ。きみが命を落とさないこと」

ベッカは目をすがめた。「やめてよ。鎖でつないで倉庫に閉じこめるのが、わたしを守るためだっていうの？」

「ああ」ニックは言った。「会合にはおれがひとりで行く。わざと捕まって、ゾグロのところまで案内させる。あの野郎がほくそえんでいる隙に殺してやる。これがおれの計画だ。きみはここで待っていろ。安全なところで。きみはおれに手をくだせない。ゾグロはきみに手をくだせない。おれがきみにしてやれることとしては、これが精一杯だ」

「でも……あなたひとりがゾグロのところに行くなんて」ベッカは口ごもった。「きっと――」

「殺される？　切り刻まれる？　そうだな。そりゃ言うまでもない」

ベッカはぎょっとして前に身を乗りだしたものの、金属の手錠が手首に食いこみ、引き戻されてしまった。「だめよ、ニック。お願い」

「心配するふりはやめてくれ」ニックは言った。「さらに裏切りを重ねてどうする？　さあ、よく聞くんだ。もう時間がない。正直に言って、こんなところに置き去りにするのは本当に悪いと思っている。おれでさえ薄気味悪く感じる場所だ。できればおれの家を使いたかったが、往復するには遠すぎた。水のボトルは六本ある。二日ばかりしのげるだけの食べ物も。だが、たぶんそれほど待たなくてすむだろう」

「ニック、待って。考え直して。あなたをひとりで行かせるなんて――」

「自力で逃げようとしても無駄だ。ぎりぎり床に座れるように、手錠を低い位置につないだ。快適とはいかないだろうが、命は助かる。きみの所在を、ＦＢＩの元上司に郵便で送っておいた。明日の朝、彼女の机に届くはずだ。最長でも二日以上待つことはない。釈明は、おれじゃなく、ＦＢＩにするんだな。おれは聞きたくない」

ベッカは背を向けた。ニックの足音が遠ざかっていく。これ以上言えることは何もなかった。

ふたつの手錠を見た。足場に直接はめてあるほうの位置は、ちょうど腕を伸ばしきれば座れる高さだ。そうして腰をおろすと、長いチェーンにつけられているほうの手錠に余裕ができて、水や食べ物の入った袋に手が届くようになるが、もう片方の手をさわれるまでの長さはない。急ごしらえなのに、よくできている。でも、それがニックだ。

ニックとの関係が、手錠で始まり、手錠で終わるのは皮肉なものだった。始まりからして、悲惨な終わり方を暗示していたのだとも考えられそうだけど、それは違う。ベッカの男の趣味に致命的な問題があるせいだ。

ベッカは笑いめいたもので体を揺らしはじめたが、ドアがズズッとこすれ、錆びたレールの軋む音が響いたとき、揺れはぴたりと止まった。重い音をたてて閉まったドアの反響は、いまにもばらばらになりそうなベッカの骨にまで届いた。かすかな明かりはドアでさえぎられた。

そして、キャリーとジョシュとニックの身を案じるという果てのない苦しみが始まった。誰かがニックの郵便を開き、わざわざここまでベッカを迎えに来てくれない限り、いつまでも続くのだろう。暗闇のなか、ひとりで。

完全にひとりきりというわけではないのかもしれない。暗がりから、カサカサと小さな物音が聞こえる。鳥肌がたった。この倉庫の先住者たちが、来客をいぶかしんでいるようだった。

30

ニックはトラックにもたれ、じわりと意識が遠のいていくような感覚と戦った。鼓動が重く響いている。いやなにおいのする汗が噴きだしていた。

進退きわまり、あとは破滅を待つばかりというのはなじみ深い状況だ。しかし、それで気を失いかけるのは初めてだった。どでかいパニック発作で倒れる寸前だとは。

正しいことをしようとした結果だが、そこに正義はなかった。何が正しいのか、断定できるだけの材料がない。

しかし、ひとつだけはっきりしていることがある。正しいと感じられない。これっぽっちも。

計画変更だ。シーダー・ミルズの近くまで行ったら、マクラウド兄弟に電話をかけよう。ベッカの迎えを頼み、あいつらの手で司法機関に引きわたしてもらう。二重の安全措置だ。FBIにすべてをゆだねることはできない。マクラウド兄弟が来るまでなら、ベッカは持ちこたえられるだろう。強い女だ。きっと耐えられる。

これで、気がかりを残さず、会合に挑むことができる。そこまで考えたとき、タマラに連絡を取らなければならないのを思いだした。ありとあらゆるトリックを袖口に仕込んでおかなければならない。ニックが知る限り、タマラは誰よりトリッキーな女だ。もちろん、ベッカをのぞいては。一等賞はベッカだ。

だが、今回ばかりはニックが勝った。ニックは車に乗りこみ、ギアを入れた。早くベッカから離れたい。ベッカの絶望が感じ取れた。その波が倉庫から広がり、ニックを呑みこもうとしているようで、胃のむかつきと震えを止められなかった。ニックは門の鍵をかけ直してから、タイヤを軋ませて車を出した。ハイウェイに乗り、最初のドライブインに入った。

まずは、首輪をはずすこと。家畜を積んだ大型トラックのほうへ歩いていって、GPS発信機をコンテナの隙間からなかに落とした。豚か羊に食われればいい。やつらに無駄足を踏ませてやる。次に、トラックに戻って、小さな電池をデジタル・ボイスレコーダーに入れた。再生ボタンを押してから、またハイウェイに出た。

「……被験者番号一〇〇〇二三、生年月日は一九九七年二月十六日」ダイアナ・エヴァンズと思われる女の低い声が流れてきた。「年齢十一歳。栄養不良。心拍数八十一、血圧の最低六十五、最高百十五、体温三十六度七分。外見上、生気に乏しく、目つきはうつろで……」

録音された声が淡々と生体情報を並べていく。虐待やビタミン欠乏症を示すようなあざはない。未処置の発疹と軽い肝肥大の傾向がある。それに、組織適合検査がどうとか、綿棒で口腔《こうこう》細胞を採取したとか。ウイルス感染の有無を調べるために血液検査を、膀胱《ぼうこう》と腎臓の感染症の有無を調べるために尿検査を推奨する、などなど。客観的に、エヴァンズは衛生状態や衰弱の度合いを述べた。そして、この被験者の納品を検討するなら、その前に再評価を勧めると言った。

納品？　なんの話だ？　まさかこの子どもを太らせて——

いや、そのまさかだ。薬室に弾がカチリとはまるように、すべてに合点がいった。マシスは心臓病が専門の外科医だ。胸部の手術。臓器移植。

納品。臓器。尿と血液の検査。やつらは子どもたちを殺して、臓器を取ろうとしている。下劣な冷血漢どもが。

エヴァンズの声は先に進んでいた。二番目は、べつの番号をつけられた十歳の被験者。内容は先ほどと同じだ。生体情報に続いて、この男の子がいかに痩せていて、貧相に見えるかを医学的な表現で並べたてていく。しかし、二番目の子は一番目の子より元気がよく、あちこちつつかれたり、注射されたりするのをいやがった。ほどなく泣きながらママを呼びはじめた。ウクライナ語で。

エヴァンズはかまわず続けたが、声はこわばっていた。しばらくして、語気も鋭く「もういやっ」と叫んだ。カチッ。おそらく多少の時間を置いてから、また録音が始まった。さっきの子はもっと静かに泣いていた。

「医者を困らせんのをやめろ、くそガキ。おとなしくしねえと、串刺《くしざ》しされた豚みたいな悲鳴をあげさせてやるぞ」不快な声の男が怒鳴った。こちらもウクライナ語だ。子どもはすすり泣きをやめた。エヴァンズは報告を再開したが、声は震えだしていた。

三番目、四番目と続く。番号を割り振られた子どもたちが、何人も、何人も。ひとり終わるごとに、子どもの年齢は若くなっていった。全員が注射をいやがった。べそをかく子、泣きじゃくる子、悲鳴をあげる子。エヴァンズは取り乱していった。声をわななかせ、口ごもり、同じ言葉を繰り返し、言い換えを試み、混乱して、レコーダーを巻き戻し、また一から始めるというありさまだ。そして、少しでも騒ぎだす子がいれば、あの不快な声の男がすぐさま口を挟み、ひどい脅し文句を浴びせかける。ニックはただでさえ手首を切りたくなるほど沈みこんでいたが、その声でさらに気が滅入った。

ダイアナ・エヴァンズに対する同情が多少なりともあったにしろ、いまやすっかり消え失せていた。あの殺人者どもに見合うほどの極悪人でも冷血漢でもなかったかもしれないが、そうなる努力をしなかったわけではない。

どういうわけか、悪人になる努力をしたということはいっそうたちが悪く感じられた。本物の異常者は、そういうふうに生まれついていて、自分ではどうにもできないものだ。しかし、まともな良心を持っている人間が、なぜわざわざその機能を停止させようとする？　金のためか？　無意味な金のため？　どうして金にそれほどの価値を見出せるんだ？　ニックにはわからなかった。わかったためしがない。

ありがたいことに、その謎を解くことはおれの仕事じゃない。

「被験者番号一〇〇八九、生年月日は一九九六年十二月十三日。発育良好、栄養不良、青年期の女子……」

ニックはたちまち注意を引きつけられ、ハイウェイの出口に車をよせて、もっとよく聞くために停車した。

「……心拍数七十九、血圧の最高百二十、最低七十、体温三十六度六分。重度の皮膚発疹と思われたものは、赤あざだと判明……」

ニックははっとして、息を吸いこんだ。スヴェティ。なんてことだ。生きてる。信じられない。生きている。四十八時間前は、生きていた。

そして、臓器泥棒の手中に落ちている。

「……被験者一〇〇〇八九は二十七日の日曜に納品が予定されているため、検査は最優先で、早急に……」

今日だ。今日じゃないか。

ニックの肺はふさがれ、喉は焼きついた。だめだ、いま息をするのをやめるわけにはいかない。まだスヴェティを救える可能性はある。

レコーダーからスヴェティの声が聞こえてきた。小さな声だが、スヴェティのものだとわかった。ニックが教えた英語で、ろくでもないエヴァンズに助けを求めている。そして、完全に無視されていた。

やがてスヴェティは英語をなげうち、甲高いウクライナ語で堰《せき》を切ったようにしゃべりだしたが、ニックには何を言っているのかわからなかった。エヴァンズが悲鳴をあげているからだ。くそっ――静かにしろ、馬鹿女。スヴェティの声を聞きたいのに――

プツリと録音が途切れた。体が震えている。ニックは目と鼻を袖でぬぐった。感情に押し流されている時間はない。めそめそと泣く時間もない。

〈ケイブ〉に応援を頼めれば何よりだが、それでは一か八かの賭けになってしまう。あのなかの誰がセルゲイを売ったのか、見当もつかないからだ。

ニックはデジタルレコーダーをわきに置いて、携帯電話を手に取り、タマラの番号を呼びだした。

「ニコライ。あなたから電話があるなんて驚きね」タマラは甘いで声で言った。「例の天使に裏切られたと聞いたわ。だから、いまごろ茂みの下かどこかで、致命的な傷を舐めているのかと思っていた。おかげで、わたしまでゾグロの手下とかかわり合うことになった。しかも、ショーンの結婚式で」

「嫌味はやめろ、タマラ」心の乱れが声に表われていた。「セルゲイの娘を覚えているか？もう死んでいるか、死んだほうがましだと思うような目にあっていると言っただろ？」

「ええ。落ち着きなさい。いまにも卒中を起こしそうな口ぶりよ」

「生きてたんだ、タマラ！　二日前の時点で、あの子はまだ生きていた。だが、もうやばい。やつらにばらばらにされちまう。今日だ！」

「ばらばらにされる？　なんの話を――」

「臓器だよ！」ニックは叫んだ。「やつらは臓器泥棒なんだ！」

タマラは息を呑んで、黙りこんだ。

ニックは返答を待ったが、ほどなく痺れを切らした。「それで？」返事をうながした。「手を貸してくれるか？　あの子はひとりぼっちで、暗闇のなかにいる。救出を手伝う気は？」

タマラはふうっと息を吐いた。「ええ、あるわよ、当然」声は低く、殺伐としていた。「どこに行けばいいの？」

「すぐ動けるようにしておいてくれ。これからデイビーに連絡する。すぐかけ直すから、そのあとで計画を練ろう」ニックは電話を切って、デイビーの番号を呼びだした。

デイビーは一度目の呼出音で応えた。

「悪い知らせだ」デイビーが切りだした。「ゾグロを見失った」

一瞬、ニックは虚をつかれた。「え？」

「やつらは二台のSUVに何かの荷を積んだ。そして全員で乗りこみ、出発した。マーカスがあとを追って、とある駐車場までつけたが、入口でちょうどべつの車が出てきたらしい。なかに入ったとき、やつらはもうほかの車に乗り換えて、駐車場から出ていくところだった。つまり、少し前から監視に気づかれていたんだろう。だから、そのことも考慮に入れて、これからの――」

「それどころじゃない」ニックはいらいらと口を挟んだ。「ゾグロは放っておけ。マシスはどこにいる？」

デイビーは困惑して、口ごもった。「あー……」

「おい。マシスのアイコンはどこにある？」ニックは怒鳴った。

「そこら中だ」デイビーは言った。「三時に家を出て、まずは職場に行き、そのあとベルビューにある個人の研究所によってから、今度はハイウェイに乗って、キンブルという土地に――」

「キンブル？」全身で警報が鳴り響いた。「そこだ！　やつらはそこに子どもたちを閉じこめている！　マシスが動きまわっているとなんで教えてくれなかった？　キンブルに着いてからどれくらいだ？」

「おおよそ一時間半だ」デイビーは慎重な口ぶりで言った。「子どもたちとはなんだ？　マシスが動いたら教えろなどと言っていなかっただろうが。そりゃあ、最後にここにいたときのおまえはかなり取り乱していたが――」

「それどころじゃないんだ。あの人でなしのマシスは子どもたちを殺して、臓器を取ろうとしている。やつを止めるのに手を貸してくれるか？」

驚きの沈黙が二秒は続いた。「もちろんだ」デイビーは言った。「ほかのみんなにはおれから話す」

「ありったけの銃器を持ってきてくれ。ものはなんでもいい。キンブルに向かえ。敵が場所を移した場合のために、モニターの監視役を誰かに頼めるか？」

「レインなら――」

「頼む。ＦＢＩに連絡しろ。すぐさまチームで駆けつけたくなるように伝えるんだ。ＦＢＩの力があればありがたい。タマラとはキンブルで落ち合うことにする。よし、行動開始だ。急げ」

ジョシュという名の青年は美しかった。ひたいのたんこぶから流れる血で顔が赤く染まっていても、胃のなかのものを全部吐きだしても、スヴェティがこれまで見たこともないほどきれいだ。緑色の目は木の葉みたいで、芝みたいで、まるで命そのもの。ずいぶん長いあいだ、見ることができなかったもの。

スヴェティはジョシュを見つめずにいられなかった。失礼なのはわかっていたけれども、目を離せない。ほかの子どもたちも彼のまわりに集まって、黙ったまま、梟みたいに目を丸くして見つめている。

にっこりとほほ笑んでくれたときには――心臓がぴょこんと飛び跳ねた。この数カ月、黄色い歯をしたユーリのにやにや笑いをべつにすれば、誰も笑いかけてはくれなかった。

マットレスに寝ている女の子はもしかして恋人？〝きょうだい〟という言葉は一応理解できたけれども、自信がなかった。

彼の縄を解いたことで、きっとユーリに殴られる。このふたりにちょっかいを出したらひどい目にあわせると脅されていた。だけど、優しそうな人と話せただけでもその価値はあった。

スヴェティはマットレスにあぐらをかいて座り、レイチェルをあやしながら、子守唄を口ずさんでいた。そして、恋わずらいにかかったように、髪の下からちらちらとジョシュをうかがっている。キャリーという名の女の子が本当にきょうだいなら、ほかに恋人はいる？どんな女の子だってジョシュと付き合いたがるはず。とはいえ、そうだとしても関係なかった。スヴェティは十三歳、ジョシュはたぶん十八歳より上だ。しかも、いまのスヴェティは羽根をむしられた鴉《からす》みたいなもので、がりがりに痩せている。髪はぼさぼさだし、自分は悪臭に慣れてしまってもうわからないけど、体はきっとくさいだろう。ジョシュは体つきもかっこよかった。すらりとして、しなやかで、陸上選手のような引き締まった脚をしている。そう、脚もすてきだ。

ジョシュ。きれいな名前。エキゾチックな響きがする。キャリーの髪を撫でているようすには涙が出そうになった。スヴェティは優しさに飢えていた。たとえ自分に向けられたものじゃなくても、こうして見ていられるだけでよかった。目が吸いよせられ、つい見とれてしまう。

ドアのほうから聞こえてきた物音で、胃が沈みこんだ。ドアが開いた。ユーリがずかずかと入ってきて、そのあとからマリーナが続いた。ユーリはジョシュが体を起こしているのを見てから、あの恐ろしい目でスヴェティをにらみつけた。スヴェティは慌ててレイチェルをおろした。よろめきながらあとずさりして、自分と幼子のあいだに距離を取った。

「このくそガキ。こいつらにさわるなと言っただろうが」目に見えないほどの速さで手が飛んできた。手の甲で殴られ、スヴェティは宙に舞ってから、床に叩きつけられた。

怒声が飛び交う。ユーリと誰かほかの人の声。マリーナも怒鳴っていた。ステファンとミハイルも叫びだし、そこにレイチェルの悲鳴が加わった。

スヴェティは鼻血を出して、床に転がった。ジョシュがスヴェティにはよくわからない言葉でユーリに怒鳴りつけていた。さっとこぶしを繰りだし、ユーリのあごをすくいあげるように殴った。ユーリはうしろによろめき、うめき声を漏らした。ジョシュがもう一度ユーリに飛びかかる。

カチッ。マリーナが黒くて四角い銃をジョシュに向けた。

「さがりな、豚野郎」マリーナは英語で切りつけるように言った。

ジョシュはこぶしを振りあげたままぴたりと止まり、バランスを失ってぐらついた。それから目を見開き、両手をあげた。「撃つな」ジョシュは言った。「降参するよ」

ユーリもズボンから自分の銃を取りだし、火を吐くように悪態をつきながらジョシュに迫り、震える手で銃口を突きつけた。

「やめな」マリーナがぴしりと言った。「ボスがこいつで遊びたがってる。手を出すんじゃないよ。おまえが好き勝手にしてくれたおかげで、あたしらはもうボスのご機嫌を損ねてるんだ」

ユーリは大きな黄色い痰《たん》を床に吐き、ごつごつした銃でジョシュの顔を殴りつけた。ジョシュは切られた木のように倒れ、ぴくりとも動かなくなった。スヴェティが横たわっているところから、ジョシュの顔に流れる真っ赤な血が見えた。スヴェティの喉から声が飛びだした。痛めつけられた動物の絶望の悲鳴だ。

ユーリがその声を聞いて、ぱっと振り返った。濁った瞳孔のまわりで、白目が血走っているのがはっきりとわかる。ユーリはスヴェティの二の腕をつかみ、力ずくで引っ張って立たせた。「メスガキめ」怒りくるっている。「こっちに来い。おまえの番だ」

ドアのほうへ引きずられた。スヴェティはあざになりそうなくらい必死で足をコンクリートに打ちつけ、手をばたつかせて抵抗した。いまさっき、ジョシュがしてくれたことを思うと、涙が止まらない。優しくて、温かくて、勇敢で、愚かな行為――

「その子の扱いには気をつけるんだよ、トンマ」マリーナはロボットみたいに抑揚のない口調で言った。「おまえがその子を傷つけたら、上はいい顔をしない。何度注意しなきゃならないんだい？」

小さな子どもたちは全員が泣いていた。レイチェルの泣き声が一番大きい。ドアがバタンと閉まって、三つの鍵とボルト錠がかかったあとでも、耳をつんざくような赤ちゃんの泣き声は廊下まで追ってきた。

スヴェティは抵抗をやめなかった。まとまりのない考えが次々と頭のなかに浮かぶ。わたしがいなくなったら、レイチェルはどうなるの？　ひとりで眠れる？　それともずっと泣きやまないまま？　缶詰のアプリコットの汁をレイチェルにあげたら、蕁麻疹《じんましん》が出てしまうって、サーシャは忘れないでいられる？　ユーリに殴られて、ジョシュの頭蓋骨にひびが入った？　わたし、これからどうなるの？　痛いことをされる？

神さま、助けて。お母さん、助けて。ああ、お母さん。

スヴェティが押しこまれたのは、これまで一度も見たことのない大きな部屋だった。びっくりするくらい清潔で、消毒液の匂いのするシャワーがついている。マリーナが水を出し、スヴェティのTシャツを頭から脱がせて、血の流れる鼻に押しつけた。「鼻血が止まるまで、そうやって押さえつけておきな。それから、おまえは――」ユーリに向かって言う。「外だ。信用できないからね」

「つれないこと言うんじゃねえよ」スヴェティは震える両腕を組んで胸を隠したが、ユーリはそこをじっと見ていた。「最後に一度くらい、こいつがきれいにしているところを見せてくれてもいいだろ。これを最後に……ほら、わかるだろ」にやりと笑った。

「外に出ろ」マリーナの声は揺るがなかった。「おまえのせいで鼻血まみれだ。これも連中はお気に召さないだろうよ。見栄えがよくない」

「やつらが気にかけるところは殴ってねえぞ」ユーリはぶすっとして言った。「手と脚だけだ」

「それに顔か？　馬鹿が。出てろ」マリーナは大きく突きでたあごをドアのほうにしゃくった。ユーリは足を踏み鳴らし、ぶつぶつとこぼしながら出ていった。

シャワーは氷のように冷たかった。消毒用の液体石鹸はへんな匂いがして、目にも全身の擦り傷や引っかき傷にもしみた。シャワーを浴び終わったあとは、震えが激しすぎて、自分で体を拭くことができなかった。歯の根が合わず、立っているのが精一杯で、体を拭くのはマリーナに任せるしかなかった。

中年の女性がビニール袋を破いて、薄い木綿の服を取りだした。ゆったりした緑色のズボンには折り目がついていた。同じ色のシャツは大きすぎるうえにすうすうして、裾は膝にまで達した。スヴェティの髪はまだびしょびしょで、背中を濡らしていた。マリーナが髪をつかんで絞り、手荒に櫛を通して、顔にかからないようにうしろに撫でつけた。

気づくと、スヴェティははだしで、素肌に緑色の上下をまとい、まだ震えたまま立っていた。頭は櫛で引っかかれてじんじんしているし、冷たい木綿が濡れた背中に張りついている。足を引きずりながらまた廊下を渡り、一番奥の鍵のかかったドアを通って、べつの廊下に出た。ここも見たことのないところだ。

こちらはもっと広く、明るかった。スヴェティが知っている場所よりもずっときれいだ。

マリーナに引きずられて、冷たい灰色のコンクリートの床を歩き、肘で小突かれ、金属のエレベーターのなかに押しやられた。スヴェティは壁に映った自分の姿にぎょっとした。ひどく青白くて、痩せて、ちっぽけに見える。わたし、こんなに目が大きくて、こんなに顔が小さかった? どっしりとそびえたつ金髪のマリーナの隣にいると、存在しているかどうかも疑わしい。エレベーターはじりじりとのぼっていった。やがて小さく震えて止まった。

シュッと開いたドアの向こうは別世界だった。壁は淡い緑色だ。何もかも光り輝いていた。まぶしさで目がくらんだ。壁中に並ぶ機械に光が反射して、きらきら、ぴかぴかしている。

肩甲骨のあいだをマリーナに押されて、スヴェティはつまずきながら部屋の奥に入った。スヴェティと同じような緑色の服を着た人たちでいっぱいだ。頭は帽子で、口はマスクでおおわれている。目だけが見えていた。たくさんの目が、スヴェティを見据えている。その視線にたじろぎ、スヴェティはエレベーターほうにあとずさりした。しかし、またマリーナに押し戻された。

とても背の高いマスクのお化けが一歩前に出て、冷たい視線をスヴェティの顔に突き刺した。「準備させろ」マスクの男は言った。「急げ。もう予定より遅れているんだ」

ベッカは自分の呼吸を数えていた。ゆっくりと、深く、規則的に息をしようとした。一、二、三、四。十までひとつずつ。

そして、十からまたゆっくり逆戻りする。これを続けていれば、いずれ夜が明ける。夜は永遠ではない。世界が引っくり返って、ベッカは不確かな未来に投げ飛ばされたけれども、明日は来る。誰かが来てくれる。そのときになれば、こうしているあいだに何があったのか教えてもらえる。

取り乱すもんか。泣くもんか。暗闇なんか怖くないし、まわりでコンクリートの床をカソコソと動きまわる生き物だって平気。鼠も、蝙蝠も、ゴキブリもへっちゃら。大人ですもの。耐えられる。怖くない。絶対、絶対、怖くない。

もう三時間たっただろうか。六時間でも、十分でもおかしくなかった。ニックはもうゾグロに会ったかもしれない。何もかも終わったのかも。キャリーとジョシュはもしかして……だめ。

やめなさい。そのことは考えちゃだめ。悲鳴をあげてしまう。

一、二、三、四……。

おもてで車の音がして、ベッカの心臓が止まりかけた。ニック？　ニックに決まっている。ベッカの居場所を知っているのは、この世にニックひとりなんだから。ともかく、明日、郵便がＦＢＩに配達されるまでは。もしや気を変えてくれた？　あれこれ責められたけれども、そんなこと、わたしにできるはずがないってわかってもらえた？

ふん。まさかね。心の奥底にいる疑り深い現実主義者がせせら笑った。

腹をくくらなければ。人生に危険がともなうことはよくわかっている。何より危ないのは、人の心配をすること。この残酷な現実を十二の年で突きつけられて以来、それをくつがえせるようなことは何も学べなかった。でも、あの底知れぬ穴が本当のところどれだけ深いのか、きちんと考えたことは一度もない。考える暇がないように、忙しい日々に自分を追いこんできた。

底があるとすれば、待ち受けているのは死だ。死が苦しみを止めるだろう。ベッカの墜落を受け止めてくれるのは死だけ。

これまで、ベッカは母がなぜ境界線を越えてしまったのか、その理由を理解できなかった。ベッドに座ってあの薬瓶を見つめながら、母は落ちていたのだ。止まることなく、いつまでも、心の内を突き抜け、暗闇のなかへ。

いまようやく理解できた。そして初めて、ママがベッカたちきょうだいを孤立無援で残していったことをほとんど許せそうになった。ほとんど。

重いドアがガタガタと鳴って、錆びたレールの軋む音が響いた。おもてでエンジンを轟かせる車のヘッドライトから、明かりがそそぎこんでくる。新鮮な空気がベッカの髪をそよがせ、ひたいにじっとりとにじんだ汗を冷やす。

足音。コツ、コツ、コツ。ベッカは首を伸ばして、誰なのか見ようとしたけれども、巨大な足場に視界をさえぎられていた。シルエット全体は見えない。足場に分断されたきれぎれの影と、そのうしろから後光のように差すヘッドライトのまぶしい明かりだけ。

コツ、コツ。近づいてくる。

ベッカは息を吸いこみ、意を決して口を開いたものの、かぼそい震え声しか出なかった。

「ニック？　あなたなの？」

懐中電灯の光がちらつき、ベッカの体をなぞったあと、顔に留まった。ただでさえヘッドライトがまぶしいのに、ますます目がくらむ。

コツ、コツ。ニックじゃない。ニックがこんなことをするはずがない。たとえ怒っているときでも、わざとベッカを怖がらせるようなことはしないだろう。

懐中電灯の持ち主は、あごの下から自分の顔に光を当てた。でっぷりとした輪郭、狂気をはらんだ目、空恐ろしい薄ら笑いが浮かびあがる。

「愛くるしい」ねっとりとして、悦に入った声がベッカの心臓を凍らせた。「まるで縄でつながれた生贄の山羊じゃないかね？　じつに都合がいい」

ベッカは遠のく意識を必死につなぎ止めた。心の底に落ちかけている。そしていまのベッカに望めるのは、この落下を止めてくれる死が速やかにもたらされることだけだった。

31

タマラがタンクトップをぱっと脱いだとき、デイビーはぎょっとした顔を見せた。監視用の窮屈なヴァンの後部座席で、女の乳房はすんなり受け入れられるものではない。「おい、タマラ」苦々しい口調で言う。「不意打ちを食らわせる前に、ひとこと断われないのか？」

「大人になりなさい。既婚者のくせに。女の胸を見たことがないの？」

「おまえが胸を武器として使うのは、ニンジャの殺し屋がヌンチャクを振りまわすのと同じだろう」デイビーはぶつぶつとこぼした。「警告もなしでまともに食らうのはごめんだ」

「これだから男って」タマラは言った。「女を物と見なして、そこに欲望を投影するのよね」

「どんな女でもそう見なすわけじゃない」デイビーが言った。「おまえだけだ、タマラ」

「フェミニズム論議はまたにしてくれないか？」ニックはそっけなく口を挟んだ。

「ちょっとスペースを空けてくださらない？」タマラはぷりぷりとして言った。「おめかしをしておかなければならないのに、揃いも揃ってでかい図体をしていられちゃ邪魔よ」

五人の男たちは車内の壁に張りつき、タマラは小道具の入ったバッグのなかをあさった。このヴァンには、タマラ、デイビー、コナー、セス、ニック、それにアレックス・アーロが乗りこんでいる。アーロは〝子どもたち〟と〝臓器泥棒〟のふたつの単語が同じ文中で語られるのを聞いたとたん、一緒に行くと言って聞かなくなった。計画はたててある。穴だらけで、見切り発車による危険性は大きいが、ともかくもこうしようという腹づもりはあった。マシスの車のアイコンは、得体の知れない施設の外の駐車場で光っていた。施設には新しい煉瓦造りの建物が並び、敷地は金網のフェンスで囲まれている。フェンスのてっぺんに有刺鉄線が張りめぐらされ、どんな警報装置が施してあるのかわかったものではない。セスとデイビーがカモフラージュ用の熱探知防止マントに身を包んで偵察した結果、電動の大きなゲートから二十メートルのところにプレハブの小屋が建っていることがわかった。同じく、セスとデイビーの熱探知ゴーグルによって、小屋のなかに四人の人間がいることも明らかになった。本館のほうにはもっと人がいるだろうし、さらに、巡回中の警備員たちもいるかもしれない。

タマラは銀色のラテックスの紐で編んだブラジャーのようなものを引っ張りだして、そこに胸をつめこみはじめた。再びバッグのなかに手を入れ、今度は三日月形のシリコンジェルを取りだして、網で包まれたような胸の下から押し入れた。完璧な形のCカップの乳房がボリュームアップされ、やはり完璧な形のDカップに変貌を遂げる。

「なるほど、女はそうやってるんだな」セスが言った。「いつも不思議だったんだ」

タマラはバッグから同じ銀色のラテックスのミニスカートと紐パンティを出した。「ぼうやたち、警告してあげる」タマラは言った。「わたしのあそこを見たくないなら」デイビーをにらみつける。「いますぐ目を閉じなさい。逆にわたしのあそこを見たいなら、その特権のお礼をあとでたっぷりいただくわ。あなたたちが予想もしていないときにね」

「どんな？」アレックス・アーロが引きこまれるように尋ねた。

「それは秘密にしておきましょう」タマラは言った。「あなたの命？　最初に生まれた子ども？　不滅の魂？　そのときの気分によるわね」

「タマを取られて、ネックレスにされるんだよ」ニックはアーロに言った。

「アクセサリー型の武器に使える新しい素材はいつも探しているわ」とタマラ。「でも、しぼんだ睾丸はあまりきれいじゃない」黒いショーツを脱ぎながら、きっぱりと言う。

男たちはむち打ちになりかねない勢いでタマラから顔をそむけた。

そして、待った。「もう安全か？」ニックが尋ねた。「目を開けても？」

「安全なんてまやかしよ」タマラが言った。「わたしと一緒にいて、安穏としていられる男がいる？」

ニックは片目を薄く開いた。多少なりとも身なりは整っていた。あの短いスカートをまともな身なりと言えればだが。タマラがブロンドのウィッグをつけようとして身をかがめたとき、スカートはビニールのラップみたいに生つばものの尻に張りついた。タマラは髪をうしろに振り払い、真紅の口紅を塗ってから、十センチヒールの銀色のブーツを膝まで引っ張りあげた。スプレーを手に取り、ラメを肌に噴射して、その霧で全員を咳きこませる。きらきらした霧が晴れたとき、タマラは男たちにまばゆい笑みを投げかけた。「どう？　わたし、どんなふうに見える？」

あえて答える者はいなかった。これからステージにあがるラスヴェガスのショーガールみたいに見える。あるいは、百万ドルの価値があるように。そして、トラブルの化身のように。

ニックは首を振った。「おれは気に入らないね」小声でつぶやいた。

「馬鹿を言わないで」タマラが応じた。「成功の可能性が一番高いのはこれよ。どんな男でも百パーセント防ぐことのできない武器は、女の誘惑」横目でニックを見る。「われらが友人、ニコライが証明してくれたようにね？」

ほかの男たちが身をすくめた。ニックは歯を食いしばり、黙って嫌味を受け流した。

タマラは宝石をちりばめたイヤリングを出した。片方についているごく小さな受信機を耳のなかに隠し入れた。送信機のほうはホワイトゴールドと天然石のブレスレットに仕込んである。しかし、それだけでは終わらなかった。ニックは、タマラがチェーンを首にかけるのを見つめた。真珠色で卵形のペンダントには宝石やら金の渦巻きやらがついている。てっぺんには真珠の丸針が突きでていて、まるで――

「おいおいおい」ニックは言った。「そいつは手榴弾か？」

「まあ！　意外と飲みこみがいいのね！」タマラが言った。「お嬢ちゃんたちがここにいないのが残念。わたしの作品の価値を本当にわかってくれるのは彼女たちよ」

「おれたちだって価値はわかっているが、いまは急いでくれないか、タマラ？」

タマラは鼻にしわをよせた。「女を急かすものじゃないわ」アクセサリーを装った護身具をさらにいくつも身につけていく。それからスカートをたくしあげ、オリジナルデザインのナイロンのホルスターを腿にふたつくくりつけて、ひとつにはワルサーＰＰＫを、もうひとつにはデイビーの小型のダートガンを収めた。

「さあ」タマラは言った。「完成よ」

ニックは歯ぎしりをしながら、さらけだされたきらきらの胸や腿や腹をながめた。男たちのほうは、防弾チョッキ、ガスマスク、ゴーグル、通信機、熱探知防止マント、高火力の武器という重装備だ。

タマラひとりが死の牙の内側に入り、裸同然で踊ることになる。上策とは言えない。胃が引きつれそうだ。しかし、ほかに名案は思い浮かばなかった。

タマラはヴァンから降りて、ひらひらと手を振った。「グッドラック」

ゲートの近くに車をよせるあいだ、男たちは押し黙っていた。ヴァンが停まったとき、全員がモニターの前に集まり、タマラがゆるりと腰をくねらせて堅牢なゲートに歩いていくのを見守った。ニックは銃声を予期して身構えた。また友人の死が良心に突き刺さる瞬間を。

投光器の強い光が瞬いて、タマラのふんわりしたブロンドを上から照らしだした。いかにも売春婦らしい服がきらめいて、溶けた金属が体のところどころに張りついているだけに見える。「キャッ!」タマラは飛びあがって、乳房を揺らした。「誰かいるの? ねえ! あたし、道に迷っちゃったの! 誰かいる?」

ドアが開いた。そこから差す黄色い光に、大男のシルエットが浮かびあがる。男はオートマチックのライフルを両手に持って、ゆっくりとタマラのほうに歩いてきた。でっぷりとした四角い顔は、ブルドッグにそっくりだ。「何もんだ?」大声で呼びかける。

「ああ、よかった! 出てきてくれてうれしい! あたし、サムナー通りを探してるの」タマラが言った。「もうどうにかなりそうよ。あたしはブランディ」

タマラがいつもの歯切れのいいヨーロッパ訛りを捨てて、鼻にかかったアメリカ人のしゃべり方を真似るたび、ニックの肌はぞわぞわする。

「サムナー通りなんて知らねえなあ。キンブルの町に戻って、そこで訊きな」ブルドッグが答えた。

「そんなあ、それじゃ永遠に時間がかかっちゃう」タマラは哀れな声を出した。「独身さよならパーティで踊る予定だったのよ。いまから行ってももう無駄かもしれないの？　それに、寒い！　セーターを忘れちゃったなんて信じられる？　こんな格好をしてるのに！　ほら、見てよ！」タマラはくるりとまわってみせた。「こんなちっぽけな布切れじゃ凍えちゃう！　ねえ、無理だと思うけど、温かいコーヒーを飲ませてくれたりしないわよね？」

ブルドッグはタマラを見やった。「あんた、ストリッパーかなんかかい？」

「というより、もうちょっと複雑なことをするのよ」タマラは打ち明け話をするように言った。「バタースコッチのシロップを使うんだから。新郎に舐めてもらうってわけ」

ブルドッグはたっぷり十秒もタマラを見つめた。「あんたのどこにバタースコッチをつけるんだ？」かすれた声で尋ねる。

タマラはくすくすと笑った。「そりゃあ、お代によるわよ。今日は、新郎の付き人から唇と乳首ぶんしかもらってない。でも、花婿がその気になって、パーティの出席者がたっぷりチップを弾んでくれれば、シロップをもっと……下まで塗っていいわ」

「どれくらい下まで？」ブルドッグの声はさらにしゃがれている。

タマラはまた笑った。「どこまでも」そっとささやく。「新郎が好きなところまで」

デイビーの肩が揺れた。両手で口をおおっている。アーロもセスもコナーも馬鹿みたいににやついていた。阿呆どもめ。ニックはいらついて、内心でつぶやいた。お遊びじゃないんだぞ。

「つまり、たっぷりチップを弾めば、あんたのあそこを――」

「そこを舐めてもらうのが、とっても、とっても好きなの」タマラは猫撫で声で言った。「もしそのあいだにイかせてくれたら、ご褒美もあるのよ」

長い沈黙。「それは……どんな？」ブルドッグはたまらないという調子で尋ねた。

「パーティの次のお楽しみの始まり。新郎の好きなところにバタースコッチを塗って、今度はあたしがそれを舐めるの」

ニックたちは息をひそめて、ブルドッグの返答を待った。

「あー、なかでコーヒーを飲まないか？」ブルドッグは言った。「仲間たちにあんたを紹介したい。あいつらにもいまの話を聞かせてやってくれよ」

「嬉しい！　ありがと！」タマラははしゃいだ声をあげた。

ゲートがぐっと開いた。タマラはブルドッグの腕にするりと腕を絡ませ、小股で警備小屋のほうへ歩きだした。なかに入ったあと、声は聞き取りづらくなった。警備の男たちのひとりがブルドッグを馬鹿野郎と怒鳴りつけた。

「ぴりぴりすんなよ、ロジャー」ブルドッグは鼻を鳴らした。「コーヒー一杯くらい、いいじゃねえか。ほらよ、べっぴんさん。クリームと砂糖はあっちだ」

「ありがと！　あら、かっこいい機械！　そのスクリーンの点々はなあに？　それって、ええと、赤外線かなにか？」

「熱探知機だよ」ブルドッグが答えた。「それより、バタースコッチのシロップの話をしてやってくれ」

ニックたちは物音をたてずにヴァンから降りた。車には断熱加工が施されているから、なかにいるあいだは熱探知機に映らず、外に出てからは熱探知防止マントが守ってくれる。五人の男たちは地に伏せて、じりじりと這っていった。小さな保冷剤でできたマントが体の熱で温まり、熱探知センサーに引っかかるまであまり時間がない。

頼む、タマラ。悪ふざけはそこまでにしてくれ。片づけるんだ。いますぐ。頼む。

警備小屋の男たちはタマラの話を喜んだ。ブルドッグはすっかり調子に乗っていた。勤務時間が終わったら一緒にホテルに行って、得意の仕事を引き受けてほしいとせがんでいる。

タマラは気取って、難色を示した。「ありがたいお話だけど、それってプロらしくないわよね。あたし、サムナー通りのお客さんを見つけなきゃならないんだから。今日の主役は明日結婚するのよ。それって、ほら、今日が最後のチャンスみたいなものでしょ？」

ブルドッグが大声で笑った。「最後のチャンスなもんか。おれだって結婚してるが、男ってもんはどこまでも男ってことよ。バタースコッチにはそそられる」

「やあね。あなたってとっても悪い人」タマラは喉を鳴らすように言った。

デイビーの声がタマラの演技に割って入った。「全員配置についた」

警備小屋のなかで騒ぎが起こった。何かが倒れる音、驚きの声、重く鈍い衝撃音。「キャア！　この人、どうしたの？　いきなりこっちに倒れかかってきたのよ！」

ドスッ、バシッ。危険を知らせる叫び声、また何度かドスッという音。「おまえはいったい――んぐ！」男は叫びはじめた。悲鳴が途切れる。

何も聞こえなくなった。ニックは息を殺していた。一秒、二、三、四、五、おい、六、どうなった――

「四人とも片づいたわ」タマラのハスキーな声が聞こえた。落ち着きはらったクールな声。息を乱してもいない。「ゲートの前で待機して」

重いゲートが開いた。ニックたちはなかに忍び入り、警備小屋まで全速力で走った。タマラは戸口で待っていた。部屋の奥で、警備員のひとりが椅子にぐったりともたれかかっている。首のうしろに投げ矢が突き刺さっているのが見えた。ほかの警備員たちは部屋の真ん中の床に伸びていた。

「死んでるのか？」ニックは尋ねた。

タマラは鼻を鳴らした。「麻酔薬で眠っているだけ。下劣な男どもに対しては手ぬるいわね。目を覚ますまでの時間にはばらつきがあるけど、三十分は優に稼げた。もっとも、殺してほしいってあなたが言うならべつよ、ニコライ」

「いや」ニックはプラスチックの手錠を袋から出した。「こいつらを縛っておいてくれ」

デイビーは警備システムを確認していた。「赤外線熱探知センサーが周囲に張りめぐらされている」みんなに報告する。「百メートルごとに歩哨《ほしょう》がひとりずつ。ざっと見たところ、行動探知機はない。警備員の制服から内外のシステムに識別コードが送信されている」

「よし。じゃあ、タマラがこの警備小屋のモニターを見て、おれたちに警備員の位置を知らせるという段取りでいこう」

「ちょっと、わたしはパーティの本会場に入れないわけ？」小屋の警備員たちの銃を回収しながら、タマラは口を尖らせた。

「パーティはさっきのでもう充分だろ」コナーが言った。「バタースコッチにはまいった」

「あなたがエリンと試してみることに百ドル賭けてもいいわ。それも、ふたりきりになったらすぐにね」

コナーは返事代わりにバシッとガスマスクを顔につけ、慌ててドアから出ていった。

それからは、時間との戦いだった。熱探知防止マントの保冷剤はもう溶けかけているのに、まだセンサーを避けてナメクジのように這っていかなければならない。

「モニターに動きがあるわ。歩哨が建物の右手から出てくる」タマラの低い声が聞こえた。「そちらのほうへ向かって……あら。もう動いていない。デイビー、あなたね。手が早いんだから」

「仕事が早いんだ」デイビーはそっけなく応じた。

「マントでその歩哨を隠して。そいつがそこでうつ伏せに倒れていたらまずいわ」タマラが言った。「それから、肩につけている通信機を壊しておいて。またふたり、反対側から来る……ああ、やるわね。いまのは誰？」

「催眠ガス」アーロのきびきびとした声。「こいつらは気づきもしなかった。なってないな。このふたりにはおれがマントをかぶせておく」

「馴《な》れ合いはやめて、集中してくれないか？」ニックは口を挟んだ。

「落ち着きなさい、ニコライ」タマラが言った。「わたしたちのお楽しみを邪魔しないで」

ニックはタマラを無視して、マントの目のところに開いている透明のウィンドウ越しに、建物の入口を見つめた。ドアが開いた。ニックは暗がりに伏せた。「みんな、動くなよ」そうつぶやいたとき、ドアのところの男が双眼鏡で警備小屋を見て、通信機に何かを言った。もう一度口を開く。応答を得られず、いらだたしそうに機械を叩いた。ドアをバタンと閉めて、警備小屋のほうへ歩きはじめる。

男の進路はニックのいるところにまっすぐ向かっていた。ニックはマントの切れ目から手を出して、ガスのスプレーを握りしめ……ぎりぎりまで待ってから吹きつけた。

シュー ッ。男は墓石みたいにばったりとニックに倒れかかってきた。

「お見事。いまのはニコライ?」タマラが尋ねる。

「ああ」ニックは百二十キロを超しそうな男の体の下からどうにか這いでて、保冷剤入りのブランケットを引っ張りだした。倒れている男の通信機のアンテナを抜いてから、体にブランケットをかぶせた。これで、保冷剤が溶けるまで、モニターには映らない。

通信機を岩に置き、叩き壊した。

「警告。爬虫類ごっこをしているあなたたちはまだ見えていないけれども、頭に血がのぼったニコライは見えはじめている」タマラが言った。「ペースをあげて。残り時間はわずかよ」

ニックは舌打ちした。体の芯がメルトダウンを起こして、仲間たちを道連れにしようというのか。「まずおれがドアを突破する」

前方に這っていった。保冷剤が溶けてできた冷たい水滴が顔を流れる。双眼鏡をのぞいて、ドアをうかがい……まずい。

指紋認証ロック装置の黒い大きなパッドのてっぺんで、赤い光が輝いている。

「警備員がひとり必要だ」ニックは通信機にささやいた。「指紋認証でロックがかかっている」

「おれのを運ぼう」デイビーが言った。「おまえのより痩せている」

迷彩柄のかたまりがもぞもぞと建物のほうに近づいてきた。デイビーだ。マントの下で、伸びた警備員をかついでいる。

「デイビー、あなたの体温もあがっている」タマラが言った。「それにニックはもうネオンサインみたい」

「もうすぐ着く」デイビーが冷静な口調で言った。

ニックとデイビーはドアの前で合流した。ニックが手探りで警備員の手をつかみ、広げさせて、ロック装置のパッドに押しつけた。光が緑に変わった。ドアが開く。その向こうにいた男が目を丸くした。

シューッ——再び、ガスをひと吹き。男は倒れた。ニックたちは男を飛び越えた。バンッ。コナーがうしろに弾け飛んだ。デイビーが腕を振りあげた。

トスッ。撃ってきた男の喉に投げ矢が刺さる。もうひとり、警備室の戸口からこちらをうかがっていた男が銃を——

トスッ。ニックの投げた麻酔薬付きの矢が男の肩に食いこんだ。

ニックは、床にうずくまっているコナーのところに駆けよった。「大丈夫か？」息せききったように言った。「撃たれていないだろうな」

「ああ」コナーがゴホッと喘いで答えた。「防弾チョッキに当たった。一瞬、息が止まったけどな。肋骨も何本かいってる」

　外側の配置についていたアレックス・アーロとセスが、迷彩柄のお化けのコンビみたいにずるずると建物のなかに入ってきた。そして、ふたりともフードを脱いだ。「おれたちはお楽しみを逃したんだな？　ちぇっ」セスが不機嫌そうに言う。

　デイビーがガラス張りの警備室から出てきて、ひたいを腕でぬぐった。「部屋のなかのやつらは片づいた。外から入ってくるやつがいたら、タマラに教えてもらえばいい」

　ニックがドアのひとつをそっと開けると、その先には無人の廊下が長く延びていた。

　ほかの男たちに振り返った。「見張りを頼む。この先はおれが行く」

「全員が警備室につめていなくてもいいだろう」アーロが言った。「おれたちも一緒に行く」

「好きにしてくれ」ニックはつぶやいた。「とにかく急ごう」

　ニックたちは全力疾走で廊下を駆け、ブーツの足音を轟かせた。


　ゾグロの葉巻の匂いで、ベッカは吐き気を催した。とはいえ、すでに気分が悪かったのだから、匂いのせいかどうか疑わしい。どちらとも言えなかった。

　一見、なごやかな光景だったかもしれない。崖の上に建つ広々としたバルコニーで、男と女がそれぞれデッキチェアに座っている。景色は雄大で、シアトルの街と月の光にきらめく川面や、まだ雪を頂く切りたった山並みが一望できる。芳しいそよ風とコオロギの合唱が漂ってくる。梟の鳴き声も聞こえた。

ふたりの椅子のあいだにはテーブルがあり、そこにワインのボトルが置かれていた。男はルビー色の飲み物を杯《さかずき》のなかでまわし、香りを楽しんでいる。

しかし、よくよく見ればこの光景にはおかしなところがいくつもある。たとえば、ふたりのうしろに立つ男がセミオートマチックのライフルを抱えていること。女の口がダクトテープでふさがれていること。さらに、両手に手錠がかけられ、それが犬用の鎖につながれていること。鎖の先はバルコニーを支える柱にくくりつけてある。胸にもダクトテープが巻かれ、椅子の背に縛りつけられていた。

ゾグロは葉巻を揉み消した。「正直に言えば、あいつがおまえを殺せばいいと思っていた。それなら、誤りに気づいたときの罪悪感が、あいつへの罰になる。じつにドラマティックだ」ワインをすすり、唇をすぼめて、口のなかでクチュクチュさせる。「しかし、こちらのシナリオにもそれなりに見所はある。ソロコフの得意技は、速やかに死をもたらすことだろう？ あいつの手にかかった者は、自分が死ぬことにも気づかぬうちにこと切れる。ふん。おもしろみのかけらもない」ゾグロは前に身をかがめてベッカの頬を指でさすり、ベッカがびくっと体を引きつらせると、忍び笑いを漏らした。「もちろん、おまえにそんな味気ない思いをさせるつもりはない」

返答をしなくてすむという点で、ベッカはダクトテープに感謝しそうになった。

「ワインはどうだね？ なかなかの味だ。クリストフ、客の猿ぐつわを取ってやれ。ひとりでしゃべっているのにうんざりしてきた」

クリストフはテープのはしをつまんで、一気にはがした。痛みで、甲高い声が喉から漏れた。口から空気を吸ったとたん、ベッカは咳きこんだ。ゾグロは前にかがんで、ベッカの震える手にワインのグラスを押しつけた。「しっかりしろ。自分で口に運べるか？」

鎖の長さが足りず、両手はダクトテープでぐるぐるの胸もとで止まってしまった。ゾグロは不満そうにチッチと舌を鳴らした。「手伝ってやろう」グラスをベッカの口もとにあげた。ワインがあごにも、胸にもしたたる。ベッカは喉をつまらせ、また咳きこんだ。

ゾグロは咳がやむまで待ってから、口を開いた。「弟と妹の運命を知りたいかね？」

ベッカは息を乱し、涙を流しながらゾグロを見つめた。まるで、ナプキンをどうぞと言うような口調だ。

「当初の予定を変更することにした」ゾグロは言った。「心に根づいた倹約の精神には逆らえないものだ。例の島での災厄でずいぶんな損失を出したから、その補塡《ほてん》をせねばならん。お遊びの相手としておまえを手に入れたいま、きょうだいのほうに埋め合わせをさせられる」

「埋め合わせ……なんの？　どういう意味？」

ゾグロは椅子にどっかりと座り直し、新しい葉巻を手に取った。クリストフがさっと前に進みでて、火を点ける。ゾグロは脚を組み、ベッカのグラスについだワインを自分で飲みはじめた。「マシスは移殖が専門の外科医だ。数年前、わしのいまの心臓を移植した医師。傷跡を見るかね？」シャツの前を開こうとする。

ベッカは首を振った。「いいえ」かぼそい声で言った。「けっこうよ」

ゾグロは肩をすくめ、シャツのボタンをかけ直した。「その体験がきっかけになった。この浅ましい世界で、懲《こ》らしめは必要不可欠だが、何も無駄を出すことはない。あの外科医と手を組んで……そうだな、エコを声高に叫ぶ現代においては、リサイクル事業を始めたと言ってもいい」

「いったいなんの話をしているの？」

「たとえば、おまえの弟と妹」ゾグロは言葉を続けた。「もし健康なら、ふたりから供される臓器の総額は、医者たちの試算によれば、千五百万ドルにのぼるだろう。当然、そこから少なからぬ額の経費を差し引かねばならんが、それでもたいした利益になる。考えてもみたまえ」

「臓器？」ベッカの心臓が早鐘を打ちはじめる。気分はますます悪くなってきた。「なんてこと」

「じつは、今夜、最初の収穫が予定されている」ゾグロは嬉しそうに言った。「楽しみで仕方がない」

「幼い子どもたち」ベッカはささやいた。「あの幼い子どもたちを殺すのね」

「ほう？」ゾグロは眉を高くあげた。「そこまで調査していたとは」膝を打った。「お利口だ。忙しくしていたようだな？」

この場合、忙しいという言葉は当てはまらない。いつも忙しかったベッカには。「ただ必死だったのよ」ベッカは小声で言った。

「ジョシュとキャリーはとりあえずのところ、残りの臓器提供者たちと一緒に閉じこめた。

これから臓器の鮮度を検査させる。見た目にはふたりとも健康そうだが、わかったものではないからな。わしはおまえの弟と娼婦が三十六時間ぶっ続けで交わるのをこの目で見た。見ているだけで疲れたくらいだ。だから、当然、ＨＩＶやら何やらの検査もさせなくてはならん」

「やめて」ベッカは声を振り絞った。「ジョシュには手を出さないで。だいたい、そんなことできるはずがない」

「できるとも。今日から始める。今夜、収穫するのは一番年上の少女だ」ゾグロは言った。「十二？　十三？　忘れてしまったが、もう子どもではない。その子の父親が、数カ月前にわしを怒らせた。つけを払わせるために娘をさらったが、この計画の準備が整うまで手をくださずにおいた。今夜ようやく、つけをすべて回収できる」

ベッカは力なく首を振った。「やめて」ささやき声で言った。「やめて」

「三組の医師団があの子から取れるすべてを活用するために待機中だ」ゾグロは続けて言った。「心臓、肝臓、腎臓、肺、眼球、無駄になるところはひとつもない」

ベッカの頰に涙があふれ落ちる。「スヴェティ？」

ゾグロは目を見開いた。「ほほう、知っているのだな？　ソロコフがもぐりこんできたのはそのためか？」大声で笑いはじめた。「ビデオに撮っておくことにして大正解だな。あの子が切り刻まれるところをあいつに見せられる」

ゾグロは身をかがめ、ベッカの膝をぽんぽんと叩いた。「やましい秘密をひとつ教えよう」膝に置かれた手は、やけにじっとりしていた。「もともとは、わしに逆らった阿呆どもを罰するために、薬でそいつらの体の動きを奪い、なおかつ意識ははっきりさせておいて、収穫を遂行させるつもりだった。メスで切り裂かれ、臓器を取られる感覚を味わわせることを夢見ていた。だが、外科医の話によると、そういう方法で得た臓器は移植不可能だそうだ。苦痛と恐怖に刺激されたホルモンで穢されてしまうらしい。実利主義ゆえに、わしは夢を諦めなければならなかった」

ゾグロの手が腿のほうに這いあがってきた。「つまり、おまえにとっては喜ばしいだろうが、ジョシュとキャリーは苦痛なしで死ぬことになる。適切な麻酔をかけられたうえで、収穫が行なわれる」ゾグロは感謝の言葉を期待するような顔でベッカを見た。慈悲をありがたがって当然だと本気で思っているようだ。

ベッカが何も言わないでいると、ゾグロはうなるようないらだちの声を漏らしてから、言葉を続けた。「しかし、おまえはべつだ、レベッカ。最初の悲鳴から、死の直前の喘ぎまで、一分一秒を楽しませてもらう。ソロコフがなすすべなく見つめる前で。おまえは、純粋に、罪深き放埒《ほうらつ》の道具だ」

ベッカは脚をよじって手を振り払おうとしたが、ゾグロは手に力をこめた。「そうそう、見るといえば」ちらりと腕時計に視線を落とす。「ミハイル？　わしと客に見えるように、大型モニターをここに持ってきてくれるか？　手術室のビデオ映像をここにもつないでおいた」パシッとベッカの腿を叩いた。「一緒に収穫を見物しようじゃないか。生中継で」

「いやよ」ベッカはそうささやきつづけていた。無駄なことだが、止められなかった。

「いやなものか。パベル、わしと客につまみを持ってこい。何がいいかね？　チーズ？　クラッカー？　薄切りの肉？　フルーツはどうだ？　たしかリンゴとブドウがあったと思う」

ベッカの目からとめどもなく涙が流れていた。「お願い。やめて。こんなことしないで」

ゾグロはまた膝に手を置いて、腿のあいだに指を滑り入れた。めそめそと懇願したのは大失敗だ。ゾグロを興奮させるだけ。

スクリーンで画像が瞬いた。上のアングルから映しだされているのは、痩せぎすで、ひどく顔色が悪い黒髪の女の子が手術台に横たわっている姿。まつ毛が真っ黒で、げっそりとした頬に筆で書いたように見える。

ベッカは絶望の穴に、深く――深く落ちていた。目を閉じて、できることなら意思の力で心臓を止めてしまいたいと思った。

しかし、心臓は意思に従わなかった。痛いほど力強く、頑固に、そして愚かに、鼓動を打ちつづけていた。

32

がらんとした廊下はいつまでも続き、ニックたちの足音が響くばかりだった。並んだドアの向こうは無人どころか、床や壁、配線も未完成で、ペンキの匂いと石膏ボードやセメントの粉があるだけだ。

四つめの階段で当たりがあった。ニックは全神経を集中して、踊り場の下に身を乗りだし、耳をそばだてて、人の声が漂ってくるのを聞いた。誰かがドアを開け、そこから数人のしゃべり声が漏れて、またすぐドアが閉じたといった雰囲気だ。

ニックたちは足音を忍ばせ、一階下におりて、ようすをうかがった。警備員も、銃を持った人間もいない。邪魔は何もなさそうだ。ニックは廊下に駆けだし、ひとつずつドアを開けていった。からっぽ。物音も人の気配もない。

次の階におりたとき、あのくぐもった話し声がまた聞こえた。ニックは背後のセスとアーロに手で合図を出し、壁に張りついて進んだ。廊下の先に大きなアコーディオン式の自動ドアがあった。横の壁に特大の金属の開閉ボタンがついている。その手前の部屋から、話し声がした。

ニックは部屋のなかに飛びこんだ。セスとアーロが続く。驚きの声、悲鳴、叫び声、恐怖に引きつった数カ国の言語が交錯する。部屋のなかにいた人々は、マント姿の男たちが銃を手に押し入ってきたのを見て、慌てて身を隠した。テーブルの下や、ソファの裏側にうずくまる。

医師の待合室らしい。窓はないが、金がかかっていて、居心地がよさそうだ。いくつものソファ、落ち着いた桃色とベージュに塗られた壁、印象に残らない美術品、明るさを抑えた卓上スタンド。それぞれのソファのそばには、ひとり用のテレビとイヤホンまで用意されている。巨大な本棚。セルフサービスの軽食用カウンター。コーヒーメーカー。

夫婦らしき男女が部屋の真ん中のソファに座ったまま、身をこわばらせていた。手をつないでいる。背が高く、禿《は》げかかった頭をして、不安そうな表情を浮かべた男。もっと若く、くすんだブロンドの髪をした細身で色白の女。服は高級そうだった。

「ヘンリー？」女のほうがささやいた。「何が起こっているの？」

男が立ちあがって、前に進みでた。「きみたちはなんだね？　ここで何をしている？　一般人は立ち入り禁止の医療施設だぞ！」

「ドクター・リチャード・マシスはどこだ？」ニックは強い口調で尋ねた。

女がはっとして目を見開いた。「まさか、そんな。ヘンリー、だめよ。そうはさせないわ」声音があがる。「邪魔などさせませんからね！　あと少しなのに！」

「マシスはどこだ？」ニックはもっと大きな声で繰り返した。

女は勢いよく立ちあがり、ニックの前まで走ってきて、両手で胸を突いた。「出ていって！」金切り声で叫ぶ。「あの心臓にひと財産払ったのよ！　止められるものですか！　早く出ていって！　いますぐ！」

ニックは女を夫のほうに押しやった。ヒステリーを起こした女を相手にしている時間はない。

廊下に出て、奥の自動ドアのボタンを押した。大きなドアが内側に折りたたまれる。痩せたブロンド女が追ってきて、キンキン声で叫んだ。「やめて！　だめよ！　だめ！　手術室に細菌を――いや！　やめて！　あの子が死んでしまう！　人でなし！　あの子は体が弱いのよ！」

ニックは駆けだした。女の叫びが絶望の泣き声に変わる。再びアコーディオン式の自動ドアが現われた。ボタンを叩きつけ、また走った。この廊下にある部屋の向こうで、人の話し声がした。

部屋に飛びこんだ。手術室だ。ニックの鼓動が重く打ちつける。緑、白、銀、手術台を照らすまぶしい光、そこにかがみこむ手術着姿の人々……ああ、まさかもう――

「その子から離れろ！」ニックは怒鳴った。「さがれ！」

医師たちは慌ててあとずさり、両手をあげて、目を見開き、ニックの手に握られた銃を凝視した。ニックは心臓をどくどくさせて、手術台に駆けより――

スヴェティじゃない。胸につるはしを打ちこまれたような感覚に襲われた。暗い青色の大きな目が、白っぽいまつ毛の下からニックを見つめている。ひどく顔色が悪い。肌は灰色がかり、目のまわりには紫色の陰ができて、顔の骨はすべて浮きでて見えた。麻酔用のマスクで口と鼻がおおわれている。体の下をのぞいて、全身が点滴の管やチューブ、センサーだらけだ。スヴェティじゃない。スヴェティの心臓を移植されるほうの少女だ。

ニックの目の前で死にかけている。

少女の姿を見て、肺の空気が残らず叩きだされた。少女の目は、恐ろしい悟りの表情を浮かべて、ニックの視線をとらえていた。目に見えない線を越え、速やかにその先へ進んでいこうとする者のまなざし。

ニックの母が死を受け入れたとき、その顔に浮かんでいた表情と同じだ。

この少女にとって、ニックはすべての希望を奪う死神に等しいのに、少女はただニックを見つめ、息をしようとしている。もともと救いを信じきれていなかったのだ。

少女は旅立ちの心構えをつけていた。ニックにはそれが感じ取れた。

ふたりは完全に理解し合ったが、それでも言葉は転がりでた。「すまない」ニックはしゃがれた声で言った。「奇跡は起こらない。ゲームオーバーだ」

少女は小さくうなずき、弱々しく指先をはためかした。笑みのようなものさえ浮かべる。

「このままでは何もかもおじゃんになる！ もうすぐだったのに！ 本当にあと少しなのに！」ブロンドの女が追ってきて、悲鳴まじりに叫んだ。アレックス・アーロがすぐうしろに続き、女をつかんで、自分の厚い胸に押さえつけた。

少女の母親。ニックは母親を見つめ、機械的に言葉を繰り返した。「すまない。奇跡は起こらない」

アーロは泣きながら暴れる母親をはがいじめにして、その頭上で叫んだ。「行け！ この部屋はおれに任せろ」医師たちはドアのほうへこそこそと動きだしていた。アーロはそちらにヘッケラー&コッホを向けた。「全員、その場を動くな」大声を張りあげる。「両手を頭のうしろで組み、壁に背をつけて座るんだ。ぐずぐずするな」

「ごめんな」ニックは手術台の少女にささやいて、それから、ドアの一番近くにいた女の肘をつかみ、引きずるようにして廊下に連れだした。「マシスはどこだ?」女に尋ねた。

「わたしはただの臨床工学技士よ。人工心肺装置を操作していただけ! 誰も傷つけていない! 誓って本当よ」東ヨーロッパの訛りがあった。

「黙ってマシスのところに案内しろ」ニックは怒鳴りつけた。

女はさらに勢いよくしゃべりだしたが、これは……エストニア語? そう、エストニア語だ。しかし、涙まじりに早口でしゃべっているので、聞き取りづらかった。息子のことや、ゾグロに従わなければ、その子がどんな目にあうかといったことをしゃべっているようだ。どれだけ悲劇的だろうと、付き合っている時間はない。

エストニア語は得意ではないが、脅し文句くらいなら言える。

ニックは女を壁に叩きつけ、脚に銃口を向けた。「マシスのところに案内しろ」女の言語に合わせて言った。「逆らうなら、膝から始める」

女は泣きじゃくっていたが、ニックが手を離すと、ふらつきながらも先に立って走りはじめた。ニックはセスを従えてすぐうしろからついていった。

そう遠くはなかった。医者でいっぱいのべつの手術室が見えた。ニックはそちらに向かいかけた。女は激しくかぶりを振って、ニックの腕をつかみ、もとの方向に引き戻した。「違う、違う。ここは受け入れ先。みんな、受取人。マシスはここにはいない。彼がいるのは……あっちよ」

また自動ドアが現われた。バンッ。そして、またべつの手術室が見えた。女はつまずいて膝をつき、そのガラスのドアを指差した。「そこよ」しゃくりあげて言う。「マシスはそこにいる。お願い、わたしを撃たないで」

ニックは女を残し、ドアに体当たりするようにしてなかに入った。先ほどと同じような手術台があり、緑の手術着とマスクの化け物たちが、まぶしい光に照らされた手術台にかがみこんでいる。メスが光を受けて輝き、そして、なんてことだ、ひとりは手術用のノコギリを掲げて――

「手術台から離れろ！」ニックは叫んだ。

器具がガシャンと落ちる音、叫び声、悲鳴とともに、医師たちは台から飛びのいた。ニックは銃を手に突き進んだ。

スヴェティ。意識がない。明るい光の下で、痩せ細った白い胸が無防備にさらされている。肋骨が一本一本浮きでていた。そのそばでメスを持ってかがみこんでいた男は、まだ動いていない。驚愕に目を丸くして、ニックを見つめている。

「さがれと言ったんだ！」ニックは怒鳴った。

部屋は静まり返ったが、機械の電子音やモーター音、そしてスヴェティの心臓をモニターするピッピッという規則的な音だけは聞こえていた。まだ心臓が動いている。まだスヴェティのなかにある。セスが影のように現われ、ニックのうしろに立った。

「おまえらクズどものなかのどいつがリチャード・マシスだ？」ニックは尋ねた。

医師たちは身を縮めて、手術台からさらに離れたが、メスを持った男だけはその場に立ったままだった。はじめから動こうともしなかった男だ。

偉ぶった野郎はマスクを引きはがし、毒づいた。ハンサムな顔は義憤で彩られている。

「おまえたちは何者だ？　よくもこんなふうに押し入ってこれたものだな？　われわれは非常に高度な外科手術で人の命を救おうとしているのに、そこを――」

「黙れ、嘘つきめ」ニックは言った。「おまえが何をしているのか、よくわかっているとも。さがれ。いますぐ。さもないと、頭を吹き飛ばすぞ」

メスを光らせて、マシスはゆっくりと両手をあげた。抑えきれない怒りで口が歪んでいる。こいつに飛びかかり、いますぐこの手で殺してやりたいという思いに、ニックは危うく負けそうになった。

まばたきで怒りの涙を抑えた。スヴェティの顔は青白く、頬はげっそりしている。片目の下に新しいあざがあり、その下には黄緑色の古いあざもついていた。こいつらはこの子に何をした？

「おまえらクソのうち、麻酔医はどいつだ？」険しい口調で尋ねた。

自分じゃないというように小さくなる医師たちのなかで、唯一そういう態度を取らなかったのは、両目のあいだの幅が狭く、ずんぐりとした体形の女だった。ニックは女を指差した。

「おまえか？」

女は肩をすくめた。マスクの上の目は陰鬱で、生気がない。

「この子が意識を取り戻すまでどれくらいかかる？」ニックは問いただした。

「十分。わたしが麻酔を足さなきゃね」抑揚のない声で答える。

うしろで慌《あわ》ただしい動きがあって、早口でわけのわからない声がいくつもあがった。悲鳴も。ニックはぱっと振り返った。マシスがこちらに銃を向けている。

バンッ。銃声とともに、マシスは身をこわばらせた。銃がゆるやかな弧を描き、手術台の向こうに飛んだ。床に落ちて、部屋のすみまで滑っていった。

マシスが膝をついた。右手を押さえている。とはいえ、それはもう〝手〟とは呼べなかった。骨も腱もぐちゃぐちゃになった血まみれの残骸だ。

ほかの医師たちのなかに、マシスを助けようと動く者はいなかった。

セスは申し訳なさそうに肩をすくめた。「完全に始末するのが正解だったかもしれないが、まずは汚い仕事をしてきたその右手をつぶしたかった。それに、そいつが刑務所に入ったあと、小さな子どもたちを切り刻むのを楽しんできたことがほかの囚人たちに知られたら、どんな目にあうかと思うと楽しくてね」

「それでいいさ」ニックは言った。「助かったよ」麻酔医のほうにまた顔を向けた。「ほかの子どもたちはどこだ？」

「子どもたちって？」陰気な麻酔医はそらとぼけようとしている。

ニックは銃を振って、床に血をしたたらせながらうめくマシスを示した。「この大馬鹿野郎の姿が見えるか？　こいつの右手は？」

「ええ」麻酔医はしぶしぶ答えた。

「こんなふうになりたいか？」ニックが尋ねると、麻酔医は首を横に振った。「よし」ニックは言った。「それなら、あらためて訊こう。子どもたちは？」

麻酔医はまばたきをして、銃を見つめた。「地下のどこかよ。下には行ったことがないわ。わたしたちは誰も。彼らがこの子をエレベーターで連れてきたから」

「彼ら？　誰のことだ？」

「子どもたちの世話係」吐き捨てるように言う。

何が世話係だ。ニックはスヴェティのやつれぶりと顔のあざのことを考えた。「何人いる？」

「わたしが見たことあるのはふたりだけ」麻酔医は言った。「男がひとりと女がひとり」

ニックはちらりとセスに目を向けた。「おれが地下に行く」

セスは困ったような表情をした。「ひとりで？」

「おまえはスヴェティのそばにいてくれ」ニックは言った。あの子の心臓を切り取ろうとしていたやつらでいっぱいの部屋に、スヴェティひとりを残していくわけにはいかない。

「問題解決」タマラがクールな声で戸口から言った。

全員の視線がタマラに飛んだ。見ないではいられない。タマラは十センチヒールの銀色のブーツでこれみよがしに部屋のなかに入ってきた。全身をきらめかせ、ぎらつかせ、まばゆいブロンドの髪を揺らし、美しい銀のワルサーPPKを手に握って。

「わたしが一緒に行く」タマラが言った。「ここの残りのゴミどもは、いまこちらに向かっている警察が拾ってくれる」目をすがめて、縮こまった医師たちを見やった。

「それならいい」セスが言った。「じゃあ、地下に行ってこい。おれはこいつらが逮捕の前に逃げないようにここで見張ってる」

エレベーターのドアはキーがなくても開いた。どうやら、いったん殺人工場の中枢に入ってしまえば、警備はざる同然のようだ。地下五階まであった。ニックは横目でタマラを見たが、タマラはあなたが決めることだと言いたげに肩をすくめた。

ニックは最下階のボタンを押した。象徴的な意味合いとして、そこが似つかわしいように思えた。

ドアが開くとその先はまた廊下だったが、こちらは造りが雑で、天井には蛇のような管が這い、床は灰色のコンクリートがむきだしになっていた。廊下の左手は、二十メートルほどで行き止まりだった。右手は、五十メートルほど先でL字に曲がっている。

右に向かった。

バタバタと足を床に打ちつけて必死に走るような足音が聞こえたとき、ニックとタマラははっとして立ち止まった。左右に体を揺らしながら走る男が、L字の角を曲がってきた。目を血走らせ、膝を高くあげて、手に銃を持っている。狂乱状態のゴブリンといったようすで、べたついたブロンドの髪はもつれ、脂っぽいひたいに垂れさがっていた。

男はニックたちを見て金切り声で叫ぶと、きびすを返し、もと来た方向へ一目散に逃げだした。

ニックとタマラはあとを追った。ドアが閉まる音が響く。ふたりは角の向こうをのぞいた。行く手は頑丈そうな両開きのドアに阻まれていた。ドアについている小さな窓はワイヤー入りの強化ガラスだ。ふたりともそちらに駆けだした。ドアには鍵とかんぬきがかかっている。

窓の向こうは、またどこまでも廊下が続いているだけで、ほかにはなにも見えない。ニックは銃の台尻でガラスを叩き割った。廊下のずっと先のほうから子どもたちの泣き声が聞こえてきた。

両のこぶしをドアに叩きつけた。「なかに入らないとやばい！　あの男は口封じのために子どもたちを殺すぞ！」

タマラはニックの肘をぐいと引っ張った。「角の向こうに戻りなさい」宝石付きのネックレス型手榴弾を首からはずした。「これでドアを吹き飛ばす。その程度の威力しかないし、子どもたちは遠くにいるから危険はないわ」

タマラは角まで戻るあいだにピンを抜き、慣れた手つきで手榴弾を転がした。手榴弾は廊下を滑り、ちょうどドアの手前で止まった。

タマラはニックの隣でしゃがんだ。「五……四……三……耳をふさいで、ニコライ！」ニックは両耳に指を突っこみ、タマラが「一」と言う口の動きを見た。

タイミングぴったりだ。爆発音で、体のすべての細胞がぶつかり合うかのようだった。ふたりは角の向こうに顔をのぞかせた。ドアがあったところに、歪んだぎざぎざの穴が開いている。あたりのコンクリートブロックが崩れ、もうもうとした埃が舞いあがっていた。ニックたちは穴を走り抜けた。ドアから十メートルほどのところで、黄色っぽいブロンドの男がうつ伏せに倒れ、しゃがれた声のウクライナ語で叫んでいた。

「耳が！　耳が！」絶叫だった。

両方の耳から血があふれ、首に流れ落ちていた。気のたった動物みたいに手で空をかき、その血まみれの両手を見つめて、ニックたちが通り過ぎるときには足をつかもうとした。

「おれの耳が!」

「子どもたちはどこだ?」ニックは声を張りあげ、ウクライナ語で尋ねた。

男は起きあがって膝をつき、ただ泣き叫び、わけのわからないことをまくしたてている。

タマラは舌打ちして、イヤリングの片方をはずし、きゅっとひねった。それを男の肩に突き刺した。

男はうめき、ゆっくりと床に倒れて、動かなくなった。

ふたりはまた走りだしたが、新たな音が聞こえてきたときに歩調をゆるめた。廊下に並ぶドアのひとつの向こうから、赤ちゃんの泣き声がする。ひとりではない。近づくにつれ、音は大きくなっていった。

泣き声のするドアにもまた鍵とかんぬきがかかっていた。かんぬきははずれたが、鍵は上等で、専門家が数時間かけてようやく破れるようなものだった。

視界のはしで、何か動くものがあった。ニックとタマラは振り返り、横にも縦にもでかい女を追いはじめた。女は手前のドアから忍びでて、タマラが吹き飛ばした穴に向かって駆けだしたところだった。

女は死に物狂いで走っていたが、重い体と切り株みたいな足では、激怒したニックと、十センチのヒールを履いてもなおサラブレッドの競走馬のように駆けるタマラには敵わなかった。

途中の階段のところで女に追いついた。ニックは飛びかかり、タックルで女を引き倒した。

馬乗りになったとき、女はうめいた。汗でびしょ濡れだ。「逃げられないぞ。あのドアの鍵をよこせ」ニックは言った。

「わからない」女は言った。「英語、話さない」

ガーネットの柄のナイフが、どこからともなくタマラのこぶしのなかに現われた。タマラは女のごわごわのブロンドの髪をつかんで引っ張り、ぐいと頭をのけぞらせて、ウクライナ語で叫んだ。「鍵!」

「なんの話なのかさっぱり――」

刃の先が肌に食いこんだ。血が湧きあがり、女の首に流れていく。「わたしがその耳を切り落とす前に、理解することをお勧めするわ」タマラは小声で火を吹くように言った。

「待て! 待って。鍵を渡す」女は息を切らし、英語で言った。ニックの体の下でみじろぎして、ポケットのひとつに手を突っこみ、小さな鍵の束を取りだした。「ほら、鍵。あげる。あげる」

ニックとタマラは目を見交わした。

「馬面の地獄の魔女に鍵を開けさせることにする」タマラが言った。「違う鍵だったら、再交渉よね? あんたの目からえぐったほうがいいかもしれない。それ以上ブスになるかどうか試してみましょう」

ふたりは女を立たせ、むりやり歩かせて、子どもたちの声が聞こえるドアの前まで戻った。

「あたしはなんも悪いことしてないよ」女は不当な扱いだとばかりに言った。「子どもたちの世話をしてたんだ。食わせて、ケツを拭いてやって。手は出してない!」

「うるさい」ニックは怒鳴った。

女をドアのほうに突き飛ばした。鍵が開いて、ドアノブがまわった瞬間、タマラはヘアクリップをはずし、小さなノズルをひねって、女の顔に何かを吹きつけた。

女は壁にもたれるようにぐらりと揺れ、白目をむいて、滑り落ちた。よし。これで世話係はふたりとも意識を失い、逮捕を待つことになった。

ニックはふうっと息を吐いて、ドアを押し開けた。

とっさに受けた印象は、いくつもの目を見開き、多数の手足を絡ませる不格好な生命体がいるというものだった。それから、汚れて、怯えた表情をした子どもたちがひとかたまりになっているのだとわかった。

恐怖で泣き声さえあげられないようだが、一番小さな子どもだけは、背の高い若者の腕のなかで声を限りに泣き叫んでいた。青年はボクサーショーツ一枚の姿で、顔はひどく殴られ、血まみれだった。

小便、吐しゃ物、不潔な体、腐った食べ物のにおいがたちこめていて、息もできない。ニックは銃を持った手を横におろした。

「おれたちはきみらを傷つけない」口調を抑え、ウクライナ語で言った。見たところ十歳くらいの痩せこけた男の子がしゃべろうとして、咳きこんだ。もう一度口を開く。声はかぼそく、かすれていた。「マリーナとユーリはどこ?」ウクライナ語で言う。

「外よ」タマラがニックのうしろから答えた。「警察があいつらを逮捕して、罰を与えてくれる。もう心配しなくていいわ」

子どもたちは途方に暮れたように顔を見合わせた。ショックで感覚が麻痺しているようだ。ニックはこの部屋の汚さに言葉を失っていた。

一番小さな子どもが青年の腕のなかで身をくねらせた。青年がそっと床におろすと、汚れた小さな足で立ち、よちよち歩きで前に出て、大きな目をひたとタマラにそそいだ。やけに明るい蛍光灯の下で、タマラは光り輝いている。

「きれい」幼子は舌足らずなウクライナ語で言った。「ママ」

タマラはあとずさりした。「いいえ、違うわ。ママじゃない」小さな子どもに言う。「わたしはママじゃないのよ」

子どもは細い腕を両方あげた。「ママ？　ママ？」

タマラはさらに一歩さがった。ニックが知り合って以来、タマラが尻ごんだり、あるいは押されたりしているところさえ見たことがないが、二歳程度のこの子どもには脅かされているようだ。

小さな女の子の顔が悲しそうにくしゃりとなった。また声をあげて泣きだす。

タマラは激しく毒づきはじめた。どことなく濁ったような不明瞭な言葉で、最初、ニックにはどこの言語かわからなかった。「仕方ないわね」タマラはつぶやいた。「なら、おいで」子どもを抱きあげる。

ニックは部屋の奥に進んで、子どもたちをながめた。飢えかけて、顔色は悪いものの、全員が自分の足で立っている。ただし、年かさの女の子だけは下着姿で壁にもたれ、ひどく弱々しく、具合が悪そうに見えた。ほかの子どもたちはみんな十歳にも満たないようだ。

「スヴェティは大丈夫？」さっきしゃべった男の子が尋ねてきた。

「ぎりぎりで助けたよ」ニックは答えた。「大丈夫だ」

男の子は手で両目をおおった。肩が揺れはじめる。背後から、タマラと幼子の会話がきれぎれに聞こえてくる。「やめなさい！　だめ、だめ、それにはさわらないで。硫酸が入っているのよ！」

「きれい」女の子は喉を鳴らすように言った。「きれい」

ニックは染みだらけのマットレスや壁に並んだゴミ袋を見た。腐ったゴミでぱんぱんなのに、誰も捨てようとしなかったらしい。「あいつらめ」ニックは口のなかでつぶやいた。「とんでもない人でなしだ」

背の高い若者が前に進みでた。「あの！　いま英語をしゃべりましたか？」

ニックはぎょっとして振り返った。「アメリカ人？」

「ああ、よかった！　ぼくと妹のキャリーはそうです。ほかの子たちはウクライナ人だと思います。ほかにスヴェティっていう子もいました。二時間くらい前に連れていかれちゃったんだけど。それと、姉のベッカをここで見ませんでしたか？」

ニックの胸が一瞬で凍りついた。世界がぐらりと揺れて、ぐるぐると旋回しながら落ちていく。青年の言葉のまわりで、すべてが姿を変えていった。「きみは？」ニックは尋ねた。

「ぼくはジョシュ・キャトレル」青年は答えた。「ギャングだとかいう太った男が、姉のこともどこかに閉じこめているんじゃないかと思うんです。姉もここにいるのかもしれない。それらしい者を見かけませんでしたか？」

ニックは、左右の間隔が広い緑色の目を見つめた。ベッカにそっくりだ。充血しているものの、床に座って膝を抱えている女の子の目もよく似ている。ジョシュとキャリー。なんてことだ。おれは何をした？

ニックはごくりとつばを飲んだ。「ここにはいない」喉に言葉がつまって、ほとんど聞こえないほどの声しか出なかった。

「なぜそう言いきれるんです？　まだ容貌も説明してない——いや」ジョシュは警戒するように目をすがめた。「ちょっと待った。ベッカを知ってるんですね？」

「そうとも言える」ニックはざらついた声で言った。「知っていると思っていた」

殴られた顔に、疑念の表情が浮かびあがる。「いやいやいや、ちょっと待てよ。あんたが例のチンピラだな」ジョシュは言った。「ベッカの新しい男。ベッカがのぼせあがっていたやつだ。ぼくと電話でしゃべった男だな？」

「ああ。今日、ベッカに会ったか？　ガヴィン通りのアパートメントで」

「うん、ナディアに連れていかれた家だよ」ジョシュは言った。「自分の家だって言ってたけど、本当はあのギャングの家だったんじゃないかな——なあ、大丈夫かい？　なんだか気分が悪そうだけど」

大失態だ。いや、それどころじゃない。破滅だ。

「それで、姉さんはどこにいるのさ？」ジョシュが問いただした。

ニックは息を吸いこもうとした。「本来いるべきじゃない場所だ。これから急いでことを正しに行く」タマラのほうを向いた。死のペンダントを肩のうしろに払おうとしている。

女の子はキャッキャと嬉しそうに笑いながら、ペンダントに手を伸ばしていた。

「ベッカは本当のことを話していた」ニックは言った。「迎えに行かなければならない。ゾグロに発信機をつけられているんだ。おれがベッカを置いてきた場所は、簡単にわかってしまう」

「それはまずいわね。なら、行って」タマラの目に薄ら寒い表情が宿った。「ここはあなたなしでも片づくわ。悪魔に追いかけられているように走りなさい、ニコライ。あの男は悪魔そのものなんだから」

ニックはそのとおりに、骨まで凍りつくような恐怖と、祈りにも似た希望に駆られて走りだした。

33

一面のガラス窓のうしろの部屋で叫び声があがった。壁に何かが当たって割れる音がする。ゾグロは逆上していた。

いずれ、怒りをベッカにぶつけてくるだろう。きっとひどい目にあわされる。

でも、それはあとのこと。いちどにひとつずつ。ベッカには、松の木の香りを嗅ぎ、空を仰いで、雲の切れ間から差しこむ月光をながめ、喜びの涙を流す時間がまだわずかにある。

ジョシュとキャリーは助かった。ベッカはそれをモニター越しにこの目で見た。最後の最後でニックが飛びこんできて、あのかわいそうな女の子が怪物どもに切り刻まれるのを止めてくれた。スヴェティが無事なら、ジョシュとキャリーも無事ということ。ほかの子どもたちも全員。無傷で。助かったのだ。

ゾグロの子分がモニターのことを忘れているので、いまも生中継の映像が流れていた。スヴェティは手術台に横たわったままで、手術着姿の女性がそこにかがみこみ、脈を計っている。その隣に立ち、半分だけ画面に映っているセスはいかめしい顔で銃を掲げ、モニターでは見えない誰かか、複数の誰かに銃口を向けているようだ。どこかから痛い痛いとうめく声がする。スヴェティではない。セスはうめき声をちっとも気にかけていなかった。

ベッカは泣いていたが、かまわなかった。頭をのけぞらせ、鼻をすすって、頭上の木々のざわめきに耳を傾けた。甘いそよ風の香りを胸いっぱいに吸いこんだ。雲のあいだにぽっかりと大きな穴が開いて、月光がそこを縁取っている。星、雲、月、木。美しい。

キャリーとジョシュには、ベッカなしで生きてもらうしかない。愛のある人生を。

自分が愛を失ったことは悲しく、胸が疼いていたけれども、ジョシュとキャリーが生きていくならそれでいい。大人になり、伴侶を得て、家庭を築く。自信に満ちた、幸せな人間になる。長生きして、寿命をまっとうする。そうあってほしい。心のすべてと、ありったけの愛をこめてそう願う。

それに、人生をまっとうするといえば、一週間前までのベッカは人生経験に乏しかったかもしれないが、ニックとの関係があまりに強烈で、ほんの数日に数年分の生が凝縮されたような気がしている。

ベッカはニックを愛していた。心から。賢明な愛し方じゃなかったけど、それでも。ありがたいことだ。命の終わりに人生を振り返ったとき、そう思える女性は多くないだろう。

終わりのときが来たら、できる限りその思い出にすがっていたい。

いままで生きてきて、ニックはこれほど車のスピードを出したことがなかった。アクセルをいっぱいに踏んで、コンビナートの奥まで乗り入れたとき、暗闇に囚われたベッカを思って、ニックは肌をぞわぞわさせていた。まさに生贄だ。なんの罪もないというのに。

グローブボックスから懐中電灯を取りだした。そもそもこれを置いていってやるべきだった。いや、それより何よりこんな場所に置き去りにしてはいけなかったのだ。

雲の流れに合わせて、月の光が差しこみ、また途切れた。倉庫のなかは奈落のように真っ暗だった。

そして、そこにベッカを鎖でつないだのはおれだ。

やめろ。気を散らすな。ここでまたへまをするわけにはいかない。悔いるならば、これからの余生をたっぷり使えばいい。ベッカ自身が引導を渡してくれるだろう。いまは気持ちを集中させて、ことを正すんだ。いまからでもできる限り。

こういうたぐいの傷は、一生癒えない。この手の傷のことは知っている。子ども時代を通じて、こうした傷が人の心をえぐり、膿《う》んでいくのを見てきた。愛が遠い日の苦い思い出になるまで治らない。

ベッカは二度とニックに会いたがらないだろう。もう覚悟している。しかし、おれの愛したベッカが、最初に信じた姿のまま、この地上に生きていてくれると知っていられれば、それで充分だ。たとえ、このおれは疑い深く、騙されやすく、脳みそのかけらもない冷血漢で、ベッカにはふさわしくないとしても。

自分はひとりぼっちでも、ベッカが存在していると思うだけで慰めになる。

ニックは建物のドアを引き、ガタガタと音をたてて開けた。懐中電灯の光が、どこまでも続く闇を切り、慌てて逃げていく小さな獣たちの姿をとらえた。鼠。そんなものまでいたとは。また一本、ニックの棺桶《かんおけ》に釘が打たれた。

「ベッカ？」ニックは呼びかけた。「おーい！」

答えはない。寒気が走った。まさかベッカが眠っているはずはない。ニックと話したくないだけかもしれない。そうだとしても、とうてい責められなかった。

「ベッカ！」真ん中の通路を駆けだし、足場の五列目の柱を目指した。ベッカをつないだ場所だ。「怒っているのはわかるが──」

角を曲がり、ぴたりと足を止めた。心臓がねじれ、氷のような恐怖と狼狽の鉤爪が食いこむ。鼠どもがちりぢりに逃げていった。

いない。バッグも、水のボトルも、散らばったプロテインバーもあるのに、ベッカがいない。手錠と鎖も消えていた。

ニックは吐きたくなった。くそっ。どこから捜せばいいのか、どちらへ向かえばいいのか、見当もつかない。決死の覚悟で乗りこみたくても、場所がわからない。

物音はしなかったが、背後の空気が揺れ、何かの気配を感じて──振り返った瞬間、鉄パイプで、後頭部の代わりにひたいを殴られた。

赤と白のまぶしい光が弾けて、ニックは激痛の下り坂を延々と転がり、どことも知れないねっとりとした闇に落ちていった。


ベッカは、あの倉庫での出来事が、ニックへの愛しさを焼きつくしてしまったものだと思っていた。これ以上深い奈落はない、と。しかし、間違っていた。

クリストフと、ゾグロにミハイルと呼ばれていた男が、血だらけで意識のないニックを引きずってきた。手足は縛られている。ゾグロは怒りのままにニックを蹴りはじめた──背中、脚、腹、股間、顔。ぐったりとしたニックの体にドスッと足がぶつかるたび、ベッカは自分の肌に殴打を受けているような気がした。

深さはまだあった。なんといっても、そこを掘りさげるのがゾグロの得意技だ。苦痛と屈辱と絶望の深遠。

ニックの手足は、体の前で、歯止め付きのプラスチックのベルトで縛られていた。べつのベルトで両手両足がひとつにくくられ、体を半分に折り曲げるような格好になっている。

ゾグロが勢い余って蹴りつけたテーブルには、パベルが持ってきたつまみがのっていた。クリスタルの杯が割れ、食べ物が飛び散り、ワインの瓶は倒れ、血のように赤黒い液体が流れだす。

再びゾグロがニックの肋骨に荒々しく蹴りを入れたとき、ベッカは体をびくっとさせた。それがゾグロの注意を引いてしまった。

くるりと振り返り、息を切らして、ベッカをおおうように立つ。「何億ドルだぞ！」赤く濡れた口から吐きだされたつばが顔に当たり、ベッカはまた体を引きつらせた。「おまえとこの血まみれのクズがわしにどれほどの金を損させたかわかるか？　損失の大きさが想像つくのか？」

「大事なものは守られたわ」ベッカは穏やかに言った。「お金なんてどうでもいい」ベッカの頭のなかの正気な部分が、自分の途方もない愚かさに身をすくめている。どうしてこんなことを言ってしまったの？　どうせなら早く死にたいという諦めの境地？　救いようがない。

「どうでもいいだと？」ゾグロは金切り声をあげた。「どうでもいい？」思いきり、ベッカの頬を平手打ちする。「思いあがったメス豚め！　金などどうでもいいとは、何さまのつもりだ？　金がなくて死にかけたことなどないだろう？」

ある。ベッカはそう言いたかったけれども、憤怒の表情、真っ赤に染まった顔、白く濁った目、針の先ほどまでにすぼまった瞳孔を前にして、口を開く勇気はもうなかった。

ゾグロは反対側からまた頬を殴った。「金がないために、盗みを余儀なくされたことは？」ゾグロは怒鳴った。ベッカの目に涙が浮かぶ。「殺すしかなかったことは？　その手が熱い血にまみれたことは？　アメリカでぬくぬくと暮らしてきた女に、飢えるつらさがわかるのか？」バシッ。「ゴミ箱に捨ててある腐った肉を鼠と奪い合ったことは？　ひと切れのパンのために、路地裏でかがみこみ、下劣な男に体を売ったことがあるのか？」バシッ。「あぁ？」

ゾグロの声は軋むような悲鳴になっていた。ベッカの髪をぐっとつかんで、体ごと振りまわし、椅子と一緒にバルコニーの床に叩きつける。ニックのブーツがそばにあった。あと少しでさわれそうなところに。

そこら中に食べ物が散らばっている。つぶれたブドウ、リンゴの皮。砕けたクラッカー、小さな三角形のチーズ。ベッカの顔のすぐ横には、ハムのスライスが落ちている。ハアハアと息をする犬のピンクの大きな舌みたいだ。脂っこい肉の匂いに逆らって、ベッカの胃が波打った。

そして、フルーツナイフ。光をとらえてきらめく刃が、すぐ目の前に横たわっていた。ゾグロがリンゴやブドウの皮をむくときに使ったナイフだ。指先がかすめるかかすめないかの距離にある。

ゾグロはベッカに背を向け、パソコンのモニターがのっていた金属の台を蹴飛ばし、床に倒した。さらにそのノートパソコンを踏みつぶし、壊しているあいだに、ベッカはナイフに手を伸ばした。手下たちは警戒の表情でゾグロを見つめ、自分に必要以上の怒りを向けられないようにじっとしている。誰も見ていない隙に、ベッカは体を伸ばし、テープを肌に食いこませながら、手を――

届いた。手のひらにナイフを収めた。ニックのブーツは顔のすぐ前だ。もう一度がんばれば、そちらにも手が……やった。

ナイフを両手のなかに隠し、髪で顔をおおって、ぐったりと打ちしおれて見えるように気をつけながら、ニックの両手両足をひとつに縛っている厚いプラスチックのベルトを切りはじめた。

時間ばかりがかかる。誰にも見られずにやり遂げられるはずはない。それでも、小さな小さなチャンスが舞いこんできて、行動を起こせるのだ。無駄にする手はない。

ベルトがポンッと切れた。ゾグロはまだウクライナ語で怒鳴っていて、本体からはずれたモニターをガラス窓に投げつけ――

ガシャンッ。窓が割れた。ガラスの破片が腕や背中に降りそそぐ。ベッカはニックの足に届くところまで体を回転させて、ほかの者たちが窓辺から飛びのき、ガラスの破片を体から払っているうちに、無我夢中で足のほうのベルトを切りはじめた。

こちらもポンッと切れた。それから、ニックの手を縛っているベルトに取りかかろうとしたけれども、あと五センチほど手が届かなかった。お願いだから起きて。こっちに身をよせて、わたしを助けて。お願い、ニック、起きて。

しかし、ニックはぴくりともしない。死んだように横たわっている。

「その女を椅子から切り離せ」ゾグロがウクライナ語で叫ぶように言った。「始めるぞ」

ニックは全身全霊をかけて痛みをこらえていた。ベッカが与えてくれたチャンスを活かさなければならない。勇ましい女神、ベッカ。椅子に縛られたまま、激怒した異常者に口答えするとは――自殺願望と紙一重の度胸だ。しかし、そのことはおれが一番よく知っているはずだろう?

体勢を崩すな。縛られた手首と縛られた足首がさらにひとつにくくられた状態で、ぐったりと気を失っているふりをしろ。両手は本当にまだ縛られたままだが、前にある。何よりも足が自由になったのがありがたい。

口から火を吐きそうなほどの痛みだった。肋骨は軋み、たぶん折れている。全身がずきずきする。痛みなど押し返せ。ニックは幼いころ、父に殴られて泣いているとき、当の父親から投げつけられた嘲りを思いだした。

痛いと思うから痛いんだ、クソガキ。だから黙れ。

ニックはいまその言葉を胸のなかで繰り返していた。骨が折れていようが、内臓が破裂していようが、腱が切れていようがなんだ。いま動けるなら、そのあとはこんな体など必要ないのだから、末梢神経系からの情報もいらない。ありがたいが、断わる。

何が伝わってこようが関係ない。押し返せ。痛いと思うから痛いんだ。

腫れあがった目はうっすらとしか開けなかったが、唐変木のクリストフが犬の鎖を引っ張ってベッカを引きよせ、ぴったりとしたスカートをナイフで切り刻んでいるのは見えた。それから、ナイフの先がブラジャーのカップの真ん中にもぐりこみ、そこをプッと切った。あの悪党は舌なめずりして、くっくと笑っている。

「ミハイル。そこの下種を起こせ」ゾグロが命じた。「見物させたい。われわれがこの女にしてやることをすべて。最後の一瞬まで」

ミハイルは頭のそばに立ってかがみこみ、ニックを仰向けに転がして、平手を打ちはじめた。バシッ、バシッ。

よし……いまだ。

ニックは両脚を振りあげて、男の頭を腿で挟んだ。前後左右に大きく揺さぶりをかけて、よろめいた体に、縛られたままの手をまわした。もう一度揺さぶり、渾身の力をこめて引っ張った。本能に従い、テクニックも何もなく、うまくいくかどうかもわからず——ほどなく、水のなかで何かが弾けたような音が響いた。

くぐもった悲鳴がミハイルの喉から漏れて、ふいに便のにおいが漂いはじめた。背骨が折れたのだ。

ニックは息を切らして、動かなくなった体から離れ、転がるようにして起きあがった。クリストフが雄牛みたいに吼えながら飛びかかってきたが、ニックはどうにかバランスを取って、手を縛られたまま前蹴りを繰りだし、頭に振りかざされたこぶしをかわした。すぐにひらりとうしろにさがって、まぬけなゴリラ男の顔にまわし蹴りを食らわせた。クリストフは鼻から血を吹きだして、よろめいた。すぐにたたみかけようとしたとき――

バンッ。銃声とともに体がぐらついた。ゾグロが銃を振りまわしていた。

冷たい感覚が、炎に縁取られて、胸の右上から広がっていく。あとずさりしながら、ニックは息をしようとした。胸の穴から熱い血が湧きあがる。空気がごぼごぼと漏れていく。しまった。肺を撃たれた。もう終わりだ。ああ、ベッカ。ベッカ。

木々がぐるぐるとまわりだし、それから床が歪み、回転しながらせりあがって、スピードを出したトラックのようにニックに当たった。

よろめいたクリストフがぶつかりそうになったとき、ベッカは飛びのいた。ニックはなかなか倒れなかった。ぐらりと傾き、左右に揺れ、回転して、避けがたいことを引き延ばすようにゆっくりと床にくずおれる。床に当たった瞬間、胸から血しぶきがあがり、家のなかの明かりできらめいた。ニックは一瞬びくっと跳ねて、それから動かなくなった。

胸の横に血が溜まりはじめる。ものすごくたくさんの血が。

ベッカは自分自身を超えていた。痛みを超え、恐れを超え、こうだと思っていた自分、あるいは、こうだと信じこんでいた自分を超えた。意識にあるのは、ニックを傷つける男たちに対する、大きなハリケーン並みの怒りだけ。こいつらの極悪非道ぶりに対する怒りだ。

わななく両手に握った犬の鎖を見た。憤怒によって、頭のスイッチが被害者心理から、恐ろしいまでの執念に切り替わる。凶器ならこの手にあるということに初めて気づいた。

指先が疼く。

クリストフはウクライナ語でニックを嘲っていた。ベッカにはわからない言語だが、声の調子は間違えようがない。鼻から盛大に血を流しながら、クリストフは上体を起こし、床にしゃがんだ。ベッカのことは気にもかけていない。

ベッカはうしろから飛びかかった。両腕を伸ばし、鎖をクリストフの太い首に渡した。

ぐっと引っ張り、大男の体重でよろめきかけながらも、火事場の馬鹿力でなんとか持ちこたえた。クリストフはうめき、喘ぎ、喉をかきむしったが、まだ膝をついている。クリストフが蟹のように横ばいでもがいて、どうにか立ちあがろうとしたとき、ベッカの背中がバルコニーの手すりに当たった。ベッカは一番下の横木に足を引っかけて体を押しあげ、手すりにお尻をのせ――

そして、うしろ向きで手すりの向こうに身を投げた。

まっさかさまに。暗闇のなかに。ほどなく鎖が伸びきり、落下が止まった。ベッカは悲鳴をあげた。全体重が、手錠をかけられた両手と、そこに巻きつけた鎖と、手首にかかっている。手錠が肌に食いこみ、鎖はぎしぎしと軋むほど張って、手首と指を万力のように締めつける。ああ、痛い、痛い、痛い！

ちらりと上を見て、まばたきで涙を払い、いやでも漏れるすすり泣きの声を止めようとした。漠然とした腹づもりでは、クリストフを道連れにして奈落の底に落とすつもりだったけれども、結果は違った。クリストフは鎖を首に巻きつけたまま、柱に引っかかっていた。

声のひとつもあげていない。聞こえるのは木々のざわめきだけだ。暗闇のなか、ベッカは壊れた振り子のように大きく揺れていた。苦痛と恐怖で頭がぼうっとする。柔らかな松葉が腕や脚をくすぐっている。ひたいに血が流れていった。

頭上から、身の毛だつような笑い声が降ってきた。

ベッカは顔をあげた。手すりから乗りだして、ゾグロの顔が満月みたいに浮かんでいた。大げさに口もとをゆるめている。

ゾグロはおもむろに拍手をした。「ブラボー、レベッカ。礼を言いたいくらいだ。あのでくのぼうを殺すのが面倒だと思っていたからな。わしの手間を省いてくれた。しかも、じつにおもしろいやり方で。いやはや、陰惨だ。見てみたいか？　よし、パベル、この女を引きあげるから、手を貸せ。褒美として、反抗の結果を見せてやろう」

パベルがゾグロの横に現われた。やつれ果てた顔にはなんの表情も浮かんでいない。引っ張られるあいだ、ベッカは涙とうめき声をこらえられなかった。手を切りつけ、焼きつくすような痛みとともに、悪夢の化身との距離が縮まっていく。しばらくして、パベルはベッカの腋の下をつかみ、体を持ちあげて、手すりを越えさせた。すぐにおろし、床に立たせる。

鎖も手錠も両手も血だらけだった。指はじんじんしている。ゾグロに鎖をつかまれ、引っ張られて、ベッカは前に転び、悲鳴をあげた。

「反抗的な女は好きだ」ゾグロは言った。「最後にへつらい、泣きつくさまがより愛らしくなる」クリストフを手で示した。「見てみろ、自分がしたことを」ゾグロは言葉を続けた。「よくもそれほど華奢な体で。いかにもひよわそうだが」

クリストフの首はのけぞり、つぶれた喉頭《こうとう》に血の跡が横たわっていた。ベッカがクリストフの首に鎖を引っかけたまま落下したことで、窒息死したのだろう。顔は紫色で、目は大きく開いている。とっさに視線をそらすと、ニックの体の横にじわじわと広がっていく血だまりがベッカの目に飛びこんできた。見ているあいだに、ニックが動きはじめた。ベッカは気づかなかったふりをして目をそむけた。それでも、視界のはしで、ニックがぐっと立ちあがるのは見えていた。

ゾグロは、血の流れるベッカの乳房を両手でつかんだ。血のついた指を口に運ぶ。薄笑いしながら、一本ずつ舐めていく。ベッカは気を失いそうになった。

ニックが足を引きずって、一歩前に出た。もう一歩。

頭の裏のほうでかすかにとらえていたざわめきが、ようやくはっきりした音となって耳に飛びこんできた。パトカーのサイレンが鳴り響いていた。どんどん大きくなっている。

「もうすぐ警察が来る」ニックが言った。「聞こえるか?」

ニックの低い声を聞いて、パベルとゾグロはぱっと振り返り、銃をかまえた。ニックは両手で胸を押さえている。指のあいだから血が流れていく。目つきは恐ろしいほど冷静だ。

タガのはずれたような笑い声をあげて、ゾグロは腹を揺らした。ベッカに目を向ける。

「見たか? 毎度毎度、わしはこういう目にあう。ごちそうに歯をたてようとした瞬間、それを捨てるはめになる。こんなふうにおまえを殺すのは忍びない。たっぷり時間をかけて、悲鳴にまみれた死を与えてやろうと思っていたのだから。しかし、前に言ったとおり……わしとて、ときには融通が利く」

ゾグロはベッカを突き飛ばし、おぞましい笑みを浮かべて、銃口を向けた。ニックがベッカに飛びかかった。

バンッ。銃声が響く。ふたりぶんの体重によって、ベッカは肋骨が砕けるかと思うほどの力で床に叩きつけられ、その瞬間、息ができなくなった。

ニックの肩の向こうで、つかの間、ゾグロがベッカを見おろし、目に憎しみそのものの表情を浮かべた。そして、体がぐらりと前に揺れた。

かっと目を見開いたまま、ニックの体の上に倒れる。短く刈られた銀髪に血がにじみ、開いたままの目に伝って、ぶくぶくと丸い顔に流れた。

何？　いったい何が……？

ベッカは男ふたりの体重に押しつぶされ、窒息しそうになっていた。肺がひくついている。この場で立っているのは、パベルただひとり。だらりとおろした手に銃を持っているが、そこに銃があることを忘れているような雰囲気だ。憔悴《しょうすい》した顔に、うつろな目。

酸素不足で、視界が朦朧としてきた。ふたつの致命傷から血が流れでて、ベッカのまわりで熱くどろっとした池のように溜まっていった。

パベルはゾグロの死体をつま先で小突いた。ゾグロはベッカとニックから転がり、仰向けで落ちた。パベルはしゃがみ、ベッカにはわからない言葉で静かに何かをつぶやいて、死んだ男の顔につばを吐いた。

それから、今度はニックの体を反対側に転がし、ベッカからどかした。ニックも仰向けになった。苦しいくらいの勢いで、肺に空気が押しよせた。

パベルはかたわらにひざまずき、ベッカを引き起こして、座らせてくれた。小さくきらめくものをポケットから取りだす。鍵だ。血まみれの手錠に差しこんで、鍵を開けた。

ベッカは呆気に取られて、パベルの顔をまじまじと見つめた。

「どうして？」息が戻ってきて、話せるようになったとき、すぐに尋ねた。

「息子のために」パベルの声は暗かった。ベッカと目を合わせようとしない。

わけがわからずに、ベッカは首を振ったけれども、パベルはそれ以上何も言わなかった。

割れたガラスをブーツで踏みしめて、暗い家のなかに歩いていった。

ベッカはその背中を見送った。生温かい血の池がベッカの腿まで届いたとき、驚きで麻痺していた心が跳ねあがった。ニック。どうしよう、ニック。

かがみこみ、背後の部屋から差す淡い明かりのなかで、傷に目を凝らした。重症に見える。どこもかしこも血だらけ。ニックの顔は蒼白《そうはく》で、息をするたびに胸のあたりがごぼごぼと音をたてている。

こんな状態なのに、ニックはベッカのために立ちあがり、代わりに銃弾を受けようとしてくれた。

サイレンの音は耳をつんざくばかりになっていた。青と赤の光が木々のあいだで回転している。すぐに来てもらえる。よかった。一刻の猶予もならない。わたしは医者じゃないんだから。ベッカは高校で習った応急手当を思い出そうとした。

じかに圧力をかけること。ベッカはまだ肩に引っかかっていたTシャツの切れはしをむしり取って、それを丸め、傷に押し当てた。必死に祈ることのほかに、できるのはこれくらいしかない。

うなだれて、ニックのひたいにひたいをつけた。ぎゅっと目をつぶり、何も見ていない死体の視線をさえぎって、待った。

そしていま、人々が騒々しくバルコニーになだれこみ、慌ただしく、大声でベッカに質問を浴びせている。しかし、それに答えるどころか、質問の意味を理解することすらできなかった。この人たちが何者だろうと、相手にはできない。気力も体力も使い果たした。ベッカは燃えつきていた。

ようやく、親切心のある誰かがベッカの腕に注射針を刺し、どこか平らなところにそっと寝かせてくれた。

それを最後に、意識が途絶えた。

34

六週間後……

ニックはトラックのハンドルの前でそわつき、店頭に掲げてある木彫りの看板を見つめていた。〝さすらいのグルメ――ケータリングサービス〟ここで一時間もこうしている。われながらまぬけだ。

ニックはトラックから降りて、パーキングメーターにコインを入れ、三度目の超過料金を払ってから、胸に疼く鈍い痛みを手で押さえた。肺に開いた穴の治療には、しばらく時間がかかった。みんなから、もうだめかと思ったと聞かされた。集中治療室やらほかの病棟やらにいるあいだ、ベッカが付き添ってくれていたことも聞いている。ニックが危篤を脱し、壮絶な痛みに苦しんではいるがとにかく意識はある、という状態になるまでは。

その時点で、ベッカは姿を消した。病院にひとり残されたニックは、腕と管でつながった点滴の袋を見ながら、自分のしたこととその結果に考えをめぐらせた。ベッカは電話番号をすべて変えていた。

〝失せろ〟というメッセージは充分に伝わってきたが、ニックはこうしてここに来た。失せろと言いたいなら、面と向かって言ってもらうしかないだろう。それでようやく頭に染みこむかもしれない。

もう耐えられなかった。生ける屍《しかばね》のように日々をやり過ごすのは。毎晩、ベッカの夢を見て、股間を硬くし、涙ながらに目を覚ますのは。

ニックはケータリングサービスの店に歩いていった。別れの最終通告を突きつけられる可能性を考えると、膝が笑いそうになる。

受付に入った。爽やかなブロンドの若い女性がカウンターを受け持っていた。「いらっしゃいませ」歌うような声で言う。

「社長にお目にかかりたい」ニックは言った。

「少々お待ちください。呼んでまいります」

受付の女性はスイングドアの向こうに消えた。最新式のキッチンときらめく調理器具がちらりと見えた。

ベッカが急ぎ足で出てきた。が、ニックを見たとたんぴたりと立ち止まり、うしろから来たブロンドの女性とその背中がぶつかった。ベッカの営業スマイルは、スイッチを切ったかのように消え失せた。

ふたりは見つめ合った。ベッカは痩せたようで、顔立ちも首まわりもくっきりして見える。髪は伸びて、くるくるとした巻き毛がゆるやかなウェーブになっていた。目が痛むほど美しい。

ベッカは片手を喉に当てた。「もうすっかり治ったのね」

「だいたいは」ニックは言った。

「よかった」今度は胸もとで腕を組む。ブロンドの女性は困惑の表情で、ふたりのあいだに視線をさまよわせていた。

「自分で、その、商売を始めたんだな」ニックは手振りで店のなかを示した。「おめでとう。店構えもいいね」

ベッカは肩をすくめた。「子ども用のプールから出るころあいだと思ったのよ」涼やかに言う。「それに、最近は怖いものがほとんどないの。かなりの額のローンを組まなきゃならなかったけど、ここは場所がいいから。カントリークラブの元上司がいい仕事をたくさんまわしてくれるし。罪悪感からでしょうね。でも、理由はなんでもかまわない。お店がうまくいくなら、罪の意識だって利用するわ」

「うまくいくとも」ニックは言った。「絶対だ。必ず成功する」

これでベッカは貝のように口を閉ざしてしまった。緊張感をはらんだ沈黙が続き、ニックは下腹に力を入れて、口を切る勇気をかきたてた。

「ふたりだけで話せる場所はないか?」ニックは尋ねた。

「必要ない」ベッカは言った。「人に聞かれちゃまずいような話は何もないはずよ」

胸の痛みを吐きだそうとした。そうそううまくいかないことは、初めからわかっていた。

「どうやってここを見つけたの?」どことなく非難がましい口調だ。

「マーゴットが教えてくれた」ニックは正直に言った。

「なるほどね。先週、ジーニーの洗礼式のパーティに料理を届けたから」ベッカは言った。

「すごくかわいい赤ちゃんね。マーゴットがメニューを選ぶとき、赤ちゃんもいっしょに連れてきたの。綿毛みたいな赤い髪が愛らしくて」

「ああ、あの子はかわいい」ニックは機械的に言った。「マーゴットがきみに会ったことは聞いている。だが、きみはパーティにいなかった」

「ええ、あの晩はべつの催しに行かなきゃならなかったから。週末は大忙しよ」ベッカは歯切れのいい口調で言った。「マクラウド家の仕事はキャリーが受け持った。この夏はうちで働いてくれているのよ」

「おれを避けたんだな」ニックは言葉を飾らなかった。

ベッカはじっとニックを見つめ、答えようとしない。ニックはため息をついて、ポケットに手を入れた。ぼろぼろの封筒を出して、手渡した。

ベッカはおずおずと受け取った。「これは？」

「ジョシュへの手紙」ニックは答えた。「スヴェティから。彼に首ったけだよ。六ページにわたって、あのときのことを感謝している。ユーリに飛びかかってくれたとかいろいろと。頼まれて、おれが翻訳した」顔をしかめてみせた。「熱烈な言葉ばかりを」

「そう」ベッカはつぶやいた。「わかった。渡しておく」

「ジョシュには見所がある」ニックは明るい声で言った。「勇敢だ。あのときのスヴェティにとって、何か嬉しいことをしてもらったのは、数カ月ぶりだったんだ。それでなおさら感激したんだろう。自分が大人になるまで、あのままの純粋なジョシュでいてほしいと思っているらしい」

「どうかしら」ベッカはどっちつかずの調子で言った。「わたしだったら、あまり期待しないけど。ジョシュのことはよくわかっているから。スヴェティは、あの、大丈夫?」

「もう元気だ」ニックは言った。「おれの入院中、マクラウド兄弟があの子の母親をキエフから飛行機で呼びよせた。先週、スヴェティとふたりでウクライナに帰っていったよ」

「ほかの子たちは? パベルの息子はどうなったの?」

「母親と弟と一緒に帰国した。心の傷は一生残るだろうが、乗り越えられる可能性も充分にある。ほかの子たちはまだアメリカにいて、保護措置を受けている。今回の件が公にされれば、養子にしたいという人たちが数千人と押しよせるさ。例外は、レイチェルだ」

「レイチェルがどうしたの?」

ニックは渋面を作った。「タマラだよ。レイチェルはタマラが引き取った」

ベッカは目を見開いた。「まさか!」

笑みをこらえられなかった。「そのまさかだ」ニックは言った。「馬が合ったんだろう。いまでは片時も離れられない仲だよ。わからないもんだな?」

「たいへん。あの子がかわいそうよ!」ベッカは愕然として言った。

「大丈夫だ。タマラはタマラなりの不可思議なやり方で、あの子をかわいがっている。レイチェルはタマラを崇めている。それに、胸とイヤリングだけでデルタフォースの連隊を壊滅させられる母親ってのも悪くない。マクラウドの連中は最高のジョークだと思っている。おれはパーティでタマラとレイチェルに会った。幸せそうだったよ。現実離れしているが、それでも」

ニックはいきなり両手を伸ばし、ベッカが身を引く間もなく手首をつかんだ。前に引いて、じっと見つめた。手錠の赤い傷跡がまだ痛々しく残っている。いずれ、傷跡は消えるだろう。しかし、目に見えない傷は残る。

「痛むか?」ニックは押し殺した声で尋ねた。

ベッカは手を引き抜いた。「なんともないわ。悪いけど、ニック、午後からガーデンパーティの予定があって、下準備をしたいから――」

「たしかに、当たり障りのないおしゃべりはもう充分だ。きみの代わりに銃弾を受けたくらいでよりを戻せるだけの点数が稼げたとは、おれも思っていない。だが、ふたりで話をする程度のことはしてくれてもいいだろう」

ベッカは視線を落とした。唇を噛んでいる。ブロンドの女性は目を丸くした。

「どうしても人前で話さなけりゃならないとしても、おれは言うべきことを言うぞ」ニックは険しい口調で言った。「恥ずかしい思いをするのはきみのほうだ。おれじゃなくて」

「計算高い男」ベッカはつぶやいた。

「あの、ベッカ? わたしが席をはずしましょうか?」ブロンドの女性が口ごもりながら申しでた。

「いいのよ、シェリル・アン。受付に戻って」ベッカは言った。「あなたは」ニックにあごをしゃくる。「こっちに来て。そこまで言うなら」

落ち着いて。わたしは強くなったのよ。ベッカは自分にそう言い聞かせていた。炎をくぐり抜け、強く鍛えられたんだから。怖いものなし。

あの恐ろしい夜のあと、しばらくのあいだは、もう感情など戻ってこないと思っていた。よいものも、悪いものも。あのときはそれでほっとしていた。涙も出なかった。くじけることもなかった。何も意識しないでいられた。

ベッカは先にたって階段をのぼり、そのおかげでニックに顔を見られずにすんでよかったと思っていた。それに、薄く透きとおるような青のサンドレスを着ていたこともよかった。ニックをその気にさせたいわけじゃない。きれいに見えれば、女は多少なりとも優位な立場にたてるもの。どんな形であれ、少しでも有利に話を進めたい。

だって、ニックは……ああ、ニックを表わす言葉なんてない。あらがうすべがなかった。こんなところまで来て、魅力を振りまくなんてずるい。男の色気を容赦なくぶつけて、ベッカを惑わし、奪おうとしている。いまにも爆発しそうな欲望のくすぶるまなざし。あの目で見つめられると、胸を焦がす思いが意気をくじいてしまいそうだ。

しかし、屈するわけにはいかなかった。わたしには歯がたたない。岩にぶつかっていくのと同じで、しかもベッカはただでさえ沈没船のようなものなのだから。いまもまだ、砕けた自分のかけらを拾い集めている。

ベッカはキッチンの真上の事務所にニックを案内した。書類のどっさりのった机と折りたたみの椅子があるだけの簡素な部屋だ。ベッカはドアを閉めた。

ニックが口を開こうとした。ベッカは片手をあげて、さえぎった。「何を話すにしても、その前にまず言っておきたいことがあるの。ありがとう」

ニックは眉をひそめた。「え？」

「ありがとう」硬くこわばった声で、機械的に繰り返した。「感謝することはたくさんある。はじめはあの島でしてくれたこと。それから、ジョシュとキャリーとほかの子どもたちを救ってくれたこと。わたしを助けに来て、身代わりに撃たれたこと。とても勇敢で、高潔だった。あなたはヒーローそのものよ」

ニックは続きを待っている。「それで？」

ベッカは両手をあげた。「それだけで充分じゃない？」

「もっと言いたいことがあるんだろう？」とニック。「聞かせてくれ」

「いいえ」ベッカは言った。「ないわ。そこが要点よ、ニック。これ以上話すことは何もない。ありがとう。以上。終わり」

ニックは首を振った。「まさか。そこで終わりなもんか」

「終わりなのよ」ベッカは言った。「あなたの行ないが金メダルに値することは、誰よりもまずわたしが認めるけど――」

「おれはきみには値しない？」

迷いがじわりと心に広がり、不安までもがにじみはじめた。ああ、どうしてこんなに胸が痛むの？　正しいことをしているのに、どうしてこんなにつらいの？

あえて、あの倉庫の濃密な暗闇を思い起こした。ベッカはいまだに絶望の穴から這いでようともがいている。

世のなかには、けっして許せないことがあるものだ。絶対に。

これから一生、ベッカはあの暗闇を胸の奥に抱えて生きていくことになる。鼠の足音は耳にこびりつき、自分が縮んでいくような無力感と、怒りと、悲しみと、言いようのない恐怖は胸に巣くって、この先死ぬまで消えない。

ベッカは首を振った。「だめよ、ニック。わたしには無理」ささやくように言った。「あなたに賭けることはできない。あなたは危険すぎる」

「そんなことはない」ニックは言った。「おれはきみのためなら死ねる。そうしようとした」

胃がぎゅっとねじれた。「やめて。こんなことしないで」

「きみの怒りはもっともだ」低い声で、おそるおそる言う。「だが、おれの立場からも考えてほしい」

「いやよ」ベッカは濡れた目から手をどけて、ニックをにらんだ。「そういうのはやめにしたの。問題は、わたしが怒っているかどうかじゃない。わたしが生きていかなきゃならないこと。わたしの立場を最優先にするしかないのよ。そこから見えるのは、楽しいものじゃない。鼠に靴をかじられる感触がまだ足に残っているんだから」

口を横に結んだニックのあごの筋肉がぴくりと震えた。「すまない、ベッカ。本当に、すまなかった」

「そう思って当然よ」ベッカは背を向けた。

動く気配はしなかったけれども、あの熱い磁力のような力がうねって、ニックがそばに来たのは肌で感じられた。

「一度、とても賢くて、優しい人物から説教されたことがある」ニックは穏やかに話しはじめた。「騙すことも裏切ることも罪だが、騙されること、裏切られることはただの過ちだ、と。不運だ、と」

「そうかもしれない。でも、裏切られたのはわたしよ」ベッカは言った。

「裏切ったのはおれじゃない」ニックは言った。「あのときは、手に入れた情報をもとにできる限りのことをしたんだ。きみが言ったとおり、おれは神じゃない。ただ、ひどく申し訳ないと思う」

「あなたができる限りのことをしたのはわかっているわよ、ニック」ベッカはこわばった口調で言った。「それでも力不足だったのは、あなたのせいじゃない」

ベッカの言葉がニックの胸に突き刺さり、そこから悲しみがあふれだすかのようだった。ニックは一歩さがった。沈黙がぽっかり口を開いて、大きく、深く広がって距離を作り、ベッカの胸を疼かせ、焼きつくそうとしている。心をぼろぼろに崩してしまう。

「わかった」ニックは感情を殺した声で言った。「言いたいことはよくわかった。もう二度と煩わせない」

歪んだドアが音をたてて開き、カチリと閉まった。軋む階段をおりていく足音が、遠くなっていく。

深い悲しみが湧きあがり、思いがけず、怒りに変わった。どうしてわたしが？　どうしてわたしがこんなふうに苦しまなきゃならないの？　こんな目にあうほど悪いことをした？

パンッ。ベッカのなかで、ピアノ線のようなものがものすごい力で引っ張られ、弾けた。

ベッカはドアに駆けより、ぐいっと引き開けた。

「待ちなさいよ、ニック・ワード」ベッカは叫んだ。

ニックは階段の一番下で振り返り、ぎょっとした顔でこちらを見た。「え？」

「わたし、あなたにとってそんなにちっぽけな存在？　こんなにあっさり立ち去れるくらい？」ベッカは声を荒らげた。「『すまない』と『もう煩わせない』のひとことふたことだけで逃げるのね。何よ！　煩わせる？　だったらどこにでも行けばいい！　女々しい臆病者！」

「ええと」ニックは不安そうだが、興味をそそられたようでもあった。「おれはてっきりきみが……なあ、ベッカ。おれにどうしてほしいんだ？」

「そのちっぽけで、しなびた脳を使って、自分で考えれば？」ベッカは怒鳴った。「激怒しているわたしは手に負えないってこと？　そりゃあ怒ってるわよ。怒って当たり前の理由で、本気で頭にきてるからって、すまないのひとことで立ち去れると思ったら大間違い！　考え直しなさいよ！」

ニックの口のはしがふっとあがったが、笑みを抑えるだけの分別はあった。「おれは頑丈だ」ニックは階段を一段のぼった。「殴られようが蹴られようが受け入れられる」

「へえ？　でも、わたしを受け入れられるかしら、ニック？」気持ちが高ぶって、声が震えていた。「わたしを受け入れる度胸はある？」

ベッカの顔をじっと見つめながら階段をあがってくる。「受け入れられる」ニックは言った。「もちろんだ。受け入れられないのは、きみを諦めること」

「そう？　じゃあ、確かめてみましょうよ」ベッカは傲然と手を振って、もう一度ニックを事務所のなかに招いた。叩きつけるようにドアを閉めて、胸もとで腕を組み、体で出口をふさいだ。この気迫がしぼむ前に逃がすものですか。

「そのがみがみ女の真似ごとはなんだい？」ベッカは言った。「真似ごとじゃない。わたしはいいことを教えてあげるわ、ニック」ベッカは言った。「真似ごとじゃない。わたしはいま、がみがみ女なの。あなたの見たまんま。だから、対処して」

恐れ入ったと言いたげな笑みがニックの顔に広がった。「喧嘩腰のきみは色っぽい」とニック。「惚れ直すね」

ベッカはニックのみぞおちに思いきりこぶしを叩きこんだけれども、びくともしなかった。

「いまのわたしくらい怒っている女にそんなことを言うのは、とんでもない馬鹿だけよ」

「たしかに、おれは頭が切れる人間じゃない」ニックは素直に認めた。「わかってるだろ。口を開けば本音が飛びだす。ぽろりと。言う気があってもなくても」

「それなら、そのおしゃべりな口を閉じておいたら？」ベッカはぴしりと言った。「傷を見せて」

ニックは意表をつかれたようだが、それでもいやな顔をせずに濃紺のTシャツをめくり、引き締まった体を見せた。ベッカは無表情を崩さないようにこらえながら、ぼこぼこと盛りあがり、引きつったみみず腫れのような醜い傷跡を見た。心が軋んだ。そこに唇でふれたくなった。

でも、そんなにたやすく許しちゃだめ。ベッカは指先でそっと傷跡を撫でた。ニックは鋭く息を呑んだ。

ベッカははっとして手を引いた。「痛かった?」

ニックは首を振った。熱のこもったこの目つきは、知りすぎるほどよく知っているものだ。ベッカはニックの体に視線をさまよわせ、大きく盛りあがったジーンズの股間で止めた。ニックの目がベッカの視線を追う。手のひと振りでTシャツを脱ぎ、傷だらけのリノリウムの床に落とした。

見せつけている。ゴージャスな体と英雄の証《あかし》たる銃創のダブルパンチで、ベッカをノックアウトしようとしている。

早くもマットに沈みそうになっている自分が恥ずかしかった。

「服を着て」ベッカは息を殺すようにささやいた。「自己顕示欲丸出しよ」

ニックは首を振って、ベッカの手を取り、また傷跡にふれさせてから、手を握ったまま指でぽんぽんと甲を叩いた。「もう一度やってくれ。あれは悪くなかった」

ベッカは手を引こうとしたが、無駄だった。「ニック・ワード、あなたがどう感じるかなんて、わたしが気にすると思う?」

「気にかけてくれるのはわかってる」

怒りのうなり声を漏らして、ベッカは手を引き抜き、そのままこぶしを振りあげてニックを殴ろうとした。でも、筋肉に力をこめて、自分を止めた。

「やってくれ」ニックは言った。「おれを殴れ。なんなら、殴り倒してくれてもいい」

「できない」ベッカはむっつりと言った。「あなたは怪我人なのよ」

「いいんだ。おれは頑丈だから。なんてことないさ」

そんな……。超然と応じる口ぶりの何かが、再びベッカの胸を締めつけた。これが、ニックの問題の本質だ。いつでも一撃を覚悟している。つねに身構えている。本当に食らったときにはけっして驚かない。

ベッカは、その一撃を加える人間にはなれない。

涙が頬に落ち、喉は熱く焼けつくようだった。「あなたが頑丈かどうかなんて、どうでもいい」震える声で言った。「もう充分に傷を受けているのに」

よりによっていま、こわばっていたものが溶けて、雪崩を打ってくるなんて。ああ、もう。みっともない。ベッカは机からティッシュを何枚もつかんで、顔を隠した。

ニックは上半身裸のまま、厚い胸にベッカを引きよせ、鉄みたいにたくましい腕で抱きしめた。肌は熱を持ったように火照っている。

溜まっていた涙がすべて流れるまでに、しばらく時間がかかった。泣く理由はいくらでもあった。あの恐ろしい夜のこと、覚悟を決めて病院をあとにした日のこと。あれ以来、絶対に経過を尋ねたりするまいとがんばってきた。幾晩も眠れずに、天井をながめて過ごした。

ニックを心から締めだそうと必死に努力した。それなのに、できなかった。

これからもずっと。降伏の味は甘く、堰《せ》き止められていた感情があふれだして、ベッカはヴィクトリア朝時代の乙女のように卒倒してしまうかと思った。でも、ニックが支えてくれている。ベッカの背骨の突起や筋肉や肋骨の形を残らず記憶しようとするように、背中を撫でている。

涙が押し流され、やがて止まったときには、力が抜けて、体がふにゃふにゃしているような気がした。とても軽くて、ニックにしっかり抱き止めてもらっていなければ、浮かびあがってしまいそう。この機を逃すニックではない。うながされるままに顔をあげ、涙に濡れたまぶたにキスをされて、ベッカは頬を赤らめた。

「だめよ」ベッカはささやいた。「まだそれはやりすぎ」

「そうか？　じゃあ、これは？」ニックはひざまずき、ベッカの体を見あげた。「このながめが好きだ。麗しい乳房を下からながめるのが」スカートのなかに手を滑りこませ、腿の両側を撫でる。親指をパンティにかけて、足首まで引きおろした。

ベッカは息を呑んだ。まさか。だめよ。絶対だめ。

あとずさりして、お尻が机に当たったとき、ニックは下の茂みに熱い顔をうずめた。指でひだをかき分け、その奥を熱心に舐めはじめる。

熱と光がとろけてきらめくような感覚が下半身で渦を巻いて、膝の力を奪い、ベッカは危うく床に尻もちをつくところだった。

パニックに陥っていた。心がむきだしになっているいまは耐えられない。ベッカはニックの顔を押しのけた。「だめ。お願い、やめて、ニック」

「だめ？」ニックは口をぬぐって、ベッカを見あげた。「本当に？」

「受け止められない」声が揺らいでいる。「わたし、崩れてしまう」

ニックは立ちあがり、開いた脚のあいだに立って、ぴったりと体を重ねた。「すまない」ニックは言った。「いや、待てよ。すまないと言うたびに、おれはきみを怒らせている。何を言っても、怒らせるだけだ」

「口で言いくるめようとしないで」

ニックは肩をすくめ、ベッカの目をのぞきこんだ。どこまでの行為なら許されるのか、ベッカが告げるのを待っている。強く求める気持ちを目で訴えている。

気づけば、ベッカも求めていた。いつしかその気にさせられていた。心はせわしく、不安で、ニックがほしくてしかたがない。

それのどこがいけないの？　ベッカはあごをあげ、股間の膨らみを指差した。「おしゃべりはやめて、ニック。それを外に出して。いますぐ」

警戒の表情を浮かべて、ニックはためらった。「何をするつもりだ？」

「何をするかを知っているのはわたしで、心配するのはあなた」ベッカは言った。

ニックはベルトのバックルをはずした。「不安にさせるなよ」ぶつぶつとこぼす。

「そう？　どういうことかわかる？　あなたは、出会った瞬間からわたしを不安にさせた。それがどんな気持ちだか、そろそろ体験するころあいでしょ！」

諦めたように肩をすくめ、ニックはぐいとジーンズを引きおろした。ペニスが勢いよく飛びだす。

ベッカは撫でて、硬さと重量感を確かめた。瞬間的に正気を失ったとしか思えない。何をするのか、自分でもおぼつかなかった。はっきりしているのは、よくない思いつきだということ。そして、追いつめられるとわかっていても、自分を止められないということ。

さらに常軌を逸した言葉が飛びだした。「抱いて」

ニックの目がきらりと光る。「そりゃ、願ってもない。そのために生きているようなものだ。初めにもう一度舐めさせてくれれば、きみも――」

「違う」ベッカはかぶりを振った。「なかに入ってほしいの。すぐに」

ニックの眉間にしわがよった。「まだ準備ができていないじゃないか。痛い思いをさせてしまう」

「かまわない」ベッカはきっぱりと言った。「いいから、すぐに来て」

ニックは机の書類をばさっと床に落としてスペースを作り、ベッカをそこに座らせて、スカートをまくりあげた。「おれはかまう」断固とした口調だ。「きみがいまめちゃくちゃな気分でいることはわかるが、準備が整うまで待ってくれ。反論は許さない」

「ちょっと、ニック――」腿のあいだに手が滑りこみ、その奥に指を入れられたとき、ベッカはあっと声をあげて、口をつぐんだ。

もう熱く濡れて、ニックの手の上で腰をくねらせるしかないというのに、ニックはひたむきに愛撫を続け、とろりとしたジュースを引きだして、それがなくてはならないところに広げていく。「コンドームがない」ニックは言った。

「残念ね」声が震えていた。「じゃあ、あなたはイけないってことでしょ。気の毒に。でも、それはあなたの問題であって、わたしのじゃない」

ニックはふっとほほ笑んで、ベッカの脚を広げた。「残酷なベッカ」

ベッカは息を切らして、ニックの肩にしがみついた。汗のにじんだひたいとひたいをくっつけ、ニックが大きな笠を入口に当て、ゆっくり、ゆっくり奥に入れていくあいだ、ひとつになるという魔法の瞬間を一緒に味わった。

ニックがわずかに腰を揺らして押し入ってくるときの感触に、ベッカは身悶えして喘ぎたくなったけれども、なぜか唇を噛んで耐えていた。喜びに、ニックに、溺れてしまうのがまだ怖いのかもしれない。壁の内側にまた壁がある。

ニックは動きを止めた。「このことをおれはどう考えたらいいんだ？　これが何に結びつく？」

「何にも」ベッカは挑むように言った。「何にも結びつかない。ただ、こうしたいの。ちょうど手近にあなたがいただけ。なんの誓約もなし、保証もなし」

ニックは目をすがめ、おもむろに体を引いて、ペニスのほんの先だけをなかに残し、そこで腰を揺すった。「つまり、おれへの罰の一環？」

ベッカは手をおろして、ニックの腰をつかみ、ぐっと引きよせた。「ごちゃごちゃ言っていないで、続けて！」

その激しい口ぶりに、ニックはにっと笑った。「おれはきみのオモチャってことだな？　タトゥを入れたチンピラを遊び相手にする？　体を利用して、終わったら捨てる？」

「しゃべりすぎよ」ベッカは息を切らし、苦い口調で言った。「とにかく……来て」

「強い女だ」ニックはささやいた。まっすぐに目を見つめ、なかに突き入れる。「だが、おれの体でとろける」ささやき声で愛撫され、魔法をかけられているみたい。「おれの体でイく。きみはおれを愛している」

「思いあがりよ」ベッカは喘ぎ、ニックのものが自分のなかに消え、再び現われ、愛液でつやめくさまを見つめた。

「きみのオモチャになるなら、一緒に暮らしたほうがいいんじゃないか」ニックは言った。

「そうすれば、昼夜問わず、きみを喜ばせることができる」

奥まで突かれながら、親指で円を描くようにクリトリスを愛撫されているとき、そんなことを言われても、どう答えていいかわからない。

「それに、昼夜を問わず抱き合うとなれば、いっそ結婚したほうがいいだろう」ニックはずばりと言った。「そうすれば、おれたちの子どもは嫡出子になる」

ベッカはかろうじて笑いをこらえた。「ちょっと、気をつけて。また主導権を握ろうとしているわよ」

ニックは悪びれもせずに笑みを浮かべた。「きみはそういうおれが好きなんだ。もう好みはわかっている。だから、おれはきみの望みどおりにする。心構えをしておくんだな」

それから、官能のリズムに乗って、ニックはベッカを喘がせた。ベッカは両腕をニックの首にまわして、しがみついた。体がとろけて、より熱く、より鮮やかに花開き、ふたりがひとつに溶け合うようだ。

ニックが達しかけているのがわかった。歯を食いしばり、ベッカのなかから身を引こうと——

だめ。ベッカはニックのお尻をつかんで、爪を食いこませ、自分のなかに閉じこめた。たぎるような熱がほとばしり、癒しの香油みたいにベッカを満たすがままにさせた。凍りついたところが溶けていく。怒りと疑いが消えていく。ベッカにまた希望の道を開いてくれる。

あらゆる希望。人生、未来、夢、憧れ。愛。

汗ばんだニックの肩に、ベッカは頭を持たせかけていた。やがて顔をあげ、最初から望んでいたとおりに、傷跡にキスをした。やさしく労《いたわ》るようなキスを。

ふたりはしっとりとした肌を重ねたまま、時間の流れからはずれて、体を揺らしていた。

ニックがベッカのおとがいに手をかけ、顔をあげさせる。「つまり、こういうことだ」ニックは言った。「返事を保留にして、おれを罰したいのなら、それでもかまわないが、時間の無駄だ。愛してる。もう二度と離さない」

ベッカは言葉を探したけれども、思いが喉につまって、声が出てこなかった。ひたむきで、不安げなニックの目をただただ見つめていた。

「おれは完璧な人間じゃない」ニックが荒い口調で言った。「大失態を演じたこともわかっている。だが、もう絶対に期待を裏切らない。誓うよ。おれはきみを女神として崇める」

目に涙があふれていた。ベッカは目もとをぬぐい、くすんと鼻を鳴らした。ニックは待っている。

「おれは誓約がほしいんだ、ベッカ」答えをうながすように言った。「保証がほしい。契約を交わし、署名をして誓う。死がふたりを別《わか》つまで」

ベッカは力なく笑った。「燃えるようなセックス一度で、何もかも好転すると思うの？」

ニックはにやっとしてみせた。「一度じゃ足りない？　それなら、何度でも。見てろよ」

ベッカはニックをつかんだ。「抱きしめていて」疲れきっていた。「いまはまだ」

「きみが望むなら、いつまでも」ニックはすぐさま言った。

もう一度、傷跡にキスをした。「永遠でも？」

ニックは何かくぐもった音をたてて、ベッカの髪に顔をうずめた。「この世の終わりまで」

そっとささやくように言う。「その先までも」

訳者あとがき

本書の幕開けは、婚約パーティ。前作『真夜中を過ぎても』の主人公ふたり、ショーンとリヴの婚約お披露目《ひろめ》パーティです。幾多《いくた》の危難を乗り越え、次々に幸せをつかんでいくマクラウド兄弟たち。楽しそうに踊る出席者のなかには、マイルズとシンディの姿もあります。しかし、そんな場でも渋面を崩さない男がひとり――ニック・ワードは、苦々しい目つきでパーティをながめていました。

さて、たいへん長らくお待たせいたしました。マクラウド兄弟シリーズ第五作『過ちの夜の果てに』をお届けいたします。今回の主人公はニック・ワード。マクラウド兄弟の次男、コナーの元同僚です。

ニックは、シリーズ第二作『影のなかの恋人』での失敗を悔やみ、いまだに引きずっていました。さらにその後、ＦＢＩの特別機関〈ケイブ〉内での裏切りを目の当たりにして、ついにはFBIを辞めます。やり残したことはただひとつ――その裏切りによって殺された男の娘、スヴェティを救うこと。十二歳のスヴェティは半年前にさらわれ、以来、行方も、生死すらもわかっていません。犯人は東欧マフィアのヴァディム・ゾグロ。マクラウド兄弟の仇敵、ノヴァク親子のビジネスパートナーです。ニックはたったひとりで潜入捜査に踏みだし、手下としてゾグロの懐《ふところ》に入りこみます。そうしてスヴェティの情報を探るつもりでしたが、フレークス島という別荘地でゾグロを待っているとき、どこからともなくひとりの女が現われて、事態は思わぬ方向に転がりだします。

ベッカ・キャトレルは由緒《ゆいしょ》ある社交クラブのイベントプランナー。早くに両親を亡くして、自身もまだ子どものうちから弟と妹を育てあげ、苦労を重ねながら、まじめに慎《つつ》ましく生きてきました。やがて良家の子息と婚約し、ようやく幸せになれると思った矢先、婚約者の浮気が最悪の形で発覚します。傷心のベッカは、上司の紹介でフレークス島の別荘を訪れました。もう〝まじめないい子ちゃん〟でいるのはやめる、これまでの自分にはできなかったことをやってみる、と決意して。手始めは、隣の別荘のプールに入り、素っ裸で泳ぐこと。しかし、いい気分に浸っていたのもつかの間、強面の大男にプールから引きあげられてしまいます。それが、ベッカとニックの出会いでした。

予想外のなりゆきによって、ベッカは一時的にゾグロの料理人として働くことになります。しかし、ゾグロの要求は料理だけにとどまりませんでした。ゾグロに強要され、体を重ねるふりをしたベッカとニックは、やがて演技を超えて、心を重ね合わせるような感覚に包まれます。

はじめこそ、ニックはベッカのことをスパイか殺し屋かと疑っていましたが、すぐに、本当になんの関係もない一般人だとわかります。とすると、ゾグロの顔を見たベッカがいずれ殺されることは必至です。ニックはベッカを見殺しにできず、一緒に逃げだします。幸運にも、ベッカの素性はまだゾグロに知られていません。一番いいのはニックがベッカから離れること。そう思いながらも、ニックはベッカのもとから立ち去れませんでした。氷のように冷たく固まっていた心が、ベッカのぬくもりで溶かされていたのです。ニックは自分の手でベッカを守り、そしてゾグロを殺す決心をします。ふたりは本気で愛し合うようになりますが、ゾグロは残酷な罠を仕掛けようとしていました。ふたりの運命は？　そして、スヴェティの行方は？

ホットなロマンスとスリリングなサスペンスは、今回も息を呑むばかりです。また、マッケナの作品としてはめずらしく、本作にはおいしそうな料理の数々が登場します。マッケナがいまイタリアで暮らしていることや、料理の得意な旦那さまがいることの影響かもしれません。十年前の夏、歌手を目指していたマッケナは、仕事でアメリカに来ていたイタリア人男性と出会いました。ひと夏の恋かと思われましたが、マッケナは彼のことが忘れられず、すべてを捨ててイタリアまで追いかけていったそうです。そして運命の恋を実らせ、結婚して、イタリア在住の現在に至るとのこと。ロマンスの女王、マッケナの実生活は、小説に劣らずホットなようです。

マクラウド兄弟とその仲間たちは、『影のなかの恋人』でカート・ノヴァクを倒しましたが、マフィアの影は消えていません。今回登場するヴァディム・ゾグロはノヴァクの関係者です。また、さらに大物が残っています。カートの父親、パパ・ノヴァクです。次作で、パパ・ノヴァクはついにその魔の手を伸ばしてきます。

では、ここで次作のご紹介をいたしましょう。マクラウド兄弟シリーズに欠かせないバイプレイヤーで、謎の女――そう、あのタマラが、とうとうヒロインに取りあげられます。カート・ノヴァクを倒すことにひと役買ったタマラは、パパ・ノヴァクに恨みの矛先を向けられているため、身を隠して生きています。タマラの〝要塞〟のようすはシリーズ四作目『真夜中を過ぎても』に登場したとおりです。パパ・ノヴァクをべつにすれば怖い物なしのタマラですが、本作『過ちの夜の果てに』の終わりで、〝弱点〟となりうる存在を得ます。そうして、とうとう居所を突き止められてしまいます。タマラを追いつめたのは、パパ・ノヴァクに雇われた男、ヴァル・ジャノスでした。それぞれに暗い過去を抱え、心に闇を巣くわせているタマラとヴァル。ふたりが惹かれ合うのに時間はかかりませんでした。しかし、ヴァルもまたパパ・ノヴァクに弱みを握られ、逆らえずにいたのです。

シリーズ六作目の〝*Ultimate Weapon*〟では、タマラの意外な一面や、謎に包まれていた過去が明かされます。タマラの〝弱点〟については、本作のネタバレになりますので、ここではお伝えできません。どうか本編でお楽しみください。

また、アメリカから嬉しいお知らせが届いています。二〇一〇年五月にマクラウド兄弟シリーズの第七作目が刊行されます。マッケナのこれまでの作品はペーパーバックで発売されてきましたが、こちらは初のハードカバーになるとのこと。期待の高さがうかがえますね。気になる主人公は……ひとつだけヒントを置いておきましょう。ショーンが主人公だった第四作『真夜中を過ぎても』の原題は〝*Edge of Midnight*〟で、第七作は〝*Fade to Midnight*〟です。この呼応から、マクラウド兄弟ファンの皆さまには、第七作の主人公がお察しいただけることと思います。

いよいよ佳境に入ってきたマクラウド兄弟シリーズ。六作目以降も順次、二見文庫で刊行予定ですので、どうぞお楽しみに。

二〇一〇年四月

ザ・ミステリ・コレクション

過《あやま》ちの夜《よる》の果《は》てに

著者 シャノン・マッケナ

訳者 松井里弥《まついさとみ》

発行所 株式会社 二見書房
東京都千代田区三崎町2-18-11
電話 03(3515)2311 [営業]
03(3515)2313 [編集]
振替 00170-4-2639

印刷 株式会社 堀内印刷所
製本 株式会社 関川製本所

落丁・乱丁本はお取り替えいたします。
定価は、カバーに表示してあります。

ISBN978-4-576-10068-5
http://www.futami.co.jp/